Über dieses Buch Man könnte den Schweden Axel Heyst für einen Menschen unserer Tage halten, obwohl Joseph Conrad diesen Roman, dessen Hauptgestalt er ist, schon kurz vor dem Ersten Weltkrieg geschrieben hat. Axel Heyst zieht sich aus Europa auf eine malaiische Insel zurück, in der Hoffnung und Meinung, dort unabhängig und bindungslos, frei und passiv bleiben zu können. Jedoch seine natürliche Hilfsbereitschaft, vielleicht auch eine gewisse innere Unruhe, lassen dies nicht zu – er rettet eine mißhandelte junge Frau, Lena, Mitglied einer Damenkapelle in einem Hotel in Surabaja, und nimmt sie mit sich in seine Einsamkeit. Dieses Verhalten aber zwingt ihn – draußen einmal bekannt geworden – zu immer neuer Auseinandersetzung mit der Außenwelt, zwei Falschspieler finden die Frau und ihn auf ihrer paradiesischen Insel und verlangen ihm einen Schatz ab, den er gar nicht besitzt. Ein Kampf auf Leben und Tod entbrennt. Axel Heyst überwindet seine Passivität, verteidigt sich und seinen Stolz, tötet die Feinde, aber kommt selbst in den Flammen des brennenden Hauses um. Ein dramatisches, ein abenteuerliches Buch.

Der Autor Joseph Conrad (eigentlich Josef Teodor Konrad Nalec Korzeniowski) wurde 1857 als Sohn polnischer Landedelleute in der Ukraine geboren. Er besuchte das Gymnasium in Krakau und ging mit siebzehn Jahren nach Marseille, um Seemann zu werden. Als britischer Kapitän befuhr er die Weltmeere und bereiste den Kongo und die Malaiischen Inseln, Schauplätze seiner späteren Romane. Schon als Seeoffizier begann er zu schreiben. Als ein tropisches Fieber ihn zwang, den Seemannsberuf aufzugeben, ließ er sich 1894 als freier Schriftsteller in England nieder. In den folgenden dreißig Jahren entstanden – oft unter großer materieller Not – die berühmten Romane und Geschichten dieses Autors, der, obwohl er die englische Sprache erst als Erwachsener erlernte, zu den großen Meistern der englischen Literatur zählt. Er starb 1924 in seinem Landhaus in Canterbury.
Im Fischer Taschenbuch Verlag erschienen außerdem ›Der Nigger von der »Narzissus«‹ (Bd. 2054), ›Der Freibeuter‹ (Bd. 2055), ›Der Verdammte der Inseln‹ (Bd. 2056), ›Almayers Wahn‹ (Bd. 2057), ›Die Rettung‹ (Bd. 2058), ›Die Schattenlinie‹ (Bd. 2059), ›Geschichten der Unrast‹ (Bd. 5724), ›Über mich selbst. Einige Erinnerungen‹ (Bd. 5725).

Joseph Conrad

SIEG

Eine Inselgeschichte

Übersetzt von
Walter Schürenberg

Fischer Taschenbuch Verlag

Gestalten rief ich und sah düstere Schatten winken,
Überird'sche Wesen, die Menschennamen
Auf Sand und Strand und Wüstenerde schrieben.

Milton, Comus

Für Perceval und Maisie Gibbon

Fischer Taschenbuch 5352
November 1983
Fischer Taschenbuch Verlag GmbH, Frankfurt am Main
Lizenzausgabe mit freundlicher Genehmigung
der S. Fischer Verlag GmbH, Frankfurt am Main
Die englische Originalausgabe erschien 1915
unter dem Titel ›Victory‹

Umschlaggestaltung: Jan Buchholz / Reni Hinsch
Umschlagfoto: Art Reference / Lautenbacher
Druck und Bindung: Hanseatische Druckanstalt GmbH, Hamburg
Printed in Germany
1480-ISBN-3-596-25352-7

ERSTER TEIL

I

Wie jeder Schuljunge in unserem wissenschaftlichen Zeitalter weiß, besteht eine sehr enge chemische Verwandtschaft zwischen Kohle und Diamanten. Das ist, glaube ich, auch der Grund dafür, daß manche Leute von der Kohle als von ›schwarzen Diamanten‹ sprechen. Beide Gebrauchsgüter stellen Reichtum dar; aber Kohle ist eine sehr viel unhandlichere Form von Besitz. Unter diesem Gesichtspunkt weist sie einen bedauerlichen Mangel an Dichte auf. Wenn man noch ein Kohlenflöz in die Westentasche stecken könnte – aber das kann man nicht! Gleichzeitig geht von der Kohle, dieser höchsten Errungenschaft des Zeitalters, in dem man uns abgesetzt hat wie verdutzte Reisende in einem unruhigen Grand-Hotel, etwas Faszinierendes aus. Und ich vermute, daß diese beiden Bedeutungen der Kohle, die praktische und die mystische, Heyst – Axel Heyst – davon abhielten, einfach wegzugehen.

Die Tropical Belt Coal Company ging in Liquidation. Die Welt der Finanzen ist eine rätselhafte Welt, in der, so unglaublich es scheinen mag, die Verdampfung der Verflüssigung vorangeht. Zuerst verdampft das Kapital, und dann verflüssigt sich die Firma. Das ist eine einigermaßen unnatürliche Physik, aber ihr war der anhaltende Müßiggang Heysts zuzuschreiben, über den wir ›dort draußen‹ unsere Witze zu machen pflegten – wenn auch keine bösartigen. Ein untätiger Körper kann niemandem etwas zuleide tun, ruft keine feindlichen Gefühle hervor und lohnt kaum den Spott. Er mag immerhin manchmal im Wege sein, aber das konnte man von Axel Heyst nicht sagen. Er kam keinem Menschen ins Gehege, als säße er auf dem höchsten Gipfel des Himalaja, und genau so auffällig war er auch in mancher Beziehung. Jeder in dieser Weltecke wußte von ihm, der auf seiner kleinen Insel wohnte. Und eine Insel ist ja nichts weiter als der Gipfel eines Berges. Axel Heyst, der dort festsaß, war nicht von dem unabsehbaren, mit der Unendlichkeit verschmelzenden, stürmischen und glasklaren Luftmeer umgeben, sondern von einer lauen, flachen See; einem kümmerlichen Ableger der großen Wasser, die die Kontinente unserer Erdkugel umspülen. Seine häufigsten Besucher waren Schatten, Wolkenschatten, welche die Monotonie der dumpf brütenden Tropensonne ablösten. Sein nächster Nachbar – und damit komme ich auf vergleichsweise belebtere Dinge – war ein träger Vulkan, der den ganzen Tag über schwach rauchte und mit seiner Kuppe eben über den nördlichen Horizont ragte, aber bei Nacht aus den klaren Sternen ein seltsames rotes Glühen zu ihm herüberschickte, das sich sprunghaft ausbreitete und wieder zusammenfiel wie das Ende einer riesigen Zigarre, an der im Dunkel hin und wieder jemand pafft. Auch Axel Heyst war Raucher, und wenn er – als letztes vor dem Zubettgehen – mit seiner Zigarre müßig auf der Veranda saß, erzeugte er in der Nacht ein Glühen von gleicher Art und gleichem Umfang wie jener andere, der so viele Meilen entfernt war.

In gewissem Sinne leistete ihm der Vulkan Gesellschaft in der nächtlichen Dunkelheit, die oft – so meinte man – zu dicht war, um einen Lufthauch durchzulassen. Selten reichte der Wind aus, eine Feder fortzublasen. An den meisten Abenden des Jahres hätte Heyst mit einer bloßen Kerze draußen sitzen können, um in einem der Bücher zu lesen, die ihm sein Vater hinterlassen hatte. Der Vorrat war nicht gering. Aber das tat er nie. Aus Furcht vor Moskitos wahrscheinlich. Auch fühlte er sich durch die Stille nie versucht, irgendeine beiläufige Bemerkung an den gesellig aufglühenden Vulkan zu richten. Er war schließlich nicht geisteskrank. Ein komischer Kauz, ja – das hätte man von ihm sagen können, und das wurde auch gesagt; doch zwischen beidem ist ein gewaltiger Unterschied, das wird man mir zugeben.

In den Vollmondnächten war die Stille rings um Samburan – auf den Karten als ›Runde Insel‹ verzeichnet – überwältigend, und in der Flut kalten Lichts konnte Heyst seine unmittelbare Umgebung wahrnehmen; sie bot den Anblick einer verlassenen Siedlung, in die der Dschungel eingebrochen ist: formlose Dächer über niederer Vegetation, gebrochene Schatten von Bambushecken gegen den leuchtenden Schein hoher Gräser, etwas wie ein überwachsenes Stückchen Weg, das sich zwischen zottigem Gesträuch zu der nur etwa hundert Meter entfernten Küste senkte, mit einem schwarzen Pier und einer Art Mole, die auf ihrer unbeleuchteten Seite ganz tintig war. Aber der auffälligste Gegenstand war eine riesige schwarze Tafel, auf zwei Pfosten erhöht, die Heyst, wenn das Mondlicht auf jene Seite fiel, die weißen Lettern ›T.B.C.Co.‹ in einer mindestens halbmeterhohen Zeile entgegenhielt. Das waren die Initialen der Tropical Belt Coal Company, seiner Arbeitgeberin – seiner verflossenen Arbeitgeberin, um genau zu sein.

Entsprechend der widernatürlichen Geheimlehre der Finanzen ging die T.B.C.Company, nachdem ihr Kapital im Laufe von zwei Jahren verdampft war, in Liquidation – gezwungenermaßen, wie ich glaube, nicht freiwillig. Die Sache selbst indessen verlief ganz zwanglos. Sie schleppte sich hin; und während die Liquidation – in London und Amsterdam – ihren trägen Lauf nahm, blieb Axel Heyst, der im Prospekt als ›Betriebsleiter in den Tropen‹ figurierte, auf seinem Posten in Samburan, der Kohlenstation Nr. 1 der Gesellschaft.

Und es war nicht nur eine Kohlenstation. Es gab dort auch eine Kohlenmine, die am Berghang, knapp fünfhundert Meter von der verfallenen Hafenanlage und der imposanten Tafel, zutage trat. Es war das Ziel der Gesellschaft gewesen, alle Kohlenvorkommen auf den tropischen Inseln in Besitz zu nehmen und sie an Ort und Stelle abzubauen. Und es gab, weiß Gott, jede Menge von Kohlenvorkommen. Heyst war es, der auf seinen ziemlich planlosen Wanderungen die meisten Kohlenvorkommen in diesem Teil des tropischen Landgürtels ausfindig gemacht hatte, und da er ein fixer Briefschreiber war, hatte er seitenlang darüber an seine Freunde in Europa geschrieben. So erzählte man wenigstens.

Wir glaubten nicht, daß sich irgendwelche Vorstellungen von Reichtum damit verbanden – jedenfalls nicht für ihn selbst. Anscheinend war seine Hauptsorge dabei der »Fortschritt«, wie er es nannte, offenbar in Richtung auf die allgemeine Ordnung des Universums. Einige hundert Leute auf den Inseln hatten ihn von einem »gewaltigen Fortschritt in diesen Regionen« sprechen hören. Die überzeugte Handbewegung, mit der er die Phrase begleitete, suggerierte von diesem Fortschritt zu erfassende tropische Weiten. Das hatte zusammen mit seinen vollendeten Manieren etwas Bezwingendes, ließ jedenfalls die Zuhörer, wenigstens eine Zeitlang, verstummen. Niemand machte sich die Mühe, mit ihm zu streiten, wenn er sich in dieser Tonart erging. Sein Eifer konnte keinem Menschen schaden. Es bestand auch keine Gefahr, daß irgend jemand seinen Traum von der tropischen Kohle ernst nahm, wozu sollte man also seine Gefühle verletzen?

So urteilten Männer in angesehenen Handelskontoren, bei denen er als einer, der mit Empfehlungsbriefen – und auch mit bescheidenen Kreditbriefen – in den Osten gekommen war, Besuch machte, einige Jahre bevor diese Kohlenminen in seinen höflich gedrechselten Reden aufzutauchen begannen. Von Anfang an bestand einige Schwierigkeit, seinen Aufenthaltsort auszumachen. Dabei war er kein Reisender. Ein Reisender kommt an und reist wieder ab, fährt irgendwohin weiter.

Heyst fuhr nicht ab. Ich traf einmal einen Mann, den Filialleiter der Oriental Banking Corporation in Malakka, zu dem Heyst ohne irgendeinen besonderen Anlaß (es war im Billardzimmer des Klubs) in den Ruf ausgebrochen war:

»Ich bin von diesen Inseln verzaubert!«

Das stieß er plötzlich hervor, *à propos des bottes,* wie die Franzosen sagen, während er sein Queue kreidete. Und vielleicht war es wirklich eine Art von Verzauberung. Es gibt eben mehr Zauberkräfte, als unsere Allerweltsmagier sich je träumen lassen.

Der magische Zirkel in Heysts Fall war ungefähr ein Kreis mit einem Radius von achthundert Meilen, gezogen um einen bestimmten Punkt in Nord-Borneo. Er berührte eben noch Manila, dort war Heyst gesichtet worden. Er berührte noch Saigon, und auch dort hatte man ihn einmal gesehen. Das waren vielleicht seine Versuche auszubrechen. Wenn ja, so waren sie gescheitert. Es muß ein Zauber gewesen sein, der sich nicht brechen ließ. Der Filialleiter – der Mann, der den Ausruf gehört hatte – war von dem Ton, dem Nachdruck, der Verzükkung, was auch immer es war, oder von der Ungereimtheit desselben so beeindruckt gewesen, daß er ihn mehr als einer Person berichtet hatte.

»Komischer Kauz, dieser Schwede«, bemerkte er nur dazu; aber daraus entstand der Name ›der verzauberte Heyst‹, den manche unserem Manne anhängten.

Er hatte noch andere Namen. In seinen früheren Jahren, lange bevor er so vorteilhaft kahl auf dem Kopfe wurde, führte er sich einmal mit einem Empfehlungsschreiben bei Mr. Tesman von Tesman Brothers, einer erstklassigen Firma in Surabaja, ein. Nun war Mr. Tesman ein netter, wohlwollender alter Herr. Er wußte nicht, was er mit dem Besucher anfangen sollte. Nachdem er ihm gesagt hatte, sie wünschten, ihm den Aufenthalt auf den Inseln so angenehm wie möglich zu machen, und seien bereit, ihn bei seinen Plänen zu unterstützen undsoweiter, und nachdem er Heysts Danksagung entgegengenommen hatte – man kennt ja diese Art von Konversation –, fragte er in gemütlichem väterlichem Ton:

»Und Sie interessieren sich für –?«

»Fakten«, fiel Heyst auf seine zuvorkommende Art ein. »Nichts ist so lohnend wie Fakten. Harte Fakten! Nichts als Fakten, Mr. Tesman.«

Ich weiß nicht, ob der alte Tesman ihm beipflichtete oder nicht, aber er muß darüber gesprochen haben, denn eine Zeitlang bekam unser Mann den Spitznamen ›Harte Fakten‹. Er hatte das seltene Glück, daß seine Aussprüche an ihm hängenblieben und Teil seines Namens wurden. Danach trieb er sich auf einigen von Tesmans Handelsschonern in der Javanischen See herum und verschwand dann an Bord eines arabischen Schiffes in Richtung Neu-Guinea. In jenem entlegenen Teil seines Zauberkreises blieb er so lange, daß er fast schon vergessen war, als er auf einer Eingeborenen-Prau voller Vagabunden aus Goram wieder in Sicht kam, von der Sonne schwarz gebrannt, sehr mager, mit stark gelichtetem Haar und unter dem Arm eine Mappe mit Skizzen. Diese zeigte er bereitwillig vor, war aber in jeder anderen Beziehung sehr zurückhaltend. Er habe eine »vergnügte Zeit« gehabt, sagte er. Ein Mann, der zum Vergnügen nach Neu-Guinea geht – na schön!

Später, Jahre danach, als die letzten Spuren der Jugend von seinem Gesicht und alle Haare von seinem Kopf geschwunden waren und sein rötlich goldener Schnurrbart zu wahrhaft stattlicher Länge gewachsen war, hängte ihm ein gewisser übel beleumdeter Weißer ein neues Epitheton an. Während er mit zittriger Hand ein hohes Glas, das er ausgeleert und das Heyst bezahlt hatte, niedersetzte, sagte er mit jenem bedächtigen Scharfsinn, dessen kein bloßer Wassertrinker fähig ist:

»Heyst is'n pöfekter Gen'lman. Pöfekt! Aber er is'n Ut-uto-utopist.«

Heyst hatte prompt diesen Ort öffentlicher Erquickung, wo der Ausspruch gefallen war, verlassen. Utopist, wie? Fürwahr, das einzige, was ich von ihm hörte und was man vielleicht in diesem Sinne auslegen konnte, war seine Einladung an den alten McNab persönlich. Sich mit jener vollendeten, für ihn so bezeichnenden Höflichkeit in Benehmen, Geste und Stimme umwendend, hatte er mit feinem Humor gesagt:

»Kommen Sie und löschen Sie Ihren Durst mit uns, Mister McNab!«

Vielleicht war es das. Ein Mann, der auch nur im Scherz den Vorschlag machen konnte, des alten McNab Durst löschen zu wollen, mußte ein Utopist und Schimärenjäger sein; denn ausgesprochene Ironie war nicht Heysts starke Seite. Aus diesem Grund eben war er vielleicht so allgemein beliebt. In jener Epoche seines Lebens, auf der Höhe seiner physischen Entwicklung, von breiter, kraftstrotzender Erscheinung, glich er mit seinem kahlen Kopf und langen Schnurrbart Bildern Karls XII. abenteuerlichen Angedenkens. Zu der Annahme indessen, Heyst sei auch nur im geringsten eine Kämpfernatur, bestand kein Grund.

II

Etwa zu dieser Zeit ging Heyst eine geschäftliche Partnerschaft mit Morrison ein, über deren Bedingungen die Leute im Zweifel waren. Einige sagten, er sei Teilhaber, andere sagten, er sei eine Art von ›paying guest‹, aber in Wahrheit war die Angelegenheit viel komplexer. Eines Tages tauchte Heyst in Timor auf. Warum von allen Orten der Welt gerade in Timor, weiß niemand. Kurz, er lag bei Delly, jenem stark verseuchten Ort, vor Anker, vielleicht auf der Suche nach irgendwelchen noch unbekannten Fakten, als er auf der Straße auf Morrison stieß, der – auf seine Art – ebenfalls ein ›Verzauberter‹ war. Wenn man zu Morrison – er stammte aus Dorsetshire – von heimfahren sprach, schüttelte er sich. Er sagte, es sei dort dunkel und feucht; man lebe dort wie mit Kopf und Schultern in einem nassen Jutesack. Aber das war nur seine übertreibende Art zu reden. Morrison war ›einer von uns‹. Er war Eigentümer und Kapitän der *Capricorn*, einer Handelsbrigg, und es hieß, daß er sich gut dabei stehe, abgesehen von dem Nachteil eines allzu großen Altruismus. Er war der lieb und wert gehaltene Freund einer Reihe gottverlassener Dörfer an finsteren Flußläufen und obskuren Buchten, bei denen er ›Produkte‹ einhandelte. Oft fuhr er durch äußerst gefährliche Kanäle zu irgendeiner elenden Siedlung, nur um dort eine halb verhungerte Bevölkerung vorzufinden, die ihn um Reis bestürmte und nicht einmal über so viel ›Produkte‹ verfügte, um auch nur Morrisons Handkoffer zu füllen. Unter allgemeinen Freudenbezeugungen brachte er gleichwohl den Reis an Land, erklärte den Leuten, daß das ein Vorschuß sei und sie nun in seiner Schuld stünden, predigte ihnen Fleiß und Energie und schrieb einen umständlichen Vermerk in einen Taschenkalender, den er stets bei sich trug; damit war die Transaktion für gewöhnlich beendet. Ich weiß nicht, ob Morrison auch so dachte, aber für die Dorfbewohner bestand daran nicht der geringste Zweifel. Wann immer so ein Küstendorf die Brigg sichtete, begann man dort alle Gongs zu schlagen und alle Wimpel zu hissen; alle Mädchen steckten sich Blumen ins Haar, die Menge reihte sich am Ufer auf, und Morrison blickte strahlend und glänzenden Auges durch sein Monokel mit tiefer Befriedigung auf den ganzen Tumult. Er war groß, hohlwangig und sauber rasiert und sah aus wie ein höherer Anwalt, der seine Perücke den Hunden vorgeworfen hat.

Wir pflegten ihm Vorhaltungen zu machen:

»Sie werden von Ihren Vorschußlieferungen nie etwas wiedersehen, wenn Sie so weitermachen, Morrison.«

Dann setzte er eine wissende Miene auf.

»Ich werde sie schon eines Tages ausquetschen – keine Sorge. Und dabei fällt mir ein« – er zog sein unvermeidliches Notizbuch hervor – »dieses Dorf Soundso. Denen geht es wieder recht gut; die kann ich mal fürs erste ausquetschen.«

Er machte eine rigorose Eintragung in sein Notizbuch.

Memo: – Ausquetschen Dorf Soundso, bei erstbester Gelegenheit.

Dann steckte er den Bleistift zurück und ließ das Gummiband mit unerbittlicher Endgültigkeit zuschnappen; aber nie begann er mit dem Ausquetschen. Manche murrten über ihn, er verderbe das Geschäft. Nun, bis zu einem gewissen Grade vielleicht; aber nicht sehr. Die meisten Orte, mit denen er Handel trieb, waren nicht nur in der Geographie unbekannt, sondern auch dem Spezialwissen der Händler verborgen, das ganz unauffällig von Mund zu Mund weitergegeben wird und einen Grundstock mysteriöser Ortskenntnis bildet. Man ließ auch durchblicken, Morrison habe in jedem einzelnen dieser Dörfer eine Frau, aber die meisten von uns wiesen solche Andeutungen entrüstet zurück. Er war ein wahrer Menschenfreund und eher ein Asket als das Gegenteil.

Als Heyst ihn in Delly traf, ging Morrison mit hängendem Kopf, das Einglas über die Schulter geworfen, die Straße entlang und bot den hoffnungslosen Anblick jener hartgesottenen Tramps, die man auf unseren Straßen von Arbeitshaus zu Arbeitshaus trotten sieht. Als er über die Straße hinweg angerufen wurde, blickte er verstört und kummervoll auf. Er war wirklich in Schwierigkeiten. Vor einer Woche hatte er Delly angelaufen, und die portugiesischen Behörden hatten unter dem Vorwand, daß seine Papiere nicht in Ordnung seien, ihm eine Geldstrafe auferlegt und seine Brigg beschlagnahmt.

Morrison hatte nie überflüssiges Bargeld in der Hand. Bei seinen Handelsmethoden wäre das auch seltsam gewesen, und all die in dem Notizbuch vermerkten Außenstände waren keinen Milreis Kredit wert – ganz zu schweigen von einem Schilling. Die portugiesischen Beamten baten ihn, sich nicht zu beunruhigen. Sie gaben ihm eine Woche Aufschub und schlugen vor, danach die Brigg zu versteigern. Das bedeutete für Morrison den Ruin, und als Heyst ihn über die Straße in seinem gewohnten höflichen Ton begrüßte, war die Woche nahezu abgelaufen.

Heyst ging zu ihm hinüber und sagte mit einer leichten Verbeugung, etwa so wie ein Fürst einen anderen bei privater Gelegenheit anredet:

»Was für ein unerwartetes Vergnügen. Hätten Sie etwas dagegen, in jener verrufenen Weinschenke dort drüben etwas mit mir zu trinken? Für eine Unterhaltung auf der Straße ist die Sonne wirklich zu heiß.«

Der verstörte Morrison folgte ihm gehorsam in die düstere, kühle Spelunke, die zu betreten er zu jeder anderen Zeit für unter seiner Würde gehalten hätte. Er war ganz benommen. Er wußte nicht, was er tat. Man hätte ihn ebensogut über den Rand eines Abhanges hinunterschubsen können wie in diese Weinkneipe. Er setzte sich nieder wie ein Automat. Er war sprachlos, sah aber ein Glas mit herbem Rotwein vor sich und trank es aus. Mittlerweile hatte Heyst, höflich und aufmerksam, sich ihm gegenübergesetzt.

»Ich fürchte, Sie sind im Begriff, einen Fieberanfall zu bekommen«, sagte er mitfühlend.

Das löste dem armen Morrison endlich die Zunge.

»Fieber!« rief er aus. »Geben Sie mir Fieber. Meinetwegen die Pest. Das sind Krankheiten. Damit wird man fertig. Aber ich werde glatt umgebracht. Von den Portugiesen umgebracht. Die Bande hier hat mich endlich untergekriegt. Übermorgen soll's mir an die Kehle gehen.«

Auf diesen leidenschaftlichen Ausbruch reagierte Heyst mit einem ganz leichten, überraschten Hochziehen der Augenbrauen, das ebensogut in einen Salon gepaßt hätte. Morrisons verzweifelte Beherrschung war zusammengebrochen. Mit ausgedörrter Kehle war er kreuz und quer durch das elende Kaff aus Lehmhütten gewandert, stumm, ohne eine Seele, an die er sich in seiner Not hätte wenden können, und vollkommen wahnsinnig gemacht von seinen Gedanken; und da war er nun plötzlich auf einen Weißen gestoßen – weiß im übertragenen und im buchstäblichen Sinne, denn die portugiesischen Beamten vermochte Morrison nicht als weißrassig anzuerkennen. Die Ellbogen auf den Tisch gestemmt, das bleiche, unrasierte Gesicht von dem Rand seines runden Korkhelms beschattet, gab er sich dem bloßen Trost eines heftigen Redeschwalls hin, wobei ihm die Stimme fast versagte. Sein weißer Anzug, den er seit drei Tagen auf dem Leib hatte, war verschmutzt. Er sah schon ganz verkommen und rettungslos verloren aus. Heyst war über den Anblick entsetzt; aber er ließ sich nichts anmerken und verhehlte seinen Eindruck unter den vollendet guten Manieren, die ihm eigen waren. Er trug die höfliche Aufmerksamkeit zur Schau, die ein Gentleman einem anderen beim Zuhören schuldet, und das wirkte, wie immer, ansteckend, so daß Morrison sich zusammenriß und seinen Bericht im Plauderton und in weltmännischer Haltung beendete.

»Es ist ein schändliches Komplott. Und leider ist man demgegenüber hilflos. Dieser Schurke Cousinho – Andreas, Sie wissen – trachtet seit Jahren nach meiner Brigg. Natürlich würde ich sie nie verkaufen. Sie ist nicht nur mein Lebensunterhalt, sie ist mein Leben. Und darum hat er diese nette kleine Verschwörung mit dem Leiter des Zollamts ausgeheckt. Die Versteigerung ist natürlich nur eine Farce. Hier gibt's keinen, der darauf bieten könnte. Er wird die Brigg für ein Butterbrot bekommen – nein, nicht einmal das – für einen Brotkrümel. Sie waren jetzt einige Jahre auf den Inseln, Heyst. Sie kennen uns alle; Sie haben gesehen, wie wir leben. Jetzt werden Sie Gelegenheit haben zu sehen, wie einer von uns endet; denn es ist das Ende – für mich. Ich kann mir da nichts mehr vormachen. Sie sehen das ein – nicht wahr?«

Morrison hatte sich zusammengenommen, aber man spürte das Krampfhafte seiner wiedererlangten Selbstbeherrschung. Heyst wollte gerade sagen, daß er ›die ganze Tragweite dieser unglücklichen Sache durchaus –‹, als Morrison ihn plötzlich unterbrach.

»Mein Ehrenwort, ich weiß nicht, weshalb ich Ihnen das alles erzählt habe. Ich vermute, der Anblick eines durch und durch weißen Mannes wie Sie machte es mir unmöglich, meinen Kummer für mich zu behalten. Es läßt sich mit Worten nicht sagen; aber da ich Ihnen soviel erzählt habe, kann ich Ihnen ebensogut auch das noch sagen. Hören Sie. Heute morgen an Bord, in meiner Kajüte, bin ich auf die Knie gefallen und habe um Hilfe gefleht. Auf den Knien!«

»Sie sind gläubig, Morrison?« fragte Heyst mit einem deutlichen Anflug von Respekt.

»Ein Heide bin ich bestimmt nicht.«

Morrison hatte in seiner Antwort einen leisen Vorwurf mitschwingen lassen, und es entstand eine Pause, während der Morrison vielleicht sein Gewissen prüfte und Heyst seine ungerührte, höflich interessierte Miene bewahrte.

»Natürlich betete ich wie ein Kind. Ich glaube an betende Kinder – nun ja, an betende Frauen auch, aber von Männern, meine ich, erwartet Gott etwas mehr Selbstvertrauen. Ich halte nichts von einem Manne, der den Allmächtigen endlos mit seinen Sorgen belästigt. Eine ziemliche Unverfrorenheit, finde ich. Gleichviel, heute morgen – und ich habe nie wissentlich irgendeinem Geschöpf Gottes etwas zuleide getan – betete ich. Es überkam mich plötzlich – plumps, lag ich auf den Knien; daraus mögen Sie ersehen –«

Beide blickten einander ernsthaft in die Augen. Der arme Morrison fügte noch etwas kleinlaut hinzu:

»Nur ist das hier ein so gottverlassenes Nest.«

Heyst erkundigte sich auf taktvolle Art, ob er den Betrag erfahren dürfe, auf Grund dessen die Brigg beschlagnahmt sei.

Morrison unterdrückte einen Fluch und nannte barsch eine Summe, die an sich so geringfügig war, daß jeder andere als Heyst sich laut ereifert hätte. Und selbst Heyst konnte kaum ein ungläubiges Staunen in seinem höflich gemessenen Ton unterdrücken, als er fragte, ob Morrison tatsächlich diesen Betrag nicht zur Hand habe.

Morrison hatte ihn nicht. Er hatte nur ein bißchen englisches Gold an Bord, ein paar Sovereigns. Sein ganzes verfügbares Geld hatte er bei den Tesmans in Samarang gelassen, zur Bezahlung gewisser Rechnungen, die während seiner Abwesenheit fällig würden. Jedenfalls war dieses Geld für ihn ebenso wertlos, als wäre es in die untersten Regionen des Inferno gesunken. All das gab er offen zu. Er blickte mit plötzlicher Mißbilligung auf die edle Stirn, den martialischen Schnurrbart und die müden Augen des Mannes, der ihm gegenübersaß. Wer, zum Teufel, war das? Wer war er, Morrison, daß er sich so benahm, so redete? Morrison wußte von Heyst nicht mehr als wir alle, die wir im Archipel Handel trieben. Wenn der Schwede sich plötzlich erhoben und ihm eins auf die Nase gegeben hätte, wäre er nicht entgeisterter gewesen als nun, da dieser Fremde, dieser zwielichtige Reisende, mit einer leichten Verbeugung über den Tisch hinweg sagte:

»Oh! Wenn's so ist, würde ich mich glücklich schätzen, wenn Sie mir erlauben würden, Ihnen dienlich zu sein!«

Morrison begriff nicht. Das war etwas, das einfach nicht vorkam – eine unerhörte Sache. Er hatte keine Ahnung, was das heißen sollte, bis Heyst mit Bestimmtheit sagte:

»Ich kann Ihnen den Betrag vorschießen.«

»Sie haben das Geld?« flüsterte Morrison. »Sie meinen, hier in der Tasche?«

»Ja, bei mir. Gern zu Diensten.«

Morrison starrte offenen Mundes, langte über die Schulter nach seinem Monokel, das ihm auf dem Rücken hing. Als er es hatte, klemmte er es hastig ins Auge. Ungefähr als erwarte er, daß sich Heysts üblicher weißer Tropenanzug in ein schimmerndes, bis auf die Füße fließendes Gewand verwandeln würde mit einem Paar glänzender Flügel, die dem Schweden an den Schultern sprießen würden – und als wolle er sich kein Detail dieser Verwandlung entgehen lassen. Wenn aber Heyst ein Engel von der Höhe war, auf ein Gebet hin entsandt, so ließ er sich doch diese himmlische Abkunft äußerlich nicht anmerken. Statt also niederzuknien, wozu er durchaus bereit war, streckte Morrison nur die Hand aus, die Heyst mit gebührender Bereitwilligkeit und einem höflichen Murmeln er-

griff, wovon gerade noch die Worte »Lappalie – hocherfreut – zu Diensten« verständlich waren.
›Es gibt noch Wunder‹, dachte der von ehrfürchtiger Scheu ergriffene Morrison. Für ihn wie für uns alle auf den Inseln schien dieser wandernde Heyst, der sich offenbar weder tummelte noch schuftete, der allerletzte, um als Sendbote der Vorsehung in einer Angelegenheit zu fungieren, die mit Geld zu tun hatte. Die Tatsache seines Auftauchens in Timor oder irgendwo sonst war nicht wunderbarer als das Herbeiflattern eines Sperlings, der sich irgendwann auf unserm Fensterbrett niederläßt. Daß er aber eine Geldsumme bei sich in der Tasche hatte, war irgendwie unbegreiflich.
So unbegreiflich, daß Morrison, während sie zusammen durch den Sand der Fahrstraße zu dem Zollhaus – wieder einer Lehmhütte – trotteten, um die Strafe zu bezahlen, der kalte Schweiß ausbrach, er kurz anhielt und hervorstotterte:
»Hören Sie! Sie scherzen doch nicht, Heyst?«
»Scherzen!« Heysts blaue Augen verhärteten sich, indem er den aus der Fassung geratenen Morrison anblickte. »In welcher Beziehung, wenn ich fragen darf?« setzte er mit frostiger Höflichkeit hinzu.
Morrison war beschämt.
»Verzeihen Sie mir, Heyst. Sie müssen von Gott gesandt sein, als Antwort auf mein Gebet. Aber ich bin seit drei Tagen völlig kopflos vor lauter Sorgen; und plötzlich fuhr's mir durch den Sinn: ›Was ist, wenn der Teufel ihn geschickt hat?‹«
»Ich unterhalte keine Beziehungen mit dem Übernatürlichen«, sagte Heyst herablassend und schritt weiter. »Mich hat niemand geschickt. Ich kam nur zufällig vorbei.«
»Ich weiß es besser«, widersprach Morrison. »Ich verdiene es gewiß nicht, aber ich bin erhört worden. Ich weiß es. Ich fühle es. Weshalb sonst sollten Sie –«
Heyst neigte den Kopf, als respektiere er eine Überzeugung, die

er nicht zu teilen vermochte. Aber er blieb bei seiner Meinung, und murmelte, angesichts einer Widerwärtigkeit wie dieser sei es nur selbstverständlich –

Später, an Bord der Brigg – die Zahlung war geleistet, die Wache zurückgezogen –, begann Morrison, der nicht nur ein Gentleman, sondern auch eine ehrliche Haut war, von Zurückzahlung zu reden. Er kannte die eigene Unfähigkeit, sein Geld beisammen zu halten, sehr gut. Zum Teil lag das an den Umständen, zum Teil an seinem Temperament; und es wäre einigermaßen schwierig gewesen, hier die Schuld richtig zu verteilen. Selbst Morrison konnte es nicht sagen, obwohl er die Tatsache zugab. Mit kummervoller Miene machte er das Schicksal dafür verantwortlich.

»Ich weiß nicht, wie es kommt, daß ich es nie fertiggebracht habe, etwas zu sparen. Es ist eine Art von Fluch. Immer gibt's ein oder zwei Rechnungen, die zu bezahlen sind.«

Er tauchte mit der Hand in die Tasche nach dem berühmten Notizbuch, das auf den Inseln so wohlbekannt war, dem Fetisch seiner Hoffnungen, und blätterte fieberhaft darin.

»Und doch – sehen Sie nur«, fuhr er fort. »Da steht's – über fünftausend Dollar Außenstände. Wenn das nichts ist.«

Plötzlich verstummte er. Heyst, der sich die ganze Zeit bemüht hatte, so unbeteiligt wie möglich auszusehen, brummte begütigend. Aber Morrison war nicht nur ehrlich. Er war auch ein Mann von Ehre; und an diesem aufreibenden Tage, im Angesicht dieses erstaunlichen Boten der Vorsehung und im Aufruhr seiner Gefühle sprach er seinen großen Verzicht aus. Er verwarf die hartnäckig festgehaltene Illusion seiner Existenz.

»Nein. Nein. Die sind nichts wert. Ich werde es nie über mich bringen, sie einzutreiben. Niemals. Jahrelang habe ich das gesagt, aber ich geb's auf. Ich habe nie wirklich daran geglaubt. Rechnen Sie nicht damit, Heyst. Ich habe Sie ausgebeutet.«

Der arme Morrison ließ tatsächlich seinen Kopf auf den Kajütentisch sinken und blieb in dieser zerknirschten Haltung, während Heyst ihm mit äußerstem Zartgefühl tröstend zuredete. Der Schwede war ebenso niedergeschlagen wie Morrison, denn er hatte für die Gefühle des anderen volles Verständnis. Anständige Gesinnung hatte Heyst noch keinem verübelt. Aber er brachte die äußere Herzlichkeit nicht auf, und dieser Mangel war ihm schmerzlich bewußt. Vollendete Manieren sind nicht das richtige Tonikum bei einem seelischen Zusammenbruch. Sie müssen alle beide dort in der Kajüte der Brigg ihre liebe Not gehabt haben. Schließlich verfiel Morrison, der in seiner düsteren Niedergeschlagenheit verzweifelt nach einem Ausweg suchte, auf die Idee, Heyst zum Mitfahren auf seiner Brigg einzuladen und ihm eine Beteiligung an seinen Handelsunternehmungen bis zur Höhe des Darlehens anzubieten.
Es war bezeichnend für Heysts ungebundene, schweifende Existenz, daß er ohne weiteres in der Lage war, diesen Vorschlag anzunehmen. Indessen spricht nichts dafür, daß er nun gerade von der Brigg aus in allen Winkeln und Ecken des Archipels, wo Morrison hauptsächlich Handel trieb, herumstöbern wollte. Weit gefehlt, aber er hätte sich mit fast jeder Abmachung einverstanden erklärt, nur um dieser qualvollen Szene in der Kajüte ein Ende zu machen. Sogleich ging mit Morrison eine große Veränderung vor, er richtete sein erniedrigtes Selbst wieder auf, klemmte das Monokel ins Auge, um Heyst liebevoll anzublicken, eine Flasche wurde entkorkt – undsoweiter. Man kam überein, keinem Menschen etwas von dieser Transaktion zu sagen. Morrison, versteht sich, war nicht sehr stolz auf die Sache und fürchtete, erbarmungslos ausgelacht zu werden.
»Ein alter Hase wie ich! Diesen verdammten portugiesischen Halunken in die Falle zu gehen! Das würde ich ewig zu hören bekommen. Wir müssen es geheimhalten.«

Aus ganz anderen Gründen, vor allem aus angeborener Diskretion, lag Heyst noch mehr daran, sich zum Stillschweigen zu verpflichten. Als Gentleman schrak er natürlich vor der Rolle eines himmlischen Sendboten zurück, die Morrison ihm mit aller Gewalt aufdrängen wollte. Schon dabei war Heyst gar nicht wohl. Auch war es ihm vielleicht nicht lieb, wenn sich herumspräche, daß er über einige Mittel verfügte, wieviel auch immer – jedenfalls genug, um Leuten Geld borgen zu können. So führten die beiden da unten ein Duett auf, wie Verschwörer in einer komischen Oper, mit ›Pst – pst, psssst! Schweig stille! Schweig stille!‹ Es muß komisch gewesen sein, weil sie es beide so ernst meinten.

Eine Zeitlang war denn auch die Verschwörung insoweit erfolgreich, als wir alle dachten, Heyst habe sich bei dem gutmütigen Morrison auf seiner Brigg einlogiert – um bei dem Dummkopf zu schmarotzen, sagten einige. Aber ihr wißt, wie das mit all solchen Geheimnissen geht. Immer ist irgendwo ein Leck. Morrison selbst, alles andere als ein gut abgedichteter Kahn, platzte vor Dankbarkeit und ließ wohl unter diesem Druck etwas Unbestimmtes durchsickern – genug, um dem Klatsch auf den Inseln Nahrung zu geben. Und ihr wißt auch, wie freundlich die Welt Dinge kommentiert, die sie nicht versteht. Ein Gerücht kam auf, Heyst habe einen geheimnisvollen Einfluß auf Morrison erlangt, sich an ihn gehängt und sauge ihn aus. Wer freilich dieses Gerede bis zu seinem Ursprung zurückverfolgt hatte, hütete sich, ihm Glauben zu schenken. Der Erfinder, so scheint es, war ein gewisser Schomberg, ein dicker bärtiger Mann von der teutonischen Rasse, mit einem losen Mundwerk, das zweifellos ständig in Bewegung war. Ob er ein Reserveleutnant war, wie er behauptete, weiß ich nicht. Hier draußen war er dem Beruf nach Hotelier, zuerst in Bangkok, dann irgendwo anders und zuletzt in Surabaja. Er schleppte straßauf straßab in diesem Teil des

Tropengürtels eine kleine, stille und verängstigte Frau mit langen Locken hinter sich her, die einen töricht anlächelte und dabei einen blauen Zahn sehen ließ. Ich weiß nicht, weshalb so viele von uns seine diversen Etablissements frequentierten. Er war ein nichtsnutziger Esel und befriedigte seine Lust an übler Nachrede auf Kosten seiner Stammgäste. Er war es denn auch, der eines Abends, als Morrison und Heyst am Hotel vorbeigingen – sie gehörten nicht zu seinen regelmäßigen Gästen –, der gemischten Gesellschaft auf seiner Veranda geheimnisvoll zuflüsterte:

»Die Spinne und die Fliege, da gehen sie, meine Herren.«

Dann legte er sehr gewichtig und vertraulich seine dicke Pranke an den Mund: »Wir sind unter uns; nun, meine Herren, ich kann nur sagen, lassen Sie sich nie mit diesem Schweden ein. Gehen Sie ihm nie ins Netz.«

III

Wie die menschliche Natur nun einmal ist und sowohl eine leichtfertige als auch eine niederträchtige Seite hat, so gab es nicht wenige, die entrüstet taten lediglich auf Grund der allgemeinen Neigung, alles Schlechte, das erzählt wird, zu glauben; und einer ganzen Reihe anderer machte es einfach Spaß, Heyst ›Die Spinne‹ zu nennen – hinter seinem Rücken, versteht sich. Er blieb davon ebenso unberührt und ahnungslos wie von seinen verschiedenen anderen Spitznamen. Aber manche Leute fanden wieder anderes über Heyst zu reden; nicht lange danach rückte er in größerem Zusammenhang stark in den Vordergrund des Interesses. Er nahm sozusagen feste Umrisse an. In den Augen der Öffentlichkeit war er der örtliche Manager der Tropical Belt Coal Company, mit Büros in London und Amsterdam und noch anderen Dingen, die sich großartig ausnahmen. Die Büros in den beiden Hauptstädten mochten – und so verhielt es sich wahrscheinlich – nur aus je einem Zimmer bestehen; aber durch die Entfernung hatte das alles, dort draußen im Osten, eine gewisse Aura. Wir waren mehr verblüfft als geblendet, das ist wahr; aber selbst die Nüchternsten unter uns glaubten allmählich, daß etwas daran sein müsse. Die Tesmans ernannten Agenten, der Postdienst durch Regierungsschiffe wurde kontraktlich gesichert, die Ära der Dampfkraft begann für die Inseln – ein großer Schritt vorwärts – Heysts ›Fortschritt‹!

Und all das fing mit der Begegnung zwischen dem in die Klemme geratenen Morrison und dem umherschweifenden Heyst an, mochte sie nun die unmittelbare Folge eines Gebets sein oder nicht. Morrison war kein Dummkopf, aber sein Verstand schien, was sein genaues Verhältnis zu Heyst betraf, von einer bemerkenswerten Umneblung befallen. Wenn nämlich Heyst, mit Geld wohlversehen, auf direkte Weisung des Allmächtigen und auf Morrisons Gebet hin geschickt worden war, bestand kein Grund zu besonderer Dankbarkeit, da er offenbar nicht anders gekonnt hatte. Aber Morrison glaubte an beides: an die Wirksamkeit des Gebets und an die unendliche Güte von Heyst. Er dankte Gott mit echter Demut für Seine Gnade und konnte sich Heyst gegenüber nicht genug für seine Hilfeleistung von Mann zu Mann erkenntlich zeigen. In dieser (ihm hoch anzurechnenden) heftigen Gefühlsverwirrung versteifte sich der dankbare Morrison auf Heysts Partnerschaft an seiner großen Entdeckung. Schließlich hörten wir, daß Morrison durch den Suezkanal heimgefahren war, um die grandiose Idee mit der Kohle in London persönlich zu vertreten. Er trennte sich von seiner Brigg und entschwand unserem Gesichtskreis; aber wir hörten von einem Brief oder Briefen an Heyst, worin er schrieb, daß London kalt und düster sei, daß ihm weder die Menschen noch die Dinge behagten und daß er sich »so einsam wie eine Krähe in einem fremden Land« fühle. In Wahrheit verzehrte er sich nach der *Capricorn* – ich meine das Schiff, nicht nur die Tropen. Schließlich fuhr er nach Dorsetshire zu seinen Verwandten, holte sich eine böse Erkältung und starb mit ungewöhnlicher Eile im Schoße seiner entsetzten Familie. Ob die Anstrengungen in der Londoner City seine Lebenskraft geschwächt hatten, weiß ich nicht; aber ich glaube, daß gerade dieser Besuch dem Kohle-Projekt zum Leben verhalf. Wie dem auch sei, die Tropical Belt Coal Company wurde geboren, kurz nachdem Morrison, das Opfer der Dankbarkeit und seines heimatlichen Klimas, gegangen war, um sich auf einem Kirchhof in Dorsetshire zu seinen Vorvätern zu versammeln.

Heyst war aufs tiefste betroffen. Er bekam die Nachricht auf den Molukken durch die Tesmans und verschwand dann eine Weile. Anscheinend hielt er sich bei einem holländischen Amtsarzt in Amboyna auf, einem Freund von ihm, der in seinem Bungalow ein wenig für ihn sorgte. Einigermaßen plötzlich tauchte er dann wieder auf, mit eingesunkenen Augen und gleichsam immer auf der Hut, als fürchte er, jemand werde ihm den Tod Morrisons zur Last legen.

Der naive Heyst! Als wäre das irgend jemand eingefallen... Keiner von uns interessierte sich im geringsten für Leute, die heimfuhren. Die waren erledigt; die zählten nicht mehr. Nach Europa fuhr man fast so endgültig wie gen Himmel. Damit schied ein Mann aus der Welt von Zufall und Abenteuer aus.

Überhaupt erfuhren viele von uns erst Monate danach von diesem Todesfall – durch Schomberg, der eine völlig grundlose Abneigung gegen Heyst hatte und die Sache zu einem finsteren Gerücht aufbauschte, das er flüsternd weitergab:

»Das kommt davon, wenn man etwas mit diesem Burschen zu tun hat. Er preßt euch aus wie eine Zitrone und schickt euch dann weg – nach Hause zum Sterben. Nehmt Morrison als warnendes Beispiel.«

Natürlich lachten wir über die schwarzseherischen Andeutungen des Gastwirts. Einige von uns hörten, Heyst sei bereit, selbst nach Europa zu fahren, um sein Kohleprojekt persönlich voranzutreiben; aber er fuhr nicht. Es erübrigte sich. Die Gesellschaft wurde ohne ihn gegründet, und seine Ernennung zum Manager in den Tropen gelangte per Post an ihn.

Von Anfang an hatte er Samburan oder die Runde Insel als zentralen Sitz erwählt. Einige Exemplare des in Europa ausgegebenen Prospekts, die ihren Weg in den Osten gefunden hatten, gingen von Hand zu Hand. Wir staunten gewaltig über die Kartenskizze, die zur Erbauung der Aktionäre beigefügt war. Darauf war Samburan als der Mittelpunkt der östlichen Hemisphäre dargestellt und sein Name in riesigen Lettern eingezeichnet. Starke Linien strahlten von dort in allen Richtungen durch die Tropen und bildeten einen geheimnisvollen, mächtigen Stern – Einflußlinien, Entfernungslinien oder dergleichen. Es gibt kein romantischeres Temperament auf Erden als das des Propagandisten einer Aktiengesellschaft. Ingenieure kamen nach draußen, Kulis wurden importiert, Bungalows auf Samburan errichtet, ein Stollen in den Hang getrieben und tatsächlich etwas Kohle gefördert.

Diese Vorgänge machten die größten Skeptiker wankend. Eine Zeitlang redete alle Welt auf den Inseln von der Tropical Belt-Kohle, und sogar die, die insgeheim darüber lächelten, suchten nur ihr Unbehagen zu verbergen. O ja, es war soweit, und die Folgen lagen für jeden klar zutage – das Ende des individuellen Händlers, besiegelt durch eine große Invasion von Dampfschiffen. Wir konnten uns keine Dampfschiffe leisten. Wir nicht. Und Heyst war der Manager.

»Sie wissen doch, Heyst, der verzauberte Heyst.«

»Ach, gehen Sie! Der war doch weiter nichts als ein Herumtreiber, wenn wir uns recht erinnern.«

»Ja, er sagte immer, er sei auf Fakten aus. Nun hat er etwas, das uns alle zugrunde richtet«, bemerkte jemand bitter.

»Und das nennen sie dann Entwicklung – man sollte sie dran aufhängen!« murmelte ein anderer.

Nie zuvor war auf den tropischen Inseln so viel über Heyst geredet worden.

»Ist er nicht ein schwedischer Baron oder so etwas?«

»Der ein Baron? Kommen Sie doch nicht damit!«

Was mich betrifft, so zweifle ich nicht im geringsten daran. Als er noch zwischen den Inseln umherreiste, mysteriös und unbeachtet wie ein beliebiges Gespenst, hat er es mir selbst bei Gelegenheit gesagt. Das war lange bevor er auf diese beunruhigende Art als der Zerstörer unseres kleinen Gewerbes in Erscheinung trat – Heyst, der Feind.

Von Heyst als dem Feind zu sprechen, wurde bei vielen zu einer Mode. Er war jetzt eine konkrete Größe, deutlich sichtbar. Er sauste im ganzen Archipel umher, sprang von lokalen Postdampfern ab und wieder auf, als wären es Trambahnen, mal hier, mal da, und überall – ein großer Organisator. Das war kein Herumbummeln mehr. Das war Business. Und diese plötzliche Schaustellung zielbewußter Energie erschütterte die Ungläubigkeit der größten Skeptiker mehr, als es jeder wissenschaftliche Beweis des Werts dieser Kohlenvorkommen vermocht hätte. Es war höchst eindrucksvoll. Schomberg war der einzige, der dieser infektiösen Wirkung widerstand. Groß, männlich auf eine behäbige Art und mit reichlichem Bartwuchs, ein Glas Bier in der plumpen Tatze, so trat er wohl an einen Tisch, an dem das Thema der Stunde gerade erörtert wurde, hörte einen Augenblick zu und rückte dann mit seiner stereotypen Erklärung heraus:

»Das mag alles sein, meine Herren; aber mir kann er nichts von seinem Kohlenstaub in die Augen pusten. Da ist nicht viel dran. Woher auch, da kann einfach nichts dran sein. Ein Bursche wie der und Manager? Pah!«

War es die Klarsicht verbohrten Hasses oder nur die stupide Hartnäckigkeit einer Meinung, die manchmal am Ende auf erstaunliche Weise gegen die Welt recht behält? Die meisten von uns erinnern sich an Beispiele solch närrischen Triumphs; und dieser Esel Schomberg triumphierte. Die T.B.C.Co. ging in Liquidation, wie ich euch zu Anfang erzählte. Die Tesmans wuschen ihre Hände in Unschuld. Die Regierung annullierte die berühmten Verträge. Das Gerede erstarb, und jetzt stellte man hier und da fest, daß Heyst ganz und gar entschwunden war. Er war unsichtbar geworden, wie in jenen frühen Tagen, da er bei seinen Versuchen, den Zauber ›dieser Inseln‹ zu brechen, oft pfeilschnell außer Sicht entschwand, sei es in Richtung Neu-Guinea, sei es in Richtung Saigon – zu Kannibalen oder zu Cafés. Der verzauberte Heyst! Hatte er endlich den Zauber gebrochen? War er gestorben? Es war uns zu unwichtig, als daß wir uns allzu sehr darüber aufgehalten hätten. Wißt ihr, wir hatten ihn alles in allem ganz gern gemocht. Und Gernmögen genügt nicht, um das Interesse, das man an einem Menschen nimmt, wachzuhalten. Mit dem Haß verhält es sich da offenbar anders. Schomberg konnte Heyst nicht vergessen. Dieser schlaue, männliche Teutone war ein guter Hasser. Das kommt bei Toren öfter vor.

»Guten Abend, meine Herren. Haben Sie alles bekommen, was Sie wünschen? So! Gut! Sehen Sie? Was habe ich Ihnen immer gesagt? Aha! Da war nichts dran. Ich wußte es. Aber was ich gerne wissen möchte: was ist wohl aus diesem – Schweden geworden?«

Er betonte das Wort Schwede so, als hieße es soviel wie Halunke. Er verabscheute Skandinavier überhaupt. Warum? Das weiß nur Gott. Toren wie er sind unergründlich. Er fuhr fort:

»Es ist fünf Monate oder länger her, seit ich mit jemand gesprochen habe, der ihn gesehen hat.«

Wie ich schon sagte, wir waren nicht besonders interessiert; aber Schomberg begriff das natürlich nicht. Seine Borniertheit war grotesk. Wann immer drei Leute in seinem Hotel zusammenkamen, sorgte er dafür, daß Heyst sozusagen mit anwesend war.

»Hoffe nur, der Bursche ist nicht hingegangen und hat sich ersäuft«, pflegte er mit komischem Ernst hinzuzufügen, was uns eigentlich einen Schauder hätte einjagen müssen; aber wir waren ein oberflächliches Grüppchen und durchschauten die Psychologie dieser frommen Hoffnung nicht.

»Wieso eigentlich? Heyst schuldet Ihnen doch keine Drinks, oder?« fragte ihn einmal jemand mit leichtem Unmut.

»Drinks! Ach herrje, nein!«

Der Gastwirt war kein Pfennigfuchser. Das liegt nicht im teutonischen Temperament. Dennoch setzte er eine düstere Miene auf, um uns mitzuteilen, Heyst habe alles in allem bei etwa drei Besuchen in seinem ›Etablissement‹ nicht bezahlt. Das war also Heysts Verbrechen, wofür Schomberg ihm nichts Geringeres als eine lange Folterqual wünschte. Man beachte den teutonischen Sinn für Proportion und freundliches Verzeihen.

Eines Nachmittags schließlich sah man Schomberg auf eine Gruppe von seinen Stammgästen zugehen. Er war offensichtlich in Hochstimmung. Er reckte seine Männerbrust mit großer Gewichtigkeit.

»Gentlemen, ich habe Nachricht von ihm. Wem? Nun, diesem Schweden. Er ist immer noch auf Samburan. Er ist nie von da fortgewesen. Die Company ist fort, die Ingenieure sind fort, die Angestellten sind fort, die Kulis sind fort, alles ist fort; aber er klebt da fest. Captain Davidson, der von Westen her dort vorbeikam, hat ihn mit eigenen Augen gesehen. Etwas Weißes war auf der Mole; also dampfte er in die Bucht und ging in einem kleinen Boot an Land. Heyst, bei bester Gesundheit. Steckte sein Buch in die Tasche, höflich wie immer. Schlenderte gerade über die Mole und las dabei. ›Ich bleibe hier auf meinem Besitz‹, sagte er zu Captain Davidson. Ich möchte nur wissen, was er da zu essen bekommt. Hin und wieder ein Stück Dörrfisch – oder was? Ein ziemlicher Abstieg für einen Mann, der über meine Table d'hote die Nase rümpfte!«

Er zwinkerte ungeheuer maliziös. Eine Glocke ertönte, und er schritt voran in den Speisesaal wie in einen Tempel, sehr feierlich mit der Miene eines Wohltäters der Menschheit. Sie zu einem profitlichen Preis zu nähren, war sein Ehrgeiz; hinter ihrem Rücken über sie zu reden, sein Vergnügen. Es war bezeichnend für ihn, sich an der Vorstellung eines Heyst zu weiden, der nichts Ordentliches zu essen hatte.

IV

Ein paar von uns, die das nötige Interesse aufbrachten, gingen zu Davidson, um Näheres zu erfahren. Viel war es nicht. Er erzählte uns, wie er nördlich an Samburan vorbeifuhr, um zu sehen, was dort vorginge. Zuerst sah es aus, als wäre diese Seite der Insel ganz und gar verlassen. Das hatte er auch erwartet. Nun aber sah er über dem Dickicht von Vegetation, das Samburan dem Blick darbietet, die Spitze eines Fahnenmasts ohne Flagge. Als er dann den sanften Einschnitt, der eine Zeitlang offiziell als Schwarze-Diamanten-Bucht bekannt war, überquerte, konnte er mit seinem Glas die weiße Gestalt auf dem Bunker-Kai ausmachen. Das konnte nur Heyst sein.

»Ich nahm als sicher an, daß er mitgenommen werden wollte, und so dampfte ich in die Bucht. Er gab keinerlei Zeichen. Dennoch ließ ich ein Boot hinab. Ich konnte weit und breit kein anderes Lebewesen erblicken. Ja. Er hatte ein Buch in der Hand. Er sah ganz so aus, wie wir ihn immer gesehen haben – sehr elegant, weiße Schuhe, Korkhelm. Er erklärte mir, er habe schon immer einen Hang zur Einsamkeit gehabt. Das sei das erste, was ich hörte, sagte ich ihm. Er lächelte nur. Was konnte ich schon sagen? Er gehört nicht zu der Sorte, mit der man ungezwungen reden kann. Er hat so etwas. Man bemüht sich erst gar nicht.

›Aber zu welchem Zweck? Wollen Sie die Mine in Besitz behalten?‹ fragte ich ihn.

›So ungefähr‹, sagte er. ›Ich halte die Hand darauf.‹

›Aber das ist doch hier alles so tot wie Julius Cäsar‹, rief ich. ›Wirklich nichts, das festzuhalten sich lohnt, Heyst.‹

›Oh, mit den Fakten bin ich längst fertig‹, sagte er und legte stramm die Hand an seinen Helm, wobei er eine seiner knappen Verbeugungen machte.«
Auf solche Weise entlassen, ging Davidson wieder an Bord, legte das Schiff herum und beobachtete, während er abdampfte, von der Brücke aus Heyst, der auf der Mole landeinwärts ging. Er schritt in das hohe Gras und verschwand ganz – bis auf seinen weißen Korkhelm, der auf einem grünen Meer zu schwimmen schien. Dann verschwand auch dieser, gleichsam eingetaucht in die lebendigen Tiefen der tropischen Vegetation, die noch eifersüchtiger über die Eroberungen des Menschen wacht als der Ozean und die nun im Begriff war, sich über den letzten Spuren der Tropical Belt Coal Company mit A. Heyst als Manager im Osten zu schließen.
Davidson, auf seine Art ein guter, biederer Kerl, war seltsam berührt. Es muß bemerkt werden, daß er von Heyst nur sehr wenig wußte. Er gehörte zu denen, die Heysts vollendete Höflichkeit in Ton und Haltung ganz aus der Fassung brachte. An sich war er, glaube ich, ein feinfühliger Mensch, wenn auch natürlich ebenso ungehobelt wie wir alle. Wir waren von Natur eine burschikose Gesellschaft, mit eigenen Grundsätzen – nicht schlechter, möchte ich sagen, als die anderen Leute; aber feines Benehmen gehörte nicht dazu. Immerhin war Davidsons Feinfühligkeit so wirklichkeitsnah, daß er den Kurs des Dampfers, den er befehligte, änderte. Anstatt südlich an Samburan vorbeizufahren, machte er es sich zur Gewohnheit, die Durchfahrt längs der Nordküste zu nehmen, mit etwa einer Meile Abstand vom Landeplatz.
»Er kann uns sehen, wenn er uns sehen will«, bemerkte Davidson. Dann kam ihm noch ein Hintergedanke: »Ich meine, hoffentlich denkt er nicht, ich will mich aufdrängen, wie?«
Wir beruhigten ihn über diesen Punkt korrekten Verhaltens. Das Meer steht jedem offen.

Diese kleine Abweichung verlängerte Davidsons Route um einige zehn Meilen, aber da es sechshundert Meilen waren, fiel das nicht ins Gewicht.

»Ich habe meinem Reeder davon erzählt«, sagte der gewissenhafte Kapitän der *Sissie*.

Sein Reeder hatte ein Gesicht wie eine vertrocknete Zitrone. Er war klein und verhutzelt – was befremdete, denn im allgemeinen legt ein Chinese mit zunehmender Prosperität einige Zentimeter an Umfang und Statur zu. Einer chinesischen Firma zu dienen, ist nicht so schlecht. Wenn die einmal überzeugt sind, daß man ihre Interessen wahrt, kennt ihr Vertrauen keine Grenzen mehr. Man kann nichts falsch machen. Und so piepste Davidsons alter Chinese eilfertig:

»Allright, allright, allright. Ganz wie Sie wollen, Captain.«

Und damit war die Sache abgetan; indessen nicht ganz. Von Zeit zu Zeit pflegte der Chinese sich bei Davidson nach dem weißen Mann zu erkundigen. Er war immer noch da, wie?

»Ich sehe ihn nie«, mußte Davidson seinem Reeder gestehen, der ihn daraufhin schweigend durch seine runde Hornbrille anblickte, die für sein kleines altes Gesicht einige Nummern zu groß war. »Ich sehe ihn nie.«

Zu mir pflegte er gelegentlich zu sagen:

»Ich zweifle nicht, daß er da ist. Er hält sich verborgen. Das ist sehr unangenehm.« Er war ein bißchen verärgert über Heyst. »Komisch«, meinte er. »Von allen Leuten, mit denen ich rede, erkundigt sich keiner nach ihm, ausgenommen mein Chinese – und Schomberg«, fügte er nach einer Pause hinzu.

Ja, natürlich Schomberg. Er fragte jeden nach allem möglichen und entstellte das Gehörte so skandalös, wie es ihm sein Geist nur eingab. Von Zeit zu Zeit trumpfte er dann auf, mit sanftem Augenaufschlag, seinen dicken Lippen, seinem kastanienbraunen Bart, und sah wirklich hinterhältig aus.

»'n Abend, meine Herren. Sind Sie mit allem versorgt? So!

Gut! Übrigens, wie ich höre, hat der Dschungel sogar die Baracken in der Black-Diamond-Bucht erdrückt. Tatsache. Jetzt ist er ein Einsiedler in der Wildnis. Aber was kann dieser Manager dort zu essen finden? Das ist mir ein Rätsel.«

Manchmal fragte dann ein Fremder mit echter Neugier: »Wer? Was für ein Manager?«

»Oh, ein gewisser Schwede« – mit einem finsteren Beiklang, als wolle er sagen: »ein gewisser Straßenräuber – man kennt ihn hier gut. Aus purer Scham ist er zum Einsiedler geworden. So geht's dem Teufel, wenn es ihn erwischt hat.«

Einsiedler. Das war der neueste der mehr oder weniger witzigen Spitznamen, die Heyst während seiner ziellosen Wanderschaft durch diesen Teil des tropischen Inselreichs angehängt wurden, wo das lose Mundwerk von Schomberg unsere Ohren peinigte.

Aber offenbar war Heyst von Natur gar kein Einsiedler. Der Anblick von seinesgleichen flößte ihm keinen unüberwindlichen Widerwillen ein. Wir müssen das annehmen, weil er aus diesem oder jenem Grund zeitweilig aus seinem Schlupfwinkel zum Vorschein kam. Vielleicht wollte er nur sehen, ob bei den Tesmans irgendwelche Briefe für ihn angekommen waren. Ich weiß es nicht. Niemand weiß es. Aber dieses Wiederauftauchen beweist, daß seine Absonderung von der Welt nicht vollkommen war. Und Unvollkommenheit jeder Art führt zu Komplikationen. Axel Heyst hätte sich nicht um seine Briefe kümmern sollen – oder was sonst es war, das ihn nach etwas mehr als anderthalb Jahren aus Samburan hervorlockte. Aber es half nichts. Er hatte nicht das Zeug zum Einsiedler! Das war das Unglück, so schien es.

Wie auch immer, plötzlich erschien er wieder in der Welt, breitbrüstig, kahlköpfig, langer Schnurrbart undsoweiter – der ganze Heyst, bis zu den freundlichen, tiefliegenden Augen, in denen noch der Schatten von Morrisons Tod weilte. Natürlich war es Davidson, der ihn von seiner entlegenen Insel mitgenommen hatte. Andere Möglichkeiten gab es nicht, es sei denn ein Eingeborenenschiff wäre vorbeigekommen – eine sehr unwahrscheinliche und geringe Chance, darauf zu warten. Ja, er kam mit Davidson, dem er unaufgefordert mitteilte, es sei nur für kurze Zeit – ein paar Tage, nicht mehr. Er wollte nach Samburan zurück.

Als Davidson sich über solche Narrheit entsetzt und ungläubig zeigte, erklärte ihm Heyst, er habe sich, als die Gesellschaft gegründet wurde, seine persönliche Habe aus Europa schicken lassen.

Für Davidson, wie für jeden von uns, war die Vorstellung, daß Heyst, der wandernde, schweifende, ungebundene Heyst, irgendwelches Eigentum besaß, um ein Haus einzurichten, eine verblüffende Neuigkeit. Eine groteske Idee. Es war, als hätte ein Vogel Grundbesitz gehabt.

»Eigentum? Sie meinen Tische und Stühle?« fragte Davidson mit unverhohlenem Staunen.

Eben das meinte Heyst. »Mein armer Vater starb in London. Seitdem hat das alles dort gelagert«, erklärte er.

»Die ganzen Jahre?« rief Davidson aus und dachte dabei, wie lange wir alle schon Heyst kannten als jemand, der in einer Wildnis von Baum zu Baum flattert.

»Sogar noch länger«, sagte Heyst, der sehr wohl verstanden hatte.

Das schien zu bedeuten, daß er schon ein Wanderleben geführt hatte, ehe er in unseren Gesichtskreis geraten war. Aber in welchen Gegenden? In welchem Alter? Geheimnis. Vielleicht war er ein Vogel, der nie ein eigenes Nest besessen hatte.

»Ich bin früh von der Schule abgegangen«, sagte er einmal bei der Überfahrt zu Davidson. »Das war in England. Eine sehr gute Schule Ich war nicht gerade eine Leuchte dort.«

Heysts Bekenntnisse. Keiner von uns – ausgenommen allenfalls Morrison, der tot war – hatte je so viel von seiner Lebensgeschichte gehört. Es scheint, daß die Erfahrungen des Einsiedlerlebens die Kraft haben, einem Menschen die Zunge zu lösen, nicht wahr?

Während dieser denkwürdigen Überfahrt auf der *Sissie*, die etwa zwei Tage dauerte, machte er aus freien Stücken noch einige Andeutungen – Mitteilungen konnte man es nicht nennen – über sein Leben. Und Davidson hörte interessiert zu. Es interessierte ihn nicht, weil die Andeutungen besonders aufregend gewesen wären, sondern weil eine angeborene Neugierde auf unsere Mitmenschen nun einmal zur menschlichen Natur gehört. Auch Davidsons Leben, im Hin- und Herfahren mit der *Sissie* auf dem Javanischen Meer, war entschieden langweilig und in gewissem Sinne einsam. Er hatte nie irgend jemand zur Gesellschaft an Bord. Eingeborene Deckpassagiere massenhaft, natürlich, aber niemals einen Weißen, so daß die Anwesenheit Heysts für zwei Tage ein Gottesgeschenk gewesen sein muß. Davidson erzählte uns später alles darüber. Heyst hatte gesagt, sein Vater habe viele Bücher geschrieben. Er sei ein Philosoph gewesen.

»Mir scheint, daß er auch ein bißchen verrückt gewesen ist«, bemerkte Davidson dazu. »Offenbar hatte er sich mit seiner Familie in Schweden schlecht vertragen. Genau die Art von Vater, die man bei Heyst vermuten sollte. Ist er selbst nicht ein bißchen komisch? Er erzählte mir, daß er sich unmittelbar nach dem Tode seines Vaters auf eigene Faust in die weite Welt aufgemacht hat, und er war immer auf Tour, bis er auf dieses berühmte Kohlenprojekt stieß. Das paßt irgendwie zu dem Sohn dieses Vaters, finden Sie nicht?«

Im übrigen war Heyst so höflich wie immer. Er erbot sich, für die Überfahrt zu bezahlen; aber als Davidson davon nichts wissen wollte, drückte er ihm herzhaft die Hand, machte eine gesittete Verbeugung und erklärte, er sei tief gerührt über dieses freundliche Entgegenkommen.

»Ich meine damit nicht den lächerlichen Betrag, den Sie nicht annehmen wollen«, fuhr Heyst fort, Davidsons Hand schüttelnd. »Aber mich rührt Ihre menschliche Art.« Neues Händeschütteln. »Glauben Sie mir, daß ich das tief zu würdigen weiß.« Letztes Händeschütteln. Aus alledem ergab sich, daß Heyst dem regelmäßigen Erscheinen der kleinen *Sissie* vor seiner Einsiedelei eine eigentümliche Bedeutung beimaß.

»Er ist ein Gentleman durch und durch«, sagte Davidson zu uns. »Es tat mir wirklich leid, als er an Land ging.«

Wir fragten ihn, wo er Heyst abgesetzt hätte.

»Wieso, in Surabaja – wo sonst?«

Die Tesmans hatten ihr Hauptbüro in Surabaja. Eine Beziehung zwischen Heyst und den Tesmans bestand seit langem. Die Ungereimtheit eines Einsiedlers mit eigenen Handelsbevollmächtigten befremdete uns ebensowenig wie die absurde Tatsache, daß ein vergessener, ausgedienter und abservierter Manager eines verrotteten und verblichenen Bankrottunternehmens noch Geschäfte wahrzunehmen hatte. Wir sagten Surabaja, natürlich, und nahmen als selbstverständlich an, daß er sich bei einem der Tesmans aufhielte. Einer von uns bezweifelte sogar, daß Heyst dort besonders willkommen sei; denn es war allgemein bekannt, daß Julius Tesman über das Fiasko der Tropical Belt Coal Company gewaltig verbittert war. Aber Davidson klärte uns auf. Die Sache war ganz anders. Heyst wollte in Schombergs Hotel absteigen und fuhr mit der Hotelbarkasse an Land. Nicht, daß es Schomberg eingefallen wäre, seine Barkasse zu einem bloßen Handelsdampfer wie der *Sissie* zu schicken. Aber sie war zu einem Küstendampfer hinausgefahren, und man hatte ihr signalisiert. Schomberg steuerte selbst.

»Ihr hättet sehen müssen, wie Schombergs Augen vorquollen,

als Heyst mit einem alten braunen Lederkoffer in die Barkasse sprang!« sagte Davidson. »Er tat, als kenne er ihn nicht – zuerst jedenfalls. Ich ging nicht mit an Land. Wir blieben alles in allem nur ein paar Stunden. Luden zweitausend Kokosnüsse aus und fuhren wieder ab. Ich habe mich bereit erklärt, ihn auf meiner nächsten Fahrt in zwanzig Tagen wieder mitzunehmen.«

V

Auf seiner Rückfahrt verspätete sich Davidson zufällig um zwei Tage; das war nicht viel, gewiß nicht, aber er setzte seine Ehre darein, sogleich, noch während der heißesten Nachmittagsstunde, an Land zu gehen und Heyst zu suchen. Schombergs Hotel lag abseits in einer weiten Umzäunung, die einen Garten, ein paar hohe Bäume und unter deren weit ausgreifenden Ästen einen abgetrennten Saalbau umschloß, ›für Konzerte und andere Veranstaltungen‹, wie Schomberg es in seinen Prospekten bezeichnete. Fetzen von Plakaten mit großem rotem Aufdruck ›Jeden Abend Konzert‹ flatterten von den roh gemauerten Pfosten zu beiden Seiten des Eingangs.

Der Weg war weit und verdammt sonnig gewesen. Davidson stand auf der ›piazza‹, wie Schomberg es nannte, und wischte sich seinen nassen Hals und sein Gesicht. Mehrere Türen führten auf den Hof, aber alle Jalousien waren herabgelassen. Keine Seele ließ sich blicken, nicht einmal ein China-Boy – nichts als ein paar farbig gestrichene Stühle und Tische. Einsamkeit, Schatten und düsteres Schweigen – und eine schwache hinterhältige Brise, die von den Bäumen her wehte und dem schwitzenden Davidson einen leichten Schauer verursachte – jener kleine Schauer der Tropen, der speziell in Surabaja oft Fieber bedeutet und den unvorsichtigen weißen Mann ins Hospital bringt.

Der kluge Davidson suchte im nächstbesten verdunkelten Innenraum Schutz. In dem künstlichen Dunkel, jenseits der Flächen zugedeckter Billardtische, erhob sich eine bleiche Gestalt von zwei Stühlen, auf denen sie ausgestreckt gelegen hatte. Auf der Höhe des Mittags, wenn das zweite Frühstück mit Table d'hote vorbei war, machte Schomberg es sich bequem. Er streckte die Glieder, gewichtig, mit Bedacht, in Verteidigungsstellung, und sein großer üppiger Bart lag wie ein Küraß auf seiner Männerbrust. Er mochte Davidson nicht, der nie zu seinen treuen Kunden gehört hatte. Er schlug im Vorbeigehen auf eine Glocke auf einem der Tische und fragte in einem frostigen Reserveoffizierston:

»Sie wünschen?«

Der gute Davidson, immer noch seinen feuchten Nacken wischend, erklärte schlicht, daß er wie verabredet gekommen sei, um Heyst abzuholen.

»Nicht hier!«

Auf den Glockenton hin erschien ein Chinese. Schomberg wandte sich streng an ihn:

»Nimm die Bestellung des Herrn entgegen!«

Davidson mußte weiter. Er könne nicht warten – bäte nur, man möge Heyst mitteilen, daß die *Sissie* um Mitternacht ausliefe.

»Nicht hier, ich sage es Ihnen doch!«

Davidson schlug sich bekümmert aufs Knie.

»Mein Gott! Krankenhaus, vermutlich.« Eine hinreichend plausible Annahme in einer so fieberreichen Gegend.

Der Leutnant der Reserve warf nur die Lippen auf und zog die Brauen hoch, ohne Davidson anzusehen. Es konnte alles mögliche bedeuten, aber Davidson verwarf zuversichtlich die Idee mit dem Krankenhaus. Dennoch mußte er Heyst in der Zeit von jetzt bis Mitternacht auftreiben.

»Er hat hier gewohnt?« fragte er.

»Ja, er wohnte hier.«

»Können Sie mir sagen, wo er sich jetzt aufhält?« fuhr Davidson höflich fort. In seinem Innern wurde er allmählich besorgt, denn er war Heyst mit der Liebe eines freiwilligen Beschützers zugetan. Die Antwort, die er erhielt, lautete:

»Kann ich nicht sagen. Ist nicht meine Angelegenheit«, was, von einem feierlichen Kopfschütteln des Hoteliers begleitet, irgendein fürchterliches Geheimnis anzudeuten schien.
Davidson war die Höflichkeit in Person. Das war so seine Natur. Er ließ sich seine nicht gerade freundlichen Gefühle Schomberg gegenüber nicht anmerken.
›Sicher werde ich es im Büro der Tesmans erfahren‹, dachte er. Aber es war die heißeste Tageszeit, und wenn Heyst unten am Hafen gewesen war, würde er schon gehört haben, daß die *Sissie* eingelaufen war. Möglicherweise war Heyst sogar schon an Bord gegangen, wo er eine kühle Brise genießen konnte, die der Stadt versagt war. Davidson, der beleibt war, dachte vor allem an Kühle und hatte keine Neigung, sich zu bewegen. Gleichsam unentschlossen, zögerte er eine Weile. Schomberg, aus der Tür blickend, tat vollkommen gleichgültig. Aber er konnte das nicht durchhalten. Plötzlich wandte er sich und fragte in brüskem Ton:
»Sie wollten ihn sehen?«
»Ja, allerdings«, sagte Davidson. »Wir wollten uns treffen.«
»Kümmern Sie sich nicht darum. Ihm wird jetzt nichts daran liegen.«
»Nein?«
»Nun, das können Sie sich selbst sagen. Er ist nicht hier, oder? Nehmen Sie mein Wort drauf. Kümmern Sie sich nicht um ihn. Ich rate Ihnen als Freund.«
»Danke«, sagte Davidson, innerlich erschrocken über den bissigen Ton. »Immerhin, ich denke, ich werde mich ein bißchen hinsetzen und einen Drink nehmen.«
Das hatte Schomberg ganz und gar nicht erwartet. Er rief brutal:
»Boy!«
Der Chinese kam herbei, und nachdem der Hotelier ihn durch ein Kopfnicken an den weißen Mann verwiesen hatte, ging er,

etwas vor sich hinmurmelnd, hinaus. Davidson hörte ihn mit den Zähnen knirschen.

Davidson saß allein zwischen den Billardtischen, als sei das Hotel von keiner Menschenseele bewohnt. Seine Gelassenheit war so echt, daß er sich über die Abwesenheit Heysts oder das rätselhafte Benehmen Schombergs ihm gegenüber nicht besonders aufregte. Er betrachtete die Dinge auf seine eigene recht scharfsinnige Art. Irgend etwas hatte sich ereignet, und er mochte nicht weggehen, um nachzuforschen, weil ihn eine Ahnung zurückhielt, daß er auf irgendeine Weise hier Aufklärung erhalten würde. An der Wand gegenüber hing ein Anschlag ›Jeden Abend Konzert‹, gleich den Plakaten am Tor, aber in besserem Zustand. Er blickte müßig darauf und stutzte bei der – damals noch ungewöhnlichen – Tatsache, daß es sich um eine Damenkapelle handelte, ›Zangiacomo's Fernost-Tournee – achtzehn Künstlerinnen‹. Sie hätten die Ehre gehabt, hieß es auf dem Plakat, ihr erlesenes Repertoire vor verschiedenen Exzellenzen zu spielen, auch vor Paschas, Scheichs, Häuptlingen, Seiner Hoheit dem Sultan von Mascate und so weiter.

Davidson taten die achtzehn Künstlerinnen leid. Er wußte, was das für ein Leben war, kannte die gemeinen Bedingungen und brutalen Umstände dieser Tourneen unter der Leitung solcher Zangiacomos, die oft alles andere als Berufsmusiker waren. Während er noch auf das Plakat blickte, öffnete sich irgendwo hinter ihm eine Tür, und eine Frau kam herein, die – zweifellos mit Recht – als Schombergs Ehefrau galt. Sie war, wie ein Zyniker einmal bemerkt hatte, zu wenig attraktiv, um irgend etwas anderes zu sein. Die Meinung, daß er sie abscheulich behandelte, gründete sich auf ihren verängstigten Gesichtsausdruck. Davidson lüpfte vor ihr den Hut. Mrs. Schomberg erwiderte mit einem Neigen ihres gelblichen Kopfes und ließ sich unverzüglich hinter einer Art von erhöhter Theke nieder, gerade gegenüber der Tür, mit einem Spiegel und Reihen von Flaschen hinter sich. Ihr Haar war sehr sorgfältig frisiert mit zwei Locken an der linken Seite ihres mageren Halses; ihr Kleid war aus Seide, und sie tat so den Nachmittag über Dienst. Aus diesem oder jenem Grunde verlangte Schomberg das von ihr, obwohl das Lokal durch sie nicht gerade gewann. Sie saß nur da in dem Rauch und Lärm wie ein entthrontes Idol, lächelte von Zeit zu Zeit einfältig über die Billards, sprach mit keinem Menschen und wurde auch von keinem ins Gespräch gezogen. Schombergs eigenes Interesse beschränkte sich darauf, daß er sie plötzlich und völlig unmotiviert ausschalt. Andernfalls hätte selbst der Chinese ihre Existenz nicht bemerkt.

Sie hatte Davidson in seinen Grübeleien unterbrochen. Da er mit ihr allein war, fühlte er sich unter ihrem Schweigen und unbeweglichen Glotzen unbehaglich. Er neigte dazu, Menschen zu bemitleiden. Es erschien ihm unhöflich, ihr keine Beachtung zu schenken. Mit Bezug auf das Plakat sagte er: »Haben Sie diese Leute im Haus?«

Es war ihr so ungewohnt, von Gästen angeredet zu werden, daß sie beim Klang seiner Stimme auf ihrem Stuhl hochfuhr. Davidson erzählte uns später, daß sie genau wie eine Holzpuppe hochsprang, ohne ihre reglose Starre aufzugeben. Sie bewegte nicht einmal die Augen; aber sie antwortete ihm freimütig, obwohl auch ihre Lippen aus Holz zu bestehen schienen.

»Sie waren über einen Monat hier. Jetzt sind sie fort. Sie haben jeden Abend gespielt.«

»Waren sie einigermaßen gut?«

Darauf sagte sie nichts, und als sie weiter starr vor sich hin blickte, irritierte ihr Schweigen Davidson. Es war, als hätte sie ihn nicht gehört, aber das war unmöglich. Vielleicht scheute ihre Rede vor Meinungsäußerungen zurück. Schomberg mochte sie aus häuslichen Gründen dazu erzogen haben, alles für sich zu behalten. Aber Davidson hielt es für eine Ehrenpflicht, Konversation zu machen; so sagte er, das überraschende Schweigen auf seine Art deutend:

»Ich sehe schon – nicht viel los damit. Ist auch selten bei solchen Kapellen. Eine italienische Truppe, Mrs. Schomberg, nach dem Namen des Leiters zu urteilen?«

Sie schüttelte verneinend den Kopf.

»Nein. Er ist in Wahrheit ein Deutscher; nur färbt er sich aus geschäftlichen Gründen Haar und Bart schwarz. Zangiacomo nennt er sich beruflich.«

»Das ist eine merkwürdige Sache«, sagte Davidson. Da er nur Heyst im Kopf hatte, fiel ihm ein, sie könnte vielleicht noch andere Dinge wissen. Das war wohl für jeden, der Mrs. Schomberg ansah, eine erstaunliche Entdeckung. Niemand hatte sie je in Verdacht gehabt, Verstand zu besitzen, ich meine, nur ein bißchen davon, ich meine, überhaupt welchen. Man war geneigt, sie für ein Es zu halten – einen Automaten, eine sehr gewöhnliche Puppe mit einer Vorrichtung, manchmal den Kopf zu neigen und dann und wann einfältig zu lächeln. Davidson betrachtete ihr Profil mit einer abgeflachten Nase, einer hohlen Wange und einem starren, unbeweglichen Glotzauge. Er fragte sich: Hat das Ding eben gesprochen? Wird es noch einmal sprechen? Es war aufregend, wegen des bloßen Wunders, als versuche man, sich mit einem Mechanismus zu unterhalten. Ein Lächeln spielte auf Davidsons rundlichem Gesicht, das Lächeln eines Mannes, der ein vergnügliches Experiment anstellt. Er wandte sich wieder an sie:

»Aber die anderen Mitglieder des Orchesters waren echte Italiener, nicht wahr?«

Natürlich war ihm das gleichgültig. Er wollte nur sehen, ob das mechanische Ding noch einmal funktioniere. Es funktionierte. Es sagte, sie wären keine. Sie seien von überall her gewesen, offenbar. Das Ding schwieg und blickte mit dem einen glotzenden Auge über die ganze Länge des Raumes und durch die Tür, die auf die ›piazza‹ führte. Es schwieg, dann fuhr es in dem gleichen gedämpften Ton fort:

»Es war sogar eine Engländerin dabei.«

»Armes Wesen!« sagte Davidson. »Ich vermute, diese Frauen sind wahrhaftig nicht besser dran als Sklaven. Benahm sich der Bursche mit dem gefärbten Bart wenigstens anständig?«

Das mechanische Ding schwieg. Davidsons mitfühlende Seele zog ihre eigenen Schlüsse.

»Ein viehisches Dasein für diese Frauen!« sagte er. »Sie sagten: ein englisches Mädchen, Mrs. Schomberg, meinten Sie wirklich: ein junges Mädchen? Einige von diesen Orchesterdamen sind gewöhnlich keine Küken mehr.«

»Jung genug«, tönte es leise aus Mrs. Schombergs unbewegter Physiognomie.

Davidson fühlte sich bestätigt und bemerkte, sie tue ihm leid. Er neigte dazu, Menschen zu bemitleiden.

»Wohin sind sie weitergereist?« fragte er.

»Sie ging nicht mit. Sie ist durchgebrannt.«

Diese Erklärung wurde Davidson als nächstes zuteil. Sie machte den Fall auf eine neue Weise interessant.

»Gut! Gut!« rief er gelassen aus, und dann fragte er sehr bestimmt, mit der Miene eines Mannes, der sich im Leben auskennt: »Mit wem denn?«

In ihrer unbewegten Haltung sah Mrs. Schomberg aus, als lausche sie angespannt. Vielleicht lauschte sie wirklich, aber Schomberg hielt wohl sein Schläfchen in einem entfernten Teil des Hauses. Das Schweigen vertiefte sich und währte so lange, daß es unbehaglich wurde. Dann endlich, hoch über Davidson thronend, flüsterte sie:

»Ihrem Freund.«

»Oh, Sie wissen, ich bin auf der Suche nach meinem Freund«, sagte er hoffnungsvoll. »Könnten Sie mir sagen –«

»Ich hab's Ihnen gesagt.«

»Wie?«

Es war, als wenn ein Nebelvorhang sich vor Davidsons Augen teilte und etwas enthüllte, das er keinesfalls glauben konnte.

»Das kann nicht Ihr Ernst sein!« rief er aus. »Dazu ist er nicht der Mann.« Aber die letzten Worte kamen nur sehr schwach heraus. Mrs. Schomberg bewegte ihren Kopf nicht um Haaresbreite. Davidson, der sich unter dem Schock aufgesetzt hatte, fiel ganz in sich zusammen.

»Heyst! Dieser vollkommene Gentleman!« rief er kläglich aus. Mrs. Schomberg schien ihn nicht gehört zu haben. Für Davidson paßte diese aufsehenerregende Tatsache nicht zu dem Bild, das er von Heyst hatte. Heyst redete nie von Frauen, schien überhaupt nicht an sie zu denken oder sich ihrer Existenz zu erinnern; und nun auf einmal – so etwas! Mit dem ersten besten Mädchen einer Musikkapelle durchzubrennen!

»Man hätte mich wie eine Feder umblasen können«, sagte Davidson später zu uns.

Mittlerweile betrachtete er beide Kontrahenten dieser erstaunlichen Transaktion mit Nachsicht. Vor allem war er, nach reiflicher Überlegung, keineswegs überzeugt, daß Heyst darum aufgehört habe, ein ebenso vollkommener Gentleman zu sein wie bisher. Er begegnete unserem unverhohlenen Grinsen oder stillen Lächeln mit einem ernsten runden Gesicht. Heyst hatte das Mädchen nach Samburan mitgenommen, und das war keine spaßige Angelegenheit. Die Einsamkeit, die Verödung des Ortes hatten Davidsons einfaches Gemüt stark beeindruckt. Das vertrug sich einfach nicht mit den frivolen Bemerkungen von Leuten, die es nicht selbst gesehen hatten. Diese schwarze Mole, die unmittelbar aus dem Dschungel in die blanke See ragte; die Dachsparren verlassener Häuser, die trostlos über dem hohen Gras hervorschauten! Puh! Die riesengroße, todtraurige Tafel der Tropical Belt Coal Company, die immer noch aus einem wildwuchernden Gebüsch herausragte wie eine Inschrift über einem Grabhügel, der von dem hohen Haufen nicht abgesetzter Kohle am Ende der Mole gebildet wurde, erhöhte noch die allgemeine Trostlosigkeit.

Soweit der empfindsame Davidson. Dem Mädchen mußte es wirklich sehr schlecht gegangen sein, daß es einem fremden Manne an solch einen Ort folgte. Heyst hatte ihr zweifellos die ganze Wahrheit erzählt. Er war ein Gentleman. Aber es gab keine Worte, mit denen man den Lebensbedingungen auf Samburan gerecht werden konnte. Eine verlassene Insel war nichts dagegen. Mehr noch, wenn man auf eine einsame Insel verschlagen wurde – nun, so war dagegen nichts zu machen; aber zu erwarten, daß ein Geige spielendes Mädchen von einer reisenden Damenkapelle es dort einen Tag lang, einen einzigen Tag lang, aushalten würde, war unbegreiflich. Der erste Anblick würde ihr Furcht einjagen. Sie würde jammern.

Daß dieser beleibte, behäbige Mann solchen Mitgefühls fähig war! Davidson war in seinem tiefsten Innern aufgewühlt, und man sah ohne weiteres, daß es Heyst war, um den er sich sorgte. Wir fragten ihn, ob er in letzter Zeit dort vorbeigekommen sei.

»O ja. Ich komme immer vorbei – etwa eine halbe Meile entfernt.«

»Jemand dort gesehen?«

»Nein, keine Seele. Nicht mal einen Schatten.«

»Haben Sie die Dampfsirene ertönen lassen?«

»Die Dampfsirene? Sie glauben, ich brächte so etwas fertig?« Er wies die bloße Möglichkeit solch einer unverantwortlichen Einmischung weit von sich. Ein Wunder an Taktgefühl, dieser Davidson!

»Schön, aber woher wollen Sie wissen, daß die beiden dort sind?« war natürlich die nächste Frage.

Heyst hatte Mrs. Schomberg eine Botschaft für Davidson

anvertraut – ein paar Bleistiftzeilen auf einem zerknitterten Fetzen Papier. Sie besagten, daß eine unvorhergesehene Notwendigkeit ihn vor dem vereinbarten Zeitpunkt zur Abfahrt genötigt habe. Er bat Davidson um Nachsicht für die offenbare Unhöflichkeit. Die Dame des Hauses – gemeint war Mrs. Schomberg – werde ihm die Fakten mitteilen, wenn auch natürlich nicht erklären können.

»Was da wohl zu erklären war?« verwunderte sich Davidson ungläubig. »Er faßte eine Neigung zu diesem Geige spielenden Mädchen, und –«

»Und sie zu ihm, offenbar«, warf ich ein.

»Fabelhaft schnell gegangen«, meinte Davidson. »Was glauben Sie, wird dabei herauskommen?«

»Reue, würde ich sagen. Aber wie kommt es, daß Mrs. Schomberg zur Vertrauten erwählt wurde?«

Tatsächlich wäre eine Wachsfigur wohl nützlicher gewesen als jene Frau, deren Anblick auf ihrem Hochsitz über den beiden Billardtischen uns allen vertraut war – ohne jeden Ausdruck, ohne Bewegung, ohne Stimme, ohne etwas zu sehen.

»Nun, sie half dem Mädchen durchzubrennen«, sagte Davidson und sah mich an aus seinen unschuldigen Augen, die in unveränderter Fassungslosigkeit über die Affäre weit aufgerissen waren, so wie manchmal jemand von einem Schrecken oder Leid einen Nervenschock davonträgt. Es sah aus, als würde er nie darüber hinwegkommen.

»Mrs. Schomberg warf mir Heysts Nachricht, zusammengerollt wie einen Fidibus, in den Schoß, während ich arglos dasaß«, fuhr Davidson fort. »Sobald ich mich wieder gefaßt hatte, fragte ich, wie in aller Welt sie dazu käme, daß Heyst diese Nachricht bei ihr hinterlassen hätte. Und dann, mehr einem gemalten Bild als einer lebendigen Frau gleichend, flüsterte sie gerade so laut, daß ich es hören konnte:

›Ich habe den beiden geholfen. Ich raffte ihre Sachen zusammen, band einen Schal von mir darum und warf das Bündel aus einem Hinterfenster in den Hof. Das tat ich.‹

Diese Frau, der Sie nicht soviel Mut zutrauen würden, auch nur den kleinen Finger zu heben!« verwunderte sich Davidson in seinem ruhigen, etwas schnaufenden Ton. »Was halten Sie davon?«

Ich war der Ansicht, sie müsse irgendein eigenes Interesse gehabt haben, Hilfe zu leisten. Sie war zu abgestorben, als daß man bei ihr spontanes Mitgefühl hätte vermuten können. Unmöglich, sich vorzustellen, daß Heyst sie bestochen haben könnte. Über welche Mittel er auch verfügte, die Mittel dazu besaß er nicht. Oder konnte es sein, daß sie von jener selbstlosen Leidenschaft getrieben wurde, eine Frau an den Mann zu bringen, was man in reputierlichen Kreisen Ehestiften nennt – ein besonders ausgefallenes Beispiel dafür?

»Es muß ein sehr kleines Bündel gewesen sein«, bemerkte Davidson weiter.

»Ich stelle mir vor, daß das Mädchen besonders attraktiv gewesen sein muß«, sagte ich.

»Das weiß ich nicht. Sie war unglücklich. Vermutlich war es nicht mehr als ein bißchen Wäsche und ein paar von diesen weißen Röcken, die sie auf dem Podium anhaben.«

Davidson verfolgte seinen eigenen Gedankengang. Er nahm an, daß so etwas in der Geschichte der Tropen noch nicht vorgekommen sei. Denn wo gab es wohl jemand, der ein Mädchen aus einem Orchester wegstahl? Ohne Zweifel verliebten sich Burschen hier und da in ein hübsches Ding – aber doch nicht, um mit ihr auf und davon zu gehen. Gott bewahre! Dazu gehörte schon ein Wahnsinniger wie Heyst.

»Denken Sie nur, was das heißt«, schnaufte Davidson, der hinter seiner unwandelbaren Gemütsruhe doch Phantasie besaß. »Versuchen Sie nur, sich das vorzustellen! Das einsame Dahinbrüten auf Samburan hat seinen Geist verwirrt. Er hörte nie auf zu grübeln, sonst hätte er das nicht getan. Geistig nicht normal... Wie soll es sonst zu so etwas kommen? Was wird er am Ende mit ihr anfangen? Reiner Wahnsinn.«

»Sie sagen, er ist wahnsinnig. Schomberg sagt uns, er müsse auf seiner Insel verhungern; kann also sein, daß er sie schließlich aufißt«, meinte ich dazu.

Mrs. Schomberg, so berichtete uns Davidson, hatte keine Zeit gehabt, auf Einzelheiten einzugehen. Überhaupt ein Wunder, daß man sie so lange allein gelassen hatte. Der schläfrige Nachmittag verstrich zusehends. Schritte und Stimmen hallten auf der Veranda – pardon, der Piazza; das Knirschen von Stuhlbeinen, das Ping einer angeschlagenen Glocke. Stammgäste begannen zu erscheinen. Mrs. Schomberg bat Davidson gerade in aller Hast, aber ohne ihn anzusehen, keinem etwas zu sagen, als mitten im Wort ihr nervöses Geflüster abgeschnitten wurde. Durch eine kleine Innentür kam Schomberg herein, mit gebürstetem Haar und sorgfältig gekämmtem Bart, aber seine Lider waren noch schwer vom Mittagsschlaf. Er blickte argwöhnisch zu Davidson hin und schielte sogar nach seiner Frau, wurde jedoch getäuscht durch die natürliche Gelassenheit des einen und die Unbeweglichkeit, die jene sich angewöhnt hatte. »Hast du die Drinks auf den Weg gebracht?« fragte er säuerlich.

Sie tat den Mund nicht auf, denn eben erschien der erste Boy mit einem vollen Tablett auf dem Weg nach draußen. Schomberg trat an die Tür und grüßte die Stammgäste draußen, ging aber nicht zu ihnen. Er blieb, den Ausgang halb versperrend, stehen und stand dort auch noch, als Davidson, nachdem er eine Weile still gesessen hatte, sich erhob, um zu gehen. Auf das Geräusch hin wandte Schomberg den Kopf, beobachtete, wie er zu Mrs. Schomberg den Hut lüpfte und ihr hölzernes Kopfnicken nebst einem einfältigen Grinsen aufnahm, und blickte dann weg. Er tat hoch erhaben. Davidson zögerte an der Tür, die Unschuld in Person.

»Ich bedaure, daß Sie mir gar nichts über den Verbleib meines Freundes sagen wollen«, sagte er. »Mein Freund Heyst, Sie wissen. Ich vermute, mir bleibt jetzt nur noch übrig, Nachfrage unten am Hafen zu halten. Dort werde ich zweifellos etwas darüber hören.«

»Fragen Sie meinetwegen beim Teufel!« erwiderte Schomberg heiser murmelnd.

Wenn Davidson sich an den Hotelier wandte, so geschah es vor allem, um Mrs. Schomberg vor Verdacht zu sichern; aber er hätte gern von einer anderen Seite etwas mehr über Heysts Extratour gehört. Der Versuch war sehr scharfsinnig, und er gelang auf eine ziemlich überraschende Art, weil die Ansicht des Hoteliers von der Sache erschreckend gemein war. Urplötzlich, in dem selben heiseren Flüsterton, begann er, Heyst mit Ausdrücken zu belegen, von denen ›Schweinehund‹ nicht der schlimmste war, und das mit solcher Heftigkeit, daß ihm buchstäblich die Luft wegblieb. Davidson, dessen Temperament Schlimmerem gewachsen war, benutzte die Pause, um leise aufzubegehren:

»Wie unvernünftig, sich so aufzuregen. Selbst wenn er mit Ihrer Kasse durchgebrannt wäre –«

Der hochgewachsene Hotelier beugte sich nieder und brachte sein wutverzerrtes Gesicht nahe an das Davidsons.

»Meine Kasse! Mein – er – hören Sie, Captain Davidson! Er ist mit einem Mädchen durchgebrannt. Was liegt mir an dem Mädchen? Das Mädchen bedeutet mir nichts.«

Er schleuderte ein gemeines Wort heraus, so daß Davidson erschrak. So eine war das; und er wiederholte, daß ihm an dem Mädchen nichts liege. Wofür er aber zu sorgen habe, das sei der gute Ruf seines Hauses. Wo immer er seine Niederlassung gehabt hatte, stets hatten ›Künstlertruppen‹ in seinem Hotel gewohnt. Man empfahl ihn weiter; was aber würde nun passieren, wenn es sich herumspräche, daß die künstlerischen

Leiter in seinem Haus – seinem Haus – Gefahr liefen, Mitglieder ihrer Truppe zu verlieren? Und das gerade jetzt, da er siebenhundertvierunddreißig Gulden für den Bau eines Konzertsaales auf seinem Gelände aufgewendet hatte. Tat man so etwas in einem anständigen Hotel? Diese Dreistigkeit, diese Unanständigkeit, diese Unverschämtheit und Abscheulichkeit! Dieser Herumtreiber, Betrüger, Schwindler, Schurke, Schweinehund!

Er hatte Davidson an einem Rockknopf gepackt und hielt ihn so in der Tür fest, genau in der Linie von Mrs. Schombergs versteinertem Blick. Davidson blickte verstohlen in diese Richtung und wollte ihr schon irgendein beruhigendes Zeichen geben, aber sie schien, wie sie dort oben saß, so sehr aller Sinne, ja fast des Lebens beraubt, daß es sich wohl nicht lohnte. Er befreite seinen Knopf mit ruhiger Entschiedenheit. Daraufhin entschwand Schomberg mit einem letzten unterdrückten Fluch irgendwo im Innern, um im Alleinsein seine Fassung wiederzugewinnen. Davidson trat auf die Veranda hinaus. Den Stammgästen dort war das bedrohliche Zwischenspiel in der Tür nicht entgangen. Davidson kannte einige der Männer und nickte ihnen im Vorbeigehen zu; aber ein Bekannter von ihm rief:

»Hat er nicht eine verdammt schlechte Laune? So war er von jeher.«

Der Sprecher lachte laut, während alle anderen lächelnd dasaßen. Davidson blieb stehen.

»Ja, scheint so.« Seine Gefühle waren, wie er uns später erzählte, Bestürzung und Resignation; aber das war für die anderen natürlich ebensowenig zu erkennen wie Gefühle einer Schildkröte, die sich unter ihren Schild zurückzieht.

»Es scheint unerklärlich«, murmelte er gedankenvoll.

»Oh, aber sie hatten eine Rauferei!« sagte der andere.

»Was soll das heißen? Hat es einen Kampf gegeben – einen

Kampf mit Heyst?« fragte Davidson bestürzt, wenn auch etwas ungläubig.

»Heyst? Nein, die beiden – der Kapellmeister, der Kerl, der mit diesen Frauen herumzieht, und unser Schomberg. Signor Zangiacomo ist am nächsten Morgen Amok gelaufen und ging auf unseren werten Freund los. Ich kann Ihnen sagen, sie wälzten sich hier am Boden, mitten auf der Veranda, und das nachdem sie sich durchs ganze Haus gejagt hatten; Türen schlugen, Weiber kreischten, siebzehn Stück, im Speisesaal, die Chinesen saßen auf den Bäumen – He, John! Du auf Baum klettern um Kampf sehen, wie?«

Der Boy, mandeläugig und apathisch, ließ ein zorniges Knurren hören, wischte den Tisch sauber und zog sich zurück.

»Das war es – ein richtiger Freistil-Ringkampf. Und Zangiacomo fing damit an. Aber da kommt ja Schomberg. Sagen Sie, Schomberg, fiel er nicht über Sie her, als das Mädchen vermißt wurde, weil Sie darauf bestanden hatten, daß die Künstler während der Pause ins Publikum gingen?«

Schomberg war wieder in der Tür erschienen. Er kam heran. Er nahm eine würdige Haltung ein, aber seine Nüstern waren ungemein geweitet, und es kostete ihn sichtlich Mühe, seine Stimme zu beherrschen.

»Gewiß. Das war nur im geschäftlichen Interesse. Ich stellte ihm besondere Bedingungen, und alles zu Ihrem Besten, meine Herren. Ich dachte dabei an mein Stammpublikum. In diesem Nest kann man abends nichts anfangen. Ich dachte, Sie alle, meine Herren, würden die Gelegenheit begrüßen, ein bißchen gute Musik zu hören; und was ist denn dabei, wenn man einer der Künstlerinnen ein Kalbssteak oder dergleichen anbietet? Aber dieser Kerl – dieser Schwede – hat das Mädchen eingewickelt. Er hat alle hier eingewickelt. Ich beobachte ihn nun schon jahrelang. Denken Sie nur, wie er Morrison eingewickelt hat.«

Er machte plötzlich kehrt, wie bei der Parade, und stapfte davon. Die Stammgäste am Tisch wechselten stille Blicke. Davidson verhielt sich wie ein unbeteiligter Zuschauer. Man konnte Schombergs mißlauniges Auf- und Abgehen im Billardzimmer bis auf die Veranda hören.

»Und das Komischste daran ist«, fuhr der Mann, der zuerst gesprochen hatte – ein englischer Angestellter einer holländischen Firma – fort, »das Komischste ist, daß die beiden schon vor neun an jenem Morgen in einer Gharri hinunter an den Hafen fuhren, um nach Heyst und dem Mädchen zu suchen. Ich sah sie umherrennen und überall Nachfrage halten. Ich weiß nicht, was sie mit dem Mädchen angestellt hätten, aber sie schienen durchaus bereit, über unseren Heyst herzufallen, Davidson, und ihn dort am Kai umzubringen.«

Er habe, so sagte er, nie etwas so Groteskes gesehen. Diese beiden Spürhunde, die fieberhaft auf dasselbe Ziel hinarbeiteten und einander so überraschend wütende Blicke zuwarfen. In gegenseitigem Haß und Mißtrauen bestiegen sie eine Dampfbarkasse und rasten im ganzen Hafen von Schiff zu Schiff, wobei sie gewaltiges Aufsehen machten. Kapitäne, die später am Tage an Land kamen, berichteten von einer seltsamen Invasion und wollten wissen, wer die beiden verrückten Kampfhähne gewesen seien, die offenbar hinter einem Mann und einem Mädchen her waren und eine Geschichte auftischten, die weder Hand noch Fuß hatte. Auf den vor Anker liegenden Schiffen wurde ihnen durchweg ein unfreundlicher Empfang zuteil, was so weit ging, daß der Maat eines amerikanischen Dampfers sie mit unziemlicher Eile wieder über die Reling beförderte.

Inzwischen hatten Heyst und das Mädchen ein paar gute Meilen hinter sich gebracht, nachdem sie in der Nacht an Bord eines Schoners mit Ostkurs gegangen waren, der den Tesmans gehörte. Dies erfuhr man später von einem javanischen Bootsmaat, den Heyst um drei Uhr früh für das Unternehmen ge-

wonnen hatte. Der Tesman-Schoner war bei Tagesanbruch mit der üblichen Landbrise davongesegelt und zu jenem Zeitpunkt vermutlich noch in einiger Entfernung in Sicht. Die beiden Verfolger indessen wandten sich nach ihrem Erlebnis mit dem amerikanischen Maat wieder der Küste zu. Bei der Landung hatten sie noch eine heftige Auseinandersetzung in deutscher Sprache. Aber es gab keinen zweiten Ringkampf, und schließlich stiegen sie unter grimmigen Zornesblicken zusammen in eine Gharri – offenbar mit der ernüchternden Aussicht gemeinsam zu tragender Kosten – und fuhren davon, während ein verdutztes Häufchen von Europäern und Eingeborenen am Kai zurückblieb.
Nachdem er diese wunderliche Geschichte gehört hatte, verließ Davidson die Veranda des Hotels, die sich nun zusehends mit Schombergs Stammgästen füllte. Heysts Eskapade war das allgemeine Gesprächsthema. Nie zuvor hatte jenes unberechenbare Individuum Anlaß zu soviel Klatsch gegeben, dachte er. Nein. Nicht einmal in den Anfängen der Tropical Belt Coal Company, als er zeitweise im Brennpunkt des öffentlichen Interesses stand, war er von den Vagabunden und Abenteurern des Archipels zum Objekt böswilliger Kritik und dümmlichen Neides gemacht worden. Davidson zog den Schluß, daß die Menschen über diese Art von Skandalen lieber herziehen als über jede andere.
Ich fragte ihn, ob er dies denn für einen so gewaltigen Skandal halte.
»Um Himmelswillen nein!« sagte der ausgezeichnete Mann, der selbst keiner unlauteren Handlung fähig war. »Aber es ist etwas, das ich niemals getan hätte; ich meine, auch wenn ich nicht verheiratet wäre.«
In dieser Feststellung schwang kein Verdammungsurteil mit, eher etwas wie Bedauern. Davidson teilte meine Vermutung, daß es sich hier im Grunde um die Rettung eines unglücklichen

Menschenkindes handle. Nicht, daß wir zwei Romantiker gewesen wären, die die Welt mit der Schönfärberei ihres Temperaments überziehen, aber wir hatten beide, scharfsichtig genug, seit langem entdeckt, daß Heyst ein Romantiker war.

»Ich hätte nicht den Mut dazu gehabt«, fuhr er fort. »Ich sehe eine Sache von allen Seiten an; aber Heyst tut das nicht, sonst wäre er davor zurückgeschreckt. Man nimmt keine Frau in einen verödeten Dschungel mit, ohne es früher oder später zu bereuen, so oder so; und daß Heyst ein Gentleman ist, macht die Sache nur schlimmer.«

VI

Bei jener Gelegenheit sprachen wir nicht weiter über Heyst, und es ergab sich zufällig, daß ich Davidson drei Monate lang nicht wieder zu Gesicht bekam. Als wir uns dann trafen, sagte er fast als erstes:

»Ich habe ihn gesehen.«

Ehe ich noch einen Ausruf tun konnte, versicherte er mir, daß er sich nicht die Freiheit genommen habe, dort einzudringen. Er sei gerufen worden. Sonst wäre ihm nicht im Traum eingefallen, in Heysts Privatsphäre einzubrechen.

»Das glaube ich Ihnen ohne weiteres«, versicherte ich ihm, ohne mir meine Heiterkeit über sein wunderbares Taktgefühl anmerken zu lassen. Er war der feinfühligste Mann, der je einen kleinen Dampfer zwischen den Inseln hin und her fuhr. Aber seine humane Art, die nicht weniger ausgeprägt und lobenswert war, hatte ihn bewogen, seinen Dampfer (in einem Abstand von etwa einer Meile) an Samburan vorbeizusteuern – genau jeden dreiundzwanzigsten Tag. Davidson war taktvoll, human und pünktlich.

»Heyst rief Sie heran?« fragte ich interessiert.

Ja, Heyst hatte ihn gerufen, als er an dem gewohnten Termin vorbeikam. Davidson, in seiner unbeirrbaren, zuverlässigen Menschenfreundlichkeit, hatte die Küste durch sein Glas beobachtet, als er an Samburan vorbeidampfte.

»Ich sah einen weißgekleideten Mann. Es konnte nur Heyst sein. Er hatte eine Art von Riesenflagge an einer Bambusstange befestigt und schwenkte sie am Ende des alten Kais hin und her.«

Davidson wollte seinen Dampfer nicht längsseits bringen – vermutlich aus Furcht, indiskret zu erscheinen; aber er fuhr dicht heran, stoppte die Maschinen und ließ ein Boot zu Wasser. Er stieg selbst ins Boot, das natürlich mit seinen malayischen Matrosen bemannt war.

Als Heyst das Boot herankommen sah, senkte er seinen Signalmast, und als Davidson anlangte, kniete er gerade nieder und war eifrig bemüht, die Flagge loszubinden.

»War irgendwas nicht in Ordnung?« fragte ich aus natürlicher Neugier, als Davidson in seinem Bericht stockte. Man muß wissen, daß Heyst im Archipel nicht gerade als ein – wie soll ich sagen – SOS-Mann bekannt war.

»Die selben Worte entfuhren auch mir«, sagte Davidson, »noch ehe ich mit dem Boot anlegte. Ganz unwillkürlich.«

Heyst erhob sich von den Knien und begann sorgsam das Flaggentuch zusammenzufalten, das zu Davidsons Überraschung die Ausmaße eines Bettlakens hatte.

»Nein, nichts Besonderes«, rief Heyst. Seine weißen Zähne blitzten vorteilhaft unter dem kupferfarbenen Querstrich seines langen Schnurrbarts.

Ob nun seine Feinfühligkeit oder seine Korpulenz Davidson abhielt, auf den Anlegesteg zu klettern, weiß ich nicht. Er richtete sich im Boot auf, und über ihm stand Heyst, beugte sich mit verbindlichem Lächeln herab, bedankte und entschuldigte sich, ganz wie es seine Art war. Davidson hatte erwartet, ihn irgendwie verändert vorzufinden, aber nichts dergleichen. Nichts an ihm verriet das gewichtige Faktum, daß sich in jenem Dschungel ein Mädchen aufhielt, Mitglied einer Damenkapelle, das er vom Podium geradewegs in die Wildnis entführt hatte. Er schämte sich nicht, tat sich nichts darauf zugute und war auch nicht verlegen. Allenfalls lag etwas Vertrauliches darin, daß er sich an Davidson wandte. Aber was er sagte, klang rätselhaft.

»Ich ergriff die Gelegenheit, Ihnen ein Signal zu geben«, sagte er zu Davidson, »weil es vielleicht von größter Wichtigkeit ist, einen gewissen Anschein zu wahren. Natürlich nicht für mich. Ich mache mir nichts daraus, was die Leute sagen, und bin natürlich gegen alles immun. Vermutlich habe ich aber einigen Schaden angerichtet, indem ich mich dazu hinreißen ließ, zu handeln. Es ließ sich ganz harmlos an, aber jede Aktion ist nun einmal dazu angetan, Unheil zu stiften. Es ist verteufelt. Darum ist auch die Welt im ganzen so schlecht. Aber ich bin darüber hinweg! Ich werde nie wieder einen kleinen Finger rühren. Einst dachte ich, daß man durch kluge Beobachtung von Fakten am besten die Zeit hinbringt, die uns, ob wir wollen oder nicht, zugeteilt ist; aber jetzt ist auch das für mich erledigt.«

Man stelle sich den armen, geraddenkenden Davidson vor, wie er an einem verlassenen, verfallenen Landesteg, der aus dem tropischen Busch ragte, in solchen Wendungen angeredet wurde. Er hatte noch nie jemand auf diese Art sprechen hören; am wenigsten Heyst, dessen Rede immer knapp und höflich war, mit einem leicht scherzenden Unterton in seiner kultivierten Stimme.

›Er ist verrückt geworden‹, dachte Davidson bei sich.

Wenn er aber in die Physiognomie über sich auf dem Kai blickte, mußte er diesen Gedanken an einen gewöhnlichen Fall ausgesprochener Verrücktheit aufgeben. Allerdings waren das sehr ungewöhnliche Reden. Dann fiel ihm wieder ein – was ihm in seiner Überraschung aus dem Sinn gekommen war –, daß Heyst jetzt ein Mädchen bei sich hatte. Die bizarre Rede kam wahrscheinlich auf das Konto des Mädchens. Davidson schüttelte also die absurde Idee ab und fragte, um seine freundschaftliche Gesinnung zu beweisen und weil er nichts anderes zu sagen wußte:

»Sind Sie etwa knapp mit Vorräten oder dergleichen?«

Heyst lächelte und schüttelte den Kopf.
»Nein, nein. Nichts der Art. Wir sind leidlich gut dran hier. Jedenfalls vielen Dank. Wenn ich mir die Freiheit genommen habe, Sie aufzuhalten, so nicht wegen irgendeiner Unpäßlichkeit meinerseits oder seitens meiner – Gefährtin. Die Person, deretwegen ich mich entschloß, Ihren Beistand anzurufen, ist Mrs. Schomberg.«
»Ich habe mit ihr gesprochen«, warf Davidson ein.
»Oh! Sie? Natürlich, ich hoffte, sie würde einen Weg finden –«
»Aber sie hat mir nicht viel erzählt«, unterbrach ihn Davidson, der nicht abgeneigt war, etwas mehr zu erfahren – ohne eigentlich zu wissen, was.
»Hm – ja. Aber meine Mitteilung? Ja? Sie fand eine Gelegenheit, sie Ihnen zu geben? Gut, sehr gut. Sie ist geschickter, als man ihr zutrauen würde.«
»Das sind Frauen oft«, bemerkte Davidson. Das Befremden, das ihm zu schaffen gemacht hatte, nur weil sein Gesprächspartner ein Mädchen entführt hatte, verlor allmählich seine Wirkung. »Bei Frauen muß man sich auf allerlei gefaßt machen«, verallgemeinerte er in lehrhafter Absicht, die indessen ihr Ziel zu verfehlen schien; denn als nächstes sagte Heyst:
»Dies ist Mrs. Schombergs Schal.« Er wies auf das Tuch, das über seinem Arm hing. »Irgendwas Indisches, nehme ich an«, fügte er mit einem Seitenblick auf seinen Arm hinzu.
»Kein besonderes Wertstück«, sagte Davidson treuherzig.
»Höchstwahrscheinlich. Aber es gehört Schombergs Frau. Dieser Schomberg scheint ein unberechenbarer Schurke zu sein – meinen Sie nicht?«
Davidson lächelte schwach.
»Wir hier haben uns an ihn gewöhnt«, sagte er, als müsse er die allgemeine, sträfliche Duldung eines offenkundigen Schädlings entschuldigen. »Ich würde ihn nicht unbedingt so bezeichnen. Ich kenne ihn nur als Hotelier.«

»Ich kannte ihn nicht einmal als das – jedenfalls bis jetzt, als Sie so liebenswürdig waren, mich nach Surabaja zu bringen, und ich aus Sparsamkeit bei ihm abstieg. Das Neederland-Hotel ist sehr teuer, die erwarten dort, daß man seinen eigenen Diener mitbringt. Äußerst lästig.«

»Natürlich, natürlich«, pflichtete Davidson eiligst bei.

Nach kurzem Schweigen kam Heyst wieder auf die Angelegenheit des Schals. Er wollte ihn Mrs. Schomberg zurückschicken. Er sagte, es sei womöglich sehr unangenehm für sie, wenn sie ihn, danach gefragt, nicht vorweisen könne. Der Gedanke sei ihm, Heyst, sehr unbehaglich. Sie lebte in Angst vor Schomberg. Offenbar hatte sie allen Grund dazu.

Davidson war das auch aufgefallen. Was sie indessen nicht hinderte, so bemerkte er, Schomberg in gewisser Weise zum Narren zu halten – wenn es um irgendeinen Fremden ging.

»Oh! Sie wissen davon!« sagte Heyst. »Ja, sie half mir – uns.«

»Sie sagte es mir. Ich hatte ein richtiges Gespräch mit ihr«, informierte ihn Davidson. »Sich vorzustellen, daß jemand mit Mrs. Schomberg ein Gespräch hat! Wollte ich das unseren Freunden erzählen, keiner würde mir glauben. Wie haben Sie sie herumgekriegt, Heyst? Wie kamen Sie auf die Idee? Sie scheint doch zu borniert, um eines Menschen Worte zu verstehen, und zu verängstigt, um auch nur ein Huhn zu verscheuchen. Oh, die Frauen, die Frauen! Man ahnt ja nicht, was in der harmlosesten vorgeht.«

»Sie stand vor der Aufgabe, ihre Stellung im Leben zu verteidigen«, sagte Heyst. »Das verdient allen Respekt.«

»Das ist es also? Ich ahnte so etwas«, gestand Davidson.

Dann gab er Heyst Kunde von den Gewalttätigkeiten, die der Entdeckung seiner Flucht gefolgt waren. Heysts höfliche Aufmerksamkeit bekam einen düsteren Anflug, aber er ließ sich keine Überraschung anmerken und äußerte sich nicht dazu. Als Davidson seinen Bericht beendet hatte, reichte er den

Schal ins Boot hinab, und Davidson versprach, sein Bestes zu tun, ihn Mrs. Schomberg heimlich zukommen zu lassen. Heyst bedankte sich mit ein paar schlichten Worten, die durch seine vollendete Höflichkeit noch gewannen. Davidson machte sich zur Abfahrt bereit. Sie blickten einander nicht an. Plötzlich sagte Heyst:

»Sie begreifen, daß es sich um einen Fall von abscheulicher Belästigung handelte, nicht wahr? Ich merkte es und –«

Das war ein Aspekt, den der mitfühlende Davidson zu würdigen wußte.

»Das überrascht mich nicht«, sagte er verbindlich. »Sehr niederträchtig, würde ich sagen. Und Sie, natürlich – als unverheirateter Mann – hatten die Möglichkeit einzugreifen. Sehr wohl!«

Er ließ sich im Hecksitz nieder und hatte schon die Steuerleine in den Händen, als Heyst unvermittelt bemerkte:

»Die Welt ist hundsgemein. Sie beißt zu, wenn Sie ihr eine Chance geben; aber ich denke, wir können dem Schicksal hier in Sicherheit Trotz bieten.«

Als Davidson mir dies alles berichtete, bemerkte er nur dazu:

»Komische Art, dem Schicksal zu trotzen – indem man eine Frau ins Schlepptau nimmt!«

VII

Ziemlich lange danach – wir begegneten einander nicht sehr oft – fragte ich Davidson, wie er das mit dem Schal angestellt hätte, und erfuhr, daß er gerade auf sein Ziel losgegangen sei und die Mission sich als recht einfach erwiesen habe. Bei seinem allernächsten Besuch in Samarang rollte er den Schal so fest er konnte zu einem möglichst kleinen Päckchen in braunem Papier zusammen, das er mit an Land nahm. Nachdem seine Geschäfte in der Stadt erledigt waren, stieg er mit dem Päckchen in eine Gharri und ließ sich zum Hotel fahren. Auf Grund seiner früheren Erfahrung richtete er es so ein, daß er genau zur Stunde von Schombergs Siesta ankam. Als er wie beim ersten Mal alles ausgestorben fand, ging er stracks in den Billardsaal, setzte sich auf einen Platz im Hintergrund, nicht weit von der erhöhten Plattform, auf der Mrs. Schomberg zum gehörigen Zeitpunkt ihre Art von Hochsitz einnehmen würde, und brach die schläfrige Stille des Hauses, indem er kräftig auf eine Tischglocke schlug. Natürlich erschien prompt ein Chinese. Davidson bestellte einen Drink und rührte sich nicht vom Fleck.
»Notfalls hätte ich eher zwanzig Drinks nacheinander bestellt, als das Paket wieder mitzunehmen«, sagte er – und Davidson ist ein sehr enthaltsamer Mann. »Ich konnte es ja nicht in einem Winkel liegen lassen, ohne die Frau davon zu verständigen. Das hätte für sie schlimmer ausgehen können, als wenn ich es überhaupt nicht zurückgebracht hätte.«
So wartete er, ließ wieder und wieder die Glocke ertönen und schluckte, ohne daß ihm danach war, zwei oder drei geeiste Drinks hinunter. Dann trat, ganz wie er es gehofft hatte, Mrs.

Schomberg ein, Seidenkleid, langer Hals, Locken, erschrockene Augen und ein törichtes Lächeln – nichts fehlte. Wahrscheinlich hatte das faule Biest sie ausgeschickt nachzusehen, welcher durstige Gast zu dieser stillen Stunde das Echo des Hauses weckte. Verbeugung, Kopfnicken – und sie erklomm ihren Beobachtungsposten hinter der erhöhten Theke, sah so hilflos, so unbedarft aus, wie sie da saß, daß Davidson, wäre nicht das Päckchen gewesen, gemeint hätte, alles, was zwischen ihnen vorgegangen war, nur geträumt zu haben. Er bestellte noch einen Drink, um den Chinesen loszuwerden, ergriff dann das Päckchen, das auf einem Stuhl neben ihm lag, und stopfte es mit einem nur gemurmelten ›Das gehört Ihnen‹ rasch hinter einen Vorsprung der Theke zu ihren Füßen. Da! Das weitere war ihre Sache. Es war auch höchste Zeit. Fast noch ehe Davidson wieder an seinem Platz war, erschien, ostentativ gähnend, Schomberg. Er warf argwöhnische und wütende Blicke umher. Davidson kam jetzt sein Ausdruck stoischer Gelassenheit zustatten, und der andere konnte natürlich keinen Grund zu dem geringsten Verdacht haben, daß zwischen seiner Frau und dem Gast irgendein Einverständnis bestehe.

Mrs. Schomberg aber saß da wie ein Götzenbild. Davidson war platt vor Bewunderung. Er war jetzt überzeugt, daß die Frau diesen Trick schon seit Jahren anwandte. Sie zwinkerte nicht einmal mit den Augen. Es war enorm! Sie so durchschaut zu haben, erschreckte ihn fast; er kam aus seinem Staunen nicht heraus, mehr von der wirklichen Mrs. Schomberg zu wissen als jeder sonst auf den Inseln, Schomberg selbst inbegriffen. Sie war ein Gipfel der Verstellungskunst. Kein Wunder, daß Heyst das Mädchen vor den Augen zweier Männer entführen konnte, wenn er sie dabei als Helferin hatte.

Aber das größte Wunder bestand schließlich darin, daß Heyst in Weibergeschichten verwickelt wurde. Sein Leben war für uns jahrelang ein offenes Buch gewesen, und nichts lag ihm ferner als weibliche Verbindungen. Abgesehen von den Drinks, die er bei passenden Gelegenheiten ausgab, wie jeder andere auch, schien diesen Beobachter von Fakten nichts mit irdischen Angelegenheiten und Leidenschaften zu verbinden. Seine ausgesprochene Höflichkeit, der leicht scherzende Beiklang seiner Stimme hoben ihn heraus. Leicht wie eine Feder schwebte er über der Werktagsatmosphäre, die unsere Atemluft war. Daher erregte dieser Zuschauer die Aufmerksamkeit, wann immer er mit den Dingen Kontakt aufnahm. Zuerst war es die geheimnisvolle Partnerschaft mit Morrison; dann kam die große Sensation der Tropical Belt Coal Company, bei der faktisch vielerlei Interessen berührt wurden: eine richtige geschäftliche Transaktion. Und nun dieses Auf- und Davongehen, Symptom einer unverhältnismäßigen Selbstsicherheit, das größte Wunder von allen, erstaunlich und komisch zugleich.

Davidson gab mir zu, daß das Gerede allmählich nachließ, und die Angelegenheit wäre vielleicht längst vergessen gewesen, wenn nicht dieser Esel Schomberg immer wieder zähneknirschend darauf zurückgekommen wäre. Es war wirklich ärgerlich, daß Davidson nicht imstande sein sollte, einem eine Vorstellung von dem Mädchen zu geben. War sie hübsch? Er wußte es nicht. Er hatte den ganzen Nachmittag in Schombergs Hotel zugebracht, hauptsächlich um irgend etwas über sie herauszubekommen. Aber die Geschichte war allmählich abgestanden. Die Gruppen an den Tischen auf der Veranda hatten andere, neuere Ereignisse als Gesprächsstoff, und Davidson scheute sich, direkte Fragen zu stellen. Er saß gelassen da, war zufrieden, nicht beachtet zu werden, und hoffte, daß sich irgendeine Chance ergeben würde. Es sollte mich nicht wundern, wenn der gute Junge ein bißchen eingeschlafen wäre. Es ist schwer, von Davidsons Gemütsruhe eine annähernde Vorstellung zu geben. Jetzt hatte Schomberg, umherwandernd, sich zu einer Gesellschaft an einen Tisch gesetzt, der dem Davidsons benachbart war.

»Ein Mann wie dieser Schwede, meine Herren, ist eine öffentliche Gefahr«, begann er. »Ich kenne ihn seit Jahren. Ich will gar nichts darüber sagen, daß er spionierte – aber er sagte selbst von sich, er halte nach ungewöhnlichen Fakten Ausschau, und was ist das anderes als Spionage? Er spionierte jedem Geschäftsmann nach. Er machte sich an Captain Morrison heran, saugte ihn aus wie eine Orange und scheuchte ihn nach Europa, damit er dort stürbe. Es war allgemein bekannt, daß Captain Morrison es auf der Brust hatte. Zuerst ausgenommen und dann ermordet! Ich nehme kein Blatt vor den Mund – ich nicht. Als nächstes zog er diesen Schwindel mit der Belt Coal Company auf. Sie wissen alle davon. Und dann, nachdem er sich die Taschen mit anderer Leute Geld vollgestopft hat, entführt er ein weißes Mädchen von einer Kapelle, die in meinem öffentlichen Lokal für die Stammgäste spielt, macht sich davon und lebt wie ein Fürst auf jener Insel, wo ihm niemand etwas anhaben kann. Eine verdammte Gemeinheit von dem Mädchen... Ekelhaft sowas – Pfui!«
Er spuckte aus. Er keuchte vor Wut – zweifellos hatte er Zwangsvorstellungen. Er sprang von seinem Stuhl auf und ging – vielleicht, um ihnen zu entfliehen. Er begab sich in den Saal, wo Mrs. Schomberg saß. Ihr Anblick war indessen kaum geeignet, den Aufruhr der Gefühle, an dem er litt, zu lindern. Davidson fühlte sich nicht veranlaßt, Heyst zu verteidigen. Seine Taktik bestand darin, mit diesem oder jenem beiläufig ins Gespräch zu kommen und sich über die Angelegenheit nicht besonders orientiert zu zeigen, um so über das Mädchen etwas herauszubekommen. War sie irgendwie außergewöhnlich? War sie hübsch? Sie konnte keine auffallende Schönheit gewesen sein. Sie hatte keine besondere Aufmerksamkeit erregt. Sie war jung – darin stimmten alle überein. Der englische Kommis von Tesmans erinnerte sich an ihr blasses Gesicht. Er war anständig und sehr ehrbar. Es war nicht seine Art, sich

mit solchen Leuten einzulassen. Die meisten dieser Damen waren reichlich mitgenommen. Schomberg hatte sie auf dem Grundstück in dem sogenannten Pavillon untergebracht, wo sie es nicht leicht hatten, ihre weißen Kleider zu waschen und zu flicken, die man sie dann zwischen den Bäumen zum Trocknen aufhängen sah, wie eine Horde von Waschweibern. Auch auf dem Podium sahen sie sehr nach ältlichen Wäscherinnen aus. Das Mädchen aber hatte im Hauptgebäude gewohnt, zusammen mit dem Chef, dem Direktor, dem Burschen mit dem schwarzen Bart, und mit einer abgefeimten älteren Person, die den Klavierpart übernahm und als die Frau dieses Kerls galt.

Das war kein sehr befriedigendes Ergebnis. Davidson blieb und setzte sich sogar zum Abendessen an die Table d'hote, ohne weitere Informationen zu bekommen. Er gab es auf.

»Vermutlich werde ich sie eines Tages zu Gesicht bekommen«, krächzte er gelassen.

»Ja«, sagte ich. »Ohne Zweifel. Eines Tages wird Heyst Ihnen wieder winken, und ich bin gespannt, aus welchem Anlaß.«

Davidson antwortete nicht. Er hatte darüber seine eigenen Ideen, und sein Schweigen verbarg alle möglichen Gedanken. Wir sprachen nicht weiter von Heysts Mädchen. Bevor wir uns trennten, teilte er mir eine Beobachtung mit, die in keiner Beziehung dazu stand.

»Komisch«, sagte er, »aber ich habe das Gefühl, daß abends bei Schomberg Hasard gespielt wird, ganz im geheimen. Ich habe Männer beobachtet, die zu zweien oder dreien auf den Saal zuschlenderten, wo früher die Kapelle spielte. Die Fenster müssen besonders dicht verhangen sein, denn ich konnte nicht den geringsten Lichtstrahl ausmachen; aber ich kann mir nicht vorstellen, daß diese Hungerleider nur dahin gehen, um im Dunkeln über ihre Sünden nachzudenken.«

»Seltsam. Es ist unwahrscheinlich, daß Schomberg so etwas riskieren sollte«, sagte ich.

ZWEITER TEIL

I

Wie wir wissen, hatte Heyst in Schombergs Hotel Wohnung genommen ohne die geringste Ahnung, daß seine Person diesem Ehrenmann verhaßt war. Als er ankam, war Zangiacomos Damenkapelle schon eine Zeitlang dort.

Die Sache, die ihn aus seiner Abgeschiedenheit in dem verlorenen Winkel der östlichen Meere hervorgelockt hatte, betraf die Tesmans und hing irgendwie mit Geld zusammen. Er brachte das schnell hinter sich und hatte nun nichts zu tun, während er auf Davidson wartete, der ihn wieder in seine Einsamkeit bringen sollte, denn dorthin wollte Heyst zurück. Er, den wir immer den verzauberten Heyst nannten, litt an einer gründlichen Ernüchterung. Sie betraf jedoch nicht die Inseln. Der Archipel hat eine immerwährende Anziehungskraft. Den Zauber des Inseldaseins wird man nicht so bald los. Heyst war ernüchtert vom Leben im ganzen. Sein abweisendes Temperament, einmal zur Aktion verleitet, litt unter einem Fehlschlag so empfindlich, wie es sonst bei Männern, die gewöhnt sind, sich mit den Realitäten menschlicher Unternehmungen herumzuschlagen, nicht vorkommt. Es war wie der nagende Kummer eines sinnlos Aufbegehrenden, eine Art von Scham vor der eigenen verratenen Natur, und obendrein litt er einfach an regelrechten Gewissensbissen. Er maß sich eine Schuld an Morrisons Tod bei. Das war einigermaßen absurd, da vernünftigerweise niemand die Unbilden des kühlen feuchten Sommers hatte voraussehen können, die Morrison zu Hause erwarteten.

Es lag nicht in Heysts Charakter, griesgrämig zu werden,

aber seine augenblickliche geistige Verfassung war mit geselligem Wesen unvereinbar. Seine Abende in Schombergs Hotel verbrachte er abseits auf der Veranda sitzend. Das Wimmern von Streichinstrumenten drang aus dem Anbau des Hotelkomplexes, zu dem man durch eine Dekoration von japanischen Papierlaternen gelangte, die zwischen den Stämmen mehrerer hoher Bäume aufgehängt waren. Fetzen mehr oder minder klagender Melodien erreichten sein Ohr. Sie verfolgten ihn sogar bis in sein Schlafzimmer im Obergeschoß, das auf einen Balkon hinausging. Das Eindringen dieser fragmentarischen, kratzenden Laute war auf die Dauer eine unsägliche Belästigung. Wie die meisten Träumer, denen es gegeben ist, zuweilen die Musik der Sphären zu hören, hatte auch Heyst, der Wanderer des Archipels, eine Vorliebe für die Stille, der er seit Jahren hatte frönen können. Die Inseln sind besonders ruhig. Man sieht sie in ihrem dunklen Blättergewand daliegen, umgeben von einem grandiosen Schweigen aus Silber und Azur, wo das Meer ohne Wellengemurmel in einem Klang zauberischer Stille den Himmel berührt. Eine Art von heiterer Verträumtheit liegt darüber; selbst die Stimmen ihrer Bewohner sind leise und verhalten, als fürchteten sie sich, einen schützenden Zauberbann zu durchbrechen.

Dies war wohl auch der Zauber, der Heyst in der ersten Zeit umfangen gehalten hatte. Für ihn war er indessen jetzt gebrochen. Heyst war nicht mehr verzaubert, wenn er auch weiterhin ein Gefangener der Inseln blieb. Er hatte nicht die Absicht, sie je zu verlassen. Wohin hätte er auch nach all den Jahren gehen können? Nirgendwo in der Welt lebte eine Seele, die zu ihm gehörte. Diese an sich nicht so fernliegende Tatsache war ihm erst kürzlich bewußt geworden; denn erst ein Scheitern läßt einen Mann Einkehr bei sich halten und zusehen, was ihm geblieben ist. Und obwohl er den Entschluß gefaßt hatte, sich aus der Welt in ein Eremitendasein zurückzuziehen, machte ihm dieses Gefühl der Vereinsamung, das in der Stunde des Verzichts in ihm aufgestiegen war, unverhältnismäßig zu schaffen. Es schmerzte ihn. Nichts ist so schmerzhaft wie der Schock schneidender Kontraste, die unseren Verstand und unsere Gefühle zerfleischen.

Inzwischen beobachtete Schomberg Heyst aus einem Augenwinkel. Dem ahnungslosen Objekt seiner Feindschaft gegenüber wahrte er die Zurückhaltung eines Leutnants der Reserve. Aber einige seiner Stammgäste stieß er mit dem Ellbogen an und wies sie darauf hin, wie »dieser Schwede« vornehm tue.

»Ich weiß wirklich nicht, wie er dazu kommt, bei mir zu wohnen. Dieses Haus ist nicht gut genug für ihn. Wollte Gott, er wäre anderswohin gegangen, um mit seiner Überlegenheit zu glänzen. Da habe ich nun diese Konzertabende für Sie arrangiert, meine Herren, nur um die Dinge etwas freundlicher zu gestalten; und glauben Sie, er läßt sich herab, einzutreten und ein oder zwei Stücke am Abend anzuhören? Er nicht. Ich kenne ihn von Grund auf. Da sitzt er, am dunklen Ende der Piazza, den ganzen Abend und denkt sich einen neuen Schwindel aus, ganz gewiß. Für zwei Pennies würde ich ihn auffordern wegzugehen und sich anderswo Quartier zu suchen; aber hier in den Tropen mag man einen weißen Mann nicht gern so behandeln. Ich weiß nicht, wie lange er bleiben will, aber ich möchte eine Kleinigkeit wetten, daß er es nie über sich bringen wird, die fünfzig Cents Eintritt für ein bißchen gute Musik auszugeben.«

Niemand hatte Lust zu wetten, sonst würde der Hotelier die Wette verloren haben. Eines Abends trieben die schrammelnden, quiekenden, kratzenden Melodiefetzen, die ihn bis auf sein hartes Bett mit der pfannkuchendünnen Matratze und dem durchlässigen Moskitonetz verfolgten, Heyst zur Verzweiflung. Er ging hinunter zwischen die Bäume, unter deren hohem Blätterdach hier und da ein Stück ihrer mächtigen rissigen Stämme im Schein japanischer Lampions aus der großen Masse von Dunkelheit hervorstach. Noch mehr Lampions, in der Form zylindrischer Bandonien, waren in einer Reihe an einer durchhängenden Schnur befestigt und dekorierten den Eingang zu der von Schomberg großsprecherisch so genannten ›Konzerthalle‹. In seiner verzweifelten Stimmung ging Heyst drei Stufen hinauf, hob einen Kaliko-Vorhang und trat ein.

Der Radau in dem kleinen scheunenartigen, aus importierten Kiefernhölzern auf Pfählen errichteten Gebäude war einfach überwältigend. Ein Tohuwabohu von Instrumenten, die irgendeine sentimentale Weise kreischten, brummten, wimmerten, schluchzten, kratzten und quäkten, während ein Flügel, bearbeitet von einem knöchernen, rotgesichtigen Weib mit mißlaunigen Zügen, einen Hagel von Noten in den Aufruhr der Geigen schleuderte. Das kleine Podium war gefüllt von weißen Musselinkleidern und karmesinroten Schärpen, die von Schultern herabhingen, und nackten Armen, die unentwegt an ihren Instrumenten sägten. Zangiacomo dirigierte. Er trug ein weißes Meß-Jackett, eine schwarze Frackweste und weiße Hosen. Sein langes, wirres Haar und sein Vollbart waren tiefschwarz. Er sah greulich aus. Die Hitze war fürchterlich. Etwa dreißig Leute mit Drinks saßen an mehreren kleinen Tischen. Heyst, von der Stärke des Lärms ganz überwältigt, ließ sich in einen Sessel fallen. In dem schnellen Rhythmus dieser Musik, dem vielstimmigen, durchdringenden Gewimmer der Saiten, den Bewegungen der nackten Arme, den billigen Kleidern, den groben Gesichtern, den starren Augen der Ausführenden lag etwas Brutales, Wollüstiges und Abstoßendes.

»Das ist ja entsetzlich!« murmelte Heyst für sich.

Aber es liegt eine heillose Faszination in solch systematischem Lärm. Er ergriff nicht unvermittelt die Flucht, wie man es von ihm erwartet hätte. Er blieb und staunte selbst darüber, denn nichts konnte abstoßender für seinen Geschmack, peinigender für seine Sinne und sozusagen seinem Genius mehr zuwider sein als diese rohe Zurschaustellung von Gewalt. Die Zangiacomo-Kapelle vollführte keine Musik; sie mordete einfach die Stille mit einer gemeinen, wilden Beharrlichkeit. Man kam sich vor wie bei einem gewalttätigen Unternehmen, und dieser Eindruck war so stark, daß man sich wunderte, die Menschen still auf ihren Stühlen sitzen, in aller Ruhe aus ihren Gläsern trinken und keinerlei Anzeichen von Mißlaunigkeit, Ärger oder Furcht von sich geben zu sehen. Heyst wandte seinen Blick von diesem unnatürlichen Schauspiel der Gleichgültigkeit ab.

Als die Musiknummer zu Ende war, fühlte sich Heyst so erleichtert, daß ihm ein wenig schwindlig wurde, als hätte sich ein Abgrund von Stille zu seinen Füßen aufgetan. Als er die Augen wieder hob, lag auf den Gesichtern des Publikums, ganz widersinnig, ein Ausdruck von Animiertheit und Interesse, und die Damen in den weißen Musselinkleidern kamen paarweise in das Parterre von Schombergs ›Konzertsaal‹ geschritten. Sie verteilten sich über den ganzen Raum. Das männliche Wesen mit der Hakennase und dem tiefschwarzen Bart verschwand irgendwo. Dies war die Pause, während der die Mitglieder des Orchesters, wie es der schlaue Schomberg vertraglich festgelegt hatte, gehalten waren, die Leute im Publikum mit ihrer Gesellschaft zu beehren – das heißt solche, die geneigt schienen, sich mit den Künstlern auf eine familiäre und großzügige Art anzubiedern, wobei das Familiäre und Großzügige durch ein Angebot von Erfrischungsgetränken symbolisiert wurde.

Dieses Verfahren empfand Heyst als höchst unkorrekt. Indessen wurde die Unlauterkeit von Schombergs schlauem Plan durch den Umstand zunichte, daß die meisten der Damen nicht mehr jung waren und keine einzige je schön gewesen war. Ihre mehr oder weniger abgehärmten Wangen waren ein wenig geschminkt; aber abgesehen von dieser möglicherweise routinemäßigen Aufmachung schienen sie sich den Erfolg des Planes nicht übermäßig zu Herzen zu nehmen. Da der Drang, sich mit den Künsten einzulassen, offenbar im Publikum nicht sehr ausgeprägt war, setzten sich einige der Künstlerinnen teilnahmslos an freie Tische, während andere weiter Arm in Arm im Mittelgang auf und ab gingen, zweifellos erfreut, ihre Beine bewegen zu können, während die Arme Ruhe hatten. Ihre roten Schärpen gaben der verräucherten Atmosphäre des Musiksaals einen Anflug von künstlerischer Ausgelassenheit, und Heyst fühlte plötzlich Mitleid mit diesen ausgenutzten, hoffnungslosen Wesen ohne Charme und Grazie, deren freudloses Schicksal des Ausgeliefertseins ihren großen, traurigen Gesichtern einen pathetischen Zug verlieh.

Heyst neigte von Natur zu Mitgefühl. Es bereitete ihm Pein, wie sie da immer wieder dicht an seinem Tisch vorbeigingen. Er war schon im Begriff aufzustehen und hinauszugehen, als er bemerkte, daß zwei der Musselinkleider mit roten Schärpen noch auf dem Podium waren. In einem dieser Kleider stak die grobknochige Gestalt der Frau mit den mißlaunig gefurchten Mundwinkeln. Sie war niemand geringeres als Mrs. Zangiacomo. Sie war vom Klavier aufgestanden und ordnete, mit dem Rücken zum Saal, die Noten für den zweiten Teil des Konzerts, wobei sie heftige, ungeduldige Bewegungen mit ihren häßlichen Ellbogen vollführte. Damit fertig, wandte sie sich um und, die andere Gestalt im weißen Musselinkleid reglos auf einem Stuhl in der zweiten Reihe erspähend, stürmte sie zwischen den Notenständern hindurch mit aggressiver, herrischer Miene auf sie los. Im Schoß jenes Kleides lagen, müßig nebeneinander, zwei kleine, nicht besonders weiße Hände, die zu einem Paar wohlgeformter Arme gehörten. Das nächste Detail, auf das Heysts Blick gelenkt wurde, war die Anordnung des Haares – zwei dicke dunkle Flechten, die um einen anmutig geformten Kopf geschlungen waren.

»Beim Zeus, ein Mädchen!« rief er im Geiste aus.
Und ganz offensichtlich war es ein Mädchen. Es zeigte sich in dem Umriß der Schultern, in dem schwach sich abzeichnenden Vorsprung der von der schrägen roten Schärpe eingeengten Brust und dem glockenförmigen Fall des Musselinrockes, der den Stuhl verbarg, auf dem sie halb mit dem Rücken zum Saale saß. Ihre Füße, in flachen weißen Schuhen, waren zierlich gekreuzt.
Sie hatte Heysts neu erwachte Fähigkeit der Beobachtung auf sich gezogen; das war für ihn eine ganz neue Erfahrung. Denn nie zuvor war seine Beobachtungsgabe von irgendeinem weiblichen Wesen so entschieden und ausschließlich gefangengenommen worden. Er blickte so gespannt zu ihr hin, wie niemals ein Mann einen anderen ansieht, und er vergaß völlig, wo er sich befand. Er hatte das Gefühl für seine Umgebung verloren. Die mächtige Frau tat einen Schritt vor und verdeckte für einen Augenblick das Mädchen. Sie beugte sich über die sitzende jugendliche Gestalt und kam ihr ganz nahe, wie um ihr etwas ins Ohr zu sagen. Deutlich bewegten sich ihre Lippen. Aber was für ein Wort konnte das sein, das das Mädchen veranlaßte, so rasch aufzuspringen? Heyst an seinem Tisch fühlte sich von Mitgefühl überrumpelt. Er blickte rasch umher. Niemand sah aufs Podium, und als seine Augen dorthin zurückkehrten, kam das Mädchen, dem das große Weib auf den Fersen war, die drei Stufen vom Podium herunter in den Saal. Da verhielt sie, stolperte einen Schritt weiter und stand wieder still, während die andere – die Aufpasserin, der Drachen, das grobe Riesenweib vom Klavier – sich ungestüm an ihr vorbeidrängte und mit wilden Schritten durch den Mittelgang zwischen den Stühlen und Tischen hinausging, um den hakennasigen Zangiacomo irgendwo draußen wieder zu treffen. Während sie auf diese ungewöhnliche Art den Saal durchquerte, als wären alle im Saal nur Schmutz unter ihren Füßen, begegneten ihre ver-

achtungsvollen Blicke den emporgewandten Augen Heysts, der rasch fort und zu dem Mädchen hin sah. Sie hatte sich nicht bewegt. Ihre Arme hingen herab; ihre Augen waren gesenkt. Heyst legte seine halbgerauchte Zigarre hin und preßte die Lippen zusammen. Dann stand er auf. Es war die gleiche Art von Impuls, die ihn vor Jahren in dem widerwärtigen Ort Delly auf der Insel Timor die staubige Straße überqueren und Morrison ansprechen ließ, praktisch einen ihm ganz Fremden, einen Mann in Nöten, sichtlich geplagt, bedrückt und einsam.
Es war der gleiche Impuls. Aber er war sich dessen nicht bewußt. In diesem Augenblick dachte er nicht an Morrison. Man darf sagen, daß er zum erstenmal seit der endgültigen Preisgabe der Kohlenmine auf Samburan den verstorbenen Morrison völlig vergessen hatte. In Wahrheit hatte er bis zu einem gewissen Grade sogar vergessen, wer er selbst war. So, ungehemmt durch irgendeine Art von Bewußtsein seiner selbst, schritt Heyst durch den Mittelgang.
Mehrere der Frauen hatten mittlerweile hier und da an den besetzten Tischen Anker geworfen. Die Arme aufgestützt, redeten sie mit den Männern und boten in ihren weißen Kleidern, wenn man von den roten Schärpen absah, das komische Bild einer Versammlung von altjüngferlichen Bräuten mit lockeren Manieren und heiseren Stimmen. Das Gemurmel der Unterhaltung, die mit einiger Lebhaftigkeit geführt wurde, erfüllte Schombergs Konzertsaal. Niemand nahm von Heysts Verhalten Notiz; denn er war nicht als einziger auf den Beinen. Er stand schon eine Weile vor dem Mädchen, ehe es ihn gewahrte. Sie sah vor sich nieder, ganz still, bleich und starr. Erst als Heyst sie höflich anredete, hob sie die Augen.
»Entschuldigen Sie«, sagte er auf englisch, »aber dieses fürchterliche Weib hat Ihnen etwas getan. Sie hat Sie gekniffen, nicht wahr? Ich bin sicher, sie hat Sie gekniffen, als sie neben Ihrem Stuhl stand.«

Das Mädchen reagierte auf diese Einleitung nur mit einem tief erstaunten Blick aus weit aufgerissenen Augen. Heyst, über sich selbst ärgerlich, vermutete schon, sie habe nicht verstanden, was er gesagt hatte. Über die Nationalität dieser Frauen ließ sich nur soviel sagen, daß fast alle Nationen vertreten waren. Aber sie war wohl am meisten erstaunt über den Mann, der da vor ihr stand, über seinen kahlen Kopf, seine weiße Stirn, seine sonnverbrannten Wangen, über den langen, horizontalen Schnurrbart aus gewelltem bronzefarbenem Haar und über den freundlichen Blick aus blauen Augen, mit dem er sie ansah. Er bemerkte, wie in ihren Augen die starre Verwunderung für einen Moment in Angst umschlug, um dann einem Ausdruck von Resignation zu weichen.
»Ganz gewiß hat sie Sie grausam gekniffen«, murmelte er, jetzt einigermaßen verwirrt über sein Vorgehen.
Es war eine große Erleichterung, sie sagen zu hören:
»Das wäre ja nicht das erste Mal gewesen. Und wenn schon – was wollen Sie dagegen machen?«
»Ich weiß nicht«, sagte er mit einem ganz schwachen Anflug von Humor in der Stimme, der in letzter Zeit bei ihm selten gewesen war und der ihrem Ohr angenehm zu klingen schien. »Ich bin sehr bekümmert, daß ich es nicht weiß. Aber kann ich denn etwas tun? Was sollte ich Ihrer Meinung nach tun? Bitte verfügen Sie über mich.«
Wieder zeichnete sich auf ihrem Gesicht äußerstes Erstaunen ab; denn sie erkannte nun, wie sehr er sich von den anderen Männern im Saal unterschied. Er stach so von ihnen ab, wie sie von den anderen Mitgliedern der Damenkapelle abstach.
»Über Sie verfügen?« hauchte sie nach einer Weile in überraschtem Ton. »Wer sind Sie?« fragte sie dann ein wenig lauter.
»Ich wohne für ein paar Tage in diesem Hotel. Ich kam ganz zufällig hier herein. Diese Mißhandlung –«

»Mischen Sie sich da nur nicht ein«, sagte sie so ernst, daß Heyst in seinem halb scherzenden Ton fragte:

»Ist es Ihr Wille, daß ich Sie alleinlassen soll?«

»Das habe ich nicht gesagt«, antwortete das Mädchen. »Sie hat mich gekniffen, weil ich mich nicht schnell genug hier herunter verfügte.«

»Ich kann gar nicht sagen, wie entrüstet ich bin«, sagte Heyst. »Aber da Sie einmal hier unten sind«, fuhr er mit der Gewandtheit eines Weltmannes gegenüber einer jungen Dame in einem Salon fort, »sollten wir nicht besser Platz nehmen?«

Sie folgte seiner einladenden Geste, und sie setzten sich auf die nächstbesten Stühle. Über einen kleinen runden Tisch hinweg sahen sie einander mit überraschtem, offenem Blick an und wurden sich dessen erst ganz allmählich bewußt, so daß einige Zeit verging, bis sie ihre Augen abwandten; und alsbald trafen sich ihre Blicke wieder, zeitweilig, aber nur um ebenso zurückzuprallen. Schließlich festigte sich der Kontakt, aber mittlerweile, etwa fünfzehn Minuten, nachdem sie sich niedergesetzt hatten, kam die ›Pause‹ zu ihrem Ende.

Soviel über ihre Augen. Was die Unterhaltung betraf, so war sie durchaus unbedeutend, weil sie sich natürlich nichts zu sagen hatten. Heyst war von der Physiognomie des Mädchens angezogen worden. Ihr Ausdruck war weder simpel noch besonders ausgeprägt. Sie hatte nichts Bemerkenswertes an sich – das war auch nicht zu erwarten –, aber ihre Züge waren feiner gebildet als die irgendeines anderen weiblichen Gesichts, das aus solcher Nähe zu beobachten er je Gelegenheit gehabt hatte. Es lag in ihnen etwas unbestimmbar Verwegenes und etwas unendlich Elendes – eben weil sie das Temperament des Mädchens und seinen Lebenszustand widerspiegelten. Aber ihre Stimme! Sie bezauberte Heyst durch ihre verblüffende Modulation. Diese Stimme war dazu geschaffen, die erlesensten Dinge zu äußern, eine Stimme, die törichtes Geplapper erträglich machte und einen noch in ihren heftigsten Ausbrüchen faszinierte. Heyst nahm ihren Charme in sich auf, wie man auf den Ton eines Instruments lauscht, ohne auf die Melodie zu achten.

»Singen Sie auch so gut, wie Sie spielen?« fragte er plötzlich.

»Nie im Leben eine Note gesungen«, sagte sie, offenbar überrascht durch die unvermittelte Frage, denn sie hatten nicht über den Wohllaut des Gesanges gesprochen. Sie war sich ihrer Stimme entschieden nicht bewußt. »Ich glaub, ich hatte nie viel Grund zum Singen, seit ich klein war«, fügte sie hinzu.

Diese nicht gerade kluge Antwort drang durch das bloße Vibrieren und seinen warmen Ton in Heysts Herz. Sein kühler wacher Geist beobachtete mit einer Art unbestimmter Besorgnis über diesen absurden Vorgang, wie der Ton sich dort einsenkte, bis er tief auf dem Grunde verblieb, wo unsere unausgesprochenen Sehnsüchte liegen.

»Sie sind natürlich Engländerin?« sagte er.

»Was glauben Sie denn?« antwortete sie in bestrickendstem Ton. Dann, als meinte sie ihrerseits eine Frage stellen zu müssen: »Warum lächeln Sie immer beim Sprechen?«

Das reichte aus, um jeden stutzig zu machen; aber ihre gute Absicht war so deutlich, daß Heyst sogleich seine Fassung gewann.

»Das habe ich leider so an mir«, sagte er auf seine feine verbindliche Art. »Ist es Ihnen sehr zuwider?«

Sie war durchaus ernst.

»Nein. Ich stellte es nur fest. Ich bin in meinem Leben nicht gerade viel angenehmen Leuten begegnet.«

»Soviel ist sicher, daß dieses Weib, das am Klavier sitzt, sehr viel unausstehlicher ist als jeder Kannibale, mit dem ich je zu tun hatte.«

»Das glaube ich Ihnen!« Sie schüttelte sich. »Wieso hatten Sie denn etwas mit Kannibalen zu tun?«

»Das wäre eine zu lange Geschichte«, sagte Heyst mit einem Anflug von Lächeln. Heysts Lächeln war eher melancholisch und paßte schlecht zu seinem großen Schnurrbart, unter dem sich sein launiges Wesen so leicht verbarg wie ein scheuer Vogel in seinem gewohnten Dickicht. »Viel zu lange. Wie sind Sie denn an diese Bande geraten?«

»Pech«, erwiderte sie kurz.

»Zweifellos, zweifellos«, bestätigte Heyst mit leichtem Kopfnicken. Dann, immer noch entrüstet über das Armkneifen, das er mehr geahnt als wirklich gesehen hatte: »Können Sie sich nicht irgendwie zur Wehr setzen?«

Sie war schon aufgestanden. Die Damen des Orchesters nahmen allmählich ihre Plätze ein. Einige saßen schon müßig und stierten auf ihre Notenpulte. Auch Heyst erhob sich.

»Es sind zu viele gegen mich«, sagte sie.

Diese wenigen Worte kamen aus einer allgemein menschlichen Erfahrung; aber kraft ihrer Stimme klangen sie für Heyst wie eine Offenbarung. Seine Gefühle waren in Aufruhr, aber sein Geist war klar.

›Schlimme Sache. Aber dieses Mädchen beklagt sich nicht über ausgesprochene Mißhandlung‹, dachte er scharfsinnig, nachdem sie ihn verlassen hatte.

II

So hatte es angefangen. Auf welche Art es endete, wie es dann endete, läßt sich nicht so leicht genau feststellen. Es ist jedenfalls klar, daß – ich will nicht sagen: das Mädchen, wohl aber das Schicksal des Mädchens Heyst keineswegs gleichgültig war. Er war noch derselbe, der dem untergehenden Morrison nachgesprungen war, den er kaum anders als vom Sehen und von dem üblichen Inselklatsch kannte. Hier aber handelte es sich um einen ganz anderen Rettungsversuch, der wahrscheinlich zu einer anderen Art von Partnerschaft führen würde.

Dachte er überhaupt darüber nach? Vermutlich. Er machte sich hinlänglich Gedanken. Aber wenn er es tat, dann mit ungenügender Kenntnis der Dinge. Denn nichts läßt darauf schließen, daß er zu irgendeinem Zeitpunkt zwischen jenem Abend und dem Morgen der Flucht zögerte oder innehielt. In Wahrheit gehörte Heyst nicht zu jenen Männern, die gern zögern. Diese träumerischen Weltbetrachter sind fürchterlich, wenn einmal der Tatendrang sie gepackt hat. Sie senken den Kopf und stürmen auf eine Mauer los mit einem verblüffenden Ernst, der nur aus einer ungezügelten Einbildungskraft kommen kann.

Dabei war er kein Narr. Ich glaube, er wußte – oder ahnte zumindest – wohin ihn das führen würde. Aber seine gänzliche Unerfahrenheit verlieh ihm den nötigen Mut. Des Mädchens Stimme war reizend, wenn sie zu ihm von ihrer elenden Vergangenheit sprach, in einfachen Ausdrücken, mit jener Art von unbewußtem Zynismus, der der Wahrheit über die häßlichen Umstände der Armut innewohnt. Und sei es wegen seiner

Menschlichkeit oder weil ihre Stimme alle Modulationen von Leidenschaftlichkeit und tapferem Lebensmut umfaßte – ihre Geschichte stieß ihn nicht ab, sondern erweckte in ihm das Gefühl einer unendlichen Traurigkeit.
An einem späteren Abend, während der Pause zwischen den beiden Teilen des Konzerts, erzählte das Mädchen Heyst von sich. Sie war nahezu ein Kind der Straße. Ihr Vater spielte als Musiker in den Orchestern kleiner Theater. Ihre Mutter lief ihm davon, als das Kind noch klein war, und die Hauswirtinnen verschiedener ärmlicher Logierhäuser hatten sich beiläufig um ihre allem preisgegebene Kindheit gekümmert. Nicht daß sie ausgesprochen Hunger litt oder in Lumpen ging, aber sie war allezeit hoffnungslos dem Zugriff der Armut ausgesetzt. Ihr Vater brachte ihr das Geigenspielen bei. Anscheinend pflegte er sich mitunter zu betrinken, aber ohne Genuß und nur, weil er seine ihm durchgegangene Frau nicht vergessen konnte. Nachdem er einen Schlaganfall erlitten hatte, wobei er während der Vorstellung mit einem Krach in das versenkt sitzende Orchester fiel, hatte sie sich der Zangiacomo-Truppe angeschlossen. Der Vater war jetzt in einer Anstalt für unheilbare Fälle.
»Und ich bin hier«, schloß sie, »und niemand kümmert es, ob ich bei nächster Gelegenheit ein Loch ins Wasser mache oder nicht.«
Heyst sagte ihr, wenn es sich nur darum handle, aus der Welt zu scheiden, so ließe sich, dächte er, etwas Besseres finden. Sie blickte ihn mit besonderer Aufmerksamkeit und in einiger Verwirrung an, was ihrem Gesicht einen Ausdruck von Unschuld verlieh.
Es war in einer der ›Pausen‹ zwischen den beiden Teilen des Konzerts. Sie war diesmal herunter in den Saal gekommen, ohne von dem gräßlichen Zangiacomo-Weib gekniffen und dazu angetrieben zu sein. Kaum anzunehmen, daß sie sich

durch die kahle intellektuelle Stirn und den langen rötlichen Schnurrbart ihres neuen Freundes hätte betören lassen. Neu ist nicht das richtige Wort. Sie hatte bis dahin nie einen Freund gehabt, und das Gefühl seiner ihr entgegenwallenden Sympathie war schon allein durch seine Neuheit aufregend. Außerdem erschien ihr jeder Mann, der Schomberg nicht ähnlich war, schon aus diesem Grunde anziehend. Sie hatte Angst vor dem Hotelier, der sich die Tatsache, daß sie im Hotel selbst und nicht mit den anderen ›Künstlerinnen‹ im Pavillon wohnte, zunutze machte und tagsüber um sie herumstrich, stumm, gierig, gewaltig mit seinem großen Bart, oder ihr in stillen Winkeln und leeren Gängen nachstellte mit rätselhaften Flüsterreden in tiefem Baß, die, ungeachtet ihrer Eindeutigkeit, entsetzlich gemein klangen.

Der Kontrast von Heysts ruhiger Zuvorkommenheit berührte sie besonders angenehm und erfüllte sie mit Bewunderung. Sie hatte so etwas noch nie bisher erlebt. Wenn sie allenfalls etwas Güte in ihrem Leben erfahren hatte, so war sie doch nie den elementaren Formen der Höflichkeit begegnet. Das zog sie an wie eine ganz neue Erfahrung, nicht ganz begreiflich, aber entschieden angenehm.

»Ich sage Ihnen, sie sind zu viele gegen mich«, wiederholte sie, manchmal gedankenlos, aber öfter mit einem Kopfschütteln bedrohlicher Niedergeschlagenheit.

Sie hatte natürlich überhaupt kein Geld. Die vielen ›schwarzen Männer‹ überall flößten ihr Angst ein. Sie hatte faktisch keine genaue Vorstellung, wo auf der Erdoberfläche sie sich befand. Gewöhnlich wurde das Orchester vom Dampfer zu irgendeinem Hotel geschafft und dort interniert, bis es Zeit war, an Bord eines anderen Dampfers zu gehen. Sie konnte sich die Namen, die sie hörte, nicht merken.

»Wie heißt dieser Ort doch wieder?« pflegte sie Heyst zu fragen.

»Surabaja«, sagte er dann prononciert und beobachtete den verschüchterten Ausdruck, der bei dem ausländischen Klang in ihre fest auf ihn gerichteten Augen trat.
Er konnte sich eines Gefühls von Mitleid nicht erwehren. Er schlug vor, sie möge zum Konsul gehen, aber diesen Rat gab ihm sein Gewissen ein, nicht seine Überzeugung. Sie hatte von einem solchen Tier und seinem Nutzwert nie etwas gehört. Ein Konsul! Was war das? Was konnte er tun? Und als sie erfuhr, daß man ihn möglicherweise dazu bewegen könnte, sie nach Hause zu schicken, sank ihr Kopf auf die Brust.
»Was soll ich anfangen, wenn ich dorthin komme?« murmelte sie so redlich bekümmert, in einem so rührenden Ton (noch im Flüstern verlor ihre Stimme nichts von ihrem Reiz), daß es Heyst vorkam, als sähe er die Illusion menschlicher Kameradschaft vor der nackten Wirklichkeit ihrer Existenz hinschwinden und als stünden sie beide allein vor einer moralischen Wüste, unfruchtbar wie die Sandflächen der Sahara, ohne erquickenden Schatten, ohne erfrischendes Wasser.
Sie beugte sich ein wenig über den kleinen Tisch, denselben kleinen Tisch, an dem sie bei ihrer ersten Begegnung gesessen hatten; und mit keiner anderen Erinnerung als an die Steine auf den Straßen, die sie als Kind gekannt hatte, und in der Trübsal der unzusammenhängenden, wirren, bruchstückhaften Eindrücke ihrer Reisen, die ihr eine unbestimmte Angst vor der Welt eingeflößt hatten, sagte sie rasch, wie es einem die Verzweiflung eingibt:
»Tun *Sie* doch etwas! Sie sind ein Gentleman. Ich habe mich ja nicht zuerst an Sie gewandt, oder? Ich habe doch nicht davon angefangen, nicht wahr? Sie kamen heran und sprachen mit mir, als ich da drüben stand. Aus welchem Grunde wollten Sie denn mit mir sprechen? Weshalb – das ist mir gleich, aber Sie müssen nun etwas tun.«
Ihre Haltung war drohend und flehend zugleich, eigentlich

ungestüm, obwohl ihre Stimme kaum stärker war als ein Hauch. Jedenfalls so, daß es allgemein auffiel. Heyst brach absichtlich in lautes Lachen aus. Sie erstickte fast vor Entrüstung über diese brutale Herzlosigkeit.

»Was sollte das denn heißen ›verfügen Sie über mich‹?« zischte sie ihn geradezu an.

Eine gewisse Härte in seinem starren Blick und ein ruhiges, endgültiges ›All right‹ brachten sie zur Vernunft.

»Ich bin nicht reich genug, um Sie freizukaufen«, fuhr er mit einem besonders überlegenen Lächeln fort, »auch wenn es sich überhaupt machen ließe; aber ich kann Sie immerhin rauben.«

Sie blickte ihn intensiv an, als verberge sich hinter diesen Worten etwas sehr Kompliziertes.

»Gehen Sie jetzt«, sagte er rasch, »und versuchen Sie, dabei ein Lächeln aufzusetzen.«

Sie gehorchte mit unerwarteter Bereitwilligkeit, und da sie über eine Reihe guter weißer Zähne verfügte, war die Wirkung dieses mechanischen, befohlenen Lächelns beglückend, strahlend. Das überraschte Heyst. Kein Wunder, fuhr es ihm durch den Sinn, daß Frauen die Männer so perfekt zu täuschen verstehen. Das gehörte untrennbar zu ihnen; sie schienen mit dieser besonderen Fähigkeit erschaffen zu sein. Von diesem Lächeln wußte er nun genau, wie es zustande gekommen war, und doch hatte es ein Gefühl von Wärme erzeugt, hatte ihm eine Art von Lebensinbrunst gegeben, eine für ihn ganz neue Erfahrung.

Inzwischen hatte sie den Tisch verlassen und sich zu den anderen ›Damen vom Orchester‹ begeben. Sie schlenderten in Gruppen zum Podium, roh angetrieben von der hochfahrenden Genossin Zangiacomos, die aussah, als könne sie sich nur mit Mühe zurückhalten, sie in den Rücken zu boxen. Zangiacomo folgte, mit seinem großen gefärbten Hängebart und in dem kurzen Meßjackett; dabei wirkte er durch seinen hängenden

Kopf und durch seine schuldbewußten, engstehenden Augen wie eine Armesündergestalt. Er erklomm als letzter die Stufen, wandte sich um, bot dem Saal den Anblick des schwarzen Bartes und klopfte mit dem Bogen ans Notenpult. Heyst zuckte in Vorahnung des gräßlichen Lärms zusammen. Und auf der Stelle ging es los, unverschämt laut und fürchterlich. Das Weib am Klavier, am einen Ende des Podiums, bot mit zurückgeworfenem Kopf ihr grausames Profil dar und bearbeitete die Tasten, ohne in die Noten zu blicken.

Heyst konnte den Lärm nicht länger als eine Minute ertragen. Er ging hinaus, während ihm der Schädel von dem Rhythmus irgendeines mehr oder weniger Ungarischen Tanzes dröhnte. Die von Kannibalen bewohnten Wälder Neu-Guineas, in denen er das aufregendste seiner früheren Abenteuer erlebt hatte, waren wenigstens still. Und dieses neue Abenteuer erforderte, wohl nicht in seiner Durchführung, sondern seiner Natur nach, bessere Nerven als jedes andere Abenteuer, dem er sich bis dahin gegenüber gesehen hatte. Während er zwischen den Papierlaternen dahinschritt, die an den Bäumen aufgehängt waren, dachte er reumütig an die Düsternis und Totenstille der Wälder im entlegensten Winkel der Geelvink-Bucht zurück, jenen vielleicht wildesten, unsichersten und tödlichsten Ort auf der Erde, von dem das Meer gerade noch zu sehen ist. Von seinen Gedanken bedrückt, suchte er die Dunkelheit und den Frieden seines Schlafzimmers auf, aber die Ruhe war nicht vollkommen. Die fernen Töne der Musik drangen an sein Ohr, zwar schwach, aber dennoch irritierend. Auch fühlte er sich dort nicht besonders sicher, denn das hängt nicht von den äußeren Umständen, sondern von der inneren Verfassung ab. Er versuchte nicht erst, sich schlafen zu legen; er knöpfte nicht einmal den obersten Knopf seiner Jacke auf. Er saß in einem Sessel und grübelte. Früher pflegte er in Einsamkeit und Stille klare und manchmal sogar tiefe Gedanken zu haben, sah das

Leben jenseits der schmeichelhaften optischen Täuschung immerwährender Hoffnung, alltäglicher Selbsttäuschungen und ständig erwarteten Glücks. Aber diesmal war er bedrückt; ein leichter Schleier schien sich vor sein geistiges Auge gesenkt zu haben: das Erwachen eines vorläufig noch undeutlichen und verworrenen zärtlichen Gefühls für eine unbekannte Frau.

Allmählich hatte Stille, wirkliche Stille sich um ihn verbreitet. Das Konzert war zu Ende, das Publikum gegangen; der Konzertsaal war dunkel, und sogar der Pavillon, in dem die Damenkapelle nach ihren geräuschvollen Anstrengungen schlief, zeigte nicht den kleinsten Lichtschein. Heyst spürte eine plötzliche Unruhe in allen Gliedern. Da diese Reaktion nach der langen Unbeweglichkeit sich nicht abweisen ließ, gab er ihr nach, indem er sich leise über die rückwärtige Veranda hinunter auf das Gelände seitlich vom Hause stahl, in den schwarzen Schatten unter den Bäumen, wo die erloschenen Papierlampions sanft an den Ästen schaukelten wie verdorrte Früchte. Dort schritt er lange Zeit auf und ab, ein stiller meditierender Geist, in seinem weißen Drillichanzug, im Kopf Gedanken wälzend, die absolut neu, beunruhigend und verführerisch waren; dabei wollte er seinen Geist mit seinen Entschlüssen vertraut machen, damit diese, ständig im Auge behalten, am Ende löblich und weise erschienen. Denn die Vernunft dient ja dazu, die verborgenen Wünsche zu rechtfertigen, die unser Verhalten, unsere Impulse, Leidenschaften, Vorurteile und Torheiten und auch unsere Ängste bestimmen.

Er merkte, daß er sich durch ein übereiltes Versprechen auf eine Aktion mit lauter unberechenbaren Konsequenzen eingelassen hatte. Zudem war es fraglich, ob das Mädchen begriffen hatte, was er meinte. Wer konnte das wissen? Zweifel jeglicher Art befielen ihn. Als er den Kopf hob, nahm er etwas Weißes wahr, das zwischen den Bäumen einherhuschte. Es verschwand fast sogleich wieder; aber es konnte kein Irrtum sein. Es ärgerte ihn, sich bei diesem Herumstreichen mitten in der Nacht entdeckt zu sehen. Wer konnte das sein? Auf die Idee, daß vielleicht auch das Mädchen keinen Schlaf fände, kam er nicht. Er ging vorsichtig näher heran. Da sah er wieder das weiße Phantom, und im nächsten Augenblick kamen alle seine Zweifel über ihre Gemütsverfassung zur Ruhe, denn er fühlte sich von ihr so flehentlich umklammert, wie es einem von Hilfesuchenden überall in der Welt geschieht. Sie flüsterte und stammelte so unzusammenhängend, daß er kein Wort verstand; aber das tat seiner tiefen Bewegung keinen Abbruch. Er machte sich keine Illusionen über sie, aber sein volles Herz gewann über seine Skepsis die Oberhand.

»Beruhigen Sie sich, beruhigen Sie sich«, murmelte er ihr ins Ohr; zugleich erwiderte er ihre Umarmung, anfangs mechanisch, und dann mit zunehmendem Gefühl für ihre bedrängte Lage. Wie ihre Brust in seiner engen Umarmung sich hob und sie an allen Gliedern zitterte – das durchfuhr ihn und ging ihm wirklich zu Herzen. Während sie in seinen Armen ruhiger wurde, wühlte es ihn immer mehr auf, als gäbe es nur ein bestimmtes Maß heftiger Erregung in der Welt. Die Nacht selbst schien stiller zu werden, zu verstummen, und die Reglosigkeit der unbestimmten schwarzen Schatten schien ihn noch enger zu umfangen.

»Es wird schon werden«, versuchte er, sie in überzeugendem Ton zu beruhigen, wobei er ihr ins Ohr sprach und sie zwangsläufig noch enger umfaßte.

Ob es nun die Worte waren oder die Geste – sie hatten eine sehr gute Wirkung. Er hörte einen schwachen Seufzer der Erleichterung. Sie sprach nun mit ruhiger Inbrunst.

»Oh, ich wußte vom ersten Augenblick, da Sie zu mir sprachen, daß alles in Ordnung käme! Ja, wirklich, ich wußte es sogleich, als Sie an jenem Abend auf mich zukamen. Ich wußte, es würde in Ordnung kommen, wenn Ihnen nur daran gelegen wäre; aber ich konnte natürlich nicht wissen, ob es Ihnen ernst war. ›Verfügen Sie über mich‹, sagten Sie. Komischer Ausspruch für einen Mann wie Sie. Meinten Sie das wirklich? Haben Sie sich nicht über mich lustig gemacht?«

Er protestierte; er sei zeitlebens ein ernsthafter Mensch gewesen.

»Ich glaube Ihnen«, sagte sie innig. Diese Erklärung rührte ihn. »Es liegt nur an Ihrer Art zu sprechen, als machten Sie sich über die Leute lustig«, fuhr sie fort. »Aber ich ließ mich nicht täuschen. Ich sah, daß Sie dieses bestialische Weib haßten. Und Sie sind gewitzt. Sie haben es gleich erkannt. Sie sahen es mir am Gesicht an, wie? Kein schlechtes Gesicht, oder? Sie werden es nicht bereuen. Hören Sie – ich bin noch keine zwanzig. Ist die reine Wahrheit, und so schlecht kann ich nicht aussehen – oder ich erzähl' Ihnen auf der Stelle, daß mir schon öfter Burschen zugesetzt und mich gequält haben. Ich weiß nicht, was denen einfällt –«

Sie überhastete sich beim Sprechen. Sie keuchte, und dann rief sie in verzweifeltem Ton aus:

»Was ist es? Was ist das nur?«

Heyst hatte seine Arme plötzlich gelockert und war ein wenig zurückgewichen. »Liegt es an mir? Ich hab' sie nicht mal angeschaut, ich sag's Ihnen. Niemals! Habe ich Sie angeschaut? Sagen Sie selbst. Es ging doch von Ihnen aus.«

In Wahrheit war Heyst vor der Vorstellung zurückgezuckt, mit unbekannten Burschen, mit Schomberg, dem Hotelier, konkurrieren zu müssen. Die nebelhafte weiße Gestalt vor ihm schwankte mitleiderregend in der Dunkelheit. Er schämte sich seiner Skrupelhaftigkeit.

»Ich fürchte, man hat uns entdeckt«, murmelte er. »Ich glaube, jemand auf dem Weg zwischen dem Haus und den Büschen hinter Ihnen gesehen zu haben.«

Er hatte niemand gesehen. Es war eine barmherzige Lüge,

wenn es je so etwas gegeben hat. Sein Mitgefühl war so echt wie sein Zurückweichen und, wie er meinte, sehr viel ehrenhafter.
Sie wandte nicht den Kopf. Sie war sichtlich erleichtert.
»Dieser brutale Kerl?« hauchte sie und meinte damit offenbar Schomberg. »Er treibt es jetzt zu weit mit mir. Was soll man von ihm schon erwarten? Erst heute abend nach dem Essen wollte er – aber ich bin ihm entschlüpft. Sie nehmen es ihm nicht übel, nicht wahr? Ich könnte ja auch allein mit ihm fertig werden, nun da ich weiß, daß Sie mich gern haben. Ein Mädchen kann sich in einem Streit schon wehren, glauben Sie nicht? Nur, es ist nicht leicht, sich zu behaupten, wenn man weiß, daß man nichts und niemand als Rückhalt hat. Es gibt nichts Einsameres in der Welt als ein Mädchen, das allein für sich einstehen muß. Als ich meinen armen Papa in jenem Heim zurückließ – es war auf dem Lande, bei einem Dorf – und aus dem Tor kam, hatte ich sieben Schilling und drei Pence in meinem alten Portemonnaie und die Fahrkarte. Ich wanderte eine Meile weit und erreichte dann einen Zug –«
Sie brach ab und schwieg einen Augenblick.
»Lassen Sie mich jetzt nicht im Stich«, fuhr sie fort. »Wenn Sie es täten, was sollte ich dann anfangen? Ich würde leben müssen, gewiß, weil ich Angst hätte, mich zu töten, aber Sie hätten dann etwas tausendmal Schlimmeres als einen Mord begangen. Sie sagten mir, Sie seien immer allein gewesen, nicht mal einen Hund hätten Sie je gehabt. Nun, ich würde keinem im Wege sein, wenn ich bei Ihnen lebte – nicht einmal einem Hund. Das meinten Sie doch wohl, als Sie herankamen, ganz dicht, und mich ansahen?«
»Ganz dicht? Ich?« murmelte er und stand reglos vor ihr in der tiefen Dunkelheit. »So dicht wie jetzt?«
Ihr Ärger und ihre Verzweiflung machten sich in gedämpften Tönen Luft.

»Das haben Sie vergessen? Was haben Sie denn erwartet? Ich weiß, was für eine Art von Mädchen ich bin; aber ich gehöre dennoch nicht zu der Sorte, der die Männer den Rücken kehren – und das sollten Sie wissen, wenn Sie nicht genau so sind wie alle anderen. Ach, verzeihen Sie mir! Sie sind nicht wie die anderen; Sie sind wie niemand in der Welt, mit dem ich je gesprochen habe. Haben Sie mich denn nicht gern? Sehen Sie denn nicht –?«

Was er sah war, daß sie, weiß und gespenstisch, ihre Arme nach ihm ausstreckte wie ein bittender Geist. Er nahm ihre Hände und war betroffen, ja geradezu überrascht, sie in seinem Griff so warm, so wirklich, so fest und lebendig zu spüren. Er zog sie an sich, und sie ließ ihren Kopf mit einem tiefen Seufzer auf seine Schulter sinken.

»Ich bin todmüde«, klagte sie flüsternd.

Er legte seine Arme um sie und merkte nur an den zuckenden Bewegungen ihres Körpers, daß sie lautlos schluchzte. Er stützte sie, und seine Gedanken verloren sich in dem tiefen Schweigen der Nacht. Nach einer Weile wurde sie ruhiger und weinte still vor sich hin. Dann fragte sie plötzlich, gleichsam erwachend:

»Sie haben doch nichts mehr gesehen, daß uns jemand, wie Sie dachten, nachspioniert?«

Er fuhr bei diesen rasch und schneidend geflüsterten Worten auf und erwiderte, daß er sich höchstwahrscheinlich geirrt habe.

»Wenn überhaupt jemand da war«, dachte sie laut, »könnte es niemand anders als jene Frau vom Hotel gewesen sein – die Frau des Besitzers.«

»Mrs. Schomberg?« sagte Heyst überrascht.

»Ja. Auch eine, die nachts nicht schlafen kann. Warum? Wissen Sie's nicht? Weil sie natürlich genau sieht, was vorgeht. Dieser Rohling gibt sich nicht einmal Mühe, es vor ihr zu verheimlichen. Wenn sie nur ein bißchen Verstand hätte! Sie kennt auch meine Gefühle, aber sie ist zu ängstlich, ihm auch nur ins Gesicht zu sehen, und schon gar, den Mund aufzumachen. Er würde ihr sagen, sie solle sich doch aufhängen.«

Eine Zeitlang sagte Heyst nichts. An einen öffentlich provozierten Streit mit dem Hotelier war nicht zu denken. Eine gräßliche Vorstellung. Leise flüsternd versuchte er, dem Mädchen auseinanderzusetzen, daß bei dieser Lage der Dinge ein offenes Ausscheiden aus der Truppe wahrscheinlich auf Widerstand stieße. Sie hörte begierig auf seine Erklärung und drückte von Zeit zu Zeit die Hand, die sie gesucht und im Dunklen gefaßt hatte.

»Wie ich schon sagte, ich bin nicht reich genug, Sie loszukaufen; also muß ich Sie rauben, sobald ich Mittel und Wege finde, hier fortzukommen. Inzwischen wäre es verhängnisvoll, wenn man uns in der Nacht beisammen sähe. Wir dürfen uns nicht verraten. Besser, wir trennen uns sogleich. Ich glaube, ich habe mich diesmal geirrt; wenn aber, wie Sie sagen, diese arme Mrs. Schomberg nachts nicht schlafen kann, müssen wir vorsichtiger sein. Sie würde es dem Kerl berichten.«

Das Mädchen hatte sich, während er sprach, aus seinem lockeren Griff befreit und stand jetzt losgelöst da, drückte aber immer noch fest seine Hand.

»O nein«, sagte sie völlig überzeugt. »Ich sage Ihnen doch, sie wagt vor ihm nicht den Mund aufzumachen. Und sie ist nicht so übel, wie sie aussieht. Sie würde uns nicht verraten. Sie weiß etwas, das doppelt soviel wert ist. Sie wird uns helfen – das wird sie, wenn sie überhaupt etwas zu unternehmen wagt.«

»Mir scheint, Sie haben einen sehr klaren Überblick über die Lage«, sagte Heyst und empfing einen langen herzlichen Kuß für diesen Lobspruch.

Er entdeckte, daß es nicht so einfach war, sich von ihr zu trennen, wie er gedacht hatte.

»Auf mein Wort«, sagte er, bevor sie auseinandergingen, »ich weiß nicht einmal Ihren Namen.«
»Nein? Man ruft mich Alma. Ich weiß nicht weshalb. Ein häßlicher Name! Auch Magdalen. Es ist ganz gleich; Sie können mir irgendeinen Namen geben, den Sie wollen. Ja, Sie geben mir einen Namen. Denken Sie sich einen aus, dessen Klang Sie mögen – irgendwas ganz Neues. Wie gern würde ich alles vergessen, was vorher war, wie man einen Traum vergißt, der hinter einem liegt, die Angst und alles! Das möchte ich.«
»Möchten Sie das wirklich?« fragte er murmelnd. »Dagegen ist nichts einzuwenden. Soviel ich weiß, vergessen Frauen leicht alles, was sie in der Vergangenheit in ihren Augen herabgesetzt hat.«
»Ich dachte aber gerade an Ihre Augen, denn ich bin sicher, daß ich nie irgend etwas zu vergessen wünschte, bis Sie an diesem Abend auftauchten und Ihr Blick mir durch und durch ging. Ich weiß, ich bin nicht viel wert; aber ich weiß, wie man zu einem Manne hält. Ich habe immer zu meinem Vater gehalten, seit ich alles begriff. Er war kein schlechter Kamerad. Jetzt, da ich ihm nicht mehr nützen kann, würde ich ebenso rasch all das vergessen und ganz neu anfangen. Aber das sind Dinge, über die ich nicht mit Ihnen sprechen kann. Worüber könnte ich überhaupt mit Ihnen sprechen?«
»Machen Sie sich darum keine Sorgen«, sagte Heyst. »Ihre Stimme ist genug. Ich bin darin verliebt, was sie auch sagt.«
Sie blieb eine Weile stumm, als habe diese ruhige Feststellung ihr den Atem benommen.
»Oh! Ich wollte Sie fragen –«
Ihm fiel ein, daß sie wahrscheinlich seinen Namen nicht wußte, und er machte sich jetzt auf diese Frage gefaßt, aber sie fuhr nach kurzem Zögern fort:
»Weshalb haben Sie mir eigentlich heute abend in dem Saal befohlen zu lächeln – Sie erinnern sich?«

»Ich dachte, wir würden beobachtet. Ein Lächeln ist die beste Maske. Schomberg stand am übernächsten Tisch und trank mit ein paar holländischen Handlungsgehilfen aus der Stadt. Zweifellos beobachtete er uns – zumindest Sie. Darum eben bat ich Sie zu lächeln.«

»Ah, darum. Darauf wäre ich nie gekommen.«

»Und Sie machten das ausgezeichnet – ganz bereitwillig, als wenn Sie meine Absicht verstanden hätten.«

»Bereitwillig!« wiederholte sie. »Oh, ich war nur zu bereit zu lächeln. Das ist die Wahrheit. Es war, darf ich sagen, seit Jahren das erste Mal, daß ich mich zum Lächeln aufgelegt fühlte. Ich habe in meinem Leben nicht viel Gelegenheit zum Lächeln gehabt, das können Sie mir glauben; besonders nicht in letzter Zeit.«

»Aber Sie können es ganz reizend – auf faszinierende Art.«

Er zögerte. Sie stand reglos, wartete auf mehr, mit der Reglosigkeit höchsten Entzückens und dem Wunsch, das Gefühl zu verlängern.

»Es überraschte mich«, fügte er hinzu. »Es drang mir so geradewegs ins Herz, als hätten Sie nur zu dem Zweck gelächelt, mich zu verwirren. Mir war, als hätte ich nie zuvor im Leben ein Lächeln gesehen. Ich dachte noch daran, nachdem ich Sie verlassen hatte. Es raubte mir die Ruhe.«

»Das alles bewirkte es?« sagte sie stockend und ungläubig.

»Wenn Sie nicht so gelächelt hätten, wäre ich wohl heute nacht nicht hier herausgekommen«, sagte er in seinem heiter ernsthaften Ton. »Das war Ihr Sieg.«

Er fühlte ihre Lippen leicht auf den seinen, und im nächsten Augenblick war sie fort. Ihr weißes Kleid leuchtete in der Ferne und schien dann von der dichten Finsternis des Hauses wie verschluckt. Heyst wartete ein wenig, ehe er den gleichen Weg nahm, um die Ecke, die Stufen zur Veranda hinauf und in sein Zimmer, wo er sich endlich niederlegte – nicht um zu schlafen,

sondern um in seinem Geist alles durchzugehen, was bei ihrer Begegnung gesprochen worden war.
›Mit ihrem Lächeln – das stimmt genau‹, dachte er. Da hatte er die Wahrheit gesprochen, und über ihre Stimme auch. Im übrigen – was sein mußte, mußte sein.
Eine heiße Woge ging über ihn hin. Er drehte sich auf den Rücken, breitete die Arme zum Kreuz über das breite, harte Bett und lag ganz still mit offenen Augen unter dem Moskitonetz, bis das Tageslicht in sein Zimmer fiel, rasch heller wurde und sich in unfehlbaren Sonnenschein verwandelte. Er stand dann auf, trat vor einen kleinen Spiegel an der Wand und starrte sich unverwandt an. Diese lange Musterung geschah nicht aus einer neu erwachten Eitelkeit. Ihm war so seltsam zumute, daß er dem Verdacht nicht widerstehen konnte, seine menschliche Erscheinung habe sich während der Nacht verändert. Indessen sah er in dem Spiegel nur den Mann, den er schon kannte. Es war geradezu eine Enttäuschung – eine Herabminderung seines kürzlichen Erlebnisses. Und dann lächelte er über seine Naivität; denn mit seinen mehr als fünfunddreißig Jahren hätte er wissen sollen, daß in den meisten Fällen der Leib die unwandelbare Maske der Seele ist, die selbst der Tod nur wenig verändert, bis sie dem Blick entzogen wird und keine Veränderungen mehr von Bedeutung sind – weder für unsere Freunde noch für unsere Feinde.
Heyst war sich keiner Freunde und keiner Feinde bewußt. Der eigentliche Sinn seines Lebens war ein einsames Vollbringen, nicht mit Hilfe eremitenhafter Zurückgezogenheit, ihrer Stille und Unbeweglichkeit, sondern mittels eines Systems ruhelosen Umherwanderns in der Unabhängigkeit eines kurzfristigen Bewohners wechselnder Szenerien. In diesem Plan hatte er das Mittel erblickt, durchs Leben zu kommen, ohne leiden zu müssen und fast ohne sich um einen Menschen in der Welt zu kümmern – unverwundbar, weil er allem auswich.

III

Seit fünfzehn Jahren wanderte Heyst umher, immer gleich liebenswürdig und unnahbar, und galt daher im allgemeinen als ein ›komischer Kauz‹. Er hatte mit diesem Umherreisen nach dem Tode seines Vaters begonnen, eines expatriierten Schweden, der in London starb, unzufrieden mit seinem Land und zerfallen mit aller Welt, die es instinktiv abgelehnt hatte, seine weisen Lehren zu befolgen.
Denker, gewandter Stilist und Mann von Welt in seiner Zeit, hatte der ältere Heyst zunächst nach allen Freuden getrachtet, denen der Großen und denen der Niederen, denen der Narren und denen der Weisen. Für mehr als sechzig Jahre hatte er über diesen unseren jammervollen Erdboden die verdrossenste und ruheloseste Seele geschleppt, die unsere Zivilisation je für ihre Zwecke der Enttäuschung und Reue abgerichtet hat. Man konnte ihm eine gewisse Größe nicht absprechen, denn er war unglücklich auf eine Art, von der mittelmäßige Seelen nichts wissen. Seine Mutter hatte Heyst nie gekannt, aber das blasse, vornehme Gesicht seines Vaters behielt er in liebevoller Erinnerung. Er hatte ihn meist in einem weiten blauen Hausmantel in einem geräumigen Haus einer stillen Londoner Vorstadt gesehen. Drei Jahre lang, nach Verlassen der Schule mit achtzehn Jahren, hatte er mit dem alten Heyst gelebt, der damals an seinem letzten Buch arbeitete. In diesem Werk, am Ende seines Lebens, forderte er für die Menschheit jenes Recht auf absolute moralische und geistige Freiheit, deren er die Menschen schon nicht mehr für würdig erachtete.
Bei solchem Umgang in jenem bildsamen und empfänglichen

Alter mußten die drei Jahre in dem Jungen ein tiefes Mißtrauen gegenüber dem Leben zurücklassen. Der junge Mann hatte gelernt nachzudenken, und das ist immer etwas Zersetzendes, ein ständiges Überprüfen des gezahlten Preises. Es sind ja nicht die Klarsichtigen, die die Welt anführen. Große Leistungen entstehen in einer wohltuenden, warmen, geistumnebelnden Atmosphäre, und die hatten die kalten Stürme der väterlichen Analyse erbarmungslos von dem Sohn weggeblasen.

»Ich werde mich treiben lassen«, hatte Heyst entschlossen zu sich gesagt.

Er meinte das nicht geistig oder gefühlsmäßig oder moralisch. Er meinte, sich ganz und gar, buchstäblich treiben lassen, Leib und Seele, wie ein abgerissenes Blatt im Winde unter den unbeweglichen Bäumen einer Waldlichtung; sich treiben lassen, ohne sich an irgend etwas zu heften.

»Das wird meine Verteidigung gegen das Leben sein«, hatte er zu sich gesagt und war sich dabei gleichsam innerlich bewußt, daß es für den Sohn seines Vaters keine würdige Alternative gab.

Er wurde ein heimatlos Schweifender, so nüchtern und aus Überzeugung, wie es andere durch Alkohol, aus Lasterhaftigkeit, aus Charakterschwäche werden – mit voller Absicht, wie andere aus Verzweiflung. So war Heysts Leben, wenn man von den Tatsachen absah, bis zu jenem aufregenden Abend verlaufen. Als er am folgenden Tage das Mädchen sah, das sich Alma nannte, brachte sie es fertig, ihm blitzschnell einen offenen zärtlichen Blick zuzuwerfen, der einen tiefen Eindruck, eine heimliche Druckstelle an seinem Herzen zurückließ. Es war auf dem Gelände des Hotels, vor dem zweiten Frühstück, als die Damen des Orchesters von der Probe, dem Üben oder wie immer sie ihre musikalische Morgenbetätigung nannten, zu ihrem Pavillon zurückschlenderten. Heyst, der aus der Stadt kam, wo er festgestellt hatte, daß ein sofortiges Wegkommen auf Schwierigkeiten stoßen würde, überquerte enttäuscht und niedergeschlagen den Platz. Er war, fast ohne es zu merken, in die lose Gruppe von Zangiacomos Künstlerinnen geraten. Das Mädchen so nahe vor sich zu sehen, riß ihn schockartig aus seiner Verträumtheit, wie wenn jemand beim Erwachen plötzlich die Gestalt seines Traumes in Fleisch und Blut vor sich sieht. Sie hielt den wohlgeformten Kopf gesenkt, aber ihr Blick war keineswegs geträumt. Er war wirklich, der wirklichste Eindruck in seinem abgesonderten Leben – bis jetzt.

Heyst hatte den Blick in keiner Weise erwidert, obwohl es ihm ausgeschlossen erschien, daß die Wirkung auf ihn nicht für jeden, der zufällig hersah, deutlich sichtbar sein sollte. Und es waren mehrere Männer auf der Veranda, Stammgäste von Schombergs Mittagstisch, die in seiner Richtung – in Wahrheit aber zu den Damen des Orchesters hinüberblickten. Heysts Befürchtungen kamen nicht daher, daß er sich schämte oder überängstlich war, sondern aus übergroßer Skrupelhaftigkeit. Doch als er sich unter sie mischte, konnte er auf ihren Gesichtern ebensowenig Zeichen von Neugierde und Erstaunen feststellen, als wenn sie alle blind gewesen wären. Sogar Schomberg selbst, der ihm auf der obersten Stufe platzmachen mußte, war völlig gelassen und setzte seine Unterhaltung mit einem der Stammgäste fort.

Natürlich hatte Schomberg beobachtet, wie ›dieser Schwede‹ in den Pausen mit dem Mädchen sprach. Ein alter Bekannter hatte ihn angestoßen, und er hatte gedacht, es sei sehr viel besser so; der blöde Kerl würde jeden anderen von ihr fernhalten. Er war eher angenehm als unangenehm berührt und beobachtete die beiden aus einem Augenwinkel mit boshafter Freude an der Situation – einer Art von satanischem Vergnügen. Denn er hatte wenig Zweifel an seiner persönlichen Anziehungskraft und noch weniger an seiner Macht, das Mädchen in seine Gewalt zu bekommen, das anscheinend zu dumm war, um sich selbst helfen zu können, und ganz ohne Freunde, ja noch schlimmer daran, da es sich aus irgendeinem Grund die Feindschaft von Mrs. Zangiacomo zugezogen hatte, einer Frau, die sich aus nichts ein Gewissen machte. Die Abneigung, die sie ihm bezeigte, soweit sie das überhaupt wagte (denn für die Schutzlosen ist es immer mißlich, ihre Feinfühligkeit hervorzukehren), verzieh ihr Schomberg mit Rücksicht auf die übliche weibliche Prüderie. Er hatte Alma gegenüber darauf gepocht, sie müsse als hinlänglich aufgewecktes Mädchen einsehen, daß es für sie nichts Besseres gebe, als ihr Vertrauen in einen Mann von Charakter und in den besten Jahren zu setzen, der seinen Weg zu machen wisse. Wäre nicht das erregte Zittern seiner Stimme gewesen und die seltsame Art, wie ihm die Augen aus seinem rötlichen, bärtigen Gesicht zu treten schienen, dann hätten solche Reden ganz den Ton eines selbstlosen guten Rats gehabt – von dem man, in der Manier der Liebhaber, bequem zu optimistischen Zukunftsplänen fortschreiten konnte.

»Wir werden die Alte bald los sein«, flüsterte er ihr hastig, wild keuchend zu. »Sie aufhängen! Ich habe mir nie etwas aus ihr gemacht. Das Klima bekommt ihr nicht; ich werde ihr sagen, sie soll zu ihren Leuten in Europa gehen. Und sie wird auch gehen müssen! Dafür sorge ich. Eins, zwei, marsch! Und dann werden wir dieses Hotel verkaufen und anderswo ein neues aufmachen.«

Er versicherte ihr, es komme ihm nicht darauf an, was er um ihretwillen tue; und das stimmte. Fünfundvierzig ist das Alter der Unrast für viele Männer, als wollten sie dem Niedergang trotzen und dem Tod, der mit offenen Armen in dem finsteren Tal am Fuße des unvermeidlichen Hügels auf sie wartet. Ihr schüchternes Gebaren, ihre niedergeschlagenen Augen, wenn sie, am Ende eines verlassenen Korridors in die Enge getrieben, ihm zuhören mußte, deutete er als Zeichen der Unterwerfung unter seine übermächtige Willenskraft, als Anerkennung seiner persönlichen Faszination. Denn jedes Alter nährt sich von Illusionen, andernfalls die Männer früh im Leben entsagen müßten und es mit dem Menschengeschlecht zu Ende ginge.

Man kann sich Schombergs Erniedrigung, sein wütendes Entsetzen gut vorstellen, als er entdeckte, daß das Mädchen, das wochenlang seinen Zudringlichkeiten, seinen Bitten und seinen heftigsten Vorstellungen widerstanden hatte, ihm vor seiner Nase von ›jenem Schweden‹ offenbar ohne die geringsten Schwierigkeiten weggeschnappt worden war. Er konnte es gar nicht glauben. Er dachte zuerst, die Zangiacomos hätten ihm aus irgendeinem unerfindlichen Grund einen gemeinen Streich gespielt; als aber kein Zweifel mehr möglich war, änderte er seine Meinung von Heyst. Aus dem verachteten Schweden wurde für Schomberg der niedrigste, der gefährlichste, der hassenswerteste aller Schurken. Er konnte nicht glauben, daß das Geschöpf, um das er sich mit solcher Anstrengung und so geringem Erfolg bemüht hatte, in Wahrheit sanft, gefügig und impulsiv war und sich Heyst geradezu angeboten hatte, ohne Schuldgefühle, in dem Wunsch nach Sicherheit und aus einem tiefen Bedürfnis, dort zu vertrauen, wo ihr weiblicher Instinkt sie in ihrer Unerfahrenheit hinleitete. Keine Lösung befriedigte Schomberg als die, daß sie durch Anwendung irgendeiner okkulten Macht oder Technik bezwungen oder in eine listig gestellte Falle gegangen sei. In seiner verletzten Eitelkeit wurde er nicht müde, sich über die Mittel zu verwundern, die ›jener Schwede‹ angewandt hatte, um sie einem Manne wie ihm – Schomberg – abspenstig zu machen, als ob diese Mittel ganz außergewöhnlich, unerhört und unbegreiflich gewesen sein müßten. Er schlug sich ganz offen vor seinen Stammgästen an die Stirn; er saß stumm brütend da oder brach unvermittelt in heftige Reden gegen Heyst aus, maßlos, unbeherrscht und unbesonnen, zorngeschwollen und mit der Miene beleidigter

Tugend, die auch den kindlichsten Moralisten keinen Augenblick täuschen konnte – alles zur nicht geringen Belustigung seiner Zuhörer.
Es wurde zu einer allseits beliebten Unterhaltung, hinzugehen und sich seine Beschimpfungen Heysts anzuhören, während man auf der Veranda an eisgekühlten Getränken nippte. Es war auf ihre Art eine erfolgreichere Attraktion, als es die Zangiacomo-Konzerte je gewesen waren – samt ihren Pausen und allem Drum und Dran. Nie hatte man die geringste Schwierigkeit, den Akteur in Rage zu bringen. Jeder konnte das, fast jede entfernte Anspielung genügte. Mit großer Wahrscheinlichkeit begann er dann mit seinen endlosen Verleumdungen, und das gerade in dem Billardzimmer, wo Mrs. Schomberg wie üblich thronte, ihr Schluchzen unterdrückte und ihre Qual verächtlicher Erniedrigung und Angst unter ihrem einfältigen, gefrorenen, ewigen Grinsen verbarg, das wie eine Vorkehrung der Natur war und ihr eine vorzügliche Maske bot, insofern nichts – vielleicht nicht einmal der Tod – sie ihr herunterreißen konnte.
Aber nichts in dieser Welt ist von Dauer, zumindest ändert es seinen Aspekt. So gewann denn auch Schomberg nach einigen Wochen seine äußere Ruhe wieder, als wäre seine Entrüstung von selbst versiegt. Und das war höchste Zeit. Er wurde allmählich langweilig mit seinem Unvermögen, von etwas anderem zu reden als von Heysts unverdienter Straffreiheit, seiner Schurkerei und Durchtriebenheit, seinem verbrecherischen Treiben. Schomberg gab nicht mehr vor, ihn zu verachten. Das hätte er nicht gekonnt. Nach dem, was geschehen war, konnte er das nicht einmal vor sich selbst aufrechterhalten. Aber seine auf Flaschen gezogene Entrüstung begann bösartig zu gären. Zu der Zeit, als er noch maßlos geschwätzig war, hatte einer seiner Stammgäste, ein älterer Mann, eines Abends bemerkt: »Wenn dieser Esel so weitermacht, wird er noch wahnsinnig.«

Und diese Annahme traf nicht nur zur Hälfte zu. Schomberg war ganz besessen von Heyst. Sogar seine unbefriedigende geschäftliche Situation, die niemals, seit er gleich nach dem Französisch-Preußischen Krieg in den Osten gekommen war, geringere Aussichten geboten hatte, schrieb er irgendeinem heimtückischen Einfluß Heysts zu. Es schien ihm, er könne nie wieder ganz er selbst sein, ehe er nicht mit jenem hinterlistigen Schweden abgerechnet hätte. Er war bereit zu schwören, daß Heyst sein Leben ruiniert habe. Das Mädchen, das man auf so unfaire, raffinierte, gemeine Art von ihm weggelockt hatte, würde ihn bei einem neuen erfolgreichen Start beflügelt haben. Mrs. Schomberg, die er durch finsteres mißlauniges Schweigen und zugleich durch verstohlene giftige Blicke in Angst hielt, konnte ihn offensichtlich nicht beflügeln. Er war in allem nachlässig geworden, aber mit einem Hang zu unvorsichtigen Aktionen, als sei es ihm gleichgültig, wann und wie es mit seiner Laufbahn als Hotelbesitzer ein Ende nähme. Aus dieser demoralisierten Verfassung Schombergs ließ sich erklären, was Davidson bei seinem letzten Besuch in dem Etablissement festgestellt hatte. Das war etwa zwei Monate nach Heysts heimlicher Abreise mit dem Mädchen in die Einsamkeit von Samburan.

Der Schomberg von vor einigen Jahren – der Schomberg aus der Zeit beispielsweise, da er in Bangkok das erste seiner berühmten Table-d'hote-Diners veranstaltet hatte – würde sich nie auf etwas Derartiges eingelassen haben. Sein findiger Geist verfiel darauf, sich beliebt machen zu wollen, ›weißer Mann für weiße Männer‹, und legte sich auf das Erfinden und Ausschmücken von Skandalgeschichten, die er in dummem salbungsvollem Ton und mit schamloser Lust verbreitete. Nun aber war sein Geist von den Qualen verletzter Eitelkeit und hartnäckiger Leidenschaft entstellt. In diesem Zustand moralischer Schwäche ließ Schomberg sich auf krumme Sachen ein.

IV

Dies wurde von einem Gast besorgt, der eines schönen Morgens mit dem Postdampfer anlangte – direkt von Celebes, wo er in Makassar an Bord gegangen war; aber meistens, so verstand Schomberg, kam er die Straße vom Chinesischen Meer herauf; jedenfalls ein Wanderer, genau wie Heyst, aber nicht einsam und von einer ganz anderen Sorte.

Als Schomberg vom Hecksitz seiner Dampfbarkasse, mit der er sich bei ankommenden Passagierschiffen an Bord begab, emporsah, bemerkte er einen finster bohrenden Blick aus tiefliegenden Augen, der sich über die Reling des Erster-Klasse-Decks hinweg auf ihn senkte. Er war nicht groß im Beurteilen von Physiognomien. Menschliche Wesen waren für ihn entweder Objekte für Skandalgeschichten oder aber Empfänger schmaler Papierstreifen, die durch Kopfaufdruck eigens als Nota bezeichnet und mit dem Namen seines Hotels versehen waren – ›W. Schomberg, Eigentümer; Rechnungen wöchentlich zahlbar‹.

So war für Schomberg das glattrasierte, äußerst magere Gesicht über der Reling des Postdampfers nur das Gesicht eines eventuellen ›Kontos‹. Die Dampfbarkassen anderer Hotels lagen ebenfalls längsseits, aber ihm wurde der Vorzug gegeben.

»Sie sind Mr. Schomberg, nicht wahr?« fragte das Gesicht einigermaßen überraschend.

»Jawohl, zu Diensten«, antwortete er von unten, denn Geschäft ist Geschäft, und seine Formen und Formeln müssen eingehalten werden, auch wenn die männliche Brust von jener dumpfen

Wut gequält wird, die dem Sturm einer enttäuschten Leidenschaft folgt wie die Glut der Scheite einem lodernden Kaminfeuer.
Jetzt saß der Eigentümer des edlen, aber abgezehrten Gesichts neben Schomberg im Heck der Barkasse. Sein Körper war lang und schlaksig; seine schlanken Finger, ineinander verschränkt, umschlossen das übergeschlagene Bein, während er sich in einer nachlässigen, aber wachen Haltung zurücklehnte. Auf der anderen Seite von Schomberg saß ein weiterer Passagier, der von dem Glattrasierten vorgestellt wurde als –
»Mein Sekretär. Er muß das Zimmer neben meinem bekommen.«
»Das läßt sich bequem einrichten.«
Schomberg führte das Steuer mit Würde und hielt den Blick starr geradeaus, war aber zugleich an diesen beiden vielversprechenden ›Konten‹ höchst interessiert. Ihre Habe, eine Reihe großer, altersbrauner Lederkoffer und ein paar kleinere Pakete, stapelte sich im Bug. Ein drittes Individuum – ein undefinierbares, behaartes Wesen – hatte sich bescheiden nach vorne verfügt und auf das Gepäck gekauert. Der untere Teil seiner Physiognomie war übermäßig entwickelt; eine enge und niedrige Stirn mit horizontalen Furchen der Beschränktheit saß über struppig behaarten Wangen und einer platten Nase mit weiten pavianartigen Nüstern. Es war etwas Zwielichtiges um diese zottige, von Haaren überwucherte Erscheinung. Auch er schien zum Gefolge des glattrasierten Mannes zu gehören, war offenbar auf Deck mit den eingeborenen Passagieren gereist und hatte unter dem Sonnensegel geschlafen. Sein breiter, untersetzter Körperbau ließ auf große Kraft schließen. Beiderseits das Schandeck der Barkasse packend, bot er dem Blick ein Paar bemerkenswert lange Arme dar, die in klobigen, braunen, behaarten Klauen von affenähnlichem Aussehen endeten.
»Was machen wir denn mit diesem Burschen?« fragte der An-

führer der Gesellschaft Schomberg. »Vielleicht gibt es ein Boardinghouse irgendwo am Hafen – irgendeine Spelunke, wo man ihm eine Matte zum Schlafen geben kann?«

Schomberg sagte, es gebe ein Haus, das von einem portugiesischen Halbblut geführt werde.

»Ein Diener von Ihnen?« fragte er.

»Nun ja, er hat sich an mich gehängt. Ein Krokodiljäger. Wissen Sie, ich habe ihn in Kolumbien aufgegriffen. Je in Kolumbien gewesen?«

»Nein«, sagte Schomberg, äußerst überrascht. »Ein Krokodiljäger? Komischer Beruf? Also kommen Sie aus Kolumbien?«

»Ja, aber das ist schon eine ganze Weile her. Ich komme von sehr vielen Orten. Ich reise westwärts, müssen Sie wissen.«

»Vielleicht ein Sport von Ihnen?« meinte Schomberg.

»Ja. Eine Art von Sport. Immer der Sonne nach, was meinen Sie dazu?«

»Ich verstehe – ein Gentleman auf Reisen«, sagte Schomberg; dabei achtete er auf ein Kanu, das gerade vor seinem Bug vorbei wollte, und hielt sich bereit, ihm durch einen leichten Druck auf die Ruderpinne auszuweichen.

Plötzlich ließ sich der andere Passagier vernehmen.

»Zum Teufel mit diesen Eingeborenenkähnen! Immer kommen sie einem in die Quere.«

Er war ein muskulöser, gedrungener Mann mit unstet blinkernden Augen, einer rauhen Stimme und einem runden, fahlen, pockennarbigen Gesicht mit der Zierde eines schütteren Schnurrbärtchens, das komisch unter der Spitze einer scharf geschnittenen Nase hervorlugte. Schomberg dachte bei sich, daß er nichts von einem Sekretär an sich habe. Beide, er und sein langer, schlanker Dienstherr, trugen den üblichen weißen Tropenanzug, Korkhelm, geweißte Schuhe – ganz korrekt. Das behaarte, undefinierbare Wesen, das im Bug auf dem Gepäck hockte, hatte ein kariertes Hemd und blaue Kattunhosen an.

Erwartungsvoll blickte es von da zu ihnen herüber wie ein dressiertes Tier.

»Sie haben mich zuerst angesprochen«, sagte Schomberg mit sonorer Stimme. »Mein Name war Ihnen bekannt. Wo haben Sie von mir gehört, meine Herren, wenn ich fragen darf?«

»In Manila«, antwortete der reisende Gentleman prompt. »Von einem Mann, mit dem ich eines Abends im Hotel de Castille eine Partie Karten spielte.«

»Was für ein Mann? Ich habe keine Freunde in Manila, nicht daß ich wüßte«, verwunderte sich Schomberg mit ernstem Stirnrunzeln.

»Ich kann Ihnen den Namen nicht sagen. Habe ihn glatt vergessen; aber machen Sie sich nichts draus. Er war alles andere als ein Freund von Ihnen. Er belegte Sie mit sämtlichen Ausdrücken, die ihm nur einfielen. Er sagte, Sie hätten eine Menge Skandalgeschichten über ihn in Umlauf gesetzt, irgendwo – in Bangkok, glaube ich. Ja, so war es. Sie unterhielten einmal eine Table d'hote in Bangkok, nicht wahr?«

Schomberg, von dieser Wendung der Auskunft verblüfft, konnte sich nur in die Brust werfen und seine strenge Reserveleutnantshaltung noch mehr hervorkehren. Eine Table d'hote? Ja, gewiß. Stets auf das Wohl der Weißen bedacht. Und hier, an diesem Ort auch? Ja, hier auch.

»Dann stimmt's also.« Der Fremde wandte seinen dunklen, hohlen, hypnotisierenden Blick von dem bärtigen Schomberg, der mit der messingnen Ruderpinne in schwitzender Hand dasaß. »Viel Leute abends in Ihrem Lokal?«

Schomberg hatte sich ein wenig gefaßt.

»An die zwanzig Gedecke so im Durchschnitt«, antwortete er mit Wärme, wie es sich für ein Thema, das ihm am Herzen lag, gehörte. »Könnten mehr sein, wenn die Leute nur sähen, daß es zu ihrem Besten ist. Wenig genug springt für mich dabei heraus. Sie schätzen Table d'hotes, meine Herren?«

Der neue Gast gab zur Antwort, daß er ein Hotel schätze, in dem man abends ein paar Leute aus dem Ort antreffe. Sonst sei es infernalisch langweilig. Der Sekretär ließ zum Zeichen der Zustimmung ein erschreckend wildes Grunzen hören, als habe er vor, die Ortseinwohner aufzufressen. Das alles klang nach einem langfristigen Aufenthalt, dachte Schomberg mit Genugtuung hinter seiner ernsten Miene; bis er dann bei der Erinnerung an das Mädchen, das ihm letzthin ein langfristiger Hotelgast weggeschnappt hatte, so hörbar mit den Zähnen knirschte, daß die beiden anderen ihn verwundert ansahen. Die plötzlichen Zuckungen auf seinem geröteten Gesicht verschlugen ihnen anscheinend die Sprache. Sie tauschten einen raschen Blick aus. Jetzt schoß der glattrasierte Mann in seiner kurz angebundenen, formlosen Art eine neue Frage ab:

»Sie haben doch keine Frauen in Ihrem Hotel, wie?«

»Frauen!« rief Schomberg entrüstet aus, aber auch gleichsam erschrocken. »Was in aller Welt meinen Sie damit, Frauen? Was für Frauen? Natürlich gibt es eine Mrs. Schomberg«, fügte er, plötzlich besänftigt, mit hocherhabener Beiläufigkeit hinzu.

»Wenn sie weiß, wo ihr Platz ist, dann gut. Ich kann Frauen in meiner Nähe nicht ausstehen. Da graule ich mich«, erklärte der andere, »sie sind einfach eine Katastrophe!«

Diesen Ausbruch begleitete der Sekretär mit einem wilden Grinsen. Der Hauptgast schloß wie in Erschöpfung seine tiefliegenden Augen und lehnte seinen Hinterkopf zurück gegen den Stieper des Sonnensegels. In dieser Pose wurden seine langen femininen Augenwimpern besonders auffällig, und seine regelmäßigen Züge, die scharfe Kontur der Wangen und das gut geschnittene Kinn, traten in den Vordergrund und gaben ihm die Distinktion einer abgenutzten, müden Verderbtheit. Er öffnete die Augen nicht, bis die Barkasse den Kai erreichte. Dann gingen er und der andere Mann eilig an Land, stiegen in ein Gefährt und fuhren zum Hotel, wobei sie es

Schomberg überließen, sich um ihr Gepäck und um ihren seltsamen Begleiter zu kümmern. Dieser ähnelte eher einem von seinem Vorführer im Stich gelassenen Tanzbären als einem menschlichen Wesen; er hielt sich Schritt für Schritt dicht hinter Schomberg, wobei er in einer Sprache vor sich hinmurmelte, die nach einem verwilderten Spanisch klang. Dem Hotelier war unbehaglich, bis er ihn endlich bei einer obskuren Bude loswurde, wo ein sehr sauberer portugiesischer Mischling behäbig und lässig in der Tür stand, der sich auf die Behandlung solcher Kunden genau zu verstehen schien. Er nahm dem Kerl das verschnürte Bündel ab, das er auf dem ganzen Weg durch diese seltsame Stadt eng an sich gepreßt gehalten hatte, und schnitt Schombergs Erklärungsversuche kurz ab durch ein höchst zuversichtliches –

»Ich verstehe durchaus, Sir.«

›Das kann ich von mir nicht behaupten‹, dachte Schomberg im Weitergehen, dankbar, von der Gesellschaft des Krokodiljägers befreit zu sein. Er fragte sich, was das für Burschen seien, ohne sich eine hinlänglich stichhaltige Meinung bilden zu können. Ihre Namen erfuhr er noch am selben Tage durch direkte Befragung – »um sie in meine Bücher einzutragen«, so erklärte er in seiner steifen militärischen Art, Brust heraus und den Bart besonders zur Geltung gebracht.

Der Rasierte, in einem Liegestuhl ausgestreckt, mit seinem Air eines verwelkten Jünglings, hob matt die Augen.

»Mein Name? Oh, schlicht Mr. Jones – tragen Sie das ein –, Gentleman auf Reisen. Und das ist Ricardo.« Der Pockennarbige, der in einem anderen Liegestuhl lag, machte eine Grimasse, als habe ihn etwas an der Nasenspitze gekitzelt, behielt aber seine Gleichgültigkeit bei. »Martin Ricardo, Sekretär. Mehr wollen Sie doch über uns nicht wissen, oder? Wie, was? Beruf? Schreiben Sie, nur – Touristen. Man hat uns schon schlimmere Bezeichnungen angehängt, aber das kann unsere

Gefühle nicht verletzen. Und dieser Bursche von mir – wo haben Sie ihn untergebracht? Oh, er wird schon zurechtkommen. Wenn er etwas haben will, nimmt er sich's. Er heißt Peter. Kolumbianischer Bürger, Peter, Pedro – ich wüßte nicht, daß er je noch einen anderen Namen gehabt hätte. Pedro, Krokodiljäger. Oh, ja – ich werde sein Logis bei dem Halbblut bezahlen. Ich kann nicht anders. Er ist mir so verflixt ergeben, daß er mir an die Gurgel springen würde, wenn ich ihm den Laufpaß gäbe. Soll ich Ihnen erzählen, wie ich in der Wildnis von Kolumbien seinen Bruder umgebracht habe? Na, vielleicht ein andermal – eine ziemlich lange Geschichte. Was ich immer bedauern werde: daß ich ihn nicht ebenfalls umgebracht habe. Ich hätte das gut tun können, damals, ohne besonderen Ärger zu bekommen; jetzt ist es zu spät. Eine große Last; aber manchmal kann er nützlich sein. Ich hoffe, Sie schreiben das nicht alles in Ihr Buch?«

Das laxe, rauhe Benehmen und der verächtliche Ton des ›schlicht Mr. Jones‹ verwirrten Schomberg aufs höchste. So hatte man noch nie im Leben zu ihm gesprochen. Kopfschüttelnd und schweigend zog er sich zurück, nicht eigentlich verletzt – obwohl er unter seiner männlichen Schale in Wahrheit von ängstlicher Natur war – aber entschieden verblüfft und beeindruckt.

V

Drei Wochen später wandte sich Schomberg, nachdem er seine Geldkassette in das Safe gestellt hatte, das als eiserner Klotz eine Ecke des Schlafzimmers einnahm, seiner Frau zu und sagte, ohne sie indessen richtig anzusehen:

»Ich muß diese beiden loswerden. So geht das nicht weiter!«

Mrs. Schomberg hatte ebendiese Meinung von Anfang an gehabt; aber sie war seit Jahren dazu erzogen, ihre Meinungen für sich zu behalten. So saß sie beim Licht einer einzigen Kerze in ihrem Nachtgewand da und hütete sich, einen Laut von sich zu geben, denn sie wußte aus Erfahrung, daß ihre bloße Zustimmung übel aufgenommen würde. Mit den Augen folgte sie der Gestalt Schombergs, der in seinem Schlafanzug ruhelos im Zimmer umherging.

Er blickte nie zu ihr hin, weil nämlich Mrs. Schomberg in ihrem Nachtgewand das Reizloseste war, das es gab – erbärmlich, unbedeutend, verwelkt, zerknittert, alt. Und der Gegensatz zu der weiblichen Form, die immer vor seinem geistigen Auge stand, machte seine Frau für ihn zu einer peinlichen Erscheinung. Schomberg ging umher, fluchte und schimpfte, um so seinen Mut aufs höchste anzufachen.

»Hol's der Teufel, ich sollte jetzt, sofort, noch in dieser Minute, in sein Schlafzimmer gehen und ihm – ihm und diesem Sekretär – sagen, morgen früh müßten sie weg sein. Ich habe nichts gegen eine Runde Karten, aber meine Table d'hote als Lockmittel zu benutzen – das bringt mich auf! Er kam her, weil irgendein verlogener Schurke in Manila ihm erzählt hat, ich unterhielte eine Table d'hote.«

Er sagte dies nicht zu Mrs. Schombergs Information, sondern lediglich, weil er laut dachte und sich bemühte, seine Wut auf einen Punkt zu steigern, der ihm die nötige Courage gäbe, dem ›schlicht Mr. Jones‹ gegenüberzutreten.
»Ein anmaßender, schamloser Schwindler und Gauner«, fuhr er fort. »Ich hätte gute Lust –«
Er war ganz außer sich, auf seine düstere, schwerblütige teutonische Art, die so ganz anders ist als der pittoresk aufbrausende Zorn der lateinischen Rassen, und obwohl seine Blicke unentschlossen umherschweiften, ließen doch seine zorngeschwollenen Züge die unglückliche Frau, die er seit Jahren tyrannisierte, für seine kostbare Haut fürchten, denn das arme Wesen hatte nichts sonst in der Welt, woran sie sich halten konnte. Sie kannte ihn gut; aber sie kannte ihn nicht ganz. Das Letzte, womit sich eine Frau bei einem Manne abfindet, den sie liebt oder von dem sie einfach abhängt, ist Mangel an Mut. Und, schüchtern aus ihrer Ecke, wagte sie es, ihn zu beschwören:
»Sei vorsichtig, Wilhelm! Denk an die Messer und Revolver in ihren Koffern.«
Wie zum Dank für diese besorgte Ermahnung fluchte er entsetzlich zu der Kauernden hin. In ihrem dürftigen Nachtgewand und barfüßig, erinnerte sie an eine mittelalterliche Büßerin, der ihre Sünden in blasphemischen Wendungen vorgehalten werden. Der Gedanke an die tödlichen Waffen war Schomberg stets gegenwärtig. Selbst hatte er sie nie gesehen. Seine Rolle, zehn Tage nach Ankunft seiner Gäste, hatte darin bestanden, forsch hereinzuschlendern, sorglos auf der Veranda zu stehen und Wache zu halten, während Mrs. Schomberg, mit einem Sortiment von Schlüsseln versehen, unter Zähneklappern und mit vor Angst idiotisch aufgerissenen kugelrunden Augen das Gepäck dieser seltsamen Kunden ›durchging‹. Ihr schrecklicher Wilhelm hatte darauf bestanden.

»Ich sag doch, ich werde Ausschau halten«, sagte er. »Ich werde dir ein Pfeifsignal geben, wenn ich sie zurückkommen sehe. Du kannst nicht pfeifen. Und wenn er dich dabei ertappen sollte und dich im Nacken packt und hinauswirft, wird's dir nicht sehr weh tun; aber er wird keine Frau anrühren. Er nicht! Er hat's mir gesagt. Das affektierte Biest. Ich muß etwas über ihre Spielchen herausbekommen, und dann Schluß damit. Geh rein! Geh jetzt! Los marsch!«

Es war eine fürchterliche Aufgabe gewesen; aber sie ging hinein, weil sie viel mehr Angst vor Schomberg hatte als vor den möglichen Folgen ihrer Tat. Ihre größte Sorge war, es könne kein Schlüssel von dem Bund, das er ihr gegeben hatte, in die Schlösser passen. Das wäre solch eine Enttäuschung für Wilhelm gewesen. Indessen waren die Koffer, die sie vorfand, offengelassen worden; aber ihre Untersuchung dauerte nicht lange. Sie fürchtete sich vor Feuerwaffen und vor Waffen überhaupt, nicht aus persönlicher Feigheit, sondern geradezu abergläubisch, wie manche Frauen sind, aus einem abstrakten Abscheu vor Mord und Gewalttat. Sie war schon wieder draußen auf der Veranda, lange bevor Wilhelm Gelegenheit zu einem warnenden Pfiff hatte. Da die instinktive, unmotivierte Angst am schwersten zu überwinden ist, konnte nichts sie bewegen, zu ihren Untersuchungen zurückzukehren, weder drohendes Knurren noch wütendes Anzischen und auch nicht ein oder zwei Rippenstöße.

»Dummes Weibstück!« murmelte der Hotelier, dem die Kenntnis von jenem Waffenarsenal in einem seiner Schlafzimmer die Fassung raubte. Das war kein abstraktes Gefühl; bei ihm war das angeboren. »Geh mir aus den Augen!« knurrte er. »Geh und zieh dich für die Table d'hote um.«

Schomberg, alleingelassen, hatte nachgedacht. Was zum Teufel bedeutete das? Sein Denkprozeß war schleppend und ruckartig; doch mit einemmal ging ihm die Wahrheit auf.

›Heiliger Himmel, es sind Desperados!‹ dachte er.
Just da erblickte er ›schlicht Mr. Jones‹ und seinen Sekretär mit dem dunkelsinnigen Namen Ricardo, die zum Hotel einbogen. Sie waren wegen irgendeines Geschäfts unten am Hafen gewesen und kamen nun zurück; Mr. Jones, schlank und dürr, spreizte im Gehen seine Beine mit der eckigen Regelmäßigkeit eines Zirkels, während der andere an seiner Seite forsch ausschritt. Schombergs Überzeugung vertiefte sich. Es waren zwei Desperados – kein Zweifel. Da aber die Angst, die er empfunden hatte, nur ein allgemeines Gefühl war, raffte er sich zu seiner strengsten Reserveoffiziershaltung auf, noch ehe sie herangekommen waren.
»Guten Morgen, meine Herren.«
Als ihm darauf mit ironischer Höflichkeit erwidert wurde, fühlte er sich in seiner plötzlichen Überzeugung von ihrem schlechten Charakter bestätigt. Die Art, wie Mr. Jones seine tiefliegenden Augen auf einen richtete wie ein teilnahmsloses Gespenst, und die Art, wie der andere, wenn man ihn anredete, plötzlich die Lippen zurückzog und seine Zähne zeigte, ohne auch nur aufzublicken – das reichte aus, diesen Punkt zu klären. Desperados! Unergründlich geheimnisvoll gingen sie durch das Billardzimmer in den rückwärtigen Teil des Hauses zu ihren geöffneten Koffern.
»Es wird in fünf Minuten zum Lunch klingeln, meine Herren«, rief Schomberg ihnen nach, wobei er seine tiefe männliche Stimme noch forcierte.
Er hatte es fertiggebracht, sich gewaltig aufzuregen. Er rechnete damit, daß sie wütend zurückkommen und widerwärtig unbeherrscht über ihn herfallen würden. Desperados! Indessen taten sie das nicht; sie hatten nichts Auffälliges an ihren Koffern bemerkt, und Schomberg gewann seine Fassung wieder und sagte sich, daß er sich von diesem tödlichen Druck, sobald es ging, befreien müsse. Sie konnten unmöglich lange zu blei-

ben beabsichtigten; für verwegene Burschen war das kein Ort, sich niederzulassen. Er scheute sich vor einer Aktion. Er fürchtete jede Art von Störung in seinem Hotel – jeden ›fracas‹, wie er es nannte. Solche Dinge waren dem Geschäft abträglich. Natürlich ließ sich hin und wieder ein ›fracas‹ nicht vermeiden, aber es war eine vergleichsweise lächerliche Sache gewesen, den schwächlichen Zangiacomo, der aus nicht viel mehr als Hühnerknochen bestand, um die Taille zu fassen, ihn mit dem ganzen Körper hochzuheben, zu Boden zu werfen und sich auf ihn fallen zu lassen. Es war leicht gewesen. Der jämmerliche, hakennasige Bursche lag reglos, unter seinem roten Bart begraben.

Bei der plötzlichen Erinnerung an die Gelegenheit jenes ›fracas‹ stöhnte Schomberg vor Schmerz auf, als hätte er eine heiße Kohle unter seinem Brustbein, und gab sich der Verzweiflung hin. Ach, wäre nur jenes Mädchen bei ihm, dann hätte er die Sache resolut und furchtlos gemeistert, hätte es mit zwanzig Desperados aufgenommen, ohne Rücksicht auf irgendwen in der Welt! Der Besitz von Mrs. Schomberg hingegen regte nicht gerade dazu an, seine männlichen Tugenden hervorzukehren. Nicht nur, daß niemand ihm teuer war; er fühlte, daß ihm nichts teuer war. Das Leben war ein leerer Schwindel; nur um der Rechtschaffenheit willen würde er nicht das Risiko einer durchschossenen Lunge oder Leber eingehen. Das war ohne jeden Reiz – verdammt!

In diesem Zustand moralischer Zerrüttung ließ Schomberg, dieser Meister in der Kunst, ein Hotel zu leiten, und sonst peinlich bemüht, den Mächten, auf die es in dieser Branche menschlicher Betätigung ankam, keinen Anlaß zur Kritik zu geben, den Dingen ihren Lauf, obgleich er sehr wohl sah, wohin das führen würde. Es begann nach dem Abendessen mit einem Spielchen oder zweien an einem der kleinen Tische, die an den Wänden des Billardzimmers standen – offenbar nur um die Drinks mit irgendeinem Gast, der noch dageblieben war. Schomberg kam sogleich hinter den Sinn der Sache. Das war es also! So waren sie! Und in ruhelosem Umhergehen (zu jener Zeit hatte seine griesgrämige Schweigeperiode eingesetzt) warf er schräge Blicke auf den Spieltisch; aber er sagte nichts. Es lohnte sich nicht, mit so anmaßenden Leuten einen Krach anzufangen. Sogar als bei diesen Verdauungsspielchen, in die mehr und mehr Leute hineingezogen wurden, Geld zum Vorschein kam, unterließ er es, die Frage aufzuwerfen; es widerstrebte ihm, ohne Not die Aufmerksamkeit von ›schlicht Mr. Jones‹ und dem undurchsichtigen Ricardo auf seine Person zu lenken. Eines Abends jedoch, als sich die Gasträume des Hotels schon geleert hatten, machte Schomberg einen Versuch, das Problem auf indirekte Weise anzugehen.

In einem entfernten Winkel döste der müde Chinesenboy im Stehen, den Rücken gegen die Wand gelehnt. Mrs. Schomberg hatte sich, wie immer zwischen zehn und elf, zurückgezogen. Schomberg wanderte langsam, gedankenvoll drinnen im Raum und draußen auf der Veranda umher und wartete, daß seine beiden Gäste schlafen gingen. Dann trat er unvermittelt zu ihnen, mit militärisch herausgedrückter Brust und soldatisch kurzangebunden im Ton.

»Heiß heute abend, meine Herren.«

Mr. Jones, der sich faul in einem Sessel räkelte, blickte auf. Ricardo, ebenso faul, aber mehr aufrecht sitzend, rührte sich nicht.

»Wollen Sie nicht einen Drink mit mir nehmen vor dem Schlafengehen?« fuhr Schomberg fort und setzte sich an das Tischchen.

»Unbedingt«, sagte Mr. Jones lässig.

Ricardo zeigte mit einem seltsam flüchtigen Grinsen seine Zähne. Schomberg merkte zu seinem Kummer, wie schwer es war, mit diesen Männern in Kontakt zu kommen, die beide so schweigsam, so abwägend, so gefährlich unkonventionell waren. Er wies den Chinesen an, die Drinks zu bringen. Sein Ziel war, herauszubekommen, wie lange diese Gäste zu bleiben beabsichtigten. Ricardo erwies sich nicht als gesprächig, aber Mr. Jones schien einigermaßen mitteilsam zu sein. Seine Stimme paßte irgendwie zu seinen tiefliegenden Augen. Sie war hohl, aber nicht im geringsten traurig; sie klang ganz entfernt, uninteressiert, als spräche er aus der Tiefe eines Brunnens. Schomberg erfuhr, daß er die Ehre haben würde, diese Gentlemen mindestens einen weiteren Monat zu beherbergen und zu beköstigen. Bei dieser Neuigkeit konnte er seinen Unmut nicht verhehlen.

»Was soll das? Haben Sie nicht gern Leute im Haus?« fragte Mr. Jones gelangweilt. »Ich dächte, der Besitzer eines Hotels müßte darüber hocherfreut sein.«

Er hob seine feinen, wunderbar gezeichneten Augenbrauen. Schomberg stammelte etwas wie: der Ort sei für Reisende langweilig und uninteressant – nichts los und überhaupt zu still; aber er forderte nur die Erwiderung heraus, daß auch die Stille manchmal ihren Reiz habe und sogar Langeweile zur Abwechslung willkommen sei.

»Wir haben in den letzten drei Jahren keine Zeit gehabt, uns zu langweilen«, fügte ›schlicht Mr. Jones‹ hinzu und heftete einen dunklen Blick auf Schomberg, den er überdies zu noch einem Drink aufforderte, diesmal auf seine Kosten, und er solle sich nicht um Dinge kümmern, die er nicht verstünde, vor allem sich nicht als ungastlich erweisen – das vertrage sich nicht mit dem Beruf eines Hoteliers.

»Ich verstehe nicht«, brummte Schomberg. »Oh, doch, ich verstehe vollkommen, ich –«

»Sie sind verängstigt«, unterbrach Mr. Jones. »Was ist nun wirklich los?«

»Ich wünsche keinerlei Skandal in meinem Haus. Das ist los.«

Schomberg versuchte, der Situation tapfer ins Auge zu sehen, aber dieser gleichbleibend starre, drohende Blick irritierte ihn. Und als er unbehaglich zur Seite schielte, begegnete er Ricardos zähnefletschendem Grinsen; dabei schien der Mann die ganze Zeit mit seinen eigenen Gedanken beschäftigt.

»Und außerdem«, fuhr Mr. Jones in dem ihm eigenen distanzierten Ton fort, »Sie können gar nicht anders. Hier sind wir und hier bleiben wir. Wollen Sie versuchen, uns an die Luft zu setzen? Ich würde sagen, Sie könnten es; aber Sie könnten es nicht ohne böse Folgen für Sie – sehr böse. Das können wir ihm garantieren, nicht wahr, Martin?«

Der Sekretär zog die Lippen zurück und blickte scharf zu Schomberg auf, als sei er drauf und dran, sich mit Zähnen und Krallen auf ihn zu stürzen.

Schomberg brachte mit Mühe ein starkes Gelächter zustande.

»Ha! Ha! Ha!«

Mr. Jones schloß müde die Augen, als vertrügen sie das Licht nicht, und sah für einen Augenblick entschieden wie ein Leichnam aus. Das war schon schlimm genug, aber als er sie wieder öffnete, war es für Schombergs Nerven eine fast noch schlimmere Tortur. Die gespenstische Intensität dieses Blicks, mit dem er ohne jeden bestimmten Ausdruck den Hotelier fixierte (und das war in höchstem Maß erschreckend), schien dessen letzten Rest von Charakterfestigkeit aufzulösen.

»Sie glauben doch nicht etwa, es mit gewöhnlichen Leuten zu tun zu haben, oder?« fragte Mr. Jones in seiner leblosen Art, die irgendeine Art Drohung von jenseits des Grabes zu enthalten schien.

»Er ist ein Gentleman«, bezeugte Martin Ricardo mit einem plötzlichen Zuschnappen, worauf sein Schnurrbart sich wie von selbst sonderbar katzenartig sträubte.

»Oh, daran dachte ich nicht«, sagte ›schlicht Mr. Jones‹, während Schomberg, stumm in seinen Sessel gepflanzt, mit vorgeneigtem Kopf vom einen zum anderen blickte. »Natürlich bin ich das; aber Ricardo mißt einem sozialen Privileg zu viel Bedeutung bei. Was ich zum Beispiel meine, ist, daß er, still und harmlos, wie Sie ihn da sitzen sehen, sich nichts dabei denken würde, an Ihr Amüsierlokal Feuer zu legen. Es würde aufflammen wie eine Schachtel Zündhölzer. Bedenken Sie das! Was auch immer mit uns geschähe – für Ihre Geschäfte wäre das nicht gerade förderlich, nicht wahr?«

»Gemach, gemach, meine Herren«, protestierte Schomberg murmelnd. »Sie reden da sehr wildes Zeug!«

»Und Sie sind gewohnt, mit zahmen Leuten umzugehen, nicht wahr? Aber wir sind nicht zahm. Wir haben einmal eine ganze aufgeregte Stadt zwei Tage lang in Schach gehalten, und dann machten wir uns mit dem ganzen Plunder davon. Das war in Venezuela. Fragen Sie Martin – er kann's Ihnen erzählen.«

Unwillkürlich blickte Schomberg zu Ricardo hinüber, der sich nur in einer Art von unheimlichem Behagen mit der Zungenspitze über die Lippen fuhr, aber weiter keine Anstalten machte.

»Nun, vielleicht wäre das eine etwas lange Geschichte«, gab Mr. Jones nach kurzem Schweigen zu.

»Ich bin nicht begierig, sie zu hören, bestimmt nicht«, sagte Schomberg. »Hier ist nicht Venezuela. Hier würden Sie nicht so davonkommen. Aber das ist ja alles dummes Gerede schlimmster Sorte. Wollen Sie etwa sagen, Sie würden einen schrecklichen Aufruhr stiften nur wegen ein paar Gulden, die Sie und der andere« (dabei blickte er mißtrauisch auf Ricardo wie auf ein seltsames Tier) »– Gentleman an einem Abend gewinnen können? Schließlich sind meine Gäste nicht lauter reiche Leute mit Taschen voll Bargeld. Ich frage mich, warum Sie soviel Ärger für so wenig Geld auf sich nehmen.«

Schombergs Argument begegnete Mr. Jones mit der Erklärung, man müsse etwas tun, um die Zeit totzuschlagen. Zeitvertreib sei nicht verboten. Im übrigen, so sagte der mitteilsam aufgelegte Mr. Jones lässig und mit indifferenter Stimme, die wie aus einem Grabe kam, sei er sein eigener Herr, als wäre die Welt immer noch ein einziger wilder Dschungel ohne Recht und Gesetz. Auch Martin paßte – auf seine Art – dahin.

Alle diese Ausführungen bekräftigte Ricardo mit kurzem, unmenschlichem Grinsen. Schomberg schlug die Augen nieder, denn der Anblick dieser beiden Männer schüchterte ihn ein; aber er verlor allmählich die Geduld.

»Natürlich habe ich gleich gesehen, daß Sie zwei verwegene Burschen sind – etwa so, wie Sie behaupten. Was aber, wenn ich Ihnen sage, daß ich fast genauso verwegen bin wie Sie, meine Herren? ›Da ist dieser Schomberg und führt gemütlich sein Hotel‹, denken die Leute; und doch glaube ich, so mir nichts dir nichts würde ich mir von Ihnen nicht den Bauch aufschlitzen und den ganzen Laden niederbrennen lassen. Da haben Sie's!«

Ein leises Pfeifen wurde hörbar. Es kam von Ricardo und war voller Hohn. Schomberg blickte schwer atmend zu Boden. Er war wirklich verzweifelt. Mr. Jones blieb flau und skeptisch.

»Ach was! Sie haben ein leidlich gehendes Geschäft. Sie sind völlig zahm; Sie –« Er zögerte und fügte dann in angewidertem Ton hinzu: »Sie haben eine Frau.«

Schomberg stampfte ärgerlich mit dem Fuß auf und ließ einen unbestimmten polternden Fluch hören.

»Was soll das heißen, mir dieses verdammte Elend an den Kopf zu werfen?« rief er aus. »Ich wollte, Sie nähmen sie mit fort, irgendwohin, zum Teufel! Ich würde Ihnen deswegen nicht nachlaufen.«

Der unerwartete Ausbruch berührte Mr. Jones seltsam. Er zuckte erschreckt zusammen, mitsamt dem Stuhl, als hätte ihm Schomberg eine Viper ins Gesicht geschleudert.

»Was soll dieser infernalische Unsinn?« stammelte er heiser. »Was meinen Sie damit? Wie können Sie es wagen?«

Ricardo kicherte vernehmlich.
»Ich sage Ihnen doch, ich bin verzweifelt«, wiederholte Schomberg. »Ich bin so verzweifelt wie nur je ein Mann. Ich gebe keinen Heller drum, was mit mir geschieht!«
»Nun denn« – begann Mr. Jones mit einem unmerklich drohenden Unterton, als hätten die gewöhnlichen Worte des täglichen Gebrauchs für ihn einen anderen bösen Nebensinn – »nun denn, was veranlaßt Sie eigentlich, sich bei uns so lächerlich unbeliebt zu machen? Wenn Ihnen an nichts gelegen ist, wie Sie sagen, könnten Sie uns ebensogut die Schlüssel jenes Musik-Schuppens auf Ihrem Grundstück für ein ruhiges Spielchen überlassen; eine bescheidene Bank – ein Dutzend Kerzen oder so. Das würden Ihre Kunden sehr zu schätzen wissen, soweit ich aus der Art schließen kann, wie sie bei einer Partie Ecarté setzten, die ich mit jenem kindergesichtigen Hübschling spielte – wie hieß er doch? Sie lechzen geradezu nach einer kleinen Bank. Und ich fürchte, Martin hier würde es übel aufnehmen, wenn Sie sich widersetzten; aber das werden Sie natürlich nicht. Bedenken Sie nur, was da an Drinks bestellt wird!«
Als Schomberg endlich die Augen hob, begegnete er der Glut in zwei dunklen Höhlen unter Mr. Jones' teuflischen Brauen, die sich unausweichlich auf ihn richtete. Er schauderte, als lauerten dort Abscheulichkeiten, schlimmer als Mord, und sagte mit einem Kopfnicken zu Ricardo:
»Er würde sich's vermutlich nicht zweimal überlegen, mich abzustechen, mit Ihnen als Rückendeckung! Ich wollte, ich hätte meine Barkasse versenkt und wäre mit ihr zugrunde gegangen, ehe ich bei dem Dampfer anlegte, mit dem Sie kamen. Ach was, ich habe schon wochenlang in der Hölle gelebt, da macht's mir auch mit Ihnen nicht viel aus. Ich werde Ihnen den Konzertsaal überlassen – und pfeife auf die Folgen. Aber was wird mit dem Boy im Spätdienst? Wenn er Karten sieht und Geld

von Hand zu Hand gehen, wird er es bestimmt ausplappern, und es wird im Nu stadtbekannt sein.«

Ein grausiges Lächeln kräuselte die Lippen von Mr. Jones.

»Oh, ich sehe, Sie wollen einen Erfolg daraus machen. Ausgezeichnet. Auf die Art kommen wir weiter. Machen Sie sich darüber keine Sorgen. Sie schicken alle Chinamänner zeitig ins Bett, und wir lassen jeden Abend Pedro kommen. Er ist nicht das, was man sich unter einem Kellner vorstellt, aber um mit dem Tablett hin und her zu rennen genügt er; Sie sitzen indessen von neun bis elf hier, geben die Drinks aus und streichen das Geld ein.«

›Jetzt sind's schon drei‹, dachte der unglückliche Schomberg. Aber Pedro war auf jeden Fall nur eine ehrliche Kreatur, wenn auch mörderisch. Um ihn war kein Rätselraten, nichts Unheimliches, nichts was an eine bedächtig schleichende Wildkatze in Menschengestalt erinnerte oder an ein dreistes Gespenst, vom Hades beurlaubt, mit Haut und Knochen versehen und mit einer heimtückischen Fähigkeit, Schrecken zu verbreiten. Pedro mit seinen Fängen, seinem verfilzten Bart und dem komischen Blick aus seinen kleinen Bärenaugen war vergleichsweise entzückend natürlich. Außerdem hatte Schomberg gar keine Wahl mehr.

»Das wird sich gut machen lassen«, pflichtete er kläglich bei. »Aber wenn Sie, meine Herren, nur drei Monate früher hier aufgetaucht wären – ach, nicht einmal drei Monate –, dann hätten Sie jemand angetroffen, der nicht so zu Ihnen gesprochen hätte, wie ich es jetzt mußte. Wirklich. Was halten Sie davon?«

»Ich weiß nicht, was ich davon halten soll. Ich würde denken, es sei gelogen. Sie waren vor drei Monaten wahrscheinlich ebenso zahm, wie Sie es jetzt sind. Sie sind von Geburt zahm, wie die meisten Menschen in der Welt.«

Mr. Jones erhob sich wie ein Geist, und Ricardo, knurrend und sich reckend, tat es ihm nach. Schomberg fuhr sinnend fort, wie zu sich:

»Es war eine Kapelle hier – achtzehn Damen.«

Mr. Jones ließ einen erschreckten Ausruf hören und blickte umher, als seien die Wände ringsum und das ganze Haus von einer Seuche infiziert. Dann wurde er sehr ärgerlich und fluchte heftig auf Schomberg, weil der gewagt hatte, auf solche Themen zu kommen. Der Hotelier war zu überrascht, um sogleich aufzustehen. Er blickte aus seinem Sessel auf Mr. Jones, dessen Zorn nichts Gespenstisches mehr hatte, dadurch aber keineswegs begreiflicher war.

»Was ist denn los?« stammelte er. »Was für ein Thema? Haben Sie nicht gehört, daß es sich um ein Orchester handelte? Da ist nichts Unrechtes dabei. Nun, eine davon war ein Mädchen –«

Schombergs Augen wurden steinern; er rang die Hände mit solcher Gewalt vor der Brust, daß die Knöchel weiß hervortraten. »So ein Mädchen! Zahm soll ich sein? Ich hätte um ihretwillen alles um mich in Stücke geschlagen. Und sie, natürlich... Ich bin in der Vollkraft meiner Jahre... Dann hat ein Kerl sie behext – ein falscher, verlogener Schwindler, ein nichtswürdiger brutaler Kerl. Ah!«

Seine verflochtenen Finger knackten, als er die Hände auseinander nahm, die Arme ausbreitete und die Stirn in einem leidenschaftlichen Ausbruch darauflegte. Die beiden anderen sahen, wie er bebte – der hagere Mr. Jones mit einem Gemisch aus Wut und Schrecken, Ricardo mit dem Ausdruck einer Katze, die ein Stück Fisch in der Anrichte sieht, das sie nicht erreichen kann. Schomberg ließ sich zurückfallen. Seine Augen waren trocken, aber er würgte, wie um ein Schluchzen zu unterdrücken.

»Kein Wunder, daß Sie mit mir machen können, was Sie wollen. Sie haben ja keine Ahnung – lassen Sie mich Ihnen von meinem Unglück erzählen –«

»Ich will nichts von Ihrem widerlichen Unglück wissen«, sagte Mr. Jones in seinem ganz leblosen, nüchternen Ton.
Er streckte eine abwehrende Hand aus und schritt, als Schomberg mit offenem Munde sitzenblieb, mit der ganzen Unheimlichkeit seiner schlaksigen Glieder aus dem Billardzimmer. Ricardo folgte seinem Herrn auf dem Fuße; doch über die Schulter weg zeigte er Schomberg die Zähne.

VI

Von diesem Abend an datierten jene mysteriösen, aber bezeichnenden Phänomene in Schombergs Lokal, die Captain Davidson beiläufig aufgefallen waren, als er, ganz zwanglos, aber doch listig dort hereingeschaut hatte, um Mrs. Schomberg ihren indischen Schal wieder zuzustellen. Und kurioserweise blieb das eine ganze Zeit so. Das deutete entweder auf Ehrlichkeit und schlechte Karten oder auf ungewöhnliche Zurückhaltung auf seiten von ›schlicht Mr. Jones & Co.‹ bei ihren diskreten Machenschaften.

Es war ein merkwürdiger und eindrucksvoller Anblick, das Innere von Schombergs Konzertsaal, der am einen Ende durch eine Masse von Stühlen, die sich um das Musikpodium und darauf stapelten, verbaut und am anderen Ende von zwei Dutzend Kerzen erhellt war, die auf einem langen aufgebockten Tisch mit grüner Decke standen. An der Mitte des Tisches saß Mr. Jones, ein verhungertes Gespenst, als Bankhalter, Ricardo gegenüber, der sich aus einem ziemlich garstigen Katzentier mit schleichenden Bewegungen in einen Croupier verwandelt hatte. Im Gegensatz dazu mußten die übrigen Gesichter rund um den Tisch, alle so zwischen zwanzig und dreißig, wie eine Musterkollektion krampfhaft argloser und hilfloser Menschlein wirken – mitleiderregend in ihrem unschuldigen Lauern auf die kleinen Glücks- und Unglücksfälle, die in Wahrheit für sie sehr ernst sein konnten. Sie hatten keine Aufmerksamkeit für den behaarten Pedro übrig, der sein Tablett so ungeschickt trug wie ein Urwaldtier, dem man beigebracht hat, auf den Hinterbeinen zu gehen.

Was Schomberg anging, so hielt er sich von der Sache fern. Er blieb im Billardzimmer, gab die Drinks an den greulichen Pedro aus und tat, als sähe er das knurrende Monstrum nicht, als wüßte er nicht, wohin die Drinks gingen, und als gäbe es nicht so etwas wie den Konzertsaal drüben unter den Bäumen, nur fünfzig Meter vom Hotel entfernt. Er ergab sich in die Situation mit einem mißmutigen Stoizismus, der sich aus Angst und Resignation zusammensetzte. Sobald die Gesellschaft aufgebrochen war (er konnte die Schatten der Männer einzeln und in Gruppen durch das Tor des Grundstücks entschwinden sehen), pflegte er sich hinter einer nicht ganz geschlossenen Tür unsichtbar zu machen, um ein Zusammentreffen mit seinen zwei außergewöhnlichen Gästen zu vermeiden; aber durch den Spalt beobachtete er, wie ihre so verschiedenen Gestalten sich durch das Billardzimmer bewegten und ihren Betten zustrebten. Danach hörte er oben Türenschlagen, und dann breitete sich eine tiefe Stille im ganzen Hause aus, seinem Hotel, usurpiert und heimgesucht von jenen unverschämt freimütigen Männern, die ein ganzes Waffenarsenal in ihren Koffern hatten. Eine tiefe Stille. Schomberg konnte sich manchmal nicht des Eindrucks erwehren, daß er träume. Von Schauern überlaufen, riß er sich zusammen und kroch hervor mit Bewegungen, die merkwürdig schlecht zu dem Reserveleutnantsanstrich paßten, durch den er seine Selbstachtung vor der Welt aufrechtzuerhalten suchte.

Eine große Einsamkeit bedrückte ihn. Er löschte die Lampen eine nach der anderen und stahl sich leise in sein Schlafzimmer, wo Mrs. Schomburg auf ihn wartete – keine passende Gefährtin für einen Mann von seinen Fähigkeiten und ›in der Vollkraft seiner Jahre‹. Aber ach, dieses Leben war schon vertan. Und das spürte er nie mit solcher Deutlichkeit als dann, wenn er beim Öffnen der Tür diese Frau geduldig in einem Sessel sitzen sah, die Zehen unter dem Saum ihres Nachtgewandes hervorlugend, mit einem erschreckend spärlichen Haarschopf, der über den langen Stiel ihres mageren Halses fiel, und mit dem ewigen verschüchterten Grinsen, das einen blauen Zahn entblößte und nichts ausdrücken konnte – nicht einmal wirkliche Angst. Denn sie hatte sich an ihn gewöhnt.

Manchmal war er versucht, den Kopf von diesem Stiel abzuschrauben. Er stellte sich das vor – mit einer Hand, eine drehende Bewegung. Natürlich nicht im Ernst. Nur ein Ventil für seine überreizten Gefühle. Zu einem Mord war er nicht fähig. Das wußte er wohl. Und indem er sich plötzlich der offenherzigen Reden von Mr. Jones entsann, dachte er wohl: ›Ich glaube, ich bin wirklich zu zahm dafür‹ – wobei er sich nicht bewußt war, daß er das arme Weib schon vor Jahren moralisch umgebracht hatte. Er war geistig zu beschränkt, um sich von einem solchen Verbrechen einen Begriff zu machen. Ihre körperliche Gegenwart war tief verletzend, weil sie mit einem ganz anderen weiblichen Bild kontrastierte. Und es nützte nichts, sich ihrer zu entledigen. Sie war eine jahrelange Gewohnheit, und es gäbe nichts, das ihre Stelle einnehmen könnte. Jedenfalls konnte er mit dieser einfältigen Person die halbe Nacht reden, wenn es ihm einfiel.

An jenem Abend hatte er vor ihr mit seiner Absicht, seinen beiden Gästen die Stirn zu bieten, nur geprahlt, und hatte statt der Anfeuerung, die er brauchte, nur die übliche Warnung empfangen: »Sei vorsichtig, Wilhelm.« Aber er wollte sich nicht von einem dummen Weibe zur Vorsicht ermahnen lassen. Was er brauchte, war ein Paar Frauenarme, die sich um seinen Hals legten und ihm für die Auseinandersetzung Kraft gaben. Ihn inspirierten, so nannte er es bei sich.

Er lag lange Zeit wach, und sein Schlummer, wenn er überhaupt kam, war kurz und unbefriedigend. Das Morgenlicht brachte seinen Augen keine Freude. Mißmutig lauschte er auf die Geräusche im Hause. Die Chinesen sperrten die Türen der

Gasträume, die auf die Veranda hinausgingen, weit auf. Entsetzlich! Wieder ein ekelhafter Tag, der irgendwie bestanden werden mußte! Die Erinnerung an seinen gefaßten Entschluß bereitete ihm einen Augenblick faktische Übelkeit. Vor allem brachte ihn das hochmütige, liederliche Betragen von Mr. Jones aus der Fassung. Dazu kam sein verachtungsvolles Schweigen. Mr. Jones wandte sich nie mit irgendwelchen allgemeinen Bemerkungen an Schomberg, tat ihm gegenüber den Mund nicht auf, außer um ›Guten Morgen‹ zu sagen – zwei simple Worte, die im Munde dieses Mannes wie eine Verhöhnung mit drohendem Unterton wirkten. Und schließlich war das keine ehrliche körperliche Angst, die er einem einflößte – denn in dem Fall wehrt sich sogar eine Ratte, wenn sie in die Enge getrieben ist, ihrer Haut –, sondern eine abergläubische, widerwillige Scheu, etwas wie eine unüberwindliche Abneigung, mit einem verruchten Geist eine Unterhaltung anzufangen. Daß dieser Geist am hellichten Tage umging, überraschend eckig in seinen Bewegungen, und meistens auf drei Stühlen ausgestreckt dalag, machte es nicht im geringsten einfacher. Das Tageslicht ließ ihn nur noch grausiger, beunruhigender und gesetzwidriger erscheinen. Seltsamerweise war abends, wenn er aus seiner stummen Trägheit hervorkam, dieses Unirdische an ihm weniger aufdringlich. Wenn er dann am Spieltisch mit den Karten hantierte, war es wahrscheinlich gar nicht mehr zu bemerken; aber Schomberg, nach Art eines Vogel Strauß entschlossen, die wahren Vorgänge zu ignorieren, betrat nie den entweihten Konzertsaal. Er hatte nie Mr. Jones bei der Ausübung seiner Berufung gesehen – oder vielleicht war es nur sein Geschäft.

»Heute abend spreche ich mit ihm«, sagte Schomberg zu sich, während er im Pyjama auf der Veranda seinen Morgentee trank; die aufgehende Sonne hatte die Spitzen der Bäume auf dem Grundstück noch nicht erreicht, und der feuchte Tau lag noch silbrig auf dem Gras, funkelte auf den Blumen des mittleren Beetes und färbte den gelben Kies der Auffahrt dunkler. »Das werde ich tun. Ich werde heute abend nicht unsichtbar bleiben. Ich werde hervorkommen und ihn stellen, wenn er mit der Geldkassette auf sein Zimmer geht.«

Was war der Bursche schließlich anderes als ein gemeiner Desperado? Mordlustig? O ja, mordlustig genug, womöglich – und Schombergs Bauchmuskeln unter dem luftigen Schlafanzug zogen sich ruckartig zusammen. Doch selbst ein gemeiner Desperado würde es sich zweimal, wahrscheinlicher hundertmal überlegen, ehe er einen friedfertigen Bürger in einer zivilisierten, von Europäern regierten Stadt umbrächte. Er zuckte die Achseln. Natürlich! Wieder schauderte er und watschelte dann zurück in sein Zimmer, um sich anzukleiden. Sein Entschluß war gefaßt, und er würde nicht mehr darüber nachdenken; dennoch blieben seine Zweifel bestehen. Sie wuchsen und entfalteten sich, wie manche Pflanzen, im Laufe des Tages. Zeitweise brachten sie ihn ins Schwitzen und ließen ihn auch am Nachmittag nicht zu seiner Siesta kommen. Nachdem er sich auf seiner Couch mehr als ein dutzendmal herumgedreht hatte, gab er dieses vergebliche Bemühen auf, erhob sich und ging hinunter.

Es war zwischen drei und vier Uhr, die Stunde tiefen Friedens. Sogar die Blumen schienen auf ihren Stengeln zu schlummern, an denen schläfrig die Blätter hingen. Nicht einmal die Luft bewegte sich, denn die Brise vom Meer kam erst später. Das Dienstpersonal war nicht zu sehen, es machte wohl ein Schläfchen irgendwo im Schatten hinter dem Haus. Mrs. Schomberg saß oben in einem dämmrigen Zimmer bei geschlossenen Jalousien und drehte sorgfältig jene zwei langen Ringellocken, die für ihre Frisur beim Nachmittagsdienst so typisch waren. Zu dieser Zeit störten keine Gäste die Ruhe des Betriebs. Schomberg, der in tiefer Einsamkeit die Räume durchwanderte, zuckte an der Tür des Billardzimmers zusammen, als hätte er eine Schlange zu seinen Füßen erblickt. Zwischen den Billards, den kleinen ungedeckten Tischen und einer Menge leerer Stühle saß ganz allein der Sekretär Mr. Ricardo nahe der Wand und vollführte mit seinem eigenen Päckchen Karten, das er stets in der Tasche bei sich trug, etwas, das nach Kartentricks aussah. Schomberg hätte sich still wieder zurückgezogen, wenn nicht Ricardo den Kopf gewendet hätte. Einmal erblickt, zog der Hotelier das kleinere Risiko vor und ging hinein. Das Bewußtsein seiner inneren Feigheit gegenüber diesen beiden ließ ihn stets die Brust herausdrücken und eine strenge Miene aufsetzen. Ricardo, das Kartenpäckchen fest in beiden Händen, beobachtete sein Kommen.

»Vielleicht haben Sie einen Wunsch?« meinte Schomberg in seinem Reserveleutnantston.

Ricardo schüttelte schweigend den Kopf und blickte abwartend. Schomberg pflegte mit ihm höchstens zwanzig Worte pro Tag zu wechseln. Dabei war er unendlich gesprächiger als sein Herr und Meister. Zuweilen sah er ganz wie ein normales menschliches Wesen seiner Klasse aus, und in jenem Augenblick schien er besonders freundlich gestimmt. Er breitete plötzlich zehn Karten verdeckt zu einem Fächer aus und hielt sie Schomberg hin. »Los, Mann, ziehen Sie rasch eine!«

Schomberg war so überrascht, daß er, mit sehr merklichem Erschrecken, hastig eine nahm. Martin Ricardos Augen leuchteten phosphoreszierend in dem Dämmerlicht des Raumes, der gegen die Hitze und das Flimmern der Tropen abgeschirmt war.

»Einen Herz-König haben Sie gezogen«, kicherte er und zeigte blitzend die Zähne.

Schomberg sah auf die Karte, gab es zu und legte sie auf den Tisch.

»In neun von zehn Fällen kann ich Sie jede Karte ziehen lassen, die ich will«, frohlockte der Sekretär mit seltsamem Auf-

werfen der Lippen und einem grünlichen Funkeln in seinen emporgewandten Augen.
Schomberg blickte stumm auf ihn nieder. Ein paar Sekunden lang bewegte sich keiner von beiden; dann senkte Ricardo den Blick, öffnete die Finger und ließ das ganze Päckchen auf den Tisch fallen. Schomberg setzte sich, weil ihm schwach in den Beinen wurde, aus keinem anderen Grund. Sein Mund war ausgetrocknet. Da er nun saß, fühlte er, daß er sprechen mußte. Er reckte seine Schultern wie zum Parademarsch.
»Sie verstehen sich ziemlich gut auf solche Sachen«, sagte er.
»Durch Übung wird man perfekt«, erwiderte der Sekretär.
Seine gefährliche Freundlichkeit machte es Schomberg unmöglich wegzugehen. So fand sich der Hotelier aus purer Ängstlichkeit alsbald in eine Unterhaltung verwickelt, deren bloßer Gedanke ihn schon mit Furcht erfüllt hätte. Gerechterweise muß man sagen, daß Schomberg seine Feigheit sehr glaubwürdig zu verbergen verstand. Seine Angewohnheit, die Brust herauszustrecken und in strengem Ton zu reden, kam ihm dabei zustatten. Auch für ihn galt, daß Übung perfekt machte; und wahrscheinlich würde er das bis zum Ende durchgehalten haben, bis zum wirklich letzten Moment, mit einer Anspannung bis zum Zerreißen, da er nur noch am Boden kriechen würde. Daß er nicht wußte, was er sagen sollte, vergrößerte noch seine heimliche Verlegenheit. Ihm fiel nichts anderes ein als: »Sie scheinen sehr gern Karten zu spielen.«
»Was dachten Sie denn?« fragte Ricardo trocken und beherrscht. »Ist das so unwahrscheinlich?« Dann, mit plötzlichem Feuer: »Gern Karten spielen? Ha, leidenschaftlich!«
Die Wirkung dieses Ausbruchs wurde noch verstärkt durch das ruhige Senken der Augenlider und durch eine wohlabgemessene Pause, als habe er sich damit zu einer anderen Art von Liebe bekannt. Schomberg zerbrach sich den Kopf über ein neues Gesprächsthema, konnte aber keins finden. Seine üb-

lichen Skandalgeschichten würden hier nicht verfangen. Dieser Desperado kannte keinen Menschen im Umkreis von tausend Meilen. Schomberg war geradezu gezwungen, das Thema beizubehalten.

»Ich vermute, Sie waren schon immer so – von frühester Jugend an.«

Ricardos Augen blieben gesenkt. Seine Finger spielten zerstreut mit dem Kartenpäckchen auf dem Tisch.

»Ich wüßte nicht, daß es so früh begonnen hätte. Ich kam zum erstenmal darauf, als ich um Tabak spielte – in der Back von Schiffen, Sie kennen das – die einfachen Matrosenspiele. Wir verbrachten ganze Freiwachen da unten, rund um eine Kiste, unter einer öligen Funzel. Wir nahmen uns kaum noch Zeit, einen Happen Salzfleisch zu bekommen – dachten weder an Essen noch an Schlaf. Wir konnten uns nur mit Mühe aufrechthalten, wenn die Wachen an Deck antreten mußten. Soweit das Glücksspiel!« Er ließ den erinnernden Ton fallen und fügte die Mitteilung an: »Ich wurde von Kind auf für die See erzogen, müssen Sie wissen.«

Schomberg war ins Träumen geraten, ohne jedoch das Gefühl drohenden Unheils zu verlieren. Als nächstes hörte er:

»Ich kam zur See auch gut voran. Brachte es zum Maat. Ich war Maat auf einem Schoner – einer Yacht, könnte man sagen –, in einem besonders guten Hafen, im Golf von Mexiko, ein ruhiger Job; so etwas trifft man nur einmal im Leben. Ja, da war ich Maat, als ich die See verließ, um ihm zu folgen.«

Ricardo hob das Kinn als Hinweis auf das Zimmer im Obergeschoß, woraus Schomberg, durch diese Erinnerung an die Existenz von Mr. Jones schmerzhaft aufgeschreckt, den Schluß zog, daß letzterer sich auf sein Schlafzimmer zurückgezogen habe. Ricardo, der ihn unter gesenkten Lidern beobachtete, fuhr fort:

»Wir waren zufällig auf demselben Schiff.«

»Sie meinen Mr. Jones? Ist er auch ein Seemann?«
Da hob Ricardo die Lider.
»Er ist so wenig Mr. Jones wie Sie«, sagte er mit sichtlichem Stolz. »Der ein Seemann! Sie haben eben keine Ahnung. Nun ja! Von einem Ausländer kann man nicht erwarten, daß er sich besser auskennt. Ich bin Engländer, und ich erkenne einen Gentleman auf den ersten Blick. Ich würde ihn erkennen – betrunken, im Rinnstein, im Gefängnis, unterm Galgen. Es gibt da ein Etwas – nicht eigentlich die Erscheinung, es ist ein – zwecklos, daß ich es Ihnen zu erklären versuche. Sie sind kein Engländer; und wenn Sie einer wären, brauchte man es Ihnen nicht zu erklären.«
Ein unerwarteter Redestrom war irgendwo tief im Innern des Mannes aufgebrochen, hatte sein hitziges Blut verdünnt und seinen mitleidlosen Charakter weich gestimmt. Schomberg verspürte Erleichterung, gemischt mit Furcht, als wenn eine riesige Wildkatze plötzlich begonnen hätte, in unerklärlicher Freundlichkeit um seine Beine zu streichen. Kein kluger Mann würde unter solchen Umständen eine Bewegung riskieren. Schomberg bewegte sich nicht. Ricardo setzte sich bequem zurecht, einen Ellbogen auf dem Tisch. Schomberg reckte die Schultern.
»Auf dieser Yacht da – diesem Schoner oder wie Sie es nennen wollen – wurde ich angeheuert, von zehn Gentlemen zugleich. Das überrascht Sie, wie? Ja, zehn. Wenigstens neun davon waren Gentlemen auf ihre Art und einer ein richtiger Gentleman, und das war...«
Ricardo ruckte wieder mit dem Kinn aufwärts, als wollte er sagen: Er! Der einzige.
»Und kein Irrtum«, fuhr er fort. »Ich entdeckte ihn gleich am ersten Tag. Wie? Wieso? Ja, das mögen Sie fragen. Ich hatte in meinem ganzen Leben noch nicht so viele Gentlemen gesehen. Aber irgendwie sah ich's. Wenn Sie ein Engländer wären, würden Sie –«

»Was hatte das mit Ihrer Yacht auf sich?« wagte Schomberg ungeduldig zu unterbrechen; denn dieses Pochen auf Nationalität peinigte seine schon strapazierten Nerven. »Worum ging das Spiel?«

»Sie haben ein helles Köpfchen! Spiel! Genau das. Das war's – jene Art von Albernheit, die Gentlemen miteinander aushecken, um das Glück zu versuchen. Eine Schatzsucher-Expedition. Jeder von ihnen setzte soviel Geld ein, Sie verstehen, daß der Schoner gekauft werden konnte. Ihr Agent in der City heuerte mich und den Käptn an. Alles in größter Heimlichkeit und so weiter. Er, schätze ich, immer mit einem Augenzwinkern – und ich irrte mich nicht. Aber das war nicht unsere Sache. Mochten sie ihr Geld vertun, wie sie wollten. Ein Jammer nur, daß so wenig davon in unsere Taschen floß. Anständige Bezahlung und nichts weiter. Und der Teufel hol jede Bezahlung, groß oder klein – das ist meine Meinung!«

Er ließ seine Augen in dem gedämpften Licht grünlich aufblitzen. Die Hitze schien alles und jedes in der Welt zum Verstummen gebracht zu haben, ausgenommen seine Stimme. Er fluchte des längeren, ausgiebig, mit knurrenden Untertönen – weshalb, hätte niemand sagen können; dann beruhigte er sich und fuhr fort, wie ein Seemann sein Garn spinnt.

Zuerst waren es nur neun von diesen abenteuerlichen Lebemännern; dann, nur einen Tag oder zwei vor der Abfahrt, tauchte *er* auf. Irgendwie davon gehört, irgendwo – ich würde sagen bei einer Frau, wenn ich ihn nicht kennen würde, wie ich ihn kenne. Vielleicht auch in einer Bar. Oder vielleicht in einem von diesen großen Klubs an der Pall Mall. Wie dem auch sei, der Agent wickelte ihn ein – Geld auf den Tisch, und nur vierundzwanzig Stunden, sich fertigzumachen; aber er versäumte sein Schiff nicht. Er nicht! Es war wie ein Sprung vom Pier – für einen Gentleman. Ich sah ihn rankommen. Kenn'se die West India Docks, wie?«

Schomberg kannte die West India Docks nicht. Ricardo blickte ihn eine Weile nachdenklich an und fuhr dann fort, als müsse man über so viel Unkenntnis einfach hinweggehen.

»Unser Schlepper war schon längsseits. Zwei Strolche trugen ihm seine Bagage nach. Ich sagte dem Mann an unserem Liegeplatz, die Taue noch eine Minute zu halten. Die Gangway war schon eingezogen, aber er machte sich nichts draus. Er setzt an, ein Sprung, schwingt seine langen Beine über die Reling, und schon ist er an Bord. Sie reichen ihm sein elegantes Gepäck herauf, und er greift mit der Hand in die Hosentasche und wirft den Burschen all sein Kleingeld auf die Mole, zum Aufsammeln. Sie spazierten immer noch auf allen vieren da herum, als wir ablegten. Erst dann sah er mich an – ganz still, Sie wissen, auf seine verstohlene Art. Er war nicht so mager wie jetzt; aber ich bemerkte, daß er nicht so jung war, wie er aussah – bei weitem nicht. Er schien mich irgendwo innerlich anzurühren. Ich ging sehr schnell fort; ich wurde auch vorne gebraucht. Ich hatte keine Angst. Wovor sollte ich auch Angst haben? Ich fühlte mich nur angerührt – vom ersten Moment an. Aber ojemine, wenn irgendwer mir gesagt hätte, wir würden vor Ablauf des Jahres Komplicen sein – nun, dem würde ich –«

Er stieß eine Kollektion komischer Flüche aus, einige gebräuchlich, andere seltsam erschreckend für Schombergs Ohren, und doch waren es nur unschuldige Ausrufe der Verwunderung über die Wechselfälle des menschlichen Schicksals. Schomberg rückte ein wenig auf seinem Stuhl. Aber der Bewunderer und Partner von ›schlicht Mr. Jones‹ schien für den Augenblick Schombergs Existenz vergessen zu haben. Der Strom naiver Blasphemien – einige davon in schlechtem Spanisch – war versiegt, und Martin Ricardo, Experte für Gentlemen, saß stumm und mit steinernem Blick da, als wundere er sich immer noch innerlich über die erstaunliche Auslese, die Konjunktionen und

Assoziationen von Ereignissen, welche die menschliche Pilgerschaft auf dieser Erde beeinflussen.
Endlich riskierte Schomberg ein Wort:
»Und so hat der – Gentleman, da oben, Sie überredet, Ihre angenehme Koje aufzugeben?«
Ricardo fuhr auf.
»Überredet! Brauchte mich nicht zu überreden. Er gab mir nur einen Wink, und das genügte. Mittlerweile waren wir im Golf von Mexiko. Eines Nachts lagen wir vor Anker, dicht bei einer Sandbank – bis heute weiß ich nicht genau, wo es war – vor der kolumbianischen Küste oder da irgendwo. Wir wollten am nächsten Morgen mit dem Graben beginnen, und alle waren früh in die Klappe gegangen, in Erwartung eines anstrengenden Tages mit den Spaten. Da kommt er rauf und sagt auf seine stille, müde Art – Sie können einen Gentleman ebensogut daran wie an irgend etwas sonst erkennen –, kommt also rauf, tritt hinter mich und sagt in gewisser Art, gerade so in mein Ohr: ›Nun, und wie denkst du mittlerweile über unsere Schatzgräberei?‹
Ich wandte nicht einmal den Kopf; blieb ganz, wie ich stand, und sagte nicht lauter als er:
›Wenn Sie es wissen wollen, Sir, es ist weiter nichts als eine verdammte Narrheit.‹
Wir hatten während der Überfahrt natürlich hin und wieder kurze Gespräche miteinander geführt. Ich möchte sagen, er las in mir wie in einem Buch. Es ist nicht viel mit mir los, außer daß ich nie zahm und gesittet gewesen bin, nicht einmal beim Spazierengehen auf der Straße, beim Witzereißen und beim Umtrunk mit Kumpanen – ja, und auch mit Fremden. Ich beobachtete sie, wenn sie auf meine Kosten die Ellbogen hoben oder sich über meine Witze die Seiten hielten – ich *kann* komisch sein, wenn ich will, das können Sie glauben!«
Eine Pause, in der sich Ricardo selbstgefälligen Betrachtungen

seiner Späße und Freigebigkeit überließ, staute seinen Redefluß. Schomberg bemühte sich, das Größerwerden seiner Augen in Grenzen zu halten, denn es kam ihm vor, als fühle er sie in seinem Kopf wachsen.

»Ja, ja«, flüsterte er hastig.

»Ich beobachtete sie also und dachte bei mir: ›Ihr Jungs wißt gar nicht, wer ich bin. Wenn ihr es wüßtet –!‹ Dasselbe mit Mädchen. Einmal stellte ich einem Mädchen nach. Ich küßte sie immer hinters Ohr und sagte mir dabei: ›Wenn du nur wüßtest, meine Liebe, wer dich küßt, würdest du kreischend davonrennen!‹ Ha, ha! Nicht daß ich ihnen irgend etwas antun wollte, aber ich fühlte mich innerlich dazu imstande. Nun, hier sitzen wir, als wären wir Freunde, und das ist auch ganz in der Ordnung. Sie sind mir nicht im Wege. Aber ich bin Ihnen nicht freundschaftlich gesonnen. Es liegt mir einfach nichts daran. Sie bedeuten mir so oder so nicht mehr als jene Fliege da. Genau so wenig. Ich könnte Sie zerquetschen oder in Ruhe lassen. Mir ist's gleich, was ich tue.«

Wenn wirkliche Charakterstärke darin besteht, die eigenen plötzlichen Schwächen zu überwinden, dann bewies Schomberg viel von dieser Eigenschaft. Bei der Erwähnung der Fliege zwang er sich erneut zu einer streng würdevollen Haltung, wie man einen zusammensinkenden Luftballon mit viel Kraftaufwand wieder aufbläst. Die ungenierte, lässige Art von Ricardo war geradezu entsetzlich.

»So ist das«, fuhr er fort. »Das ist so meine Art. Sie würden es nicht glauben, nicht wahr? Nein. Man muß es Ihnen sagen. Und so sage ich's Ihnen denn, und ich möchte behaupten, Sie glauben mir nur halb. Aber Sie können nicht annehmen, daß ich betrunken bin, wie Sie mich auch anschauen. Ich habe den ganzen Tag nichts Stärkeres getrunken als ein Glas Eiswasser. Da muß schon ein Gentleman her, um einen Burschen ganz zu durchschauen. O ja – er kam mir drauf. Ich sagte schon, daß

wir uns ein paarmal auf See über dies oder jenes unterhielten. Und gewöhnlich beobachtete ich ihn durch die Fensterluke, wenn er in der Kajüte mit den anderen Karten spielte. Sie mußten ja irgendwie die Zeit hinbringen. Umgekehrt ertappte er mich einmal dabei, und da sagte ich ihm, daß ich für Karten viel übrig hätte – und im allgemeinen auch Glück im Spiel. Ja, er hatte mich richtig eingeschätzt. Warum auch nicht? Ein Gentleman ist genau wie jeder andere – und noch etwas mehr.«
Schomberg durchfuhr der Gedanke, daß diese beiden in ihrer enormen Verschiedenheit tatsächlich gut zusammen paßten, gleichgeartete Seelen in zweierlei Gestalt.
»Sagt er zu mir«, fuhr Ricardo mit seinem Geschwätz fort, »›ich hab's satt. Zeit, daß wir uns davonmachen, Martin.‹
Es war das erste Mal, daß er mich Martin nannte. Sag ich: ›Das ist's also, Sir?‹
›Hast wohl nicht gedacht, daß ich hinter dieser Art von Schatz her bin, wie? Ich wollte in aller Stille von Hause wegkommen. Ist 'ne ziemlich kostspielige Methode, zu einer Überfahrt zu kommen, aber es hat sich für mich gelohnt.‹
Ich ließ ihn sehr bald wissen, daß ich mit ihm als Partner zu allem bereit wäre, von ›Kopf oder Adler‹ bis zu vorsätzlichem Mord.
›Vorsätzlicher Mord?‹ sagt er in seiner ruhigen Manier. ›Was zum Teufel ist das? Wovon redest du da? Menschen werden manchmal umgebracht, wenn sie einem in die Quere kommen, aber das ist Selbstverteidigung – verstanden?‹
Ich sagte, ich hätte verstanden. Und dann sagte ich, ich würde eine Minute hinunterlaufen, um ein paar Sachen in einen Seesack zu stopfen, den ich besaß. An viel Gepäck war mir nie gelegen; ich hielt darauf, mich federleicht zu machen, wenn ich auf See war. Ich kam zurück und fand ihn an Deck auf und ab schlendernd, als wolle er vor dem Schlafengehen, wie an jedem anderen Abend, noch etwas frische Luft schöpfen.

›Fertig?‹

›Ja, Sir.‹

Er sah mich nicht mal an. Wir hatten achtern ein Boot zu Wasser gelassen, als wir nachmittags vor Anker gingen. Er wirft seinen Zigarrenstummel über Bord.

›Kannst du den Käptn an Deck holen?‹ fragt er.

Das war das Letzte in der Welt, was mir eingefallen wäre. Ich war einen Moment sprachlos.

›Ich kann's versuchen‹, sag ich.

›Schön, dann geh ich hinunter. Du holst ihn rauf und hältst ihn fest, bis ich wieder an Deck komme. Paß gut auf! Laß ihn nicht hinunter, bis ich zurück bin.‹

Ich konnt's nicht lassen zu fragen, weshalb er mir auftrug, einen schlafenden Mann zu wecken, da wir uns doch jeden an Bord in süßem Schlummer wünschten, bis wir von dem Schoner klarkämen. Er lacht ein bißchen und sagt, ich hätte den Sinn der Sache nicht ganz erfaßt.

›Paß auf‹, sagt er, ›laß ihn nicht weg von dir, bis du mich wieder heraufkommen siehst.‹ Er kommt mir mit den Augen ganz nahe. ›Halt ihn um jeden Preis.‹

›Und das bedeutet?‹ sag ich.

›Um jeden Preis – koste es, was es wolle. Ich will bei meinem Tun da unten nicht gestört werden. Er würde mir viel Ärger machen. Ich nehme dich mit, um mir in mehrfacher Hinsicht Ärger zu ersparen; und nun geh unverzüglich ans Werk.‹

›Sogleich, Sir‹, sag ich, und er schlüpft die Kajütentreppe hinunter.

Mit einem Gentleman wissen Sie immer, woran Sie sind; aber dies war eine kitzlige Sache. Der Käptn bedeutete mir so oder so nichts, nicht mehr als Sie in diesem Augenblick, Mr. Schomberg. Sie mögen Ihre Zigarre anzünden oder noch in dieser Minute Ihren Geist aufgeben, und ich pfeife darauf, was Sie tun, beides oder keins von beidem. Den Käptn raufbringen,

war eine Kleinigkeit. Ich brauchte nur über seinem Kopf ein paarmal auf das Deck zu stampfen. Ich stampfte fest auf. Aber wie ihn oben halten, wenn er einmal da war?
›Irgendwas los, Mr. Ricardo?‹ hörte ich ihn hinter mir sagen. Da war er also, und ich hatte mir nichts überlegt, was ich ihm sagen sollte; also wandte ich mich nicht um. Der Mondschein war heller als an manchem Tag in der Nordsee, an den ich mich erinnern konnte.
›Warum haben Sie mich gerufen? Wonach halten Sie da Ausschau, Mr. Ricardo?‹
Er ließ sich täuschen, weil ich ihm den Rücken kehrte. Ich starrte auf nichts, aber sein Irrtum brachte mich auf eine Idee.
›Ich starre auf etwas dort drüben, das wie ein Kanu aussieht‹, sagte ich ganz langsam.
Der Käptn wurde sogleich besorgt. Dabei war von den Eingeborenen, wo immer sie sein mochten, nichts zu befürchten.
›Teufel!‹ sagt er. ›Das ist sehr ungünstig.‹ Er hatte gehofft, daß der Schoner unter der Küste nicht so bald bemerkt werden würde. ›Verdammt ungeschickt, bei dem, was wir vorhaben, mit einem Haufen Nigger als Zuschauer operieren zu müssen. Aber sind Sie sicher, daß es ein Kanu ist?‹
›Es kann auch ein treibender Balken sein‹, sagte ich ›aber ich dachte, Sie täten lieber mit eigenen Augen einen Blick darauf. Vielleicht können Sie es besser ausmachen als ich.‹
Seine Augen waren bei weitem nicht so gut wie meine. Aber er sagt:
›Gewiß. Gewiß. Sie haben ganz recht getan.‹
Und tatsächlich hatte ich bei Sonnenuntergang ein paar treibende Balken gesehen. Ich erkannte sie auch als solche und machte mir weiter keine Gedanken darüber, vergaß die Sache ganz, bis zu diesem Augenblick. Hölzer so vor der Küste treiben zu sehen, ist nichts Besonderes, und ich will gehängt sein, wenn der Käptn nicht eins im flutenden Mondlicht gesehen hat. Aber

seltsam, von was für einer Kleinigkeit ein Menschenleben manchmal abhängt – von einem einzigen Wort! Da sitzen Sie ganz arglos vor mir und lassen sich womöglich ganz unbewußt etwas entschlüpfen, was Ihr Schicksal besiegelt. Nicht daß ich irgendwelche feindseligen Gefühle hätte. Ich habe keine Gefühle. Hätte der Käptn gesagt ›Ach, Unsinn!‹ und mir den Rücken gewandt, er hätte keine drei Schritte zu seiner Koje tun können; aber er blieb stehen und starrte. Und nun kam es drauf an, ihn von Deck zu schaffen, sobald er dort nicht mehr gebraucht wurde.

›Wir versuchen nur auszumachen, ob der Gegenstand da drüben ein Kanu ist oder ein Balken‹, sagt er zu Mr. Jones.

Mr. Jones war heraufgekommen, ebenso lässig schlendernd wie beim Hinuntergehen. Während nun der Käptn von Booten und treibenden Hölzern schwafelte, fragte ich von hinten durch Zeichen, ob ich ihm nicht besser eins über den Kopf geben und ihn leise über Bord fallen lassen sollte. Die Nacht rückte vor, und wir mußten weg. Es ließ sich nicht mehr bis zum nächsten Abend aufschieben. Nein. Nicht mehr. Und wissen Sie weshalb?«

Schomberg bewegte schwach verneinend den Kopf. Diese direkte Frage ärgerte ihn; sie störte den Wortgewaltigen, dem man die Rolle eines Zuhörers aufgezwungen hatte, in seinem aufgenötigten Schweigen, in das er versunken war wie ein Mann in tiefen Schlummer. Mr. Ricardo schlug einen höhnischen Ton an.

»Wissen Sie nicht weshalb? Können Sie sich's nicht denken? Nein? Weil der Boß mittlerweile die Geldkassette des Käptns an sich gebracht hatte. Begriffen?«

VII

»Ein gemeiner Dieb!«

Schomberg biß sich einen Moment zu spät auf die Zunge und wachte vollends auf, als er sah, wie Ricardo seine Lippen zu einem katzenhaften Grinsen verzog; aber der Gefährte von ›schlicht Mr. Jones‹ behielt seine bequeme Plauderhaltung bei.

»Unsinn! Er wollte vielleicht einfach sein Geld wiedersehen, wie irgendein braver Krämer, Hackfleischer, Budiker oder Zeitungsschmierer? Stellen Sie sich eine Landschildkröte wie Sie vor, die versuchen wollte, sich eine Meinung über einen Gentleman zu bilden! Ein Gentleman ist nicht so leicht zu fassen. Sogar ich bin manchmal nicht dahintergekommen. In jener Nacht etwa drohte er mir nur ein bißchen mit dem Finger. Der Käptn hielt überrascht in seinem albernen Geschwätz inne.

›He? Was ist los?‹ fragt er. (Los! Es war seine Gnadenfrist – das war los.)

›Oh, nichts, nichts Besonderes‹, sagt mein Gentleman. ›Sie haben vollkommen recht. Ein Stück Holz – nichts als ein Stück Holz.‹ Ha, ha! Ich sage Gnadenfrist, denn wenn der Käptn mit seiner dummen Erörterung fortgefahren wäre, hätte man ihn aus dem Weg räumen müssen. Ich konnte kaum an mich halten, weil die Minuten so kostbar waren. Indessen gab ihm sein Schutzengel ein, den Mund zuzumachen und wieder ins Bett zu gehen. Ich kochte innerlich wegen der Zeit, die wir verloren hatten.

›Warum ließen Sie mich nicht ihm eins über seine hohle Kokosnuß geben, Sir?‹ frag ich.

›Keine Roheit, keine Roheit‹, sagt er mit erhobenem Finger so ruhig wie nur einer.

Es ist gar nicht zu sagen, wie ein Gentleman so etwas anfaßt. Nie gerät er in Wut. Das wäre schlechter Stil. Sie werden ihn nie wütend sehen – jedenfalls nicht so, daß es jemand merkt. Roheit ist ebenfalls kein guter Stil – soviel habe ich mittlerweile gelernt und noch viel mehr. Ich bin so geschult, daß Sie es meinem Gesicht nicht ansehen könnten, wenn ich Ihnen in der nächsten Minute den Bauch aufschlitzen wollte – was ich natürlich im Handumdrehen tun könnte. Ich habe ein Messer in meinem Hosenbein.«

»Das haben Sie nicht!« rief Schomberg ungläubig aus.

Mr. Ricardo war schnell wie der Blitz dabei, seine lungernde, träge Haltung mit einer geduckten zu vertauschen, und brachte die Waffe im Nu an seinem linken Hosenbein zum Vorschein. Schomberg tat nur eben einen Blick auf das Ding, das an dem stark behaarten Bein befestigt war, als Mr. Ricardo schon aufsprang und mit dem Fuß aufstampfte, damit das Hosenbein wieder hinunterrutschte. Dann nahm er seine nachlässige Pose mit einem Ellbogen auf dem Tisch wieder ein.

»Auf die Art hat man eine Waffe schneller zur Hand, als Sie wohl denken«, fuhr er fort und blickte geistesabwesend in Schombergs weit aufgerissene Augen. »Nehmen wir an, bei einem Spielchen gibt es eine kleine Meinungsverschiedenheit. Schön, Sie bücken sich, um eine gefallene Karte aufzuheben, und wenn Sie wieder hochkommen – da sind Sie schon bereit zuzustoßen oder mit dem Ding, das Sie im Ärmel haben, zu schmeißen. Oder wenn eine Schießerei droht, bücken Sie sich nur mal eben unter den Tisch. Sie werden nicht glauben, was ein Bursche mit einem Messer unter dem Tisch gegen unvorbereitete Kumpane ausrichten kann, die Krach schlagen wollen, und das, noch ehe sie begreifen, worum es geht, oder sich vom Fleck rühren – wenn sie das überhaupt noch können.«

Schombergs rosige Wangen über seinem kastanienbraunen Bart wurden merklich blaß. Ricardo kicherte verhalten.

»Aber keine Roheit – keine Roheit! Ein Gentleman kennt sich aus. Was hat es für einen Sinn, außer sich zu geraten? Und auch kein Grund, sich zu verdrücken. Ein Gentleman verdrückt sich nie. Was ich einmal gelernt habe, vergeß ich nicht. Wieso auch! Wir spielten in der Prärie mit verdammt vielen Herdenbesitzern in ihren Ranchs, spielten fair, nicht wahr – und dann mußten wir hinterher meistens um unseren Gewinn kämpfen. Wir haben in den Bergen gespielt und in den Tälern und an der Küste und fern vom Land – meistens ehrlich. Im allgemeinen genügt das. Nachdem wir uns von dem Schoner und seiner verrückten Irrfahrt abgesetzt hatten, machten wir in Nicaragua den Anfang. Es waren hundertsiebenundzwanzig Sovereigns und ein paar mexikanische Dollars in der Kasse des Käptns. Lohnt sich kaum, dafür einem Mann hinterrücks eins über den Schädel zu geben, muß ich gestehen; aber daß der Käptn nur mit knapper Not entkam, das konnte auch mein Herr und Gebieter später nicht ableugnen.
›Soll ich das so verstehen, Sir, daß es Ihnen etwas ausmacht, ob ein Leben mehr oder weniger auf der Erde ist?‹ fragte ich ihn einige Stunden, nachdem wir auf und davon gegangen waren.
›Natürlich nicht‹, sagt er.
›Nun, warum haben Sie mich dann zurückgehalten?‹
›Es gibt eine angemessenere Art, Dinge zu erledigen. Du wirst noch lernen müssen, dich korrekt zu verhalten. Es gibt auch unnötige Übertreibungen. Auch die muß man vermeiden – wenn auch nur um den Schein zu wahren.‹ So setzt ein Gentleman einem die Dinge auseinander – ganz eindeutig!
Bei Sonnenaufgang suchten wir ein Flußtal auf, um uns dort verborgen zu halten, falls die Schatzsucher-Gesellschaft auf die Idee käme, sich die Zeit zu nehmen und auf uns Jagd zu machen. Und ich will verdammt sein, wenn sie es nicht taten. Wir sahen den Schoner ausfahren und dabei vom Winde abkom-

men; mit zehn Ferngläsern suchten sie das Meer ab, zweifellos nach allen Seiten. Ich riet dem Herrn, ihnen Zeit zu lassen, wieder zurückzutreiben, bevor wir aufbrächen. So blieben wir in diesem Tal ungefähr zehn Tage, schlecht und recht. Am siebenten Tag mußten wir dennoch einen Mann umbringen – den Bruder von unserem Pedro. Die beiden waren tatsächlich Krokodiljäger. Wir fanden in ihrer Hütte Unterkunft. Weder der Chef noch ich konnten damals viel *habla Español* – Spanisch sprechen, Sie verstehen. Trockenes Ufer, angenehmer Schatten, bequeme Hängematten, frischer Fisch, gutes Wild, alles prima. Der Herr warf ihnen für den Anfang ein paar Dollars hin; aber es war dennoch so, als wohnten wir mit einem Paar wilder Affen zusammen. Allmählich bemerkten wir, daß sie viel miteinander redeten. Sie hatten die Geldkassette erspäht, die Lederkoffer und meinen Seesack – ein netter Haufen Beute zum Anschauen. Sie dürften sich gesagt haben:

›Kein Mensch wird wohl je kommen und nach diesen beiden Burschen suchen, die anscheinend vom Mond gefallen sind. Schneiden wir ihnen die Kehle durch.‹

Nun, natürlich! Sonnenklar. Um zu wissen, woher der Wind wehte, brauchte ich nicht erst einen von ihnen zu entdecken, wie er hinter einem Busch ein teuflisch langes Messer schärfte und dabei wild um sich blickte. Pedro stand daneben und prüfte die Schneide eines anderen langen Messers. Sie glaubten uns weit fort auf unserem Ausflug an der Mündung des Flusses, wo wir uns gewöhnlich den Tag über aufhielten. Nicht daß wir damit rechneten, viel von dem Schoner zu sehen, aber wir wollten immerhin unserer Sache sicher sein, wenn möglich; zudem war es außerhalb des Waldes in der Brise kühler. Nun, der Herr war also da, lag bequem auf einer Decke, von wo er das Meer beobachten konnte, aber ich war zur Hütte zurückgegangen, um mir aus meinem Seesack einen Priem

Kautabak zu holen. Ich hatte diese Gewohnheit noch nicht aufgegeben und war nicht glücklich, wenn ich nicht ein Stück so groß wie eine Kinderfaust zwischen den Backenzähnen hatte.«
Bei diesem kannibalischen Vergleich murmelte Schomberg ein ohnmächtiges »Nicht doch«. Ricardo zog sich auf seinem Sessel empor und blickte wohlgefällig auf seine ausgestreckten Beine.
»Ich bin im allgemeinen ziemlich leichtfüßig«, fuhr er fort. »Hol's der Teufel, wenn ich nicht beim ersten Versuch einem Spatzen 'ne Prise Salz auf den Schwanz streuen könnte. Jedenfalls hörten sie mich nicht. Ich beobachtete die beiden braunen, behaarten Bestien aus weniger als zehn Meter Entfernung. Sie hatten nur weiße Leinenhosen an, bis über die Knie hochgerollt. Kein Wort wechselten sie miteinander. Antonio kauerte auf seinen dicken Schenkeln und war eifrig dabei, das Messer an einem flachen Stein zu wetzen; Pedro stand an einen kleinen Baum gelehnt und fuhr mit dem Daumen an der Schneide des Messers entlang. Ich machte mich davon, leiser als eine Maus, können Sie mir glauben.
Ich sagte dem Chef noch nichts davon. Er lag, mit dem Ellbogen aufgestützt, auf seiner Decke und schien nicht angesprochen werden zu wollen. So ist er – manchmal so zutraulich, daß Sie denken, er wird Ihnen aus der Hand fressen, und dann wieder läßt er einen abfahren, schlimmer als der Teufel – aber alles in größter Ruhe. Ein vollkommener Gentleman, ich sag's Ihnen. Ich störte ihn jetzt nicht; aber ich konnte natürlich diese beiden Burschen, die sich mit ihren Messern zu schaffen machten, nicht vergessen. Zu jener Zeit hatten wir nur einen Revolver bei uns – den sechsschüssigen vom Herrn, aber nur in fünf Kammern geladen; und wir hatten weiter keine Patronen. Er hatte sie in einem Schubfach in seiner Kabine zurückgelassen. Zu dumm! Ich besaß nichts als ein altes Klappmesser – im Ernstfall überhaupt nicht zu gebrauchen.
Am Abend saßen wir vor dem Schlafschuppen um ein kleines

Feuer und aßen Bratfische von Pisangblättern und geröstete Yamswurzeln als Brot – das Übliche. Der Herr und ich saßen auf einer Seite und diese beiden Prachtkerle mit untergeschlagenen Beinen auf der anderen, wobei sie einander hin und wieder ein oder zwei Worte zuraunten, kaum noch menschliche Laute, und mit niedergeschlagenen Augen fest zu Boden blickten. Schon seit drei Tagen konnten wir sie nicht mehr dazu bringen, uns ins Gesicht zu sehen. Nun fing ich ganz ruhig an, mit dem Chef zu reden, genau wie ich jetzt mit Ihnen spreche, scheinbar sorglos, und berichtete ihm alles, was ich beobachtet hatte. Er fährt fort, Stücke Fisch aufzupicken und sie sich in den Mund zu schieben, so ruhig wie nur je. Es ist ein Vergnügen, wenn man mit einem Gentleman zu tun hat. Nicht ein einziges Mal sah er zu ihnen hinüber.

›Und jetzt‹, sag ich, absichtlich gähnend, ›müssen wir nachts Wache halten, uns umschauen und auch den ganzen Tag auf der Hut sein und dafür sorgen, daß wir nicht plötzlich angefallen werden.‹

›Das ist einfach unerträglich‹, sagt der Herr. ›Und du, ohne jede Waffe!‹

›Ich denke, ich werd mich von jetzt an dicht bei Ihnen halten, Sir, wenn Sie nichts dagegen haben‹, sag ich.

Er nickt nur ganz wenig, wischt sich die Finger an dem Blatt ab, greift mit der Hand hinter sich, als wolle er sich aufstützen, holt seinen Revolver unter der Jacke hervor und schießt eine Bleikugel mitten in Mr. Antonios Brust. Sehen Sie, so geht es einem mit einem Gentleman. Kein verdammtes Getue und alles im Handumdrehen. Aber er hätte mir einen Wink geben können oder so. Ich fuhr nahezu aus der Haut. Erschreckt wie nur was! Ich wußte nicht einmal, wer geschossen hatte. Alles war bis dahin so still gewesen, daß der Knall des Schusses mir wie das lauteste Geräusch vorkam, das ich je gehört hatte. Der ehrbare Antonio fällt vornüber – das tun sie immer, auf den

Schuß zu; Sie müssen das selbst schon bemerkt haben – ja, er fällt vornüber auf die Holzscheite, und das ganze viele Haar in seinem Gesicht und auf seinem Kopf flammt auf wie eine Prise Schießpulver. Fettig, nehme ich an; weil sie immer das Fett von diesen Krokodilhäuten abkratzen –«

»Hören Sie«, rief Schomberg heftig aus, als wollte er sich von unsichtbaren Fesseln befreien, »wollen Sie sagen, daß sich das alles zugetragen hat?«

»Nein«, sagte Ricardo kühl. »Ich denke mir das nur so aus, um Ihnen die heißeste Zeit des Nachmittags zu vertreiben. Also er fällt vornüber, seine Nase auf die rotglühenden Scheite, und unser hübscher Pedro springt auf und ich mit, wie zwei Stehaufmännchen. Er will davonschießen, Hals über Kopf, und ich, kaum wissend was ich tat, springe auf seinen Rücken. Ich war so schlau, meine Hände sogleich um seinen Hals zu legen, und alles was ich konnte war, meine Finger fest unter seinem Kinn zu verschränken. Sie haben den Nacken von diesem Prachtexemplar gesehen, nicht wahr? Hart wie Stahl obendrein. Beide stürzten wir nieder. Als der Herr das sieht, steckt er seinen Revolver in die Tasche.

›Binden Sie ihm die Beine zusammen, Sir‹, schrei ich, ›ich werd versuchen, ihn zu würgen.‹

Es lagen eine Menge Bastfasern herum. Ich drückte ein letztes Mal zu und stand dann auf.

›Ich hätte dich womöglich getroffen‹, sagt der Herr sehr besorgt.

›Aber Sie sind froh, eine Patrone gespart zu haben, Sir‹, sag ich zu ihm.

Das verdankte er meinem Sprung. Es wäre nicht gut gewesen, ihn im Dunkeln so entwischen zu lassen und dieses Prachtexemplar im Gebüsch herumschleichen zu haben, womöglich mit dem verrosteten Steinschloßgewehr, das sie besaßen. Der Herr gab zu, daß der Sprung das Richtige gewesen war.

›Aber er ist nicht tot‹, sagt er und beugt sich über ihn. Ebensogut könnte man einen Ochsen erwürgen. Wir beeilten uns, seine Ellbogen hinter dem Rücken zu fesseln und schleppten ihn dann, noch ehe er zu sich kam, zu einem kleinen Baum, setzten ihn auf und banden ihn daran fest, nicht um den Leib, sondern um den Hals – einige zwanzig Mal rund um seine Kehle und den Baum und schließlich noch mit einem Seemannsknoten hinter dem Ohr. Als nächstes kümmerten wir uns um den ehrbaren Antonio, dessen Gesicht in der roten Glut schmorte und einen gewaltigen Gestank entwickelte. Wir stießen und rollten ihn in den Fluß und überließen den Rest den Krokodilen.

Ich war müde. Dieser kleine Ringkampf hatte mir furchtbar zugesetzt. Der Herr hatte mit keiner Wimper gezuckt. Da ist eben ein Gentleman gegen unsereinen im Vorteil. Er regt sich nicht auf. Kein Gentleman tut das – oder fast nie. Ich schlief ganz plötzlich ein und ließ ihn rauchend an dem Feuer zurück, das ich neu angefacht hatte, mit seiner Reisedecke um die Beine, so ruhig, als säße er in einem Erster-Klasse-Wagen. Wir redeten kaum zehn Worte miteinander, nachdem es vorbei war, und von jenem Tag bis heute haben wir nie wieder von der Sache gesprochen. Ich hätte nie erfahren, ob er sich überhaupt erinnerte, wenn er nicht darauf angespielt hätte, als wir vorgestern mit Ihnen sprachen – Sie wissen, wegen Pedro.

Das hat Sie überrascht, wie? Darum habe ich Ihnen diese Geschichte erzählt, wie er zu uns kam, wie eine Art von Hund – aber verdammt besser zu gebrauchen. Sie wissen ja, wie er mit den Tabletts hin und her rennen kann? Nun, er könnte ebenso geschickt einen Ochsen mit der Faust niederschlagen, auf ein Wort vom Chef. Und er liebt den Herrn! Das können Sie mir glauben! Mehr als jeder Hund.«

Schomberg warf sich in die Brust.

»Ja, das ist eins von den Dingen, die ich schon Mr. Jones sagen wollte«, sagte er. »Es ist nicht angenehm, den Burschen so früh im Hause zu haben. Stundenlang hockt er hinten auf der Treppe, bevor er hier gebraucht wird, und jagt den Leuten Angst ein, so daß die Bedienung darunter leidet. Die Chinesen –«

Ricardo nickte nur und hob die Hand.

»Als ich ihn zuerst sah, konnte er wohl einen Grislybären erschrecken, ganz zu schweigen von einem Chinesen. Jetzt ist er zivilisiert, verglichen mit dem, was er vorher war. Also, an jenem Morgen, als ich die Augen aufschlug, sah ich als erstes ihn dasitzen, mit dem Hals an den Baum gebunden. Er blinzelte mit den Augen. Wir verbrachten den Tag mit der Beobachtung des Meeres und konnten tatsächlich den Schoner ausmachen, der sich in den Wind gelegt hatte, was bedeutete, daß man uns aufgegeben hatte. Gut! Als die Sonne wieder aufging, tat ich einen Blick auf unseren Pedro. Er blinzelte nicht mehr. Er rollte die Augen, die einmal ganz weiß und dann wieder schwarz waren, und seine Zunge hing meterlang heraus. So fest um den Hals angebunden zu sein, würde sogar den Teufel umbringen – mit der Zeit, nicht wahr! Ich weiß nur soviel, daß es selbst einem wirklichen Gentleman schwerfallen würde, bis zum Schluß ungerührt zu bleiben. Mittlerweile gingen wir daran, unser Boot klarzumachen. Ich beeilte mich, den Mast aufzusetzen, als der Herr die Bemerkung machte:

›Ich glaube, er will etwas sagen.‹

Ich hatte schon seit einiger Zeit eine Art von Krächzen gehört, wollte aber nicht darauf achten; aber dann stieg ich aus dem Boot und ging mit etwas Wasser zu ihm hinauf. Seine Augen waren rot – rot und schwarz und halb aus dem Kopf getreten. Er trank das ganze Wasser, das ich ihm gab, aber er hatte nichts weiter zu sagen. Ich ging zum Herrn zurück.

›Er bittet um eine Kugel in den Kopf, ehe wir gehen‹, sagte ich. Ich war nicht sehr erbaut von der Sache.

›Oh, kommt gar nicht in Frage‹, sagt der Herr.
Da hatte er recht. Nur vier Schuß übrig und neunzig Meilen wilder Küste vor uns, ehe wir in den ersten Ort kämen, wo wir hoffen konnten, Revolverpatronen zu kaufen.
›Jedenfalls‹, sag ich ihm, ›will er getötet werden, so oder so, aus Gnade.‹
Und dann mache ich mir weiter an dem Mast zu schaffen. Mir lag nicht viel daran zu sehen, wie ein an Händen und Füßen gefesselter und obendrein um den Hals festgebundener Mann abgeschlachtet würde. Ich hatte jetzt ein Messer – des ehrbaren Antonios Messer; und dieses Messer ist sein Messer.«
Ricardo versetzte seinem Bein einen lauten Klaps.
»Das erste Beutestück in meinem neuen Leben«, fuhr er mit barscher Jovialität fort. »Den Trick, es da unten zu tragen, lernte ich erst später. Ich trug es an jenem Tag im Gürtel. Nein, ich hatte nicht den Mumm dazu; aber wenn Sie mit einem Gentleman von echtem Schrot und Korn zu tun haben, hängen Sie ganz von Ihren Gefühlen ab, die er Ihnen durch die Haut ansieht. Sagt der Herr plötzlich:
›Man könnte es sogar als sein gutes Recht betrachten‹ – hören Sie den Gentleman heraus? –, ›aber was meinst du, wenn wir ihn im Boot mitnähmen?‹
Und der Herr macht weiter geltend, der arme Teufel könnte uns von Nutzen sein, wenn wir uns längs der Küste durchschlagen müßten. Wir würden ihn loswerden können, ehe wir an den ersten zivilisierteren Ort kämen. Ich wollte kein langes Hin und Her. Ich kroch aus dem Boot.
›Ja, aber wird er auch parieren, Sir?‹
›O ja. Er ist ganz eingeschüchtert. Mach zu, schneide ihn los – ich übernehme die Verantwortung.‹
›Soll geschehen, Sir.‹
Er sieht mich wohlgemut herankommen, mit dem Messer seines Bruders in der Hand – ich bedachte nicht, wie sich das von

seiner Seite ausnehmen würde –, und oje, es brachte ihn fast um! Er stierte wie ein wilder Ochse und begann zu schwitzen und zu zittern über und über, ganz erstaunlich. Ich war so überrascht, daß ich vergaß, ihn anzublicken. Die Tropfen rannen über seine Augenbrauen, in seinen Bart, von seiner Nase – und er röchelte. Dann fiel mir ein, daß er ja nicht sehen konnte, was ich vorhatte. Gnade oder Recht, er wollte nicht sterben, wenn es dazu käme; jedenfalls nicht auf diese Art. Als ich um ihn herum ging, um an die Fesseln zu kommen, gab er eine Art von leisem Gebell von sich. Dachte wohl, ich wollte ihn hinterrücks erstechen, nehme ich an. Ich schnitt ihn mit einem Hieb los, und er kugelte zur Seite, hops, und begann mit seinen gefesselten Beinen um sich zu treten. Zum Lachen! Ich weiß nicht, was daran so komisch war, aber ich brüllte fast. Zwischen meinem Lachen und seinem Strampeln hatte ich Mühe, ihn zu befreien. Sobald er seine Glieder fühlt, rennt er zum Ufer, wo der Herr steht, kriecht auf Händen und Knien zu ihm hin und umfaßt seine Beine. Dankbarkeit, wie? Man konnte sehen, daß es dem Burschen ausnehmend gefiel, weiterleben zu dürfen. Der Herr macht seine Beine sanft von ihm frei und sagt nur leise zu mir:
›Laß uns abfahren. Schaff ihn ins Boot.‹
Das war nicht schwer«, fuhr Ricardo fort, nachdem er Schomberg einen Moment fest angeblickt hatte. »Er war nur zu willig, ins Boot zu gehen, und – hier ist er. Er würde sich in kleine Stücke schneiden lassen – mit einem Lächeln, glauben Sie mir, mit einem Lächeln! – alles für den Herrn. Ich weiß nicht, ob er das auch für mich täte; aber viel fehlt nicht daran. Ich hatte ihn los und seiner Fesseln ledig gemacht, aber er merkte genau, wer der Boß war. Außerdem erkennt er einen Gentleman. Ein Hund erkennt einen Gentleman – jeder Hund. Nur so ein paar Ausländer erkennen ihn nicht; und nichts kann's ihnen beibringen.«

»Und Sie wollen sagen«, fragte Schomberg, wobei er das für ihn Ärgerliche in der letzten Bemerkung überhörte, »Sie wollen sagen, daß Sie feste Anstellung und guten Lohn für so ein Leben aufgegeben haben?«

»Da haben wir's!« begann Ricardo ruhig. »Genau das mußte ein Mann wie Sie sagen. So zahm sind Sie! Ich diene einem Gentleman. Das ist nicht dasselbe wie einem Arbeitgeber zu dienen. Die geben einem den Lohn, wie sie einem Hund einen Knochen hinwerfen würden, und erwarten noch, daß man dankbar ist. Es ist schlimmer als Sklaverei. Von einem Sklaven, der für Geld gekauft ist, erwartet man keine Dankbarkeit. Und wenn Sie Ihre Arbeitskraft verkaufen – was ist das anders als sich selbst verkaufen? Sie haben soundso viele Tage zu leben und Sie verkaufen ihnen einen nach dem anderen. He? Wer kann mir für mein Leben genug bezahlen? Ja! Aber die schmeißen Ihnen Ihr Wochengeld hin und erwarten, daß man danke sagt, ehe man es aufhebt.«

Er murmelte irgendeinen Fluch gegen die Arbeitgeber im allgemeinen, so schien es, dann brach er los:

»Zum Teufel mit der Arbeit! Ich bin kein Hund, der wegen eines Knochens auf den Hinterbeinen geht; ich bin ein Mann, der einem Gentleman dient. Das ist ein Unterschied, den Sie nie begreifen werden, zahmer Mr. Schomberg.«

Er gähnte schwach. Schomberg, der seine militärische Strenge noch durch ein leichtes Stirnrunzeln verstärkt hatte, war mit seinen Gedanken abgeschweift. Diese waren eifrig dabei, das Bild eines jungen Mädchens in allen Einzelheiten wiederherzustellen – abwesend – auf und davon – ihm gestohlen. Er geriet in Zorn. Da war nun dieser Schurke mit seinem unverschämten Blick. Wenn das Mädchen nicht schmählich von ihm weggelockt worden wäre, hätte er keinem erlaubt, ihn so unverschämt anzublicken. Es hätte ihm nichts ausgemacht, den Kerl zwischen die Augen zu boxen. Danach hätte er ihm ohne Zögern einen Tritt versetzt. Er sah sich geradezu dabei, und aus Sympathie mit dieser ruhmreichen Vision zuckten Schombergs rechter Fuß und rechter Arm.

In dem Moment hörte er mit seiner plötzlichen Träumerei auf und bemerkte beunruhigt die hellwache Neugier in Mr. Ricardos Blick.

»Und so ziehen Sie also durch die Welt, als Glücksspieler«, bemerkte er unmotiviert, um seine Verwirrung zu verbergen. Aber Ricardos Blick behielt seinen Ausdruck, und er fuhr unbestimmt fort:

»Hierhin, dahin und überall hin.« Er riß sich zusammen, reckte die Schultern. »Ist es nicht sehr gefährlich?« sagte er in festem Ton.

Das Wort ›gefährlich‹ schien Wirkung zu tun, denn Ricardos Augen verloren ihren bedrohlich interessierten Ausdruck.

»Nein, halb so schlimm«, sagte Ricardo gleichgültig. »Es ist meine Meinung, daß die Menschen spielen werden, solange sie noch irgend etwas haben, um auf eine Karte zu setzen. Spielen? Das ist Natur. Was ist denn das Leben selbst? Sie wissen nie, was kommt. Das Schlimmste ist, daß Sie nie genau sagen können, welche Karten Sie selbst in der Hand halten. Was ist Trumpf? – das ist die Frage. Verstehen Sie? Jeder Mann wird spielen, um all und jedes, wenn man ihm nur eine Chance gibt. Sie auch –«

»Ich habe seit zwanzig Jahren keine Karte angerührt«, sagte Schomberg in strengem Ton.

»Nun, wenn Sie Ihren Lebensunterhalt damit verdienten, wären Sie nicht schlechter als jetzt, da Sie den Leuten Getränke verkaufen – abscheuliches Bier und Schnäpse, elendes Zeug, das einen alten Ziegenbock zum Brüllen bringen könnte, wenn man es ihm durch die Kehle gösse. Puh! Ich kann den verdammten Alkohol nicht ausstehen. Nie gekonnt. Eine Spur von reinem Brandy in einem Glas läßt mir übel werden. Schon

immer. Wenn alle wie ich wären, ginge der Alkohol am Bettelstab. Sie finden das wohl komisch bei einem Mann, wie?«
Schomberg vollführte eine unbestimmte Geste der Toleranz. Ricardo setzte sich auf und stützte die Ellbogen wieder auf den Tisch.
»Französische Sirups mag ich gern, das muß ich sagen. Saigon ist der richtige Ort dafür. Ich sehe, Sie haben Sirup an der Bar. Ich will verdammt sein, wenn mir die Kehle bei dieser Unterhaltung mit Ihnen nicht ausgetrocknet ist. Kommen Sie, Mr. Schomberg, seien Sie gastlich, wie mein Herr zu sagen pflegt.«
Schomberg stand auf und ging würdevoll an die Theke. Seine Schritte hallten laut auf dem gebohnerten Parkett. Er nahm eine Flasche mit dem Etikett *Sirop de Groseille* herunter. Die kleinen Geräusche, die er machte, das Klingen des Glases, das Gluckern der Flüssigkeit, der Knall des Sodawasserkorkens waren von unnatürlicher Schärfe. Mit einem rosa funkelnden Glas in der Hand kam er zurück. Mr. Ricardo war seinen Bewegungen verstohlen mit listigen, erwartungsvollen gelben Augen gefolgt, wie eine Katze, wenn man ihr eine Untertasse mit Milch zurechtmacht, und der zufriedene Laut, nachdem er getrunken hatte, hätte eine kleine Abart von Schnurren sein können, ganz leise und tief in der Kehle. Schomberg fühlte sich davon unangenehm berührt – ein weiteres Beispiel für das Unmenschliche an diesen Männern, weshalb man so schwer mit ihnen zurechtkam. Ein Gespenst, eine Katze, ein Affe – dieses hübsche Dreigespann konnte einem einzelnen schon zu schaffen machen, dachte er mit einem innerlichen Schauder; denn Schomberg war, wie die Dinge standen, von seiner Einbildungskraft überwältigt, und sein Verstand kam gegen diesen phantasievollen Aspekt seiner Gäste nicht mehr an. Und es war nicht nur ihr Äußeres. Die Moral von Mr. Ricardo schien ihm ziemlich genau die Moral einer Katze zu sein. Allzu genau. Welche Argumente hatte ein einzelner Mann gegenüber

einem ... einem Gespenst! Wie es wohl um die Moral eines Gespenstes bestellt sei, konnte Schomberg sich nicht vorstellen. Irgend etwas Fürchterliches, zweifellos. Für Mitgefühl war darin bestimmt kein Platz. Was den Affen betraf – nun, jedermann wußte, was ein Affe war. Er hatte keine Moral. Nichts konnte hoffnungsloser sein.

Nach außen hin zeigte Schomberg launige Zufriedenheit und rauchte, nachdem er die beim Holen des Getränks abgelegte Zigarre mit seinen dicken Fingern, deren einer mit einem goldenen Ring geschmückt war, wieder aufgenommen hatte. Ricardo blickte ihn an, blinzelte eine Zeitlang und schloß dann seine Augen ganz, mit der Gelassenheit der Hauskatze, die auf dem Kaminteppich döst. Im nächsten Augenblick öffnete er sie weit und schien überrascht, Schomberg vor sich zu sehen.

»Ein sehr lahmes Geschäft haben Sie heute, nicht wahr?« bemerkte er. »Aber diese ganze Stadt ist ja sowieso verdammt lahm; ich habe nie bisher solch eine lahme Gesellschaft an einem Tisch gesehen. Wenn's auf elf geht, reden sie schon von Aufbruch. Was ist mit denen los? Wollen die so früh ins Bett, oder was?«

»Ich schätze, daß Ihnen durch deren frühes Zubettgehen nicht gerade ein Vermögen entgeht«, sagte Schomberg mit finsterem Spott.

»Allerdings«, gab Ricardo zu mit einem Grinsen, das seinen schmalen Mund von einem Ohr bis zum anderen zog und plötzlich seine weißen Zähne aufschimmern ließ. »Nur, wissen Sie, wenn ich einmal anfange, würde ich um Nüsse spielen, um getrocknete Erbsen, um jeden Dreck. Ich würde mit Ihnen um Ihre Seele spielen. Aber diese Holländer taugen nichts. Sie werden nie richtig warm, ob sie gewinnen oder verlieren. Ich habe es auf zweierlei Art mit ihnen versucht. Zum Henker mit dieser bettelhaften, blutlosen Masse von lebendigen Gurken!«

»Und wenn irgend etwas Unrechtes vorkommen sollte, würden die ebenso kühl Sie und Ihren Gentleman einsperren«, schnarrte Schomberg unfreundlich.
»Wahrhaftig!« sagte Ricardo leise und maß Schomberg mit den Blicken. »Und was ist mit Ihnen?«
»Sie haben eine mächtig große Klappe«, fuhr der Hotelier auf. »Sie reden von Reisen um die ganze Welt, von großen Dingen, die Sie vollbracht haben, und daß Sie das Glück immer beim Schopf packen, aber hier sitzen Sie nun bei diesem elenden Geschäft!«
»Viel ist wirklich nicht drin«, gab Ricardo überraschend zu.
Schomberg war vor lauter Kühnheit rot im Gesicht geworden. »Ich nenne es armselig«, sprudelte er hervor.
»So sieht es allerdings aus. Kann's auch nicht anders bezeichnen.« Ricardo schien in nachgiebiger Stimmung zu sein. »Ich würde mich dessen selbst schämen, nur, wissen Sie, der Herr hat solche Anfälle –«
»Anfälle!« rief Schomberg, aber ziemlich leise. »Was Sie nicht sagen!« Er frohlockte innerlich, als hätte diese Eröffnung in gewisser Weise die Situation vereinfacht. »Anfälle! Das ist eine ernste Sache oder nicht? Sie sollten ihn ins Zivilkrankenhaus bringen – ein netter Aufenthalt.«
Ricardo nickte unmerklich, mit einem schwachen Grinsen.
»Ziemlich ernst. Regelmäßige Anfälle von Trägheit, so nenne ich es. Hin und wieder liegt er mir so da, und nichts kann ihn in Bewegung bringen. Wenn Sie denken, ich hätte das gern – weit gefehlt. Im allgemeinen kann ich ihm gut zureden. Ich weiß, wie man mit einem Gentleman umgeht. Ich bin kein Tagelöhner und Sklave. Aber wenn er gesagt hat ›Martin, ich habe es satt‹, dann Vorsicht! Da gibt's nichts als Maulhalten, verdammt nochmal!«
Schomberg, der sehr niedergeschlagen war, hatte mit offenem Mund zugehört.

»Was ist denn die Ursache?« fragte er. »Weshalb ist er so? Ich verstehe das nicht.«
»Ich glaube, ich schon«, sagte Ricardo. »Ein Gentleman, wissen Sie, ist nicht so einfach wie Sie oder ich, und auch nicht so leicht zu behandeln. Wenn ich nur so etwas wie einen Hebel hätte!«
»Was meinen Sie mit Hebel?« murmelte Schomberg dumpf.
Ricardo war ungeduldig über solche Begriffsstutzigkeit.
»Verstehen Sie denn kein Englisch? Sehen Sie her! Ich könnte diesen Billardtisch keinen Zentimeter fortbewegen, wenn ich ihm auch von jetzt bis in alle Ewigkeit gut zureden würde – nicht wahr? Nun, so ist auch der Herr, wenn er seine Anfälle hat. Er ist gelangweilt. Nichts scheint ihm lohnend, nichts ist gut genug, alles sinnlos. Aber wenn ich ein Ankerspill hier herumliegen sähe, würde ich es ziemlich schnell fertigbringen, Ihren Billardtisch viele Zentimeter zu verrücken. Und das ist der ganze Witz.«
Er erhob sich geräuschlos, reckte sich verstohlen und geschmeidig, mit seltsam seitlichen Kopfbewegungen und überraschenden Verlängerungen seines gedrungenen Körpers, blickte aus den Augenwinkeln zur Tür hin und lehnte sich schließlich zurück gegen den Tisch und verschränkte die Arme bequem über der Brust in einer vollkommen menschlichen Haltung.
»Das ist das andere, woran Sie einen Gentleman erkennen können – seine Launenhaftigkeit. Ein Gentleman ist niemand Rechenschaft schuldig, so wenig wie ein Tramp auf der Landstraße. Er braucht sich an keine Zeit zu halten. Einmal überkam es den Herrn in einem armseligen mexikanischen Pueblo im Hochland, weit von jedem Ort. Er lag den ganzen Tag in einem verdunkelten Zimmer –«
»Betrunken?« Das Wort entschlüpfte Schomberg aus Versehen, worauf er sehr erschrak. Aber der ergebene Sekretär schien es ganz natürlich zu finden.
»Nein, das kommt im Zusammenhang mit diesen Anfällen nie

vor. Er lag nur längelang da auf einer Matte, während ein zerlumpter Junge mit nackten Beinen, den er auf der Straße aufgelesen hatte, im *patio* saß, zwischen zwei Oleanderbüschen in der Nähe der offenen Tür, auf einer Gitarre zupfte und ihm von morgens bis abends *tristes* vorsang. Sie kennen *tristes* – twang, twang, twang, aouh, aouh! Chroo, yah!«

Schomberg hob bekümmert die Hände. Dieses Mitgefühl schien Ricardo zu schmeicheln. Sein Mund zuckte grimmig.

»Immer dasselbe – das verträgt nicht einmal ein Straußenmagen, wie? Entsetzlich. Nun, es gab da eine Köchin, die mich gern hatte – ein altes dickes Negerweib mit Brille. Ich pflegte mich in der Küche zu verkriechen und brachte sie dazu, mir *dulces* zu bereiten – süßes Zeug, Sie wissen, hauptsächlich aus Eiern und Zucker –, nur damit die Zeit verging. Ich bin wie ein Kind auf Süßigkeiten aus. Übrigens, weshalb gibt es nie einen Pudding an Ihrer tablydott, Mr. Schomberg? Nichts als Obst, morgens, mittags und abends. Zum Übelwerden! Was glauben Sie eigentlich, was wir sind – Wespen?«

Schomberg überhörte den kränkenden Ton.

»Und wie lange dauerte dieser Anfall?« fragte er besorgt.

»Wochen, Monate, Jahre, Jahrhunderte, schien es mir«, erwiderte Mr. Ricardo kummervoll. »An so einem Abend schlenderte dann der Herr hinüber in die *sala* und vertrödelte sein Leben beim Kartenspiel mit dem *juez* des Ortes – einem kleinen Dago mit schwarzem Backenbart – Ecarté, Sie kennen das, ein kurzes französisches Spiel mit kleinen Einsätzen. Und der *comandante*, ein einäugiger Halbindianer, ein plattnasiger Halunke und ich, wir mußten nur dabeistehen und auf ihre Karten setzen. Es war fürchterlich!«

»Fürchterlich!« echote Schomberg verzweifelt in seiner teutonischen Kehle. »Hören Sie zu, ich brauche Ihre Zimmer.«

»Gewiß. Das habe ich mir schon seit einiger Zeit gedacht«, sagte Ricardo gleichgültig.

»Ich war wahnsinnig, als ich auf Sie hörte. Das muß jetzt ein Ende haben!«
»Ich glaube, Sie sind immer noch wahnsinnig«, sagte Ricardo, ohne die Arme zu entschränken oder sich nur einen Zoll zu bewegen. Er senkte die Stimme und fügte hinzu: »Und wenn ich dächte, Sie wären bei der Polizei gewesen, würde ich Pedro anweisen, Sie um den Leib zu packen und Ihnen Ihr feistes Genick zu brechen, mit einem kleinen Ruck des Kopfes – schnapp! Ich hab gesehen, wie er das bei einem riesigen Nigger machte, der vor dem Gesicht des Herrn ein Rasiermesser schwang. Das geht ganz leicht. Sie hören ein leises Knacken, das ist alles – und der Mann fällt zu Boden wie ein nasser Lappen.«
Nicht einmal Ricardos Kopf, der leicht nach links geneigt war, hatte sich bewegt; doch als er zu sprechen aufhörte, glitt seine grünliche Iris, mit der er zur Tür hinausgeblickt hatte, in die Augenwinkel, die Schomberg am nächsten waren, und verharrte so mit einem Ausdruck heimlicher Wollust.

VIII

Schomberg fühlte, wie ihm die Verzweiflung, dieser kümmerliche Mut-Ersatz, zerrann. Nicht so sehr die Todesdrohung als vielmehr die unheimlich beiläufige Art, in der sie vorgebracht wurde, setzte ihm zu. Ein bloßes ›Ich werde Sie ermorden‹, mochte es noch so wild im Ton und ernst in der Absicht sein, hätte er ertragen können; aber gegenüber dieser neuen Art von Rede und Benehmen brach dieser auf das Ungewöhnliche sehr empfindlich reagierende Mann so zusammen, als hätte man ihm moralisch den Hals umgedreht – schnapp!

»Zur Polizei gehen? Natürlich nicht. Nicht mal im Traum. Jetzt auch zu spät. Ich habe mich in die Sache hineinziehen lassen. Sie erlangten meine Zustimmung, als ich nicht ganz bei mir war. Ich habe es Ihnen damals erklärt.«

Ricardos Augen glitten über Schomberg und starrten ins Weite. »Ah! Kummer mit einem Mädchen. Aber das sagt uns nichts.«

»Natürlich. Ich meine auch nur, was soll dieses ganze wilde Gerede mir gegenüber?« Ihm fiel ein glänzendes Argument ein. »Es steht gar nicht dafür; denn selbst wenn ich töricht genug wäre, jetzt zur Polizei zu gehen, so gäbe es nichts, worüber ich mich ernstlich beklagen könnte. Für Sie würde es nur Deportation bedeuten. Man würde Sie an Bord des ersten westwärts fahrenden Dampfers nach Singapore schaffen.« Er wurde lebhaft. »Hier weg und zum Teufel«, fügte er zwischen den Zähnen zu seiner eigenen Genugtuung hinzu.

Ricardo machte keine Bemerkung und ließ sich nicht anmerken, auch nur ein einziges Wort gehört zu haben. Das entmutigte Schomberg, der schon hoffnungsvoll aufgeblickt hatte.

»Warum wollen Sie sich bloß hier festsetzen?« rief er. »Es kann sich für Sie nicht lohnen, auf diese Weise hier herumzuhocken. Haben Sie sich nicht eben noch Gedanken gemacht, Ihren Herrn vom Fleck zu bringen? Nun, die Polizei würde das für Sie besorgen; und von Singapore können Sie weiter an die Ostküste von Afrika.«

»Ich will gehängt sein, wenn der Bursche diesen dummen Trick nicht ausführt!« war Ricardos Erwiderung, gesprochen in einem drohenden Ton, der Schomberg in die Wirklichkeit seiner Lage zurückrief.

»Nein! Nein!« protestierte er. »Nur so eine Redensart. Natürlich würde ich das nicht tun.«

»Ich glaube, dieser Kummer mit dem Mädchen hat Ihre ganze Hirnmasse durcheinander gebracht, Mr. Schomberg. Glauben Sie mir, Sie sollten sich besser in Freundschaft von uns trennen; denn Deportation oder nicht Deportation, Sie werden über kurz oder lang einen von uns wieder auftauchen sehen, der Ihnen jeden schmutzigen Dreh heimzahlt, den Sie vielleicht in Ihrem dicken Schädel ausbrüten.«

»Gott im Himmel!« ächzte Schomberg. »Kann ihn denn nichts fortbringen? Will er immer hierbleiben? Nehmen Sie an, ich würde es für Sie verlockend machen, könnten Sie dann nicht –«

»Nein«, unterbrach ihn Ricardo. »Ich könnte nicht, es sei denn, ich hätte so etwas wie einen Hebel. Ich sagte es schon.«

»Einen Anreiz?« murmelte Schomberg.

»Ja. Die Ostküste von Afrika ist nicht gut genug. Er hat mir kürzlich gesagt, damit müßten wir warten, bis er soweit ist; und er wird vielleicht noch lange nicht soweit sein, weil diese Ostküste ihm nicht davonläuft und es unwahrscheinlich ist, daß jemand mit ihr davonläuft.«

Diese Bemerkungen, mochten sie nun als Binsenwahrheit oder als Beschreibung von Mr. Jones' geistigem Zustand gemeint sein, waren entschieden niederschmetternd für den ohnehin leidenden Schomberg; aber es steckt Wahrheit in dem wohlbekannten Spruch, wonach die dunkelste Stunde vor der Dämmerung liegt. Der Klang von Worten hat, abgesehen von ihrem Zusammenhang, seine eigene Gewalt, und dieses Wort ›davonläuft‹ hatte eine besondere Affinität zu der fixen Idee des Hoteliers. Es war in seinem Kopf jederzeit gegenwärtig und sprang jetzt heraus, hervorgerufen durch eine rein zufällige Ausdrucksweise. Nein, niemand konnte mit einem Kontinent davonlaufen; aber Heyst war mit dem Mädchen davongelaufen!

Ricardo konnte sich unmöglich den Grund von Schombergs Verwandlung erklären. Doch war sie so deutlich und interessierte ihn so sehr, daß er das sorglose Beinwippen einstellte; er sah den Hotelier an und sagte:

»Es hat wenig Sinn, solche Reden zu widerlegen – finden Sie nicht?«

Schomberg hörte nicht hin.

»Ich könnte Sie auf eine andere Fährte setzen«, sagte er bedächtig und stockte, gleichsam gewürgt durch einen plötzlichen Anfall von ruchlosem Übereifer, der sich mit der Angst vor einem Mißlingen verband. Ricardo wartete gespannt, doch nicht ohne eine gehörige Portion an Verachtung.

»Auf die Fährte eines Mannes!« stieß Schomberg hervor und verstummte wieder, um mit seinem Zorn und seinem Gewissen zu Rate zu gehen.

»Der Mann im Mond, wie?« murmelte Ricardo voller Hohn.

Schomberg schüttelte den Kopf.

»Fast so ungefährlich, ihn zu bestehlen, wie den Mann im Mond. Versuchen Sie's nur. Es ist nicht sehr weit.«

Er dachte nach. Diese Männer waren sowohl Diebe und Mörder als auch Glücksspieler. Ihre Eignung für Rachezwecke war geradezu erschreckend. Aber er zog es vor, sich nicht die Einzelheiten auszumalen. Sich selbst stellte er es so dar, daß er mit Heyst abrechnen würde und sich gleichzeitig von dem Druck dieser Männer befreien. Er brauchte nur seinem natürlichen Talent der üblen Nachrede über seine Mitmenschen freien Lauf zu lassen. Seine Übung darin wurde in diesem Fall noch von Haß unterstützt, der, ebenso wie die Liebe, eine eigene Überredungskraft hat. Mit der größten Leichtigkeit entwarf er für den jetzt ernsthaft aufmerkenden Ricardo das Porträt eines Heyst, der von jahrelangen privaten und öffentlichen Raubzügen fett geworden war, des Mörders von Morrison, des Betrügers vieler Aktionäre, eine wundervolle Mischung von Raffinesse und Schamlosigkeit, finsteren Absichten und plumpen Tricks, Geheimnis und Hohlheit. Bei dieser Ausübung seiner natürlichen Funktion belebte sich Schomberg. Die Farbe kehrte in sein Gesicht zurück, das in geschwätzigem Eifer erglühte, und seine Männlichkeit wurde durch sein militärisches Gehabe noch unterstrichen.

»Genau so verhielt sich die Sache. Man sah ihn jahrelang in diesem Teil der Welt herumlungern und überall seine Nase hineinstecken; aber ich habe ihn als einziger von Anfang an durchschaut, diesen verächtlichen, doppelzüngigen, gefährlichen Burschen, der vor nichts zurückschreckte.«

»Gefährlich ist er?«

Schomberg kam bei dem Klang von Ricardos Stimme zu sich. »Nun, Sie wissen doch, was ich meine«, sagte er unbehaglich. »Ein verlogener, hinterhältiger, aalglatter, höflicher, hochfahrender Schurke. Nichts Offenes an ihm.«

Mr. Ricardo war vom Tisch heruntergeglitten und strich im Raum umher, verstohlen und geräuschlos. Im Vorbeigehen blitzte er Schomberg grinsend an und knurrte:

»Ah! Hm!«

»Nun, wollen Sie's noch gefährlicher?« meinte Schomberg. »Er ist alles andere als ein Kampfhahn, glaube ich«, fügte er nebenbei hinzu.

»Und Sie sagen, er lebt dort ganz allein?«
»Wie der Mann im Mond«, antwortete Schomberg eilfertig. »Kein Mensch gibt einen Pfifferling darum, was aus ihm wird. Er hat sich dünngemacht, Sie verstehen, nachdem er den ganzen Raub eingeheimst hatte.«
»Raub, wie? Warum ist er damit nicht nach Hause gefahren?« fragte Ricardo.
Der Gefolgsmann von ›schlicht Mr. Jones‹ kam allmählich zu der Ansicht, daß dies etwas sei, das zu untersuchen sich lohne. Und er trachtete nach der Wahrheit in der Art von Männern mit soliderer Moral und reineren Absichten als seine; das heißt er trachtete nach ihr im Licht seiner eigenen Erfahrungen und Vorurteile. Denn Fakten, was immer ihr Ursprung ist (und Gott allein weiß, woher sie stammen), können nur mit unserem eigenen besonderen Argwohn geprüft werden. Ricardo war durch und durch argwöhnisch. Schomberg – und das ist die belebende Kraft der wiedererstandenen Selbstachtung – Schomberg erwiderte furchtlos:
»Nach Hause fahren? Warum fahren denn Sie nicht nach Hause? Nach Ihren Reden zu urteilen, müssen Sie schon eine ganz hübsche Stange Geld gemacht haben, indem sie herumgehen und den Leuten ihr Geld abgewinnen. Sie sollten mittlerweile genug haben.«
Ricardo blieb stehen und blickte Schomberg überrascht an.
»Sie halten sich wohl für sehr schlau, wie?« sagte er.
Gerade jetzt war Schomberg so überzeugt von seiner Schlauheit, daß die barsche Ironie ihn ungerührt ließ. Tatsächlich huschte ein Lächeln durch seinen edlen teutonischen Bart, das erste Lächeln seit Wochen. Er hatte eine Glückssträhne.
»Wie kommen Sie darauf, daß er nicht nach Hause fahren wollte? Tatsache, er war schon auf der Heimfahrt.«
»Und wie soll ich wissen, daß Sie sich nicht einen Spaß daraus machen, mir ein verdammtes Märchen aufzutischen?« unter-

brach ihn Ricardo grob. »Ich staune über mich selbst, daß ich mir das alberne Gewäsch anhöre!«
Schomberg nahm diesen Stimmungsumschwung unbewegt hin. Er brauchte kein sehr feiner Beobachter zu sein, um zu bemerken, daß er es fertiggebracht hatte, in Ricardos Brust irgendeine Art von Gefühl, vielleicht von Gier zu erzeugen.
»Sie wollen mir nicht glauben? Schön! Sie können jeden, der herkommt, fragen, ob dieser – dieser Schwede nicht auf seiner Heimfahrt bis hierher gekommen war. Weshalb sollte er hier aufkreuzen, wenn nicht deshalb? Da können Sie jeden fragen.«
»Fragen, wahrhaftig!« erwiderte der andere. »Ich werde mich gerade lang und breit nach einem Mann erkundigen, über den ich herfallen will! Solche Dinge müssen in aller Stille getan werden – oder überhaupt nicht.«
Die eigenartige Betonung dieses letzten Satzes verursachte Schomberg einen kalten Schauer im Genick. Er räusperte sich ein wenig und blickte zur Seite, als hätte er etwas Unanständiges gehört. Dann, sozusagen mit einem Sprung:
»Natürlich hat er's mir nicht gesagt. Wäre das wahrscheinlich? Aber habe ich keine Augen im Kopf? Habe ich nicht meinen gesunden Menschenverstand, der es mir sagt? Ich kann durch die Menschen hindurchsehen. Bei den Tesmans hat er ebenfalls vorgesprochen. Warum ging er zwei Tage hintereinander zu den Tesmans, wie? Das wissen Sie nicht? Sie können sich's nicht denken?«
Er wartete gelassen, bis Ricardo damit fertig war, ihn ganz offen als einen verdammten Schwätzer zu beschimpfen; dann fuhr er fort:
»Ein Kunde geht nicht zwei Tage nacheinander während der Geschäftsstunden in ein Bankhaus, um über das Wetter zu plaudern. Also weshalb? Um am ersten Tag sein Konto bei ihnen abzuschließen und am nächsten, um sein Geld abzuheben! Klare Sache, wie?«

Ricardo, dessen Trick es war, mit den Augen diese und mit den Beinen jene Richtung einzuschlagen, machte sich wieder an Schomberg heran.

»Um sein Geld zu holen?« schnurrte er.

»Gewiß«, fuhr Schomberg ungeduldig fort. »Was sonst? Das heißt, nur das Geld, das er bei den Tesmans hatte. Was er vergraben oder auf seiner Insel versteckt hat, mag der Teufel wissen. Wenn Sie an das viele Bargeld denken, das durch dieses Mannes Hände ging, für Löhne und Vorratskäufe und all das – und er ist einfach ein raffinierter Dieb, ich sag's Ihnen.«

Ricardos starrer Blick machte den Hotelier unsicher, und er fügte verlegen hinzu: »Ich meine, ein ganz gewöhnlicher Spitzbube – ganz unbedeutend. Und obendrein will er ein schwedischer Baron sein! Pfui!«

»Er ist ein Baron? Wirklich? Dieser ausländische Adel besagt nicht viel«, bemerkte Mr. Ricardo ernsthaft. »Und was weiter? Er lungerte hier herum!«

»Ja, er lungerte hier herum«, sagte Schomberg und verzog den Mund. »Er – lungerte herum, das ist's. Lungerte –«

Seine Stimme erstarb. In Ricardos Haltung zeichnete sich Neugierde ab.

»Einfach so, für nichts? Und dann machte er kehrt und ging wieder auf jene Insel?«

»Und ging wieder zurück auf die Insel«, echote Schomberg matt und starrte vor sich hin.

»Was ist mit Ihnen los?« fragte Ricardo ehrlich überrascht. »Was haben Sie denn?«

Schomberg blickte nicht auf, sondern machte nur eine ungeduldige Geste. Sein Gesicht war rot, und er hielt es weiter gesenkt. Ricardo kam auf den Punkt zurück.

»Nun, aber wie erklären Sie sich das? Was für einen Grund hatte er? Wozu ging er auf die Insel zurück?«

»Flitterwochen!« stieß Schomberg böse hervor.

Noch ganz ruhig, die Augen niedergeschlagen, hieb er plötzlich und ohne vorbereitende Bewegung mit der Faust auf den Tisch, daß der völlig überraschte Ricardo zur Seite sprang. Und erst dann hob Schomberg die Augen, dumpfen Groll im Blick.

Ricardo starrte ihn einen Moment an, machte auf dem Absatz kehrt, ging bis ans Ende des Raumes und kam dann munter zurück und murmelte ein tiefes »Ach! Ach!« über Schombergs steifem Haupt. Daß der Hotelier einer großen moralischen Kraftanstrengung fähig war, zeigte sich in einer allmählichen Rückkehr seiner strengen Reserveleutnantshaltung.

»Ach, ach!« wiederholte Ricardo noch betonter als vorher und wie nach einer neuerlichen Prüfung der Umstände. »Hätte ich Sie nur nicht gefragt, oder hätten Sie mich belogen! Es paßt mir nicht zu wissen, daß eine Frau in die Sache verwickelt ist. Wie ist sie? Ist's das Mädchen, das Sie –«

»Lassen Sie das!« stammelte Schomberg äußerst erbärmlich hinter seiner steilen Soldatenstirn.

»Ach, ach!« rief Ricardo, dem allmählich ein Licht aufging, zum drittenmal aus. »Können's nicht ertragen, darüber zu reden – so schlimm also? Und doch möchte ich wetten, sie ist kein Wunder an Schönheit.«

Schomberg machte eine Bewegung, als wisse er das nicht, als kümmere ihn das nicht. Dann reckte er die Schultern und runzelte geistlos die Stirn.

»Ein schwedischer Baron – hm!« fuhr Ricardo nachdenklich fort. »Ich glaube, der Herr würde die Sache einer Untersuchung für wert halten, durchaus, wenn ich es ihm richtig darstelle. Er liebt einen Zweikampf, wenn Sie es so nennen wollen; aber ich kenne keinen Mann, der es ehrlich mit ihm aufnehmen kann. Haben Sie je eine Katze mit einer Maus spielen sehen? Ein netter Anblick!« Ricardo sah mit seinen lustvoll glimmenden Augen und dem verschlagenen Ausdruck so sehr einer

Katze ähnlich, daß Schomberg die ganze Angst einer Maus empfunden hätte, wäre er nicht von anderen Gefühlen völlig beherrscht gewesen.

»Es gibt keine Lügen zwischen Ihnen und mir«, sagte er mit mehr Festigkeit, als er sich zugetraut hätte.

»Was soll's also? Er verabscheut Weiber. In jenem mexikanischen Pueblo, wo wir sozusagen auf unseren bloßen Knochen lagen, ging ich meistens abends zum Tanz. Die Mädchen dort fragten mich, ob der englische *caballero* in der *posada* ein verkleideter Mönch sei oder ob er ein Gelübde zur *Santísima madre* getan hätte, nicht mit einer Frau zu sprechen, oder ob er – Sie können sich ausmalen, was diese recht freimütigen Mädchen fragen, wenn es mit ihnen soweit ist, daß es ihnen nicht mehr drauf ankommt, was sie sagen. Und das ärgerte mich immer. Ja, der Herr verabscheut es, mit Frauen zu tun zu haben.«

»Auch mit einer Frau?« warf Schomberg mit gutturalem Ton ein.

»Mit einer ist womöglich noch schwerer fertig zu werden als mit zweien oder zweihundert, was das betrifft. An einem Ort mit lauter Frauen brauchen Sie keine anzusehen, wenn Sie nicht wollen; aber wenn Sie in ein Zimmer kommen mit nur einer einzigen Frau, jung oder alt, hübsch oder häßlich, müssen Sie von ihr Notiz nehmen. Und wenn Sie es nicht gerade auf sie abgesehen haben, dann – da hat der Herr ganz recht – ist sie nur im Wege.«

»Warum sie überhaupt bemerken?« stammelte Schomberg. »Was können sie schon machen?«

»Geräusch machen, wenn nichts sonst«, meinte Mr. Ricardo kurz, mit dem Widerwillen eines Mannes, dessen Pfad ein Pfad des Schweigens ist; denn tatsächlich ist nichts hassenswerter als ein Geräusch, wenn man bei einem wichtigen Kartenspiel sitzt, das einen ganz absorbiert. »Geräusch, Geräusch, mein Freund!« fuhr er dringlicher fort, »verdammtes Gezeter über dies oder jenes, und das liebe ich ebensowenig wie der Herr. Aber bei dem Herrn hat das noch einen anderen Grund. Er kann sie einfach nicht ausstehen.«

Er machte eine Pause, um über dieses psychologische Phänomen nachzudenken, und da kein Philosoph zur Hand war, ihm zu sagen, daß jedes starke Gefühl seine Schrecken hat, wie zu jeder wirklichen Religion ein wenig Fetischismus gehört, so kam er zu seinem eigenen Schluß, der gewiß nicht die Wurzel der Sache erfaßte.

»Ich will gehängt sein, aber ich glaube, sie sind für ihn, was der Alkohol für mich ist. Brandy – puh!«

Er machte ein angewidertes Gesicht und schüttelte sich ehrlich. Schomberg hörte ihm verwundert zu. Es sah aus, als hätte gerade die Schurkerei dieses – dieses Schweden ihn vor etwas bewahrt; das schändlich geraubte Objekt schob sich zwischen den Dieb und die Vergeltung.

»So ist das, alter Junge.« Ricardo brach das Schweigen, nachdem er Schombergs stumme Niedergeschlagenheit mit einer Art von Mitgefühl beobachtet hatte. »Ich glaube, dieser Trick verfängt nicht.«

»Aber das ist doch albern«, flüsterte der Mann, der sich durch eine mysteriöse und unleidliche Abneigung der Rache beraubt sah, die er schon in Händen zu halten glaubte.

»Werfen Sie sich nur nicht zum Richter über einen Gentleman auf.« Ohne besonderen Zorn versetzte ihm Ricardo diese nachdenkliche Zurechtweisung. »Nicht mal ich begreife den Herrn ganz. Und ich bin ein Engländer und sein Gefolgsmann. Nein, ich glaube, ich werde ihm die Sache nicht vortragen, so sehr ich das Herumsitzen hier satt habe.«

Ricardo hatte es ebenso satt, dazubleiben, wie Schomberg, ihn dableiben zu sehen. Schomberg glaubte so fest an die Wirklichkeit eines Heyst, den er kraft seiner Fehlschlüsse erschaffen hatte, kraft seines Hasses, seiner Vorliebe für Skandale, daß ihm ein halb erstickter Ausruf der Überzeugung entfuhr, so aufrichtig, wie unsere meisten Überzeugungen, die verkleideten Diener unserer Leidenschaften, in einem äußersten Moment erscheinen können.

»Es wäre so gewesen, als höbe man einen Goldklumpen von tausend Pfund am Wege auf, oder zwei- bis dreimal soviel, nach allem was ich weiß. Kein Ärger, kein –«

»Das Mädchen ist der Ärger«, fiel Ricardo ein.

Er hatte sein lautloses, katzenartig verstohlenes Umherstreichen wieder aufgenommen, und ein guter Beobachter hätte dabei eine neue Art von Erregung an ihm bemerkt, wie bei einer Wildkatze, die drauf und dran ist loszuspringen. Schomberg bemerkte jedoch nichts. Es hätte vielleicht seine sinkenden Geister belebt, aber er zog es im allgemeinen vor, Ricardo nicht anzublicken. Ricardo indessen bemerkte mit einem seiner ruhelosen, seitlich gleitenden Blicke das säuerliche Lächeln auf Schombergs bärtigen Lippen – das unverkennbare Lächeln zerstörter Hoffnung.

»Sie sind von der Sorte, die reichlich nachtragend ist«, sagte er und blieb einen Augenblick interessiert stehen. »Hol's der Teufel, wenn ich jemand so enttäuscht gesehen habe! Ich wette, Sie würden die schwarze Pest auf jene Insel schicken, wenn Sie nur wüßten wie – he, was? Die Pest noch zu gut für sie? Ha, ha, ha!«

Er beugte sich herab, um Schomberg anzustarren, der unbeweglich mit versteinerten Augen und gefrorenen Zügen dasaß und offenbar taub war für den rauhen Spott dieses Gelächters, das so nahe an seinem fleischigen Ohr ertönte.

»Schwarze Pest zu gut für sie, ha, ha!« drang Ricardo auf den gequälten Hotelier ein. Schomberg hielt die Augen hartnäckig zu Boden.

»Dem Mädchen wünsche ich nichts Böses«, stammelte er.

»Aber davongelaufen ist sie Ihnen. Richtig durchgebrannt? Also!«
»Nur der Teufel weiß, was dieser schurkige Schwede ihr angetan hat – was er ihr versprochen, womit er ihr Angst gemacht hat. Sie kann ihn nicht geliebt haben, das weiß ich.«
Schombergs Eitelkeit klammerte sich an den Glauben irgendwelcher gewaltsamen, außerordentlichen Mittel der Verführung, die Heyst angewandt habe. »Sehen Sie doch nur, wie er diesen armen Morrison behext hat«, murmelte er.
»Ah, Morrison – nahm all sein Geld, was?«
»Ja – und sein Leben.«
»Fürchterlicher Kerl, dieser schwedische Baron! Wie kann man ihm nur an den Kragen?«
Schomberg fuhr auf.
»Drei gegen einen! Da haben Sie Angst? Muß ich Ihnen erst ein Empfehlungsschreiben mitgeben?«
»Sie sollten sich selbst einmal im Spiegel betrachten«, sagte Ricardo ruhig. »Ich will verdammt sein, wenn Sie nicht soeben irgendein Schlag getroffen hat. Und so ein Bursche sagt, die Frauen könnten nichts ausrichten! Diese eine reicht schon aus für Sie, wenn Sie es nicht fertigbringen, sie zu vergessen.«
»Ich wollte, ich könnte es«, pflichtete Schomberg ernsthaft bei. »Und alles ist das Werk dieses Schweden. Ich bekomme nicht genug Schlaf, Mr. Ricardo. Und nun, um mich ganz fertig zu machen, tauchen Sie, meine Herren, auf... als wenn ich nicht genug Kummer hätte.«
»Das hat Ihnen nur gutgetan«, meinte der Sekretär mit ironischem Ernst. »Lenkt Sie von diesem dummen Ärger ab. Und das bei Ihrem Alter.«
Er faßte sich, wie in plötzlichem Mitgefühl, und wechselte den Ton:
»Ich würde Ihnen wirklich gern den Gefallen tun und gleichzeitig ein gutes Geschäft machen.«

»Ein gutes Geschäft«, beteuerte Schomberg gleichsam mechanisch. In seiner Einfalt war er nicht imstande, seine erste Idee aufzugeben. Eine Idee muß durch eine andere verdrängt werden, und bei Schomberg waren Ideen selten und daher hartnäckig. »Gemünztes Gold«, murmelte er in einer Art von Panik.

Eine so ausdrucksvolle Wortkombination blieb nicht ohne Wirkung auf Ricardo. Diese beiden Männer waren anfällig für die Suggestion von Worten. Der Sekretär von ›schlicht Mr. Jones‹ seufzte und murmelte:

»Ja. Aber wie kommt man da heran?«

»Drei gegen einen«, sagte Schomberg, »ich glaube, Sie bekämen es umsonst.«

»Man sollte meinen, der Bursche wohnte gleich nebenan«, grollte Ricardo ungeduldig. »Teufel auch, verstehen Sie keine einfache Frage? Ich habe Sie nach dem Weg gefragt.«

Schomberg schien aufzuleben.

»Der Weg?«

Der Bann enttäuschter Hoffnungen, der den Untergrund seiner äußerlich wechselnden Stimmungen bildete, schien durch diese absichtsvoll gezielten Worte gebrochen zu sein.

»Der Weg geht natürlich übers Wasser«, sagte der Hotelier. »Drei Tage in einem guten großen Boot sind doch für Sie keine Sache. Es ist nicht mehr als ein kleiner Ausflug, ein bißchen Abwechslung. In dieser Jahreszeit ist das Javanische Meer ein Teich. Ich habe ein ausgezeichnetes sicheres Boot – ein Rettungsboot – für dreißig Mann, erst recht für drei, und kinderleicht zu manövrieren. Sie bekämen in dieser Jahreszeit nicht einmal ein feuchtes Gesicht. Nennen Sie es ruhig eine Vergnügungsfahrt.«

»Und obwohl Sie dieses Boot haben, sind Sie nicht selbst hinter ihr her gewesen – oder hinter ihm? Nun, Sie sind mir ein schöner enttäuschter Liebhaber.«

Bei diesem Satz fuhr Schomberg auf.
»Ich bin nur einer, nicht drei«, sagte er mürrisch und gab damit die kürzeste Antwort von mehreren, die er hätte geben können.
»Oh, ich kenne Ihre Sorte«, sagte Ricardo lässig. »Sie sind wie die meisten Leute – oder vielleicht noch ein bißchen friedfertiger als die übrigen von der kaufenden und verkaufenden Rasse, die diese verrottete Welt drangsaliert. Nun ja, Sie ehrbarer Bürger«, fuhr er fort, »gehen wir die Sache einmal gründlich durch.«
Als Schomberg begriffen hatte, daß Mr. Jones' Gefolgsmann bereit war, wie er sagte, »dieses Boot da mit Kurs und Entfernungen« in Erwägung zu ziehen und dazu konkrete Entschlüsse von keineswegs guter Vorbedeutung für diesen schurkischen Schweden zu fassen, gewann er seine soldatische Haltung wieder, reckte die Schultern und fragte militärisch:
»Sie wollen also in das Geschäft einsteigen?«
Ricardo nickte. Er habe große Lust dazu, sagte er. Einem Gentleman müsse man, soweit es gehe, den Willen lassen; aber er müsse auch manchmal richtig behandelt werden, zu seinem eigenen Besten. Und es sei Sache der richtigen Art von ›Gefolgsmann‹, den geeigneten Zeitpunkt und die geeigneten Methoden bei diesen seinen delikateren Pflichten zu erkennen.
Nachdem Ricardo diese Theorie auseinandergesetzt hatte, ging er zur Anwendung über.
»Ich habe ihn nie wirklich belogen«, sagte er, »und das werde ich auch jetzt nicht tun. Ich werde einfach nichts von dem Mädchen erzählen. Über den Schock muß er selbst hinwegkommen. Teufel auch! Zuviel Rücksicht taugt hier nicht.«
»Komische Sache«, bemerkte Schomberg kühl.
»Komisch? Ach, Sie würden sich wohl nichts draus machen, eine Frau in einem dunklen Winkel an der Kehle zu packen, wenn niemand in der Nähe ist, möchte ich wetten!«

Ricardos arglistige Bereitschaft, nach Katzenart jeden Augenblick die Krallen auszustrecken, erschreckte Schomberg wie gewöhnlich, forderte ihn aber zugleich heraus.
»Und Sie?« verteidigte er sich. »Soll ich glauben, Sie wären nicht zu allem möglichen bereit?«
»Ich, mein Junge? O ja. Ich bin nicht jener Gentleman; auch Sie nicht. Eine an der Kehle zu packen oder unterm Kinn zu kitzeln, das ist mir alles eins – beinahe«, versicherte Ricardo mit einer verborgenen Ironie bei aller Gelassenheit. »Nun, was das Geschäft betrifft. Eine Spritztour von drei Tagen in einem guten Boot kann Leuten wie uns keine Angst machen. Soweit haben Sie recht; aber da sind noch andere Einzelheiten.«
Schomberg war durchaus bereit, in die Details zu gehen. Er erklärte, er habe eine kleine Plantage mit einer bewohnbaren Hütte auf Madura. Er schlug vor, daß seine Gäste in seinem Boot von der Stadt abfahren sollten, wie zu einem Ausflug zu jenem ländlichen Ziel. Die Zollbeamten am Kai waren es gewohnt, sein Boot zu solchen Touren ausfahren zu sehen.
Nach einer Ruhepause und an einem geeigneten Tag würden Mr. Jones und seine Gesellschaft von Madura aus zu dem wirklichen Start ansetzen. Es wäre nur eine einfache Segelfahrt. Schomberg übernähme es, das Boot zu verproviantieren. Das Schlimmste, was die Reisenden befürchten müßten, wäre ein sanfter Regenschauer. Zu dieser Jahreszeit gab es keine ernstlichen Unwetter.
Schombergs Herz begann zu hüpfen, als er sich seiner Rache näher sah. Seine Rede war heiser, aber eindringlich.
»Überhaupt kein Risiko – überhaupt keins!«
Ricardo überging diese Erklärungen der Sicherheit mit einer ungeduldigen Bewegung. Er dachte an andere Gefahren.
»Wie wir hier wegkommen, ist klar; aber wir könnten auf See gesichtet werden, und das könnte später zu Unannehmlichkeiten führen. Ein Rettungsboot mit drei Weißen darin, das

fern vom Land einhertreibt, läßt zwangsläufig Gerede aufkommen. Ist es wahrscheinlich, daß wir auf unserer Fahrt gesichtet werden?«

»Nein, höchstens von Eingeborenen«, sagte Schomberg.

Ricardo nickte befriedigt. Diese beiden Weißen betrachteten das Leben der Eingeborenen nur als ein Schattenspiel. Ein Schattenspiel, durch das die herrschende Rasse unbeeinträchtigt und unbemerkt hindurchgehen konnte in Verfolgung ihrer unbegreiflichen Ziele und Notwendigkeiten. Nein, Eingeborenenfahrzeuge zählten nicht, selbstverständlich. Es war ein leerer und einsamer Teil des Meeres, erklärte Schomberg weiter. Nur das Postschiff von Ternate kreuzte diese Region um den Achten jedes Monats, ganz regelmäßig – indessen nie in der Nähe der Insel. Starr aufgerichtet, mit heiserer Stimme und klopfendem Herzen, ganz auf den Erfolg seines Plans konzentriert, überbot sich der Hotelier in Worten, als müsse er möglichst viele zwischen sich und den mörderischen Aspekt seines Vorhabens bringen.

»Wenn Sie, meine Herren, also von meiner Plantage am Achten bei Sonnenuntergang abfahren – immer am besten, nachts mit der Landbrise in See zu gehen –, steht es hundert zu eins – was sage ich? tausend zu eins, daß kein menschliches Auge Sie bei der Überfahrt erblickt. Alles, was Sie tun müssen, ist, das Boot auf Nordost-Kurs halten für, sagen wir, fünfzig Stunden; vielleicht nicht ganz so lange. Es ist immer genug Strömung, darauf können Sie sich verlassen; und dann –«

Seine Bauchmuskeln bebten unter seinen Kleidern vor Eifer, vor Ungeduld und vor etwas wie schlechtem Vorgefühl, dessen wahre Natur ihm indessen nicht klar war. Und er wollte das auch gar nicht untersuchen. Ricardo blickte ihn fest an mit seinen trockenen Augen, die mehr wie polierte Edelsteine als wie lebende Augen schimmerten.

»Und was dann?« fragte er.

»Und dann – nun, Sie werden den Herrn Baron überraschen – ha, ha!«
Schombergs Worte schienen gewaltsam herausgepreßt, und das Lachen kam in einem heiseren Baß.
»Und Sie glauben, er hat den ganzen Raub bei sich?« fragte Ricardo, eher beiläufig, denn die Tatsache schien ihm äußerst plausibel, wenn er alles mit seinem scharfen Verstand betrachtete.
Schomberg hob die Hände und ließ sie langsam wieder fallen.
»Wie kann es anders sein? Er war auf der Heimfahrt, er war auf dem Wege, in diesem Hotel. Fragen Sie die Leute. Ist es wahrscheinlich, daß er es zurücklassen würde?«
Ricardo war nachdenklich. Dann hob er plötzlich den Kopf und bemerkte:
»Kurs auf Nordost, fünfzig Stunden, wie? Das ist nicht viel für eine Segelanweisung. Ich habe schon gehört, daß ein Hafen mit besseren Informationen verfehlt wurde. Können Sie nicht sagen, was für eine Art von Land wir dann sichten? Aber ich nehme an, Sie haben die Insel nie selbst gesehen.«
Schomberg gab zu, daß er sie nicht gesehen hätte, und das in dem Ton eines Mannes, der sich beglückwünscht, der Berührung mit einer unsauberen Sache entgangen zu sein. Nein, gewiß nicht. Er hatte nie Geschäfte gehabt, die ihn dorthin riefen. Aber was machte das? Er könnte Mr. Ricardo eine so gute Seemarke angeben, wie man sie sich nur wünschen konnte. Er lachte nervös. Verfehlen! Er möchte den sehen, der auf vierzig Meilen herankäme und den Schlupfwinkel dieses schwedischen Schurken verfehlte.
»Was würden Sie von einer Rauchsäule bei Tage denken und einem Feuerschein bei Nacht? Es gibt in der Nähe der Insel einen Vulkan in vollem Betrieb – genug, um einen nahezu blinden Mann zu leiten. Was wollen Sie mehr? Ein aktiver Vulkan zum Ansteuern!«

Diese letzten Worte röhrte er jubelnd hervor, dann sprang er auf und blieb wie angewurzelt stehen. Die Tür links von der Theke hatte sich aufgetan, und Mrs. Schomberg, für den Dienst gekleidet, stand da und blickte ihn über die ganze Länge des Raumes hinweg an. Sie hielt noch einen Moment den Türgriff, dann kam sie herein und schlich an ihren Platz, wo sie sich niederließ und starr vor sich hinsah, wie immer.

DRITTER TEIL

I

Die tropische Natur hatte sich dem Scheitern des kommerziellen Unternehmens gegenüber wohlwollend verhalten. Die Verödung des Hauptquartiers der Tropical Belt Coal Company war zur See hin abgeschirmt, nach der Seite also, wo spähende Augen, falls sie sich überhaupt – sei es schadenfroh oder bedauernd – dafür interessierten, das verfallende Gerippe des einst so hektischen Unternehmens hätten bemerken können. Zwischen diesen sterblichen Überresten, die so wohltätig unter dem Graswuchs zweier Regenperioden begraben waren, hatte Heyst lange gesessen. Die Stille seiner Umgebung, die nur durch Laute wie fernes Donnerrollen, Prasseln des Regens auf die Blätter einiger großer Bäume, Rauschen des Windes, der die Blätter des Waldes vor sich herfegte, und der kurzen Wellen, die gegen das Ufer brandeten, unterbrochen wurde, begünstigte eher sein einsames Sinnen, als daß sie es hinderte. Meditation ist stets – zumindest bei einem weißen Mann – eine mehr oder weniger befragende Tätigkeit. Heyst meditierte in schlichten Gedanken über das Geheimnis seiner Taten; und er antwortete sich selbst mit der ehrlichen Reflexion:
»Am Ende steckt doch noch viel von dem ursprünglichen Adam in mir.«
Er dachte auch (und glaubte damit etwas Neues zu entdecken), daß dieser uranfängliche Vorfahr sich nicht so leicht unterkriegen läßt. Gerade die älteste Stimme in der Welt kommt nie zur Ruhe. Wenn irgendwer ihr gebieterisches Echo hätte zum Schweigen bringen können, so Heysts Vater mit seiner verachtungsvollen hartnäckigen Verneinung jeglichen Strebens;

er hingegen konnte das offenbar nicht. Denn in ihm, dem Sohn, steckte sehr viel von jenem ersten Vorfahren, der, kaum daß er sein lehmiges Körpergerüst von der himmlischen Form gelöst hatte, damit begann, die Tiere dieses Paradieses, das er so bald verlieren sollte, zu inspizieren und zu benennen.
Tat – der erste Gedanke oder vielleicht der erste Impuls auf Erden! Der Angelhaken, mit dem Köder der Illusion des Fortschritts versehen, um aus der lichtlosen Leere die Schwärme ungezählter Generationen heraufzuholen!
»Und ich, meines Vaters Sohn, habe mich ebenfalls fangen lassen wie der dümmste aller Fische«, sagte sich Heyst.
Er litt. Der Anblick seines eigenen Lebens, das ein Meisterstück überlegener Passivität hätte sein sollen, tat ihm weh. Er dachte immer noch an den letzten Abend mit seinem Vater. Er dachte an die ausgemergelten Züge, die Masse weißen Haars und die elfenbeinerne Blässe der Haut. Ein fünfarmiger Kerzenleuchter stand auf einem kleinen Tisch zur Seite des Lehnstuhls. Sie hatten lange miteinander gesprochen. Die Geräusche von der Straße waren nach und nach erstorben, bis schließlich im Mondschein die Häuser von London wie die Gedenksteine auf einem wenig besuchten und vernachlässigten Friedhof begrabener Hoffnungen auszusehen begannen.
Er hatte zugehört. Dann hatte er nach einem Schweigen – denn er war damals noch wirklich jung – gefragt:
»Gibt es denn nichts, woran man sich halten kann?«
Sein Vater war an jenem Abend, als der Mond in einem wolkenlosen Himmel über den berußten Schatten der Stadt schwebte, überraschend weich gestimmt.
»Du glaubst also immer noch an etwas?« sagte er mit seiner klaren Stimme, die in letzter Zeit zunehmend schwächer geworden war. »Vielleicht glaubst du an Fleisch und Blut? Eine totale und gleichmütige Verachtung sollte auch damit bald fertig werden. Aber da du es dazu noch nicht gebracht hast,

rate ich dir, jene Form der Verachtung zu pflegen, die man Erbarmen nennt. Es ist vielleicht die leichteste Form – immer daran zu denken, daß auch du, wenn überhaupt, ebenso erbarmungswürdig bist wie die übrigen, dabei aber nie Erbarmen mit dir selbst zu erwarten.«

»Was soll man denn also tun?« seufzte der junge Mann mit dem Blick auf seinen Vater, der straff in dem hochlehnigen Sessel saß.

»Nur zusehen – ohne einen Laut«, waren die letzten Worte des Mannes, der sein Leben lang gewaltig auf einer schrecklichen Trompete geblasen hatte, deren Töne Himmel und Erde mit Ruinen erfüllt hatten, während die Menschheit achtlos auf ihrem Weg weiterging.

In eben jener Nacht starb er in seinem Bett, so ruhig, daß man ihn in seiner gewohnten Schlafhaltung vorfand, auf der Seite liegend, eine Hand unter der Wange und die Knie ein wenig angezogen. Er hatte nicht einmal die Beine von sich gestreckt. Sein Sohn begrub diesen zum Schweigen gebrachten Zertrümmerer von Systemen, Hoffnungen und Glaubenslehren. Er stellte fest, daß der Tod dieses bitteren Lebensverächters den Strom des Lebens nicht weiter beunruhigte; Männer und Frauen treiben dicht gedrängt vorbei, drehen sich und stoßen einander, wie aus Kork geschnitzte Püppchen mit einem Bleigewicht, das gerade ausreicht, sie in ihrer stolzen aufrechten Positur zu halten.

Nach dem Begräbnis saß Heyst allein in der Dämmerung, und in seinen Gedanken sah er deutlich jenen Strom vor sich, das schicksalhafte Gedränge, das Nicken und Kreisen der unwiderstehlich weitergetriebenen Figuren, die durch nichts erkennen ließen, daß sie das plötzliche Verstummen des Rufers am Ufer bemerkt hätten... Ja. Ein paar kurze, durchweg unbedeutende Nekrologe und einige Schmähreden. Der Sohn hatte sie alle mit der Indifferenz des Trauernden gelesen.

›Das ist der Haß und die Wut ihrer Angst‹, dachte er bei sich, ›und auch ihrer verletzten Eitelkeit. Sie stoßen ihre kleinen Schreie aus, während sie vorbeifliegen. Vermutlich müßte auch ich ihn hassen…‹

Er merkte, daß seine Augen feucht waren. Nicht, weil der Mann sein Vater war. Für ihn war das lediglich etwas vom Hörensagen, was an sich nicht diese Rührung verursachen konnte. Nein! Weil er so lange zu ihm aufgeblickt hatte, vermißte er ihn jetzt so sehr. Der tote Mann hatte ihn bei sich auf dem Ufer festgehalten. Und nun fühlte Heyst deutlich, daß er am Ufer des Stromes allein war. In seinem Stolz beschloß er, nicht hineinzutauchen.

Ein paar stille Tränen rollten über sein Gesicht. Die Zimmer, die sich allmählich mit Schatten füllten, schienen gespenstisch belebt von einem melancholischen, gehemmten Wesen, das sich nicht ausdrücken konnte. Der junge Mann stand auf mit dem seltsamen Gefühl, etwas Unfaßbarem, das Besitzrechte geltend machte, zu weichen, ging aus dem Haus und schloß hinter sich die Tür. Zwei Wochen später begab er sich auf seine Reisen mit der Devise ›Nur zusehen – ohne einen Laut‹.

Der ältere Heyst hatte ein wenig Geld hinterlassen und eine gewisse Menge beweglicher Gegenstände, als da sind Bücher, Tische, Stühle und Bilder, die sich nach soviel Jahren treuen Dienstes über herzlose Verlassenheit hätten beklagen können; denn auch in den Dingen ist eine Seele. Heyst, unser Heyst, hatte oft an sie gedacht, die mit stummem Vorwurf, verhüllt und eingeschlossen im fernen London standen, wo der Lärm der Straße schwach zu ihnen hereindrang und manchmal etwas Sonnenschein, wenn von Zeit zu Zeit seiner ersten Anweisung und späteren Ermahnungen entsprechend die Vorhänge aufgezogen und die Fenster geöffnet wurden. Es schien, als wenn in seiner Konzeption von einer Welt, die nicht wert war berührt und vielleicht nicht substantiell genug, ergriffen zu werden, diese Gegenstände, die seiner Kindheit und Jugend vertraut und mit der Erinnerung an einen alten Mann verbunden waren, die einzigen Realitäten seien, nur in sich existent. Er hätte sie niemals verkauft und nicht einmal von ihren Plätzen gerückt, an denen sie standen, als er den letzten Blick auf sie warf. Als ihm aus London mitgeteilt wurde, sein Mietvertrag sei abgelaufen, und das Haus werde zusammen mit einigen anderen, die ihm haargenau glichen, abgerissen, war er zu seiner Überraschung deprimiert.

Mittlerweile hatte er den breiten menschlichen Pfad der Inkonsequenz beschritten. Schon war die Tropical Belt Coal Company ins Leben getreten. Er gab Instruktionen, daß man ihm einige der Sachen nach Samburan schicken sollte, wie jeder gutgläubige Mensch es getan haben würde. Sie kamen an, aus ihrer langen Ruhe gerissen – eine Menge Bücher, einige Stühle und Tische, das Ölbild seines Vaters, das Heyst durch sein jugendliches Aussehen überraschte, denn er hatte seinen Vater als viel älter in Erinnerung; dazu eine Menge kleinerer Gegenstände wie Kerzenleuchter, Schreibzeuge und Figürchen aus seines Vaters Arbeitszimmer, die ihn ebenfalls überraschten, weil sie so alt und abgenutzt aussahen.

Als der Manager der Tropical Belt Coal Company sie im Schatten der Veranda, bei glühender Sonne ringsum, auspackte, mußte er sich vor diesen Reliquien wie ein reuiger Abtrünniger vorkommen. Er ging zart mit ihnen um; und vielleicht war es ihr Vorhandensein dort, was ihn auf der Insel festhielt, als ihm das Scheitern seiner Abkehr klar wurde. Was immer der entscheidende Grund sein mochte, Heyst war dageblieben, während ein anderer mit Freuden weggegangen wäre. Der ausgezeichnete Davidson hatte das Faktum entdeckt, aber nicht den Grund, und nahm ein menschliches Interesse an Heysts merkwürdiger Existenz, wobei zugleich sein angeborenes Taktgefühl ihn davon abhielt, in die schrullige Einsamkeit des anderen einzubrechen. Er konnte keinesfalls vermuten, daß Heyst, allein auf der Insel, sich nicht einsamer oder weniger einsam fühlte als an jedem anderen verlassenen oder dichtbevölkerten Ort. Worum sich Davidson Sorge machte, wenn man es so ausdrücken darf, war die Gefahr geistigen Verhungerns; aber dieser Geist hatte auf jede Nahrung von draußen verzichtet und zehrte stolz von seiner Verachtung der üblichen groben Nährstoffe, die das Leben für die gemeinen Bedürfnisse der Menschen bereithielt.

Auch Heysts Körper war nicht in Gefahr zu verhungern, wie Schomberg so zuversichtlich behauptet hatte. Als die Company mit ihren Operationen begann, war die Insel in einer Weise verproviantiert worden, die jeden Mangel ausschloß. Heyst brauchte keinen Hunger zu fürchten, und auch seine faktische Einsamkeit war nicht ohne einige mildernde Umstände. Von der Menge der chinesischen Fremdarbeiter war wenigstens einer auf Samburan geblieben, merkwürdig wie eine vereinzelte Schwalbe, die beim Vogelzug von ihrem Stamm zurückgelassen wurde.

Wang war kein gewöhnlicher Kuli. Er hatte schon früher bei Weißen gedient. Das Übereinkommen zwischen ihm und Heyst bestand im Austausch weniger Worte an dem Tage, als der letzte Trupp der Minenkulis Samburan verließ. Heyst lehnte über der Balustrade der Veranda und sah zu, äußerlich so ruhig, als habe er nie mit der Lehre gebrochen, daß diese Welt für den Weisen nichts weiter als ein amüsantes Schauspiel sei. Wang kam um das Haus, blieb unten stehen und hob sein gelbes mageres Gesicht.

»Alles Schluß?« fragte er.

Heyst nickte leicht von oben und sah zur Mole hinüber. Eine Gruppe blaugekleideter Gestalten mit gelben Gesichtern wurde in die Boote des gecharterten Dampfers geschubst, der weit draußen lag wie ein gemaltes Schiff auf einem gemalten Meer, in harten Farben ohne Schatten, ohne Gefühl, mit brutaler Präzision.

»Du solltest dich lieber beeilen, wenn du nicht zurückgelassen werden willst.«

Aber der Chinese rührte sich nicht.

»Ich bleiben«, erklärte er. Heyst blickte zum erstenmal zu ihm hinunter.

»Du willst hierbleiben?«

»Ja.«

»Was warst du? Was hast du hier gemacht?«

»Kantinenboy.«

»Willst du hier bei mir bleiben als mein Boy?« fragte Heyst verwundert.

Der Chinese setzte eine überraschend gleichgültige Miene auf und sagte nach einer fühlbaren Pause:

»Kann machen.«

»Du brauchst nicht, wenn du nicht willst«, sagte Heyst. »Ich schlage dir vor hierzubleiben – es kann aber für sehr lange sein. Ich habe keine Macht, dich zu vertreiben, wenn du bleiben willst, aber ich sehe nicht ein, weshalb du dableiben solltest.«

»Mir kleine Frau genommen«, bemerkte Wang ungerührt und ging davon, kehrte der Mole und der großen Welt jenseits, die durch den auf die Boote wartenden Dampfer repräsentiert wurde, den Rücken.

Heyst erfuhr nun, daß Wang eine der Frauen aus dem Alfuro-Dorf an der Westküste der Insel, jenseits des mittleren Gebirgskamms, überredet hatte, herüberzukommen und bei ihm in einem abgelegenen Teil der Rodung zu wohnen. Das war ein seltener Fall, da nämlich die Alfuros, durch die plötzliche Invasion der Chinesen erschreckt, den Pfad über den Kamm durch einige gefällte Bäume blockiert und sich strikt auf ihrer Seite gehalten hatten. Die Kulis insgesamt, die der offenbaren

Friedfertigkeit dieses harmlosen Fischervölkchens mißtrauten, hatten sich an ihre Grenzen gehalten und nicht versucht, die Insel zu durchqueren. Wang war die rühmliche Ausnahme. Er mußte wohl auf eine Art, die Heyst verborgen war, ungemein anziehend oder sonstwie überzeugend gewirkt haben. Die Dienste der Frau bei Heyst beschränkten sich auf die Tatsache, daß sie Wang durch ihre Reize an den Ort gefesselt hatte, und diese blieben dem weißen Mann ebenfalls unbekannt, weil sie nie in die Nähe des Hauses kam. Das Paar lebte am Rande der Waldung, und sie sah man hin und wieder zu dem Bungalow herüberblicken, wobei sie ihre Augen mit der Hand beschattete. Selbst aus der Ferne erschien sie wie ein scheues Naturkind, und Heyst, der ihr primitives Nervensystem nicht unnötig durcheinander bringen wollte, vermied bei seinen Spaziergängen peinlich diesen Teil der Rodung.

An dem Tage – oder besser an dem ersten Abend –, an dem sein Eremitendasein begann, hörte er undeutliche Laute eines Freudenfestes aus jener Richtung. Durch den Abzug der fremden Eindringlinge ermutigt, hatten einige Alfuros, Freunde und Verwandte der Frau, sich über den Bergkamm gewagt, um so etwas wie einer Hochzeitsfeier beizuwohnen. Wang hatte sie eingeladen. Aber dies war die einzige Gelegenheit, bei der irgendwelche stärkeren Laute als das Summen der Insekten das tiefe Schweigen auf der Lichtung störten. Die Eingeborenen wurden nie wieder eingeladen. Wang wußte nicht nur nach Konvention und Sitte zu leben, sondern hatte strenge persönliche Ansichten bezüglich der Einrichtung seines häuslichen Lebens. Nach einiger Zeit bemerkte Heyst, daß Wang alle Schlüssel an sich genommen hatte. Jeder Schlüssel, der irgendwo herumlag, verschwand, nachdem Wang dort vorbeigekommen war. Nach und nach wurden einige von ihnen – jene, die nicht zu den Vorratsräumen und leeren Bungalows gehörten und nicht als Gemeineigentum dieser Zwei-Personen-Siedlung

betrachtet werden konnten – Heyst als Bündel an einem Strick zurückgegeben. Er fand sie eines Morgens neben seinem Teller. Ihr Nichtvorhandensein hatte ihn nicht gestört, weil er nie irgendeine der Schubladen oder Kästen aufschloß. Heyst sagte nichts. Auch Wang sagte nichts. Vielleicht war er schon immer ein schweigsamer Mann gewesen; vielleicht war er von dem genius loci beeinflußt, der ganz gewiß ein Geist des Schweigens war. Bis Heyst und Morrison in der Bucht der Schwarzen Diamanten gelandet waren und ihr diesen Namen gegeben hatten, war auf dieser Seite von Samburan kaum je der Klang menschlicher Sprache vernommen worden. Es war leicht, mit Heyst zu schweigen, der sich über seinen Büchern in einen Abgrund der Grübelei versenkt hatte und darin verharrte, bis Wangs Schatten über die Buchseite fiel und mit rauher leiser Stimme das malaiische Wort *makan* ertönte, das ihn zu einer Mahlzeit hinausnötigte.
Wang mochte in seiner Heimatprovinz in China ein temperamentvoller, empfindsamer und freundlicher Bursche gewesen sein; aber in Samburan hatte er sich mit einer geheimnisvollen Undurchdringlichkeit umgeben und schien es nicht übelzunehmen, daß er nicht angeredet wurde, es sei denn mit ein paar Worten, die durchschnittlich nicht mehr als ein halbes Dutzend pro Tag ausmachten. Und er gab nicht mehr, als er bekam. Wenn er an dieser Zurückhaltung litt, glich er das vermutlich mit dem Alfuroweib wieder aus. Stets ging er beim ersten Einfall der Dämmerung zu ihr zurück, verschwand zu dieser Stunde plötzlich aus dem Bungalow, wie ein purzelbaumschlagendes chinesisches Tagesgespenst mit weißer Jacke und einem Haarzopf. Zur Zeit frönte er der vorherrschenden Leidenschaft eines Chinesen: man sah ihn die Erde bei seiner Hütte zwischen den mächtigen Baumstümpfen mit einer Kohlenhacke umgraben. Nach einiger Zeit entdeckte er einen verrosteten, aber noch brauchbaren Spaten in einem der leeren Vorratsräume und

kam so vermutlich großartig voran; aber davon sah man nichts, weil er sich die Mühe machte, einen der Schuppen auseinanderzureißen als Material für einen hohen, sehr dichten Zaun um sein Fleckchen Erde, als sei die Aufzucht von Gemüsen ein geheimes Patent oder ein entsetzlich heiliges Mysterium, das seiner Rasse anvertraut war.

Heyst verfolgte aus einiger Entfernung die Fortschritte von Wangs Gartenkünsten sowie die Vorsichtsmaßnahmen – etwas anderes hatte er nicht zum Anschauen – und amüsierte sich bei dem Gedanken, daß er in seiner Person den Absatzmarkt für diese Produkte darstellte. Der Chinese hatte mehrere Pakete mit Sämereien in den Vorratsschuppen entdeckt und dem unwiderstehlichen Drang nachgegeben, sie in die Erde zu bringen. Er würde seinen Herrn für die Gemüse bezahlen lassen, die er zur Befriedigung seiner Instinkte aufzog. Und während Heyst schweigend dem schweigenden Wang zusah, der auf seine bedächtige, stetige Art seiner Arbeit im Bungalow nachging, beneidete er den Chinesen um seine Hingabe an den Instinkt, um die machtvolle, zielbewußte Einfachheit, die seine Existenz in der geheimnisvollen Präzision ihres Vollbringens nahezu automatisch erscheinen ließ.

II

Während der Abwesenheit seines Herrn in Surabaja hatte sich Wang an die Bearbeitung des Geländes unmittelbar vor dem Hauptbungalow gemacht. Heyst erblickte am landseitigen Ende der Kohlenmole, gegen den dort wachsenden Grassaum abgesetzt, ein ausgedehntes freies Stück, schwarz und eben, mit nur ein oder zwei Haufen verkohlter Zweige an den Stellen, wo die Flamme von der Front des Hauses auf die nächsten Bäume der Waldung übergesprungen war.

»Du hast es riskiert, das Gras abzubrennen?« fragte Heyst.

Wang nickte. Am Arm des weißen Mannes, vor dem er stand, hing das Mädchen mit Namen Alma; aber dem Chinesen hätte man weder von den Augen noch vom Gesicht ablesen können, daß er im geringsten Kenntnis von dieser Tatsache nahm.

»Er hat den Platz nach seiner rationellen Arbeitsmethode gesäubert«, erläuterte Heyst, ohne das Mädchen anzusehen, dessen Hand auf seinem Unterarm ruhte. »Er stellt das ganze Personal dar, wie du siehst. Ich sagte dir schon, daß ich hier nicht einmal einen Hund zur Gesellschaft hätte.«

Wang war in Richtung der Mole davongegangen.

»Er ist wie jene Kellner dort«, sagte sie. Damit meinte sie Schombergs Hotel.

»Ein Chinese sieht ganz wie der andere aus«, bemerkte Heyst. »Wir werden es noch angenehm empfinden, ihn hier zu haben. Das da ist das Haus.«

Sie blickten aus einiger Entfernung auf die sechs flachen Stufen, die zur Veranda führten. Das Mädchen hatte Heysts Arm losgelassen.

»Dies ist das Haus«, wiederholte er.

Sie machte keine Anstalten, sich von seiner Seite zu rühren, sondern stand mit starrem Blick auf die Stufen, als seien die etwas Einzigartiges und Unüberwindliches. Er wartete ein wenig, aber sie rührte sich nicht.

»Willst du nicht hineingehen?« fragte er, ohne den Kopf zu ihr zu wenden. »Die Sonne ist zu stark, um hier herumzustehen.« Er versuchte, eine Art von Angst zu überwinden, eine Art ungeduldiger Schwäche, und seine Stimme klang rauh. »Du tätest besser hineinzugehen«, schloß er.

Dann gingen sie beide, aber am Fuß der Treppe hielt Heyst an, während das Mädchen rasch weiterging, als könne jetzt nichts mehr sie aufhalten. Sie durchquerte geschwind die Veranda und betrat den dämmrigen großen Mittelraum dahinter und dann den noch dunkleren zweiten Raum. Sie stand immer noch in dem Dunkel, in dem ihre geblendeten Augen kaum die Formen der Gegenstände erkennen konnten, und gab einen Seufzer der Erleichterung von sich. Der Eindruck der Sonnenhelle, der See und des Himmels haftete noch wie die Erinnerung an eine schmerzliche Qual, die sie durchgemacht hatte – die endlich überstanden war!

Inzwischen war Heyst langsam zur Mole zurückgegangen, aber er kam nicht bis dorthin. Der praktisch denkende und automatisch funktionierende Wang hatte sich einen der kleinen Kippwagen gegriffen, die früher dazu gedient hatten, Kohlenladungen an die Schiffe zu bringen. Er schob ihn vor sich her, beladen mit Heysts Koffer und mit der Habe des Mädchens, die in Mrs. Schombergs Schal eingebündelt war. Heyst wandte sich um und ging an dem rostigen Gleis entlang, auf dem das Wägelchen fuhr. Vor dem Hause hielt Wang, hob den Koffer auf die Schulter, ihn sorgsam balancierend, und nahm dann das Bündel in die Hand.

»Leg die Sachen auf den Tisch im Zimmer – verstanden?«

»Ich wissen«, murmelte Wang und ging davon.
Heyst sah, wie der Chinese durch die Veranda ging. Erst als er Wang wieder herauskommen sah, betrat er selbst die Dämmerung des großen Zimmers. Mittlerweile war Wang hinter dem Hause außer Sicht-, aber keineswegs außer Hörweite. Der Chinese unterschied deutlich die Stimme von Heyst, den sie damals, als sie noch zu vielen hier waren, allgemein mit ›Nummer Eins‹ bezeichnet hatten. Wang konnte die Worte nicht verstehen, aber der Tonfall interessierte ihn.
»Wo bist du?« rief Nummer Eins.
Dann hörte Wang, sehr viel schwächer, eine Stimme, wie er sie noch nie gehört hatte – ein ganz neuer Eindruck, den er mit einem seitlichen Neigen des Kopfes quittierte.
»Ich bin hier – im tiefen Schatten.«
Die neue Stimme klang schwach und unsicher. Wang hörte nichts mehr, obwohl er einige Zeit wartete, ganz still, die Fläche seines rasierten Schädels in genau gleicher Höhe mit dem Boden der hinteren Veranda. Auf seinem unerforschlichen Gesicht regte sich indessen nichts. Plötzlich bückte er sich, um den Deckel einer Kerzenschachtel aufzuheben, der vor seinen Füßen auf der Erde lag. Indem er ihn mit den Fingern auseinanderbrach, lenkte er seine Schritte zu dem Küchenschuppen, wo er sich hinhockte und ein kleines Feuer unter einem stark verschmierten Kessel anfachte, wahrscheinlich um Tee zu bereiten. Wang besaß einige Kenntnis der mehr äußerlichen Riten und Zeremonien im Dasein des weißen Mannes, das andererseits seinem Geist so rätselhaft fern war, voll überraschender Möglichkeiten im Guten und Bösen, die es mit aller Klugheit und Vorsicht abzuwägen galt.

III

An jenem Morgen, wie an allen anderen der langen Reihe von Tagesanfängen seit seiner Rückkehr mit dem Mädchen nach Samburan, trat Heyst auf die Veranda hinaus und legte seine Ellbogen gleichsam besitzergreifend, breit und behaglich auf das Geländer. Das Massiv des zentralen Bergrückens der Insel schnitt den Bungalow von den Sonnenaufgängen ab, ob sie nun prächtig oder bewölkt, düster oder klar waren. Den Bewohnern war es verwehrt, in der Frühe das Schicksal des neugeborenen Tages zu erforschen. Er brach in seiner ganzen Fülle mit einem raschen Rückzug des großen Schattens an, wenn die Sonne, über den Kamm hervorkommend, heiß und trocken, mit einem verzehrenden Strahl wie das Auge eines Feindes herabblickte. Aber Heyst, einst die ›Nummer Eins‹ dieser Örtlichkeit, die damals vergleichsweise von Menschen wimmelte, empfand angenehm die Verlängerung der frühen Kühle, das verstohlene Zögern des Zwielichts, das schwindende Gespenst der scheidenden Nacht, den Duft ihrer betauten dunklen Seele, die noch für einen Augenblick zwischen dem großen Aufflammen des Himmels und dem Gleißen der blanken See gefangen war.

Natürlich beschäftigten sich Heysts Gedanken mit dem Wesen und den Konsequenzen dieses neuerlichen Ausbrechens aus der Rolle eines desinteressierten Beobachters. Noch hatte er aus dem Schiffbruch seiner Philosophie genug behalten, was ihn hinderte, sich bewußt zu fragen, wie das enden solle. Aber zugleich fühlte er sich vom Temperament her, aus langer Gewöhnung und aus festem Vorsatz immer noch als Beobachter,

vielleicht nicht ganz so naiv, aber (wie er mit einiger Überraschung entdeckte) auch nicht viel weiter blickend als der Durchschnitt der Menschen. Wie wir alle, die wir handeln, konnte auch er nur mit einem etwas affektierten Ingrimm zu sich sagen: »Wir werden sehen!«
Diese Stimmung grimmiger Skepsis befiel ihn nur, wenn er mit sich allein war. Es gab nicht viele solcher Augenblicke in seinem jetzigen Tageslauf, und er liebte sie auch nicht, wenn sie kamen. An diesem Morgen hatte er indessen keine Zeit, sich unbehaglich zu fühlen. Alma kam zu ihm heraus, noch lange bevor die Sonne sich über den Kamm von Samburan erhob und den Schatten der Morgenfrühe und die Spuren der nächtlichen Kühle von dem Dach wegwischte, unter dem sie nun schon mehr als drei Monate wohnten. Sie kam heraus wie an jedem anderen Morgen. Er hatte ihre leichten Schritte in dem großen Zimmer gehört – dem Zimmer, in dem er die Kisten aus London ausgepackt hatte; es war jetzt auf drei Seiten bis zur halben Höhe von Bücherrücken gesäumt. Über den Büchern ging die feine Wandbespannung aus straffgespanntem weißem Calico bis zur Decke. In dem kühlen Halbdunkel schimmerte als einziges der goldene Rahmen des Porträts von Heysts Vater, das von einem berühmten Maler signiert war und das ganz allein auf der Mitte einer Wand hing.
Heyst wandte sich nicht um.
»Weißt du, woran ich gerade dachte?« fragte er.
»Nein«, sagte sie. Ihr Ton verriet immer einen Schatten von Ängstlichkeit, als könne sie nie ganz sicher sein, wie eine Unterhaltung mit ihm enden würde. Sie stützte sich neben ihm auf das Geländer.
»Nein«, wiederholte sie, »was war es denn?« Sie wartete. Dann, eher widerstrebend als schüchtern, fragte sie: »Dachtest du an mich?«
»Ich fragte mich, wann du wohl herauskommen würdest«,

sagte Heyst, immer noch, ohne das Mädchen anzusehen – er hatte ihr, nach mehreren Versuchen im Zusammensetzen einzelner Buchstaben und loser Silben den Namen Lena gegeben. Nach einer Pause bemerkte sie:

»Ich war nicht so besonders weit weg von dir.«

»Offenbar war mir das nicht nahe genug.«

»Du hättest rufen können, wenn du mich brauchtest«, sagte sie, »und so lange hat es gar nicht gedauert, mein Haar aufzustecken.«

»Mir dauerte es offenbar zu lange.«

»Nun, jedenfalls dachtest du an mich. Darüber bin ich froh. Weißt du, manchmal kommt es mir so vor, als würde ich überhaupt nicht auf der Welt sein, wenn du aufhören solltest, an mich zu denken.«

Er wandte sich um und blickte sie an. Sie sagte oft Dinge, die ihn überraschten. Ein vages Lächeln auf ihren Lippen schwand unter seinem forschenden Blick dahin.

»Was heißt das?« fragte er. »Ist das ein Vorwurf?«

»Ein Vorwurf! Weshalb, wie könnte es das sein?« verteidigte sie sich.

»Nun, was bedeutete es denn?« beharrte er.

»Was ich sagte – genau was ich sagte. Warum bist du nicht fair?«

»Ah, das jedenfalls ist ein Vorwurf!«

Sie errötete bis an die Haarwurzeln.

»Es sieht so aus, als versuchtest du unbedingt festzustellen, daß ich dir unangenehm bin«, murmelte sie. »Bin ich das? Ich werde noch Angst haben, überhaupt den Mund aufzutun. Am Ende werde ich glauben, daß ich nichts tauge.«

Ihr Kopf neigte sich ein wenig. Er sah auf ihre weichen flachen Brauen, die zart geröteten Wangen und die roten, leicht geöffneten Lippen, zwischen denen die Zähne hervorschimmerten.

»Und dann würde ich wirklich nichts taugen«, fügte sie mit Nachdruck hinzu. »Keinesfalls! Ich kann nur das sein, was du von mir hältst.«
Er machte eine leichte Bewegung. Sie legte ihre Hand auf seinen Arm, ohne den Kopf zu heben, und fuhr mit lebhafter Stimme bei völlig reglosem Körper fort:
»Es ist so. Es könnte auch gar nicht anders sein. Bei einem Mädchen wie mir und einem Manne wie dir. Hier sind wir zwei ganz allein, und ich wüßte nicht einmal zu sagen, wo wir sind.«
»Ein sehr bekannter Punkt auf dem Globus«, sagte Heyst milde. »Es müssen seinerzeit wenigstens fünfzigtausend Prospekte hinausgegangen sein – wahrscheinlicher hundertfünfzigtausend. Mein Freund hat sich darum gekümmert, und er hatte große Ideen und einen sehr starken Glauben. Von uns beiden war er es, der den Glauben hatte. Sicher waren es hundertfünfzigtausend.«
»Was meinst du nun wirklich?« fragte sie mit leiser Stimme.
»Was sollte ich an dir auszusetzen haben?« fuhr Heyst fort. »Daß du freundlich bist, gut, anmutig – und hübsch?«
Schweigen. Dann sagte sie:
»Das ist schon recht, daß du das von mir denkst. Es gibt hier sonst niemand, der etwas von uns denkt, Gutes oder Böses.«
Das seltene Timbre ihrer Stimme gab allem, was sie sagte, einen besonderen Wert. Die undefinierbare Erregung, in die gewisse Töne ihn versetzten, war – das wußte er – mehr physischer als moralischer Natur. Jedesmal, wenn sie zu ihm sprach, schien sie ihm etwas von sich zu überlassen – etwas äußerst Feines und Unfaßliches, wofür er unendlich empfindlich war und was er schrecklich vermißt hätte, wenn sie von ihm gegangen wäre. Sie streckte, während er ihr in die Augen sah, ihren bloßen Unterarm aus dem kurzen Ärmel und hielt ihn so, bis er es bemerkte und sich beeilte, seinen großen bron-

zenen Schnurrbart auf die Haut zu drücken. Dann gingen sie hinein.

Wang erschien sogleich vor dem Haus und begann, in Hockstellung geheimnisvoll mit einigen Pflanzen am Fuß der Veranda zu hantieren. Als Heyst und das Mädchen wieder herauskamen, war der Chinese auf seine besondere Art gegangen, die eher an ein Verlöschen der Existenz als an ein Außersichtkommen denken ließ, mehr ein Prozeß der Verflüchtigung als der Bewegung. Sie gingen die Stufen hinab, sahen einander an und schritten dann auf dem gelichteten Stück munter aus; aber sie waren noch nicht zehn Meter weit, als Wang ohne eine merkliche Bewegung oder einen Laut im Innern des leeren Zimmers Gestalt annahm. Der Chinese stand ganz still mit schweifenden Augen, suchte gleichsam die Wände nach Zeichen oder Inschriften ab, durchforschte den Boden gleichsam nach Fallgruben oder umherliegenden Geldmünzen. Dann legte er den Kopf leicht zur Seite vor dem Profil von Heysts Vater, der mit der Feder in der Hand über einem weißen Bogen Papier an einem Tisch mit roter Decke saß; und mit geräuschlosen Bewegungen begann Wang, das Frühstücksgeschirr abzutragen. Obwohl er dabei ohne jede Hast vorging, verlieh die unbeirrbare Präzision seiner Bewegungen, die absolute Lautlosigkeit seines Tuns der Sache etwas von einem Zauberkunststück. Nachdem er das Kunststück vollbracht hatte, verschwand Wang von der Szene, um nun wieder vor dem Hause aufzutauchen. Man sah ihn hinwegschreiten, ohne daß sich über seine Absicht etwas erkennen oder vermuten ließ; aber nach etwa zehn Schritten blieb er stehen, wandte sich halb um und beschattete die Augen mit der Hand. Die Sonne hatte den grauen Bergkamm von Samburan erreicht. Die großen Schatten der Frühe waren gewichen, und in der Ferne in dem verzehrenden Sonnenschein sah Wang gerade noch Nummer Eins und die Frau, zwei ferne weiße Punkte gegen den düsteren Saum des Waldes.

Im nächsten Moment waren sie verschwunden. Mit dem geringsten Aufwand an Bewegung verschwand auch Wang von der besonnten Lichtung.

Heyst und Lena traten in den Schatten des Waldweges, der die Insel durchquerte und der, ungefähr an seinem höchsten Punkt, durch gefällte Bäume blockiert war. Aber sie hatten nicht die Absicht, so weit zu gehen. Nachdem sie sich eine Zeitlang auf dem Pfad gehalten hatten, verließen sie ihn an einer Stelle, wo der Wald kein Unterholz mehr hatte und die Bäume, mit Schlingpflanzen überzogen, klar und einzeln in ihrem eigenen Schatten standen. Hier und da lagen große Lichtflecken auf dem Boden. Die beiden bewegten sich schweigend in der großen Stille, atmeten die Ruhe, die unendliche Einsamkeit, den Frieden eines traumlosen Schlummers. Sie tauchten an der oberen Grenze der Vegetation zwischen einigen Felsblöcken wieder hervor, und in einer Senke des steilen Abhangs, die wie ein kleines Plateau war, wandten sie sich um und blickten von der Höhe über das Meer, das einsam dalag, seine Farbe vom Sonnenschein ausgelöscht, der Horizont ein heißer Dunst, nur ein substanzloses Schimmern in der blassen und blendenden Unendlichkeit, über der sich der dunklere Schein des Himmels wölbte.

»Es macht mich schwindlig im Kopf«, murmelte das Mädchen, während sie die Augen schloß und ihre Hand auf seine Schulter legte.

Heyst, der starr nach Süden blickte, rief aus:

»Segel ahoi!«

Dann schwieg er einen Moment.

»Es kann nicht sehr weit weg sein«, fuhr er fort. »Ich glaube, du kannst es nicht sehen. Irgendein Eingeborenenboot mit Kurs auf die Molukken, wahrscheinlich. Komm, wir müssen nicht hier stehen.«

Mit dem Arm um ihre Taille führte er sie ein Stück hinab, und

sie ließen sich im Schatten nieder; sie saß auf dem Boden, er ein wenig tiefer zu ihren Füßen.
»Du blickst wohl nicht gern von da oben aufs Meer?« sagte er nach einiger Zeit.
Sie schüttelte den Kopf. Diese weite Leere war für sie der schreckliche Inbegriff der Verlassenheit. Aber sie sagte nur wieder:
»Es macht mich schwindlig im Kopf.«
»Zu gewaltig?« fragte er.
»Zu einsam. Es läßt auch mein Herz verzagen«, fügte sie mit leiser Stimme hinzu, als offenbare sie ein Geheimnis.
»Ich fürchte«, sagte Heyst, »du könntest mich mit Recht für diese Eindrücke verantwortlich machen. Aber was möchtest du eigentlich?«
Sein Ton war scherzend, aber seine auf ihr Gesicht gerichteten Augen waren ganz ernst. Sie protestierte.
»Ich fühle mich nicht einsam, mit dir – nicht ein bißchen. Es ist nur, wenn wir an jene Stelle kommen und ich all das Wasser und all das Licht sehe –«
»Dann wollen wir nie wieder hierher gehen«, unterbrach er sie.
Sie verharrte eine Weile schweigend, erwiderte seinen Blick, bis er ihn abwandte.
»Es scheint, als wäre alles, was man da sieht, längst untergegangen«, sagte sie.
»Es erinnert dich wohl an die Geschichte von der Sintflut«, murmelte der Mann, zu ihren Füßen ausgestreckt und sie betrachtend. »Hast du Angst davor?«
»Ich würde eher Angst haben, allein zurückgelassen zu werden. Wenn ich sage ich, meine ich natürlich wir.«
»Wirklich?« ... Auch Heyst schwieg eine Weile. »Die Vision einer zerstörten Welt«, dachte er laut. »Würde sie dir leid tun?«

»Die glücklichen Menschen darauf würden mir leid tun«, sagte sie einfach.
Sein Blick wanderte über ihre Gestalt hinauf bis zu ihrem Gesicht, wo er, wie ihm schien, den verhüllten Schimmer einer Intelligenz entdeckte, wie man durch Wolken einen Blick auf die Sonne erhascht.
»Ich hätte gedacht, daß man gerade sie besonders beglückwünschen müßte, findest du nicht?«
»O ja – ich verstehe schon, was du meinst, aber es dauerte vierzig Tage, bis alles vorüber war.«
»Du scheinst die Einzelheiten genau zu kennen.«
Heyst sprach nur, um etwas zu sagen, statt sie schweigend anzublicken. Sie sah ihn nicht an.
»Sonntagsschule«, murmelte sie. »Ich ging regelmäßig hin, vom achten bis zum dreizehnten Jahr. Wir wohnten im Norden von London, über Kingsland Road hinaus. Es war keine schlechte Zeit. Vater verdiente damals gut. Die Hausbesitzerin nahm mich gewöhnlich nachmittags mit ihren eigenen Töchtern mit. Sie war eine gute Frau. Ihr Mann war bei der Post. Briefsortierer oder so etwas. So ein ruhiger Mann. Er ging manchmal nach dem Abendessen zum Nachtdienst. Dann hatten sie eines Tages einen Streit und lösten den Haushalt auf. Ich weiß noch, wie ich weinte, als wir urplötzlich unsere Sachen packen und in eine andere Wohnung ziehen mußten. Ich hatte nie erfahren, worum es ging, wenn auch –«
»Die Sintflut«, murmelte Heyst geistesabwesend.
Er war sich intensiv ihrer Persönlichkeit bewußt, als wäre dies der erste Augenblick der Muße, sie wirklich anzusehen, seit sie zusammen waren. Das eigentümliche Timbre ihrer Stimme, mit seinen Modulationen von Kühnheit und Trauer, hätte noch das fadeste Geplauder interessant gemacht. Aber sie war keine Schwätzerin. Sie war eher schweigsam, mit einer Fähigkeit zur Unbeweglichkeit, einer aufgerichteten Stille, wie früher auf

dem Musikpodium, wo sie zwischen den einzelnen Nummern sitzenblieb, die Füße gekreuzt, die Hände im Schoß ruhend. Aber in der Intimität ihres Lebens drängten ihre grauen furchtlosen Augen ihm das Gefühl von etwas Unaussprechlichem auf, das tief in ihr lag; Stumpfheit oder Begeisterung, Schwäche oder Stärke – oder auch nur eine abgrundtiefe Leere, die auch in den Augenblicken völliger Hingabe erhalten blieb.

Während einer langen Pause blickte sie ihn nicht an. Dann plötzlich, als habe das Wort ›Sintflut‹ in ihrem Gemüt gehaftet, fragte sie mit einem Blick zum wolkenlosen Himmel:

»Regnet es hier jemals?«

»Es gibt eine Jahreszeit, da regnet es fast jeden Tag«, sagte Heyst überrascht. »Es gibt auch Gewitterstürme. Einmal hatten wir einen Aschenregen.«

»Aschenregen?«

»Unser Nachbar da drüben warf Asche empor. Manchmal räuspert er sich so mit seinem rotglühenden Schlund; und zur gleichen Zeit kam ein Gewitter. Es war sehr ungemütlich; doch im allgemeinen benimmt sich unser Nachbar anständig – raucht nur still vor sich hin, wie an jenem Tage, als ich dir vom Deck des Schoners den dunklen Fleck am Himmel zeigte. Er ist ein gutmütiger, träger Bursche, dieser Vulkan.«

»Ich habe solch einen rauchenden Berg schon früher gesehen«, sagte sie und blickte dabei auf den schlanken Stamm eines Baumfarns einige Meter vor ihr. »Es war nicht lange, nachdem wir von England abgefahren waren – einige Tage immerhin. Ich war anfangs so seekrank, daß ich die Tage nicht mehr zählen konnte. Ein rauchender Berg. Ich weiß nicht, wie sie ihn nannten.«

»Vielleicht der Vesuv«, meinte Heyst.

»Das ist der Name.«

»Ich habe ihn auch gesehen vor Jahren, vor Jahrzehnten«, sagte Heyst.

»Auf deiner Fahrt hierher?«
»Nein, lange bevor ich daran dachte, in diese Gegend der Welt zu gehen. Ich war noch ein Junge.«
Sie wandte sich um und sah ihn aufmerksam an, als suche sie in dem reifen Gesicht des Mannes mit dem oben gelichteten Haar und dem langen dichten Schnurrbart irgendeine Spur von jener Knabenzeit zu entdecken. Heyst hielt der freimütigen Prüfung mit einem Lächeln stand und ließ sich die tiefe Wirkung, die diese verschleierten grauen Augen auf ihn hatten, nicht anmerken – sei es auf sein Herz oder seine Nerven, sei es sinnlich oder geistig, zart oder erregend, das konnte er nicht sagen.
»Nun, Prinzessin von Samburan«, sagte er schließlich, »habe ich Gnade vor deinem Blick gefunden?«
Sie schien aufzuwachen und schüttelte den Kopf.
»Ich dachte nach«, murmelte sie sehr leise.
»Gedanke, Tat – ebensoviele Fallstricke! Wenn du anfängst nachzudenken, wirst du unglücklich.«
»Ich dachte nicht über mich nach«, erklärte sie mit einer Selbstverständlichkeit, die Heyst etwas betroffen machte.
»Aus dem Munde eines Moralisten klänge das wie ein Vorwurf«, sagte er halb ernsthaft; »aber ich würde dich nicht für einen halten. Die Moralisten und ich sind seit vielen Jahren keine Freunde mehr.«
Sie hatte mit gespanntem Ausdruck zugehört.
»Ich dachte, du hättest keine Freunde gehabt«, sagte sie. »Ich bin froh, daß es niemand gibt, der dich für das, was du getan hast, tadelt. Ich stelle mir gern vor, daß ich keinem im Wege bin.«
Heyst wollte etwas sagen, aber sie gab ihm keine Zeit dazu. Ohne seine Geste zu bemerken, fuhr sie fort:
»Was ich für mich dachte war, weshalb du eigentlich hier bist.«
Heyst ließ sich wieder auf den Ellbogen sinken.

»Wenn du mit ›du‹ meinst ›wir‹ – nun, du weißt ja, weshalb wir hier sind.«

Sie blickte auf ihn hernieder.

»Nein, das ist es nicht. Ich meinte vorher – all die Zeit, ehe du auf mich gestoßen bist und sogleich gemerkt hast, daß ich in Schwierigkeiten war und niemand hatte, der mir helfen konnte. Und du weißt auch, wie furchtbar diese Schwierigkeiten waren.«

Ihre Stimme sank bei den letzten Worten, als wolle sie damit schließen; aber Heysts Haltung war so erwartungsvoll, wie er da zu ihren Füßen saß und fest zu ihr aufblickte, daß sie nach einem kurzen raschen Atemzug fortfuhr:

»Das war es, wirklich. Ich sagte dir, ich sei schon vorher von schlechten Kerlen belästigt worden. Es machte mich unglücklich, verstört – und auch wütend. Aber oh, wie habe ich ihn gehaßt, jenen Mann, wirklich gehaßt!«

›Jener Mann‹ war der rötliche Schomberg mit dem militärischen Anstrich, Wohltäter des weißen Mannes (»anständiges Essen in anständiger Gesellschaft«) – reifes Opfer einer verspäteten Leidenschaft. Das Mädchen schüttelte sich. Die charakteristische Ausgeglichenheit ihres Gesichts fiel für einen Augenblick gleichsam auseinander. Heyst erschrak.

»Weshalb jetzt daran denken?« rief er.

»Weil ich damals in die Enge getrieben war. Es war nicht wie früher. Es war schlimmer, viel schlimmer. Ich hätte gewünscht, an meiner Angst sterben zu können; und doch fange ich erst jetzt an zu begreifen, wie entsetzlich es gewesen wäre. Ja, erst jetzt, seit wir –«

Heyst machte eine Bewegung.

»Hierhergekommen sind«, beendete er den Satz.

Ihre Spannung ließ nach, ihr gerötetes Gesicht nahm allmählich wieder seine normale Farbe an.

»Ja«, sagte sie gleichgültig, doch sie warf ihm dabei einen

verstohlenen Blick leidenschaftlicher Zustimmung zu; dann nahm ihr Gesicht einen melancholischen Ausdruck an, ihre ganze Gestalt sank unmerklich nach vorn. »Aber du wolltest ohnehin hierher zurück?« fragte sie.

»Ja. Ich wartete nur auf Davidson. Ja, ich war auf dem Wege hierher, zu diesen Ruinen – zu Wang, der vielleicht nicht damit gerechnet hat, mich wiederzusehen. Es ist unmöglich, über die Art, wie dieser Chinese seine Schlüsse zieht und welche Meinung er von mir hat, Betrachtungen anzustellen.«

»Sprich nicht von ihm. Er ist mir unheimlich. Sprich von dir.«

»Von mir? Ich sehe, du machst dir immer noch Gedanken über das Geheimnis meiner Existenz hier; aber es ist gar kein Geheimnis dabei. In erster Linie ist der Mann mit der Schreibfeder in der Hand auf jenem Bild, das du so oft ansiehst, für meine Existenz verantwortlich. Er ist auch dafür verantwortlich, wie meine Existenz beschaffen ist oder beschaffen war. Er war auf seine Art ein großer Mensch. Ich weiß nicht viel von seiner Geschichte. Ich nehme an, er begann wie andere Menschen auch, nahm schöne Worte für gute klingende Münze und hochfliegende Ideale für wertvolle Banknoten. In beidem war er übrigens ein großer Meister. Später entdeckte er – wie soll ich es dir erklären? Stell dir die Welt als eine Fabrik vor und die Menschheit als die Arbeiter darin. Nun, er entdeckte, daß die Löhne nicht hoch genug seien, daß man sie mit falschem Geld bezahlte.«

»Ich verstehe«, sagte das Mädchen langsam.

»Wirklich?«

Heyst, der wie zu sich selbst gesprochen hatte, blickte interessiert auf.

»Das war keine neue Entdeckung, aber er brachte damit seinen ganzen Zorn in Wallung. Der war ungeheuer, er hätte die ganze Welt vernichten können. Ich weiß nicht, wieviele Geister

er überzeugte. Mein Geist jedoch war damals sehr jung, und ein junger Mensch läßt sich, glaube ich, leicht verführen – sogar durch eine Negation. Er war sehr grausam, und doch war er nicht ohne Erbarmen. Er beherrschte mich ohne Schwierigkeit. Ein herzloser Mann hätte das so nicht fertiggebracht. Selbst dummen Menschen gegenüber war er nicht unbedingt erbarmungslos. Er konnte indigniert sein, aber für Hohn und Spott war er zu groß. Was er sagte, richtete sich nicht an die breite Masse, aber ich schmeichelte mir, zu den Erwählten zu gehören. Die lasen zwar seine Bücher, ich aber habe sein lebendiges Wort gehört. Es war unwiderstehlich. Es war, als zöge dieser Geist mich in sein Vertrauen, gäbe mir einen besonderen Einblick, wie man die Verzweiflung meistert. Ein Irrtum, zweifellos. Etwas von meinem Vater ist in jedem Manne, wenn er lange genug lebt. Aber sie sagen nichts darüber. Sie können es nicht. Sie würden es nicht wissen oder vielleicht nicht davon sprechen, wenn sie es wüßten. Der Mensch auf dieser Erde ist ein unvorhergesehener Zufall, der einer tieferen Untersuchung nicht standhält. Dieser besondere Mann indessen starb so ruhig wie ein Kind, das einschlummert. Aber nachdem ich ihm zugehört hatte, konnte ich meine Seele nicht mehr hinunter auf die Straße tragen, um meinen Mann zu stehen. Ich ging davon, umherzuwandern, ein unabhängiger Zuschauer – soweit das möglich ist.«
Eine ganze Weile hatte das Mädchen mit seinen grauen Augen sein Gesicht beobachtet. Sie entdeckte, daß er, an sie gewandt, eigentlich mit sich selbst sprach. Heyst blickte auf, erschrak förmlich, sie zu sehen, und faßte sich, mit einem tiefen Lachen und einem Wechsel des Tons.
»Alles das sagt dir noch nicht, weshalb ich hierher gekommen bin, nicht wahr? Es ist, als wenn man unergründliche Geheimnisse durchforscht, die das gar nicht verdienen. Ein Mann treibt so hin. Die erfolgreichsten Männer sind so zu ihren Erfolgen

gekommen. Dabei will ich nicht behaupten, daß dies hier ein Erfolg ist. Das würdest du mir nicht glauben. Das ist es auch nicht; aber es ist auch nicht das ruinöse Scheitern, wonach es aussieht. Es beweist etwas, wenn auch vielleicht nur eine verborgene Schwäche in meinem Charakter – und selbst das ist nicht gewiß.«

Er blickte sie fest und mit so ernsten Augen an, daß sie sich verpflichtet fühlte, ihn schwach anzulächeln, denn sie verstand nicht, was er meinte. Ihr Lächeln wurde noch schwächer von seinen Lippen reflektiert.

»Das bringt dich wohl nicht viel weiter in deiner Untersuchung«, fuhr er fort. »Und eigentlich läßt sich deine Frage nicht beantworten; aber Fakten haben einen gewissen positiven Wert, und ein solches Faktum will ich dir berichten. Eines Tages traf ich einen in die Enge getriebenen Mann. Ich gebrauche das Wort, weil es seine Situation genau ausdrückt und weil du es selbst gebraucht hast. Du weißt, was das bedeutet?«

»Was sagst du da?« flüsterte sie überrascht. »Einen Mann!«

Heyst lachte über ihre erstaunten Augen.

»Nein, nein! Ich meine: auf seine Art.«

»Ich wußte wohl, daß es nichts dieser Art sein könnte«, bemerkte sie leise.

»Ich will dich mit der Geschichte nicht langweilen. Es war eine Zoll-Affäre, so merkwürdig das für dich klingen mag. Er hätte sich lieber auf der Stelle töten lassen – das heißt, hätte seine Seele lieber in eine andere Welt geschickt, als seiner Substanz, seiner für ihn sehr bedeutungsvollen Substanz, in dieser Welt beraubt zu werden. Ich sah, daß er an eine andere Welt glaubte, denn als er in die Enge getrieben war, wie ich dir sagte, fiel er auf die Knie nieder und betete. Was hältst du davon?«

Heyst machte eine Pause. Sie blickte ihn ernst an.

»Du hast dich doch deswegen nicht über ihn lustig gemacht?« sagte sie.

Heyst protestierte mit einer brüsken Bewegung.

»Mein liebes Kind, ich bin kein Schuft«, rief er aus. Dann kehrte er zu seinem gewöhnlichen Ton zurück: »Ich brauchte nicht einmal ein Lächeln zu unterdrücken. Irgendwie war die Sache auch nicht zum Lächeln. Nein, es war nicht komisch, es war eher ergreifend; er war so sehr der Repräsentant aller früheren Opfer der Großen Komödie. Aber die Welt bewegt sich ja nur durch Narrheit fort, und so ist es im ganzen eine respektable Sache. Zudem war er das, was man einen guten Menschen nennen würde. Ich meine nicht gerade deshalb, weil er ein Gebet sprach. Nein! Er war wirklich ein anständiger Kerl, er war ganz ungeeignet für diese Welt, er war ein Versager, ein guter Mensch in der Klemme – ein Anblick für die Götter, denn kein normaler Sterblicher kümmert sich um so etwas.« Ein Gedanke schien ihm zu kommen. Er wandte sich dem Mädchen zu. »Und du warst doch auch in die Enge getrieben – hast du daran gedacht zu beten?«

Weder ihre Augen noch irgendein Zug in ihrem Gesicht regte sich. Sie ließ nur die Worte fallen:

»Ich bin nicht das, was man ein gutes Mädchen nennt.«

»Das klingt ausweichend«, sagte Heyst nach kurzem Schweigen. »Nun, der gute Kerl betete, und nachdem er mir das gestanden hatte, war ich verblüfft über die Komik der Situation. Nein, mißversteh mich nicht – ich meine natürlich nicht den Akt des Betens. Und sogar der Gedanke der Ewigkeit, Unendlichkeit, Allmacht, die da angerufen wurde, um die Gemeinheit von zwei elenden portugiesischen Mischlingen abzuwehren, regte mich nicht zum Spott an. Vom Standpunkt des Bittenden aus war die Gefahr, die da beschworen werden sollte, etwas wie das Ende der Welt oder noch schlimmer. Nein! Was meine Phantasie fesselte war, daß ich, Axel Heyst, das unabhängigste Geschöpf in diesem irdischen Gefängnis, der wahrhaftigste Tramp auf dieser Erde, ein gleichgültiger Spaziergänger im

Getriebe der Welt – daß ich gerade da sein sollte, um in die Rolle eines Mannes der Vorsehung zu treten. Ich, ein Mann von allumfassendem Hohn und Unglauben...«

»Du übertreibst«, unterbrach sie ihn mit ihrer verführerischen Stimme und mit schmeichelndem Ausdruck.

»Nein. So bin ich, geboren oder dazu geworden, oder beides. Ich bin nicht umsonst der Sohn meines Vaters, jenes Mannes auf dem Bild. Ich bin er, bis auf das Genie. Und es ist viel weniger in mir, als ich daraus mache, denn der echte Spott verliert sich bei mir von Jahr zu Jahr. Ich war nie so belustigt wie durch diese Episode, in der ich plötzlich aufgerufen war, solch eine unglaubliche Rolle zu spielen. Für einen Moment genoß ich das sehr. Ich half ihm aus der Klemme, wie du weißt.«

»Du hast einen Mann zum Spaß gerettet – willst du das sagen? Nur zum Spaß?«

»Was soll dieser argwöhnische Ton?« protestierte Heyst. »Ich glaube, daß der Anblick dieses besonderen Elends mir peinlich war. Was du Spaß nennst, kam später, als mir aufging, daß ich für ihn eine wandelnde, atmende Inkarnation der Wirksamkeit des Gebets sei. Ich war davon ein wenig fasziniert – und dann, hätte ich etwa mit ihm streiten sollen? Man streitet nicht wegen einer solchen Evidenz, und außerdem hätte das ausgesehen, als wollte ich das Verdienst für mich beanspruchen. Schon seine Dankbarkeit war einfach entsetzlich. Komische Situation, wie? Der Überdruß kam später, als wir zusammen an Bord seines Schiffes lebten. Ich hatte mir in einem unachtsamen Moment eine Fessel angelegt. Ich weiß nicht, wie ich das genau ausdrücken soll. Wie wird man mit Leuten verbunden, für die man etwas getan hat? Ist das Freundschaft? Ich bin nicht sicher, was es war. Ich weiß nur, daß der, der sich eine Fessel schafft, verloren ist. Das Saatkorn der Verderbnis hat sich in seine Seele gesenkt.«

Heyst hatte in leichtem Ton gesprochen, mit dem scherzenden Beiklang, der alle seine Reden würzte und zum innersten Wesen seines Denkens zu gehören schien. Das Mädchen, auf das er gestoßen war, das er in seinen Besitz gebracht, an dessen Dasein er sich noch nicht ganz gewöhnt hatte, mit dem zu leben er noch nicht verstand – dieses menschliche Wesen, das ihm so nahe war und ihm doch so seltsam vorkam, gab ihm ein stärkeres Gefühl seiner eigenen Wirklichkeit, als er es je im Leben erfahren hatte.

IV

Lena stützte ihre Ellbogen auf die angezogenen Knie und hielt den Kopf in beiden Händen.

»Bist du es müde, hier zu sitzen?« fragte Heyst.

Eine fast unmerkliche verneinende Bewegung des Kopfes war ihre ganze Antwort.

»Warum siehst du so ernst aus?« fuhr er fort, dabei dachte er sogleich, daß gewohnheitsmäßiger Ernst auf lange Sicht viel angenehmer sei als ständige Fröhlichkeit. »Immerhin steht dir dieser Ausdruck sehr gut«, fügte er hinzu, nicht aus Diplomatie, sondern weil es seiner Geschmacksneigung entsprach und daher eine wahre Feststellung war. »Und solange ich sicher sein kann, daß diese ernste Miene nicht vom Überdruß herrührt, will ich gern hier sitzen und dich anschauen, bis du bereit bist zu gehen.«

Und das war die Wahrheit. Er stand immer noch unter dem Eindruck der neuen Schicksalswendung ihres gemeinsamen Lebens, der Überraschung des Neuen, der vom Besitz dieser Frau geschmeichelten Eitelkeit; denn ein Mann muß diese Gefühle haben, sonst hat er aufgehört, ein Mann zu sein. Ihre Augen bewegten sich in seiner Richtung, ruhten auf ihm und starrten dann von neuem in das tiefere Dunkel am Fuße der geraden Baumstämme, deren ausgebreitete Kronen allmählich ihren Schatten in sich zurücknahmen. Die warme Luft zitterte leicht um ihren unbewegten Kopf. Sie wollte ihn nicht anblicken, aus irgendeiner verborgenen Angst, sich zu verraten. Sie spürte tief innen einen unwiderstehlichen Drang, sich noch völliger an ihn hinzugeben, durch irgendeinen Akt absoluten

Opfers. Dies war etwas, wovon er keinen Begriff zu haben schien. Er war ein seltsames Wesen ohne Bedürfnisse. Sie fühlte seine Augen auf sich gerichtet, und als er weiter schwieg, sagte sie mit Unbehagen – denn sie wußte nicht, was seine Schweigepausen bedeuteten:

»Und da hast du nun mit diesem Freund gelebt – jenem guten Menschen?«

»Ein patenter Kerl«, erwiderte Heyst so bereitwillig, wie sie es nicht erwartet hatte. »Aber es war eine Schwäche von mir. Ich wollte erst gar nicht, aber er wollte nicht von mir ablassen, und ich konnte ihm nichts erklären. Er gehörte zu der Sorte von Menschen, denen man nichts erklären kann. Er war äußerst sensibel, und es wäre grausam gewesen, seine zarten Gefühle durch die Art von Offenherzigkeit zu zerreißen, die nötig gewesen wäre. Sein Gemüt war wie ein reines, weißwandiges Zimmer, möbliert mit – sagen wir – sechs strohgeflochtenen Stühlen, und die stellte er andauernd um und ordnete sie neu an. Aber es waren immer die gleichen Stühle. Es lebte sich ganz leicht mit ihm; aber dann griff er diese Idee mit den Kohlen auf – oder vielmehr die Idee ergriff ihn. Sie drang in jenes karg möblierte Zimmer ein, von dem ich eben sprach, und saß auf all den Stühlen. Man konnte sie nicht hinausschaffen, weißt du! Sie würde sein Glück machen, mein Glück, jedermanns Glück. In vergangenen Jahren, in Augenblicken des Zweifels, die einen Mann befallen, der entschlossen ist, sich von den Widersprüchen der Existenz frei zu halten, habe ich mich oft mit einer plötzlichen Angst gefragt, auf welche Art das Leben mich wohl in seine Gewalt bringen würde. Und dies war die Art! Er setzte es sich in den Kopf, daß er nichts ohne mich tun könnte. Und da wollte ich, so fragte er, ihn zurückstoßen und ruinieren? Nun, eines Morgens – ich weiß nicht, ob er in jener Nacht auch zum Beten niedergekniet war! –, eines Morgens gab ich nach.«

Heyst zupfte heftig an einem trockenen Grasbüschel und warf das Gras mit einer nervösen Bewegung fort.
»Ich gab nach«, wiederholte er.
Das Mädchen, das sich nur mit einer Bewegung seiner Augen ihm zuwandte, bemerkte das starke Gefühl auf seinem Gesicht mit jenem gespannten Interesse, das seine Person in ihrem Geist und ihrem Herzen erweckte. Aber es ging bald vorüber und machte nur einem grübelnden Ausdruck Platz.
»Es ist schwer, Widerstand zu leisten, wo nichts auf dem Spiel steht«, bemerkte er. »Und vielleicht ist auch in meinem Charakter ein Körnchen Verschrobenheit. Es belustigte mich, umherzugehen und alberne Gemeinplätze im Munde zu führen. Nie war ich so wohlangesehen auf den Inseln, als bis ich anfing, in jenem Händlerjargon zu plappern wie ein wirklicher Idiot. Auf mein Wort, ich glaube, daß man mich eine Zeitlang wirklich respektierte. Ich machte so ernste Augen wie eine Eule; ich mußte dem Mann gegenüber loyal sein. Ich bin vom ersten bis zum letzten äußerst loyal gewesen, soweit ich irgend konnte. Ich dachte, er verstünde etwas von Kohlen. Und als ich gemerkt hatte, daß er nichts davon verstand, und er verstand wirklich nichts davon, nun – da wußte ich nicht, wie ich ihm Einhalt gebieten sollte. Auf die eine oder andere Weise mußte ich einfach loyal sein. Wahrheit, Arbeit, Ehrgeiz, sogar Liebe mögen nur Spielmünzen in dem jämmerlichen oder verächtlichen Spiel des Lebens sein, aber wenn man einmal eine Hand ergriffen hat, muß man das Spiel mitmachen. Nein, der Schatten von Morrison kann mich nicht verfolgen. Was ist los? Hör zu, Lena, weshalb starrst du so? Ist dir nicht wohl?«
Heyst wollte schon aufspringen. Das Mädchen streckte einen Arm aus, um ihn aufzuhalten, und er blieb in sitzender Haltung, auf einen Arm gestützt, und beobachtete ihren unergründlichen Ausdruck der Angst, als könnte sie nicht mehr atmen.

»Was ist dir?« drang er in sie und fühlte eine seltsame Abneigung, sich zu bewegen, sie zu berühren.
»Nichts.« Sie schluckte mühsam. »Natürlich, das kann nicht sein. Was für einen Namen nanntest du? Ich habe ihn nicht genau verstanden.«
»Namen?« wiederholte Heyst verdutzt. »Ich erwähnte lediglich Morrison. So heißt der Mann, von dem ich gesprochen habe. Was ist damit?«
»Und du willst sagen, er war dein Freund?«
»Du hast genug gehört, um das selbst zu beurteilen. Du weißt ebensoviel über unsere Beziehung wie ich. Die Menschen in diesem Teil der Welt gingen nach dem Augenschein und nannten uns Freunde, soweit ich mich erinnern kann. Augenschein – was kann man mehr, was Besseres verlangen? Wirklich, es gibt nichts Besseres. Es gibt überhaupt nichts sonst.«
»Du versuchst, mich mit deinen Reden zu verwirren«, rief sie aus. »Du kannst dich darüber nicht lustig machen.«
»Kann ich nicht? Nun, nein, ich kann's nicht. Leider. Vielleicht wäre das aber die beste Art gewesen«, sagte Heyst in einem Ton, der für seine Verhältnisse düster genannt werden konnte. »Es sei denn, man vergäße die dumme Sache ganz und gar.« Seine etwas scherzhafte Art und Rede kam wieder zum Vorschein wie eine Gewohnheit, die man sich angeeignet hat, und das, noch ehe seine Stirn sich völlig geglättet hatte. »Aber weshalb siehst du mich so streng an? Oh, ich will nichts dagegen sagen, und ich werde nicht auszuweichen versuchen. Deine Augen –«
Er blickte ihr gerade in die Augen und hatte tatsächlich in diesem Moment alles vergessen, was mit dem verstorbenen Morrison zusammenhing.
»Nein«, rief er plötzlich aus. »Was für ein undurchschaubares Mädchen bist du doch, Lena, mit diesen grauen Augen, die du hast! Fenster der Seele, hat einmal ein Dichter gesagt. Der

Kerl war wohl Glaser von Beruf. Jedenfalls hat die Natur für die Scheu deiner Seele ausgezeichnet vorgesorgt.«

Als er zu sprechen aufhörte, kam das Mädchen mit einem tiefen Atemzug wieder zu sich. Er hörte ihre Stimme, deren vielfältigen Charme er so gut zu kennen glaubte, nun in einem ungewohnten Ton:

»Dieser Geschäftsfreund von dir ist tot?«

»Morrison? O ja, wie ich dir schon sagte, er –«

»Das hast du mir nie gesagt.«

»Nicht? Ich dachte doch; oder vielmehr ich dachte, du müßtest es wissen. Unmöglich, daß irgendwer, mit dem ich rede, nicht wissen sollte, daß Morrison tot ist.«

Sie senkte die Lider, und Heyst stutzte über etwas wie einen Ausdruck von Schrecken in ihrem Gesicht.

»Morrison!« flüsterte sie in verzweifeltem Ton. »Morrison!« Ihr Kopf sank nach vorn. Obwohl er ihr Gesicht nicht sehen konnte, erkannte Heyst an ihrer Stimme, daß sie aus diesem oder jenem Grunde von den Silben dieses prosaischen Namens seltsam berührt war. Ein Gedanke blitzte durch seinen Kopf – konnte sie Morrison gekannt haben? Aber schon ihrer beider Herkunft schloß das weitgehend aus.

»Das ist ganz ungewöhnlich!« sagte er. »Hast du denn früher einmal den Namen gehört?«

Ihr Kopf bewegte sich rasch mehrere Male zu kleinem zustimmendem Nicken, als traute sie sich nicht zu sprechen oder ihn auch nur anzusehen. Sie biß sich auf die Unterlippe.

»Hast du je irgendwen dieses Namens gekannt?« fragte er.

Das Mädchen antwortete durch eine verneinende Bewegung, und dann endlich sprach sie, stoßweise, als müsse sie sich eines Zweifels oder einer Angst erwehren. Sie habe von eben diesem Mann gehört, erklärte sie Heyst.

»Unmöglich!« sagte er mit Entschiedenheit. »Du irrst dich. Du kannst nicht von ihm gehört haben. Es ist –«

Er brach kurz ab in dem Gedanken, daß es völlig sinnlos sei, so zu reden, daß man im leeren Raum nicht argumentieren könne.
»Aber ich habe von ihm gehört; nur wußte ich da noch nicht, konnte nicht vermuten, daß von deinem Partner die Rede war.«
»Die Rede von meinem Partner?« wiederholte Heyst leise.
»Nein.« Sie schien fast so ratlos, so voller Ungläubigkeit wie er selbst. »Nein. Sie sprachen von dir, tatsächlich; nur – ich wußte es nicht.«
»Wer waren sie?« Heyst erhob die Stimme. »Wer sprach von mir? Und wo?«
Mit der ersten Frage hatte er sich aus seiner liegenden Haltung erhoben; bei der letzten war er vor ihr auf den Knien, ihre Köpfe in gleicher Höhe.
»Nun, in jener Stadt, im Hotel. Wer könnte es sonst gewesen sein?« sagte sie.
Der Gedanke, daß über ihn gesprochen wurde, war für Heysts allzu bescheidene Meinung von sich jedesmal etwas Neues. Einen Augenblick war er ebenso überrascht, als hätte er sich lediglich für einen in der Menschheit dahingleitenden Schatten gehalten. Zudem hegte er halb unbewußt das Gefühl, über den Inselklatsch hoch erhaben zu sein.
»Aber zuerst sagtest du, es sei von Morrison die Rede gewesen«, bemerkte er zu dem Mädchen, dabei ließ er sich zurücksinken und schien nicht weiter interessiert. »Komisch, daß du Gelegenheit gehabt haben solltest, überhaupt irgend etwas zu hören! Ich hatte mehr den Eindruck, daß du nie irgendwen aus der Stadt gesehen hättest, außer vom Podium her.«
»Du vergißt, daß ich nicht mit den anderen Mädchen zusammenwohnte«, sagte sie. »Nach den Mahlzeiten gingen sie jedesmal wieder in den Pavillon, aber ich mußte im Hotel bleiben mit meiner Näharbeit oder sonstwas, in dem Zimmer, in dem sie redeten.«

»Daran habe ich nicht gedacht. Übrigens hast du mir noch nicht gesagt, wer das war: *sie.*«

»Nun, jenes abscheuliche rote Biest«, sagte sie mit der ganzen Kraft des Widerwillens, den der bloße Gedanke an den Hotelier in ihr hervorrief.

»Oh, Schomberg!« murmelte Heyst gleichgültig.

»Er sprach mit dem Chef – mit Zangiacomo, meine ich. Ich mußte dabeisitzen. Dieses Teufelsweib ließ mich manchmal nicht fort. Ich meine Mrs. Zangiacomo.«

»Dachte ich mir«, murmelte Heyst. »Sie liebte es, dich auf alle Art zu quälen. Aber wirklich sonderbar, daß der Hotelier mit Zangiacomo von Morrison gesprochen haben sollte. Soweit ich mich erinnern kann, hat er mit Morrison geschäftlich kaum Berührung gehabt. Er kannte viele andere sehr viel besser.«

Das Mädchen schüttelte sich ein wenig.

»Das war der einzige Name, den ich mitgehört habe. Ich hielt mich immer so fern, wie ich konnte, am anderen Ende des Zimmers; aber als dieser Kerl zu brüllen anfing, mußte ich mir alles mitanhören. Ich wollte, ich hätte nie etwas gehört. Wenn ich aufgestanden und aus dem Zimmer gegangen wäre, hätte die Frau mich deshalb zwar nicht umgebracht, aber bös gescholten. Sie hätte mir gedroht und mich mit Schimpfnamen belegt. Wenn diese Sorte erkannt hat, daß man schutzlos ist, kann nichts sie halten. Ich weiß nicht, wie das kommt, aber schlechte Menschen, wirklich schlechte Menschen, denen man es ansieht, fallen irgendwie über mich her. Auf die Art stellen sie es an, einen zu ducken. Ich fürchte mich vor solcher Schlechtigkeit.«

Heyst beobachtete den Wechsel des Ausdrucks in ihrem Gesicht. Er redete ihr gut zu, aus tiefem Mitgefühl, aber ein wenig amüsiert.

»Ich verstehe vollkommen. Du brauchst dich deines großen Feingefühls im Bemerken unmenschlicher Bosheit nicht zu schämen. Ich bin ein wenig wie du.«

»Ich bin nicht besonders mutig«, sagte sie.
»Nun, ich weiß selbst nicht, was ich tun soll, welches Gesicht ich machen würde gegenüber einer Kreatur, die mir als der Inbegriff des Bösen erschiene. Schäme dich nur deshalb nicht.«
Sie seufzte, blickte mit ihrem blassen offenen Blick schüchtern empor und murmelte:
»Du scheinst gar nicht wissen zu wollen, was er sagte.«
»Über den armen Morrison? Das kann nichts Schlimmes gewesen sein, denn der arme Junge war die Unschuld in Person. Und dann, weißt du, ist er tot, und nichts kann ihm jetzt mehr etwas anhaben.«
»Aber ich sage dir doch, daß du es warst, von dem er sprach!« rief sie. »Er sagte, daß Morrisons Partner zuerst alles aus ihm herausholte, was zu holen war, und dann, und dann – nun, ihn so gut wie gemordet habe – ihn fortgeschickt, irgendwo zu sterben!«
»Das glaubtest du von mir?« sagte Heyst nach einem Augenblick völliger Stille.
»Ich wußte ja nicht, daß es etwas mit dir zu tun hatte. Schomberg sprach von irgendeinem Schweden. Wie sollte ich es also wissen? Das konnte ich erst, als du mir davon erzähltest, wie du hierher gekommen bist –«
»Und jetzt hast du dazu meine Version.« Heyst zwang sich, schnell zu sprechen. »So sieht also die Sache von draußen aus!« stammelte er.
»Ich erinnere mich, daß er sagte, jeder in dieser Gegend kenne die Geschichte«, fügte das Mädchen atemlos hinzu.
»Seltsam, daß mich das zu verletzen scheint!« sagte Heyst zu sich, »aber es trifft mich. Anscheinend bin ich ebensosehr ein Narr wie jene Allerweltsmenschen, die die Geschichte kennen – und zweifellos auch glauben. Kannst du dich an mehr erinnern?« wandte er sich mit höflicher Ironie an das Mädchen.
»Ich habe oft von dem moralischen Vorzug gehört, sich mit den

Augen anderer zu sehen. Forschen wir ein wenig weiter. Fällt dir sonst nichts ein, was jedermann weiß?«

»Oh! Lach doch nicht!« rief sie.

»Habe ich gelacht? Ich versichere dir, ich habe es nicht gemerkt. Ich würde dich auch nicht fragen, ob du die Version des Hoteliers glaubst. Du kennst bestimmt auch den Wert menschlicher Urteile.«

Sie löste ihre Hände voneinander, bewegte sie ein wenig und verschränkte dann die Finger wie zuvor. Protest? Zustimmung? Sollte es nichts weiter geben? Er war erleichtert, als sie mit jener warmen wunderbaren Stimme zu sprechen begann, die in sich ein Trost war und das Herz gefangennahm – die sie liebenswert machte.

»Ich habe das gehört, ehe du und ich je miteinander gesprochen haben. Es ist mir später entfallen. Alles ist mir damals aus dem Gedächtnis geschwunden; und ich war froh darüber. Es war ein ganz neuer Anfang für mich, mit dir – und das weißt du. Ich wollte, ich hätte vergessen, wer ich war – das wäre am besten gewesen; und ich war nahe daran, es zu vergessen.«

Er war von der Erschütterung in ihren letzten Worten bewegt. Sie schien ganz leise von einer wunderbaren Verzauberung zu sprechen. In geheimnisvollen Worten von besonderer Bedeutung. Er dachte, selbst wenn sie zu ihm in irgendeiner unbekannten Sprache redete, würde sie ihn sich ganz unterwerfen, durch die pure Schönheit des Klanges, der unendliche Tiefen von Wissen und Gefühl ahnen ließ.

»Aber«, fuhr sie fort, »der Name blieb mir haften, so scheint es; und als du ihn erwähntest –«

»War der Bann gebrochen«, stammelte Heyst in heftiger Enttäuschung, als wäre er um eine Hoffnung gebracht.

Das Mädchen, etwas oberhalb von ihm sitzend, prüfte mit ruhigen Augen das geistesabwesende Schweigen des Mannes, von dem sie jetzt so vollkommen abhängig war, wie sie es bisher nicht gewußt hatte, denn bis dahin hatte sie sich nie zwischen den Abgründen von Erde und Himmel in der Beuge seines Armes schweben gefühlt. Was sollte werden, wenn er der Last überdrüssig würde?

»Und außerdem hat niemand die Geschichte je geglaubt!«

Heyst stieß das so abrupt hervor, daß ihre starren Augen sich weiteten, mit einem Effekt unendlichen Überraschtseins. Es war aber ein rein mechanischer Effekt, denn sie war weder überrascht noch verwirrt. In Wahrheit verstand sie ihn jetzt besser als je zuvor, seit ihre Augen ihn erblickt hatten.

Er lachte spöttisch.

»Was denke ich nur?« rief er. »Als könnte es mir etwas ausmachen, was irgend jemand je gesagt oder geglaubt hätte vom Anfang der Welt bis zum Jüngsten Tag!«

»Ich habe dich bis heute nie lachen hören«, bemerkte sie. »Dies ist das zweite Mal.«

Er stand auf und neigte sich über sie.

»Das kommt daher, wenn einem etwas ins Herz gedrungen ist, wie du in meins gedrungen bist, alle Arten von Schwäche haben dann Zugang – Scham, Zorn, dumme Entrüstung, dumme Ängste – dummes Lachen auch. Ich bin gespannt, welche Deutung du ihm geben wirst?«

»Es war nicht fröhlich, bestimmt nicht«, sagte sie. »Aber warum bist du böse mit mir? Tut es dir leid, daß du mich von jenen Kerlen weggeholt hast? Ich habe dir gesagt, wer ich war. Du konntest es selbst sehen.«

»Himmel!« stammelte er. Er hatte seine Selbstbeherrschung wiedergewonnen. »Ich versichere dir, ich konnte sehr viel mehr sehen, als du mir erzählen konntest. Ich konnte eine ganze Menge sehen, wovon du noch gar nichts ahnst; aber ganz kann man durch dich nicht hindurchsehen.«

Er setzte sich neben sie auf den Boden und nahm ihre Hand.

Sie fragte sanft:

»Was wünschst du dir denn noch von mir?«
Er gab eine Zeitlang keinen Laut von sich.
»Das Unmögliche, nehme ich an«, sagte er sehr leise, wie man ein Geständnis macht, und preßte dabei die Hand, die er ergriffen hatte.
Die Hand erwiderte den Druck nicht. Er schüttelte den Kopf, wie um den Gedanken daran zu vertreiben, und fügte in lauterem, leichtem Ton hinzu:
»Nichts Geringeres. Und das nicht, weil ich das, was ich schon bekommen habe, als zu wenig ansähe. O nein! Vielmehr weil ich so hoch von diesem meinem Besitz denke, daß er mir nicht vollkommen genug sein kann. Ich weiß, das ist unvernünftig. Du kannst mir nichts mehr vorenthalten – jetzt.«
»Ich könnte es wirklich nicht«, flüsterte sie, wobei sie ihre Hand passiv in seinem festen Griff ließ. »Ich wünschte nur, ich könnte dir etwas mehr geben, oder Besseres, oder was immer du dir wünschst.«
Er war gerührt von dem aufrichtigen Ton dieser einfachen Worte.
»Ich will dir sagen, was du tun kannst – du kannst mir sagen, ob du auch so mit mir gegangen wärst, wenn du gewußt hättest, von wem jener abscheuliche Idiot von Hotelier geredet hat. Von einem Mörder – nicht mehr und nicht weniger!«
»Aber da kannte ich dich überhaupt noch nicht«, rief sie. »Und ich war immerhin klug genug zu verstehen, was er sagte. Er sprach nicht von Mord, wirklich nicht. Das habe ich auch nie geglaubt.«
»Was brachte ihn denn dazu, sich eine solche Infamie auszudenken?« rief Heyst. »Er muß ein ganz dummes Vieh sein. Er ist dumm. Wie hat er denn diese nette Geschichte ausgebrütet? Habe ich ein besonders gemeines Gesicht? Ist blanke Selbstsucht darin zu lesen? Oder sind solche Dinge so allgemein menschlich, daß man sie von jedem behaupten könnte?«

»Es war nicht von Mord die Rede«, wiederholte sie ernst.

»Ich weiß. Ich verstehe. Es war schlimmer. Einen Mann zu töten, was eine vergleichsweise anständige Methode wäre – so etwas habe ich nie getan.«

»Weshalb solltest du auch?« fragte sie in erschrecktem Ton.

»Mein liebes Kind! Du kennst die Art von Leben nicht, das ich in noch unerforschten Ländern, in der Wildnis geführt habe; es ist schwer, dir davon einen Begriff zu geben. Da gibt es Männer, die nicht an so gefährlichen Orten waren wie ich und die gezwungen waren – Blut zu vergießen, wie man so sagt. Selbst die Wilden besitzen Werte, die manche Leute in Versuchung führen; aber ich hatte keine Absichten, keine Pläne – und nicht einmal eine große Charakterfestigkeit, die mich besonders widerborstig gemacht hätte. Ich bewegte mich einfach weiter, während die anderen wahrscheinlich irgendwohin strebten. Eine solche Gleichgültigkeit von Weg und Ziel macht einen sozusagen zahmer. Und ich kann wahrhaft sagen, daß mir nie etwas daran gelegen war, ich will nicht sagen am Leben – für das, was die Menschen so nennen, hatte ich seit je nur Hohn übrig –, sondern am Leben zu bleiben. Ich weiß nicht, ob es das ist, was die Leute Mut nennen, aber ich zweifle sehr daran.«

»Du! Du hast keinen Mut?« widersprach sie.

»Ich weiß es wirklich nicht. Nicht die Art, die es immer nach der Waffe juckt, denn ich habe mich nie darum gerissen, bei den Streitereien, in die ein Mann manchmal ganz unschuldig gerät, davon Gebrauch zu machen. Die Differenzen, deretwegen Menschen einander morden, sind, wie alles was Menschen tun, zutiefst verächtlich, die jämmerlichsten Sachen, wenn man sie hinterher betrachtet. Nein, ich habe nie einen Mann getötet oder eine Frau geliebt – nicht einmal in meinen Gedanken, nicht einmal in meinen Träumen.«

Er hob ihre Hand an seine Lippen und ließ sie eine Weile darauf ruhen, während sie etwas dichter zu ihm rückte. Nach diesem längeren Kuß ließ er die Hand nicht wieder los.

»Jemand erschlagen, jemand lieben – die großen Dinge, die das Leben einem Manne aufgibt! Und ich habe in beidem keinerlei Erfahrung. Du mußt mir alles verzeihen, was dir in meinem Benehmen ungeschickt erschienen sein mag, nichtssagend in meinen Reden, unangebracht in meinem Schweigen.«

Er bewegte sich unbehaglich, ein wenig enttäuscht von ihrer Einstellung, aber voller Nachsicht damit, und er fühlte in diesem Moment vollkommener Ruhe, bei diesem Halten ihrer ihm überlassenen Hand, einen engeren Kontakt, als sie ihn je zuvor gehabt hatten. Aber selbst da noch blieb in ihm ein Gefühl einer noch nicht ganz überwundenen Unvollständigkeit – das anscheinend von nichts je würde überwunden werden können – die fatale Unvollkommenheit all der Gaben des Lebens, die aus ihnen einen Wahn und einen Fallstrick macht. Ganz unvermittelt preßte er heftig ihre Hand. Sein sublimer heiterer Gleichmut, das Ergebnis von Freundlichkeit und Spott, war mit dem Verlust seiner bitteren Freiheit geschwunden.

»Kein Mord, sagst du! Ich dächte nicht. Aber als du mich eben zum Reden brachtest, als der Name auftauchte und du begriffen hattest, daß von mir diese Dinge behauptet worden waren, zeigtest du dich seltsam erregt. Ich konnte es sehen.«

»Ich war ein wenig erschrocken«, sagte sie.

»Über die Niedrigkeit meines Verhaltens?« fragte er.

»Ich würde nicht über dich richten, um keinen Preis.«

»Wirklich?«

»Das wäre, als wenn ich mich erkühnte, über alles zu richten, was es gibt.« Mit ihrer anderen Hand vollführte sie eine Bewegung, die Erde und Himmel in einem zu umfassen schien. »Ich würde so etwas nie tun.«

Es folgte ein Schweigen, das Heyst schließlich unterbrach:

»Ich! Ich sollte meinem armen Morrison ein tödliches Unrecht zugefügt haben!« rief er. »Ich, ich, der es nicht ertragen konnte, seinen Gefühlen zu nahe zu treten! Ich, der noch vor seiner Verrücktheit Achtung hatte! Ja, seiner Verrücktheit, deren zerstörte Reste du hier auf der Mole der Diamantenbucht herumliegen siehst. Was hätte ich sonst tun können? Er bestand darauf, mich als seinen Retter zu betrachten; er trug immer die ewige Verpflichtung auf der Zunge, bis ich in Scham vor seiner Dankbarkeit fast verging. Was konnte ich tun? Er wollte mir durchaus mit dieser infernalischen Kohle vergelten, und ich mußte mitmachen, wie man sich bei einem Kind zum Spielen herbeiläßt. Man hätte so wenig daran denken können, ihn zu enttäuschen, wie daran, ein Kind zu enttäuschen. Was soll's, über all das zu reden! Natürlich können die Leute hier die Wahrheit unserer wechselseitigen Beziehung nicht begreifen. Aber was ging sie das auch an? Den alten Morrison zu töten! Nun, es ist weniger verbrecherisch, weniger gemein – ich will nicht sagen weniger schwierig –, einen Mann zu töten, als ihn auf diese Weise zu hintergehen. Verstehst du das?«

Sie nickte nur ein wenig, aber mehrmals und mit offensichtlicher Überzeugung. Seine Augen ruhten auf ihr, fragend, bereit zur Zärtlichkeit.

»Aber es war weder das eine noch das andere«, fuhr er fort. »Warum also deine Erregung? Alles, was du gestehst, ist, daß du über mich nicht richten würdest.«

Sie wandte ihm ihre verschleierten, blicklosen grauen Augen zu, in denen nichts von ihrer Verwunderung zu lesen stand.

»Ich sagte, ich könnte es nicht«, flüsterte sie.

»Aber du hast gedacht: kein Rauch ohne Feuer!« Der spöttische Ton verdeckte kaum seine Erregung. »Was für eine Gewalt muß in Worten liegen, selbst unvollkommen gehörten – denn du hast doch nicht mit besonderem Eifer gelauscht, nicht wahr? Was waren diese Worte? Durch welchen bösen Akt der Erfindung kamen sie aus der verlogenen Kehle jenes Idioten in seinen Mund? Wenn du dich genau an sie erinnertest, würden sie vielleicht auch mich überzeugen.«

»Ich habe nicht gelauscht«, protestierte sie. »Was bedeutete es mir schon, was sie über irgend jemand sagten? Er sagte, daß es nie so liebende Freunde gegeben habe, dem Ansehen nach, als euch beide; dann, als du alles aus ihm herausgeholt hattest, was du wolltest, und ihn überhaupt gründlich satt hattest, hättest du ihm einen Tritt gegeben, nach Hause zu fahren und zu sterben.«

Entrüstung mit einem Unterton eines anderen Gefühls klang in diesen zitierten Worten, die sie mit ihrer reinen, bezaubernden Stimme sagte. Sie verstummte plötzlich und senkte ihre langen dunklen Wimpern, als sei ihr entsetzlich elend ums Herz.

»Natürlich, warum solltest du nicht dieser oder irgendeiner anderen – Gesellschaft überdrüssig sein? Du bist nicht wie irgendwer sonst, und – und der Gedanke daran machte mich plötzlich unglücklich; aber ich habe nicht irgend etwas Schlechtes von dir geglaubt, bestimmt nicht. Ich –«

Mit einer brüsken Bewegung seines Armes stieß er ihre Hand fort, unterbrach er sie kurz. Heyst hatte wiederum seine Selbstbeherrschung verloren. Er hätte gebrüllt, wenn das zu seinem Charakter gepaßt hätte.

»Nein, dieser Planet muß die notorische Brutstätte für soviel Gemeinheit sein, um das ganze Universum damit zu versorgen! Ich ekle mich vor mir selbst, als wäre ich in irgendeine Höhle voller Unrat gestolpert. Pah! Und du – alles was du zu sagen weißt, ist, daß du nicht über mich richten würdest; daß du –«

Sie hob den Kopf bei diesem Angriff, obwohl er sich nicht tatsächlich an sie gewandt hatte.

»Ich glaube nicht im geringsten etwas Schlechtes von dir«, wiederholte sie. »Ich könnte es nicht.«

Er machte eine Geste, als wollte er sagen: das genügt.
In seiner Seele und in seinem Körper spürte er eine nervöse Reaktion von Zärtlichkeit. Und ganz plötzlich, ohne Übergang, verabscheute er sie. Aber nur für einen Augenblick. Er dachte daran, daß sie hübsch war und, mehr noch, daß sie in der Vertraulichkeit ihres Umgangs eine besondere Grazie habe. Sie hatte das Geheimnis der Individualität, das reizt – und sich entzieht.
Er sprang auf und begann, hin und her zu gehen. Nun zerfiel sein verborgener Zorn in seinem Inneren zu Staub, wie ein wahnwitziges Bauwerk, und nur Leere, Verlassenheit, Bedauern blieb zurück. Sein Ressentiment galt nicht dem Mädchen, sondern dem Leben selbst – diesem gemeinsten aller Fallstricke, in dem er sich gefangen fühlte, den listigsten aller Pläne durchschauend und ungetröstet von der Klarheit seines Geistes.
Er schwankte, trat zu ihr und setzte sich an ihrer Seite zu Boden. Ehe sie noch eine Bewegung machen oder nur ihren Kopf ihm zuwenden konnte, nahm er sie in seine Arme und küßte ihre Lippen. Er schmeckte die Bitterkeit einer gefallenen Träne. Er hatte sie nie weinen sehen. Es war wie ein weiterer Appell an seine Zärtlichkeit – ein neues Verführungsmoment. Das Mädchen blickte umher, rückte plötzlich von ihm weg und wandte ihr Gesicht ab. Mit ihrer Hand gab sie ihm gebieterisch ein Zeichen, sie allein zu lassen – ein Befehl, dem Heyst nicht gehorchte.

V

Als sie endlich die Augen aufschlug und sich aufrichtete, sprang Heyst rasch auf die Füße und holte ihren Korkhelm, der ein Stück weitergerollt war. Inzwischen beeilte sie sich, ihr Haar aufzustecken, das oben auf dem Kopf in zwei schwere dunkle Flechten gelegt war, die sich gelöst hatten. Er reichte ihr schweigend den Helm und zögerte, als widerstrebe es ihm, seine eigene Stimme zu hören.

»Wir täten besser, jetzt hinab zu gehen«, schlug er in leisem Ton vor.

Er streckte die Hand aus, um ihr aufzuhelfen. Er hatte ihr zulächeln wollen, gab diese Absicht aber bei einem näheren Blick in ihr unbewegtes Gesicht auf, denn darin zeichnete sich die unendliche Mattigkeit ihrer Seele ab. Auf ihrem Rückweg zu dem Waldpfad mußten sie die Stelle passieren, von der aus man den Blick auf das Meer hatte. Der flammende Abgrund von Leere, das flüssige, wogende Gleißen, die tragische Unbarmherzigkeit des Lichts ließ sie nach der freundlichen Nacht verlangen, deren Sterne wie durch ein ernstes Zauberwort gebannt waren; nach dem samtdunklen Himmel und dem geheimnisvollen großen Schatten des Meeres, der Frieden in das tagesmüde Herz einziehen ließ. Sie legte die Hand über die Augen. Hinter ihr sagte Heyst sanft:

»Laß uns weitergehen, Lena.«

Sie ging schweigend voran. Heyst bemerkte, daß sie noch nie während der heißesten Stunden draußen gewesen seien. Er fürchte, es werde ihr nicht gut bekommen. Diese Fürsorglichkeit gefiel ihr und tat ihr wohl. Sie fühlte sich mehr und mehr als das, was sie war – ein armes Londoner Mädchen, das in einem Orchester spielte und das den Demütigungen, den ekelhaften Gefahren einer armseligen Existenz entrissen war von einem Manne, der nicht seinesgleichen in dieser Welt hatte – nicht haben konnte. Dies spürte sie mit freudigem Erschauern, mit Unbehagen, mit einem innigen Stolz – und mit einem eigentümlichen Verzagen des Herzens.

»Ich lasse mich nicht leicht durch so etwas wie Hitze unterkriegen«, sagte sie bestimmt.

»Ja, aber vergiß nicht, daß du kein Tropenvogel bist.«

»Du bist auch nicht in diesen Breiten geboren«, gab sie zurück.

»Nein, und vielleicht habe ich nicht einmal deine physische Natur. Ich bin ein verpflanztes Wesen. Verpflanzt! Ich sollte mich als entwurzelt bezeichnen – ein unnatürlicher Daseinszustand; aber von einem Mann erwartet man, daß er mit allem fertig wird.«

Sie blickte zu ihm zurück und empfing ein Lächeln. Er riet ihr, sich im Schutz des Waldweges zu halten, der sehr still und dicht war, voller Hitze, aber frei von greller Helligkeit. Hin und wieder hatten sie Ausblicke auf die im Lichte flimmernde alte Rodung der Company, auf der schwarz verkohlte Baumstümpfe standen, schattenlos, traurig und unheilvoll. Sie überquerten das offene Stück in gerader Richtung auf den Bungalow. Auf der Veranda, so bildeten sie sich ein, sahen sie einen Zipfel eines verschwindenden Wang, obwohl das Mädchen nicht ganz sicher war, daß es überhaupt eine Bewegung wahrgenommen hatte. Heyst zweifelte nicht daran.

»Wang hat nach uns Ausschau gehalten. Wir haben uns verspätet.«

»War er's? Ich dachte, ich hätte einen Augenblick etwas Weißes gesehen, und dann sah ich es überhaupt nicht mehr.«

»Das ist's – er verschwindet einfach. Ein sehr bemerkenswertes Talent bei diesem Chinesen.«

»Sind sie alle so?« fragte sie mit naiver Wißbegier und mit Unbehagen.
»Nicht in solcher Perfektion«, sagte Heyst, leicht amüsiert.
Er stellte befriedigt fest, daß sie durch den Spaziergang nicht erhitzt war. Die Schweißtropfen auf ihrer Stirn waren wie Tau auf einem kühlen weißen Blumenblatt. Er betrachtete ihre grazile und doch kräftige, feste und doch elastische Gestalt mit wachsendem Wohlgefallen.
»Geh hinein und ruhe dich eine Viertelstunde aus; und dann wird Mr. Wang uns etwas zu essen bringen«, sagte er.
Sie hatten die Tafel gedeckt vorgefunden. Als sie wieder zusammenkamen und sich an den Tisch setzten, tauchte Wang lautlos auf, ungehört, ungerufen, und waltete seines Amtes. Als das getan war, in einem bestimmten Moment, war er nicht mehr da.
Eine große Stille brütete über Samburan – das Schweigen der großen Hitze, voll schicksalhafter Möglichkeiten, wie das Schweigen heftigen Nachdenkens. Heyst blieb allein in dem großen Raum. Das Mädchen sah, wie er nach einem Buch griff, und zog sich in sein Zimmer zurück. Heyst setzte sich unter das Bildnis seines Vaters; und die abscheulichen Verleumdungen stahlen sich wieder in seine Erinnerung. Der Geschmack davon trat auf seine Lippen, ekelerregend und ätzend wie manche Giftarten. Er fühlte sich versucht, auf den Boden zu spucken, naiv, aus ganz spontanem Widerwillen gegen das physische Gefühl. Er schüttelte den Kopf, verwundert über sich selbst. Er war es nicht gewohnt, daß sein Intellekt auf diese Weise Impulse empfing – als Reflexe eines Aufruhrs der Sinne. Er wurde unruhig in seinem Sessel und hob das Buch mit beiden Händen an die Augen. Es war ein Buch seines Vaters. Er öffnete es aufs Geratewohl, und seine Augen fielen auf die Mitte der Seite. Der ältere Heyst hatte viele Bücher über alles mögliche geschrieben – über Raum und Zeit, über Lebewesen

und Sterne, hatte Ideen und Aktionen analysiert, das Lachen und das Stirnrunzeln der Menschen und die Grimassen ihrer Seelenqual. Der Sohn las; dabei schrumpfte er in sich zusammen und brachte Ordnung in sein Gesicht, wie unter dem Blick des Autors, dessen Porträt rechter Hand, etwas über seinem Kopf, ihm lebhaft gegenwärtig war, auf wunderbare Weise gegenwärtig in seinem schweren Rahmen auf dem dünnen Schilfbehang, wo es wie verbannt und doch wie zuhause wirkte, fehl am Platz und doch beherrschend in der gemalten Unbeweglichkeit des Profils.
Und Heyst, der Sohn, las:

»Von den Kunstgriffen des Lebens ist der grausamste die Tröstung der Liebe – auch der raffinierteste; denn das Begehren ist das Bett der Träume.«

Er blätterte in dem Bändchen ›Sturm und Staub‹, tat hier und da einen Blick in den bruchstückhaften Text von Reflexionen, Maximen, kurzen Bemerkungen, die manchmal dunkel und manchmal sehr sinnfällig waren. Es kam ihm vor, als höre er seinen Vater sprechen und wieder verstummen. Anfangs erschrocken, entdeckte er schließlich einen gewissen Reiz in dieser Illusion. Er ergab sich halb in den Glauben, daß etwas von seinem Vater noch auf Erden weile – eine geisterhafte Stimme, die dem Ohr von seinem eigenen Fleisch und Blut vernehmlich war. Mit welch seltsamer Mischung aus Abgeklärtheit und Schrecken hatte dieser Mann die allgemeine Nichtigkeit betrachtet! Er hatte sich kopfüber hineingestürzt, vielleicht um den Tod, die Antwort, der man sich bei jeder Befragung erneut gegenübersah, erträglicher zu machen.
Heyst bewegte sich, und die geisterhafte Stimme schwieg; aber seine Augen folgten den Worten auf der letzten Seite des Buches:

»Menschen in Gewissensqual oder mit krimineller Einbildungskraft sind sich vieler Dinge bewußt, die Geister eines friedfertigen ergebenen Typs nicht einmal vermuten. Es sind nicht die Dichter allein, die sich in den Abgrund der unterirdischen Regionen hinunterwagen oder auch nur von einem solchen Abstieg träumen. Das unbeholfenste aller menschlichen Wesen muß zu diesem oder jenem Zeitpunkt einmal zu sich gesagt haben: ›Alles, nur das nicht!‹...

Wir alle haben unsere hellsichtigen Momente. Sie nützen nicht viel. Die Anlage des Plans erlaubt es nicht, daß dies oder irgend etwas anderes uns hilft. Genau genommen ist seine Anlage, wenn man sie nach den von seinen Opfern aufgestellten Grundsätzen beurteilt, infam. Sie entschuldigt jeden heftigen Protest und verfehlt zugleich nie, ihn zunichte zu machen, wie sie auch die blindeste Zustimmung zunichte macht. Die sogenannte Schlechtigkeit, wie auch die sogenannte Tugend, muß ihren Lohn in sich tragen – wenn sie überhaupt etwas darstellen soll...

Klarheit oder nicht Klarheit, die Menschen lieben ihre Gefangenschaft. Der unbekannten Kraft des Negierens ziehen sie das elend zerwühlte Bett ihrer Sklaverei vor. Nur der Mensch kann einem den Ekel des Mitleids einflößen; dennoch finde ich es leichter, an das Unglück der Menschheit zu glauben als an ihre Schlechtigkeit.«

Das waren die letzten Worte. Heyst ließ das Buch auf seine Knie sinken. Lena sprach über seinem geneigten Kopf:

»Du sitzt hier, als wärst du unglücklich.«

»Ich dachte, du schliefest«, sagte er.

»Ich hatte mich niedergelegt, gewiß, doch ich habe kein Auge zugemacht.«

»Die Ruhe würde dir nach dem Spaziergang gutgetan haben. Hast du es nicht versucht?«

»Ich lag da, wie ich dir sage, aber schlafen konnte ich nicht.«

»Und du machtest kein Geräusch! Was für ein Mangel an Ehrlichkeit! Oder wolltest du eine Zeitlang für dich allein sein?«

»Ich – allein!« murmelte sie.

Er bemerkte ihren Blick auf das Buch und stand auf, um es in das Bücherbord zurückzustellen. Als er sich umwandte, sah er, daß sie in den Sessel gesunken war – es war der, den sie immer benutzte – und aussah, als sei plötzlich alle Kraft von ihr gewichen und nur ihre Jugend geblieben, die sehr mitleiderregend, ganz seiner Güte ausgeliefert schien. Er trat rasch zu dem Sessel.

»Bist du müde? Es war mein Fehler, dich so weit hinaufzuführen und so lange draußen zu halten. Obendrein an einem so windstillen Tag!«

Sie sah seine Besorgnis. Ihre Haltung war schlaff; ihre Augen blickten zu ihm auf, aber so unergründlich wie immer. Aus eben diesem Grund vermied er es, sie anzusehen. Er vergaß sich in der Betrachtung dieser passiven Arme, dieser wehrlosen Lippen und – ja, man mußte auf sie zurückkommen – dieser weit offenen Augen. Etwas Wildes in ihrem grauen Blick ließ ihn an Meeresvögel in der kalten Luft von Hochebenen denken. Von ihm ging, wenn sie sprach, der ganze Charme physischer Intimität aus, der sich dann plötzlich in der Stimme enthüllte.

»Du solltest versuchen, mich zu lieben«, sagte sie.

Er machte eine überraschte Bewegung.

»Versuchen!« stammelte er. »Aber mir scheint –«, er brach ab, sagte sich, daß, wenn er sie liebte, er es ihr nie auch nur mit ein paar Worten gesagt hatte. Schlichten Worten! Sie erstarben auf seinen Lippen. »Wie kommst du darauf?« sagte er.

Sie senkte die Lider und wandte ein wenig den Kopf.

»Ich habe nichts getan«, sagte sie leise. »Du bist es, der gut zu mir war, hilfreich und zärtlich. Vielleicht liebst du mich darum – nur darum; oder vielleicht liebst du mich zur Gesellschaft und weil – nun ja! Aber manchmal scheint es mir, daß du mich nie um meiner selbst willen lieben kannst, nur um meiner selbst willen, wie Menschen einander lieben, wenn es für immer sein soll.« Ihr Kopf sank herab. »Für immer«, hauchte sie wieder und fügte dann, noch schwächer, ein aufforderndes »versuch es doch!« hinzu.

Diese letzten Worte drangen geradewegs in sein Herz – der Klang noch mehr als der Sinn. Er wußte nicht, was er sagen sollte, sei es aus Mangel an Übung im Umgang mit Frauen oder einfach aus seiner angeborenen Ehrlichkeit des Denkens. Seine ganze Verteidigung war jetzt zusammengebrochen. Das Leben hatte ihn regelrecht an der Gurgel gepackt. Aber er brachte ein Lächeln zustande, obwohl sie ihn nicht ansah; ja, er brachte es fertig – das wohlbekannte Heyst-Lächeln scherzender Höflichkeit, das den Menschen auf den Inseln, gleich welcher Art und in welchen Verhältnissen, so vertraut war.

»Meine liebe Lena«, sagte er, »es sieht aus, als wolltest du einen ganz unnötigen Streit mit mir anfangen – ausgerechnet mit mir!«

Sie bewegte sich nicht. Mit ausgebreiteten Ellbogen drehte er die Enden seines langen Schnurrbarts, sehr männlich und verdutzt, eingehüllt in die Atmosphäre der Weiblichkeit wie in eine Wolke, Fallstricke fürchtend und gleichsam ängstlich, eine Bewegung zu machen.

»Ich muß immerhin zugeben«, fügte er hinzu, »daß kein anderer da ist; und vermutlich ist ein gewisses Maß an Streit für die Existenz in dieser Welt notwendig.«

Dieses Mädchen, wie es da in lieblicher Ruhe im Sessel saß, war für ihn wie eine Niederschrift in einer unbekannten Sprache, oder mehr noch, einfach geheimnisvoll, wie eine Schrift für einen Analphabeten. Was die Frauen betraf, so war er gänzlich ungebildet, und er besaß nicht die Gabe der Intuition, die sich in den Tagen der Jugend durch Träume und Visionen bildet, Übungen des Herzens, die es für die Begegnungen in einer Welt rüsten, in der die Liebe ebensowohl auf Gegensätzlichkeit wie auf Anziehungskraft beruht. Seine geistige Haltung war die eines Mannes, der mal so mal so auf ein Schriftstück blickt, das er nicht entziffern kann, das aber möglicherweise eine große Erleuchtung für ihn bereithält. Er wußte nicht, was er sagen sollte. Alles, was ihm einfiel, war:

»Ich verstehe nicht einmal, was ich getan oder unterlassen habe, um dich so niedergeschlagen zu machen.«

Er hielt inne, aufs neue betroffen von dem physischen und moralischen Gefühl der Unvollkommenheit ihrer Beziehungen – ein Gefühl, das ihn ihre ständige Nähe wünschen ließ, vor seinen Augen, unter seiner Hand, und das, wenn sie außer Sichtweite war, sie so unbestimmt, so täuschend und illusorisch machte, ein Versprechen, das sich nicht fassen und halten ließ.

»Nein! Ich sehe nicht klar, was du meinst. Ist dein Sinn auf die Zukunft gerichtet?« fragte er sie mit deutlichem Spott, denn er genierte sich, solch ein Wort über seine Lippen zu lassen. Aber all seine wertgehaltenen Negationen fielen eine nach der anderen von ihm ab.

»Weil es so ist, ist nichts leichter, als darüber hinwegzugehen. In unserer Zukunft, wie in dem, was die Menschen das andere Leben nennen, gibt es nichts, vor dem man sich fürchten müßte.«

Sie hob die Augen zu ihm; und wenn die Natur sie dazu gemacht hätte, etwas anderes auszudrücken als klare Aufrichtigkeit, hätte er bemerkt, wie erschrocken sie durch seine Rede war, und auch die Tatsache, daß ihr verzagendes Herz ihn verzweifelter liebte als je. Er lächelte auf sie herab.

»Gib alle Gedanken daran auf«, beharrte er. »Gewiß erwartest du nach allem, was ich durch dich erfahren habe, nicht, daß ich begierig bin, zu den Menschen zurückzukehren. Ich!

Ich! Meinen armen Morrison ermorden! Ist es möglich, daß ich wirklich dessen fähig sein könnte, was sie von mir behaupten? Es geht darum, daß ich es nicht getan habe. Doch das ist ein unerquickliches Thema für mich. Ich sollte mich schämen, das zu gestehen – aber es ist so! Laß uns die Sache vergessen. In dir, Lena, ist das, was mich über schlimmere Dinge, über häßlichere Begebenheiten hinwegtrösten kann. Und wenn nur wir es vergessen – es gibt keine Stimmen hier, die uns daran erinnern.«
Sie hatte den Kopf erhoben, ehe er schwieg.
»Nichts kann hier auf uns einbrechen«, fuhr er fort, und als wäre in ihrem emporgewandten Blick eine Bitte oder eine Herausforderung gewesen, beugte er sich nieder und ergriff sie unter den Armen, hob sie aus dem Sessel empor in eine plötzliche innige Umarmung. Ihre Bereitschaft darauf einzugehen, die sie so leicht wie eine Feder erscheinen ließ, durchwärmte sein Herz in diesem Augenblick mehr, als es direktere Zärtlichkeiten zuvor vermocht hätten. Er hatte diesen zu ihm hindrängenden Impuls nicht erwartet, der in ihrer passiven Haltung geschlummert hatte. Er fühlte nur eben, wie sich ihre Arme um seinen Hals schlossen, als sie mit einem leichten Aufschrei »Er ist da!« sich freimachte und in ihr Zimmer davonstürzte.

VI

Heyst war entsetzt. Überall um sich blickend, als müsse er das ganze Zimmer zum Zeugen für dieses Vergehen anrufen, bemerkte er, daß Wang im Türrahmen sichtbar geworden war. Die Störung war so überraschend wie nur etwas, in Anbetracht der strikten Regelmäßigkeit, mit der Wang aufzutauchen pflegte. Zuerst war Heyst versucht zu lachen. Dieser praktische Kommentar zu seiner Versicherung, daß nichts auf sie hereinbrechen könne, milderte seine Nervenspannung. Er war auch ein wenig verärgert. Der Chinese bewahrte völliges Schweigen.

»Was willst du?« fragte Heyst streng.

»Boot da draußen«, sagte der Chinese.

»Wo? Was soll das heißen? Ein Boot, in die Bucht getrieben?«

Eine leichte Veränderung in Wangs Benehmen ließ erkennen, daß er außer Atem war; aber er keuchte nicht, und seine Stimme war fest.

»Nein – Ruder.«

Jetzt war Heyst der Überraschte und hob die Stimme.

»Malaien, wie?«

Wang bewegte leicht verneinend den Kopf.

»Hast du gehört, Lena?« rief Heyst. »Wang sagt, es ist ein Boot in Sicht – irgendwo, nicht weit, offenbar. Wo ist das Boot, Wang?«

»Um die Spitze«, sagte Wang, der unwillkürlich ins Malaiische fiel, mit lauter Stimme. »Weiße Männer – drei.«

»So dicht also?« rief Heyst und ging hinaus auf die Veranda, gefolgt von Wang. »Weiße Männer? Unmöglich!«

Über der Lichtung wurden die Schatten allmählich länger. Die

Sonne stand tief; ein rötlicher Schein lag auf dem verbrannten schwarzen Stück vor dem Bungalow und bildete schräge Streifen auf den hohen mastartigen Bäumen, die ohne einen Ast hundert oder mehr Fuß aufstiegen und auf der Strecke bis zur Bucht standen. Das wuchernde Gebüsch schnitt jede Sicht des Landestegs von der Veranda ab. Rechter Hand in der Ferne sah man Wangs Hütte oder besser ihr dunkles Dach aus Matten über dem Bambuszaun, der das Privatleben des Alfuroweibes abschirmen sollte. Der Chinese tat einen raschen Blick dorthin. Heyst zögerte und trat dann einen Schritt zurück ins Zimmer.

»Weiße Männer, Lena, offenbar. Was machst du?«

»Ich bade mir gerade ein wenig die Augen«, kam die Stimme des Mädchens von drinnen.

»Oh, ja; schon recht!«

»Brauchst du mich?«

»Nein. Besser, du – ich geh hinunter an den Steg. Ja, du bleibst besser drinnen. Was für ein ungewöhnlicher Fall!«

Es war so ungewöhnlich, daß wohl niemand als er ganz ermessen konnte, wie ungewöhnlich es war. Allerlei Ausrufe gingen ihm durch den Kopf, während seine Füße ihn in Richtung des Stegs trugen. Er folgte den Gleisen, Wang immer neben ihm.

»Wo warst du, als du das Boot zuerst gesehen hast?« fragte er über die Schulter.

Wang erklärte auf malaiisch, daß er an den Anfang der Mole gegangen sei, um sich von dem großen Haufen ein paar Klumpen Kohle zu holen, und als er dann zufällig die Augen vom Boden erhob, sah er das Boot – ein Boot von Weißen, kein Kanu. Er hatte gute Augen. Er hatte das Boot gesehen mit den Männern an den Rudern; und hier vollführte Wang eine eigentümliche Geste vor seinen Augen, als wenn sein Gesichtssinn plötzlich versagt habe. Er hatte auf der Stelle kehrt gemacht und war zum Haus gerannt, um zu berichten.

»Kein Zweifel, wie?« sagte Heyst im Weitergehen. Am äußersten Ende des Waldsaumes machte er halt. Wang stand hinter ihm auf dem Pfad, bis die Stimme von Nummer Eins ihn scharf herbeirief. Er gehorchte.

»Wo ist dein Boot?« fragte Heyst eindringlich. »Ich frage – wo?«

Nicht das geringste war zwischen der Landspitze und dem Steg zu sehen. Die ganze Fläche der Diamantenbucht war wie ein Stück purpurnen Schattens, glänzend und leer, während jenseits das offene Meer blau und undurchsichtig unter der Sonne lag. Heysts Augen schweiften über die ganze Weite, bis sie in der Ferne den dunklen Konus des Vulkans trafen mit seiner schwachen Rauchwolke, die sich unaufhörlich an seiner Spitze verbreiterte und wieder verschwand, ohne daß ihr Umriß in der leuchtenden Transparenz des Abends sich wandelte.

»Der Kerl muß geträumt haben«, murmelte er für sich.

Er blickte den Chinesen scharf an. Wang schien wie versteinert. Plötzlich, als habe er einen Schock empfangen, fuhr er auf, streckte seinen Arm mit gerecktem Zeigefinger aus und gab gutturale Laute von sich, des Sinnes, daß er dort, dort, dort ein Boot gesehen habe.

Es war sehr ungemütlich. Heyst dachte an irgendwelche seltsamen Halluzinationen. Ziemlich unwahrscheinlich; aber daß ein Boot mit drei Männern plötzlich zwischen der Landspitze und dem Steg versunken sein sollte wie ein Stein, ohne auch nur ein schwimmendes Ruder an der Oberfläche zurückzulassen, war noch unwahrscheinlicher. Der Gedanke an ein Phantom wäre glaubhafter gewesen.

»Hol's der Teufel!« murmelte er vor sich hin.

Er war von dieser mysteriösen Sache unangenehm berührt; aber nun fiel ihm eine einfache Erklärung ein. Er schritt hastig auf die Mole hinaus. Wenn das Boot existiert und sich zurückgezogen hatte, konnte man es vielleicht vom äußeren Ende des langen Steges aus sichten.

Nichts war zu sehen. Heyst ließ seine Augen müßig über das Meer schweifen. Er war so von seiner Verblüffung absorbiert, daß ein hohles Geräusch, als wenn jemand in einem Boot umhertaumelte und mit Rudern und Spieren klapperte, ihm zunächst keinerlei Bewegung abnötigte. Als ihm die Bedeutung des Geräusches klar wurde, hatte er keine Schwierigkeit, seine Herkunft festzustellen. Es war von unten gekommen – unter dem Steg hervor!

Er rannte etwa zehn Meter zurück und blickte dann hinunter. Sein Blick fiel geradewegs in das Heck eines großen Bootes, dessen größerer Teil ihm durch die Planken des Stegs verborgen war. Seine Augen fielen auf den mageren Rücken eines Mannes, der in einer verqueren und unbequemen Haltung, schmerzgekrümmt, über der Ruderpinne hing. Ein anderer Mann, direkt unter Heyst, lag auf dem Rücken von einer Bordwand zur anderen ausgestreckt, halb von der Ruderbank gerutscht, den Kopf tiefer als die Füße. Dieser zweite Mann schielte wild nach oben und strampelte, um sich zu erheben, war aber allem Anschein nach zu betrunken, um das fertig zu bringen. Der sichtbare Teil des Bootes enthielt auch einen Lederkoffer, auf dem die langen Beine des ersten Mannes kraftlos verkrümmt lagen. Ein großer irdener Krug mit weiter, unverkorkter Öffnung war im Kiel des Bootes unter dem ausgestreckten Manne ausgelaufen.

Heyst war nie in seinem Leben so erstaunt gewesen. Er starrte einfältig auf die seltsame Besatzung. Von Anfang an war ihm klar, daß es sich nicht um Seeleute handelte. Sie trugen die weißen Drillichanzüge der Leute in den Tropen; aber ihr Auftauchen in einem Boot konnte Heyst mit keinem plausiblen Grund in Verbindung bringen. Die Einwohnerschaft der Tropen konnte nichts damit zu tun haben. Die Sache glich mehr jenen in Polynesien umlaufenden Mythen von merkwürdigen Fremdlingen, die wie Götter oder Dämonen auf einer Insel ankommen und den unschuldigen Einwohnern Gutes oder Böses bringen – unbekannte Dinge als Geschenk und Worte, die bis dahin nie vernommen wurden.

Heyst bemerkte einen Korkhelm, der neben dem Boot schwamm und offenbar vom Kopf des Mannes gefallen war, der über der Ruderpinne hing und einen dunklen knochigen Schädel sehen ließ. Ein Ruder war ebenfalls über Bord gegangen; es gehörte wahrscheinlich dem liegenden Mann, der immer noch zwischen den Ruderbänken sich aufzurichten versuchte. Mittlerweile betrachtete Heyst diesen Besuch nicht mehr mit Überraschung, sondern mit der angespannten Aufmerksamkeit, die ein schwieriges Problem erfordert. Mit einem Fuß auf der Trittleiter und auf sein gebeugtes Knie gestützt, prägte er sich alles ein. Der ausgestreckte Mann rollte von der Ruderbank, brach zusammen und kam dann, höchst unerwartet, auf die Füße. Er schwankte benommen, breitete die Arme aus, und gab ein schwaches, heiseres, traumbefangenes »Hallo« von sich. Sein emporgewandtes Gesicht war rotgeschwollen, mit abblätternder Haut auf Nase und Wangen. Sein Blick war ganz unwirklich. Heyst bemerkte überall Flecken von getrocknetem Blut vorne auf seinem schmutzigen weißen Jackett und auch auf einem Ärmel.

»Was ist los, sind Sie verwundet?«

Der andere blickte nieder, fuhr herum – einer seiner Füße stand in einem großen Tropenhut – und, sich fangend, stieß er einen widerwärtigen, knirschenden Laut in der Art eines grimmigen Lachens aus. – »Blut nicht von mir – Durst, das ist es. Erschöpft, das ist es. Vollkommen fertig. Zu trinken, Mann! Geben Sie uns Wasser!«

Der Durst war buchstäblich in dem Klang seiner Worte, ein brüchiges Krächzen wechselte mit einem schwachen kehligen Röcheln ab, das gerade noch an Heysts Ohren drang. Der Mann im Boot hob die Hände, um auf den Steg gezogen zu werden, und flüsterte:

»Hab's versucht. Bin zu schwach. Bin hingetaumelt.«
Wang kam langsam auf den Steg. Mit angespannten, angestrengten Augen.
»Lauf zurück und bring ein Brecheisen her. Es liegt eines bei dem Kohlenhaufen«, rief Heyst ihm zu.
Der im Boot stehende Mann setzte sich auf die Ruderbank hinter sich. Ein gräßlich keuchendes Lachen kam aus seinen geschwollenen Lippen.
»Brecheisen? Wozu das?« murmelte er, und sein Kopf fiel traurig auf die Brust.
Inzwischen hatte Heyst, als habe er das Boot vergessen, damit begonnen, fest gegen einen großen Messinghahn zu treten, der oberhalb der Planken war. Zur Versorgung von Schiffen, die zum Kohleladen anlegten und vielleicht auch Wasser brauchten, war im Innern eine Leitung verlegt und ein eisernes Rohr an dem Steg entlanggeführt. Es endete in einem Knick fast genau dort, wo das Boot der Fremden zwischen die Pfeiler getrieben worden war; aber der Hahn hatte sich verklemmt.
»Beeil dich!« brüllte Heyst zu dem Chinesen, der mit dem Eisen in der Hand angerannt kam.
Heyst nahm es ihm weg, und mit diesem Hebel warf er den Hahn mit einem mächtigen Ruck herum.
»Hoffentlich ist die Leitung nicht verstopft!« murmelte er besorgt.
Sie war nicht verstopft, aber sie ließ keine große Wassermenge durch. Das Geräusch eines dünnen Strahls, der teils das Deck des Bootes traf und teils danebenplätscherte, wurde mit einemmal hörbar. Er wurde mit einem unartikulierten wilden Freudenschrei begrüßt. Heyst kniete sich auf die Trittleiter und blickte hinab. Der Mann, der gesprochen hatte, hielt schon seinen offenen Mund unter den hellen Strahl. Wasser lief über seine Augenlider und über seine Nase, gurgelte in seiner Kehle, floß über sein Kinn. Dann gab irgendeine Hemmung in dem

Rohr nach, und plötzlich brach ein dicker Strahl über sein Gesicht. Im Augenblick waren seine Schultern durchnäßt, die Vorderseite seines Jacketts überflutet; er triefte und tröpfelte; Wasser rann in seine Taschen, an den Beinen hinab, in die Schuhe; aber er hielt das Ende des Rohrs umklammert, hing mit beiden Händen daran, schluckte, prustete, hustete, schnaubte wie ein Schwimmer. Plötzlich drang ein merkwürdiges finsteres Röhren an Heysts Ohr. Etwas behaartes Schwarzes glitt unter dem Steg hervor. Ein zerzauster Kopf schoß wie eine Kanonenkugel los und traf den Mann an dem Wasserrohr mit soviel Kraft in die Seite, daß sein Griff sich lockerte und er Hals über Kopf ins Heck stürzte. Er fiel auf die gekreuzten Beine des Mannes an der Ruderpinne, der, durch die Bewegung im Boot aufgewacht, sich aufsetzte, schweigend, aufrecht und ganz wie ein Leichnam. Seine Augen waren nur zwei schwarze Flecken, und seine Zähne blinkten mit einem Totenkopfgrinsen zwischen seinen zurückgezogenen Lippen, die nicht dicker waren als ein über den Gaumen gespanntes altes Pergament.
Von ihm wanderten Heysts Augen zu der Kreatur, die jetzt statt des ersten Mannes am Ende des Wasserrohrs hing. Riesige braune Pranken umklammerten es wild; der zottige Kopf hing zurück, und in einem Gesicht, das von einer nassen Mähne bedeckt war, klaffte ein weiter Mund voller Fangzähne. Das Wasser füllte ihn, wallte in heiseren Stößen empor, rann an beiden Kinnbacken hinab, längs des behaarten Halses, durchnäßte den schwarzen Pelz einer enormen Brust, die unter einem zerrissenen karierten Hemd nackt war und sich im Spiel massiver Muskeln zuckend hob, wie aus rotem Mahagoni.
Sobald der zweite Mann nach dem schweren Stoß wieder zu Atem gekommen war, hörte man einen wahnwitzigen Fluch aus dem Heck. Mit einem straffen Anwinkeln des Ellbogens griff der Mann an der Ruderpinne mit der Hand hinter sich an die Hüfte.

»Erschießen Sie ihn nicht, Sir!« gellte der zweite Mann. »Warten Sie! Geben Sie mir die Ruderpinne. Ich werde ihn lehren, sich vor einen *caballero* zu drängen!«
Martin Ricardo schwang das starke Ruderholz, sprang mit erstaunlicher Kraft vor und ließ es auf Pedros Kopf niedersausen mit einem Krach, der über die stille Fläche der Bucht tönte. Ein roter Flecken erschien auf dem dicken Haar; rote Adern erschienen in dem über sein Gesicht fließenden Wasser, und es tröpfelte rosarot von seinem Kopf. Aber der Mann hielt weiter fest. Erst als ein zweiter wütender Schlag niederging, ließen die behaarten Klauen ihren Griff fahren, und der gekrümmte Körper sank schlaff zu Boden. Bevor er noch die Planken erreichte, stieß ihn Ricardos Fuß mit einem gewaltigen Tritt in die Rippen nach vorn außer Sicht, von wo ein dumpf dröhnendes Geräusch kam, ein Klappern von Spieren und ein erbärmliches Stöhnen. Ricardo bückte sich, um unter den Steg zu sehen.
»Ha, du Hund! Das wird dich lehren, da zu bleiben, wohin du gehörst, du mörderisches Vieh, du kampflüsterner Wilder, du! Du Heide und Kirchenräuber! Nächstes Mal werde ich dich von Kopf bis Fuß aufschlitzen, du Aasfresser! *Esclavo!*«
Er beugte sich ein wenig zurück und richtete sich auf.
»Ich meine es nicht so ernst«, bemerkte er zu Heyst, der ihm von oben fest in die Augen blickte. Er lief rasch nach achtern. »Kommen Sie, Sir. Sie sind an der Reihe. Ich hätte nicht als erster trinken sollen. Wirklich, ich vergaß mich! Ein Gentleman wie Sie wird das gütig übersehen, ich weiß.« Während er diese Entschuldigungen vorbrachte, streckte Ricardo die Hand aus. »Erlauben Sie, daß ich Sie stütze, Sir.«
Langsam entfaltete sich Mr. Jones in seiner ganzen Magerkeit, wankte, stolperte und bekam Ricardos Schulter zu fassen. Sein Gefolgsmann half ihm zu dem Rohr, das immer noch einen klaren Wasserstrahl ausgab, der gegen die schwarzen Pfeiler sprühte und in dem Dunkel unter dem Steg aufblitzte.

»Halten Sie fest, Sir«, rief Ricardo eindringlich. »Geht's?«
Er trat zurück, und während Mr. Jones die Überfülle des Wassers genoß, wandte er sich mit einer Art von Rechtfertigungsrede an Heyst, deren Ton seine Gefühle widerspiegelte und dann in Prusten und Spucken überging. Sie hatten dreißig Stunden gerudert, erklärte er, und sie waren mehr als vierzig Stunden ohne Wasser gewesen, nur daß sie in der letzten Nacht den Tau vom Deck abgeleckt hatten.
Ricardo erklärte Heyst nicht, wie es dazu gekommen war. In diesem Moment hatte er für den Mann auf dem Steg noch keine Erklärung bereit, obwohl dieser sich wohl mehr über das Erscheinen seiner Besucher als über ihre elende Verfassung verwundern mußte.

VII

Die Erklärung lag in den zwei einfachen Tatsachen, daß sie teilweise die Orientierung verloren hatten, nachdem das Boot von den leichten Winden und starken Strömungen des Javanischen Meeres umhergetrieben worden war, und daß durch irgendeinen ungewöhnlichen Irrtum einer der beiden Krüge, die Schombergs Leute in dem Boot verstaut hatten, Salzwasser enthielt. Ricardo bemühte sich, etwas Pathos in seine Rede zu legen. Dreißig Stunden rudern mit einem achtzehn Fuß langen Ruder! Und die Sonne! Ricardo erleichterte sich durch ein paar Flüche auf die Sonne. Sie hatten gefühlt, wie ihre Herzen und Lungen innerlich zusammenschrumpften. Und dann, als wäre all das noch nicht genug, so klagte er bitter, hatte er seine nachlassende Kraft darauf verwenden müssen, ihren Diener mit einer Latte über den Kopf zu schlagen. Der Narr hatte durchaus Meerwasser trinken wollen und hörte nicht auf Vernunftgründe. Ihm war auf keine andere Art Einhalt zu gebieten. Es war besser, ihn bewußtlos zu schlagen, als einen Wahnsinnigen im Boot zu haben und ihn womöglich erschießen zu müssen. Dieses Vorbeugungsmittel, mit soviel Kraft verabfolgt, um einem Elefanten den Schädel einzuschlagen (so brüstete sich Ricardo), hatte zweimal angewandt werden müssen – das zweite Mal schon fast in Sichtweite des Landesteges.

»Sie haben das Prachtexemplar gesehen«, fuhr Ricardo überschwenglich fort, um das Fehlen einer irgendwie plausibleren Version mit seinem Redefluß zuzudecken. »Ich mußte ihn von der Quelle wegprügeln. Habe dabei all die alten Stellen auf seinem Kopf wieder aufgerissen. Sie sahen, wie hart ich zuschlagen mußte. Er kann sich nicht beherrschen, absolut nicht beherrschen. Wenn es nicht darum ginge, daß er für dies oder jenes gut zu gebrauchen ist, hätte ich ihn ebensogut vom Herrn erschießen lassen können.«

Er lächelte auf seine eigentümliche zähnefletschende Art zu Heyst empor und fügte gleichsam ergänzend hinzu:

»So wird's ihm auch am Ende noch ergehen, wenn er nicht lernt, sich zu beherrschen. Aber ich habe ihm jedenfalls beigebracht, ein bißchen über sein Verhalten nachzudenken!«

Und wiederum wandte er sich mit seinem flinken Lächeln an den Mann auf dem Steg. Seine runden Augen hatten Heysts Gesicht keine Sekunde verlassen, seit er seinen Reisebericht zum besten gab.

›So also sieht er aus!‹ sagte Ricardo zu sich.

Er hatte nicht erwartet, daß Heyst so wäre. Die Vorstellung, die er sich für seine Zwecke gemacht hatte, enthielt die hilfreiche Zutat einer verwundbaren Stelle. Solche einsamen Männer waren oft Alkoholiker. Aber nein – dies war nicht das Gesicht eines Alkoholikers; auch ließ sich in seinen Zügen, in diesen festblickenden Augen, nichts von Bestürzung oder auch nur Überraschung entdecken.

»Wir waren zu sehr erledigt, um noch herausklettern zu können«, fuhr Ricardo fort. »Aber ich hörte Sie oben entlanggehen. Ich dachte, ich hätte gebrüllt; gab mir alle Mühe. Haben Sie mich nicht brüllen hören?«

Heyst gab ein fast unmerkliches Zeichen der Verneinung, das den gierigen Augen Ricardos – gierig nach irgendwelchen Anzeichen – nicht entging.

»Kehle zu ausgedörrt. Wir haben zuletzt nicht einmal mehr miteinander geflüstert. Durst erstickt einen. Womöglich wären wir hier unter diesem Steg verendet, ehe Sie uns gefunden hätten.«

»Ich kann mir nicht denken, wohin Sie eigentlich wollten«,

ließ sich Heyst endlich vernehmen, wobei er sich direkt an die Ankömmlinge vom Meer wandte. »Sie sind sogleich gesichtet worden, als Sie um jene Landspitze kamen.«

»Man hat uns gesichtet, wie?« brummte Mr. Ricardo. »Wir ruderten wie Maschinen – wagten nicht aufzuhören. Der Herr saß an der Pinne, aber er konnte uns nichts zurufen. Das Boot trieb zwischen die Pfeiler, bis es irgendwo anstieß und wir alle von den Bänken taumelten, als wären wir betrunken. Betrunken – ha, ha! Zu trocken, beim Teufel! Bis hier haben wir es geschafft, mit unseren allerletzten Kräften, kein Zweifel. Eine Meile mehr hätte uns den Rest gegeben. Als ich Ihre Tritte oben hörte, versuchte ich hochzukommen und fiel wieder zurück.«

»Das war der erste Laut, den ich hörte«, sagte Heyst.

Mr. Jones, dessen schmutziges weißes Jackett vorne ganz durchnäßt war und an seiner Brust klebte, stolperte von dem Wasserrohr weg. Auf Ricardos Schulter gestützt, tat er einen langen Atemzug, hob seinen triefenden Kopf und brachte ein grauenhaft liebenswürdiges Lächeln zustande, das bei dem nachdenklichen Heyst nicht verfing. Hinter seinem Rücken berührte die Sonne eben das Wasser und war wie eine runde eiserne Scheibe, die zu einem rötlichen Glühen abgekühlt und nun bereit war, um die kreisförmige Stahlplatte des Meeres zu rollen, das unter dem dunkelnden Himmel kompakter aussah als der hohe Bergkamm von Samburan; kompakter auch als die Landspitze, deren weit ausschwingende Kurve mit dem eigenen undurchdringlichen Schatten verschmolz und das schwache Schimmern in der Bucht zum Verlöschen brachte. Der mächtige Strahl aus dem Rohr splitterte auf den Bootsplanken wie Glas. Sein lautes anhaltendes Plätschern machte das tiefe Schweigen dieser Welt erst deutlich.

»Grandioser Einfall, das Wasser bis hier heraus zu leiten«, verkündete Ricardo anerkennend.

Wasser bedeutete Leben. Ihm war nun, als könne er meilenweit laufen, eine zehn Fuß hohe Mauer erklettern, ein Lied singen. Erst vor ein paar Minuten war er nahezu eine Leiche, erledigt, unfähig aufrecht zu stehen, eine Hand zu heben; unfähig zu stöhnen. Ein Tropfen Wasser hatte dieses Wunder vollbracht. »Haben Sie nicht gespürt, wie das Leben selbst in Sie hineinlief und Sie durchdrang, Sir?« fragte er seinen Prinzipal mit Ehrerbietung und gezwungener Munterkeit.

Ohne ein Wort trat Mr. Jones von der Ruderbank und setzte sich ins Heck.

»Blutet sich der Mann da unten im Boot nicht zu Tode?« erkundigte sich Heyst.

Ricardo hielt mit seinem ekstatischen Lob des lebenspendenden Wassers inne und antwortete in unschuldigem Ton:

»Der? Sie mögen ihn als Mann bezeichnen, aber seine Haut ist ein schönes Stückchen zäher als die des zähesten Krokodils, das er in den guten alten Zeiten abgehäutet hat. Sie ahnen nicht, wieviel er aushalten kann; ich weiß es. Wir haben es vor langer Zeit ausprobiert. Olá, he! Pedro! Pedro!« brüllte er mit einer Lungenkraft, welche von der belebenden Wirkung des Wassers zeugte.

Ein schwaches »*Señor*?« kam als Antwort unter der Ruderbank hervor.

»Was habe ich Ihnen gesagt?« triumphierte Ricardo. »Nichts kann ihm etwas anhaben. Er ist ganz in Ordnung. Aber, hören Sie, das Boot läuft voll. Können Sie dieses Wasser nicht abstellen, ehe Sie das Boot unter uns absacken lassen? Es ist schon halb vollgelaufen.«

Auf einen Wink von Heyst hämmerte Wang auf den Messinghahn am Steg ein und stand dann, das Brecheisen in der Hand, reglos wie zuvor hinter Nummer Eins. Ricardo war vielleicht nicht ganz so überzeugt von Pedros Zähigkeit, wie er versichert hatte; denn er beugte sich nieder, lugte unter die Ruderbank und kroch dann nach vorn außer Sicht. Als der Wasserguß plötzlich aufhörte, entstand eine Stille, die noch vollkommener wurde, als das letzte Tröpfeln verstummt war. In der Ferne war die Sonne zu einem roten Streifen geworden und glühte ganz schwach in der windstillen Unendlichkeit der Dämmerung. Purpurne Funken lagen auf dem Wasser rings um das Boot. Die gespenstische Gestalt im Bootsheck sprach jetzt in lässigem Ton:

»Dieser – äh – Begleiter – äh – Sekretär von mir ist ein komischer Kerl. Ich fürchte, wir präsentieren uns in keinem besonders günstigen Licht.«

Heyst hörte hin. Das war der übliche Tonfall eines gebildeten Mannes, nur seltsam leblos. Aber noch seltsamer war seine Besorgnis um ihr Auftreten, die sich da, ungewiß ob im Scherz oder im Ernst, äußerte. Ernst konnte es unter diesen Umständen kaum gemeint sein, doch niemand hatte je mit solcher Grabesstimme gescherzt. Es war etwas, worauf man nicht antworten konnte, und Heyst sagte nichts. Der andere fuhr fort:

»Einem Reisenden wie mir kommt ein Mann von seiner Art sehr zustatten. Er hat seine kleinen Schwächen, zweifellos.«

»In der Tat!« fühlte sich Heyst provoziert zu sagen. »Schwäche des Armes gehört wohl nicht dazu; auch nicht eine übertriebene Menschlichkeit, soweit ich das beurteilen kann.«

»Kleine Mängel des Temperaments«, erklärte Mr. Jones aus dem Bootsheck.

Der Gegenstand dieses Gesprächs kam jetzt unter dem Steg hervor in den sichtbaren Teil des Bootes und ließ sich zu seiner Verteidigung vernehmen in höchst lebhaften Tönen und alles andere als träge. Im Gegenteil, er war forsch und nahezu heiter. Er bat um Entschuldigung, daß er widersprechen müsse. Nie verlöre er die Geduld mit ›unserem Pedro‹. Der Bursche sei ein Dago von immensen Kräften und ohne jeden Verstand. Diese Kombination mache ihn gefährlich, und er müsse dementsprechend behandelt werden, auf eine Art, die seinem Verstand gemäß sei. Vernunft ginge über seinen Horizont.

»Und darum« – Ricardo wandte sich lebhaft an Heyst – »dürfen Sie nicht überrascht sein, wenn –«

»Ich versichere Ihnen«, unterbrach Heyst, »meine Verwunderung über Ihre Ankunft in dem Boot ist so groß, daß kein Platz für kleinere Überraschungseffekte bleibt. Aber sollten Sie nicht besser an Land kommen?«

»Das ist ein Wort, Sir!« Ricardo kletterte im Boot umher, wobei er die ganze Zeit redete. Da er sich außerstande sah, diesen Mann richtig einzuschätzen, neigte er dazu, ihm einen außergewöhnlichen Scharfblick zuzubilligen, der, so schien es ihm, durch Schweigen nur begünstigt würde. Auch fürchtete er irgendeine direkte Frage. Er hatte keine fix und fertige Geschichte aufzutischen. Er und sein Patron hatten das Nachdenken über dieses ziemlich wichtige Detail zu lange aufgeschoben. In den letzten beiden Tagen hatten die Schrecken des Durstes, die sie plötzlich anfielen, jede Beratung verhindert. Sie hatten um das liebe Leben rudern müssen. Aber der Mann auf dem Steg, mochte er mit dem Teufel selbst unter einer Decke stecken, würde für all ihre Leiden bezahlen müssen, dachte Ricardo mit arglistiger Freude.

Inzwischen planschte Ricardo in dem Wasser, das den Kiel des Bootes bedeckte, umher und beglückwünschte sich laut, daß das Gepäck außerhalb der Nässe geblieben war. Er hatte es vorne gestapelt. Er hatte Pedros Kopf notdürftig verbunden. Pedro hätte sich über nichts zu beklagen. Im Gegenteil, er sollte ihm, Ricardo, mächtig dankbar sein, daß er überhaupt noch lebte.

»Alsdann, lassen Sie mich Ihnen hinaufhelfen, Sir«, sagte er heiter zu seinem reglosen Prinzipal im Heck. »All unsere Leiden sind nun vorbei – für eine Weile jedenfalls. Ist das kein Glück, einen Weißen auf dieser Insel zu treffen? Ich hätte ebensogut erwartet, einem Engel vom Himmel zu begegnen – nicht wahr, Mr. Jones? Alsdann – fertig, Sir? Eins, zwei, drei, schon sind Sie oben!«

Unten von Ricardo unterstützt und oben von dem Mann gezogen, der so unerwartet war wie ein Engel, raffte sich Mr. Jones auf und stand dann neben Heyst auf dem Steg. Er schwankte wie ein Rohr im Wind. Die Nacht, die auf Samburan herabsank, verwandelte die Landspitze und auch den Steg in dichten Schatten und verlieh der nicht mehr reflektierenden Wasserfläche eine dunkle Festigkeit, die sich bis zu der letzten schwachen Spur von Licht im Westen erstreckte. Heyst blickte auf die Gäste, welche die verschmähte Welt ihm da am Ende des Tages zugesandt hatte. Die einzige andere Spur von Licht, die übriggeblieben war, lauerte in den Augenhöhlen des mageren Mannes. Sie glommen unstet und unbestimmt. Seine Augenlider flatterten.

»Sie fühlen sich noch schwach«, sagte Heyst.

»Im Augenblick, ein wenig«, gestand der andere.

Unter lautem Keuchen erklomm Ricardo auf Händen und Knien den Steg, energisch und ohne Unterstützung. Er richtete sich neben Heysts Ellbogen auf und stampfte mit dem Fuß auf die Planken, mit einem scharfen herausfordernden Doppelschlag, so wie man es manchmal in einer Fechtschule hört, bevor die Gegner die Rapiere ziehen. Nicht daß der falsche Seemann Ricardo etwas vom Fechten verstanden hätte. Was er als ›Schießeisen‹ bezeichnete, waren seine Waffen oder das noch weniger aristokratische Messer, das er auch jetzt sinnreich im Hosenbein trug. In diesem Moment kam es ihm in den Sinn. Ein rasches Bücken, dann wieder auf und zugestoßen, ein Schubs vom Steg, und kein Geräusch außer dem Aufspritzen des Wassers, das kaum die Stille durchbrechen würde. Heyst hätte nicht einmal Zeit zu schreien. Das wäre rasche und saubere Arbeit, ganz nach Ricardos Sinn. Aber er unterdrückte diesen Anfall von Roheit. Die Sache war nicht so einfach. Das Stück mußte in einer anderen Tonart gespielt werden und in viel langsamerem Tempo. Er kehrte zu seiner Note geschwätziger Einfalt zurück.

»Ach, auch ich fühle mich nicht so kräftig, wie ich dachte, als der erste Schluck mich aufmöbelte. Ein großer Wohltäter, das Wasser! Und daß es genau hier zur Hand war! Das war ein Segen – nicht wahr, Sir?«

Mr. Jones, der direkt angesprochen war, nahm seinen Part in dem verabredeten Stück auf:

»Wirklich, als ich einen Landesteg auf dieser allen Erwartungen nach unbewohnten Insel erblickte, konnte ich meinen Augen nicht trauen. Ich zweifelte an seinem Vorhandensein. Ich dachte, es sei eine Täuschung, bis das Boot tatsächlich zwischen die Pfeiler trieb, wo Sie es jetzt liegen sehen.«

Während er weitersprach, mit schwacher Stimme und in einem Ton, der nicht der Erde anzugehören schien, kümmerte sich sein Gefolgsmann mit äußerst geräuschvollen und irdischen Tönen um ihre Habe in dem Boot, wobei er sich an Pedro wandte:

»Los – reich das Gepäck herauf! Beweg dich, *hombre*, oder ich muß noch einmal hinunterkommen und dir eins über deinen verbundenen Schädel geben, du Brummbär, du!«

»Ah! Sie glaubten nicht an die Wirklichkeit des Landestegs?« sagte Heyst zu Mr. Jones.

»Du solltest mir noch die Hände küssen!« Ricardo bekam einen alten Gladstone-Koffer zu fassen und holte ihn mit einem Schwung auf den Steg.

»Ja! Du solltest eine Kerze vor mir anzünden, wie man das in deinem Land für die Heiligen tut. Kein Heiliger hat je soviel für dich getan wie ich, du undankbarer Vagabund. Nun los! Komm rauf.«

Mit Hilfe des geschwätzigen Ricardo kletterte Pedro auf den

Landesteg, wo er einige Zeit auf allen vieren blieb, seinen zottigen Kopf hin und her schwingend, der in weiße Lumpen gehüllt war. Dann richtete er sich ungeschickt auf, wie ein mächtiges Tier in der Dämmerung, das auf den Hinterbeinen balanciert.

Mr. Jones begann Heyst müde zu erklären, daß sie an jenem Morgen, als sie den Rauch des Vulkans erblickten, schon in sehr schlechter Verfassung gewesen seien. Diese Kraftanstrengung, ihr Leben zu retten, kostete sie alle Nerven. Bald danach war die Insel in Sicht gekommen.

»Ich hatte gerade noch soviel Grips in meinem ausgetrockneten Hirn, das Boot auf einen anderen Kurs zu legen!« fuhr die geisterhafte Stimme fort. »Aber Beistand zu finden, einen Landesteg, einen weißen Mann – das hätte sich niemand erträumt. Einfach unvorstellbar!«

»Das waren auch meine Gedanken, als mein Chinese kam und mir sagte, er habe ein Ruderboot gesehen mit weißen Männern darin«, sagte Heyst.

»Ein ganz ungewöhnlicher Glücksfall«, warf Ricardo ein, der daneben stand und besorgt auf jedes Wort lauschte. »Kommt einem wie ein Traum vor«, fügte er hinzu. »Ein herrlicher Traum!«

Ein Schweigen senkte sich über die Gruppe der drei, als fürchte sich jeder zu sprechen in dem unklaren Gefühl einer bevorstehenden Krise. Pedro auf der einen Seite und Wang auf der anderen hatten die Mienen wachsamer Zuschauer. Einige wenige Sterne waren hervorgekommen und verfolgten das abebbende Zwielicht. Ein schwacher Luftzug, spürbar genug in dem sich verdichtenden Dunkel nach dem flammenden Tag, ließ Mr. Jones in seinen durchnäßten Kleidern frösteln.

»Ich darf also annehmen, daß es hier eine Ansiedlung von Weißen gibt?« murmelte er, sichtbar zitternd.

Heyst raffte sich auf.

»O nein, alles verlassen. Ich bin ganz allein hier – praktisch allein; aber ein paar leere Häuser stehen noch. Kein Mangel an Raum. Wir könnten gleich – he, Wang, lauf zurück und fahr den Kippwagen hier heraus.«
Die letzten Worte waren in malaiisch gesprochen, und er erklärte höflich, daß er Anweisungen für den Transport des Gepäcks gegeben habe. Wang war auf seine geräuschlose Art mit dem Dunkel verschmolzen.
»Nein sowas! Schienen gelegt und alles«, rief Ricardo leise in bewunderndem Ton aus. »Nun, ich hätte nie –«
»Wir hatten hier eine Kohlengrube in Betrieb«, sagte der ehemalige Manager der Tropical Belt Coal Company. »Das sind nur noch die gespenstischen Überreste dessen, was einmal war.«
Mr. Jones' Zähne begannen plötzlich bei einem neuen schwachen Windstoß zu klappern; es war nur ein Seufzer von Westen, wo die Venus ihren Strahl über den dunklen Horizont sandte wie eine Lampe, die über dem Grabe der Sonne hängt.
»Wir sollten losgehen«, schlug Heyst vor. »Der Chinese und der – äh – undankbare Dienstmann von Ihnen mit dem zerhauenen Schädel können die Sachen aufladen und dann nachkommen.«
Der Vorschlag wurde wortlos akzeptiert. Während sie der Küste zuschritten, begegneten die drei Männer dem Kippwagen – nichts als ein metallisches Knirschen, das an ihnen vorbeistrich, während der schattenhafte Wang lautlos hinterdrein lief. Nur der Klang ihrer Schritte begleitete sie. Es war lange her, daß soviele Tritte zugleich auf diesem Steg gedröhnt hatten. Bevor sie den ausgetretenen Pfad im Grase betraten, sagte Heyst:
»Ich kann Ihnen leider bei mir kein Quartier einräumen.« Die kühle Höflichkeit dieser Eröffnung ließ die anderen beiden plötzlich stutzen, als seien sie überrascht von etwas entschie-

den Unvereinbarem. »Ich würde das noch mehr bedauern, fuhr er fort, »wenn ich nicht in der Lage wäre, Ihnen eine Anzahl jener leeren Bungalows als zeitweilige Wohnung anzubieten.« Er kehrte sich um und tauchte in den schmalen Pfad, während die beiden anderen einzeln folgten.

»Komischer Anfang!« flüsterte Ricardo bei dieser Gelegenheit, während er hinter Mr. Jones herging, der in dem Dämmer, das von den tropischen Gräsern umschlossen wurde, fast so sehr schwankte wie ein Grashalm.

In dieser Ordnung kamen sie an die offene Stelle, die durch Wangs anfechtbare Methode regelmäßigen Abbrennens von Vegetation freigehalten war. Die Umrisse von Gebäuden, unerleuchtet, mit spitzen Giebeln, dehnten sich geheimnisvoll und nichtssagend gegen das zunehmende Glitzern der Sterne. Heyst war froh, daß in seinem Bungalow kein Licht brannte, wodurch er ebenso unbewohnt wie die anderen aussah. Heyst machte weiter den Führer, indem er sich nach rechts wandte. Seine gleichmäßige Stimme ließ sich vernehmen:

»Der da wird am besten sein. Das war unser Kontor. Es sind noch ein paar Möbel darin. Ich bin ziemlich sicher, daß Sie in einem der Räume ein paar Feldbetten vorfinden.«

Das steile Dach des Bungalows ragte vor ihnen auf und schnitt in den Himmel.

»Da sind wir. Drei Stufen. Wie Sie sehen, hat er eine große Veranda. Entschuldigen Sie, daß wir einen Augenblick warten müssen; ich glaube, die Tür ist abgeschlossen.«

Man hörte ihn an der Tür rütteln. Dann lehnte er sich an das Geländer und sagte:

»Wang wird die Schlüssel holen.«

Die anderen warteten, zwei vage Schatten, die in der Dunkelheit der Veranda fast verschmolzen; man hörte nur ein plötzliches, sogleich unterdrücktes Zähneklappern von Mr. Jones und ein schwaches Scharren von Ricardos Füßen. Ihr Führer und Gastgeber, den Rücken am Geländer, schien ihre Anwesenheit vergessen zu haben. Plötzlich bewegte er sich und murmelte:

»Ah, da kommt der Kippwagen.«

Dann erhob er seine Stimme auf malaiisch, und von der undeutlichen Gruppe, die sich in Richtung der Gleise ausmachen ließ, kam ein »Ya tuan« als Antwort.

»Ich habe Wang nach den Schlüsseln und einem Licht geschickt«, sagte er mit einer Stimme, die sich an niemand zu richten schien – eine Eigentümlichkeit, die Ricardo verwirrte. Wang brauchte nicht lange für seinen Auftrag. Alsbald tauchte aus der fernen Dunkelheit die schwingende Laterne auf, die er vor sich her trug. Sie warf einen Schein auf den haltenden Kippwagen und die ungeschlachte Gestalt des wilden, über die Ladung gebückten Pedro; dann bewegte sich der Schein auf den Bungalow zu und erklomm die Stufen. Nach einigem Hantieren an dem verrosteten Schloß stemmte Wang die Schulter gegen die Tür. Sie sprang mit explosiver Plötzlichkeit auf, wie im Zorn darüber, daß sie nach zweijähriger Ruhe aufgestört wurde. Von der dunklen Schräge eines hohen Stehpultes flatterte ein vergessener Bogen Papier empor und senkte sich langsam zu Boden.

Wang und Pedro kamen und gingen durch die gleichsam erzürnte Tür, brachten die Sachen von der Lore, wobei der eine flink ein und aus schlüpfte, während der andere schwer stampfte. Später dann machte Wang, auf ein paar ruhige Anweisungen von Nummer Eins, noch mehrmals mit der Laterne den Weg zu den Lagerräumen, brachte Decken, Vorräte in Büchsen, Kaffee, Zucker und ein Paket Kerzen. Er zündete eine an und stellte sie auf den Deckel des Stehpultes. Inzwischen hatte Pedro, dem man etwas Brennholz und ein paar Streichhölzer gegeben hatte, sich draußen mit dem Anzünden eines Feuers beschäftigt, auf das er einen bereits gefüllten Kessel stellte, den ihm Wang gleichmütig mit ausgestrecktem Arm wie über einen Abgrund hingereicht hatte. Nachdem Heyst den Dank seiner Gäste entgegengenommen hatte, wünschte er ihnen eine gute Nacht und zog sich zurück, sie ihrer Ruhe zu überlassen.

VIII

Heyst ging langsam. In seinem Bungalow brannte immer noch kein Licht, und er dachte, das sei vielleicht ganz recht so. Er war jetzt längst nicht mehr so beunruhigt. Wang war ihm mit der Laterne vorangegangen, als habe er es eilig, von den beiden weißen Männern und ihrem behaarten Diener wegzukommen. Das Licht tanzte nicht mehr den Weg entlang; es stand vollkommen ruhig an den Stufen zur Veranda.

Als Heyst sich zufällig umblickte, sah er hinter sich noch ein anderes Licht – den Schein von dem offenen Feuer der Fremden. Eine schwarze monströse Gestalt bückte sich unbeholfen darüber und wankte dann in die umgebenden Schatten. Wahrscheinlich hatte das Wasser im Kessel gekocht.

Mit diesem unheimlichen Bild von etwas fragwürdig Menschlichem, das sich seinen Sinnen einprägte, tat Heyst einen oder zwei Schritte weiter. Was konnten das für Leute sein, die solch eine Kreatur als ständigen Diener hatten? Er blieb stehen. Er hatte die unbestimmte Vorahnung einer fernen Zukunft, in der er Lena unausweichlich durch tiefe und empfindliche Unterschiede von sich getrennt sah; die leichtfertige Skepsis, die bei allen seinen Anläufen zur Tat dabeigewesen war wie eine heimliche Reserve der Seele, fiel von ihm ab. Er gehörte nicht mehr nur sich. Es gab da eine Forderung, die weit gebieterischer und erhabener war. Er kam an den Bungalow und sah genau an der Grenze des Lichtscheins der Laterne, die auf der obersten Stufe stand, ihre Füße und den unteren Teil ihres Kleides. Das übrige von ihr bis zur Hüfte war nur schwach zu erahnen. Sie saß in einem Sessel, und der Schatten des tiefgehenden Daches

fiel auf ihren Kopf und ihre Schultern. Sie bewegte sich nicht.
»Du willst doch nicht hier draußen schlafen?« fragte er.
»O nein! Ich habe auf dich gewartet – im Dunkeln.«
Heyst, jetzt auf der obersten Stufe, lehnte sich gegen einen Holzpfeiler, nachdem er die Laterne zur Seite geschoben hatte.
»Ich dachte mir, es ist ganz in der Ordnung, daß du kein Licht gemacht hast. Aber war es nicht bedrückend für dich, im Dunkeln zu sitzen?«
»Ich brauche kein Licht, um an dich zu denken.« Durch den Reiz ihrer Stimme gewann die banale Antwort an Bedeutung; zudem hatte sie den Vorzug der Wahrheit. Heyst lachte ein wenig und sagte, er habe ein merkwürdiges Erlebnis gehabt. Sie bemerkte nichts darauf. Er versuchte, sich die Umrisse ihrer ruhig dasitzenden Gestalt vorzustellen. Ein schwacher Lichtfleck hier und da deutete auf die unfehlbare Grazie ihrer Haltung, die ihr von Natur eigen war.
Sie hatte an ihn gedacht, aber nicht im Zusammenhang mit den Fremden. Sie hatte ihn von Anfang an bewundert, war von seiner warmen Stimme, seinen gütigen Augen angezogen worden; aber ihn zu kennen, fand sie ausnehmend schwierig. Das Leben hatte durch ihn einen Reiz bekommen, etwas Erregendes, ein Versprechen, in das sich Bedrohliches mischte; sie hatte nicht damit gerechnet, daß einem das im Leben begegnen könnte – oder jedenfalls nicht dem ans Elend geketteten Mädchen, das sie war. Sie sagte sich, sie dürfe sich nicht dadurch irritieren lassen, daß er so in sich zu ruhen schien, gleichsam eingeschlossen in seine eigene Welt. Wenn er sie in die Arme nahm, spürte sie an der großen und zwingenden Kraft seiner Umarmung, daß er tief bewegt war und daß er wahrscheinlich ihrer nicht so bald überdrüssig werden würde. Sie fand, er habe ihrem Gefühl ein zarteres Glück erschlossen; noch das Unbehagen, das er ihr einflößte, war süß in seiner Traurigkeit, und sie würde versuchen, ihn solange zu halten wie sie könnte –

bis ihre Arme zu schwach wären, ihre Seele zu verzagt, um sich länger an ihn zu klammern.

»Wang ist natürlich nicht hier, nein?« sagte Heyst plötzlich.

Sie antwortete wie aus dem Schlafe.

»Er stellte das Licht dorthin, ohne sich aufzuhalten, und rannte davon.«

»Rannte, wirklich? Hm! Nun, es ist weit über seine gewohnte Zeit, zu seinem Alfuroweib heimzugehen; aber daß man ihn rennen sieht, ist sozusagen erniedrigend für Wang, der es doch so meisterhaft versteht, einfach zu verschwinden. Glaubst du, er war durch irgend etwas aus seinem Gleichgewicht gebracht?«

»Warum sollte er?«

Ihre Stimme blieb traumverloren, ein wenig ungewiß.

»Ich war aber erschrocken«, sagte Heyst.

Sie hörte ihm nicht zu. Die Laterne zu ihren Füßen warf den Schattenriß ihres Gesichts nach oben. Ihre Augen funkelten, wie in angstvoller Spannung, über dem angeleuchteten Kinn und einem sehr weißen Hals.

›Wahrhaftig‹, dachte Heyst, ›jetzt, da ich diese Burschen nicht mehr sehe, kann ich kaum glauben, daß sie überhaupt existieren!‹

»Und was ist mit mir?« fragte sie so rasch, daß er auffuhr wie jemand, der aus einem Hinterhalt angefallen wird. »Wenn du mich nicht siehst, glaubst du dann an meine Existenz?«

»Existenz? Eine sehr reizvolle! Meine liebe Lena, du kennst deine eigenen Vorzüge nicht. Deine Stimme allein genügte schon, dich unvergeßlich zu machen!«

»Oh, so meinte ich das nicht mit dem Vergessen. Ich würde sagen, wenn ich stürbe, würdest du mich schon in Erinnerung behalten. Aber wer hätte dann etwas davon? Eben während ich am Leben bin, möchte ich –«

Heyst stand neben ihrem Sessel, eine kräftige Gestalt, die nur teilweise beleuchtet war. Die breiten Schultern, das martialische Gesicht, das wie eine Maske seiner wehrlosen Seele war, verloren sich in dem Dämmer oberhalb des Lichtkreises, in dem seine Füße standen. Ihn bedrückte etwas, was sie gar nicht berührte. Sie hatte keinen Begriff von den Existenzbedingungen, die er ihr geboten hatte. Sie war in dieses eigentümlich stagnierende Dasein hineingezogen worden, blieb aber ohne Beziehung dazu, weil sie ganz ahnungslos war.

Zum Beispiel hätte sie nie die ans Wunderbare grenzende Unwahrscheinlichkeit der Ankunft jenes Bootes ermessen können. Anscheinend dachte sie gar nicht darüber nach. Vielleicht hatte sie die Tatsache schon vergessen. Und Heyst entschloß sich plötzlich, nichts weiter darüber zu sagen. Nicht daß er davor zurückgeschreckt wäre, sie zu beunruhigen. Da er selbst nichts Definitives mit der Sache verband, konnte er sich auch die Wirkung nicht genau vorstellen, die weitere Erklärungen auf sie gehabt hätten. Ereignisse haben es an sich, auf verschiedene Gemüter verschieden oder sogar auf dasselbe Gemüt zu verschiedenen Zeiten jeweils anders zu wirken. Jeder Mann, der überhaupt bewußt lebt, kennt diesen unangenehmen Sachverhalt. Heyst war sich darüber klar, daß der Besuch nichts Angenehmes bedeuten konnte. In seiner augenblicklichen Verbitterung gegen die ganze Menschheit sah er darin eine besonders bösartige Heimsuchung.

Er schielte an der Veranda entlang, hinüber zu dem anderen Bungalow. Das Feuer der Holzscheite davor war erloschen. Kein schwaches Glühen mehr, nicht die geringste Spur von Licht aus dieser Richtung ließ auf die Anwesenheit von Fremden schließen. Die tieferen Schatten der Dunkelheit, die Totenstille, verrieten nichts von jener seltsamen Invasion. Der Frieden von Samburan stellte sich wie an jedem anderen Abend wieder ein. Alles war wie zuvor, ausgenommen – und das wurde Heyst plötzlich bewußt –, daß ihm, der seine Hand auf der Rückenlehne ihres Sessels hatte und nur einen Fußbreit

von ihr entfernt war, wohl für eine ganze Minute das Gefühl ihrer Existenz abhanden gekommen war, und das zum erstenmal, seit er sie hierher gebracht hatte, damit sie den unverletzlichen, den nie entweihten Frieden hier mit ihm teile. Er nahm die Laterne auf, und damit entstand auf der ganzen Veranda eine stumme Bewegung. Ein Schatten streifte rasch ihr Gesicht, und das ganze Licht lag auf ihren unbewegten Zügen, wie die einer Frau, die eine Vision hat. Ihre Augen blickten starr, ihre Lippen waren ernst. Ihr Kleid, am Halse offen, bewegte sich leicht unter ihrem gleichmäßigen Atem.
»Wir sollten lieber hineingehen, Lena«, schlug Heyst vor, sehr leise, als müsse er vorsichtig einen Bann brechen.
Sie erhob sich wortlos. Heyst folgte ihr ins Innere. Als sie durch den Wohnraum gingen, ließ er die Laterne brennend auf dem Mitteltisch zurück.

IX

In dieser Nacht erwachte das Mädchen zum erstenmal in ihrer neuen Umwelt mit dem Gefühl, ganz sich selbst überlassen zu sein. Sie erwachte aus einem schmerzlichen Traum von einer Trennung, die auf eine Art zustande kam, die sie nicht begriff, und sie vermißte die Erleichterung im Moment des Erwachens. Das trostlose Gefühl, allein zu sein, hielt an. Sie war wirklich allein. Ein Nachtlicht, trübe und rätselhaft wie im Traum, ließ keinen Zweifel daran; aber es war Wirklichkeit. Sie erschrak gewaltig.

Im nächsten Augenblick war sie bei dem Vorhang, der im Türrahmen hing, und hob ihn mit sicherem Griff. Hindurch zu lugen wäre nach den Umständen ihres Lebens auf Samburan absurd gewesen; das lag auch gar nicht in ihrem Charakter. Es war keine Bewegung der Neugier, sondern regelrechter Angst – der fortwirkenden Qual und Angst des Traumes. Die Nacht konnte noch nicht weit vorgeschritten sein. Das Licht in der Laterne brannte kräftig und warf Streifen, dicke schwarze Bänder, über den Fußboden und die Wände des Zimmers. Sie wußte kaum, ob sie damit rechnete, Heyst zu erblicken oder nicht; aber sie sah ihn mit einemmal; er stand in seinem Schlafanzug am Tisch, mit dem Rücken zur Tür. Auf ihren nackten Füßen trat sie geräuschlos ein und ließ den Vorhang hinter sich herabfallen. Etwas Charakteristisches in Heysts Haltung ließ sie sagen oder eher flüstern:

»Du suchst etwas.«

Er konnte sie noch nicht gehört haben; aber er zuckte bei dem unerwarteten Flüstern nicht zusammen. Er schob nur die Tisch-

schublade hinein und fragte, ohne auch nur über die Schulter zu blicken, als sei er auf ihr Erscheinen und all ihre Bewegungen gefaßt, ganz ruhig:
»Hör einmal, bist du sicher, daß Wang heute abend nicht durch dieses Zimmer gegangen ist?«
»Wang? Wann denn?«
»Nachdem er die Laterne hiergelassen hat, meine ich.«
»O nein. Er rannte weiter. Ich habe ihn beobachtet.«
»Oder vorher, vielleicht – während ich bei den Leuten vom Boot war? Weißt du nichts darüber? Kannst du nichts sagen?«
»Ich glaube kaum. Ich kam heraus, als die Sonne unterging, und habe draußen gesessen, bis du zu mir zurückkamst.«
»Er könnte für einen Augenblick über die Hinterveranda hineingeschlüpft sein.«
»Ich habe hier drinnen nichts gehört«, sagte sie. »Was ist denn passiert?«
»Natürlich hättest du nichts gehört. Er kann so leise sein wie ein Schatten, wenn er will. Ich glaube, er könnte die Kissen unter unseren Köpfen wegstehlen. Er könnte auch vor zehn Minuten hiergewesen sein.«
»Was hat dich geweckt? Ein Geräusch?«
»Kann ich nicht sagen. Das kann man meistens nicht, aber wäre das auch wahrscheinlich, Lena? Du hast, glaube ich, von uns beiden den leichteren Schlaf. Ein Geräusch, laut genug, mich zu wecken, hätte auch dich geweckt. Ich habe mich bemüht, möglichst leise zu sein. Was hat dich denn aufgeweckt?«
»Ich weiß nicht – vielleicht ein Traum. Ich wachte weinend auf.«
»Was war das für ein Traum?«
Heyst, eine Hand auf den Tisch gestützt, hatte sich zu ihr umgewandt; sein runder unbedeckter Kopf saß auf dem muskulösen Nacken eines Mannes, der sich seiner Haut wehrt. Sie ließ die Frage unbeantwortet, als hätte sie sie nicht gehört.

»Was vermißt du denn?« fragte nun sie, sehr ernst.

Ihr dunkles, weich zurückgekämmtes Haar war für die Nacht in zwei dicke Flechten geschlungen. Heyst fiel ihre wohlgeformte Stirn auf, das edle Ausmaß, die matte Blässe. Es war eine gemeißelte Stirn. Er hatte einen Moment deutlich das Bewußtsein, in eine andere Gedankenreihe zu springen. Es schien, als gebe es bei diesem Mädchen kein Ende der Entdeckungen, in den unpassendsten Augenblicken.

Sie hatte nichts an als einen handgewebten Baumwoll-Sarong; eine von Heysts wenigen Erwerbungen, vor Jahren, auf Celebes, wo sie hergestellt werden. Er hatte gar nicht mehr daran gedacht, bis sie kam, und dann hatte er das Stück auf dem Grunde einer alten Sandelholztruhe gefunden, die aus den Tagen vor Morrison stammte. Sie hatte rasch gelernt, es unter den Achselhöhlen mit einem sicheren Schwung um sich zu schlagen, wie es malaiische Dorfmädchen machen, wenn sie zum Baden an einen Fluß gehen. Ihre Schultern und Arme waren bloß; einer der Zöpfe hing vorn herab und wirkte nahezu schwarz gegen die weiße Haut. Da sie größer war als eine durchschnittliche Malaiin, endete der Sarong ein gutes Stück oberhalb der Knöchel. Sie stand in sich ruhend, halbwegs zwischen dem Tisch und dem Türvorhang, und die Innenseiten ihrer nackten Füße schimmerten wie Marmor auf dem beschatteten Bodenbelag. Der Fall ihrer beleuchteten Schultern, die kräftige und feine Modellierung ihrer Arme, die seitlich herabhingen, und auch ihre Unbeweglichkeit hatten etwas Statuarisches, den Reiz eines Kunstwerks mit der Intensität des Lebens. Sie war nicht sehr voll – Heyst hatte zuerst immer an sie als ›das arme kleine Mädchen‹ gedacht –, aber befreit von dem armselig banalen, weißen Podiumskleid, in der einfachen Drapierung des Sarong, hatten die Formen und Proportionen ihres Körpers etwas von dem verkleinerten Abbild einer Heroinengestalt.

Sie trat einen Schritt vor.
»Was vermißt du denn?« fragte sie wieder.
Heyst kehrte dem Tisch ganz den Rücken. Die schwarzen Speichen aus Dunkelheit auf dem Fußboden und an den Wänden, die sich an der Decke zu einem Schattenfleck vereinigten, umgaben sie wie die Stäbe eines Käfigs. Nun war es an ihm, eine Frage zu überhören.
»Du bist in Angst aufgewacht, sagst du?« fragte er.
Sie trat zu ihm, exotisch und doch vertraut, mit dem Gesicht und den Schultern einer Weißen über dem malaiischen Sarong, als sei das eine lustige Verkleidung; aber ihre Miene war ernst.
»Nein!« erwiderte sie. »Es war eher Trostlosigkeit. Weißt du, du warst nicht da, und ich wußte nicht, wohin du gegangen seist, fort von mir. Ein gräßlicher Traum – der erste überdies, den ich hatte, seit –«
»Du glaubst doch nicht an Träume, oder?« fragte Heyst.
»Ich kannte einmal eine Frau, die daran glaubte. Jedenfalls pflegte sie den Leuten für einen Schilling zu sagen, was ihre Träume bedeuteten.«
»Würdest du diesmal zu ihr wollen und sie fragen, was dieser Traum bedeutet?« forschte Heyst im Spaß.
»Sie wohnte in Camberwell. Eine garstige alte Person!«
Heyst lachte etwas gezwungen.
»Träume sind Wahnsinn, meine Liebe. Das sind die Dinge, die in der wachen Welt passieren, während man schläft, und deren Bedeutung man gerne wissen möchte. «
»Du hast etwas in diesem Schubfach vermißt«, sagte sie mit Entschiedenheit.
»In diesem oder einem anderen. Ich habe in jedes einzelne hineingeschaut und bin dann auf dieses zurückgekommen, wie es einem so geht. Es fällt mir schwer, meinen eigenen Augen zu trauen; aber es ist nicht da. Bist du also ganz sicher, Lena, daß du nicht –«

»Ich habe im Hause nichts angerührt, was du mir nicht gegeben hast.«

»Lena!« rief er.

Es traf ihn schmerzlich, daß sie eine Anklage abstritt, die er gar nicht erhoben hatte. So hätte ein Dienstmädchen gesprochen – eine inferiore Person, die man verdächtigt – oder meinetwegen eine Fremde. Er war wütend, daß sie ihn so entsetzlich mißverstanden hatte; er war enttäuscht, daß sie sich nicht instinktiv über den Platz im klaren war, den er ihr heimlich in seinen Gedanken zugebilligt hatte.

›Alles in allem‹, sagte er zu sich, ›sind wir einander fremd.‹

Und dann tat sie ihm leid. Er sagte ganz ruhig:

»Ich wollte sagen, ob du sicher bist, keinen Grund zu der Annahme zu haben, daß der Chinese heute abend in diesem Zimmer war?«

»Du hast ihn im Verdacht?« fragte sie mit einem Stirnrunzeln.

»Es gibt sonst niemand, den man verdächtigen könnte. Du kannst es also Gewißheit nennen.«

»Willst du mir nicht sagen, was es ist?« fragte sie so ruhig, wie man eine Tatsache in Betracht zieht.

Heyst lächelte nur schwach.

»Nichts besonders Kostbares, an seinem Wert gemessen«, erwiderte er.

»Ich dachte, es sei vielleicht Geld gewesen«, sagte sie.

»Geld!« rief Heyst aus, als sei diese Annahme völlig absurd. Sie war so sichtlich überrascht, daß er sich beeilte hinzuzufügen: »Natürlich, es ist etwas Geld im Hause – dort, in jenem Schreibtisch, in der linken Schublade. Sie ist nicht verschlossen. Du kannst sie einfach herausziehen. Sie hat ein Geheimfach, und die Rückwand ist drehbar; ein ganz einfaches Versteck, wenn man es kennt. Ich habe es zufällig entdeckt und bewahre dort unseren Vorrat an Sovereigns auf. Der Schatz, meine Liebe, ist nicht so groß, daß man eine Höhle dafür brauchte.«

Er pausierte, lachte sehr leise und erwiderte ihren festen Blick. »Das lose Silber, ein paar Goldstücke und Dollars, die habe ich immer in jenem unverschlossenen linken Schubfach. Ich zweifle nicht, daß Wang weiß, was darin ist; aber er ist kein Dieb, und darum eben – nein, Lena, was ich vermisse sind nicht Gold oder Juwelen, und das gerade macht die Sache interessant – wie es der Diebstahl von Geld nicht sein könnte.«

Sie tat einen langen Atemzug und war erleichtert zu hören, daß es sich nicht um Geld handelte. Eine große Neugierde zeichnete sich auf ihrem Gesicht ab, aber sie bezwang sich, ihn nicht mit Fragen zu bedrängen. Sie lächelte ihm nur warm und innig zu.

»Ich bin es nicht gewesen, also muß es Wang sein. Du solltest ihn veranlassen, es dir zurückzugeben.«

Heyst erwiderte nichts auf diesen naiven, praktischen Vorschlag, denn der Gegenstand, den er aus dem Schubfach vermißte, war sein Revolver.

Es war eine schwere Waffe, die er seit vielen Jahren besaß und nie im Leben benutzt hatte. Seit die Londoner Möbel in Samburan angekommen waren, hatte er immer in der Tischschublade gelegen. Für Heyst waren die wirklichen Gefahren des Lebens nicht die, die man mit dem Schwert oder mit Kugeln abwehren konnte. Andererseits wirkte er weder in seinem Auftreten noch in seiner Erscheinung so harmlos, daß man ihn unbesonnen angegriffen hätte.

Er hätte nicht erklären können, was ihn veranlaßt hatte, mitten in der Nacht an das Schubfach zu gehen. Er war plötzlich hochgefahren – was bei ihm sehr ungewöhnlich war. Er fand sich aufrecht sitzend und hellwach, während das Mädchen mit abgewandtem Gesicht neben ihm lag, eine unbestimmte, charakteristisch weibliche Form in der schwachen Beleuchtung. Sie lag ganz still.

In dieser Jahreszeit gab es keine Moskitos auf Samburan, und die Seiten des Moskitonetzes waren hochgerollt. Heyst schwang seine Füße auf den Boden und stand schon, bevor er sich noch der Absicht aufzustehen bewußt geworden war. Warum er das tat, wußte er nicht. Er wollte sie nicht aufwecken, und das leichte Knarren der breiten Bettstelle war ihm besonders laut erschienen. Er wandte sich besorgt um und wartete, ob sie sich rühren würde; aber sie bewegte sich nicht. Während er auf sie niederblickte, hatte er eine Vision seiner selbst, wie auch er dort lag, fest schlafend und – das fiel ihm jetzt zum erstenmal ein – völlig wehrlos. Diese ganz neue Erkenntnis der Gefahren des Schlafes ließ ihn plötzlich an seinen Revolver denken. Er ging mit geräuschlosen Schritten aus dem Schlafzimmer. Das leichte Gewicht des Vorhangs, den er im Hinausgehen hochheben mußte, und die äußere Tür, die gegen die Schwärze der Veranda weit offen stand – denn das Dach hing tief herunter und schloß das Sternenlicht aus –, gab ihm ein Gefühl, gefährlich ausgeliefert zu sein, wem, konnte er nicht sagen. Er zog das Schubfach auf, und seine Selbstbetrachtung wurde jäh unterbrochen, als er es leer fand. Die Tatsache war unbestreitbar. Er murmelte:

»Unmöglich! Irgendwo anders!«

Er versuchte sich zu erinnern, wo er das Ding verstaut hatte; aber die krampfhaften Einflüsterungen des Gedächtnisses waren nicht ermutigend. Während er noch in jedem Behältnis und Winkel, in dem ein Revolver Platz haben konnte, herumstöberte, kam er allmählich zu dem Schluß, daß er nicht in jenem Zimmer wäre. Auch in dem anderen war er nicht. Der ganze Bungalow bestand aus den zwei Räumen und einer weitläufigen Veranda ringsherum. Heyst trat auf die Veranda hinaus.

›Es ist Wang, ohne jeden Zweifel‹, dachte er und starrte in die Nacht hinaus. ›Er hat ihn aus irgendeinem Grund an sich genommen.‹

Nichts konnte verhindern, daß der gespenstische Chinese plötzlich am Fuß der Treppe oder sonstwo auftauchte, jeden Augenblick, und ihn mit einem gezielten tödlichen Schuß niederstreckte. Die Gefahr war so unausweichlich, daß es sich nicht lohnte, darüber zu jammern, so wenig wie über die allgemeine Unsicherheit des menschlichen Lebens. Heyst dachte über dieses zusätzliche Risiko nach. Wie lange war er wohl auf Gnade und Ungnade einem schlanken gelben Finger am Abzugshahn ausgeliefert gewesen? Das heißt, falls dies der Grund des Burschen war, den Revolver zu entlehnen.

›Abschießen und mich beerben‹, dachte Heyst. ›Ganz einfach!‹ Dennoch war ein deutliches Widerstreben in seinem Gemüt, den häuslichen Züchter von Gemüsen in der Beleuchtung eines Mörders zu sehen.

›Nein, das war es nicht. Denn Wang hätte es in den letzten zwölf Monaten oder länger jederzeit tun können.‹

Heyst hatte sich auch mit der Annahme beschäftigt, daß Wang sich während seiner Abwesenheit von Samburan in den Besitz des Revolvers gebracht hätte; aber an diesem Punkt seines Gedankenganges änderte sich seine Ansicht. Es durchfuhr ihn mit der Kraft völliger Gewißheit, daß der Revolver erst heute gegen abend oder in dieser Nacht genommen worden sei. Wang, natürlich! Aber weshalb? Also hatte bisher die Gefahr nicht bestanden. Sie lag noch ganz vor ihm.

›Er hat mich jetzt in seiner Gewalt‹, dachte Heyst ohne besondere Erregung.

Sein Gefühl dabei war Neugier. Er verlor sich darin; ihm war, als erwäge er die seltsamen Umstände irgendeines Angriffs. Aber auch diese Art von Interesse erstarb, als er, nach links blickend, die gewohnten Umrisse der anderen Bungalows sah, die in die Nacht ragten, und als er sich an die Ankunft der durstigen Gesellschaft in dem Boot erinnerte. Wang würde ein solches Verbrechen bei der Anwesenheit anderer Weißer kaum wagen. Es war ein typischer Fall von ›Sicherheit durch numerische Überlegenheit‹ – ein Prinzip, das irgendwie nicht nach Heysts Geschmack war.

Er ging düster brütend hinein und stand über das leere Schubfach gebeugt in tiefen und unbefriedigenden Gedanken. Er hatte gerade beschlossen, daß er dem Mädchen hiervon nichts sagen wollte, als er ihre Stimme hinter sich vernahm. Sie hatte ihn ertappt, aber er widerstand dem Impuls, sich sogleich umzuwenden, da sie ihm womöglich seine Verwirrung vom Gesicht abläse. Ja, sie hatte ihn ertappt, und aus diesem Grund verlief das Gespräch, das nun begann, nicht so, wie er es geführt hätte, wenn er auf ihre Frage vorbereitet gewesen wäre. Er hätte sogleich sagen können: »Ich habe nichts vermißt.« Es war sehr unglücklich, daß er es so weit hatte kommen lassen und sie ihn fragte, was er vermisse. Er schloß die Unterredung, indem er leichthin sagte:

»Es ist ein Gegenstand von sehr geringem Wert. Mach dir keine Sorgen – es lohnt sich nicht. Am besten, du gehst wieder und legst dich hin, Lena.«

Widerstrebend wandte sie sich ab, und erst in der Tür fragte sie:

»Und du?«

»Ich denke, ich werde noch eine Zigarre auf der Veranda rauchen. Ich fühle mich im Augenblick nicht schläfrig.«

»Aber bleib nicht zu lange.«

Er gab keine Antwort. Sie sah ihn dort stehen, ganz still, mit gerunzelter Stirn, und ließ leise den Vorhang fallen.

Heyst zündete sich wirklich eine Zigarre an, ehe er wieder hinaus auf die Veranda ging. Er blickte unter dem niedrigen Dach empor, um an den Sternen zu sehen, wie die Nacht fortschritt. Es ging sehr langsam. Weshalb ihn das verdrießen sollte, wußte er nicht; denn er hatte von der Morgendämmerung nichts zu erwarten. Aber alles ringsum erlangte eine verwirrende, ungewisse und dringliche Bedeutung; es stellte ihn unter eine Verpflichtung, wies ihm aber keinen Weg des Handelns. Die Situation erfüllte ihn mit Verachtung und Zorn. Die Welt draußen war über ihn hereingebrochen, und er wußte nicht, welches Unrecht er begangen hatte, um dies auf sich zu ziehen, so wenig wie er wußte, was er getan hatte, um jene infame Verleumdung über sein Verhalten zu dem armen Morrison hervorzurufen. Denn das konnte er nicht vergessen. Es war an die Ohren eines gedrungen, der das vollkommenste Vertrauen in die Rechtlichkeit seines Verhaltens dringend brauchte.

›Und sie zweifelt nur halb daran‹, dachte er mit hoffnungsloser Niedergeschlagenheit.

Dieser moralische Dolch im Rücken schien ihm etwas von seiner Kraft genommen zu haben, wie eine körperliche Wunde. Er hatte keinen Wunsch, irgend etwas zu unternehmen – weder Wang in der Sache mit dem Revolver zur Rede zu stellen, noch aus den Fremden herauszubekommen, wer sie seien und wie sie in diese Lage gekommen waren. Er schleuderte die glühende Zigarre hinaus in das Dunkel. Aber Samburan war kein Ort der Einsamkeit mehr, wo man sich seinen Stimmungen überlassen konnte. Die feurige Ellipsenbahn des weggeworfenen Stumpens wurde von einer anderen Veranda, nur einige zwanzig Meter entfernt, beobachtet. Sie wurde als ein wichtiges Symptom registriert von einem Beobachter, der nach Anzeichen gierte und sich in einem solchen Zustand wacher Anspannung befand, daß er nahezu das Gras wachsen hörte.

X

Der Beobachter war Martin Ricardo. Für ihn war das Leben nicht eine Sache entsagungsvoller Passivität, sondern einer höchst kriegerischen Aktivität. Er mißtraute dem Leben nicht, er war seiner nicht überdrüssig, und noch weniger neigte er dazu, Enttäuschungen zu argwöhnen; aber für ihn war sonnenklar, daß es viele Möglichkeiten des Scheiterns enthielt. Alles andere als ein Pessimist, war er doch auch kein Mann törichter Illusionen. Fehlschläge liebte er nicht; nicht nur wegen ihrer unangenehmen und gefährlichen Folgen, sondern auch wegen der vernichtenden Wirkung auf seine eigene Wertschätzung eines gewissen Martin Ricardo. Zudem handelte es sich hier um einen besonderen Job, von ihm selbst eingefädelt und von beachtlicher Neuheit. Er lag sozusagen nicht auf der üblichen Linie des Geschäfts – es sei denn von einem moralischen Standpunkt aus, über den er sich jedoch kaum den Kopf zerbrechen würde. Aus diesen Gründen konnte Martin Ricardo keinen Schlaf finden.

Mr. Jones war, nach wiederholten Anfällen von Schüttelfrost und nachdem er viel heißen Tee getrunken hatte, offenbar in tiefen Schlummer gefallen. Er hatte Versuche zu einer Unterhaltung seitens seines treuen Knechts sehr entschieden abgewiesen. Ricardo horchte auf die regelmäßigen Atemzüge. Für den Herrn war das ganz in Ordnung. Er sah die Sache als eine Art von Sport an. Natürlich mußte ein Gentleman so denken. Aber dieses kitzlige und wichtige Geschäft mußte um jeden Preis vorangetrieben werden, aus Gründen der Ehre und der Sicherheit. Ricardo stand leise auf und ging auf die Veranda.

Er konnte nicht still liegen. Er wollte hinaus, um Luft zu schnappen, und er hatte ein Gefühl, daß kraft seines ungeduldigen Eifers sogar die Dunkelheit und das Schweigen dazu gebracht werden könnten, seinen Augen und Ohren etwas zu verraten. Er bemerkte die Sterne und trat wieder zurück in die dichte Dunkelheit. Er widerstand dem wachsenden Drang, hinauszugehen und sich zu dem anderen Bungalow zu stehlen. Es wäre Wahnsinn, im Dunkeln auf unbekanntem Gelände spionieren zu wollen. Und zu welchem Zweck? Nur um einen Druck loszuwerden. Unbeweglichkeit lag bleiern auf seinen Gliedern. Und doch wollte er nicht aufgeben. Er harrte bei seiner ziellosen Nachtwache aus. Von dem Mann der Insel war nichts zu hören. Gerade in diesem Moment nahmen Ricardos Augen die flüchtige rote Lichtbahn der Zigarre wahr – ein aufregender Beweis für des Mannes Wachsamkeit. Er konnte ein leises »Hallo!« nicht unterdrücken und begann, sich seitlich zur Tür zu schleichen, wobei er mit den Schultern an der Wand entlangstreifte. Demnach war also der Mann zu dieser Zeit womöglich draußen gewesen und hatte die Veranda beobachtet. In Wahrheit war Heyst, nachdem er die Zigarre weggeworfen hatte, hineingegangen mit dem Gefühl eines Mannes, der eine nutzlose Beschäftigung aufgibt. Aber Ricardo bildete sich ein, er höre schwache Fußtritte auf dem offenen Platz, und schlüpfte rasch ins Zimmer. Dort schöpfte er Atem und dachte eine Zeitlang nach. Sein nächster Schritt war, sich zu den Streichhölzern auf dem Stehpult zu tasten und die Kerze anzuzünden. Er hatte seinem Herrn Ansichten und Gedanken von solcher Wichtigkeit mitzuteilen, daß es für ihn absolut notwendig war, deren Wirkung auf dem Gesicht des Hörers zu beobachten. Zuerst dachte er, daß die Angelegenheit bis Tagesanbruch Zeit hätte; aber Heysts Wachsamkeit, die auf solche überraschende Weise offenbar geworden war, gab ihm plötzlich die Gewißheit, daß für ihn in dieser Nacht an Schlaf nicht zu denken war.

In diesem Sinne sprach er zu seinem Herrn. Als die kleine dolchartige Flamme ihr Bestes getan hatte, die Dunkelheit zu vertreiben, sah man Mr. Jones etwas abseits auf einem Feldbett ruhen. Eine Reisedecke verhüllte seine magere Gestalt bis an den Kopf, der auf der anderen Reisedecke ruhte, die als Kissen zusammengerollt war. Ricardo pflanzte sich mit untergeschlagenen Beinen auf den Boden, ganz dicht bei der niedrigen Bettstelle; so fand sich Mr. Jones, der vielleicht nicht so besonders tief geschlafen hatte, beim Öffnen der Augen bequem auf gleicher Höhe mit dem Gesicht seines Sekretärs.

»Äh? Was sagst du da? Kein Schlaf für dich heute nacht? Aber weshalb kannst du mich denn nicht schlafen lassen? Zum Teufel mit deiner Aufgeregtheit!«

»Weil der Bursche da drüben nicht schlafen kann – deshalb. Ich will verdammt sein, wenn er nicht eben jetzt ein bißchen nachgedacht hat! Wie kommt er dazu, mitten in der Nacht nachzudenken?«

»Woher weißt du das?«

»Er war draußen, Sir – war auf, mitten in der Nacht. Ich habe es mit eigenen Augen gesehen.«

»Aber woher weißt du, daß er auf war, um nachzudenken?« forschte Mr. Jones. »Es kann alles mögliche gewesen sein – Zahnschmerzen zum Beispiel. Und du kannst es auch geträumt haben, soviel ich weiß. Hast du denn nicht versucht zu schlafen?«

»Nein, Sir. Ich habe nicht einmal versucht einzuschlafen.« Ricardo informierte seinen Herrn über seine Wache auf der Veranda und über die Entdeckung, die dem ein Ende machte. Er schloß, daß ein Mann, der mit einer Zigarre mitten in der Nacht auf ist, mit Nachdenken beschäftigt sein muß.

Mr. Jones hob sich auf einen Ellbogen. Dieses Zeichen von Interesse beruhigte seinen treuen Knecht.

»Scheint mir an der Zeit, daß auch wir ein bißchen nachdenken«, fügte Ricardo zuversichtlicher hinzu. Obwohl sie nun schon solange zusammen waren, boten doch die Launen seines Herrn eine ständige Quelle der Besorgnis für sein einfaches Gemüt.

»Immer machst du soviel Aufhebens«, bemerkte Mr. Jones in nachsichtigem Ton.

»Ja, aber doch nicht wegen nichts, oder? Das können Sie nicht sagen, Sir. Meine Art, eine Sache von allen Seiten zu betrachten, mag nicht die eines Gentlemans sein, aber die eines Narren ist sie auch nicht. Sie selbst haben das soundsooft zugegeben.«

Ricardo erwärmte sich bei diesen Argumenten. Mr. Jones unterbrach ihn ganz kühl.

»Du hast mich doch nicht aufgeweckt, um von dir zu reden, nehme ich an.«

»Nein, Sir.« Ricardo biß sich auf die Zunge und schwieg eine Minute. »Ich glaube nicht, daß ich Ihnen irgend etwas über mich erzählen könnte, was Sie nicht schon wissen«, fuhr er fort. In seinem Ton war etwas von amüsierter Genugtuung; aber das änderte sich vollkommen, als er fortfuhr. »Es ist der Mann da drüben, über den wir sprechen müssen. Ich mag ihn nicht!«

Es entging ihm, daß auf den Lippen seines Herrn ein geisterhaftes Lächeln aufblitzte.

»Wirklich nicht?« murmelte Mr. Jones, dessen Gesicht, während er sich auf den Ellbogen stützte, in gleicher Höhe mit dem Kopf seines Gesellen war.

»Nein, Sir«, sagte Ricardo emphatisch. Die Kerze in der anderen Hälfte des Raumes warf seinen monströsen schwarzen Schatten an die Wand. »Er – ich weiß nicht, wie ich es sagen soll –, er hat so gar nichts Herzhaftes.«

Mr. Jones pflichtete träge auf seine Art bei:

»Er scheint ein Mann von großer Selbstbeherrschung zu sein.«

»Ja, das ist es. Selbst –« Ricardo stockte vor Entrüstung. »Ich würde gern etwas von seiner Selbstbeherrschung durch ein Loch in seinen Rippen herauslassen, wenn wir es hier nicht mit einem ganz besonderen Fall zu tun hätten.«
Mr. Jones hatte sich seine eigenen Gedanken gemacht, denn er fragte:
»Glaubst du, daß er mißtrauisch ist?«
»Ich wüßte nicht, worauf sich sein Mißtrauen richten sollte«, erwog Ricardo. »Jedenfalls war er da, mit Nachdenken beschäftigt. Und was war wohl der Gegenstand des Nachdenkens? Was ließ ihn mitten in der Nacht von seinem Bett aufstehen? Nicht die Moskitos, gewiß nicht.«
»Schlechtes Gewissen vielleicht«, meinte Mr. Jones im Scherz. Sein treu ergebener Sekretär war aufgebracht und verstand den Witz nicht. In verdrießlichem Ton erklärte er, so etwas wie Gewissen gäbe es nicht. Es gab so etwas wie Angst; aber es gab nichts, das diesen Burschen besonders ängstlich machen konnte. Indessen räumte er ein, daß dem Manne wegen der Ankunft der Fremden vielleicht unbehaglich gewesen sei, wegen des ganzen Beuteschatzes, den er irgendwo versteckt halte.
Ricardo schielte hierhin und dorthin, als fürchte er, die tiefen Schatten von dem schwachen Licht überall im Raum könnten mithören. Sein Herr und Meister blieb ganz still und sprach in ruhigem Flüsterton:
»Womöglich hat dir dieser Hotelier etwas vorgelogen. Vielleicht ist es in Wahrheit ein ganz armer Teufel.«
Ricardo schüttelte leicht den Kopf. Die Schombergsche Theorie über Heyst war für ihn zu einer tiefen Überzeugung geworden; er hatte sie so selbstverständlich aufgenommen, wie ein Schwamm Wasser aufsaugt. Die Zweifel seines Herrn waren ein mutwilliger Versuch, etwas abzuleugnen, das in sich evident war; aber Ricardos Stimme schnurrte leise weiter wie zuvor, mit einem knurrenden Unterton.

»Da muß ich mich aber wundern, Sir! Das ist gerade die Art der Biedermänner – der gemeinen Heuchler in der Welt. Wenn denen ein Happen so an der Nase langstreicht, da gibt's keinen, der die Finger davonläßt. Und ich kann's denen nicht verdenken. Aber wie sie dabei vorgehen, das macht mich rabiat. Denken Sie mal an, wie er sich seinen Kumpan vom Hals geschafft hat! Schickt den Mann nach Hause, damit er's auf der Brust kriegt und abkratzt – das ist so einer von diesen biederen Tricks. Und wollen Sie etwa sagen, Sir, daß ein Mann, der das fertigbringt, nicht alles einsackt, was er ergattern kann – auf seine heuchlerische Art? Was war denn diese ganze Sache mit den Kohlen? Ein Schwindel für brave Bürger, Heuchelei – nichts anderes. Nein, nein, Sir! Es geht darum, es ihm so glatt abzuknöpfen wie möglich. Das ist der Job, und er ist nicht so einfach wie er aussieht. Ich schätze, Sie haben die Sache von allen Seiten betrachtet, Sir, bevor Sie die Idee von diesem Trip aufgriffen.«

»Nein.« Mr. Jones war kaum zu hören, während er von seiner Couch ins Weite starrte. »Ich habe nicht viel darüber nachgedacht. Ich langweilte mich.«

»Ach, das also – schlimm. Ich war ziemlich down an jenem Nachmittag, als dieser bärtige Weichling von einem Hotelbesitzer mir von dem Kerl zu reden anfing. Übrigens ganz zufällig. Nun, Sir, da sind wir, nachdem es um Kopf und Kragen ging. Ich bin noch ganz gelähmt; aber macht nichts – sein Kies wird uns dafür gut sein!«

»Er ist ganz allein hier«, bemerkte Mr. Jones in hohlem Flüsterton.

»Ja-a, in einer Art. Ja, ziemlich allein. Ja, man kann so sagen.«

»Da ist aber doch dieser Chinese.«

»Ach ja, der gelbe Kuli«, pflichtete Ricardo geistesabwesend bei.

Er erwog bei sich, ob es ratsam sei, sich sein Wissen von der

Existenz des Mädchens vom Herzen zu schaffen. Schließlich entschied er sich dagegen. Die Unternehmung war schwierig genug, ohne daß man sie noch durch eine Attacke auf die zarten Gefühle des Herrn komplizierte, mit dem er die Ehre hatte zusammenzuarbeiten. Mochte die Entdeckung von selbst kommen, dachte er, und dann konnte er immer noch schwören, nichts von dieser anstoßerregenden Person gewußt zu haben. Er brauchte nicht zu lügen. Er brauchte nur seine Zunge im Zaum zu halten.

»Ja«, murmelte er nachdenklich, »ja, da ist dieser Gelbe.«

Im Grunde hegte er eine gewisse zwiespältige Achtung für den übertriebenen Abscheu seines Herrn gegen Frauen, als sei dieser Horror vor Weiblichem eine Art von heruntergekommener Moral; aber auch als Moral betrachtete er das noch als einen Vorteil. Es verhinderte viele unerwünschte Komplikationen. Er machte sich nicht stark, das zu begreifen. Er versuchte nicht einmal, diese Abneigung seines Chefs zu untersuchen. Alles, was er wußte, war, daß er selbst anders eingestellt war, und daß es jenen weder glücklicher noch sicherer machte. Er wußte nicht, wie es damit gewesen wäre, wenn er auf eigene Faust sich in der Welt umhergetrieben hätte. Zum Glück war er ein untergeordnetes Wesen, kein Lohnsklave, aber ein Gefolgsmann – was ihm Zurückhaltung auferlegte. Ja! Jene andere Art von Veranlagung vereinfachte die Dinge im allgemeinen; das ließ sich nicht bestreiten. Aber es war klar, daß sie auch zu Komplikationen führen konnte – wie in diesem höchst wichtigen und, nach Ricardos Ansicht, hinreichend delikaten Fall. Und das schlimmste war, daß man nicht genau sagen konnte, welcher Art die Reaktion sein würde.

Es war unnatürlich, dachte er ein wenig einfältig. Wie sollte man das Unnatürliche einschätzen? Dafür gab es keine Regeln. Der treu ergebene Gefolgsmann von ›schlicht Mr. Jones‹, der viele Schwierigkeiten in konkreter Beziehung voraussah, beschloß, das Mädchen seinem Herrn vorzuenthalten; es ihm auch aus den Augen zu halten, so lange sich das irgend machen ließe. Aber das, ach, schien nur eine Sache von wenigen Stunden, während doch Ricardo fürchten mußte, daß es einige Tage dauern würde, die Sache richtig in Gang zu bringen. Wenn sie einmal in Gang war, hatte er keine Sorge, von seinem Gentleman im Stich gelassen zu werden. Wie es oft bei anarchischen Naturen geht, war auch Ricardos Zutrauen zu irgendeinem vorgegebenen Individuum von ganz simpler, fragloser Art. Denn ein Mann muß irgendeine Stütze im Leben haben.

Mit gekreuzten Beinen, den Kopf ein wenig gesenkt und ganz still, hätte er ebensogut in der Haltung eines Bonzen über die heilige Silbe ›om‹ meditieren können. Es war eine schlagende Illustration des trügerischen Scheins, denn Ricardos Weltverachtung war von entschieden praktischer Art. Es war nichts Orientalisches an Ricardo bis auf die erstaunliche Ruhe seiner Haltung. Mr. Jones verhielt sich ebenfalls ganz still. Er hatte seinen Kopf auf die gerollte Decke sinken lassen und lag ausgestreckt auf der Seite, mit dem Rücken zum Licht. In dieser Haltung ließen die in seinen Augenhöhlen sich sammelnden Schatten diese ganz leer erscheinen. Beim Sprechen hatte seine geisterhafte Stimme es nicht weit zu Ricardos linkem Ohr, nur ein paar Zoll.

»Warum sagst du nichts, da du mich schon mal aufgeweckt hast?«

»Ich frage mich, ob Sie wirklich so tief schliefen, wie Sie es vorzugeben versuchen«, sagte Ricardo ungerührt.

»Ich frage mich«, echote Mr. Jones. »Auf jeden Fall habe ich still geruht.«

»Kommen Sie, Sir!« Ricardos Flüstern klang beunruhigt. »Sie wollen doch nicht sagen, daß Sie sich zu langweilen beginnen?«

»Nein.«

»Gut so!« Der Sekretär war sehr erleichtert. »Es besteht auch kein Grund dazu, das kann ich Ihnen sagen, Sir«, flüsterte er ernst. »Alles, nur das nicht! Wenn ich ein Weilchen nichts sagte, so nicht, weil etwa nicht viel zu bereden wäre. Ach, mehr als genug.«

»Was ist eigentlich mit dir los?« hauchte sein Herr und Meister. »Willst du zum Pessimisten werden?«

»Ich? Nein, Sir! Ich gehöre nicht zu denen, die umfallen. Sie können mich mit allen möglichen Schimpfnamen belegen, wenn Sie wollen, aber Sie wissen sehr gut, daß ich kein Miesmacher bin.« Ricardo wechselte den Ton. »Wenn ich eine Weile nichts sagte, so deshalb, weil ich über den Chinamann nachdachte, Sir.«

»So? Zeitvergeudung, lieber Martin. Ein Chinese ist unergründlich.«

Ricardo gab zu, das möchte wohl sein. Immerhin war ein Chinese weder hier noch dort im allgemeinen so unergründlich, wie dieser sein mochte; aber ein schwedischer Baron war das nicht – konnte es nicht sein! Die Wälder waren voll von solchen Baronen.

»Ich weiß nicht recht, ob er so zahm ist«, bemerkte Mr. Jones mit Grabesstimme.

»Wie meinen Sie das, Sir? Er ist kein Karnickel, natürlich nicht. Sie könnten ihn nicht hypnotisieren, wie ich es von Ihnen bei mehr als einem Dago erlebt habe und bei anderen braven Bürgern, wenn es darum ging, sie bei einem Spielchen festzunageln.«

»Rechne nur nicht damit«, murmelte ›schlicht Mr. Jones‹ ernsthaft.

»Nein, Sir, das tu ich auch nicht; obwohl Sie fabelhaft bezwingende Augen haben. Tatsache.«

»Ich habe eine fabelhafte Geduld«, bemerkte Mr. Jones trocken.

Ein schwaches Lächeln huschte über die Lippen des ergebenen Ricardo, der seinen Kopf immer gesenkt hielt.
»Ich möchte Sie nicht zu sehr anstrengen, Sir, aber diese Sache ist wie nichts sonst, womit wir uns je befaßt haben.«
»Vielleicht nicht. Jedenfalls wollen wir es annehmen.«
Die Zustimmung klang müde, der Monotonie des Lebens überdrüssig, und dieser Ton zerrte an den Nerven des sanguinischen Ricardo.
»Denken wir darüber nach, wie wir zu Werke gehen«, entgegnete er etwas ungeduldig. »Er ist ein schlauer Fuchs. Bedenken Sie nur die Art, wie er seinen Kumpan behandelt hat. Haben Sie je so was Gemeines gehört? Und die Verschlagenheit des Kerls – diese schmutzige, feige Verschlagenheit!«
»Fang nur nicht an zu moralisieren, Martin«, sagte Mr. Jones warnend. »Soviel ich der Geschichte, die jener deutsche Hotelier dir erzählt hat, entnehmen kann, scheint sie mir ein gewisses Maß von Charakter zu beweisen und eine Unabhängigkeit von allgemeinen Gefühlen, die nicht oft vorkommt. Sehr bemerkenswert, wenn es stimmt.«
»Ach, ach! Sehr bemerkenswert. Es ist aber auch zugleich ungeheuer gemein«, murmelte Ricardo verstockt. »Ich muß sagen, ich bin froh bei dem Gedanken, daß ihm das in einer Weise heimgezahlt wird, die ihn sehr überraschen wird!«
Seine Zungenspitze schob sich einen Moment lebhaft vor, als probiere er den Geschmack dieser wilden Rache auf seinen zusammengepreßten Lippen. Denn Ricardo war es ganz ernst mit seiner Entrüstung darüber, daß man den elementaren Grundsatz der Loyalität gegenüber einem Genossen kaltblütig verletzen konnte, in einem Doppelspiel von langer Hand, Jahre hindurch. Es gibt Grundbegriffe in der Schurkerei wie in der Tugend, und das Vorgehen, wie er es sich ausmalte, wurde noch abscheulicher durch diesen langen fortschreitenden Verrat, der so ungeheuerlich und dabei so bieder war. Aber er ver-

stand auch, daß sein Herr gebildeter urteilte, ein Gentleman, der all das mit der privilegierten Gelassenheit eines kultivierten Geistes, einer gehobenen Persönlichkeit betrachtete.

»Ach, er ist schlau – er ist verschlagen«, murmelte er zwischen seinen scharfen Zähnen.

»Verdammt nochmal!« Mr. Jones' ruhiges Flüstern drang an sein Ohr. »Komm endlich zur Sache.«

Gehorsam schüttelte der Sekretär seine Gedanken ab. Geistig war zwischen diesen beiden eine Ähnlichkeit – der eine ein Gezeichneter seiner Laster, der andere inspiriert von einem zornigen Trotz, der Angriffslust eines Raubtiers, das alle zahmen Kreaturen auf der Erde als seine natürlichen Opfer betrachtet. Beide waren indessen klug genug und beide waren sich bewußt, daß sie in dieses Abenteuer gestolpert waren, ohne hinlänglich die Details erwogen zu haben. Die Gestalt eines einsamen Mannes, fern von jedem Beistand, war groß vor ihnen aufgetaucht, faszinierend und wehrlos mitten im Meer, und hatte ihr ganzes Gesichtsfeld eingenommen. Scheinbar bestand gar keine Notwendigkeit, viel darüber nachzudenken. Wie Schomberg gesagt hatte: »Drei gegen einen.«

Aber nun sah es gar nicht so einfach aus angesichts dieser Einsamkeit, die diesen Mann wie ein Panzer umgab. Das Gefühl, dem sein Kumpan auf seine Art Ausdruck gab – »nun sind wir hier und doch noch kein Stück weiter« –, wurde von seinem Herrn schweigend anerkannt. Es sei nicht schwer, einen Kerl aufzuschlitzen oder ihm ein Loch in den Bauch zu bohren, ob er nun allein wäre oder nicht, bemerkte Ricardo in leisem zuversichtlichem Ton, aber –

»Er ist nicht allein«, sagte Mr. Jones matt, in der Haltung eines Mannes, der sich zum Schlafen begibt. »Vergiß nicht diesen Chinesen.« Ricardo erschrak ein wenig.

»Ach, ja – der Chinese!«

Ricardo war schon im Begriff gewesen, ein Geständnis über

das Mädchen abzulegen; aber nein! Er wollte, daß sein Herr ganz unbefangen und selbstsicher wäre. Unbestimmte Gedanken, die er sich kaum einzugestehen wagte, gingen ihm im Zusammenhang mit dem Mädchen durch den Kopf. Sie konnte nicht sehr ins Gewicht fallen, dachte er. Man konnte sie einschüchtern. Und es gab auch noch andere Möglichkeiten. Der Chinese indessen konnte offen erörtert werden.

»Woran ich eben dachte, Sir«, fuhr er ernsthaft fort, »ist dies – wir haben da einen Mann. Ganz unwichtig. Wenn er sich nicht gut benimmt, kann man ihn stillmachen. Ganz einfach. Aber dann ist da noch der Beuteschatz. Er trägt ihn wohl nicht in der Tasche.«

»Hoffentlich nicht«, hauchte Mr. Jones.

»Eben. Er ist zu groß, das wissen wir; aber wenn er allein ist, wird er sich keine übermäßigen Sorgen darum machen – ich meine um die Sicherheit der Sachen. Er würde das Ganze einfach in irgendeinen Kasten oder ein Schubfach stecken, griffbereit.«

»Würde er das?«

»Ja, Sir. Er würde es sozusagen unter seinen Augen haben. Warum auch nicht? Nur zu natürlich. Ein Kerl steckt seinen Ramsch nicht unter die Erde, wenn er keinen guten Grund dazu hat.«

»Einen guten Grund, wie?«

»Ja, Sir. Was glauben Sie, ist so ein Kerl – ein Maulwurf?«

Soweit er sehe, erklärte Ricardo, sei dieser Mann kein Höhlentier. Sogar die Knicker vergrüben sehr selten ihren Schatz, es sei denn aus besonderen Gründen. In der Situation eines Mannes, der einsam auf einer Insel lebe, sei die Gesellschaft eines Chinesen ein sehr guter Grund. Schubfächer würden vor einem spionierenden, schlitzäugigen Chinesen nicht sicher sein, auch Kästen nicht. Nein, Sir. Höchstens ein Safe – ein richtiger Bürosafe. Aber der Safe stehe hier im Zimmer.

»Ist hier ein Safe im Zimmer? Ich habe keinen gesehen«, flüsterte Mr. Jones.
Das kam daher, weil das Ding weiß angestrichen war wie die Wände des Zimmers, und außerdem war es in eine dunkle Ecke gerückt. Mr. Jones war zu müde gewesen, um beim ersten Anlandkommen alles zu bemerken; aber Ricardo hatte sehr bald die typische Form erspäht. Er hätte nur gewünscht, daß der durch Verräterei, Betrug und all die moralischen Abscheulichkeiten Heysts erbeutete Schatz darin gewesen wäre. Aber nein; das verdammte Ding war offen.
»Vielleicht war es irgendwann da untergebracht«, bemerkte er düster, »aber jetzt ist nichts darin.«
»Der Mann hat sich eben nicht für dieses Haus als Wohnung entschieden«, bemerkte Mr. Jones. »Und übrigens, was kann er damit gemeint haben, als er von Umständen sprach, die es ihm verwehrten, uns in seinem Bungalow unterzubringen? Du erinnerst dich, was er sagte, Martin? Das klang rätselhaft.«
Martin, der sich erinnerte und diesen Satz unmittelbar im Zusammenhang mit der Existenz des Mädchens verstanden hatte, zögerte ein wenig, ehe er sagte:
»Auch so ein Trick, Sir, und nicht der schlechteste. Dieses Benehmen uns gegenüber, und daß er keine Fragen stellt, gehört auch zu seiner Verschlagenheit. Ein Mann muß neugierig sein, und er ist es; aber er tut, als sei ihm das alles gleichgültig. Das ist es aber nicht – oder was täte er denn sonst mitten in der Nacht bei einer Zigarre, als darüber nachdenken? Ich mag das gar nicht!«
»Vielleicht ist er eben jetzt draußen, sieht das Licht hier und sagt sich ganz dasselbe über unsere Wachsamkeit«, gab Ricardos Herr ernstlich zu bedenken.
»Vielleicht, Sir; aber die Sache ist zu wichtig, als daß man sie im Dunkeln bereden könnte. Und das Licht ist ganz in der Ordnung. Man kann es erklären. Hier brennt ein Licht im

Bungalow mitten in der Nacht, weil – nun, weil Ihnen nicht gut ist. Ihnen ist nicht gut, Sir – das ist der Grund; und diese Rolle werden Sie spielen müssen.«

Diese Überlegung war dem treuen Knecht plötzlich gekommen und erschien als rettendes Mittel, seinen Herrn und das Mädchen so lange wie möglich einander fernzuhalten. Mr. Jones nahm den Vorschlag ohne die geringste Bewegung auf; sogar in seinen tiefen Augenhöhlen, wo ein stetes schwaches Glimmen als einziges von Leben und von einer Spannung in seinem ermatteten Körper zeugte, regte sich nichts. Aber Ricardo, kaum daß er seinen glücklichen Gedanken vorgebracht hatte, sah darin noch andere Möglichkeiten, mehr zur Sache gehörig und von großem praktischem Vorteil.

»Bei Ihrem Aussehen, Sir, geht das ganz leicht«, fuhr er, als habe kein Schweigen dazwischengelegen, gleichmütig fort, immer respektvoll, aber frei heraus und ganz simpel auf den Zweck bedacht. »Sie brauchen nichts weiter zu tun, als still dazuliegen. Ich bemerkte, daß er Sie auf dem Steg einigermaßen überrascht ansah, Sir.«

Bei diesen Worten, einem naiven Tribut an seine physische Erscheinung, die sogar eher ans Grab als ans Siechbett denken ließ, erschien auf der dem Licht zugewandten Seite von Mr. Jones' Gesicht eine tiefe, schattige, halbkreisförmige Falte, die sich von der Nase bis zum Kinn zog – ein schweigendes Lächeln. Mit einem Seitenblick hatte Ricardo dieses Mienenspiel bemerkt. Auch er lächelte, anerkennend, ermutigt.

»Und dabei immer in bester Form«, fuhr er fort. »Ich will mich hängen lassen, wenn nicht jeder Sie für krank halten sollte, da schwöre ich jeden Eid! Geben Sie uns einen Tag oder zwei, um die Lage zu peilen und diesen Heuchler richtig einzuschätzen.«

Ricardos Augen blieben auf seine gekreuzten Schienbeine gesenkt. Sein Chef pflichtete ihm mit tonloser Stimme bei.

»Vielleicht wäre das eine gute Idee.«
»Der Chinese hat nichts zu bedeuten. Er kann jederzeit zum Schweigen gebracht werden.«
Eine von Ricardos Händen, die mit der Handfläche nach oben auf seinen untergeschlagenen Beinen ruhten, vollführten eine rasche zustoßende Bewegung, die sich als riesiger zuckender Schatten eines Armes an der Wand wiederholte. Sie brach den Bann völliger Ruhe im Raum. Der Sekretär äugte nachdenklich zur Wand, von der der Schatten verschwunden war. Jeder Beliebige könne stumm gemacht werden, erklärte er. Nicht daß der Chinese irgend etwas tun könnte; nein, es war nur die Wirkung, die sein Vorhandensein auf das Verhalten des todgeweihten Mannes gehabt hatte. Ein Mann! Was war ein Mann? Einem schwedischen Baron konnte man ein Messer in die Rippen stoßen oder ihn mit einem Schuß durchbohren, so leicht wie jede andere Kreatur; aber gerade das mußte vermieden werden, bis man wußte, wo er seinen Raub versteckt hatte.
»Ich nehme nicht an, daß er eine Art von Versteck in seinem Bungalow hat«, erwog Ricardo, und das geschah aus wirklicher Besorgnis.
Nein. Ein Haus kann niedergebrannt werden – kann zufällig Feuer fangen oder auch mit Absicht, während ein Mann im Schlaf liegt. Unter dem Haus – oder in irgendeiner Spalte oder Ritze? Etwas sage ihm, daß das nicht in Frage kam. Bei der geistigen Anstrengung zog sich Ricardos Stirn schmerzhaft zusammen. Seine ganze Kopfhaut geriet anscheinend bei dieser Arbeit vergeblicher und quälender Vermutungen in Bewegung.
»Was dachten Sie denn, was so ein Mann ist, Sir – ein Baby?« sagte er als Antwort auf Mr. Jones' Einwände. »Ich versuche herauszufinden, was ich selbst tun würde. Schlauer als ich dürfte er auch nicht sein.«

»Und was weißt du über dich selbst?«
Mr. Jones schien sich an der Verlegenheit seines Spießgesellen zu weiden, was er jedoch hinter einer tödlichen Gelassenheit verbarg.

Ricardo überhörte die Frage. Das konkrete Bild der Diebesbeute nahm ihn ganz in Anspruch. Eine großartige Vision! Er glaubte, sie vor sich zu sehen. Ein paar Leinwandsäckchen, mit dünner Kordel zugeschnürt und rundlich geschwollen von dem inneren Druck gemünzter Plättchen – Gold, solides schweres Gold, ungemein handlich. Vielleicht waren es auch Stahlkassetten mit ziseliertem Deckel oder vielleicht ein messingbeschlagener Kasten aus schwarzem Stahl mit einem Griff oben und mit Gott weiß was darin. Banknoten? Warum nicht? Der Bursche war auf der Heimreise gewesen; also war es gewiß etwas, mit dem heimzureisen sich lohnte.

»Und er kann es auch irgendwo draußen versteckt haben – überall!« rief Ricardo in gedämpftem Ton. »Im Wald –«

Das war's! Eine zeitweilige Dunkelheit trat an die Stelle des schwachen Lichtes im Raum. Die Dunkelheit des Waldes bei Nacht, und eine Laterne, bei deren Schein eine Gestalt am Fuß eines Baumes gräbt. Und ebenso wahrscheinlich eine zweite Gestalt, die die Laterne hält – ha, weiblich! Diese verwünschte Person! Das Mädchen!

Der schlaue Ricardo erstickte einen bildhaften ordinären Ausruf, teils der Freude, teils der Enttäuschung. Traute oder mißtraute der Mann dem Mädchen? Wie auch immer, eins konnte es nur sein! Bei Frauen gab es keine Halbheiten. Er konnte sich keinen Mann vorstellen, der einer Frau in dieser engen Beziehung zu sich nur halb vertraute, zumal unter diesen besonderen Umständen einer selbstgeschaffenen Einsamkeit, wo Geständnisse gefahrlos schienen, da es offenbar keinen Menschen gab, an den sie ihn verraten konnte. Überdies würde in neun von zehn Fällen die Frau sein Vertrauen besitzen. War aber ihre Anwesenheit – Vertrauen hin, Mißtrauen her – ein günstiger oder ungünstiger Umstand bei dem Problem? Das war die Frage!

Die Versuchung, seinen Chef zu konsultieren, dieses gewichtige Faktum zu besprechen und seine Meinung zu hören, war in der Tat groß. Ricardo widerstand ihr; aber dieser einsame Zwiespalt des Gemüts war äußerst schmerzlich. Eine Frau stellt in einem Problem eine unbekannte Größe dar, mag man auch einen Anhaltspunkt für seine Vermutungen haben. Wie nun gar, wenn man sie nicht einmal zu Gesicht bekommen hat.

Mit seiner raschen Auffassungsgabe spürte er, daß ein längeres Schweigen nicht ratsam war. Er sprach hastig weiter:

»Und können Sie sich uns vorstellen, Sir, Sie und ich mit ein paar Spaten, gezwungen, diese ganze verdammte Insel umzugraben?«

Er gestattete sich eine kleine Armbewegung. Der Schatten vergrößerte sie zu einer schwungvollen Geste.

»Das scheint mir einigermaßen entmutigend, Martin«, murmelte sein Herr ungerührt.

»Wir dürfen uns nicht entmutigen lassen – das ist's«, gab sein Spießgeselle zurück. »Nach allem, was wir in dem Boot durchgemacht haben! Nun, es wäre wie –«

Er konnte die passenden Worte nicht finden. Sehr ruhig, treu ergeben und doch listig gab er seiner neugewonnenen Hoffnung geheimnisvoll Ausdruck:

»Es wird schon irgend etwas auftauchen, das uns einen Fingerzeig gibt; nur dürfen wir die Sache nicht überstürzen. Sie können sich auf mich verlassen, daß ich auch den kleinsten Hinweis aufgreife; aber Sie, Sir – Sie müssen ihn ganz sanft behandeln. Für das übrige verlassen Sie sich ganz auf mich.«

»Ja; aber ich frage mich, worauf *du* dich denn verläßt.«

»Auf unser Glück«, sagte Ricardo zuversichtlich. »Sagen Sie nichts dagegen. Es könnte die Sache verderben.«

»Du bist ein abergläubischer Teufel. Nein, ich werde nichts dagegen sagen.«

»Das ist recht, Sir. Denken Sie nur nicht leichtfertig darüber. Das Glück läßt nicht mit sich spaßen.«

»Ja, Glück ist eine delikate Angelegenheit«, pflichtete Mr. Jones träumerisch bei.

Es folgte ein kurzes Schweigen, das Ricardo diskret und vorsichtig beendete.

»Da wir vom Glück reden – ich glaube, man könnte ihn dazu bringen, ein Spielchen mit Ihnen zu machen, Sir. Piquet zu zweit oder Ekarté, da Sie doch krank sind und im Haus bleiben müssen – nur so zum Zeitvertreib. Allem Anschein nach ist er einer von den Hitzigen, wenn er einmal loslegt–«

»Ist das wahrscheinlich?« ließ sich der Prinzipal kühl vernehmen. »Angesichts dessen, was wir von seiner Geschichte wissen – zum Beispiel mit seinem Partner.«

»Bestimmt, Sir, er ist ein kaltblütiger Hund; ein kaltblütiger Unmensch –«

»Und ich will dir noch etwas sagen, was nicht wahrscheinlich ist. Er ist wohl nicht der Mann, sich das Fell über die Ohren ziehen zu lassen. Wir haben es nicht mit einem jungen Narren zu tun, der durch Neckerei oder Schmeichelei dazu gebracht werden kann und sich am Ende einfach einschüchtern läßt. Wir haben es mit einem berechnenden Mann zu tun.«

Ricardo war das ohne weiteres klar. Was er im Sinne hatte, bewegte sich auf einer niederen Ebene: nur den Feind beschäftigt zu halten, während er, Ricardo, Zeit hatte, ein wenig herumzuschnüffeln.

»Sie könnten ihn sogar etwas gewinnen lassen, Sir«, schlug er vor.

»Das könnte ich.«

Ricardo war einen Augenblick nachdenklich.

»Er kommt mir auch wie ein Mann vor, der sich auf die Hinterbeine stellt, wenn man es gar nicht erwartet. Was meinen Sie, Sir? Ist er ein Mann, der hochgeht? Das heißt, wenn ihn etwas in Rage bringt. Eher schießt er los, als daß er davonläuft – nicht wahr?«

Die Antwort kam prompt, weil Mr. Jones mit der besonderen Ausdrucksweise seines Spießgesellen vertraut war.

»Oh, zweifellos! Ganz zweifellos!«

»Es tut mir gut zu hören, daß Sie so denken. Er ist ein Tier, das sich aufbäumt, also dürfen wir ihn nicht reizen, nicht ehe ich das Zeugs ausfindig gemacht habe. Alsdann –«

Ricardo verstummte, düster in seiner ruhigen Pose. Plötzlich sprang er mit einer raschen Bewegung auf und blickte gedankenverloren auf seinen Chef hernieder. Mr. Jones rührte sich nicht.

»Es gibt noch etwas, das mich quält«, begann Ricardo in gedämpftem Ton.

»Nur eins?« kam als schwache Reaktion von dem reglosen Körper auf der Bettstelle.

»Ich meine, mehr als alles andere zusammen.«

»Das sind ernste Neuigkeiten.«

»Ach, ernst genug. Es ist dies – wie fühlen Sie sich innerlich, Sir? Steht zu befürchten, daß Sie sich langweilen? Ich kenne diese Anfälle, die bei Ihnen so plötzlich kommen; aber gewiß können Sie mir sagen –«

»Martin, du bist ein Esel.«

Das bekümmerte Gesicht des Sekretärs hellte sich auf.

»Wirklich, Sir? Nun, unter diesen Umständen will ich das gerne sein – ich meine, solange Sie die Langeweile nicht befällt. Das würde nichts taugen, Sir.«

Um sich abzukühlen, hatte Ricardo sein Hemd aufgerissen und die Ärmel aufgekrempelt. Er bewegte sich verstohlen barfüßig durch das Zimmer auf die Kerze zu, wobei der Schatten seines Kopfes und seiner Schultern hinter ihm auf der gegenüberliegenden Wand, der Mr. Jones sich zugekehrt hatte, immer

größer wurde. Mit einer katzenartigen Bewegung blickte Ricardo über die Schulter auf den schmalen Rücken des ruhenden Gespenstes auf dem Bett und blies dann die Kerze aus.
»Wirklich, ich bin eher amüsiert, Martin«, sagte Mr. Jones im Dunkeln.
Er hörte, wie sich sein Geselle auf den Schenkel klopfte und triumphierend ausrief:
»Ausgezeichnet! So läßt sich miteinander reden, Sir!«

VIERTER TEIL

I

Ricardo näherte sich vorsichtig, in kurzen Sprüngen von einem Baumstamm zum anderen, mehr in der Art eines Eichhörnchens als einer Katze. Die Sonne war vor einiger Zeit aufgegangen. Schon griff das Glitzern des offenen Meeres rasch auf das dunkle, kühle, frühmorgendliche Blau der Diamantenbucht über; aber tiefe Dämmerung weilte noch unter den mächtigen Säulen des Waldes, zwischen denen der Sekretär umherspionierte.

Er beobachtete den Bungalow von Nummer Eins mit einer tierischen Geduld, wenn auch mit sehr menschlichen Hintergedanken. Es war der zweite Morgen solcher Beobachtertätigkeit. Der erste war nicht von Erfolg belohnt worden. Nun, genaugenommen, war kein Grund zur Eile.

Die Sonne, die sich mit einemmal über den Kamm schwang, überflutete das verbrannte Grasstück vor Ricardo und die Front des Bungalows, auf den seine Augen geheftet waren, mit Licht und ließ als einzige dunkle Stelle den Eingang übrig. Zu seiner Rechten, seiner Linken und hinter ihm erschienen goldene Flecken in dem tiefen Schatten des Waldes und lichteten das Dunkel unter dem durchlöcherten Blätterdach.

Dieser Umstand war Ricardos Absichten nicht besonders günstig. Er wollte bei seiner geduldigen Beschäftigung nicht entdeckt werden. Denn er wartete darauf, einen Blick auf das Mädchen zu tun – jenes Mädchen! Nur einen Blick über das verbrannte Stück hinweg, um zu sehen, wie sie aussah. Er hatte ausgezeichnete Augen, und die Entfernung war nicht so groß. Er würde ihr Gesicht ganz bequem erkennen können, wenn sie nur auf die Veranda heraustäte; und das mußte sie wohl früher oder später tun. Er hoffte zuversichtlich, sich eine Meinung über sie bilden zu können, was er für unbedingt notwendig hielt, bevor er irgendwelche Schritte unternähme, um mit ihr hinter dem Rücken dieses schwedischen Barons Kontakt aufzunehmen. Seine theoretische Meinung über das Mädchen ging dahin, daß er durchaus bereit war, sich auf Grund dieser Prüfung aus der Ferne diskret blicken zu lassen, vielleicht ihr sogar ein Zeichen zu geben. Es hing alles davon ab, was er in ihrem Gesicht läse. Etwas Besonderes konnte sie nicht sein. Er kannte die Sorte!

Indem er den Kopf ein wenig durch das Blattwerk einer Schlingpflanze streckte, bekam er einen Überblick über die drei Bungalows, die unregelmäßig in einer flachen Kurve gruppiert waren. Über dem Geländer der Veranda des fernsten Bungalows hing, sehr auffällig, eine dunkle, schottisch gemusterte Decke. Ricardo konnte die Karos erkennen. Ein munteres Feuer von Holzscheiten brannte vor den Stufen; im Sonnenlicht war die kleine flackernde Flamme fast zur Unsichtbarkeit verblaßt – nur ein rosiges Glühen unter einem schwachen Kranz von Rauch. Er sah Pedros weiß bandagierten Kopf, der sich darüber beugte und dessen schwarze Haarbüschel komisch emporstanden. Er selbst hatte ihm den Verband gemacht, nachdem er diesen zottigen Riesenschädel angeschlagen hatte. Der Kerl balancierte den Verband wie eine Ladung, während er auf die Stufen zuging. Ricardo sah eine kleine langstielige Pfanne, die von einer großen behaarten Klaue gehalten wurde. Ja, er konnte alles sehen, was zu sehen war, weit und nah. Ausgezeichnete Augen! Das einzige, was sie nicht durchdringen konnten, war das dunkle Rechteck der Verandatür unter dem tiefen Dach des einen Bungalows. Und das war sehr ärgerlich. Eine wahre Schande. Ricardo war leicht aufgebracht. Gewiß würde sie jetzt herauskommen! Warum tat sie es nicht?

Der Kerl hatte sie doch wohl nicht am Bettpfosten angebunden, ehe er das Haus verließ!

Nichts erschien. Ricardo war so still wie die belaubten Ranken der Schlingpflanzen, die von dem mächtigen Stamm sechzig Fuß über seinem Kopf herabhingen und ihm sehr zustatten kamen. Sogar seine Augenlider waren ganz still, und diese Wachsamkeit, ohne zu blinzeln, gab ihm das traumverlorene Aussehen einer Katze, die auf einem Teppich sitzt und ins Feuer blickt. Träumte er? Da, in voller Sicht, hatte er vor sich ein weißes blusiges Jackett, kurze blaue Hosen, ein Paar nackte gelbe Waden, einen langen und dünnen Zopf –

»Der verdammte Chinese!« stammelte er verblüfft.

Er war sich nicht bewußt, weggeblickt zu haben; und doch, genau dort, in der Mitte des Bildes, ohne rechts oder links um die Ecke des Hauses gekommen, ohne vom Himmel gefallen oder aus dem Boden gewachsen zu sein, war Wang sichtbar geworden, lebensgroß, bei der Jungmädchenbeschäftigung des Blumenpflückens. Schritt für Schritt, sich mehrmals über die Blumenbeete am Fuß der Veranda beugend, entzog sich der so verblüffend aufgetauchte Chinese auf ganz gewöhnliche Weise dem Blick, indem er die Stufen hinaufging und in der Dunkelheit des Türrahmens verschwand.

Da erst verloren Martin Ricardos gelbe Augen ihre starre Unbeweglichkeit. Er begriff, daß es Zeit für ihn war, sich zu regen. Dieses Blumenbukett, von der Hand des Chinesen ins Haus getragen, war für den Frühstückstisch bestimmt. Wofür sonst?

»Ich werde dir Blumen geben!« murmelte er drohend. »Warte nur!«

Nur einen Moment noch, um einen Blick auf den Bungalow von Jones zu werfen, von wo er Heysts Erscheinen erwartete, auf seinem Weg zu dem so aufreizend geschmückten Frühstückstisch – und Ricardo trat seinen Rückzug an. Sein Impuls, sein Verlangen drängte ihn, hervorzustürzen, Auge in

Auge mit dem ausersehenen Opfer, um es, in seinem Jargon, ›aufzuschlitzen‹, wonach er gierte, immer mit dem raschen, zuvorkommenden Bücken, das für seinen Gegner den sicheren Tod bedeutete. Das war sein Impuls, und da er sozusagen konstitutionell bedingt war, fiel es ihm äußerst schwer, dem zu widerstehen, wenn sein Blut einmal in Wallung war. Was konnte quälender sein, als hier herumschleichen und sich verbergen zu müssen und sich, geistig und physisch, zu beherrschen, wenn einem das Blut kochte? Mr. Ricardo zog sich von seinem Beobachtungsposten hinter einen Baum gegenüber von Heysts Bungalow zurück, wobei er sich große Mühe gab, unsichtbar zu bleiben. Sein Vorhaben wurde durch die Senkung des Bodens erleichtert, der zum Wasser hin scharf abfiel. Dort, wo seine Füße durch die dünnen Sohlen der Strohpantoffeln die Wärme des felsigen Inselgrundes spürten, der schon von der Sonne erhitzt war, befand er sich außer Sicht der Häuser. Ein kurzes Scharren, einige zwanzig Fuß entfernt, ließ ihn wieder zu der Stelle hinaufklettern, wo der Steg am Ufer begann. Er lehnte sich mit dem Rücken gegen einen der hohen Pfosten, die immer noch das Firmenschild der Company über dem Grabmal der herrenlosen Kohle emporhielten. Niemand hätte vermuten können, wie sehr sein Blut in Wallung war. Um sich zu bezwingen, verschränkte er fest die Arme vor der Brust.

Ricardos Selbstbeherrschung war größeren Ansprüchen nicht gewachsen. Sein Geschick, seine Listen standen und fielen mit seinem Temperament, das wahrhaft ungebärdig war und nur im Zaum gehalten wurde durch den Einfluß des ›Herrn‹, das Prestige eines Gentleman. Es fehlte dabei auch nicht an Schläue, aber es war fast zuviel für ihn, da ja ein wildes Aufheulen und Losspringen sich nach Lage der Dinge verbot. Ricardo wagte sich nicht auf die Lichtung vor. Er wagte es nicht.

›Wenn ich den Kerl treffe‹, dachte er, ›weiß ich nicht, wozu ich imstande wäre. Da ist kein Verlaß.‹

Was ihn eben jetzt besonders ärgerte, war seine Unfähigkeit, Heyst zu begreifen. Ricardo war soweit Mensch, daß er seine Grenzen erkannte und darunter litt. Nein, er konnte Heyst nicht richtig einschätzen. Er konnte ihn mit größter Leichtigkeit umbringen – ein Aufheulen, ein Sprung –, aber das war verboten! Indessen konnte er nicht endlos unter der schwarzen Grabtafel stehenbleiben.

›Ich muß etwas unternehmen‹, dachte er.

Er rückte weiter vor, im Kopf etwas schwindlig von dem gestauten Drang nach Gewalttat, und kam dann gegenüber den Bungalows ganz offen zum Vorschein, als wäre er nur eben am Steg gewesen, um nach dem Boot zu sehen. Die grelle Sonne umfing ihn, es war ganz still und sehr heiß. Vor ihm die drei Gebäude. Das eine mit der Decke über der Balustrade war am weitesten entfernt; dann kam der leere Bungalow, und der nächstgelegene mit den Blumenrabatten am Fuß der Veranda barg jenes lästige Mädchen, das sich so herausfordernd unsichtbar zu machen verstand. Darum eben verweilten Ricardos Augen auf diesem Bau. Das Mädchen würde bestimmt leichter ›einzuordnen‹ sein als Heyst. Nur ein Blick, nur ein Zipfel hätte genügt, um weiterzukommen, einen Schritt näher ans Ziel – den ersten wirklichen Schritt. Ricardo sah keine andere Möglichkeit. Und jeden Augenblick konnte sie auf der Veranda erscheinen!

Sie erschien nicht, aber wie ein verborgener Magnet übte sie ihre Anziehung aus. Im Weitergehen bog er zu dem Bungalow ab. Obwohl er sich mit Bedacht bewegte, waren doch seine wilden Instinkte so übermächtig, daß er, hätte er Heyst auf sich zukommen sehen, seinem ungestümen Drang hätte nachgeben müssen. Aber er sah niemand. Wang war hinter dem Haus und hielt für die Rückkehr von Nummer Eins zum Frühstück den Kaffee warm. Sogar der affenartige Pedro war außer Sicht; er hockte zweifellos auf der Türschwelle des anderen

Bungalows und hielt seine kleinen roten Augen mit tierischer Ergebenheit auf Mr. Jones geheftet, der mit Heyst sprach – ein böser Geist mit einem Wehrlosen, bewacht von einem Affen.

Ricardo schoß rasche Blicke in alle Richtungen und fand sich, ohne daß sein Wille viel damit zu tun hatte, an den Stufen zu Heysts Bungalow. Einmal dort, verfiel er einer unüberwindlichen Anziehungskraft, stieg hinauf mit tierhaften, verstohlenen Bewegungen und zögerte einen Moment unter dem Vordach, um in das Schweigen zu lauschen. Jetzt schob er ein Bein über die Schwelle – es schien sich von selbst auszustrecken, als wäre es aus Gummi –, setzte einen Fuß ins Innere, zog den anderen rasch nach und stand im Zimmer, den Kopf von einer zur anderen Seite wendend. Vor seinen noch von der Sonne geblendeten Augen war alles für einen Moment dunkel. Indes seine Pupillen sich wie bei einer Katze rasch weiteten, erkannte er eine gewaltige Menge von Büchern. Er war grenzenlos erstaunt und nahezu fassungslos. Er war ärgerlich in seinem Erstaunen. Er hatte geglaubt, Erscheinung und Wesen der Dinge erkennen und irgendeinen natürlichen Schluß daraus ziehen zu können, einen Hinweis bezüglich dieses Mannes. Was aber konnte man aus solch einer Anzahl von Büchern schließen? Er wußte nicht, was er davon halten sollte, und seine Bestürzung formte sich zu dem stummen Ausruf:

›Was, zum Teufel, wollte der Kerl hier einrichten – eine Schule?‹

Er warf einen längeren Blick auf das Porträt von Heysts Vater, jenes strenge Profil, das von den Eitelkeiten dieser Welt nichts wissen wollte. Seine Augen blickten seitwärts auf die schweren silbernen Leuchter – Zeichen des Wohlstands. Er schlich umher wie eine Katze, die an einen ihr fremden Ort geraten ist; wenn Ricardo auch nicht Wangs wunderbare Gabe des Auftauchens und Verschwindens (statt des Kommens und Gehens) besaß und seine Bewegungen nicht so unmerklich

waren, so konnte er doch fast ebenso geräuschlos sein. Er bemerkte die hintere Tür, die eben angelehnt war; und die ganze Zeit hielten seine leicht gespitzten, zu äußerster Wachsamkeit angespannten Ohren Verbindung mit der tiefen Stille draußen, welche die absolute Ruhe des Hauses umgab.
Er war noch nicht zwei Minuten in dem Raum, als ihm einfiel, er sei womöglich ganz allein in dem Bungalow. Die Frau war höchstwahrscheinlich hinausgeschlüpft und ging irgendwo auf dem rückwärtigen Gelände spazieren. Vielleicht hatte sie Weisung, sich unsichtbar zu halten. Warum nur? Weil der Bursche seinen Gästen mißtraute? Oder mißtraute er vielleicht *ihr*? Ricardo überlegte, daß das von einem gewissen Standpunkt auf dasselbe hinauslief. Er erinnerte sich an Schombergs Geschichte. Darin, daß man mit irgend jemand weglief, nur um aus dem Bereich der Aufmerksamkeiten dieses gräßlichen, biederen Hoteliers zu kommen, konnte er noch keinen Beweis für eine hoffnungslose Vernarrtheit erblicken. Gewiß konnte man mit ihr in Kontakt kommen.
Sein Schnurrbart sträubte sich. Eine Zeitlang hatte er auf eine verschlossene Tür geblickt. Er würde in jenes andere Zimmer schauen und dort vielleicht etwas Aufschlußreicheres erspähen als diesen verdammten Haufen Bücher. Während er den Raum durchquerte, dachte er unruhig:
›Wenn der Kerl plötzlich hereinkommt und sich auf die Hinterbeine stellt, schlitze ich ihn auf, und der Fall ist erledigt!‹
Er legte seine Hand auf die Klinke und spürte, daß die Tür sich öffnen ließ. Bevor er daran zog, horchte er wieder in die Stille. Er spürte sie rings um sich, vollkommen und makellos.
Der ständige Zwang zur Vorsicht hatte seine Selbstbeherrschung erschöpft. Eine wilde Laune packte ihn, und, wie immer in solchen Momenten, wurde er sich körperlich des verborgenen Messers an seinem Bein bewußt. Er zog mit heftiger Neugier an der Tür. Sie öffnete sich ohne ein Quietschen der

Angeln, ohne ein Knarren, ohne den geringsten Laut; und er sah sich der stumpfen Oberfläche irgendeines groben blauen, köperartigen Stoffs gegenüber. Ein Vorhang schloß von innen den Türrahmen ab, so schwer und lang, daß er sich nicht bewegte.

Ein Vorhang! Diese unerwartete Abschirmung, die seine Neugier vereitelte, tat seinem Ungestüm Einhalt. Er riß den Vorhang nicht mit einer ungeduldigen Bewegung zur Seite; er sah ihn nur aus nächster Nähe an, als müsse das Gewebe erst untersucht werden, ehe seine Hand den Stoff berühren könnte. Während dieser Spanne des Zögerns meinte er, einen Bruch in der vollkommnen Stille zu entdecken, ein denkbar leises Knistern, das seine Ohren aufnahmen und im nächsten Moment, in der Anstrengung bewußten Horchens, wieder verloren. Nein! Alles war ruhig, drinnen und draußen, nur daß er nicht mehr das Gefühl hatte, allein im Raum zu sein.

Als er die Hand nach den unbeweglichen Falten ausstreckte, geschah das mit äußerster Behutsamkeit und nur, um den Stoff ein wenig beiseitezuschieben, während er zugleich den Kopf vorstreckte, um hineinzuspähen. Ein Augenblick völliger Erstarrung folgte. Dann zog Ricardo, ohne sonst ein Glied zu rühren, seinen Kopf auf die Schultern zurück, während sein Arm langsam herabsank. Dort drinnen war eine Frau. Die Frau! Im Dämmer der von draußen reflektierten Helligkeit stand sie seltsam hochragend und schattenhaft am anderen Ende des langen schmalen Raumes. Mit dem Rücken zur Tür, kämmte sie ihr Haar, die nackten Arme erhoben. Der eine schimmerte perlenweiß; der andere hob sich als vollkommene dunkle Form gegen das nicht abgeschirmte, gardinenlose Rechteck des Fensters ab. Da war sie also, mit ihrem dunklen Haar beschäftigt, völlig selbstvergessen, wehrlos preisgegeben – und verlockend.

Ricardo zog einen Fuß zurück und preßte seine Ellbogen in die

Seiten; seine Brust begann sich krampfhaft zu heben wie bei einem Ringkämpfer oder Schnelläufer; sein Körper begann leicht vor und zurück zu schwingen. Seine Selbstbeherrschung war am Ende: sein Temperament mußte sich Luft machen. Der Instinkt zu wildem Ansprung ließ sich nicht länger unterdrücken. Schänden oder Töten – es war ihm alles gleich, wenn er nur durch den Akt die leidende Seele von der so lange aufgestauten Wildheit befreite. Nach einem raschen Blick über die Schulter, den, wie uns Großwildjäger berichten, kein Löwe oder Tiger vergißt, ehe er losspringt, stürzte Ricardo mit gesenktem Kopf gerade auf den Vorhang los. Der Stoff, von dem Anprall heftig emporgehoben, fiel mit langsamer fließender Bewegung wieder in seine senkrechten Falten und regte sich nicht, zitterte nicht einmal in der stillen warmen Luft.

II

Die Uhr, die einmal vor langer Zeit die Stunden der philosophischen Meditation gemessen hatte, konnte noch nicht fünf Sekunden weitergetickt haben, als Wang mitten im Wohnzimmer in Erscheinung trat. Seine Sorge galt hauptsächlich dem verspäteten Frühstück, aber mit einemmal hefteten sich seine Schlitzaugen starr auf den unbewegten Vorhang. Denn von ebendort hatte er die befremdlichen, gedämpften, scharrenden Laute vernommen, die den leeren Raum erfüllten. Den Schlitzaugen seiner Rasse war es nicht gegeben, sich zu einem verwunderten Blick zu runden, aber sie blieben still, totenstill, und sein leidenschaftsloses gelbes Gesicht fiel mit einemmal sorgenvoll zusammen unter der plötzlichen Anspannung einer ungewissen, hellwachen Angst. Widerstreitende Impulse teilten sich seinem Körper mit, der wie angewurzelt auf der Fußbodenmatte stand. Er ging sogar soweit, daß er seine Hand gegen den Vorhang ausstreckte. Er konnte ihn nicht erreichen, und den notwendigen Schritt vorwärts tat er nicht.

Der rätselhafte Kampf ging weiter mit verworrenem Stampfen nackter Füße – ein stummes Ringen, bei dem kein menschlicher Laut, kein Zischen, Ächzen, Murmeln oder Ausruf durch den Vorhang drang. Ein Stuhl fiel um, nicht mit einem Krach, sondern ganz leicht, als sei er nur eben gestreift worden, und darauf folgte ein schwaches metallisches Klingen der zinnernen Badewanne. Das spannungsvolle Schweigen, wie von zwei Gegnern in tödlicher Umschlingung, löste sich endlich in dem schweren dumpfen Fall eines geschmeidigen Körpers, der gegen die innere Trennwand geschleudert wurde. Davon schien der ganze Bungalow zu erbeben. Mittlerweile war Wang, der rückwärts schritt und dessen Augen, ja dessen Kehle sich in fürchterlicher Erregung spannten, indes sein ausgestreckter Arm noch auf den Vorhang wies, durch die Hintertür verschwunden. Einmal draußen, rannte er um die Ecke des Hauses. Dann tauchte er wieder unschuldsvoll zwischen den beiden Bungalows auf, lungerte und bummelte im Freien umher, wo jeder, der aus einem der Häuser kam, ihn sehen mußte – ein Chinese von vollendeter Selbstbeherrschung, der da untätig umherging und nichts im Kopf hatte als vielleicht ein noch nicht serviertes Frühstück.

Das war der Zeitpunkt, da Wang sich entschloß, jegliche Verbindung mit Nummer Eins aufzugeben, mit einem Manne, der nicht nur völlig wehrlos, sondern schon halb besiegt war. Bis zu jenem Morgen hatte er noch Zweifel über den einzuschlagenden Weg gehabt, aber dieses Ringen, das er belauscht hatte, entschied die Frage. Nummer Eins war ein erledigter Mann – eins jener Wesen, denen zu helfen nur Unglück brachte. Noch als Wang mit völlig sorgloser Miene im Freien umherging, wunderte er sich, daß kein Laut irgendwelcher Art aus dem Innern des Hauses zu hören war. Demnach hatte die weiße Frau dort drinnen vermutlich mit einem bösen Geist gerungen, der sie natürlich umgebracht hatte. Denn es kam auch nichts Sichtbares aus dem Haus, das er aus schrägen Augenwinkeln beobachtete. Außerhalb des Bungalows hatten die Sonne und die Stille ihr ungestörtes Reich.

Aber drinnen hätte ein scharfes Ohr die Stille nicht als vollkommen empfunden. Sie wurde gestört durch eine so leise Bewegung, daß man nicht einmal hätte sagen können, Geister flüsterten hinter dem Vorhang.

Ricardo, der seine Kehle mit zärtlicher Sorge betastete, hauchte bewundernd:

»Sie haben Finger wie aus Stahl. Muskeln wie ein Riese!«

Zum Glück für Lena war Ricardos Überfall so plötzlich gekommen – sie flocht gerade ihre beiden schweren Zöpfe rund um den Kopf –, daß sie keine Zeit hatte, die Arme herunterzunehmen. So wurden sie davor bewahrt, gewaltsam festgehalten zu werden, und das gab ihr eine bessere Chance zur Gegenwehr. Sein Sprung hatte sie nahezu niedergeworfen. Aber wiederum zum Glück stand sie so nahe der Wand, daß der Aufprall, obwohl sie in ganzer Länge dagegen geschleudert wurde, doch nicht so schwer war, um ihr allen Atem zu nehmen. Im Gegenteil, ihr erster instinktiver Versuch, den Angreifer zurückzudrängen, gewann dadurch an Kraft.

Nach dem ersten Aufstöhnen aus einer Überraschung, die wirklich zu mächtig war, als daß sie hätte schreien können, war sie über die Natur der Gefahr keinen Augenblick im Zweifel. Sie verteidigte sich in voller klarer Erkenntnis dessen mit der Kraft des Instinkts, der die wahre Quelle jeder wirklich großen Energieleistung ist, und mit einer Entschlossenheit, die man kaum von einem Mädchen erwartet hätte, das in einem dunklen Korridor von dem rotgesichtigen stammelnden Schomberg in die Enge getrieben, gezittert hatte vor Scham, Abscheu und Angst, sich gebeugt hatte, entsetzt vor den bloßen Worten, die widerlich von einem Mann herausgesprudelt wurden, der noch nie im Leben seine plumpe Hand auf sie gelegt hatte.

Der Angriff dieses neuen Gegners war einfache direkte Gewalt. Es war nicht der schleimige, unter der Hand ausgeheckte Plan, sie wie eine Sklavin auszuliefern, der ihr Herz krank gemacht und ihr in ihrer Einsamkeit das Gefühl gegeben hatte, daß ihre Unterdrücker in der Übermacht wären. Jetzt stand sie nicht mehr allein in der Welt. Sie wehrte sich, ohne auch nur einen Augenblick nachzulassen, weil sie nicht mehr der moralischen Unterstützung beraubt war; weil sie ein menschliches Wesen war, das zählte; weil ein Vertrauen in ihr entstanden war – das Vertrauen auf den Mann ihres Schicksals und vielleicht auch auf den Himmel, der ihn ihr auf so wunderbare Weise über den Weg geschickt hatte.

Sie hatte sich hauptsächlich dadurch verteidigt, daß sie in einer verzweifelten mörderischen Umklammerung auf Ricardos Luftröhre drückte, bis sie ein plötzliches Schwächerwerden der gräßlichen Umarmung spürte, die er, töricht und wirkungslos, aufrechterhielt. Dann schleuderte sie ihn mit einer äußersten Anstrengung der Arme und mit plötzlich erhobenem Knie gegen die Wand. Die Truhe aus Zedernholz stand im Wege, und Ricardo fiel mit einem dumpfen Laut, der hohl durch den ganzen Bungalow dröhnte, in sitzender Haltung darauf nieder, halb erwürgt und erschöpft nicht so sehr durch die Anstrengung als durch die Erregung des Kampfes.

Mit dem Nachlassen ihrer überforderten Kräfte wankte auch sie, stolperte rückwärts und setzte sich auf die Bettkante. Außer Atem, aber ruhig und furchtlos, machte sie sich daran, den braun und gelb gemusterten Sarong aus Celebes unter ihren Armen in Ordnung zu bringen, dessen Zipfel sich während des Kampfes gelöst hatte. Dann verschränkte sie ihre nackten Arme eng über der Brust und beugte sich über ihren untergeschlagenen Beinen vor, entschlossen und ohne Furcht.

Ricardo beugte sich ebenfalls vor. Seine Nervenkraft war geschwunden, wie bei einem Raubtier, das seinen Sprung verfehlt hat; so begegnete er ihren großen grauen Augen, die ihn – weit aufgerissen, beobachtend, geheimnisvoll – unter den dunklen Bogen ihrer stolz geschwungenen Augenbrauen anblickten. Ihre Gesichter waren kaum einen Fuß voneinander entfernt. Er hörte auf, seine schmerzende Kehle zu befühlen, und ließ die Handflächen schwer auf die Knie fallen. Er blickte nicht auf ihre nackten Schultern, ihre kräftigen Arme; er blickte nieder auf den Boden. Einen seiner Strohpantoffeln hatte er verloren. Ein Stuhl mit einem weißen Kleid darauf war umgestürzt. Dies und dazu die Wasserspritzer auf dem Boden aus einem plötzlich beiseitegestoßenen Waschbecken waren die einzigen Spuren des Kampfes.

Ricardo schluckte zweimal ganz bewußt, als müsse er sich seiner Kehle versichern, ehe er wieder den Mund auftat:

»Da wären wir. Ich habe nie beabsichtigt, Ihnen wehzutun, obwohl ich keinen Spaß verstehe, wenn es einmal soweit kommt.«

Er zog das Bein seiner Pyjamahose hoch, um das verborgene Messer vorzuweisen. Sie blickte darauf, ohne den Kopf zu bewegen, und murmelte mit schneidendem Hohn:

»Oh, ja – mit dem Ding in meinen Rippen. Anders nicht.«

Beschämt lächelnd schüttelte er den Kopf.

»Hören Sie zu! Ich bin jetzt ganz ruhig. Ehrlich – das bin ich. Ich brauche Ihnen nicht zu erklären weshalb – Sie sehen, wie es steht. Und ich sehe jetzt: das war nicht die richtige Art mit Ihnen.«

Sie gab keinen Laut von sich. Ihr ruhiger, emporgerichteter Blick war von geduldiger Trauer, was ihn verwirrte wie ein Beweis unbegreiflicher Seelentiefe. Er fügte unsicher hinzu:

»Sie werden doch keinen Lärm schlagen wegen dieses plumpen Überfalls?«

Sie bewegte unmerklich den Kopf.

»Herrje! Sie sind ein Wunder«, murmelte er ernsthaft und mehr erleichtert, als sie ahnen konnte.

Natürlich, wenn sie versucht hätte hinauszurennen, hätte er ihr das Messer zwischen die Schulterblätter gestoßen, um ihren Aufschrei zu ersticken; aber dann wäre alles verpatzt, die Chance vertan und die Wut des Herrn – besonders wenn er den Grund erfahren hätte – grenzenlos gewesen. Eine Frau, die nach einem solchen Überfall keinen Lärm schlägt, hat stillschweigend die Sache verziehen. Ricardos Eitelkeit war nicht gering. Aber soviel war klar: wenn sie so darüber hinwegging, konnte er ihr nicht so völlig zuwider sein. Er fühlte sich geschmeichelt. Und sie schien auch keine Angst vor ihm zu haben. Ihm kamen schon fast zärtliche Gefühle für das Mädchen – dieses beherzte hübsche Mädchen, das keinen Versuch gemacht hatte, schreiend vor ihm davonzulaufen.

»Wir sollten dennoch Freunde sein. Ich gebe Sie nicht auf. Glauben Sie das nicht. Freunde so gut es geht!« flüsterte er vertraulich. »Herrje! Sie sind nicht von der zahmen Sorte. Ich auch nicht. Das werden Sie sehr bald merken.«

Er konnte nicht wissen, daß sie deshalb nicht davongelaufen war, weil Heyst ihr an jenem Morgen unter dem Druck der wachsenden Unsicherheit über die Anwesenheit der unbegreiflichen Besucher gestanden hatte, daß es sein Revolver war, wonach er in der Nacht gesucht hatte, daß der Revolver verschwunden war, daß er ein waffenloser Mann war, der sich nicht verteidigen konnte. Sie hatte kaum die Bedeutung dieses Geständnisses erfaßt. Jetzt verstand sie besser, was das hieß. Die Anstrengung ihrer Selbstbeherrschung, ihre Ruhe, beeindruckte Ricardo. Plötzlich sprach sie:

»Worauf haben Sie es abgesehen?«

Er hob nicht die Augen. Seine Hände, die auf den Knien lagen, sein gebeugter Kopf, etwas Nachdenkliches in seiner Haltung offenbarten den Konflikt einer einfachen Seele, die Ermüdung eines mehr geistigen als physischen Kampfes. Er beantwortete die direkte Frage durch eine direkte Erklärung, als wäre er zu erschöpft, sich noch zu verstellen:

»Auf den Kies.«

Das Wort war ihr fremd. Die verschleierte Intensität ihres grauen Blicks unter den dunklen Brauen hervor wich nicht von Ricardos Gesicht.

»Kies?« murmelte sie ruhig. »Was ist das?«

»Nun, Kies, Beute – was Ihr Gentleman seit Jahren überall zusammengeklaut hat – die runden Taler. Sie verstehen nicht? Hier!«

Ohne aufzublicken machte er mit der Hand die Bewegung des Geldzählens. Sie senkte ein wenig die Augen, um diese kleine Pantomime zu beobachten, heftete den Blick aber sogleich wieder auf sein Gesicht. Dann, nur hingehaucht:
»Woher wissen Sie überhaupt etwas über ihn?« fragte sie und suchte ihre Bestürzung zu verbergen. »Was haben denn Sie damit zu schaffen?«
»Alles«, war Ricardos bündige Antwort, leise und eindringlich geflüstert. Er überlegte, daß dieses Mädchen wirklich seine beste Hoffnung war. Aus dem noch frischen Eindruck der Gewalttätigkeit von vorhin wuchs allmählich jenes Gefühl, das einen Mann nicht mehr gleichgültig gegenüber einer Frau sein läßt, die er einmal in seinen Armen gehalten – wenn auch gegen ihren Willen –, und erst recht, wenn sie die Beleidigung verziehen hat. Es entsteht dann eine Art von Verbundenheit. Er spürte entschieden das Bedürfnis, sich ihr anzuvertrauen – ein subtiler Zug des männlichen Wesens, dieses nahezu physische Bedürfnis, zu vertrauen, das Seite an Seite mit dem brutalsten Argwohn bestehen kann.
»Es handelt sich um eine kleine Dieberei – verstehen Sie?« fuhr er in einem neuen vertraulichen Flüsterton fort. Er blickte sie jetzt offen an. »Dieser fette Biedermann von einem Kneipenwirt, Schomberg, hat uns drauf gebracht.«
So stark ist der Eindruck von Hilflosigkeit und Verfolgung im Elend, daß dieses Mädchen, das einen wilden Überfall ohne jede Schwäche abgewehrt hatte, bei dem bloßen Klang des verabscheuten Namens ein Schaudern nicht ganz unterdrücken konnte.
Ricardo wurde noch hastiger und vertraulicher:
»Er will es ihm heimzahlen – Ihnen beiden heimzahlen; so hat er mir gesagt. Er war hinter Ihnen her. Er hätte alles, was er besaß, in diese Ihre Hände gelegt, die mich um ein Haar erwürgt haben. Aber Sie konnten nicht, wie? Nun ja – was

soll's?« Er machte eine Pause. »So sind Sie denn lieber einem – Gentleman gefolgt?«
Er bemerkte eine schwache Bewegung ihres Kopfes und sprach rasch weiter.
»Genau wie ich – lieber das, als ein Lohnsklave zu sein. Nur, diesem Fremden ist nicht zu trauen. Sie sind zu gut für ihn. Ein Mann, der seinen besten Kameraden ausbeutet!« Sie hob den Kopf. Er fuhr fort, sehr zufrieden mit seinem Erfolg, und flüsterte hastig: »Ja. Ich weiß alles über ihn. Da können Sie sich vorstellen, wie er wohl eine Frau nach kurzer Zeit behandeln wird!«
Er ahnte nicht, daß er ihr damit einen Schrecken einjagte. Dennoch blieben die grauen Augen unter der weißen Stirn mit starrer, gleichsam schläfriger Aufmerksamkeit auf ihn gerichtet. Sie begriff allmählich. Seine Worte hatten für sie einen gewissen fürchterlichen Sinn, und der wurde noch klarer, als er weiter leise auf sie einredete.
»Sie und ich, wir sind dazu da, einander zu verstehen. Gleich geboren, gleich aufgewachsen, nehme ich an. Sie sind keine Zahme. Ganz wie ich! Sie sind in diese verrottete Welt von Heuchlern gestoßen worden, ganz wie ich!«
Ihre Ruhe, ihre angstgelähmte Ruhe hatte für ihn einen Anschein von faszinierter Aufmerksamkeit. Er fragte plötzlich: »Wo ist es?«
Sie hauchte mit Anstrengung:
»Wo ist was?«
Er sprach in erregtem Verschwörerton:
»Der Kies, die Beute, das Geld. Darum geht's. Wir müssen es haben; aber das ist nicht leicht, und darum müssen Sie uns ein wenig helfen. Los! Ist es hier im Haus?«
Ihr Verstand, wie es oft bei Frauen geht, schärfte sich gerade im Schrecken über die erfaßte Drohung. Sie schüttelte verneinend den Kopf.

»Nein.«
»Bestimmt?«
»Bestimmt«, sagte sie.
»Ach! Dachte ich's mir. Vertraut Ihnen Ihr Gentleman?«
Wiederum schüttelte sie den Kopf.
»Gemeiner Heuchler«, sagte er mitfühlend und fuhr nachdenklich fort: »Er ist einer von den ganz Zahmen, nicht wahr?«
»Davon sollten Sie sich besser selbst überzeugen«, sagte sie.
»Mir vertrauen Sie aber. Ich will nicht sterben, ehe Sie und ich Freundschaft geschlossen haben.« Dies sagte er mit einem seltsamen Anflug von katzenhafter Galanterie. Dann, tastend: »Aber er könnte dazu gebracht werden, Ihnen zu vertrauen, oder nicht?«
»Mir vertrauen?« sagte sie in einem Ton, der an Verzweiflung grenzte, den er aber als Verachtung auffaßte.
»Schlagen Sie sich auf unsere Seite«, drängte er. »Geben Sie dieser ganzen verdammten Heuchelei einen Tritt. Vielleicht haben Sie auch ohne sein Vertrauen etwas darüber herausgebracht, wie?«
»Vielleicht habe ich das«, äußerte sie mit Lippen, die ihr zu gefrieren schienen.
Ricardo sah jetzt mit einer Art Achtung auf ihr ruhiges Gesicht. Er war sogar etwas ehrfürchtig vor ihrer Ruhe und ihren sparsamen Worten. Nach weiblicher Art spürte sie den Eindruck, den sie hervorgebracht hatte, den Eindruck, viel zu wissen und ihr ganzes Wissen vorläufig für sich zu behalten. Irgendwie war es von selbst dahin gekommen. Auf diese Weise ermutigt, geführt von der Doppelzüngigkeit, der Zuflucht der Schwachen, machte sie bewußt eine heroische Anstrengung und zwang ihre steifen kalten Lippen zu einem Lächeln.
Doppelzüngigkeit – die Zuflucht der Schwachen und der Feigen, aber auch der Entwaffneten! Nichts stand zwischen dem verzauberten Traum ihrer Existenz und einer grausamen Kata-

strophe als ihre Doppelzüngigkeit. Es schien ihm, als sei der Mann, der da vor ihr saß, von unabwendbarer Gegenwärtigkeit, die sie schon ihr ganzes Leben begleitet hatte. Er war das Böse der Welt in Person. Sie schämte sich nicht ihres doppelten Spiels. Mit dem freien Mut des Weibes warf sie sich, sobald sie diesen Ausweg sah, rückhaltlos da hinein, mit nur einem Zweifel – dem an ihrer eigenen Kraft. Sie war voller Entsetzen über die Situation; aber schon fühlte das Weibliche in ihr sich aufgerufen. In der Erkenntnis, daß sie, ob nun Heyst sie liebte oder nicht, sie jedenfalls ihn liebte, und in dem Gefühl, daß sie dies über sein Haupt gebracht hatte, begegnete sie der Gefahr mit dem leidenschaftlichen Willen, ihre Liebe zu verteidigen.

III

Ricardo war auf das Mädchen so wenig gefaßt gewesen, daß er es nicht fertigbrachte, das Licht seines Urteilsvermögens darauf zu konzentrieren. Ihr Lächeln schien ihm voller Verheißung zu sein. Er hatte nicht das in ihr zu finden erwartet, was sie war. Wer hätte, nach dem Gerede, das er gehört hatte, erwarten können, ein Mädchen dieser Art zu treffen? Ein verdammt ungewöhnliches Geschöpf, sagte er sich, plumpvertraulich, aber mit einem Anflug von Respekt. Sie war kein Bissen für Leute wie diesen zahmen achtbaren Kneipenwirt. Ricardo erhitzte sich vor Entrüstung. Ihr Mut, ihre körperliche Kraft, die sie auf seine Kosten bewiesen hatte, forderten seine volle Sympathie. Er fühlte sich durch die Beweise ihrer erstaunlichen Gesinnung zu ihr hingezogen. So ein Mädchen! Sie hatte eine starke Seele; und ihr wohlbedachter Plan, den ihr befreundeten Mann sitzenzulassen, bewies, daß sie keine Heuchlerin war.

»Ist Ihr Gentleman ein Treffer?« sagte er, indem er scheinbar gleichgültig zu Boden blickte.

Sie verstand den Satz kaum; aber der Form nach schien er eine Vollkommenheit anzudeuten. Es war besser, zustimmend zu antworten.

»Ja.«

»Meiner auch – und mehr als das«, murmelte Ricardo, und dann platzte er vertraulich heraus: »Ich bin nicht ganz so gut, dafür trage ich aber so ein tödliches Stück Eisen bei mir.«

Er klopfte an sein Bein. Sie war jetzt über das Stadium des Schauderns hinaus. Ganz und gar erstarrt, unfähig, auch nur die Augen zu bewegen, litt sie unter einer fürchterlichen geistigen Spannung, die völliger Gedankenlosigkeit gleichkam. Ricardo bemühte sich, sie auf seine Art herumzukriegen.

»Und mein Gentleman ist nicht so einer, der einen im Stich läßt. Er ist kein Ausländer; aber Sie, mit Ihrem Baron, Sie wissen nicht, was Ihnen bevorsteht – vielmehr Sie als Frau wissen es nur zu gut. Besser, nicht erst auf den Rausschmiß zu warten. Schlagen Sie sich auf unsere Seite und sichern Sie sich Ihren Anteil – an der Beute, meine ich. Etwas wissen Sie ja schon davon.«

Wenn sie auch nur durch ein Wort oder Zeichen durchblicken ließe, daß es nichts dergleichen auf der Insel gab, würde Heysts Leben – das spürte sie – keinen Pfifferling mehr wert sein; aber jegliche Gewalt über die Worte war ihr in der geistigen Anspannung abhanden gekommen. Worte auszudenken – schon das war zu schwierig, ausgenommen das Wort ›ja‹. Das rettende Wort! Sie flüsterte es, ohne daß sich ein Zug auf ihrem Gesicht bewegte. Für Ricardo war der hingehauchte kurze Laut das Zeichen einer kühlen, reservierten Zustimmung, die aus dem Munde dieser erstaunlich beherrschten Frau wertvoller war als tausend Worte von irgendeinem anderen Weib. Er jubelte innerlich, daß er hier auf eine von einer Million – von zehn Millionen gestoßen war. Sein Flüstern wurde geradezu flehentlich.

»Ausgezeichnet! Sie haben jetzt nichts weiter zu tun als festzustellen, wo er seinen Zaster versteckt hat. Nur beeilen Sie sich damit! Ich kann das Messerkitzeln, nur um Ihren Gentleman zu schonen, nicht länger ertragen. Wofür halten Sie einen denn – für einen Fisch?«

Sie blickte vor sich hin, als sähe sie niemand, als säße sie starrenden Blicks in der Nacht auf und horchte auf ein todbringendes Geräusch, auf böse Einflüsterungen. Und immer war da in ihrem Kopf diese Anspannung, irgendeinen Halt zu ergreifen, eine rettende Idee, die so nahe zu sein schien und sich doch nicht fassen ließ. Plötzlich hatte sie es. Ja – sie mußte diesen Mann aus dem Hause schaffen. In eben diesem Moment erhob sich draußen, nicht sehr nahe, aber deutlich zu hören, Heysts Stimme mit den Worten:

»Hast du nach mir ausgeschaut, Wang?«

Es war für sie wie ein Blitz in dem Dunkel, das sie von allen Seiten bedrängt hatte; er beleuchtete einen tödlichen Abgrund unmittelbar zu ihren Füßen. Mit einem Ruck setzte sie sich auf, hatte aber keine Kraft, sich zu erheben. Ricardo hingegen war im Nu auf den Füßen, geräuschlos wie eine Katze. Seine gelben Augen glänzten, schweiften hierhin und dorthin; aber auch er schien einer weiteren Bewegung unfähig. Nur sein Schnurrbart sträubte sich sichtbar, wie die Fühler eines Tieres.

Wangs Antwort, »*Ya tuan*«, wurde von den beiden im Zimmer vernommen, aber schwächer. Dann wieder Heyst:

»Schon recht! Du kannst den Kaffee hineintragen. Mem Putih noch nicht im Zimmer?«

Auf diese Frage gab Wang keine Antwort.

Ricardos und des Mädchens Blicke begegneten sich, ohne jeden Ausdruck, völlig absorbiert vom Horchen auf den ersten Klang von Heysts Schritt, auf den geringsten Laut von draußen, der bedeuten würde, daß Ricardos Rückzug abgeschnitten war. Beide hatten begriffen, daß Wang wahrscheinlich rund ums Haus gegangen und jetzt hinten war, was es für Ricardo unmöglich machte, ungesehen dort zu entwischen, bevor Heyst vorne hereinkäme.

Ein Schatten verfinsterte das Gesicht des treuen Sekretärs. Jetzt war die Sache restlos verspielt! Dunkle Wut ergriff ihn und auch Angst. Er hätte vielleicht einen Ausbruch durch die Hintertür versucht, hätte man nicht Heyst vorne die Stufen heraufkommen hören. Er stieg langsam, ganz langsam herauf, wie ein Mann, der niedergeschlagen oder leidend ist – oder einfach in Gedanken; Ricardo sah im Geiste das Gesicht vor sich, mit dem martialischen Schnurrbart, der hohen Stirn, den leidenschaftslosen Zügen und den ruhigen nachdenklichen Augen. In der Falle! Verdammt! Am Ende hatte der Herr womöglich recht. Frauen sollte man meiden. Seine Tändelei mit dieser hier hatte offenbar die ganze Sache verdorben. Gefangen, wie er war, konnte er ebensogut morden, denn nur gesehen zu werden, bedeutete schon, entdeckt zu sein. Aber er war zu fair, um dem Mädchen zu zürnen.

Heyst war auf der Veranda stehengeblieben oder schon im Türrahmen.

»Ich werde niedergeschossen wie ein Hund, wenn ich nicht flink bin«, flüsterte Ricardo erregt dem Mädchen zu.

Er bückte sich, um nach seinem Messer zu greifen, und im nächsten Moment hätte er sich wohl durch den Vorhang hinausgestürzt, fast so überraschend und fast so tödlich für Heyst wie ein unerwarteter Blitzschlag. Mehr die Berührung als die Kraft von ihrer Hand, die seine Schulter umklammerte, hielt ihn zurück. Er fuhr herum, gebückt, mit einem gelben Blick nach oben. Ah! Wandte sie sich jetzt gegen ihn? Er würde ihr sein Messer in die nackte Kehle gestoßen haben, hätte er nicht ihre andere Hand gesehen, die zum Fenster wies. Es war eine lange Öffnung, hoch hinauf bis fast unter den Himmel, mit nur einem drehbaren Fensterladen.

Während er noch dorthin sah, bewegte sie sich geräuschlos, nahm den umgestürzten Stuhl und stellte ihn gegen die Wand. Dann blickte sie sich um; aber sie brauchte ihm nicht zu winken. In zwei langen Sprüngen auf den Zehen war er an ihrer Seite.

»Schnell!« hauchte sie.

Er ergriff ihre Hand und drückte sie mit der ganzen Kraft stummen Dankes, wie ein Mann es mit einem Spießgesellen macht, wenn für Worte keine Zeit mehr ist. Dann kletterte er auf den Stuhl. Ricardo war klein – zu klein, um ohne ein geräuschvolles Scharren hinüberzukommen. Er zögerte einen Augenblick; sie sah es, stützte sich mit ihren nackten Armen auf den Stuhl, während er leicht und sicher die Stuhllehne als Leiter benutzte. Die Masse ihres dunklen Haares fiel über ihr Gesicht.

Schritte klangen von nebenan, und Heyst rief sie, nicht besonders laut, beim Namen.

»Lena!«

»Ja! Eine Minute«, antwortete sie mit einem besonderen Ton, der, wie sie wußte, Heyst abhalten würde, sogleich hereinzukommen.

Als sie aufsah, war Ricardo verschwunden; er hatte sich draußen ganz leicht herabgelassen, ohne das leiseste Geräusch. Dann richtete sie sich auf, verstört, erschreckt, wie aus einer Narkose erwacht, mit schweren, gesenkten blicklosen Augen; all ihr Mut war dahin, ihre Vorstellungskraft wie abgetötet, so daß auch ihre Angst erstarb.

Heyst ging ziellos im anderen Zimmer umher. Dieses Geräusch weckte ihren erschöpften Geist. Plötzlich begann sie zu denken, zu hören, zu sehen; und was sie sah – oder eher erkannte, denn ihre Augen hatten die ganze Zeit darauf geruht –, war Ricardos Strohpantoffel, den er bei dem Kampf verloren hatte und der nahe beim Waschbecken lag. Sie hatte eben noch Zeit vorzutreten und ihren Fuß darauf zu setzen, als der beiseitegeschobene Vorhang Heyst im Türrahmen enthüllte.

Aus der milden Verzückung der Sinne, in die sie mit ihm geraten war wie in einen Zustand der Verzauberung, stieg nun mit der ihm drohenden Gefahr ein Gefühl von Wärme in ihre Brust. Sie fühlte, daß sich dort etwas regte, etwas Tiefes, wie eine neue Art von Leben.

Das Zimmer war teilweise verdunkelt, denn Ricardo hatte zufällig den drehbaren Fensterladen herumgeworfen, als er durch das Fenster stieg. Heyst blickte vom Türrahmen herein.

»Ach, du hast dich noch nicht frisiert«, sagte er.
»Ich tu es jetzt sofort. Es dauert nicht lange«, erwiderte sie gefaßt und hielt sich ganz still, während sie Ricardos Pantoffel unter ihrer Fußsohle spürte.
Heyst zog sich zurück und ließ langsam den Vorhang fallen. Augenblicklich bückte sie sich nach dem Pantoffel, drehte sich, mit dem Ding in der Hand, wie wild um ihre Achse und suchte nach einem Versteck; aber in dem kahlen Zimmer gab es keinen Platz dafür. Die Kommode, der lederne Koffer, ein oder zwei Kleider an Haken – da war keine Stelle, wohin nicht der pure Zufall jeden Augenblick Heysts Hand lenken konnte. Ihre ratlos schweifenden Augen wurden von dem halbgeschlossenen Fenster angezogen. Sie rannte hin, stellte sich auf die Zehen und konnte so den Fensterladen mit den Fingerspitzen erreichen. Sie stieß ihn auf, eilte zurück in die Mitte des Zimmers und, sich umwendend, schwang sie ihren Arm, wobei sie die Kraft des Wurfes kontrollierte, damit der Pantoffel nicht zu weit hinausflöge und nicht den Rand des überhängenden Daches träfe. Das erforderte feinste Ausgewogenheit dieser Armmuskeln, die immer noch von dem tödlichen Ringkampf mit einem Manne bebten, dieses Gehirns, das von der Aufregung der Situation noch überreizt war, und der erschütterten Nerven, die ihr vor den Augen flimmern ließen. Schließlich flog der Pantoffel aus ihrer Hand. Sobald er die Öffnung passiert hatte, war er außer Sicht. Sie horchte. Sie hörte nicht, daß er irgend etwas streifte; er verschwand einfach, als hätte er sich auf Flügeln in die Luft erhoben. Kein Laut! Es war alles glatt gegangen.
Sie stand wie versteinert, die tapferen Arme schlaff zu beiden Seiten. Ein leiser Pfiff drang an ihr Ohr. Der vergeßliche Ricardo, der seinen Verlust bemerkt hatte, war draußen in großer Besorgnis herumgeschlichen, bis ihn das Auftauchen des Pantoffels, der unter dem Dach hervorgesaust kam, erleich-

terte; und da hatte er mit Bedacht einen Pfiff ausgestoßen, um sie zu beruhigen.
Plötzlich taumelte das Mädchen vornüber. Sie rettete sich vor einem Sturz nur dadurch, daß sie mit beiden Armen einen der hohen, grobhölzernen Pfosten umschlang, die das Moskitonetz über dem Bett hielten. Eine ganze Zeitlang klammerte sie sich daran und lehnte ihre Stirn gegen das Holz. Die eine Seite ihres Sarongs, der sich gelockert hatte, war bis auf die Hüfte geglitten. Ihre langen braunen Flechten fielen glatt herab, als sei das Haar naß, und wirkten gegen ihren weißen Körper fast schwarz. Ihre unbedeckte Seite, schweißbeperlt von Zorn und Erschöpfung, schimmerte kühl, wie von marmorner Glätte in dem grellen diffusen Licht, das durch das Fenster über ihrem Haupt hereinfiel – ein schwacher Reflex der verzehrenden Sonnenglut draußen, die zitternd bemüht schien, die Erde in Brand zu setzen, sie zu Asche zu verbrennen.

IV

Heyst saß am Tisch, das Kinn auf der Brust, und hob bei dem leisen Rascheln von Lenas Gewand den Kopf. Er erschrak über die Totenblässe ihrer Wangen, über die Leblosigkeit ihrer Augen, die ihn seltsam anblickten, ohne ihn zu erkennen. Aber auf seine besorgten Fragen antwortete sie beruhigend, sie habe nichts, wirklich nichts. Ihr sei beim Aufstehen schwindlig geworden. Nach dem Bad habe sie sogar einen kurzen Schwächeanfall gehabt. Sie habe sich setzen müssen, bis es vorüber war. Dadurch habe sie sich beim Ankleiden verspätet.

»Ich habe erst gar nicht versucht, mich zu frisieren. Ich wollte dich nicht länger warten lassen«, sagte sie.

Er wollte nicht mit Fragen nach ihrer Gesundheit in sie dringen, da sie selbst diese Indisposition leichtzunehmen schien. Sie hatte ihr Haar nicht aufgesteckt, aber sie hatte es gebürstet und mit einem Band zurückgebunden. Mit ihrer unbedeckten Stirn sah sie sehr jung aus, fast wie ein Kind, ein abgehärmtes Kind; ein Kind, das etwas auf dem Herzen hat.

Vor allem überraschte Heyst das Ausbleiben von Wang. Der Chinese war immer im rechten Moment zur Bedienung aufgetaucht, weder zu früh noch zu spät. Diesmal war das übliche Wunder ausgeblieben. Was hatte das zu bedeuten?

Heyst erhob seine Stimme, was er sehr ungern tat. Darauf kam sogleich von draußen die Antwort:

»*Ada tuan!*«

Lena, die Ellbogen aufgestützt, die Augen auf den Teller gesenkt, schien nichts zu hören. Wang trat mit einem Tablett ein, und seine schmalen Augen, die über vorgewölbten Backen-

knochen schräg standen, hielten sie die ganze Zeit unter verstohlener Beobachtung. Die beiden Weißen, weder er noch sie, schenkten ihm die geringste Aufmerksamkeit, und er zog sich zurück, ohne nur ein einziges Wort gehört zu haben, das sie miteinander gewechselt hätten. Er hockte sich auf die hintere Veranda hin. Sein Chinesenverstand, der sehr klar war, aber nicht weit reichte, richtete sich nach der offenbaren Lage der Dinge, so wie sie ihm im Licht seines einfachen Selbsterhaltungstriebes erschienen, der nicht an irgendwelche romantischen Ehrgefühle oder ein empfindliches Gewissen gebunden war. Seine gelben Hände, lose zusammengelegt, hingen müßig zwischen seinen Knien herab. Die Gräber von Wangs Vorfahren lagen weit weg, seine Eltern waren gestorben, sein älterer Bruder war Soldat im Hofstaat irgendeines Mandarins auf dem fernen Formosa. Niemand in unmittelbarer Nähe hatte einen Anspruch auf seine Verehrung oder seinen Gehorsam. Er war jahrelang ein ruhelos vagabundierender Arbeiter gewesen. Seine einzige Bindung in der Welt war das Alfuroweib, für das er einen beträchtlichen Teil seines schwerverdienten Geldes weggegeben hatte; er war im Grunde nur sich selbst verpflichtet.
Das Scharren hinter dem Vorhang war ein böses Omen für Nummer Eins, dem der Chinese weder Liebe noch Antipathie entgegenbrachte. Immerhin war er durch die Entwicklung der Dinge so eingeschüchtert, daß er mit der Kaffeekanne zögerte, bis schließlich der weiße Mann sich bewogen gefühlt hatte, nach ihm zu rufen. Wang ging voller Neugier hinein. Die weiße Frau sah entschieden so aus, als habe sie mit einem Geist gerungen, der es fertiggebracht hatte, ihr halbes Blut auszusaugen, ehe er von ihr abließ. Was den Mann betraf, so hatte Wang ihn lange als einen betrachtet, der irgendwie behext und verloren war. Er hörte ihre Stimmen in dem Zimmer. Heyst drängte das Mädchen, zu gehen und sich wieder niederzulegen. Er war äußerst besorgt. Sie hatte nichts gegessen.

»Es ist das beste für dich. Du mußt dich wirklich hinlegen!«
Sie saß geistesabwesend da und schüttelte von Zeit zu Zeit verneinend den Kopf, als könne alles nichts nützen. Aber er blieb hartnäckig; sie sah die beginnende Verwunderung in seinem Blick und gab plötzlich nach.
»Vielleicht täte ich doch besser daran.«
Sie wollte nicht sein Befremden erregen, das alsbald in Mißtrauen umschlagen würde. Er durfte nichts argwöhnen!
Mit dem Bewußtsein ihrer Liebe zu diesem Manne, jenes Etwas von Verzückung und Tiefe, das über die bloße Umarmung hinausging, entstand zugleich in ihr ein typisch weibliches Mißtrauen gegenüber der Männlichkeit, jener verführerischen Stärke, die sich mit einer absurden, empfindlichen Scheu vor der Erkenntnis der baren Notwendigkeit eines Sachverhalts verband, und davor ist eine Frau, soweit sie den Namen verdient, noch nie zurückgeschreckt. Sie hatte keinen Plan; aber in ihrem Geist, der sich in dem Bemühen, um seinetwillen äußerlich gefaßt zu erscheinen, etwas beruhigt hatte, erkannte sie, daß durch ihr Verhalten auf jeden Fall eine kurze Spanne von Sicherheit gewonnen war. Vielleicht lag es an der Ähnlichkeit ihrer beider Herkunft aus der Hefe des Volkes, daß sie Ricardo vollkommen verstanden hatte. Er würde jetzt für eine Weile Ruhe geben. In dieser momentanen tröstlichen Gewißheit stellte sich ihre physische Ermüdung wieder ein und überwältigte sie um so mehr, als die Ursache nicht so sehr in der Anforderung an ihre Körperkräfte als in der fürchterlichen Plötzlichkeit des Überfalls lag, dem sie ausgesetzt gewesen war. Sie würde versucht haben, aus dem bloßen Instinkt des Widerstandes damit fertig zu werden, wären nichts Heysts gegenteilige Bitten und Anweisungen gewesen. Vor dieser typisch männlichen Geschäftigkeit überkam sie das weibliche Bedürfnis nachzugeben, wie eine süße Lockung.
»Ich will alles tun, was du wünschst«, sagte sie.

Als sie aufstand, überraschte sie eine Welle von sehnsüchtiger Schwäche, die sie umfing und einhüllte wie warmes Wasser, und dazu ein Rauschen in den Ohren wie von Meeresbrandung. »Du mußt mir hinüberhelfen«, fügte sie rasch hinzu.
Während er den Arm um ihre Taille legte – was für ihn gar nichts so Ungewöhnliches war –, fand sie eine besondere Genugtuung in dem Gefühl, auf diese Weise gestützt zu werden. Sie überließ ihr ganzes Gewicht diesem sie umschließenden und schützenden Druck, während sie zugleich plötzlich der Gedanke durchfuhr, daß doch sie es war, die ihn würde schützen müssen und einen Mann verteidigen, der stark genug war, sie mit einem Griff emporzuheben, wie er es eben jetzt tat. Denn Heyst hatte sie auf die Arme genommen, sobald sie über der Schwelle des Zimmers waren. Er dachte, es sei rascher und einfacher, wenn er sie die letzten ein oder zwei Schritte trüge. Er war mittlerweile wirklich zu besorgt, um sich der Anstrengung bewußt zu werden. Er hob sie empor und legte sie auf das Bett, wie man ein Kind in eine Wiege legt. Dann setzte er sich auf den Rand und verbarg seine Besorgnis hinter einem Lächeln, das aus ihren unbewegten traumverhangenen Augen keine Antwort erhielt. Aber sie suchte seine Hand und ergriff sie inbrünstig; und während sie die Hand mit all der Kraft, deren sie noch fähig war, drückte, überfiel sie plötzlich der so notwendige Schlaf, überwältigte sie, wie er über ein Kind in der Wiege kommt, während ihre Lippen noch leicht geöffnet waren zu einem liebevollen Wort, das ihr einfiel, aber das zu äußern keine Zeit mehr blieb.
Die gewohnte sengende Stille brütete über Samburan.
›Was in aller Welt bedeutet dieses neue Geheimnis?‹ murmelte Heyst zu sich, während er ihren tiefen Schlummer beobachtete.
Er war so tief, dieser verzauberte Schlaf, daß, als er etwas später ganz zart ihre Finger zu öffnen und seine Hand zu be-

freien versuchte, ihm das gelang, ohne sie im Schlaf zu stören.

›Zweifellos gibt es eine ganz einfache Erklärung‹, dachte er, während er leise zurück ins Wohnzimmer ging.

Geistesabwesend zog er ein Buch aus dem obersten Fach und setzte sich damit hin; aber selbst nachdem er es aufgeschlagen hatte, wußte er nicht im geringsten, wovon es handelte. Er starrte und starrte auf die dichten, parallel laufenden Zeilen. Erst als er aus keinem besonderen Grund die Augen hob, sah er Wang regungslos auf der anderen Seite des Tisches stehen, und erst da bekam er sich wieder in die Gewalt.

»Ach ja«, sagte er, als sei er plötzlich an eine vergessene Verabredung nicht besonders angenehmer Art erinnert worden. Er wartete ein wenig und dann, mit widerwilliger Neugier, zwang er sich, den schweigenden Wang zu fragen, was er ihm mitzuteilen habe. Er hatte ein Gefühl, daß die Sache mit dem verschwundenen Revolver jetzt doch noch zutage käme; aber die gutturalen Laute, die von dem Chinesen kamen, bezogen sich nicht auf dieses heikle Thema. Seine Rede betraf Tassen, Untertassen, Teller, Gabeln und Messer. Alle diese Dinge seien wohlverstaut in dem Schrank auf der hinteren Veranda, wo sie hingehörten, völlig sauber, »alles ploppel«. Heyst wunderte sich über diese Gewissenhaftigkeit eines Mannes, der drauf und dran war, ihn aufzugeben; denn er war nicht überrascht, als Wang den Bericht über seine Dienerpflichten mit folgenden Worten abschloß:

»Ich jetzt gehen.«

»Oh! Du gehst jetzt?« sagte Heyst, sich zurücklehnend, das Buch auf den Knien.

»Ja. Ich nicht mögen. Ein Mann, zwei Mann, dlei Mann – taugt nichts! Ich jetzt gehen.«

»Was scheucht dich denn in dieser Weise fort?« fragte Heyst, während die Hoffnung in ihm aufblitzte, daß ihm irgendeine

Aufklärung käme von diesem ihm so ungleichen Wesen, das mit einer Einfachheit und Direktheit mit der Welt Kontakt hatte, deren er selbst nicht fähig war. »Warum denn?« fuhr er fort. »Du bist doch an weiße Männer gewöhnt. Du kennst sie gut.«

»Ja. Ich sie kennen«, stimmte Wang unbeirrbar zu. »Ich viel kennen.«

Alles, was er wirklich kannte, war sein eigenes Inneres. Und er hatte bei sich beschlossen, sich nebst seinem Alfuroweib aus der unbehaglichen Atmosphäre zurückzuziehen, die sich allmählich zwischen jenen weißen Männern herausbildete. Pedro hatte als erster Wangs Argwohn und Furcht geweckt. Der Chinese hatte schon Wilde gesehen. Er war auf Borneo im Gefolge eines chinesischen Händlers an einem oder zwei Flüssen entlang in das Gebiet der Dajaks vorgestoßen. Er war auch im Innern von Mindanao gewesen, wo es Menschen gibt, die in Bäumen hausen – Wilde, nicht besser als Tiere; aber ein behaartes Ungeheuer wie Pedro, mit seinen großen Fangzähnen und seinem wilden Knurren, überstieg für ihn jeden Begriff von etwas, das noch als menschlich betrachtet werden konnte. Der starke Eindruck, den Pedro auf ihn gemacht hatte, war hauptsächlich der Anlaß für Wang gewesen, den Revolver zu entlehnen. Die Rechenschaft über die allgemeine Situation und die Unsicherheit von Nummer Eins kam später, nachdem er den Revolver und den Kasten mit Patronen aus der Tischschublade im Wohnzimmer in seinen Besitz gebracht hatte.

»Oh, du wissen viel über weiße Männer«, fuhr Heyst in leicht neckendem Ton fort, nachdem er einen Moment still nachgedacht und sich eingestanden hatte, daß an eine Wiedererlangung des Revolvers nicht zu denken war, weder durch Überredung noch durch zwingendere Maßnahmen. »Du redest so, aber in Wahrheit fürchtest du dich vor jenen weißen Männern dort drüben!«

»Ich nicht fülchten«, protestierte Wang rauh und warf den Kopf empor, wodurch sein Hals noch unnatürlicher und beängstigender wirkte als je. »Ich nicht mögen«, fügte er ruhiger hinzu. »Ich sehl klank.«
Er legte seine Hand über eine Stelle unter dem Brustbein.
»Das«, sagte Heyst sehr entschieden, »ist eine hübsche Lüge. So redet man nicht unter Männern. Und obendrein, nachdem du meinen Revolver gestohlen hast!«
Er hatte sich plötzlich entschlossen, davon zu sprechen, weil diese Offenheit die Situation nicht schlimmer machen konnte, als sie schon war. Er vermutete keinen Augenblick, daß Wang den Revolver irgendwo am Leib trüge, und nachdem er die Sache überdacht hatte, war er zu dem Schluß gekommen, daß der Chinese niemals beabsichtigt hatte, die Waffe gegen ihn zu gebrauchen. Nach einem leichten Erschrecken, weil die direkte Anklage ihn unvorbereitet getroffen hatte, riß Wang, zuckend vor Entrüstung, vorn seine Jacke auf.
»Nicht hab genommen. Gucken, sehen!« tönte er in gut gespieltem Zorn.
Er schlug sich heftig auf die nackte Brust; er entblößte sogar die Rippen, die vor lauter beleidigter Tugend zitterten, und sein Bauch hob sich vor Entrüstung. Er begann seine weiten blauen Hosenbeine über seinen gelben Waden auszuschütteln. Heyst beobachtete ihn ganz ruhig.
»Ich habe nie gesagt, daß du ihn bei dir trügest«, bemerkte er, ohne die Stimme zu heben; »aber der Revolver ist nicht mehr an dem Platz, wo ich ihn aufbewahrte.«
»Ich nicht wissen von Levolvel«, sagte Wang widerspenstig. Das aufgeschlagene Buch rutschte plötzlich von Heysts Knien, und er machte eine rasche Bewegung, um es aufzufangen. Wang, den der dazwischenstehende Tisch hinderte, diesen Grund zu erkennen, sprang vor diesem ihm bedrohlich erscheinenden Symptom zurück. Als Heyst wieder aufblickte, war

der Chinese schon an der Tür und blickte von dort ins Zimmer, nicht furchtsam, aber auf seiner Hut.

»Was ist los?« fragte Heyst.

Wang wies mit seinem rasierten Kopf bedeutungsvoll auf den Vorhang, der die Tür zum Schlafzimmer abschloß.

»Ich nicht mögen«, wiederholte er.

»Was, zum Teufel, meinst du damit?« Heyst war wirklich betroffen. »Was magst du nicht?«

Wang hob einen langen zitronengelben Finger gegen den reglosen Vorhang.

»Zwei«, sagte er.

»Was zwei? Ich verstehe dich nicht.«

»Wenn wüßten, Sie das nicht mögen. Ich viel wissen. Ich jetzt gehen.«

Heyst hatte sich von seinem Sessel erhoben, aber Wang blieb noch eine kurze Weile im Türrahmen stehen. Seine mandelförmigen Augen gaben seinem Gesicht einen Ausdruck von weicher, gefühlvoller Melancholie. Die Muskeln an seinem Hals bewegten sich sichtbar, während er ein deutliches gutturales »Good-bye« murmelte und aus der Sicht von Nummer Eins entschwand.

Der Weggang des Chinesen veränderte die Situation. Heyst überlegte, was angesichts dieser Tatsache am besten wäre. Eine ganze Weile zögerte er; dann zuckte er verdrießlich die Achseln, ging hinaus auf die Veranda, die Stufen hinab und weiter mit festen Schritten und gedankenvoller Miene in Richtung auf den Bungalow der Gäste zu. Er wollte ihnen eine wichtige Mitteilung machen, und er hatte nichts anderes im Sinn – am allerwenigsten, ihnen durch einen Überraschungsbesuch einen Schreck einzujagen. Nichtsdestoweniger und weil ihr brutaler Spießgeselle nicht Wache hielt, war es Heysts Schicksal, Mr. Jones und seinen Sekretär durch sein plötzliches Auftauchen im Türrahmen zu erschrecken. Ihre Unterhaltung mußte so interessant gewesen sein, daß sie das Näherkommen des Besuchers nicht gehört hatten. In dem dämmrigen Raum – die Rolläden waren ständig gegen die Hitze dicht geschlossen – sah Heyst sie auseinanderfahren. Mr. Jones fand als erster die Sprache.

»Ah, da sind Sie wieder! Kommen Sie herein, kommen Sie herein!«

Heyst nahm auf der Schwelle den Hut ab und betrat den Raum.

V

Lena wachte plötzlich auf und blickte, ohne den Kopf von den Kissen zu heben, in das Zimmer, in dem sie allein war. Sie erhob sich rasch, als müsse sie dem schrecklichen Verzagen ihres Herzens durch den kräftigen Gebrauch ihrer Gliedmaßen entgegenwirken. Aber diese Verzagtheit war nur augenblicklich. Wieder ganz ihrer selbst mächtig, aus Stolz, aus Liebe, aus Notwendigkeit und auch aus der Eitelkeit eines Weibes, das sich opfert, trat sie Heyst, der von dem Bungalow der Fremden zurückkam, mit klarem Blick und einem Lächeln entgegen.

Es gelang ihm, das Lächeln zu erwidern; als sie aber bemerkte, daß er ihren Augen auswich, preßte sie die Lippen zusammen und senkte den Blick. Aus dem gleichen Grunde beeilte sie sich, ihn in einem ganz beiläufigen Ton anzureden, der sie keinerlei Anstrengung kostete, als sei sie seit Sonnenaufgang in der Kunst des doppelten Spiels perfekt geworden.

»Du bist wieder drüben gewesen?«

»Ja. Ich dachte – aber du erfährst wohl besser zunächst, daß wir Wang für immer verloren haben.«

Sie wiederholte »Für immer?«, als hätte sie nicht verstanden.

»Im Guten oder im Bösen – ich wüßte nicht, was von beiden, wenn du mich fragtest. Er hat sich selbst entlassen. Er ist fort.«

»Du hattest doch schon damit gerechnet, daß er gehen würde, nicht wahr?«

Heyst setzte sich an die andere Seite des Tisches.

»Ja. Ich rechnete damit, sobald ich entdeckte, daß er sich meinen Revolver angeeignet hatte. Er sagt, er hat ihn nicht genommen. Das ist ganz natürlich. Ein Chinese würde keinen Sinn darin erblicken, irgend etwas wie auch immer einzugestehen. Jede Beschuldigung zurückweisen, ist ein Grundsatz richtigen Verhaltens; aber er hat kaum erwartet, daß ich ihm glaubte. Er war zum Schluß ein wenig geheimnisvoll, Lena. Er hat mich erschreckt.«

Heyst stockte. Sie schien mit ihren eigenen Gedanken beschäftigt.

»Er hat mich erschreckt«, wiederholte Heyst. Sie bemerkte die Besorgnis in seinem Ton und wandte ein wenig den Kopf, um ihn über den Tisch hinweg anzusehen.

»Das muß schon etwas gewesen sein, wenn *du* erschrickst«, sagte sie. Zwischen ihren wie ein reifer Granatapfel leicht geöffneten Lippen schimmerten ihre weißen Zähne.

»Es war nur ein einziges Wort – und ein paar Handbewegungen. Er ist ziemlich laut geworden. Ich wundere mich, daß wir dich nicht aufgeweckt haben. Wie tief du schlafen kannst! Übrigens, fühlst du dich jetzt besser?«

»So frisch wie es eben geht«, sagte sie und schenkte ihm wieder ein strahlendes Lächeln. »Ich habe nichts gehört, und ich bin froh darüber. Seine Art zu reden, mit seiner rauhen Stimme, macht mir Angst. Ich habe für all diese fremden Völker nichts übrig.«

»Es war kurz bevor er ging – hinausstürzte, müßte ich sagen. Er wies mit dem Kopf und der Hand auf den Vorhang unseres Zimmers. Natürlich wußte er, daß du dort warst. Er schien nachzudenken – anscheinend versuchte er, mir zu verstehenzugeben, daß du in einer besonderen – nun ja, Gefahr seist. Du weißt ja, wie er redet.«

Sie sagte nichts; sie gab keinen Laut von sich, nur die schwache Färbung wich aus ihren Wangen.

»Ja«, fuhr Heyst fort. »Anscheinend wollte er mich warnen.

Das muß es gewesen sein. Dachte er etwa, ich hätte deine Existenz vergessen? Das einzige Wort, was er sagte, war ›zwei‹. So klang es jedenfalls. Ja, ›zwei‹ – und daß er das nicht möge.«

»Was soll das heißen?« flüsterte sie.

»Wir wissen doch, was das Wort zwei bedeutet, Lena, oder nicht? Wir sind zwei. Nie waren zwei so einsam und aus der Welt, meine Liebe! Vielleicht wollte er mich auch erinnern, daß er selbst eine Frau hat, um die er sich kümmern muß. Warum bist du so blaß, Lena?«

»Ich blaß?« fragte sie gleichgültig.

»Allerdings.« Heyst war ernstlich besorgt.

»Nun, es ist nicht aus Angst«, bestritt sie wahrheitsgemäß. Wirklich – was sie fühlte, war eine Art von Schrecken, der sie jedoch im vollen Besitz all ihrer seelischen Kräfte ließ; eben darum vielleicht noch schwerer zu ertragen, aber nicht lähmend für ihren Mut.

Nun war es an Heyst, ihr zuzulächeln.

»Ich wüßte auch wirklich keinen Grund, Angst zu haben.«

»Ich meine, ich habe keine Angst um mich.«

»Ich glaube schon, daß du sehr beherzt bist«, sagte er. Die Farbe war in ihr Gesicht zurückgekehrt. »Ich«, fuhr Heyst fort, »bin so rebellisch gegen äußere Eindrücke, daß ich das von mir nicht sagen könnte. Ich reagiere nicht mit genügender Entschiedenheit.« Er wechselte den Ton. »Du weißt, daß ich als erstes heute morgen jene Männer drüben besucht habe.«

»Ich weiß. Sei vorsichtig!« murmelte sie.

»Ich frage mich, wie man da vorsichtig sein kann! Ich hatte ein langes Gespräch mit – aber ich glaube du hast sie noch gar nicht gesehen. Der eine ist ein phantastisch dünner langer Kerl, offenbar leidend; es sollte mich allerdings wundern, wenn er wirklich leidend wäre. Er macht viel Aufhebens davon mit geheimnisvollen Andeutungen. Ich denke mir, er hat wohl etwas Tropenfieber gehabt, aber nicht so sehr, wie er es darzustellen versucht. Er ist das, was man im allgemeinen einen Gentleman nennen würde. Er schien drauf und dran, mir eine Geschichte seiner Abenteuer aufzutischen – worum ich ihn nicht gebeten hatte –, aber er bemerkte, das sei eine lange Geschichte; vielleicht ein andermal.

›Vermutlich würden Sie gern wissen, wer ich bin?‹ fragte er mich.

Ich sagte, das wolle ich ihm überlassen, in einem Ton, der – unter Gentlemen – ihn nicht im Zweifel lassen konnte. Er stützte sich auf die Ellbogen – denn er lag auf dem Feldbett – und sagte:

›Ich bin der, welcher –‹«

Lena hörte anscheinend nicht zu; doch als Heyst verstummte, wandte sie rasch den Kopf zu ihm hin. Er faßte das als eine fragende Geste auf, aber darin täuschte er sich. Sie nahm alles nur verschwommen wahr; ihre ganze Energie konzentrierte sich auf den Kampf, den sie auf sich nehmen, zu dem sie sich emporschwingen wollte in Liebe und Selbstaufopferung, der höchsten Tugend der Frau; alles auf sich nehmen, jedes bißchen, ihm nichts lassen, nicht einmal das Wissen von dem, was sie tat, wenn das möglich war. Sie hätte ihn am liebsten durch irgendeine List eingesperrt. Hätte sie irgendwelche Mittel gekannt, ihn für einige Tage in Schlaf zu versetzen, so hätte sie unbedenklich von Beschwörungen oder Zaubertränken Gebrauch gemacht. Er schien ihr zu gut für solchen Umgang und nicht hinlänglich dafür gewappnet. Dieses letztere Gefühl hatte nichts mit der bloßen Tatsache zu tun, daß der Revolver gestohlen war. Diese Tatsache konnte sie kaum in ihrer ganzen Tragweite ermessen.

Als Heyst bemerkte, daß ihre Augen starr waren und gleichsam blind – denn die Konzentration auf ihre Absichten nahm ihnen jeglichen Ausdruck –, dachte er, das rühre von großer geistiger Anstrengung her.

»Sinnlos, mich zu fragen, was er damit meinte, Lena; ich weiß es nicht, und ich habe ihn auch nicht gefragt. Der Gentleman scheint, wie ich schon sagte, Mystifikationen sehr zugetan. Ich sagte nichts, und er legte seinen Kopf wieder auf das Bündel von Decken, das ihm als Kissen diente. Er gibt vor, sich äußerst schwach zu fühlen, aber ich argwöhne, daß er durchaus imstande ist, auf die Füße zu springen, wenn er will. Nachdem er, so sagte er, aus seiner besonderen gesellschaftlichen Sphäre ausgestoßen worden sei, weil er sich geweigert hatte, gewisse Konventionen mitzumachen, war er nun ein Rebell und kam und ging hierhin und dorthin auf der Erde. Da ich mir wirklich diesen ganzen Unsinn nicht anhören wollte, sagte ich ihm, ich hätte eine Geschichte dieser Art schon einmal von irgendwem gehört. Sein Grinsen ist wahrlich ekelhaft. Er gestand mir, daß ich mich stark von der Art von Mann unterschiede, mit der er gerechnet hatte. Dann sagte er:
›Was mich betrifft, so bin ich nicht finsterer als der Gentleman, an den Sie denken, und ich bin weder mehr noch weniger entschlossen.‹«
Heyst blickte zu Lena hinüber. Auf ihre Ellbogen gestützt und den Kopf in beiden Händen haltend, bewegte sie ihn ganz leicht mit einem Anflug des Verstehens.
»Nichts könnte klarer sein, wie?« sagte Heyst mit Ingrimm. »Es sei denn, dies wäre seine Idee von einem lustigen Scherz; denn als er zu reden aufhörte, brach er in ein langes lautes Gelächter aus. Ich stimmte nicht mit ein!«
»Ich wollte, du hättest eingestimmt«, hauchte sie.
»Ich stimmte nicht mit ein. Ich kam nicht auf den Gedanken. Ich bin nicht besonders diplomatisch. Wahrscheinlich wäre es klüger gewesen; denn ich glaube wirklich, er hatte mehr gesagt, als er sagen wollte, und versuchte nun, es durch seine affektierte Heiterkeit zurückzunehmen. Doch, wenn man darüber nachdenkt, so ist Diplomatie ohne die nötige Macht im

Hintergrund nur ein dürres Schilfrohr, auf das man sich stützt. Und ich weiß nicht, ob ich es fertiggebracht hätte, wenn es mir eingefallen wäre. Ich weiß es nicht. Es wäre mir gegen den Strich gegangen. Hätte ich es tun können? Ich habe zu lange ganz in mir gelebt, nur die Schatten und Umrisse des Lebens beobachtet, um einen Mann in einer Angelegenheit zu täuschen, die rascher zu entscheiden wäre durch seine Vernichtung; wenn man obendrein entwaffnet ist, hilflos, sogar ohne die Möglichkeit davonzulaufen – nein! Das eben scheint mir zu erniedrigend. Und doch, ich habe dich! Dein pures Dasein ist mir anvertraut. Was meinst du, Lena? Wäre ich wohl fähig, dich den Löwen vorzuwerfen, lediglich um meine Würde zu retten?«

Sie stand auf, ging rasch um den Tisch, setzte sich leicht auf seine Knie, wobei sie einen Arm um seinen Hals schlang, und flüsterte in sein Ohr:

»Das kannst du, wenn du willst. Und vielleicht ist das die einzige Art, auf die ich bereit wäre, dich zu verlassen. Etwas dergleichen müßte es sein. Und wäre es auch nicht größer als dein kleiner Finger.«

Sie drückte einen leichten Kuß auf seine Lippen und war schon fort, ehe er sie zurückhalten konnte. Sie nahm ihren Platz wieder ein und stützte wieder die Ellbogen auf den Tisch. Es war kaum zu glauben, daß sie sich überhaupt bewegt hatte. Das fließende Gewicht ihres Körpers auf seinen Knien, die kurze Umarmung, das Flüstern ins Ohr, der Kuß auf seinen Lippen, hätten die substanzlosen Empfindungen eines Traumes sein können, der in die Wirklichkeit des wachen Lebens eindrang; eine Art von bezauberndem Wunder in der trockenen Strenge seiner Gedanken. Er zögerte weiterzusprechen, bis sie ganz schlicht sagte:

»Nun. Und was war dann?«

Heyst zuckte zusammen.

»O ja. Ich habe nicht eingestimmt. Ich ließ ihn allein sein Gelächter zu Ende bringen. Er schüttelte sich ganz und gar, wie ein glückliches Skelett unter einer Baumwolldecke, mit der er zugedeckt war – wie ich glaube, um den Revolver zu verbergen, den er in der rechten Hand hielt. Ich habe ihn nicht gesehen, aber ich habe den deutlichen Eindruck, daß er dort in seiner Faust war. Da er mich eine Zeitlang nicht ansah, sondern in eine bestimmte Ecke des Zimmers blickte, wandte ich den Kopf und sah eine haarige wilde Kreatur, die sie überall mit sich führen und die in der Ecke hinter mir auf den Fersen hockte. Sie war nicht dagewesen, als ich hereinkam. Das Gefühl, dieses wachsame Monstrum in meinem Rücken zu haben, widerstrebte mir. Wenn ich ihnen weniger ausgeliefert gewesen wäre, hätte ich gewiß meine Haltung verändert. Doch bei der Lage der Dinge wäre jede Bewegung eine bloße Schwäche gewesen. Also blieb ich, wie ich war. Der Gentleman auf dem Bett sagte, er könne mir eins versichern, daß nämlich seine Anwesenheit hier moralisch nicht anrüchiger sei als meine.

›Wir verfolgen dasselbe Ziel‹, sagte er, ›nur verfolge ich es vielleicht mit größerer Offenheit als Sie – auf simplere Art.‹

Das war's, was er sagte«, fuhr Heyst fort, nachdem er Lena mit fragendem Schweigen angeblickt hatte. »Ich fragte ihn, ob er im voraus gewußt habe, daß ich hier sei; aber er setzte nur sein abscheuliches Grinsen auf. Ich drängte ihn nicht zu einer Antwort, Lena. Ich dachte, ich unterließe es besser.«

Auf ihrer glatten Stirn schien ständig ein Lichtstrahl zu ruhen. Ihr loses Haar, das in der Mitte gescheitelt war, fiel über die Hände, die ihren Kopf hielten. Sie schien ganz benommen von dem Interesse an der Erzählung. Heyst machte keine lange Pause. Es gelang ihm, einigermaßen glatt in seinem Bericht fortzufahren, wobei er mit einer kommentierenden Bemerkung begann.

»Er hätte nur schamlos gelogen – und ich verabscheue es, angelogen zu werden. Das bereitet mir Unbehagen. Es ist völlig klar, daß ich für die Angelegenheiten der großen Welt nicht tauge. Aber ich wollte auch nicht, daß er denken sollte, ich nähme seine Anwesenheit so einfach hin; also sagte ich, daß freilich sein Kommen und Gehen auf dieser Erde nicht meine Sache wäre, außer daß ich natürlich neugierig sei zu erfahren, wann es ihm angebracht scheine, diese Gewohnheit wieder aufzunehmen.

Er wies mich auf den Zustand hin, in dem er sich befinde. Wäre ich ganz allein hier gewesen, wie sie vermuten müssen, hätte ich ihn ausgelacht. Aber da ich nicht allein bin – höre, Lena, du bist ganz sicher, daß du dich nirgends gezeigt hast, wo man dich sehen konnte?«

»Ganz sicher«, sagte sie prompt.

Er schien erleichtert.

»Du verstehst, Lena, daß ich dich nur deshalb gebeten habe, unbedingt unsichtbar zu bleiben, weil du nicht für ihre Blicke geschaffen bist – oder daß sie über dich reden. Meine arme Lena! Ich kann gegen das Gefühl nicht an, verstehst du das?«

Sie bewegte ihren Kopf ganz schwach auf eine Art, die weder zustimmend noch verneinend war.

»Die Leute werden mich doch eines Tages sehen müssen«, sagte sie.

»Ich frage mich, wie lange es dir möglich sein wird, dich verborgen zu halten!« murmelte Heyst gedankenvoll. Er neigte sich über den Tisch. »Laß mich dir zu Ende erzählen. Ich fragte ihn geradeheraus, was er eigentlich von mir wolle; er schien äußerst abgeneigt, zur Sache zu kommen. Das dränge wirklich nicht so, sagte er. Sein Sekretär, in Wahrheit sein Partner, sei nicht da; er sei hinunter an den Steg gegangen, um nach dem Boot zu sehen. Schließlich schlug der Kerl vor, eine gewisse Mitteilung, die er mir zu machen habe, auf übermorgen zu verschieben. Ich stimmte zu; aber ich sagte ihm auch, daß ich

darauf gar nicht neugierig sei. Ich wüßte nicht, in welcher Weise seine Angelegenheiten mich betreffen könnten.
›Oh, Mr. Heyst‹, sagte er, ›Sie und ich haben mehr miteinander gemein, als Sie denken.‹«
Heyst schlug überraschend mit der Faust auf den Tisch.
»Es war der reine Hohn; dessen bin ich ganz sicher!«
Er schien sich seines Ausbruchs zu schämen und lächelte schwach in die reglosen Augen des Mädchens.
»Was hätte ich tun können – selbst wenn ich in jeder Tasche einen Revolver gehabt hätte?«
Sie machte ein zustimmendes Zeichen.
»Töten ist eine Sünde, das ist sicher«, murmelte sie.
»Ich ging fort«, sprach Heyst weiter. »Ich ließ ihn da, mit geschlossenen Augen auf der Seite liegend. Als ich hierher zurückkam, fand ich dich sehr unwohl. Was war es denn, Lena? Du hast mir einen Schreck eingejagt! Dann hatte ich die Unterhaltung mit Wang, während du ruhtest. Du schliefst ganz ruhig. Ich saß hier, um alles in Ruhe zu überdenken, bemühte mich, die innere Bedeutung und die äußeren Konsequenzen zu durchschauen. Es fiel mir ein, daß die zwei Tage, die vor uns liegen, sozusagen ein Waffenstillstand sind. Je mehr ich darüber nachdachte, desto klarer wurde mir, daß dies stillschweigend zwischen Jones und mir vereinbart war. Es war zu unserem Vorteil, wenn irgend etwas für Leute, die so völlig überraschend in der Patsche sitzen wie wir, von Vorteil sein kann. Wang war fort. Er jedenfalls hatte sich klar ausgesprochen, aber da ich nicht wußte, was ihm zu tun einfallen könnte, hielt ich es für besser, jene Leute zu warnen, daß ich nicht länger für den Chinesen verantwortlich sei. Ich wollte nicht, daß Mr. Wang irgend etwas unternähme, was die Aktion gegen uns beschleunigen könnte. Verstehst du meinen Gedankengang?«
Sie gab ein zustimmendes Zeichen. Ihre ganze Seele war erfüllt von ihrem leidenschaftlichen Entschluß, einem hohen

Glauben an sich – angesichts der überwältigenden Möglichkeit, die Sicherheit, die Ewigkeit der Liebe dieses Mannes zu gewinnen.

»Ich habe nie zwei Männer gesehen«, sagte Heyst gerade, »die über eine Mitteilung bestürzter gewesen wären als Jones und sein Sekretär, der mittlerweile wieder im Bungalow war. Sie hatten mich nicht kommen hören. Ich entschuldigte mich für meinen Einbruch.

›Keine Rede davon! Keine Rede davon‹, sagte Jones.

Der Sekretär zog sich in einen Winkel zurück und beobachtete mich wie eine Katze. Tatsächlich waren sie beide sichtlich auf ihrer Hut.

›Ich bin gekommen‹, sagte ich, ›um Ihnen mitzuteilen, daß mein Diener desertiert ist – weggelaufen.‹

Zuerst blickten sie einander an, als hätten sie nicht verstanden, was ich sagte; aber sehr bald schienen sie äußerst besorgt.

›Sie wollen sagen, Ihr Chinese hat sich davongemacht?‹ sagte Ricardo und kam aus seiner Ecke hervor. ›So einfach – ganz plötzlich? Weshalb denn?‹

Ich sagte, ein Chinese habe stets für alles, was er tue, einen einfachen und präzisen Grund, aber diesen Grund von ihm zu erfahren, sei nicht so einfach. Er teilte mir lediglich mit, sagte ich, daß er ›das nicht möge‹.

Daraufhin sahen sie sehr verstört aus. Was er denn nicht möge, wollten sie wissen.

›Das Aussehen von Ihnen und Ihren Kumpanen‹, sagte ich zu Jones.

›Unsinn!‹ rief er aus, und sogleich fiel Ricardo, der kleinere, ein.

›Das hat er Ihnen gesagt? Wofür sah er Sie denn an, Sir – für 'n Kind? Oder halten Sie uns für Kinder? – was keine Beleidigung sein soll. Los, ich wette, Sie werden uns als nächstes erzählen, daß Sie etwas vermissen.‹

›Ich hatte nicht die Absicht, Ihnen etwas dergleichen zu erzählen‹, sagte ich, ›aber es ist wirklich so.‹
Er schlug sich auf den Schenkel.
›Dachte ich mir's. Was halten Sie von diesem Trick, Herr?‹
Jones machte ihm eine Art von Zeichen, und dann schlug sein befremdlich katzengesichtiger Genosse vor, er und sein Diener würden mitkommen und mir helfen, den Chinesen einzufangen oder zu töten.
Meine Absicht, sagte ich, sei nicht, Beistand zu holen. Ich habe nicht vor, auf den Chinesen Jagd zu machen, ich sei nur gekommen, sie zu warnen, daß er bewaffnet sei und daß er wirklich etwas gegen ihre Anwesenheit auf der Insel habe. Ich wollte ihnen zu verstehen geben, daß ich für irgendwelche Geschehnisse keine Verantwortung übernehmen könne.
›Wollen Sie uns also sagen‹, fragte Ricardo, ›daß da ein verrückter Chinese mit einem sechsschüssigen Revolver auf der Insel frei herumläuft und daß Sie das nichts angeht?‹
Seltsamerweise schienen sie meine Geschichte nicht zu glauben. Sie wechselten die ganze Zeit bedeutsame Blicke. Ricardo schlich sich ganz nah zu seinem Prinzipal; sie tuschelten miteinander, und dann geschah etwas, was ich nicht erwartet hatte. Es ist auch sehr unangenehm.
Da ich ihren Beistand nicht wolle, um den Chinesen zu fassen und meinen Besitz zurückzuerhalten, sei das wenigste, was sie tun könnten, mir ihren Diener zu schicken. Es war Jones, der das sagte, und Ricardo unterstützte die Idee.
›Ja, ja – lassen Sie unseren Pedro für alle in Ihrem Bungalow kochen. Er ist nicht so schlimm, wie er aussieht. Ja, das wollen wir tun!‹
Er stürzte aus dem Zimmer auf die Veranda und ließ einen durchdringenden Pfiff nach ihrem Pedro ertönen. Nachdem er das antwortende Geheul von dem Kerl gehört hatte, kam Ricardo wieder ins Zimmer gerannt.

›Ja, Mr. Heyst. Das macht sich großartig, Mr. Heyst. Sie geben ihm einfach Anweisung, alles für Sie zu tun, woran Sie gewöhnt sind als Bedienung. Verstehen Sie?‹
Ich muß dir gestehen, Lena, daß ich völlig überrumpelt war. Ich hatte nichts dieser Art erwartet, und ich weiß nicht, was ich eigentlich erwartete. Ich bin so besorgt deinetwegen, daß ich dich nicht von diesen infernalischen Schurken fernhalten kann. Und vor zwei Monaten hätten die mir gar nichts ausgemacht. Ich hätte ihre Schurkerei abgewehrt, wie ich alle anderen Einbrüche des Lebens abgewehrt habe. Doch nun habe ich dich! Du bist in mein Leben getreten, und –«
Heyst tat einen tiefen Atemzug. Das Mädchen warf ihm einen raschen Blick aus großen Augen zu.
»Ah! So denkst du also darüber – daß du mich hast!«
Es war unmöglich, die durch ihre starren grauen Augen verschleierten Gedanken zu lesen, in die Bedeutung ihres Schweigens, ihrer Worte und sogar ihrer Umarmungen einzudringen. Immer kam er aus ihren Armen mit dem Gefühl vereitelten Bemühens.
»Wenn ich dich nicht habe, wenn du nicht hier bist, wo bist du dann?« rief Heyst. »Du verstehst mich sehr gut!«
Sie schüttelte ein wenig den Kopf. Ihre roten Lippen, auf die er jetzt blickte, ihre Lippen, die ebenso berückend waren wie die Stimme, die daraus hervordrang, formten die Worte:
»Ich höre, was du sagst; aber was soll es bedeuten?«
»Es bedeutet, daß ich lügen könnte und vielleicht mich demütigen um deinetwillen.«
»Nein! Nein! Tu nur das nicht«, stieß sie hastig hervor, während ihre Augen plötzlich aufblitzten. »Du würdest mich später deswegen hassen!«
»Dich hassen?« wiederholte Heyst, der seine guten Manieren wieder hervorkehrte. »Nein! Mit dieser äußersten Unwahrscheinlichkeit brauchst du nicht zu rechnen – noch nicht. Aber

ich will dir gestehen, daß ich – wie soll ich es nennen? –, daß ich geschwindelt habe. Zunächst einmal verbarg ich meine Niedergeschlagenheit über das unerwartete Resultat meiner idiotischen Diplomatie. Verstehst du das, meine Liebe?«
Es war offensichtlich, daß sie das Wort nicht verstand. Heyst setzte sein verbindliches Lächeln auf, das von seiner im übrigen kummervollen Miene seltsam abstach. Seine Schläfen schienen eingefallen, sein Gesicht wirkte etwas hagerer.
»Eine diplomatische Erklärung, Lena, ist eine Erklärung, an der alles wahr ist, nur nicht das Gefühl, das sie veranlaßt zu haben scheint. Ich bin in meinen Beziehungen zu den Menschen nie diplomatisch gewesen – nicht aus Achtung vor ihren Gefühlen, sondern aus einer gewissen Achtung meiner selbst. Diplomatie verträgt sich nicht gut mit konsequenter Verachtung. Mir lag wenig am Leben und noch weniger am Tod.«
»Sprich nicht so!«
»Ich verbarg auch, daß ich diese vagabundierenden Schurken nur zu gern an der Kehle gepackt hätte«, fuhr er fort. »Ich habe nur zwei Hände – ich wollte, ich hätte hundert, um dich zu verteidigen – und da waren drei Kehlen. Inzwischen war auch ihr Pedro mit im Zimmer. Hätte er gesehen, wie ich ihnen beiden an die Kehle ginge, so wäre er mir wie ein wütender Hund oder wie irgendeine andere treue Bestie ebenfalls an die Kehle gesprungen. Leichter war es, den gemeinen Drang nach einer dummen und hoffnungslosen Gewaltlösung zu verbergen. Ich bemerkte nur, daß ich wirklich keinen Diener wünsche. Ich könne nicht daran denken, sie seiner Dienste zu berauben; aber sie wollten davon nichts hören. Sie waren fest entschlossen. ›Wir werden ihn sogleich hinüberschicken‹, sagte Ricardo, ›damit er für alle hier das Essen vorbereiten kann. Ich hoffe, Sie haben nichts dagegen, wenn ich zum Essen in Ihren Bungalow hinüberkomme; und dem Herrn werden wir das Essen hierher bringen lassen.‹

Ich konnte nichts tun, als meine Zunge im Zaum halten oder aber einen Streit anfangen – sie irgendwie auf ihre dunklen Absichten festlegen, denen zu widerstehen uns die Mittel fehlen. Natürlich bleibst du am besten heute abend unsichtbar; da aber diese wilde Bestie die ganze Zeit hinter dem Hause herumstreicht – wie lange läßt sich da deine Anwesenheit vor diesen Männern verheimlichen?«
Heysts Niedergeschlagenheit war in seinem Schweigen spürbar. Das Mädchen hielt ihren Kopf, der von den in den dichten Massen ihres Haars vergrabenen Händen gestützt wurde, vollkommen still.
»Bist du sicher, bis jetzt nicht gesehen worden zu sein?« fragte er plötzlich.
Das reglose Haupt sprach.
»Wie kann ich da sicher sein? Du äußertest deinen Wunsch, daß ich mich im Hintergrund hielte. Ich habe mich im Hintergrund gehalten. Ich habe nicht gefragt weshalb. Ich dachte, du wolltest es nicht unter die Leute kommen lassen, daß du ein Mädchen wie mich hier bei dir hast.«
»Was? Ich mich schämen?« rief Heyst.
»Es ist vielleicht nicht korrekt – ich meine für dich – nicht wahr?«
Heyst hob höflich abwehrend die Hände.
»Ich betrachte es als so überaus korrekt, daß mir der Gedanke, daß irgendwelche anderen als wohlwollend respektvolle Augen auf dir ruhten, unerträglich wäre. Ich habe diese Burschen von Anfang an nicht gemocht und ihnen mißtraut. Hast du das nicht verstanden?«
»Ja; ich habe mich nicht sehen lassen«, sagte sie.
Sie verfielen in Schweigen. Schließlich regte sich Heyst wieder.
»Auf all das kommt es jetzt wenig an«, sagte er seufzend. »Es handelt sich um etwas unendlich Schlimmeres als nur Blicke und Gedanken, wie niedrig und verächtlich sie auch sein mö-

gen. Wie ich dir schon sagte, ich begegnete Ricardos Vorschlag mit Schweigen. Als ich mich abwandte, sagte er:
›Wenn Sie zufällig den Schlüssel von diesem Vorratsraum bei sich haben, Mr. Heyst, könnten Sie ihn mir gleich überlassen; ich werde ihn unserem Pedro geben.‹
Ich hatte den Schlüssel bei mir und hielt ihn ihm wortlos hin. Das behaarte Wesen stand mittlerweile in der Tür und fing den Schlüssel, den Ricardo ihm zuwarf, geschickter auf als ein dressierter Affe. Dann ging ich. Die ganze Zeit hatte ich mich um dich gesorgt, die ich schlafend zurückgelassen hatte, allein und anscheinend nicht wohl.«
Heyst unterbrach sich mit einer lauschenden Bewegung des Kopfes. Er hörte von ferne das Geräusch von Holzscheiten, die kleingehackt wurden. Er stand auf und durchquerte das Zimmer, um an der Hintertür Ausschau zu halten.
»Und da ist diese Kreatur«, sagte er, indem er an den Tisch zurückkehrte. »Da ist er, und schon dabei, Feuer zu machen. Ach, meine Liebe!«
Sie war ihm mit den Augen gefolgt. Sie beobachtete ihn, wie er vorsichtig auf die vordere Veranda trat. Er ließ verstohlen ein paar Rouleaus herab, die zwischen den Stützpfeilern hingen, und verhielt sich ganz still, als interessierte ihn etwas auf der Lichtung. Inzwischen hatte auch sie sich erhoben, um einen Blick auf das Grundstück zu werfen. Heyst, der über seine Schulter blickte, sah sie zu ihrem Stuhl zurückgehen. Er winkte ihr, und sie ging weiter, durchquerte den dämmrigen Raum, rein und strahlend in ihrem weißen Kleid, das Haar lose, etwa wie eine Schlafwandlerin, die sich ohne Eile bewegt, mit der ausgestreckten Hand, mit der blicklosen Wirkung ihrer grauen Augen, die in dem Dämmerlicht glänzten. Er hatte zuvor nie diesen Ausdruck auf ihrem Gesicht gesehen. Es war Verträumtheit darin, angespannte Aufmerksamkeit und etwas wie Strenge. In der Tür durch Heysts ausgestreckten Arm ange-

halten, schien sie aufzuwachen, errötete schwach – und diese Röte nahm, indem sie verschwand, auch jene seltsam verwandelnde Gemütsverfassung mit. Mit einer entschlossenen Bewegung schob sie ihre schweren Haarmassen zurück. Das Licht traf ihre Stirn. Ihre feinen Nasenflügel bebten. Heyst ergriff ihren Arm und flüsterte erregt:

»Schlüpf hier heraus, schnell! Die Rouleaus werden dich verbergen. Nur denk an die Stufen. Sie sind wirklich draußen – ich meine die anderen beiden. Besser, du siehst sie dir an, ehe du –«

Sie schrak kaum merklich zurück, faßte sich sogleich und blieb dann stehen. Heyst gab ihren Arm frei.

»Ja, vielleicht ist es besser so«, sagte sie mit unnatürlicher Bedächtigkeit und trat hinaus auf die Veranda, um sich dicht neben ihn zu stellen.

So schauten sie, jeder an einer Seite des Rouleaus, beide zwischen dem Rand des Stoffes und dem Pfeiler hindurch, der von Ranken umwunden war. Eine große Hitze stieg in immer neuen Wellen von dem sonnenbestrahlten Boden auf, als käme sie aus einem heimlichen Vorrat im feurigen Herzen der Erde; denn der Himmel hatte schon begonnen sich abzukühlen, und die Sonne hatte sich soweit geneigt, daß die Schatten von Mr. Jones und seinem Spießgesellen Seite an Seite gegen den Bungalow fielen – der eine unendlich schlank, der andere kurz und stämmig.

Die beiden Beobachter verhielten sich still und schauten. Um die Fiktion seiner Krankheit aufrechtzuerhalten, stützte sich Mr. Jones, der Gentleman, auf den Arm von Ricardo, dem Sekretär, der mit Hut seinem Herrn gerade bis an die Schulter reichte.

»Siehst du sie?« flüsterte Heyst am Ohr des Mädchens. »Da sind sie, die Abgesandten der Welt draußen. Da hast du sie vor dir – böse Intelligenz und instinktive Wildheit, Arm in

Arm. Die tierische Gewalt ist hinter dem Haus. Ein schönes Trio von Gesandten – aber wie wär's mit einem Willkomm? Nimm einmal an, ich wäre bewaffnet, könnte ich die beiden dort, wo sie stehen, niederschießen? Könnte ich das?«

Ohne den Kopf zu bewegen, suchte das Mädchen nach Heysts Hand, drückte sie und ließ sie nicht wieder los. Er fuhr mit bitterem Hohn fort:

»Ich weiß es nicht. Ich glaube es nicht. Es ist etwas in mir, das mir den unsinnigen Zwang auferlegt, auch nur den Anschein von Mord zu vermeiden. Ich habe noch nie den Finger am Abzug gehabt oder meine Hand gegen einen Mann erhoben, nicht einmal in Notwehr.«

Der plötzlich festere Griff ihrer Hand ließ ihn innehalten.

»Sie bewegen sich«, murmelte sie.

»Denken sie etwa daran, hierher zu kommen?« fragte Heyst besorgt.

»Nein, sie kommen nicht hierher«, sagte sie; und wieder entstand eine Pause. »Sie gehen zu ihrem Haus zurück«, berichtete sie schließlich.

Nachdem sie die beiden noch etwas länger beobachtet hatte, ließ sie Heysts Hand fahren und trat von dem Rouleau zurück. Er folgte ihr ins Zimmer.

»Nun hast du sie gesehen«, begann er. »Denk nur, was es für mich bedeutete, sie in der Dämmerung landen zu sehen, phantastische Gestalten aus dem Meere – Erscheinungen, Schimären! Und sie bleiben da. Das ist das Schlimmste – sie bleiben. Sie haben kein Recht, da zu sein – aber sie sind da. Sie hätten meinen ganzen Zorn erregen sollen. Aber ich habe mittlerweile alles verdrängt – Zorn, Entrüstung und Wut. Nichts ist mir geblieben als Abscheu. Seit du mir von jenem ekelhaften Gerede erzählt hast, ist das alles ungeheuer gewachsen – es betrifft sogar mich selbst.« Er blickte zu ihr auf.

»Aber zum Glück habe ich dich. Und wenn nur Wang nicht

diesen elenden Revolver weggenommen hätte – ja, Lena, da wären wir nun, wir zwei!«

Sie legte beide Hände auf seine Schultern und sah ihm grad in die Augen. Er erwiderte ihren durchdringenden Blick. Er scheiterte daran. Er konnte den grauen Schleier ihrer Augen nicht durchdringen; aber die Traurigkeit in ihrer Stimme erschütterte ihn tief.

»Du machst mir doch keinen Vorwurf?« fragte sie leise.

»Vorwurf? Was für ein Wort zwischen uns! Ich könnte nur mir selbst – aber die Erwähnung von Wang bringt mich auf eine Idee. Ich habe mich nicht ausgesprochen gedemütigt, nicht eigentlich gelogen, aber immerhin etwas verheimlicht. Du hast dich verborgen gehalten, mir zuliebe, aber immerhin verborgen gehalten. Alles das ist ganz in der Ordnung. Warum sollten wir es jetzt nicht mit Bitten versuchen? Eine edle Kunst! Ja, Lena, wir müssen zusammen hinausgehen. Ich könnte nicht daran denken, dich allein zu lassen, und ich muß – ja, ich muß mit Wang sprechen. Wir werden gehen und den Mann suchen, der weiß, was er will und wie man sicherstellt, was man will. Wir wollen sogleich gehen!«

»Warte, bis ich mein Haar aufgesteckt habe«, sagte sie zustimmend und verschwand hinter dem Vorhang.

Als der Vorhang hinter ihr gefallen war, wandte sie den Kopf zurück mit einem Ausdruck von unendlicher, zärtlicher Sorge für ihn – für ihn, den zu verstehen sie niemals hoffen konnte und dem sie, wie sie fürchtete, auch nicht genügen konnte; als wäre ihre Liebe von einer hoffnungslos minderen Art, unfähig, irgendwelche übersteigerten und feinen Wünsche seiner höheren Seele zu befriedigen. Nach wenigen Minuten erschien sie wieder. Sie verließen das Haus durch das Tor der Umzäunung und gingen in nur einem Meter Abstand an dem wie vom Donner gerührten Pedro vorbei, ohne auch nur zu ihm hinzublicken. Er erhob sich aus der gebückten Haltung über dem Holzfeuer und bleckte, ungeschickt balancierend, seine gewaltigen Zähne in grenzenlosem Staunen. Dann plötzlich schoß er davon, tummelte sich auf seinen krummen Beinen, um seinen Herren die erstaunliche Entdeckung einer Frau mitzuteilen.

VI

Das Glück wollte es, daß Ricardo sich allein auf der Veranda des früheren Kontorhauses aufhielt. Er witterte sogleich irgendeine Veränderung und rannte hinab und dem trottenden Bär entgegen. Die tiefen Knurrlaute, die dieser von sich gab, waren für Mr. Jones' Sekretär aus langer Übung durchaus verständlich, obwohl sie nur eine sehr entfernte Ähnlichkeit mit dem Spanischen oder überhaupt einer menschlichen Sprache hatten. Ricardo war ziemlich überrascht. Er hatte gedacht, das Mädchen würde sich weiterhin unsichtbar halten. Diese Taktik hatte man offenbar aufgegeben. Er mißtraute dem Mädchen nicht. Wie könnte er? Tatsächlich ließ ihm der Gedanke an ihr Vorhandensein keine Ruhe.

Er versuchte, sich von ihrem Bild freizumachen, damit er imstande wäre, mit dessen Hilfe annähernd jene kühle Überlegung zu erreichen, welche die komplexe Natur der Situation von ihm forderte, sowohl um seiner selbst willen wie als treuer Geselle von ›schlicht Mr. Jones‹, dem Gentleman.

Er nahm seinen ganzen Witz und Verstand zusammen. Dies war ein Wechsel der Taktik, der wahrscheinlich auf Heyst zurückging. Wenn dem so war, was konnte es bedeuten? Ein schlauer Bursche! Oder es ging von ihr aus, in welchem Falle – hm – schon recht! Es mußte eben sein. Sie würde wissen, was sie tat. Vor ihm stand Pedro, trat von einem Fuß auf den anderen, schwankte hin und her – seine übliche erwartungsvolle Haltung. Seine kleinen roten Augen, die sich in dem dichten Haar verloren, waren reglos. Ricardo blickte ihn mit berechnender Verachtung an und sagte in barschem, ärgerlichem Ton:

»Eine Frau! Natürlich gibt's eine. Das wissen wir auch ohne dich!« Er versetzte dem zahmen Monstrum einen Puff. »Geh! *Vamos!* Mach dich fort! Geh zurück und koch das Essen! Welchen Weg sind sie denn gegangen?«
Pedro streckte einen gewaltigen behaarten Arm aus, um die Richtung zu zeigen, und trollte sich dann auf seinen krummen Beinen davon. Ricardo konnte, indem er ein paar Schritte vortrat, über einige Sträucher hinweg gerade noch zwei weiße Tropenhelme sehen, die sich Seite an Seite über die Lichtung bewegten. Dann verschwanden sie. Nun, da er Pedro glücklich davon abgehalten hatte, den Herrn über das Vorhandensein einer Frau auf der Insel zu informieren, konnte er in Ruhe darüber nachdenken, was diese beiden vorhaben mochten. Seine Einstellung zu Mr. Jones hatte sich innerlich gewandelt, aber dessen war er sich noch nicht völlig bewußt.
An jenem Morgen vor dem Frühstück, nach seinem glücklichen Entkommen aus Heysts Bungalow und beschwingt durch die Art, wie er seinen Pantoffel wiedererlangt hatte, war Ricardo, halb taumelnd und schwindlig im Kopf, in das ihnen zugewiesene Quartier gerannt. Seine Phantasie gaukelte ihm unerhörte Hoffnungen vor, die ihn sinnlos erregten. Er mußte sich erst beruhigen, bevor er sich zu seinem Herrn wagte. Beim Eintritt ins Zimmer fand er Mr. Jones auf dem Feldbett sitzend vor, wie ein Schneider auf seinem Tisch, mit untergeschlagenen Beinen, seinen langen Rücken an die Wand gelehnt.
»Hören Sie, Sir! Sie wollen mir doch nicht sagen, daß Sie sich langweilen?«
»Langweilen? Nein! Wo, zum Teufel, bist du die ganze Zeit gewesen?«
»Auf Posten – auf Wache – herumschnüffelnd. Was sonst? Ich wußte ja, daß Sie Gesellschaft hatten. Haben Sie frei heraus gesprochen, Sir?«
»Ja, das habe ich«, murmelte Mr. Jones.

»Aber nicht ganz offen, Sir?«

»Nein. Ich wollte, du wärst dagewesen. Du treibst dich den ganzen Morgen herum und kommst jetzt atemlos herein. Was gibt's?«

»Ich habe meine Zeit da draußen nicht vertan«, sagte Ricardo. »Nichts gibt's. Ich – ich bin wohl etwas zu schnell gelaufen.« Er keuchte wirklich noch; nur war es nicht von dem Lauf, sondern von dem Aufruhr der Gedanken und Gefühle, die lange unterdrückt gewesen und nun durch das Abenteuer dieses Morgens freigeworden waren. Er wurde fast wahnsinnig darüber. Er verlor sich in dem Labyrinth von Möglichkeiten, drohenden und hoffnungsvollen. »Sie hatten also ein langes Gespräch?« sagte er, um Zeit zu gewinnen.

»Verfluchter Kerl! Du hast doch nicht einen Sonnenstich bekommen, wie? Weshalb starrst du mich an wie ein Basilisk?«

»Verzeihung, Sir, wußte nicht, daß ich starrte«, entschuldigte sich Ricardo gutmütig. »Die Sonne könnte auch einem dickeren Schädel als meinem etwas anhaben. Sie glüht. Puh! Was glauben Sie denn, was man ist, Sir – ein Salamander?«

»Du hättest hier sein sollen«, bemerkte Mr. Jones.

»Hat die Bestie irgendwelche Anstalten gemacht, sich auf die Hinterbeine zu stellen?« fragte Ricardo rasch mit durchaus ehrlicher Besorgnis. »Das würde nichts taugen, Sir. Sie müssen mit ihm vorsichtig umgehen, zumindest für ein paar Tage, Sir. Ich habe einen Plan. Ich habe so ein Gefühl, als könnte ich in ein paar Tagen viel herausbekommen.«

»So? Wie denn?«

»Nun, durch Beobachtung«, antwortete Ricardo leise.

Mr. Jones brummte.

»Das ist nichts Neues. Beobachten, wie? Warum nicht auch ein bißchen Beute machen?«

»Ha, ha, ha! Das ist ein guter Witz!« platzte der Sekretär heraus, wobei er Mr. Jones mit freudlosem Blick fixierte.

Dieser ließ das Thema gleichgültig fallen.
»Oh, mindestens zwei Tage lang kannst du sicher sein«, sagte er.
Ricardo faßte sich. Seine Augen blitzten lüstern.
»Wir werden es schaffen – sauber – gründlich – ganz und gar, wenn Sie mir nur vertrauen, Sir.«
»Ich vertraue dir schon«, sagte Mr. Jones. »Es ist auch in deinem Interesse.«
Und wirklich war es Ricardo mit dieser Erklärung ganz ernst. Er glaubte jetzt fest an den Erfolg. Aber er konnte seinem Herrn nicht sagen, daß er Späher im feindlichen Lager hatte. Es wäre nicht gut, ihm von dem Mädchen zu erzählen. Der würde weiß der Teufel was anrichten, wenn er erführe, daß es hier eine Frau gab. Und wie sollte er davon anfangen? Er konnte doch seine plötzliche Eskapade nicht beichten.
»Wir werden es schaffen, Sir«, sagte er mit vollkommen gespielter Munterkeit. Er spürte Wellen unbändiger Lust, die sich in seinem Herzen ausbreiteten und so heiß waren wie eine angefachte Flamme.
»Das müssen wir«, erklärte Mr. Jones. »Diese Sache, Martin, ist nicht wie unsere anderen Unternehmungen. Ich habe dabei ein besonderes Gefühl. Es ist ganz anders. Es ist eine Art von Bewährungsprobe.«
Ricardo war von der Haltung seines Chefs beeindruckt; zum erstenmal war ein Funken von Leidenschaft bei ihm zu entdecken. Aber auch ein Wort, das er gebraucht hatte, das Wort ›Bewährungsprobe‹, empfand Ricardo als besonders bezeichnend. Es war das letzte Wort, das bei dieser morgendlichen Unterhaltung fiel. Danach ging Ricardo sogleich aus dem Zimmer. Es war ihm unmöglich stillzusitzen. Sein Rauschzustand, in dem sich eine ungewöhnliche Weichheit mit einem wilden Triumphgefühl mischte, ließ das nicht zu. Er ließ ihn nicht einmal zum Nachdenken kommen. Bis spät in den Nachmittag

hinein ging er auf der Veranda auf und ab und äugte bei jeder Wendung zu dem anderen Bungalow hinüber. Nichts verriet, daß er bewohnt war. Ein- oder zweimal blieb Ricardo plötzlich stehen und sah auf seinen linken Pantoffel. Jedesmal kicherte er hörbar vor sich hin. Seine Unrast wurde immer größer, bis er schließlich darüber erschrak. Er hielt sich an der Balustrade der Veranda fest und stand dann still und lächelte, nicht über seine Gedanken, sondern über ein starkes Gefühl von Leben in seinem Innern. Diesem Gefühl überließ er sich, sorglos, ja leichtfertig. Ihn kümmerte niemand, weder Freund noch Feind.

In diesem Augenblick rief ihn Mr. Jones von drinnen beim Namen. Ein Schatten fiel über das Gesicht des Sekretärs.

»Hier, Sir«, antwortete er; aber es dauerte noch einen Moment, ehe er sich entschließen konnte hineinzugehen.

Er fand seinen Herrn auf den Füßen. Mr. Jones hatte es satt dazuliegen, wenn keine Notwendigkeit dazu bestand. Seine durch das Zimmer gleitende schlanke Gestalt kam zur Ruhe.

»Ich habe über etwas nachgedacht, Martin, was du vorschlugst. Damals hielt ich es nicht für angebracht; aber bei näherer Überlegung scheint mir der Vorschlag eines Spielchens ebensowohl geeignet, ihm zu verstehen zu geben, daß es an der Zeit ist, sich ein wenig zu erleichtern. Es ist nicht so – wie soll ich sagen? –, nicht so plump. Er wird schon wissen, was das bedeutet. Nicht schlecht, diese Form zu wahren bei einem Geschäft – das an sich roh ist, Martin, ziemlich roh.«

»Wollen Sie seine Gefühle schonen?« höhnte der Sekretär in einem so bitteren Ton, daß Mr. Jones ehrlich überrascht war.

»Wieso, es war doch deine Idee, verdammt nochmal!«

»Wer bestreitet denn das?« erwiderte Ricardo mürrisch. »Aber diese Kriecherei widert mich an. Nein! Nein! Die genaue Lage seines Beuteschatzes ausmachen und dann kurzer Prozeß. Das ist gerade gut genug für ihn.«

In seiner Leidenschaft, die nun voll erwacht war, vereinte sich

Blutdurst mit einem Verlangen nach Zärtlichkeit – ja, Zärtlichkeit. Eine Art von besorgtem, hinschmelzendem Gefühl durchdrang und erweichte sein Herz, wenn er an das Mädchen dachte – eine von seiner eigenen Klasse. Und zugleich begann Eifersucht an seiner Brust zu nagen, wenn das Bild Heysts sich vor seine kühne Vorwegnahme dieses Glücks drängte.

»Deine dumme Brutalität ist entschieden unfein, Martin«, sagte Mr. Jones verachtungsvoll. »Du begreifst nicht einmal meine Absicht. Ich gedenke, mir einen kleinen Spaß mit ihm zu machen. Versuch nur, dir dieses Spielchen auszumalen – wie der Mann die Karten hält –, die qualvolle Ironie, die darin liegt. Oh, ich werde das sehr genießen. Ja, lassen wir ihn sein Geld verlieren, statt ihn zu zwingen, daß er es uns gibt. Du natürlich, du würdest ihn gleich über den Haufen schießen, aber ich werde die Feinheiten und den Spaß auskosten. Er ist ein Mann der besten Gesellschaft. Ich bin aus diesen Kreisen von Leuten verstoßen worden, die dem Kerl sehr ähnlich sind. Wie wütend wird er sein und gedemütigt! Ich verspreche mir einige köstliche Augenblicke, wenn ich ihn beim Spiel beobachten kann.«

»Ach, und wenn er sich plötzlich auf die Hinterbeine stellt! Womöglich gefällt ihm der Spaß nicht.«

»Ich rechne dabei auf deine Anwesenheit«, bemerkte Mr. Jones ruhig.

»Nun, solange es mir freisteht zu schießen oder ihm das Messer in die Rippen zu stoßen, wenn ich den Zeitpunkt für gekommen halte, mögen Sie gern Ihren kleinen Spaß haben, Sir. Ich werde kein Spielverderber sein.«

VII

Genau an diesem Punkt des Gesprächs war Heyst zu Mr. Jones und seinem Sekretär mit der Warnung vor Wang hereingeplatzt, wie er Lena berichtet hatte. Als er die beiden wieder verließ, blickten sie einander in verwundertem Schweigen an. Mr. Jones brach es als erster.

»Hör mal, Martin!«

»Ja, Sir.«

»Was soll das bedeuten?«

»Irgendein Schachzug. Ich will verdammt sein, wenn ich das begreife.«

»Zu hoch für dich?« forschte Mr. Jones trocken.

»Nichts weiter als eine seiner unverschämten Teufeleien«, brummte der Sekretär. »Sie glauben das doch nicht alles mit dem Chinesen, Sir, nicht wahr? Glatt gelogen.«

»Auch wenn es nicht wahr ist, hat es doch für uns eine Bedeutung. Nämlich, weshalb er gekommen ist, uns diese Geschichte zu erzählen, das ist wichtig.«

»Glauben Sie, er hat sich das ausgedacht, um uns Angst zu machen?« fragte Ricardo.

Mr. Jones warf ihm einen finsteren Blick zu; er dachte nach. »Der Mann sah bekümmert aus«, murmelte er wie zu sich. »Nehmen wir an, der Chinese hat ihm wirklich sein Geld gestohlen! Der Mann sah sehr niedergeschlagen aus.«

»Nichts als Durchtriebenheit, Sir«, widersprach Ricardo eifrig, denn der Gedanke war zu beunruhigend. »Sollte er einem Chinesen soviel Vertrauen geschenkt haben, daß es dahin kommen konnte?« argumentierte er mit Wärme. »Nein, gerade

darüber würde er doch Stillschweigen bewahren. Es ist etwas anderes dabei. Ja, aber was?«
»Hä, hä, hä!« Mr. Jones ließ ein gespenstisch quiekendes Lachen hören. »Ich war noch nie in einer so lächerlichen Lage«, fuhr er mit seiner Grabesstimme gelassen fort. »Du, Martin, warst es, der mich da hineingezogen hat. Aber es ist auch mein Fehler. Ich hätte – aber ich war wirklich zu gelangweilt, meinen Kopf anzustrengen, und auf deinen ist eben kein Verlaß. Du bist ein Hitzkopf!«
Ein ärgerlicher Fluch entschlüpfte Ricardo. Kein Verlaß auf ihn! Hitzkopf! Er war den Tränen nahe.
»Sir, habe ich Sie, seit man uns aus Manila hinauswarf, nicht mehr als zwanzigmal sagen hören, daß wir einen Haufen Geld brauchten, um die Ostküste von Afrika zu beackern? Sie haben mir immer gesagt, wir müßten, um all den Beamten und dem portugiesischen Gesindel richtig einzuheizen, anfangs schwere Verluste einstecken. Haben Sie sich nicht immer den Kopf zerbrochen, wie wir das nötige Bargeld in die Hand bekämen? Dem hat es nicht gerade gedient, wenn Sie sich in jenem öden holländischen Nest der Langeweile überließen und mit verdammten bettelarmen Bankangestellten und ähnlichen Leuten um zwei Pfennige spielten. Nun, ich habe Sie hergebracht, wo Geld zu holen ist – und ein ganzer Haufen für moralische Begriffe«, fügte er zwischen zusammengepreßten Zähnen hinzu.
Es entstand ein Schweigen. Jeder von beiden starrte in eine andere Ecke des Zimmers. Plötzlich sprang Mr. Jones auf die Füße und ging zur Tür. Ricardo holte ihn draußen ein.
»Nehmen Sie meinen Arm, Sir«, bat er ihn sanft, aber entschieden. »Es hat keinen Sinn, das Spiel zu verraten. Ein Kranker kann einmal hinaus wollen, um ein wenig frische Luft zu schnappen, da die Sonne etwas tiefer steht. So, Sir. Aber wo wollen Sie denn hin? Weshalb sind Sie hinausgegangen, Sir?«
Mr. Jones blieb stehen.

»Ich weiß es selbst nicht recht«, gestand er in hohlem Ton und starrte dabei angespannt zu dem Bungalow von Nummer Eins hinüber. »Es ist ganz unvernünftig«, erklärte er noch leiser.

»Sie gehen besser wieder hinein, Sir«, schlug Ricardo vor. »Aber was ist das? Diese Rouleaus waren bisher nicht heruntergelassen. Jetzt späht er da hindurch, möchte ich wetten – dieser Duckmäuser, dieses durchtriebene Scheusal!«

»Warum gehen wir nicht hinüber und sehen zu, wie wir der Sache auf den Grund kommen?« kam als unerwarteter Vorschlag von Mr. Jones. »Er wird mit uns reden müssen.«

Ricardo unterdrückte einen fürchterlichen Schreck und konnte einen Moment nichts sagen. Er preßte nur instinktiv die Hand des Herrn an seine Seite.

»Nein, Sir. Was könnten Sie ihm sagen? Glauben Sie, Sie könnten seine Lügen aufdecken? Wie wollen Sie ihn zum Reden bringen? Es ist noch nicht an der Zeit, mit diesem Gentleman zur Sache zu kommen. Sie glauben doch nicht, daß ich zögere, oder? Seinen Chinesen, natürlich, den werde ich wie einen Hund niederschießen, sobald ich ihn zu Gesicht bekomme; aber was diesen Mr. Heyst betrifft, ist die Zeit noch nicht reif. Ich habe jetzt von uns beiden den kühleren Kopf. Gehen wir wieder hinein. Wir sind hier ganz exponiert. Denken Sie nur, es fiele ihm ein, ein Gewehr auf uns abzudrücken! Er ist ein ganz Unberechenbarer, ein scheinheiliges Stinktier.«

Mr. Jones ließ sich überreden und kehrte in seine Abgeschiedenheit zurück. Der Sekretär indessen blieb auf der Veranda – um, wie er sagte, zu sehen, ob dieser Chinese nicht herumschliche, in welchem Falle er vorschlug, einen weiten Schuß auf den Kerl und alle Folgen zu riskieren. Sein wahrer Grund aber war, daß er allein sein wollte, fern von den eingesunkenen Augen seines Herrn. Er hatte ein sentimentales Verlangen, sich seinen Phantasien in Einsamkeit zu überlassen. Ein großer Wandel seit jenem Morgen war mit Mr. Ricardo vorgegangen.

Eine ganze Seite seines Lebens, die aus Klugheit, aus Notwendigkeit, aus Loyalität im Schlaf gelegen hatte, war jetzt erwacht, belebte seine Gedanken und verwirrte seinen Geist durch Vorstellungen von solchen unbedachten Konsequenzen wie zum Beispiel der Möglichkeit eines wirklichen Kampfes mit seinem Herrn. Das Auftauchen des monströsen Pedro mit seiner Neuigkeit riß Ricardo aus einem träumerischen Gefühl, das mit einer Ahnung bevorstehenden Ärgers verbunden war. Eine Frau? Ja, es gab eine, und darin lag der ganze Unterschied. Nachdem er Pedro weggescheucht und die weißen Tropenhelme von Heyst und Lena zwischen den Büschen hatte verschwinden sehen, stand er in Nachdenken verloren.

›Wo konnten sie jetzt hin sein?‹ fragte er bei sich.

Die Antwort, auf die sein forschender Geist mit äußerster Anstrengung geriet, war: sie wollten den Chinesen treffen. Denn Ricardo glaubte nicht an die Desertion von Wang. Das war ein Lügengespinst und fügte sich organisch in die gefährliche List. Heyst war darangegangen, einen neuen Zug auszuhecken. Doch wiederum beruhigte es Ricardo, daß das Mädchen bei ihm war – das Mädchen voller Mut, voller Vernunft, voller Verstand; eine Verbündete seiner eigenen Art!

Er ging rasch hinein. Mr. Jones hatte wieder seine gekreuzte Sitzhaltung auf dem Bett eingenommen, den Rücken gegen die Wand gelehnt.

»Irgendwas Neues?«

»Nein, Sir.«

Ricardo ging im Zimmer umher, als kümmere ihn nichts in der Welt. Er summte abgerissene Melodien. Bei dem Ton hob Mr. Jones seine boshaften Augenbrauen. Der Sekretär kniete vor einem alten Lederkoffer und förderte, darin wühlend, einen kleinen Spiegel zutage. Er versenkte sich schweigend in den Anblick seiner Physiognomie.

»Ich denke, ich werde mich rasieren«, entschied er und stand auf.

Er warf seinem Herrn einen schrägen Blick zu und wiederholte es mehrmals während der Handlung, die nicht lange dauerte, und sogar noch danach, als er, nachdem er die Utensilien verstaut hatte, sein Hin- und Hergehen wieder aufnahm und weiter Fetzen unbekannter Lieder vor sich hin brummte. Mr. Jones bewahrte völlige Ruhe, die Lippen zusammengepreßt, die Augen gesenkt. Sein Gesicht war wie eine Holzschnitzerei.
»Sie wollen sich also in einem Spielchen mit diesem Kerl versuchen, Sir?« sagte Ricardo, plötzlich stehenbleibend und sich die Hände reibend.
Mr. Jones gab kein Zeichen, irgend etwas verstanden zu haben.
»Nun, warum nicht? Warum sollten Sie nicht diese Erfahrung machen? Sie wissen, in jenem mexikanischen Nest – wie hieß es doch –, der Räuber, den man in den Bergen fing und zum Tode verurteilte? Er spielte die halbe Nacht Karten mit dem Gefängniswärter und dem Sheriff. Nun, dieser Bursche hier ist auch ein Verurteilter. Er muß sich zu Ihrem Spielchen bereitfinden. Teufel auch. Ein Gentleman braucht mal eine kleine Entspannung! Und Sie haben ungewöhnlich viel Geduld bewiesen, Sir.«
»Du bist mit einemmal ungewöhnlich aufgekratzt«, bemerkte Mr. Jones in gelangweiltem Ton. »Was fällt dir ein?«
Der Sekretär summte eine Weile und sagte dann:
»Ich werde versuchen, ihn heute abend zu Ihnen herüberzuschaffen, nach dem Essen. Wenn ich selbst nicht dabei bin, beunruhigen Sie sich nicht, Sir. Ich werde ein wenig herumschnüffeln – ja?«
»Ich verstehe«, sagte Mr. Jones lässig durch die Nase. »Aber was willst du denn im Dunkeln ausspionieren?«
Ricardo gab keine Antwort, und nach weiteren ein oder zwei Wendungen schlüpfte er aus dem Zimmer. Er fühlte sich allein mit dem Herrn nicht mehr wohl.

VIII

Inzwischen hatten sich Heyst und Lena, die ziemlich rasch gingen, Wangs Hütte genähert. Heyst bat das Mädchen zu warten und stieg die kleine Bambusleiter hinauf, die zum Eingang führte. Es verhielt sich so, wie er erwartet hatte. Das verräucherte Innere war leer bis auf eine große Sandelholztruhe, zu schwer, um in der Eile weggeschafft zu werden. Ihr Deckel stand offen, aber was immer sie enthalten haben mochte, war nicht mehr darin. Alle Besitztümer von Wang waren fort. Ohne sich länger in der Hütte aufzuhalten, kam Heyst zu dem Mädchen zurück, das mit seiner seltsam wissenden oder alles verstehenden Miene keine Fragen stellte.

»Los, weiter«, sagte er.

Er schritt voran, während das Rascheln ihres weißen Rockes in die Schatten des Waldes folgte, entlang dem Pfad ihres üblichen Spazierganges. Obwohl die Luft schwer zwischen den aufrechten kahlen Stämmen lag, bewegten sich Sonnenflecken auf dem Erdboden, und als Lena die Augen erhob, sah sie hoch über ihrem Kopf das Spiel der Blätter, den Oberflächenschauer auf den mächtigen horizontal ausgestreckten Gliedern in der völligen Reglosigkeit des Erduldens. Zweimal blickte Heyst über die Schulter zu ihr zurück. Hinter ihrem bereitwillig antwortenden Lächeln lag ein Fundus hingebungsvoller, konzentrierter Leidenschaft, die in der Hoffnung auf einen vollkommneren Lohn glühte. Sie passierten die Stelle, an der sie sich sonst immer dem kahlen Gipfel des mittleren Berges zuzuwenden pflegten. Heyst hielt stetig die Richtung auf die obere Grenze des Waldes ein. Sobald sie dessen Schutzdach verließen, umwehte sie eine Brise, und eine große Wolke, die rasch vor der Sonne vorbeizog, warf einen merkwürdig düsteren Farbton über alles und jedes. Heyst wies einen steilen, zerfurchten Pfad hinauf, der sich an den Berghang schmiegte. Er endete bei einer Barrikade aus gefällten Bäumen, einem primitiv erdachten Hindernis, dessen Errichtung an eben dieser Stelle viel Mühe gekostet haben mußte.

»Dies hier«, erklärte Heyst in seinem verbindlichen Ton, »ist eine Barriere gegen den Vormarsch der Zivilisation. Die armen Leute dort drüben liebten ihn nicht, denn er erschien ihnen in der Gestalt meiner Firma – eine gewaltige Etappe, wie manche Leute das mit irriger Zuversicht zu nennen pflegten. Der vorgeschobene Fuß ist wieder zurückgezogen worden, aber die Barrikade bleibt.«

Sie gingen weiter langsam bergauf. Die Wolke war vorbeigetrieben und hinterließ auf dem Gesicht der Welt einen gesteigerten Glanz.

»Es ist eine höchst lächerliche Vorkehrung«, fuhr Heyst fort, »aber sie wurzelt in ehrlicher Furcht – der Furcht vor dem Unbekannten, dem Unbegreiflichen. Es ist auch gewissermaßen rührend, und ich wünschte von Herzen, Lena, wir wären auf der anderen Seite.«

»Oh, hör auf, hör auf!« rief sie und griff nach seinem Arm.

Die Front der Barrikade, der sie sich näherten, war mit einer Menge frisch geschnittener Zweige überhöht worden. Die Blätter waren noch grün. Eine leichte Brise, die darüber hinstrich, bewegte sie ein wenig; was aber das Mädchen in Schrecken versetzt hatte, war der Anblick von mehreren Speerspitzen, die aus dem Blätterwald hervorragten. Sie hatte sie plötzlich entdeckt. Sie blitzten nicht, aber sie sah sie mit größter Deutlichkeit, ganz still, ein bösartiger Anblick.

»Du läßt mich besser allein weitergehen, Lena«, sagte Heyst.

Sie zupfte beharrlich an seinem Arm, aber nach einer Weile,

während der er nicht aufhörte, lächelnd in ihre verängstigten Augen zu blicken, machte er sich schließlich los.

»Es ist mehr ein Symbol als eine Demonstration«, versuchte er sie zu überreden. »Warte hier nur einen Augenblick. Ich verspreche dir, nicht so nahe heranzugehen, daß ich durchbohrt werden könnte.«

Wie in einem Alptraum sah sie Heyst die wenigen Meter des Weges hinaufgehen, als wolle er nicht haltmachen, und sie hörte seine Stimme, wie man im Traum Stimmen hört, unbekannte Worte in einem ganz unirdischen Ton. Heyst verlangte lediglich, Wang zu sehen. Man ließ ihn nicht lange warten. Nachdem Lena sich von der ersten Verwirrung erholt hatte, bemerkte sie eine Bewegung in der grünen Verkleidung der Barrikade. Sie hauchte einen Seufzer der Erleichterung, als die Speerspitzen sich zurückzogen, hineinglitten – die fürchterlichen Dinger! An einer Stelle gegenüber von Heyst bog ein Paar gelber Hände die Blätter auseinander, und ein Gesicht füllte die kleine Öffnung – ein Gesicht mit sehr bemerkenswerten Augen. Es war natürlich Wangs Gesicht, das aber in keiner Weise auf einen zugehörigen Leib schließen ließ, wie jene Pappgesichter, die sie ihrer Erinnerung nach als Kind im Schaufenster eines gewissen dunklen Ladens von einem geheimnisvollen Männlein in Kingsland Road gesehen hatte. Nur hatte dieses Gesicht, statt der bloßen Löcher, blinzelnde Augen. Sie konnte das Klappen der Lider sehen. Die Hände, die auf beiden Seiten des Gesichts die Zweige auseinanderhielten, sahen auch nicht aus, als ob sie zu irgendeinem wirklichen Körper gehörten. Die eine hielt einen Revolver – eine Waffe, die sie rein intuitiv erkannte, denn sie hatte einen solchen Gegenstand nie zuvor gesehen.

Sie lehnte ihre Schultern gegen den Fels des steilen Berghangs, blickte unverwandt auf Heyst und faßte sich einigermaßen, da ihn ja die Speerspitzen nicht mehr bedrohten. Über dem aufrechten unbeweglichen Rücken, den er ihr zuwandte, sah sie in Wangs unwirklichem Pappgesicht die schmalen Lippen sich zu heuchlerischen Grimassen verziehen. Sie stand zu weit unterhalb, um das Gespräch zu hören, das in normalem Ton geführt wurde. Sie wartete geduldig das Ende ab. Ihre Schultern spürten die Wärme des Felsens; dann und wann war ihr, als striche ein kühlerer Luftzug von oben her über ihren Kopf; die Schlucht zu ihren Füßen erstickte in der Fülle der Vegetation und sandte das schwache schläfrige Summen der Insektenwelt aus. Alles war ganz ruhig. Sie versäumte den Augenblick, da Wangs Kopf und mit ihm jene unwirklichen Hände in dem Laubwerk verschwanden. Zu ihrem Entsetzen schoben sich langsam die Speerspitzen wieder vor. Das Haar auf ihrem Kopf sträubte sich buchstäblich; aber ehe sie noch Zeit hatte aufzuschreien, wandte sich Heyst, der wie angewurzelt dagestanden hatte, plötzlich um und kam auf sie zu. Sein langer Schnurrbart konnte nicht ganz ein hämisches, aber unschlüssiges Lächeln verbergen, und als er nahe genug war, um sie zu berühren, brach er in ein rauhes Gelächter aus.

Sie sah ihn verständnislos an. Er hörte auf zu lachen und sagte kurz:

»Wir gehen besser den Weg zurück, den wir gekommen sind.«

Sie folgte ihm in den Wald. Der vorrückende Nachmittag hatte ihn mit Dämmer erfüllt. In der Ferne schloß ein schräger Lichtstrahl zwischen den Bäumen die Aussicht ab. Jenseits war alles dunkel. Heyst blieb stehen.

»Wir brauchen uns nicht zu beeilen, Lena«, sagte er in seinem gewöhnlichen, heiter-höflichen Tonfall. »Wir kehren unverrichteter Dinge zurück. Ich nehme an, du weißt oder kannst dir zumindest denken, in welcher Absicht ich dort hinaufgegangen bin?«

»Nein, das ahne ich nicht, mein Lieber«, sagte sie und lächelte; dabei sah sie mit Bewegung, daß seine Brust sich wie atemlos hob und senkte. Nichtsdestoweniger versuchte er, seine Stimme in die Gewalt zu bekommen, und machte nur kleine Pausen zwischen den Worten.

»Nein? Ich ging hinauf, um Wang zu suchen. Ich ging hinauf« – er keuchte wieder, aber jetzt zum letztenmal –, »ich nahm dich mit mir, weil ich dich nicht schutzlos in der Nähe jener Halunken zurücklassen mochte.« Plötzlich riß er seinen Tropenhelm vom Kopf und schleuderte ihn zu Boden. »Nein!« rief er unbeherrscht. »Das alles ist zu ungeheuerlich. Es ist nicht zu ertragen! Ich kann dich nicht beschützen! Ich habe nicht die Macht dazu.«

Er sah sie einen Moment starr an und lief dann nach seinem Helm, der ein Stück fortgerollt war. Er kam zurück und blickte in ihr Gesicht, das sehr blaß war.

»Ich müßte dich wegen dieses Ausbruchs um Verzeihung bitten«, sagte er, während er den Helm zurechtrückte. »Ein Anfall von kindischer Gereiztheit! Wirklich, ich komme mir ganz wie ein Kind vor in meiner Unwissenheit, in meiner Ohnmacht, in meinem Mangel an Energie, in allem, nur nicht in dem schrecklichen Bewußtsein von irgend etwas Bösem, das über deinem Haupt schwebt – über deinem!«

»Aber sie haben es doch auf dich abgesehen«, murmelte sie.

»Zweifellos, doch unglücklicherweise –«

»Unglücklicherweise – was?«

»Unglücklicherweise hatte ich bei Wang keinen Erfolg«, sagte er. »Es ist mir nicht gelungen, sein himmlisches Herz zu rühren – das heißt, wenn er überhaupt eins hat. Er machte mir mit seiner ekelhaften chinesischen Logik klar, er könne uns nicht über die Grenze lassen, weil man uns verfolgen würde. Er hat keine Lust zu kämpfen. Er gab mir zu verstehen, daß er mich lieber mit meinem eigenen Revolver ohne Bedenken niederschießen würde, als um meinetwillen einen rohen und abscheulichen Kampf mit den fremden Barbaren zu riskieren.

Er hat vor den Dörflern Reden gehalten. Sie achten ihn. Er ist der bemerkenswerteste Mann, den sie je gesehen haben, und durch Heirat ihr Verwandter. Sie verstehen seine Politik. Zudem sind nur Weiber und Kinder und ein paar Alte in dem Dorf. In dieser Jahreszeit sind die Männer fort, auf Handelsschiffen unterwegs. Aber auch das hätte nichts geändert. Keiner von ihnen hat Lust zu kämpfen – obendrein mit Weißen! Sie sind ein friedfertiges, freundliches Völkchen und hätten mit größter Genugtuung gesehen, wie ich niedergeschossen worden wäre. Wang schien meine Beharrlichkeit – denn ich war sehr hartnäckig – für besonders dumm und taktlos zu halten. Aber ein Ertrinkender klammert sich an jeden Strohhalm. Wir sprachen in einem malaiischen Dialekt, den wir beide beherrschen.

›Deine Befürchtungen sind albern‹, sagte ich zu ihm.

›Albern? Natürlich bin ich albern‹, erwiderte er. ›Wenn ich klug wäre, wäre ich ein Kaufmann mit einem großen Geschäft in Singapore, statt ein Minenkuli zu sein, der sich in einen Diener verwandelt hat. Aber wenn Sie nicht rechtzeitig fortgehen, werde ich Sie niederschießen, bevor es zu dunkel zum Zielen wird. Vorher nicht, Nummer Eins, aber dann werde ich es tun. Nun – Schluß!‹

›Schon recht‹, sagte ich. ›Schluß, soweit es mich betrifft, aber du kannst doch nichts dagegen haben, daß die *mem putih* hinüberkommt und für ein paar Tage bei den Frauen von Orang Kaya bleibt. Ich werde euch dafür ein Geschenk in Silber machen.‹ Orang Kaya ist der Häuptling des Dorfes, Lena«, fügte Heyst hinzu.

Sie blickte ihn überrascht an.

»Du wolltest, daß ich in jenes Dorf von Wilden ginge?« hauchte sie. »Du wolltest, daß ich dich verließe?«

»Ich hätte dann freiere Hand gehabt.«

Heyst streckte seine Hände aus und sah einen Augenblick darauf nieder, dann ließ er sie wieder herabsinken. Ihre Entrüstung drückte sich mehr im Krümmen ihrer Lippen aus, als in ihren klaren Augen, die nicht zuckten.

»Ich glaube, Wang lachte mich aus«, fuhr er fort. »Er gab einen Ton von sich wie ein Truthahn.«

›Das wäre noch schlimmer als alles andere‹, sagte er mir.

Ich war entsetzt. Ich erklärte ihm, daß er Unsinn rede. Für seine Sicherheit könne es keinen Unterschied machen, wo du wärest, weil die bösen Männer, wie er sie nennt, von deiner Existenz nichts wüßten. Ich habe damit nicht eigentlich gelogen, Lena, obwohl ich die Wahrheit bis zum Zerreißen gedehnt habe, aber der Bursche scheint einen übernatürlichen Blick zu haben. Er schüttelte den Kopf. Er versicherte mir, sie wüßten alles über dich. Er schnitt mir eine Grimasse.«

»Es kommt nicht darauf an«, sagte das Mädchen. »Ich wollte nicht gehen – ich wäre auch nicht gegangen.«

Heyst hob die Augen.

»Wunderbare Intuition! Als ich weiter in ihn drang, machte Wang genau diese Bemerkung über dich. Wenn er lächelt, sieht sein Gesicht aus wie ein eitler Totenkopf. Das war sein wirklich letztes Wort – daß du nicht würdest gehen wollen. Dann zog ich mich zurück.«

Sie lehnte sich mit dem Rücken an einen Baum. Heyst stand ihr in der gleichen lässigen Haltung gegenüber, als könnte ihnen die Zeit und könnten ihnen alle übrigen Sorgen der Welt nichts anhaben. Plötzlich rauschte das Blätterdach hoch über ihren Köpfen gewaltig auf und verstummte dann.

»Eine komische Idee, mich wegzuschicken«, sagte sie. »Mich wegschicken? Wozu? Ja, wozu?«

»Du scheinst ungehalten«, bemerkte er zerstreut.

»Obendrein zu diesen Wilden!« fuhr sie fort. »Und du denkst, ich wäre gegangen? Du kannst mit mir machen was du willst – aber das nicht, das nicht!«

Heyst blickte zu den dunklen Rändern des Waldes. Alles war jetzt so still, daß buchstäblich der Boden, auf dem sie standen, Schweigen auszuströmen schien.

»Warum ärgerlich sein?« hielt er ihr vor. »Es ist ja nicht dazu gekommen. Ich habe das Streiten mit Wang aufgegeben. Da wären wir also, zurückgewiesen! Nicht allein dem Bösen gegenüber machtlos, sondern auch unfähig, zu einem annehmbaren Modus mit den ehrenwerten Gesandten zu kommen, den außerordentlichen Gesandten jener Welt, mit der wir auf Jahre hinaus fertig zu sein glaubten. Und das ist schlimm, Lena, sehr schlimm.«

»Es ist komisch«, sagte sie nachdenklich. »Schlimm? Ich glaube schon. Ich weiß es nicht bestimmt. Aber du? Weißt du es? Du redest, als glaubtest du nicht daran.« Sie blickte ihn ernst an.

»Weiß ich es? Ach! Das ist es. Ich verstehe mich nicht aufs Reden. Ich habe es fertiggebracht, mich von allem freizumachen. Zu der Erde, die mich trug, habe ich gesagt: ›Ich bin ich, und du bist nur ein Schatten.‹ Und, bei Gott, so ist es! Aber anscheinend kann man solche Worte nicht ungestraft aussprechen. Hier bin ich auf einem Schatten, der von Schatten bewohnt ist. Wie hilflos ist man doch diesen Schatten gegenüber! Wie soll man sie einschüchtern, überreden, ihnen widerstehen, sich ihnen gegenüber behaupten? Ich habe jeden Glauben an die wirklichen Dinge verloren... Lena, gib mir deine Hand.«

Sie sah ihn überrascht an, verständnislos.

»Deine Hand«, rief er.

Sie gehorchte; er ergriff sie mit Inbrunst, als wolle er sie an seine Lippen heben, aber auf halbem Wege gab er sie wieder frei. Sie sahen einander eine Weile an.

»Was ist dir, mein Lieber?« flüsterte sie schüchtern.

»Weder Kraft noch Überzeugung«, murmelte Heyst matt vor sich hin. »Wie soll ich mit diesem so entzückend einfachen Problem fertigwerden?«

»Es tut mir leid«, sagte sie leise.
»Mir auch«, gestand er prompt. »Und das Schlimmste an dieser Demütigung ist ihre völlige Sinnlosigkeit – das fühle ich genau, ganz genau!«
Noch nie hatte sie einen solchen Aufruhr der Gefühle bei ihm erlebt. Quer über sein verzerrtes Gesicht flammten die langen Schnurrbartenden in dem Dunkel. Plötzlich sprach er wieder:
»Ich frage mich, ob ich wohl die Courage hätte, mich in der Nacht mit einem Messer unter sie zu schleichen und ihnen nacheinander die Kehle durchzuschneiden, während sie schlafen! Ich frage mich –«
Sie erschrak mehr über seinen ungewohnten Anblick als über die Worte aus seinem Munde und sagte ernst:
»Versuch das nur nicht! Denk nicht an so etwas!«
»Ich besitze nichts Größeres als ein Federmesser. Und was solche Gedanken betrifft, Lena, es ist unsagbar, was man sich nicht alles ausdenkt. Ich denke nicht. Etwas in mir denkt – etwas, das meinem Wesen ganz fremd ist. Was ist dir denn?«
Er bemerkte ihre geöffneten Lippen und den eigentümlichen starren Blick ihrer Augen, die von seinem Gesicht abgeirrt waren.
»Jemand folgt uns. Ich sah etwas Weißes sich bewegen«, rief sie.
Heyst wandte nicht den Kopf; er blickte nur auf ihren ausgestreckten Arm.
»Zweifellos werden wir verfolgt; man überwacht uns.«
»Jetzt sehe ich nichts mehr«, sagte sie.
»Und das macht auch nichts«, fuhr Heyst in seinem gewöhnlichen Ton fort. »Hier sind wir mitten im Wald. Ich habe weder Kraft noch Überredungsgabe. Es ist ja auch gar nicht so leicht, den Kopf eines Chinesen, der sich einem aus einer Masse von Laub entgegenstreckt, mit Worten zu überzeugen. Aber können wir endlos zwischen diesen hohen Bäumen umherwandern? Bieten sie Zuflucht? Nein! Was bleibt uns sonst? Ich

dachte schon einen Augenblick an die Kohlengrube; aber selbst da könnten wir nicht lange bleiben. Und dann ist der Stollen nicht sicher. Die Abstützung war schon immer zu schwach. Ameisen haben sich darüber hergemacht – Ameisen nach den Menschen. Kaum mehr als eine Todesfalle. Man kann nur einmal sterben, aber dort gibt es viele Todesarten.«

Das Mädchen suchte mit ängstlichen Blicken den Bewacher oder Verfolger, den es zwischen den Baumstämmen erspäht hatte; aber wenn er dagewesen war, hatte er sich versteckt. Ihre Augen sahen nur die tieferwerdenden Schatten der kurzen Durchblicke zwischen den lebenden Säulen des stillen Blätterdachs. Sie blickte erwartungsvoll auf den Mann neben sich, zärtlich, mit unterdrückter Angst und einer Art von ehrfürchtiger Bewunderung.

»Ich habe auch schon an das Boot dieser Leute gedacht«, fuhr Heyst fort. »Wir könnten da hinein, und – nur haben sie alles herausgenommen. Ich habe die Ruder und den Mast in einer Ecke ihres Zimmers gesehen. In einem leeren Boot abzufahren, wäre nichts als ein Verzweiflungsschritt, selbst wenn man annimmt, daß wir bis zum Morgen ein gutes Stück zwischen den Inseln hinaustreiben würden. Es wäre lediglich eine sehr umständliche Art, Selbstmord zu begehen – gefunden zu werden in einem Boot, gestorben vor Sonne und Durst. Ein Geheimnis des Meeres. Ich frage mich, wer uns finden würde! Vielleicht Davidson; aber Davidson ist vor zehn Tagen mit Westkurs vorbeigefahren. Ich habe ihn an einem frühen Morgen vom Steg aus vorbeidampfen sehen.«

»Das hast du mir nie gesagt«, sagte sie.

»Er hat gewiß durch sein großes Fernglas nach mir ausgeschaut. Vielleicht, wenn ich meinen Arm gehoben hätte – aber was hätten wir da von Davidson gewollt, du und ich? Er wird für drei Wochen oder länger nicht wieder herkommen, Lena. Hätte ich nur an jenem Morgen den Arm gehoben.«

»Wozu wäre das gut gewesen?« seufzte sie.
»Wozu? Zu nichts natürlich. Wir ahnten doch nichts Böses. Dies hier schien ein unzugänglicher Zufluchtsort zu sein, wo wir ungestört leben und einander kennenlernen konnten.«
»Vielleicht lernt man sich erst im Unglück richtig kennen«, meinte sie.
»Mag sein«, sagte er gleichgültig. »Jedenfalls wären wir nicht mit ihm weggefahren, obwohl er gewiß voller Eifer herbeigekommen wäre, zu jeder Gefälligkeit bereit, die er uns hätte erweisen können. Das ist die Natur dieses dicken Mannes – ein Prachtkerl. Du warst nicht mit auf dem Steg, als ich durch ihn den Schal an Mrs. Schomberg zurücksandte. Er hat dich nie gesehen.«
»Ich dachte, du wolltest nicht, daß irgendwer mich sähe«, sagte sie.
Er hatte die Arme über der Brust verschränkt und ließ den Kopf hängen.
»Und ich wußte nicht, ob dir daran lag, schon gesehen zu werden. Offenbar ein Mißverständnis. Ein ehrenwertes Mißverständnis. Aber das hat jetzt nichts mehr zu sagen.«
Nach längerem Schweigen hob er den Kopf.
»Wie düster der Wald geworden ist! Dabei kann die Sonne keinesfalls schon untergegangen sein.«
Sie blickte umher; und als hätten ihre Augen sich eben erst geöffnet, bemerkte sie die Schatten des Waldes, die sie nicht so sehr mit Dunkelheit als mit einer mürrischen, stumm drohenden Feindseligkeit umgaben. Ihr Mut schwand vor der Stille ringsum; in diesem Augenblick fühlte sie die Nähe des Todes, der sie und den Mann neben ihr anhauchte. Wenn sich plötzlich die Blätter bewegt hätten, würde sie beim Knacken eines trockenen Zweiges, beim geringsten Rascheln laut aufgeschrien haben. Aber sie schüttelte die unwürdige Schwäche ab. Sie, eine armselige Fiedlerin, ein Mädchen, das man buch-

stäblich im letzten Moment der Schande entrissen hatte, würde versuchen, sich über sich selbst zu erheben, sieghaft und demütig; und das Glück würde wie ein Sturzbach über sie hereinbrechen und ihr den Mann, den sie liebte, zu Füßen legen.

Heyst machte eine kleine Bewegung.

»Wir sollten lieber zurückgehen, Lena, denn wir können ja nicht die ganze Nacht unter den Bäumen bleiben – allerdings auch sonst kaum irgendwo. Wir sind ganz und gar dieser Niedertracht ausgeliefert, die uns zugedacht ist vom – soll ich sagen: Schicksal? – von deinem Schicksal oder meinem?«

Er war es, der das Schweigen gebrochen hatte, aber sie war es, die voranging. Am äußersten Waldrand blieb sie stehen, hinter einem Baum verborgen. Er trat leise zu ihr.

»Was ist? Was siehst du, Lena?« flüsterte er.

Sie sagte, ihr sei nur ein Gedanke durch den Kopf gegangen. Sie zögerte einen Augenblick, warf ihm über die Schulter einen leuchtenden Blick aus ihren grauen Augen zu. Sie wollte wissen, ob dieses Unglück, diese Gefahr, dieses Böse, was immer es war, das sie in ihrer Zuflucht aufgespürt hatte, nicht eine Art von Strafe sei.

»Strafe?« wiederholte Heyst. Er verstand nicht, was sie meinte. Als sie es erklärte, war er noch mehr überrascht. »Eine Art von Vergeltung aus einem zürnenden Himmel?« sagte er verwundert. »An uns? Wofür in aller Welt?«

Er sah, wie ihr blasses Gesicht sich in dem Dunkel verfärbte. Sie war errötet. In raschem Flüstern strömte ihre Rede. Es liege an der Art, wie sie zusammenlebten – das sei unrecht, nicht wahr? Das sei ein sündhaftes Leben. Denn sie sei doch nicht dazu gezwungen worden, dazu getrieben, da hineingestoßen. Nein, nein – sie sei aus eigenem freiem Willen zu ihm gekommen, mit ihrer ganzen Seele und einem unrechten Verlangen.

Er war so betroffen, daß er einen Augenblick nicht sprechen

konnte. Um seine Bewegung zu verbergen, griff er zu seiner bewährten Heystschen Manier.

»Was? Sind unsere Besucher denn Abgesandte der Moral, Rächer der Gerechtigkeit, Agenten der Vorsehung? Das ist wirklich ein origineller Einfall. Wie geschmeichelt würden sie sein, wenn sie dich hören könnten!«

»Jetzt machst du dich über mich lustig«, sagte sie mit gedämpfter Stimme, die plötzlich brach.

»Bist du dir einer Sünde bewußt?« fragte Heyst ernst. Sie gab keine Antwort. »Denn ich bin es nicht«, fügte er hinzu, »vor dem Himmel, ich bin es nicht!«

»Du! Du bist anders. Das Weib ist die Versucherin. Du hast mich aus dem Elend emporgezogen. Ich habe mich an dich geklammert.«

»Oh, du übertreibst, du übertreibst. Gar so schlimm war es nicht«, sagte er scherzend, wobei er seine Stimme mit Mühe zur Ruhe zwang. Er betrachtete sich bereits als einen toten Mann, der gezwungen war, so zu tun, als lebe er noch, um ihretwillen, zu ihrem Schutz. Er bedauerte, daß er keinen Himmel hatte, dem er diese schöne, bebende Handvoll Asche und Staub anbefehlen konnte – warm, lebendig, fühlsam, sein Eigenstes – und hilflos der Beleidigung, der Gewalttat, der Entwürdigung und dem unendlichen Elend des Leibes ausgesetzt. Sie hatte ihr Gesicht abgewandt und war ganz still. Plötzlich ergriff er ihre leblose Hand.

»Du willst es so haben?« fragte er. »Ja? Dann wollen wir gemeinsam auf Barmherzigkeit hoffen.«

Ohne ihn anzusehen, schüttelte sie den Kopf wie ein beschämtes Kind.

»Denk daran«, fuhr er mit seinem unverbesserlichen feinen Spott fort, »daß die Hoffnung eine christliche Tugend ist; schließlich kannst du nicht alle Gnade nur auf dich herabwünschen.«

Vor ihren Augen, jenseits der Rodung, stand der Bungalow in düsterer Beleuchtung. Ein unerwarteter kalter Windstoß rauschte in den Baumwipfeln. Sie zog ihre Hand fort und trat hinaus auf die Lichtung; aber ehe sie noch drei Schritte gegangen war, blieb sie stehen und zeigte nach Westen.

»Oh, sieh doch!« rief sie aus.

Jenseits der Landspitze der Diamantenbucht, die schwarz gegen eine purpurne See stand, türmten sich große Wolkenmassen, gebadet in blutroten Dunst. Eine rötlich gezackte Kluft tat sich zwischen ihnen auf wie eine offene Wunde und mit einem dunkelroten Stück Sonne, das sich am Grunde zeigte. Heyst warf einen gleichgültigen Blick zu dem unheilvollen Himmel empor.

»Ein Gewitter zieht auf. Wir werden es die ganze Nacht hören, aber wahrscheinlich kommt es nicht zu uns. Die Wolken sammeln sich im allgemeinen rings um den Vulkan.«

Sie hörte ihm nicht zu. Ihre Augen reflektierten die düsteren, heftigen Farbtöne des Sonnenunterganges.

»Das sieht nicht sehr nach einem Zeichen der Gnade aus«, sagte sie leise wie zu sich und eilte weiter, gefolgt von Heyst. Plötzlich blieb sie stehen. »Mir liegt nichts daran. Ich werde noch mehr tun! Und eines Tages wirst du mir verzeihen. Du wirst mir verzeihen müssen!«

IX

Wie in plötzlicher Erschöpfung stolperte Lena die Stufen hinauf, trat ins Zimmer und ließ sich in den nächstbesten Sessel fallen. Bevor er ihr folgte, tat Heyst einen Rundblick von der Veranda aus. Es herrschte eine vollkommene Einsamkeit. Nichts an dieser vertrauten Szenerie ließ darauf schließen, daß er und das Mädchen nicht ebenso ganz sich selbst überlassen waren wie in den ersten Tagen ihres gemeinsamen Lebens an diesem abgelegenen Ort, als nur Wang von Zeit zu Zeit diskret in Erscheinung trat und die unbeschwerte Erinnerung an Morrison sie begleitete.

Nach dem kühlen Windstoß war jetzt eine absolute Stille in der Luft. Die gewitterdrohenden Massen hingen unverändert jenseits der flachen tintenschwarzen Landzunge, die im Dämmerlicht immer dunkler wurde. Im Gegensatz dazu wies der Himmel in seinem Zenit eine durchsichtige Klarheit auf, schimmerte wie eine zerbrechliche Glaskugel, die unter der geringsten Luftbewegung zersplittern würde. Etwas weiter links, zwischen den dunklen Flächen der Landzunge und des Waldes tat der Vulkan, der tagsüber einer Rauchfahne und nachts einer glimmenden Zigarre glich, seinen ersten abendlichen Atemzug und plusterte sich auf. Über ihm kam ein rötlicher Stern hervor wie ein von dem feurigen Herzen der Erde abgesprengter Funke, der durch den geheimnisvollen Zauber gefrorener Räume in die Dauer gebannt war.

Unmittelbar vor Heyst war der Wald schon von tiefsten Schatten erfüllt und stand wie eine Mauer. Aber Heyst blieb noch, beobachtete seinen Saum, besonders da, wo er in ein Gebüsch überging, das den Steg zum Land hin verbarg. Seit das Mädchen davon gesprochen hatte, sie habe einen Blick auf etwas Weißes zwischen den Bäumen erhascht, war er einigermaßen überzeugt, daß Mr. Jones' Sekretär sie bei ihrem Ausflug auf den Berg verfolgt hatte. Zweifellos hatte der Kerl sie vom Wald aus beobachtet und mußte jetzt, wenn er sich nicht die Mühe machte, ein ganzes Stück zurückzugehen und einen beträchtlichen Umweg landeinwärts zu machen, hier vor den Bungalows auf der Lichtung herauskommen. Heyst glaubte tatsächlich, eine Bewegung zwischen den Bäumen gesehen zu haben, aber nichts zeigte sich. Weshalb sollte er sich auch um die Schritte dieser Leute kümmern? Wozu diese dumme Sorge um die Vorbereitungen, da er doch, wenn es zum Austrag käme, entwaffnet angetroffen würde, vor der Gemeinheit und Würdelosigkeit der Sache zurückschreckend?

Er wandte sich und trat ins Zimmer. Dort herrschte schon tiefste Dunkelheit. Lena, in der Nähe der Tür, bewegte sich nicht und sprach nicht. Das weiße Tischtuch schimmerte aufdringlich. Die Bestie, von den beiden Vagabunden abgerichtet, hatte ihren Dienst in Heysts und Lenas Abwesenheit schon angetreten. Der Tisch war gedeckt. Heyst ging mehrere Male im Zimmer auf und ab. Das Mädchen blieb ohne Laut oder Bewegung in seinem Sessel. Doch als Heyst die beiden silbernen Kerzenleuchter auf den Tisch stellte und ein Streichholz anstrich, um die Kerzen anzuzünden, stand sie plötzlich auf und ging ins Schlafzimmer. Sie kam fast im selben Augenblick wieder heraus, sie hatte ihren Hut abgesetzt. Heyst blickte über die Schulter zu ihr hin.

»Was nützt es, der bösen Stunde länger auszuweichen? Ich habe diese Kerzen angezündet zum Zeichen, daß wir zurück sind. Am Ende hat man uns vielleicht doch nicht beobachtet – beim Zurückkommen meine ich. Natürlich hat man uns gesehen, als wir das Haus verließen.«

Das Mädchen setzte sich wieder. Die reiche Haarflut nahm sich über ihrem farblosen Gesicht besonders dunkel aus. Sie hob die Augen, die in dem Licht milde glänzten, wortlos bittend, mit einem seltsamen Ausdruck blinder Unschuld.
»Ja«, sagte Heyst über den Tisch hinweg, mit den Fingerspitzen einer Hand auf dem makellosen Tischtuch. »Eine Kreatur mit einer prädiluvialen Kinnlade, behaart wie ein Mastodon und gestaltet wie ein prähistorischer Affe, hat diesen Tisch gedeckt. Bist du wach, Lena? Bin ich wach? Ich möchte mich selbst zwicken, nur weiß ich, daß nichts diesen Traum vertreiben kann. Drei Gedecke. Du weißt, es ist der Kleinere von den beiden, der kommen wird – der Gentleman, der in seinen Schulterbewegungen beim Gehen und in seinem Gesichtsschnitt an einen Jaguar erinnert. Ach, du weißt nicht, was ein Jaguar ist? Aber du hast dir diese beiden gut angesehen. Es ist der Kleinere, weißt du, er wird unser Gast sein.«
Sie neigte den Kopf zum Zeichen, daß sie Bescheid wisse. Durch seine Beharrlichkeit brachte Heyst ihr Ricardo lebhaft vor Augen. Eine plötzliche Ermattung, gleichsam das physische Echo ihres Kampfes mit dem Mann, lähmte alle ihre Glieder. Während sie ganz still in dem Sessel lag, erschrak sie gewaltig über dieses Phänomen und wollte schon laut um neue Kraft beten. Heyst hatte seinen Gang durch das Zimmer wieder aufgenommen.
»Unser Gast! Es gibt ein Sprichwort – ich glaube im Russischen: wenn ein Gast ins Haus tritt, tritt Gott ins Haus. Die geheiligte Tugend der Gastfreundschaft! Aber sie bringt einen nur in Schwierigkeiten wie jede andere Tugend auch.«
Das Mädchen erhob sich unvermittelt aus dem Sessel, bog sich geschmeidig und reckte die Arme über dem Kopf. Er hielt inne, sah sie verwundert an und fuhr nach einer Weile fort:
»Ich stelle mir vor, daß Gott mit solch einer Gastfreundschaft und mit solch einem Gast nichts zu tun hat!«

Sie war auf die Füße gesprungen, um der Starre entgegenzuwirken; sie wollte wissen, ob ihr Körper noch ihrem Willen gehorchte.
Er gehorchte. Sie konnte aufstehen und konnte ihre Arme frei bewegen. Ohne Physiologe zu sein, schloß sie daraus, daß diese plötzliche Benommenheit nur im Kopf, nicht in ihren Gliedern war. Ihre Angst legte sich. Sie dankte Gott im Geiste dafür, und zu Heyst sagte sie mit leisem Protest:
»O doch! Er hat mit allem zu tun – mit jedem kleinsten Ding. Nichts kann geschehen –«
»Ja«, unterbrach er sie rasch, »kein Sperling kann zu Boden fallen – daran denkst du wohl.« Das gewohnte spöttische Lächeln auf den freundlichen Lippen schwand dahin. »Ah, du denkst an das, was man dir als Kind an Sonntagen erzählt hat.«
»Ja, daran denke ich.« Sie sank wiederum in den Sessel. »Das waren die einzigen wirklich reinen Augenblicke, die ich je als Kind hatte, mit den beiden Töchtern unserer Wirtin, du weißt.«
»Ich frage mich, Lena«, sagte Heyst, wieder mit seinem freundlichen Spott, »ob du nur ein kleines Kind bist oder die Verkörperung von etwas, das so alt ist wie die Welt.«
Sie überraschte Heyst durch den träumerischen Ausspruch:
»Nun – und was ist mit dir?«
»Ich? Ich bin jüngeren Datums – viel jünger. Ich kann mich nicht ein Kind nennen, aber ich bin erst so kurz da, daß ich mich als einen Mann der letzten Stunde bezeichnen möchte – oder ist es die vorletzte Stunde? Ich bin solange da heraus, daß ich nicht genau weiß, wie weit der Zeiger der Uhr vorgerückt ist, seit – seit –«
Er blickte auf das Porträt seines Vaters, das genau über dem Kopf des Mädchens hing und in seiner gemalten Strenge von ihrer Person keine Notiz nahm. Er vollendete den Satz nicht, aber er schwieg auch nicht lange.

»Nur, was wir vermeiden müssen sind Trugschlüsse, liebste Lena – zumal in dieser Stunde.«

»Nun machst du dich wieder über mich lustig«, sagte sie, ohne aufzublicken.

»Ich?« rief er. »Mich lustig machen? Nein, ich warne nur. Zum Teufel mit allem, was dir die Leute früher einmal als Wahrheit erzählt haben, es gibt auch diese – daß Spatzen zu Boden fallen, daß man sie sogar herunterholt. Das ist keine vermessene Behauptung, sondern eine Tatsache. Darum auch« – wieder wechselte er den Ton, während er ein Tischmesser aufnahm und es verächtlich wieder fallen ließ –, »darum auch wünschte ich, daß diese kümmerlichen runden Messer eine richtige Schneide hätten. Absolut nutzlos – weder Schneide noch Spitze noch Gewicht. Ich glaube, eine dieser Gabeln wäre eine bessere Waffe für einen Stich. Aber kann ich mit einer Gabel in der Tasche herumlaufen?« Er knirschte in echter und doch komischer Wut mit den Zähnen.

»Wir hatten einmal ein Tranchiermesser hier, aber es zerbrach und ist längst weggeworfen worden. Es gibt nichts mehr zu tranchieren. Das wäre eine gute Waffe gewesen, zweifellos, aber –«

Er stockte. Das Mädchen saß ganz still mit gesenkten Augen. Als er eine Zeitlang schwieg, blickte sie auf und sagte nachdenklich:

»Ja, ein Messer – ein Messer brauchtest du also, nicht wahr, für den Fall, den Notfall –«

Er zuckte die Achseln.

»Es müssen auch ein oder zwei Brecheisen in den Schuppen sein; aber ich habe alle Schlüssel ausgeliefert. Und könntest du dir vorstellen, wie ich mit einem Brecheisen in der Hand umhergehe? Ha, ha! Außerdem würde schon dieser ergötzliche Anblick allein die Katastrophe auslösen, soviel ist klar. Warum ist eigentlich noch nichts passiert?«

»Vielleicht haben sie Angst vor dir«, flüsterte sie und blickte wieder vor sich hin.
»Beim Zeus, es sieht gerade danach aus«, pflichtete er nachdenklich bei. »Sie scheinen aus irgendeinem Grund zu zögern. Ist es Klugheit oder richtige Angst, oder lassen sie sich nur Zeit, weil sie ihrer Sache sicher sind?«
Aus der schwarzen Nacht, nicht sehr weit vom Bungalow entfernt, ertönte ein lauter langgezogener Pfiff. Lenas Hände umklammerten die Armlehnen, aber sie rührte sich nicht. Heyst zuckte zusammen und wandte den Blick von der Tür.
Der alarmierende Pfiff war verhallt.
»Pfiffe, Schreie, böse Vorzeichen, Signale – worauf deuten sie hin?« sagte er. »Aber wie wär's mit dem Brecheisen? Nimm an, ich hätte es! Könnte ich neben der Tür im Hinterhalt stehen – neben dieser Tür – und den ersten vorgestreckten Kopf zerschmettern, Blut und Hirn über den Boden spritzen, über diese Wände, und dann heimlich zur anderen Tür rennen und dasselbe tun – und dann womöglich die Vorstellung ein drittes Mal wiederholen? Könnte ich das? Auf Verdacht, ohne Gewissensbisse, mit ruhiger Entschlossenheit? Nein, das kann ich nicht. Ich bin zu spät geboren. Möchtest du erleben, daß ich das versuche, solange mein rätselhafter Nimbus anhält – oder ihr nicht minder rätselhaftes Zögern?«
»Nein, nein!« Sie flüsterte es inständig, als zwängen seine auf ihrem Gesicht ruhenden Augen sie zum Sprechen. »Nein, ein Messer! Das brauchst du, um dich damit zu verteidigen – zu verteidigen – du hast noch Zeit –«
»Wer weiß, ob es nicht einfach meine Pflicht ist?« begann er wieder, als hätte er ihre unzusammenhängenden Worte überhaupt nicht gehört. »Mag sein – meine Pflicht dir gegenüber, mir gegenüber. Denn weshalb sollte ich mich von ihren versteckten Drohungen demütigen lassen? Weißt du, was die Welt sagen würde?«

Er stieß ein leises Lachen aus, das sie mit Entsetzen erfüllte. Sie wäre aufgestanden, aber er beugte sich so tief über ihren Kopf, daß sie sich nicht hätte bewegen können, ohne ihn wegzustoßen.

»Die Welt würde sagen, Lena, ich – dieser Schwede – hätte zuerst meinen Freund und Partner aus purer Geldgier in den Tod gelockt – und dann diese harmlosen schiffbrüchigen Fremden aus bloßer Angst ermordet. Diese Geschichte würde man sich zuraunen – vielleicht sogar brüllen –, bestimmt aber ginge sie um und würde geglaubt – *geglaubt*, liebste Lena!«

»Wer sollte denn solche ungeheuerlichen Dinge glauben?«

»Du vielleicht nicht – jedenfalls zunächst nicht; aber die Macht des Geredes wächst mit der Zeit. Es ist heimtückisch und dringt überall hin. Es kann sogar den Glauben an einen selbst zerstören – die Seele zerstören.«

Mit einemmal wandten sich ihre Augen zur Tür und blieben dort starr, ein wenig geweitet, haften; Heyst wandte den Kopf und erkannte die Gestalt Ricardos im Türrahmen. Eine Zeitlang bewegte sich keiner der drei; dann, von dem Ankömmling zu dem Mädchen im Sessel blickend, sprach Heyst voller Hohn die Vorstellungsformel: »Mr. Ricardo, meine Liebe.«

Ihr Kopf sank ein wenig herab. Ricardo hob die Hand an seinen Schnurrbart. Seine Stimme explodierte im Raum.

»Zu Ihren Diensten, Madam!«

Er trat herein, nahm schwungvoll seinen Hut ab und ließ ihn lässig auf einen Stuhl bei der Tür fallen.

»Zu Ihren Diensten«, wiederholte er in ganz verändertem Ton. »Mir wurde berichtet, daß es hier auch eine Dame gäbe, von diesem Pedro; nur wußte ich nicht, daß ich den Vorzug haben würde, Sie heute abend zu sehen, Madam.«

Lena und Heyst blickten verstohlen zu ihm hin, aber er wich ihren Augen aus, sah unbestimmt ins Leere, als suche er irgendeinen Punkt im Raum.

»Einen angenehmen Spaziergang gehabt?« fragte er plötzlich.
»Ja. Und Sie?« erwiderte Heyst, dem es gelungen war, seinen Blick einzufangen.
»Ich? Ich habe mich keinen Schritt von dem Herrn entfernt, heute nachmittag, bis ich hierher aufbrach.« Das klang zu Heysts Überraschung sehr echt, ohne ihn jedoch von der Wahrheit der Worte zu überzeugen. »Weshalb fragen Sie?« fuhr Ricardo in vollkommen höflichem Ton fort.
»Vielleicht hätten Sie gern die Insel ein wenig durchstreift«, sagte Heyst, den Mann scharf fixierend, der – das mußte man ihm lassen – keinen Versuch machte, sich von seinem Blick zu befreien. »Ich darf Sie daran erinnern, daß ein solches Unternehmen keineswegs ungefährlich wäre.«
Ricardo bot das Bild völliger Unschuld.
»Ach, ja! – Sie meinen den Chinesen, der Ihnen weggelaufen ist. Was will der schon tun!«
»Er hat einen Revolver«, gab Heyst zu bedenken.
»Nun, und Sie haben auch einen«, war Ricardos überraschende Antwort. »Darum mache ich mir keine Sorgen.«
»Ich? Das ist etwas anderes. Ich habe ja keine Angst vor Ihnen«, antwortete Heyst nach kurzer Pause.
»Vor mir?«
»Vor Ihnen allen.«
»Sie haben eine merkwürdige Art, die Dinge zu sehen«, begann Ricardo.
In diesem Augenblick tat sich die hintere Tür einigermaßen geräuschvoll auf, und Pedro trat ein mit einem beladenen Tablett, dessen Rand er gegen die Brust gepreßt hielt. Sein mächtiger Wuschelkopf wackelte etwas, seine Füße stampften bei jedem Schritt kurz und hart auf. Sein Erscheinen gab vielleicht Ricardos Gedanken, bestimmt aber seinen Reden eine andere Richtung.
»Haben Sie mich vor einer Weile draußen pfeifen hören? Das

geschah, um ihm anzudeuten, daß ich herüberkäme, daß es Zeit wäre, das Essen aufzutragen; und da ist er schon.«
Lena stand auf und trat an die rechte Seite von Ricardo, der seinen Blick für einen Moment senkte. Sie setzten sich an den Tisch. Pedros riesiger Gorillarücken schwankte zur Tür hinaus.
»Der Kerl hat ungewöhnliche Kräfte, Madam«, sagte Ricardo. Er hatte einen Hang, über ›seinen Pedro‹ zu sprechen, wie manche Männer gern von ihrem Hund reden. »Er ist nicht gerade hübsch anzusehen. Nein, wahrhaftig nicht. Und man muß ihn immer im Zaum halten. Ich bin nun einmal sein Wärter. Der Herr gibt sich nicht mit Kleinigkeiten ab. Alles das bleibt Martin überlassen. Martin, das bin ich, Madam.«
Heyst sah, wie des Mädchens Augen sich Mr. Jones' Sekretär zuwandten und offen auf seinem Gesicht verweilten. Ricardo indessen blickte unbestimmt ins Leere und setzte, während ein flüchtiges Lächeln um seine Lippen spielte, die Konversation unermüdlich fort, ohne das Schweigen seiner Gastgeber zu beachten. Er rühmte sich umständlich seiner langen Verbindung mit Mr. Jones – mehr als vier Jahre jetzt, wie er sagte. Dann, mit einem raschen Blick auf Heyst:
»Man sieht sofort, daß er ein Gentleman ist, nicht wahr?«
»Für mich«, sagte Heyst, wobei sein gewohnter scherzender Ton etwas düster klang, »sind Sie aller Wirklichkeit entrückt.«
Ricardo nahm diese Rede auf, als habe er ebendies zu hören erwartet oder als sei es ihm ganz gleich, was Heyst sagen würde. Er murmelte ein geistesabwesendes »Jaja«, spielte mit einem Stück Biskuit, seufzte und sagte mit einem eigentümlich starren Blick, der nicht in die Ferne zu gehen, sondern an einem Punkt in der Luft kurz vor seinem Gesicht hängenzubleiben schien:
»Jeder sieht sogleich, daß *Sie* ein Gentleman sind. Sie und mein Chef sollten einander verstehen. Er erwartet Sie noch heute

abend. Der Herr ist nicht wohl, und wir müssen daran denken, hier fortzukommen.«

Bei diesen Worten wandte er sich ganz Lena zu, aber ohne irgendeinen deutlichen Ausdruck. Zurückgelehnt, mit verschränkten Armen, starrte Lena vor sich hin, als sei sie allein im Zimmer. Aber hinter dieser nahezu gleichgültigen Miene schlug warm ihr Herz im Bewußtsein der Gefahren und Erschütterungen, denen ihr Leben jetzt ausgesetzt war und die ihr Gemüt mit einem gesteigerten Gefühl unbegreiflicher Daseinsspannung erfüllten.

»Wirklich? Sie denken daran fortzugehen?« murmelte Heyst.

»Die besten Freunde müssen einmal scheiden«, sagte Ricardo gemächlich. »Und solange sie als Freunde scheiden, ist alles in Ordnung. Wir sind daran gewöhnt, immer unterwegs zu sein. Sie, wenn ich recht verstehe, ziehen es vor, an einem Ort zu bleiben.«

Offenbar sagte Ricardo das alles nur, um etwas zu reden, und sein Geist konzentrierte sich auf etwas, das mit diesen Worten, die aus seinem Munde kamen, nichts zu tun hatte.

»Ich wüßte gern«, fragte Heyst mit schneidender Höflichkeit, »wie Sie dazu gekommen sind, dies oder überhaupt etwas über mich zu wissen? Soweit ich mich erinnere, habe ich Ihnen keine vertraulichen Eröffnungen gemacht.«

Ricardo, der, in seinem Sessel zurückgelehnt, behaglich ins Leere blickte – denn alle drei hatten es längst aufgegeben, so zu tun, als äßen sie noch –, antwortete zerstreut:

»Das hätte jeder vermuten können.« Plötzlich setzte er sich auf und verzog, alle seine Zähne zeigend, den Mund zu einem grimmigen Lächeln, das die fortwährende Höflichkeit seines Tons Lügen strafte. »Der Herr wird Ihnen darüber Näheres erzählen. Ich möchte gern, daß Sie sich bereitfänden, meinen Herrn zu besuchen. Er ist es, der bei uns das Reden besorgt. Erlauben Sie, daß ich Sie heute abend zu ihm bringe. Er ist gar nicht wohl, und er kann sich nicht entschließen abzureisen, ohne vorher mit Ihnen gesprochen zu haben.«

Heyst sah auf und begegnete Lenas Augen. Hinter ihrem offenen Blick verbarg sich anscheinend ein mühsam gefaßter Entschluß. Ihr Kopf, so bildete er sich ein, hatte sich unmerklich zustimmend bewegt. Weshalb? Welchen Grund konnte sie haben? Kam es aus einem unbewußten Instinkt? Oder täuschten ihn nur seine Sinne? Aber bei der sonderbaren Verworrenheit, die sein geruhiges Leben erfaßt hatte, in dem Zustand von Unsicherheit, Verachtung und nahezu Verzweiflung, den er deutlich empfand, hätte er sich sogar von einem täuschenden Eindruck durch eine Dunkelheit führen lassen, die so dicht war, daß sie ihn schon fast gleichgültig ließ.

»Nun, nehmen wir an, ich würde zusagen.«

Ricardo verhehlte nicht seine Genugtuung, die für einen Augenblick Heysts Interesse erregte.

›Auf mein Leben können sie es nicht abgesehen haben‹, sagte er zu sich. ›Was hätten sie davon?‹

Er sah das Mädchen über den Tisch hinweg an. Was machte es schon aus, ob sie genickt hatte oder nicht? Wie immer, wenn er in ihre selbstvergessenen Augen blickte, stieg etwas wie zärtliches Mitleid in ihm auf. Er hatte sich entschlossen zu gehen. Ihr Nicken, eingebildet oder nicht, Rat oder Illusion, hatte den Ausschlag gegeben. Er überlegte sich, daß Ricardos Einladung wohl kaum eine Art Falle war. Das wäre zu albern gewesen. Weshalb sollte man jemand scharfsinnig in eine Falle locken, der sozusagen schon an Händen und Füßen gebunden war?

Während dieser ganzen Zeit hatte er starr auf das Mädchen, das er Lena nannte, geblickt. In der ruhigen Ergebenheit, die sie von Anbeginn ihres gemeinsamen Lebens auf der Insel gezeigt hatte, blieb sie für ihn so unergründlich wie je. Heyst erhob sich plötzlich mit einem Lächeln, das so rätselhaft und verzweifelt war, daß Mr. Ricardo, dessen zerstreuter Blick alles zugleich wahrnahm, eine leichte duckende Bewegung machte, als wolle er unter dem Tisch nach seinem Messer langen – eine Bewegung, die er ebenso rasch wieder unterdrückte. Er hatte damit gerechnet, Heyst werde auf ihn losspringen oder einen Revolver zücken, denn er beurteilte ihn nach seinen eigenen Maßstäben. Doch Heyst tat nichts dergleichen, sondern schritt quer durchs Zimmer, öffnete die Tür und steckte seinen Kopf hinaus, um über das Gelände zu blicken.

Sobald er den Rücken gewandt hatte, suchte Ricardos Hand unter dem Tisch den Arm des Mädchens. Er blickte nicht zu ihr auf, aber sie fühlte den Griff, die nervöse Berührung seiner suchenden Hand, spürte plötzlich die Klammer seiner Finger über ihrem Handgelenk. Er beugte sich ein wenig vor; immer noch wagte er nicht, sie anzusehen. Sein Blick blieb starr auf Heysts Rücken geheftet. Seine fixe Idee machte sich Luft, und er höhnte kaum vernehmlich zwischen den Zähnen:

»Sehen Sie! Er taugt nichts. Er ist nicht der Mann für Sie!«

Endlich sah er sie an. Ihre Lippen bewegten sich ein wenig, und er nahm ehrfürchtig diese stumme Bewegung wahr. Im nächsten Augenblick ließ der feste Griff seiner Finger ihren Arm fahren. Heyst hatte die Tür geschlossen. Auf seinem Weg zurück zum Tisch ging er an dem Mädchen vorbei, das man einmal – es wußte nicht weshalb – Alma oder auch Magdalen genannt hatte und das solange über den Sinn seines eigenen Daseins im Zweifel gewesen war. Jetzt grübelte sie nicht mehr über dieses grausame Rätsel nach, denn ihr Herz hatte die Lösung in der blendenden Glut eines leidenschaftlich ersehnten Ziels gefunden.

X

Sie schritt an Heyst vorbei, als sei sie wirklich geblendet durch eine heimliche, lockende und verzehrende Glut und im Begriff, sich da hineinzustürzen. Der Vorhang des Schlafzimmers fiel hinter ihr in starre Falten. Ricardos ausdrucksloser Blick schien sich für den Tanz einer Fliege in der Luft zu interessieren.

»Es ist heute besonders dunkel draußen, nicht wahr?« bemerkte er.

»Nicht so dunkel, daß ich nicht hätte sehen können, wie Ihr Mann da herumschleicht«, sagte Heyst in gemessenem Ton.

»Was – Pedro? Er hat kaum etwas von einem Menschen, müssen Sie wissen; sonst wäre ich ihm nicht so zugetan.«

»Nun gut. Nennen wir ihn Ihren werten Genossen.«

»Allerdings! Unschätzbar für das, was wir von ihm verlangen. Wenn es zu einer Keilerei kommt, ist Pedro eine große Hilfe. Ein Knurren und ein Biß – o je! Und den wollen Sie hier nicht?«

»Nein.«

»Sie wollen ihn aus dem Wege haben?« beharrte Ricardo mit geheuchelter Verwunderung, was Heyst ruhig durchgehen ließ, obwohl die Luft im Zimmer mit jedem gesprochenen Wort drückender zu werden schien.

»Genau das. Ich wünsche ihn aus dem Weg zu haben.« Er zwang sich, gelassen zu bleiben.

»Das ist weiß Gott keine große Sache. Pedro ist hier nicht mehr nötig. Das Geschäft, das meinem Herrn vorschwebt, läßt sich leicht regeln durch ein vernünftiges Zehn-Minuten-Gespräch mit – mit einem anderen Gentleman. In aller Ruhe!«

Er hob plötzlich die Augen mit einem bösartig schillernden Blick. Heyst bewegte keinen Muskel. Ricardo pries sich glücklich, daß er seinen Revolver zurückgelassen hatte. Er war so erregt, daß er nicht wußte, was er sonst getan hätte. Schließlich sagte er:

»Sie wollen den armen unschuldigen Pedro aus dem Weg haben, bevor ich Sie zu meinem Chef bringen darf – meinen Sie das?«

»Ja, genau das.«

»Hm! Da sieht man«, sagte Ricardo hinterhältig, »daß Sie ein Gentleman sind; aber all diese extravaganten Launen eines Gentleman bekommen dem Magen eines Durchschnittsmenschen nicht. Trotzdem – Sie werden schon entschuldigen.«

Er steckte die Finger in den Mund und ließ einen Pfiff ertönen, der gleichsam einen dünnen scharfen Luftpfeil in das nächstbeste Trommelfell trieb. Obwohl er Heysts unwillkürliche Grimasse weidlich genoß, blieb er ganz gelassen und wartete auf die Wirkung des Pfiffs.

Daraufhin eilte Pedro herbei, und zwar mit einer außerordentlich ungestümen, urtümlichen Wucht. Die Tür wurde mit Gepolter aufgestoßen, und der wilde Gesell, den sie freigab, schien drauf und dran, das Zimmer mit Sprüngen und Purzelbäumen zu verheeren; aber Ricardo hob die flache Hand, und der Kerl beruhigte sich sogleich. Im Gehen schwangen seine mächtigen halbgeschlossenen Tatzen vor seinem gebückten Rumpf hin und her. Ricardo schaute grimmig zu.

»Du gehst zum Boot – verstanden? Geh jetzt!«

Die kleinen roten Augen des gezähmten Monstrums zwinkerten mit angestrengter Aufmerksamkeit unter dem Haarwust hervor.

»Nun? Weshalb gehst du nicht? Wohl die menschliche Sprache vergessen, wie? Weißt du nicht mehr, was ein Boot ist?«

»*Si* – Boot?« stammelte die Kreatur fragend.

»Ja, geh – zu dem Boot am Steg. Marsch, setz dich da hin, leg dich nieder, tu alles, aber schlaf nicht ein – bis du mich rufen hörst, und dann renne herbei. Das ist der Befehl. Marsch! Los, *vamos*! Nein, nicht da herum – hinaus durch die Vordertür. Keine Widerrede!«

Pedro gehorchte mit ungeschicktem Diensteifer. Als er gegangen war, verschwand der Schein erbarmungsloser Brutalität aus Ricardos gelben Augen, und seine Physiognomie nahm zum erstenmal an diesem Abend den Ausdruck einer Hauskatze an, die sich beobachtet fühlt.

»Sie können ihn bis in die Büsche verfolgen, wenn Sie wollen. Zu dunkel, wie? Warum gehen Sie ihm denn nicht nach, bis er an Ort und Stelle ist?«

Heyst wehrte mit einer vagen Geste ab:

»Ich habe keine Gewähr, daß er dort bleibt. Ich zweifle nicht daran, daß er geht; aber wer garantiert mir dafür?«

»Da haben Sie recht!« Ricardo zuckte philosophisch die Achseln. »Da kann man nichts machen. Absolute Sicherheit, daß er an einem Ort länger bleibt, als es ihm behagt, gibt es nicht, es sei denn, man schießt unseren Pedro einfach über den Haufen; aber vor meinem Zorn hat er eine heillose Angst, kann ich Ihnen sagen. Darum setze ich auch meine Todesdrohmiene auf, wenn ich mit ihm rede. Und doch würde ich ihn nicht erschießen – ich nicht, ausgenommen in einem jener Wutanfälle, in denen ein Mann auch seinen Lieblingshund erschießt. Sehen Sie her, Sir! Es geht ganz offen zu. Ich habe ihm keinen Wink gegeben, irgend etwas anderes zu tun. Er wird sich nicht vom Steg wegrühren. Kommen Sie also jetzt mit, Sir?«

Ein kurzes Schweigen folgte. Ricardos Kiefer arbeiteten unheildrohend unter der Haut. Seine Augen schweiften wollüstig hierhin und dorthin, grausam und zugleich träumerisch. Heyst unterdrückte eine jähe Bewegung, dachte eine Weile nach und sagte dann:

»Sie müssen noch etwas warten.«

»Warten! Immer warten! Wofür hält er mich denn – für'n Standbild?« knurrte Ricardo nur halb vernehmlich.

Heyst ging ins Schlafzimmer und schlug die Tür hinter sich zu. Da er aus dem Hellen kam, konnte er zunächst dort drinnen nichts sehen; doch hatte er den Eindruck, daß Lena vom Fußboden aufstand. Vor der nicht ganz so dunklen Öffnung des Fensterladens zeichnete sich plötzlich ihr Kopf ab, ganz schwach, nur die Andeutung einer runden dunklen Form, ohne Gesicht.

»Ich gehe jetzt, Lena. Ich gehe, um mich diesen Schurken zu stellen.« Zu seiner Überraschung fühlte er zwei Arme auf seine Schultern fallen. »Ich dachte, daß du –«, begann er.

»Ja, ja!« flüsterte das Mädchen hastig.

Sie klammerte sich nicht an ihn, versuchte auch nicht, ihn an sich zu ziehen. Ihre Hände faßten nur seine Schultern, und ihm schien, als starre sie im Dunkeln in sein Gesicht. Jetzt konnte er auch etwas von ihrem Gesicht sehen – ein Oval ohne Züge – und unterschied ganz schwach in der Finsternis ihre Gestalt als unbestimmte Form.

»Du hast doch ein schwarzes Kleid, nicht wahr, Lena?« fragte er; er sprach schnell und so leise, daß sie ihn nur eben hören konnte.

»Ja – ein ganz altes.«

»Sehr gut. Zieh es sofort an.«

»Aber weshalb denn?«

»Nicht als Trauerkleidung!« Das klang leicht spöttisch, aber auch gebieterisch. »Kannst du es im Dunkeln finden und anziehen?«

Sie könne es. Sie werde es versuchen. Er wartete ganz ruhig. Er konnte ihre Bewegungen drüben am anderen Ende des Raumes ahnen; aber seine Augen sahen sie nicht mehr, obwohl er sich jetzt an die Dunkelheit gewöhnt hatte. Als sie wieder sprach, war ihre Stimme überraschend nah. Sie hatte getan, wie er ihr befohlen hatte, und war dann unsichtbar zu ihm getreten.

»Gut! Wo ist der dunkelrote Schal, den ich hier immer liegen sah?« fragte er.

Es kam keine Antwort, nur ein leises Rascheln.

»Wo ist er?« wiederholte er ungeduldig.

Unerwartet spürte er ihren Atem an seiner Wange.

»In meinen Händen.«

»Ausgezeichnet! Hör zu, Lena. Sobald ich den Bungalow mit diesem gräßlichen Kerl verlassen habe, schlüpfst du hinten hinaus – augenblicklich, verlier keine Zeit! – und läufst in den Wald. Dazu hast du Zeit, während wir fortgehen, und ich bin sicher, daß er mir nicht entwischt. Lauf in den Wald hinter das Randgebüsch unter die großen Bäume. Du wirst gewiß eine Stelle finden, von der du freie Sicht auf die Vordertür hast. Ich habe Angst um dich; aber in diesem schwarzen Kleid und mit diesem dunklen Schleier, der dein Gesicht halb verbirgt, wird man dich vor Tagesanbruch nicht entdecken. Bleib im Wald, bis du siehst, daß der Tisch mitten in die Türöffnung geschoben wird und drei von vier Kerzen ausgeblasen werden und nur eine brennt – oder, sollten die Lichter unterdessen ausgegangen sein, warte bis drei Kerzen angezündet und dann zwei ausgelöscht werden. Bei jedem dieser beiden Signale lauf zurück so schnell du kannst, denn sie bedeuten, daß ich hier auf dich warte.«

Während er noch sprach, hatte das Mädchen eine seiner Hände gesucht und ergriffen. Sie drückte sie nicht; sie hielt sie nur lose, mit gleichsam schüchterner Zärtlichkeit. Es war kein Zugreifen, nur ein Berühren, als wolle sie sicher sein, daß er da war, daß er wirklich war und nicht nur ein dunklerer Schatten in der Finsternis. Die Wärme ihrer Hand gab Heyst ein seltsam inniges Gefühl ihres ganzen Wesens. Er mußte eine neue Art von Rührung niederkämpfen, die ihn nahezu übermannte. Er fuhr flüsternd fort:

»Aber wenn du kein solches Signal siehst, laß dich durch nichts – nicht durch Angst, Neugier, Verzweiflung oder Hoffnung – zurück zu diesem Hause locken; und mit dem ersten Anbruch der Dämmerung stiehl dich am Rand der Lichtung entlang, bis du an den Pfad kommst. Zögere nicht länger, denn dann bin ich wahrscheinlich tot.«

Das gemurmelte Wort »Niemals!« drang an sein Ohr, als hätte es sich von selbst in der Luft gebildet.

»Du kennst den Pfad«, fuhr er fort, »nimm die Richtung auf die Barrikade. Geh zu Wang – ja, zu Wang. Laß dich durch nichts aufhalten!« Ihm schien, als zittere die Hand des Mädchens ein wenig. »Das Schlimmste, was er dir antun kann, ist, dich zu erschießen; aber das wird er nicht tun. Ich glaube wirklich, das tut er nicht, wenn du ohne mich kommst. Bleib bei den Dorfbewohnern, bei diesen Wilden, und fürchte nichts. Sie werden eher Angst vor dir haben als du vor ihnen. Es kann nicht lange dauern, bis Davidson auftaucht. Halte Ausschau nach einem vorbeifahrenden Dampfer. Denk dir irgendein Signal aus, ihn herbeizurufen.«

Sie gab keine Antwort. Das Gefühl der schweren brütenden Stille draußen drang gleichsam herein und breitete sich im Zimmer aus – die drückende Unendlichkeit, ohne Hauch, ohne Licht. Es war, als habe das Herz der Herzen zu schlagen aufgehört und das Ende aller Dinge sei gekommen.

»Hast du alles verstanden? Du mußt sofort aus dem Haus«, flüsterte Heyst eindringlich.

Sie hob seine Hand an ihre Lippen und ließ sie dann los. Er war erschrocken.

»Lena!« rief er unterdrückt.

Sie war nicht mehr an seiner Seite. Er traute sich nicht – nein, wagte nicht einmal mehr ein zärtliches Wort.

Als er sich umwandte, hörte er einen dumpfen Laut irgendwo im Haus. Um die Tür zu öffnen, mußte er zuerst den Vorhang hochheben; er tat das mit einem Blick über die Schulter. Der winzige Lichtschein, der durch das Schlüsselloch und durch ein oder zwei Türritzen fiel, genügte seinen Augen, um sie deutlich zu sehen, wie sie auf den Knien lag, Kopf und Arme über den Fuß des Bettes geworfen – ganz schwarz in der Verzweiflung einer trauernden Sünderin. Was hatte das zu bedeuten? Eine Ahnung von Dingen, die sein Begreifen überstiegen, fuhr Heyst durch den Sinn. Ihr Arm, der sich von dem Bett löste, winkte ihn fort. Er gehorchte und ging voll banger Unruhe hinaus.

Der Vorhang hinter ihm bewegte sich noch, als sie schon wieder auf den Füßen war, dicht beim Vorhang, nach Lauten, nach Worten lauschend in einer gebückten tragischen Pose heimlicher Spannung, eine Hand an die Brust gepreßt, als müsse sie den Schlag ihres Herzens unterdrücken, dämpfen. Heyst hatte Mr. Jones' Sekretär bei der Betrachtung des verschlossenen Schreibtischs angetroffen. Ricardo mochte wohl darüber nachgedacht haben, wie er aufzubrechen sei; doch als er sich plötzlich umwandte, ließ er ein so verzerrtes Gesicht sehen, daß Heyst verwundert stehenblieb; denn von den emporgewandten Augen, die fürchterlich flatterten, sah man nur das Weiße wie bei einem Mann, der von inneren Krämpfen geschüttelt wird.

»Ich dachte, Sie würden nie kommen«, stammelte Ricardo.

»Ich wußte nicht, daß Sie es eilig hatten. Selbst wenn Ihre Abreise, wie Sie sagen, von diesem Gespräch abhängt, möchte ich bezweifeln, daß Sie Manns genug sind, in solch einer Nacht aufs Meer hinaus zu fahren«, sagte Heyst; dabei winkte er Ricardo, ihm voranzugehen.

Mit katzenartigen Bewegungen von Hüfte und Schulter ging der Sekretär sogleich aus dem Zimmer. Es war etwas Unerbittliches in der absoluten Stummheit der Nacht. Die große Wolke, die den halben Himmel bedeckte, hing genau vor ihnen wie ein riesiger Vorhang, hinter dem sich drohende Gewalt vorbereitete. Als die beiden Männer die Stufen herunterkamen, donnerte es hinter der Wolke hervor, nachdem ein geheimnisvolles Leuchten über die Gewässer der Bucht gehuscht war.

»Ha!« rief Ricardo. »Es geht los.«

»Es wird am Ende nicht viel werden«, bemerkte Heyst im Weitergehen.

»Nein! Es soll nur kommen!« sagte Ricardo böse. »Ich bin gerade in der rechten Stimmung!«

Mittlerweile hatten die beiden Männer den anderen Bungalow erreicht; in der Ferne ging das vieltönige Donnerrollen unaufhörlich weiter, während in rascher Folge fahle Blitze gleich Wellen kalten Feuers über die Insel liefen und wieder von ihr abglitten. Ricardo huschte überraschend schnell die Stufen hinauf und steckte seinen Kopf durch die Türöffnung.

»Hier ist er, Herr! Halten Sie ihn fest, so lange Sie können – bis Sie mich pfeifen hören. Ich bin allem auf der Spur.«

Er warf diese Worte mit unbegreiflicher Schnelligkeit ins Zimmer und trat dann beiseite, um den Besucher durch die Tür zu lassen; aber er mußte eine geraume Zeit warten, denn Heyst, der die Absicht durchschaute, hatte verächtlich seinen Schritt verlangsamt. Als Heyst dann das Zimmer betrat, geschah es mit einem Lächeln, dem Heyst-Lächeln, das unter seinem martialischen Schnurrbart lauerte.

XI

Zwei Kerzen brannten auf dem Stehpult. Mr. Jones, fest in einen alten, aber prächtigen blauseidenen Hausmantel gehüllt, hielt die Ellbogen fest an die Seiten gepreßt und die Hände tief in den außerordentlich weiten Taschen des Gewandes. Die Kostümierung betonte noch seine Magerkeit. Er glich, wie er da gegen den Rand des Stehpultes gelehnt stand, einem angemalten Pfahl mit einem vertrockneten Haupt von fragwürdiger Vornehmheit, das oben daraufsaß. Ricardo war noch auf der Schwelle. Äußerlich gleichgültig gegenüber dem, was vorging, wartete er seine Zeit ab. In einem geeigneten Moment, zwischen zwei Blitzen, verschwand er aus dem Türrahmen und verschmolz mit der Dunkelheit draußen. Sein Verschwinden wurde von Mr. Jones sogleich bemerkt, der seine nonchalante Pose an dem Stehpult aufgab und ein paar Schritte machte, die darauf berechnet waren, ihn zwischen Heyst und die Tür zu bringen.

»Es ist fürchterlich schwül«, bemerkte er.

Heyst, mitten im Zimmer stehend, hatte sich entschlossen, offen zu sprechen.

»Wir sind nicht zusammengekommen, um über das Wetter zu reden. Sie waren so freundlich, mir heute früh eine ziemlich geheimnisvolle Andeutung über sich zu machen. ›Ich bin der, welcher...‹, sagten Sie. Was soll das heißen?«

Mr. Jones blickte Heyst nicht an, sondern fuhr in seinen scheinbar achtlosen Bewegungen fort, bis er die gewünschte Position erreicht hatte, stemmte seine Schultern mit einem dumpfen Stoß gegen die Wand bei der Tür und hob den Kopf. In der

Erregung dieses entscheidenden Moments glänzte sein hageres Gesicht von Schweiß. Tropfen rannen über seine hohlen Wangen und blendeten fast die geisterhaften Augen in ihren knochigen Höhlen.

»Es bedeutet, daß ich jemand bin, mit dem man rechnen muß. Nein – stop! Stecken Sie nicht die Hand in die Tasche – lassen Sie das!«

Seine Stimme hatte einen wilden, unerwartet schrillen Ton. Heyst erschrak, und dann blieb einen Moment lang alles in der Schwebe, während der tiefe Baß des Donners in der Ferne rumpelte und die Türöffnung rechts von Mr. Jones in bläulichem Licht flammte. Schließlich zuckte Heyst die Achseln; er sah sogar auf seine Hand, steckte sie aber nicht in die Tasche. Mr. Jones, an die Wand geschmiegt, beobachtete, wie Heyst beide Hände zu den Enden seines horizontalen Schnurrbarts erhob, und ging auf den fragenden Ausdruck in Heysts fest blickenden Augen ein.

»Nur eine Vorsichtsmaßnahme«, sagte Mr. Jones in seinem gewöhnlichen hohlen Ton und mit einer Miene tödlicher Gelassenheit. »Ein Mann, der so ungebunden lebt wie Sie, hat das gewiß durchschaut. Es wird viel über Sie geredet, Mr. Heyst – und obwohl Sie, wie ich weiß, gewohnt sind, die feineren Waffen der Intelligenz zu gebrauchen, kann ich mir das Risiko der – hm – gröberen Methoden nicht leisten. Ich bin nicht skrupellos genug, um es Ihnen im Gebrauch der Klugheit gleichzutun; aber ich versichere Sie, Mr. Heyst, daß Sie es auf die andere Art nicht mit mir aufnehmen können. Ich habe Sie in diesem Augenblick in meiner Gewalt. Sie sind in meiner Gewalt, seit Sie diesen Raum betreten haben. Ja – von meiner Tasche aus.«

Während dieser Rede blickte Heyst vorsichtig über seine Schulter, trat einen Schritt zurück und setzte sich auf den Rand des Feldbettes. Er stützte einen Ellbogen auf das Knie, legte sein

Kinn in die Handfläche und schien darüber nachzudenken, was er jetzt sagen sollte. Mr. Jones, gegen die Wand gelehnt, wartete offenbar auf irgendeine Art von Eröffnung. Als nichts kam, entschloß er sich, selbst zu sprechen, aber er zögerte noch. Denn obwohl er sah, daß der schwierigste Schritt schon getan war, sagte er sich, daß jeder weitere Schritt große Vorsicht erfordere, damit nicht der Mann, in Ricardos Redeweise, ›auf die Hinterbeine ginge‹ – was sehr unangenehm wäre. Er griff seine frühere Erklärung wieder auf:

»Und ich bin jemand, mit dem man rechnen muß.«

Der andere blickte weiter zu Boden, als wäre er allein im Zimmer. Es entstand eine Pause.

»Sie haben also von mir gehört?« sagte Heyst endlich und sah auf.

»Ich denke schon! Wir haben in Schombergs Hotel gewohnt.«

»Schom –« Heyst würgte an dem Namen.

»Was ist Ihnen denn, Mr. Heyst?«

»Nichts. Nur Ekel«, sagte Heyst resigniert. Er nahm seine frühere Haltung nachdenklicher Gleichgültigkeit wieder ein. »Was heißt das: mit Ihnen rechnen, wie Sie immer sagen?« fragte er nach einer Weile in möglichst ruhigem Ton. »Ich kenne Sie nicht.«

»Soviel ist klar, daß wir zu der gleichen – gesellschaftlichen Schicht gehören«, begann Mr. Jones mit gelangweilter Ironie. Innerlich war er so wachsam, wie er nur sein konnte. »Etwas hat Sie daraus vertrieben – vielleicht Ihre originellen Ideen. Oder Ihr ausgefallener Geschmack.«

Mr. Jones lächelte auf seine abscheuliche Art. In der Ruhe hatten seine Züge einen merkwürdigen Anflug von forcierter Bosheit und Strenge; aber wenn er lächelte, nahm die ganze Maske einen unangenehm kindischen Ausdruck an. Ein neues Donnerrollen drang laut in das Zimmer und wich dann einer Stille.

»Sie scheinen das nicht besonders gut aufzunehmen«, bemerkte

Mr. Jones. Das sagte er, aber tatsächlich dachte er, daß sich das Geschäft ganz befriedigend anließe. Der Mann, so sagte er sich, hatte keinen Mumm zu einem Kampf. Laut fuhr er fort: »Kommen Sie doch! Sie können nicht erwarten, daß alles immer nach Ihrem Kopf geht. Sie sind doch ein Mann von Welt.«

»Und Sie?« unterbrach ihn Heyst unerwartet. »Wie würden Sie sich denn bezeichnen?«

»Ich, verehrter Herr? In einer Art bin ich es auch – ja, ich bin die Welt selbst, die Ihnen einen Besuch abstattet. Im anderen Sinne bin ich ein Ausgestoßener – fast ein Geächteter. Wenn Sie eine weniger materialistische Ansicht bevorzugen, so bin ich eine Art von Schicksal – die Vergeltung, die ihre Zeit abwartet.«

»Ich wünschte zu Gott, Sie wären ein Schurke gemeinster Art!« sagte Heyst, indem er seinen Blick zu Mr. Jones erhob. »Dann könnte man offen mit Ihnen reden und auf Menschlichkeit rechnen. Aber so –«

»Ich verabscheue Gewalt und Brutalität jeder Art ebenso wie Sie«, erklärte Mr. Jones und sah sehr müde aus, wie er da an der Wand lehnte; er sprach aber ziemlich laut. »Sie können meinen Martin fragen, ob es sich nicht so verhält. Dies, Mr. Heyst, ist ein schlappes Zeitalter. Es ist auch ein Zeitalter ohne Vorurteile. Ich habe mir sagen lassen, daß Sie davon frei sind. Sie dürfen nicht erschrecken, wenn ich Ihnen ganz offen sage, daß wir hinter Ihrem Geld her sind – oder ich, wenn Sie lieber mich allein verantwortlich machen wollen. Pedro, natürlich, versteht nicht mehr davon als jedes beliebige Tier. Ricardo ist von der treuen Dienerklasse – er stimmt absolut mit all meinen Ideen, Wünschen und sogar Launen überein.«

Mr. Jones hob seine linke Hand aus der Tasche, holte aus einer anderen Tasche ein Schnupftuch und begann den Schweiß von Stirn, Hals und Kinn zu wischen. Die Erregung, unter der er litt, machte seinen Atem sichtbar. In seinem langen Hausmantel sah er aus wie ein Rekonvaleszent, der unklugerweise seine Kräfte überschätzt hat. Heyst, breitschultrig, robust, beobachtete dieses Tun vom Rand seines Feldbettes, ganz ruhig, die Hände auf den Knien.

»Übrigens«, fragte er, »wo ist er denn jetzt, dieser Spießgeselle von Ihnen? Bricht er meinen Schreibtisch auf?«

»Das wäre roh. Aber Roheit ist eine der Bedingungen des Lebens.« In dem Ton von Ricardos Herrn war ein leichter Beiklang von Spott. »Begreiflich, aber unwahrscheinlich. Martin ist ein bißchen roh; Sie aber sind es nicht, Mr. Heyst. Um Ihnen die Wahrheit zu sagen, ich weiß nicht, wo er ist. Er war in letzter Zeit etwas geheimnisvoll; aber er hat mein Vertrauen. Nein, stehen Sie nicht auf, Mr. Heyst!«

Die Bösartigkeit seines gespenstischen Gesichts war unbeschreiblich. Heyst, der sich ein wenig bewegt hatte, war von dieser Eröffnung überrascht.

»Es war nicht meine Absicht«, sagte er.

»Bitte, bleiben Sie sitzen«, beharrte Mr. Jones mit matter Stimme, aber mit einem sehr entschlossenen Aufblitzen in seinen dunklen Augenhöhlen.

»Wenn Sie ein besserer Beobachter wären«, sagte Heyst mit ruhiger Verachtung, »hätten Sie, ehe ich auch nur fünf Minuten im Zimmer war, gewußt, daß ich keinerlei Waffen bei mir habe.«

»Möglich; aber halten Sie bitte Ihre Hände ruhig. Die liegen da sehr gut. Es steht für mich zuviel auf dem Spiel, um irgend etwas zu riskieren.«

»Zuviel? Zuviel?« wiederholte Heyst ehrlich erstaunt. »Gott im Himmel! Worauf immer Sie es abgesehen haben mögen, es gibt davon hier sehr wenig – sehr wenig von allem.«

»Natürlich müssen Sie so reden, aber wir haben es anders gehört«, erwiderte Mr. Jones rasch, mit einem Grinsen, so widerwärtig, daß es keinesfalls beabsichtigt sein konnte.

Heysts Gesicht war sehr nachdenklich geworden. Er runzelte die Stirn.

»Was haben Sie denn gehört?« fragte er.

»Eine ganze Menge, Mr. Heyst – eine Menge«, versicherte Mr. Jones. Er versuchte, seine Haltung gelangweilter Überlegenheit wiederzufinden. »Wir haben zum Beispiel von einem gewissen Mr. Morrison gehört, der einmal Ihr Partner war.«

Heyst konnte ein Zucken nicht unterdrücken.

»Aha!« sagte Mr. Jones mit einem gespenstischen Leuchten auf seinem Gesicht.

Der dumpfe Donner rollte wie das Echo einer fernen Kanonade unter dem Horizont, und die beiden Männer schienen in mürrischem Schweigen darauf zu lauschen.

›Dieses teuflische Gerede wird am Ende dahin führen, daß ich wirklich und buchstäblich mein Leben verliere‹, dachte Heyst. Dann mußte er plötzlich lachen. Mr. Jones, gespenstisch, unheilbrütend, hörte zu.

»Lachen Sie nur soviel Sie wollen«, sagte er. »Ich, den eine Horde hochmoralischer Seelen aus der Gesellschaft wie einen Hund verjagt hat, kann daran nichts komisch finden. Aber da wären wir nun, und Sie werden für Ihr Vergnügen bezahlen müssen, Mr. Heyst.«

»Sie haben nichts als lauter abscheuliche Lügen gehört«, bemerkte Heyst. »Nehmen Sie mein Wort darauf.«

»Sie müssen so sprechen, natürlich – sehr natürlich. In Wahrheit – ich habe nicht sehr viel gehört. Genaugenommen war es Martin. Er sammelt Informationen und so weiter. Sie nehmen doch nicht an, daß ich mit diesem Kerl von Schomberg mehr als unbedingt nötig reden würde? Martin war es, den er in sein Vertrauen gezogen hat.«

»Dieser Kerl ist so borniert, daß es schon fürchterlich wird«, sagte Heyst, als spräche er zu sich.

Unwillkürlich wandten sich seine Gedanken dem Mädchen zu,

das allein und verängstigt im Wald umherlief. Würde er sie je wiedersehen? Bei diesem Gedanken verlor er nahezu die Selbstbeherrschung. Aber der Gedanke, daß sie, wenn sie sich nur an seine Anweisungen hielt, von diesen Männern wahrscheinlich nicht gefunden würde, beruhigte ihn ein wenig. Sie wußten nicht, daß die Insel noch andere Bewohner hatte; und wenn sie einmal mit ihm fertig wären, würden sie sich schleunigst davonmachen und ihre Zeit nicht damit vertun, einem verschwundenen Mädchen nachzujagen.

All das fuhr Heyst blitzartig durch den Sinn, wie es einem in Augenblicken der Gefahr so geht. Er blickte forschend auf Mr. Jones, der natürlich sein erlesenes Opfer keinen Moment aus den Augen gelassen hatte. Und Heyst kam zu der Überzeugung, daß dieser Ausgestoßene aus den höheren Sphären ein absolut harter und mitleidloser Schurke sei.

Mr. Jones' Stimme ließ ihn aufhorchen.

»Es wäre zum Beispiel sinnlos, mir zu erzählen, daß Ihr Chinese mit Ihrem Geld durchgebrannt ist. Ein Mann, der allein mit einem Chinesen auf einer Insel lebt, sorgt dafür, Besitz dieser Art so zu verbergen, daß der Teufel selbst –«

»Bestimmt«, murmelte Heyst.

Wieder betupfte Mr. Jones mit der linken Hand seine Stirn, seinen stielartigen Hals, seine scharfen Backenknochen, sein hageres Kinn. Wieder bebte seine Stimme, und sein Anblick wurde noch greulicher und bösartiger, wie bei einem teuflischen, mitleidlosen Gespenst.

»Ich sehe schon, was Sie meinen«, rief er, »aber Sie dürfen Ihrer Schlauheit nicht zuviel zumuten. Sie kommen mir nicht wie ein besonders kluger Mann vor, Mr. Heyst. Ich bin's auch nicht. Meine Talente liegen auf anderem Gebiet. Aber Martin –«

»Der jetzt dabei ist, meinen Schreibtisch auszuplündern«, warf Heyst ein.

»Das glaube ich nicht. Was ich sagen wollte: Martin ist viel schlauer als ein Chinese. Glauben Sie an rassische Überlegenheit, Mr. Heyst? Ich ja, ganz fest. Martin ist zum Beispiel ganz groß darin, solche Geheimnisse wie Ihres aufzuspüren.«

»Geheimnisse wie meins!« wiederholte Heyst bitter. »Nun, ich wünsche ihm viel Freude an allem, was er aufspüren kann!«

»Das ist sehr freundlich von Ihnen«, bemerkte Mr. Jones. Er begann, sich um Martins Rückkehr Sorge zu machen. Von eiserner Selbstbeherrschung am Spieltisch, unerschrocken bei plötzlichen Überfällen, mußte er entdecken, daß diese ganz besondere Aufgabe seine Nerven stark beanspruchte. »Bleiben Sie ruhig, wo Sie sind!« rief er scharf.

»Ich habe Ihnen schon gesagt, daß ich nicht bewaffnet bin«, sagte Heyst und verschränkte die Arme vor der Brust.

»Ich möchte wirklich fast glauben, daß es sich so verhält«, gab Mr. Jones ehrlich zu. »Sonderbar!« dachte er laut, die tief in ihren Höhlen liegenden Augen auf Heyst gerichtet. Dann wieder in forschem Ton: »Ich beabsichtige trotzdem, Sie in diesem Zimmer festzuhalten. Fordern Sie mich nicht durch irgendeine unbedachte Bewegung heraus, Ihnen das Knie zu zerschmettern oder etwas dergleichen zu tun.« Er fuhr sich mit der Zunge über die Lippen, die trocken und schwarz waren, während seine Stirn von Feuchtigkeit glänzte. »Ich weiß nicht, ob es nicht besser wäre, es auf der Stelle zu tun!«

»Wer zögert, ist verloren«, sagte Heyst mit spöttischem Ernst. Mr. Jones achtete nicht auf die Bemerkung. Er sah aus, als ginge er mit sich zu Rate.

»Körperlich bin ich Ihnen nicht gewachsen«, sagte er langsam, seinen dunklen Blick auf den Mann geheftet, der auf dem Rand des Bettes saß. »Sie könnten aufspringen –«

»Wollen Sie etwa sich selbst Angst machen?« fragte Heyst unvermittelt. »Anscheinend fehlt es Ihnen für Ihr Geschäft an dem nötigen Mut. Warum tun Sie es nicht sofort?«

Mr. Jones, tief beleidigt, schnaubte wie ein wildgewordener Knochenmann.

»So seltsam es Ihnen erscheinen mag, es liegt an meiner Abkunft, meiner Erziehung, meinen Traditionen, meinem früheren Umgang und ähnlichen Lappalien. Nicht jeder kann sich der Vorurteile eines Gentleman so leicht entschlagen wie Sie, Mr. Heyst. Aber seien Sie unbesorgt über meinen Mut. Sollten Sie einen sauberen Sprung auf mich riskieren, bekämen Sie, sozusagen mitten in der Luft und noch ehe Sie wieder auf dem Boden wären, etwas ab, das Sie vollkommen unschädlich machen würde. Nein, mißverstehen Sie uns nicht, Mr. Heyst. Wir sind – hm – ordentliche Banditen, und wir haben es auf die Früchte Ihrer Bemühungen als – hm – erfolgreicher Betrüger abgesehen. Das ist der Lauf der Welt – man übernimmt sich und gibt's wieder von sich!«

Er neigte den Kopf müde auf die linke Schulter. Seine Lebenskraft schien aufgebraucht. Sogar seine eingesunkenen Lider hingen schlaff in den ausgemergelten Augenhöhlen. Nur seine schmalen, scharfen, wunderbar gezeichneten Augenbrauen, die leicht zusammengezogen waren, verrieten den Willen und die Macht zu verwunden – sie hatten etwas Bösartiges, Unüberwindliches und Tödliches.

»Früchte! Betrüger!« wiederholte Heyst leidenschaftslos, fast ohne Verachtung. »Sie geben sich unendliche Mühe, Sie und Ihr treuer Spießgeselle, eine hohle Nuß aufzuknacken. Es gibt hier keine Früchte, wie Sie sich einbilden. Da sind ein paar Sovereigns, die Sie haben können, wenn Sie wollen; und da Sie sich ja selbst als Bandit bezeichnet haben –«

»Jaa!« sagte Mr. Jones gedehnt. »Genau das, lieber als ein Betrüger. Das ist wenigstens ein offener Kampf!«

»Gut! Nur lassen Sie sich sagen, daß noch nie in der Welt zwei Banditen schlimmer getäuscht worden sind – niemals!«

Heyst sagte das mit solchem Nachdruck, daß Mr. Jones, sich

versteifend, in seinem stahlblauen Hausmantel vor der weißgekalkten Wand noch dünner und größer wirkte.

»Zum Narren gehalten von einem dummen, schurkischen Kneipenbesitzer!« fuhr Heyst fort. »Beschwatzt wie Kinder, denen man Bonbons verspricht!«

»Ich habe nicht mit diesem widerwärtigen Kerl gesprochen«, murmelte Mr. Jones mürrisch, »aber er hat Martin überzeugt, und der ist kein Narr.«

»Ich nehme an, er hat sich nur zu gern überzeugen lassen«, sagte Heyst in dem höflichen Tonfall, der auf den Inseln so bekannt war. »Ich möchte Ihr rührendes Vertrauen auf Ihren – Ihren Gefolgsmann nicht zerstören, aber er ist wohl der leichtgläubigste Räuber, den es gibt. Was denken Sie sich eigentlich? Wenn die Geschichte von meinen Reichtümern überhaupt stimmte, glauben Sie, Schomberg hätte sie Ihnen aus purer Menschenfreundlichkeit anvertraut? Geht es so in der Welt zu, Mr. Jones?«

Für einen Augenblick fiel das Kinn von Ricardos Gentleman herab; aber es kam mit einem wütenden Schnappen wieder hoch, und er sagte mit gespenstischer Eindringlichkeit:

»Der Kerl ist feige! Er hatte Angst vor uns und wollte uns los sein, wenn Sie es wissen wollen, Mr. Heyst. Ich weiß nicht, ob die Sache materiell so besonders verlockend war, aber ich langweilte mich, und wir entschlossen uns, die Bestechung anzunehmen. Ich bedauere das auch nicht. Mein Leben lang war ich auf der Suche nach neuen Eindrücken, und Sie haben sich als etwas ganz Außergewöhnliches erwiesen. Martin natürlich sieht nur den materiellen Gewinn. Er ist ganz unkompliziert – und treu – und fabelhaft geschickt.«

»Richtig! Er ist den Dingen auf der Spur!« – Heysts wohlerzogene Rede hatte jetzt etwas von grimmigem Hohn –, »aber noch nicht genügend auf der Spur, daß es sich empfiehlt, mich ohne weiteres niederzuschießen. Hat Schomberg Ihnen nicht genau gesagt, wo ich die Früchte meiner Betrügereien versteckt habe? Pah! Wissen Sie denn nicht, daß er Ihnen alles und jedes erzählt hätte, wahr oder gelogen, aus einem ganz eindeutigen Motiv? Rache! Wahnsinniger Haß – dieser gemeine Schuft!«

Mr. Jones schien nicht sehr beeindruckt. Zu seiner Rechten flammte es im Türrahmen unaufhörlich von fernen Blitzen, und das Donnerrollen ging entnervend weiter, wie das Knurren eines Riesen, der einfältig vor sich hin brummt.

Heyst überwand seine starke Hemmung, von *ihr* zu sprechen, deren im Walde kauernde Gestalt er ständig vor Augen hatte, deren Bild ihn in all seinem Leid mächtig anzog und ihm hoch erhaben, erbarmungswürdig und fast heilig war. Hastig, in verlegenem Ton fuhr er fort:

»Wäre es nicht wegen jenes Mädchens gewesen, das er mit seiner wahnwitzigen und ekelhaften Leidenschaft verfolgte und das sich unter meinen Schutz stellte, dann hätte er nie – aber das wissen Sie ja selbst!«

»Ich weiß nicht!« fuhr Mr. Jones überraschend hitzig auf. »Jener Hotelier wollte mir einmal etwas von einem Mädchen erzählen, das für ihn verloren war, aber ich wollte nichts von seinen garstigen Weibergeschichten hören. Das hatte also etwas mit Ihnen zu tun, wie?«

Heyst blieb bei diesem Ausbruch ganz gelassen, dann verlor er ein wenig die Geduld.

»Was soll diese Komödie? Sie wollen doch nicht etwa sagen, Sie hätten nicht gewußt, daß ich das Mädchen – daß dieses Mädchen hier ist?«

Das Weiße in den Augen von Mr. Jones schimmerte unbeweglich und ließ erkennen, daß die Augen in ihren tiefen dunklen Höhlen starr geworden waren. Der ganze Mann schien erstarrt.

»Hier? Hier?« rief er zweimal aus. Seine Überraschung, sein ungläubiges Entsetzen – etwas wie Schrecken und Abscheu – waren nicht zu verkennen.

Auch Heyst fühlte sich angewidert, aber auf andere Art. Auch er konnte es nicht glauben. Er bedauerte, das Mädchen erwähnt zu haben, aber es war nun einmal geschehen; sein Widerstand war in der Hitze des Wortgefechts mit diesem albernen Banditen zusammengebrochen.

»Sollten Sie wirklich von dieser entscheidenden Tatsache nichts gewußt haben?« fragte er. »Dem einzigen Faktum von Gewicht in dem Wirrwarr schmutziger Lügen, von denen Sie sich ohne weiteres täuschen ließen?«

»Nein, ich habe nichts gewußt!« rief Mr. Jones. »Aber Martin wußte es!« fügte er so leise flüsternd hinzu, daß Heysts Ohren es nur eben aufnehmen konnten.

»Ich habe sie versteckt gehalten, solange ich konnte«, sagte Heyst. »Den Grund werden Sie bei Ihrer Erziehung, Tradition undsoweiter vielleicht verstehen.«

»Er wußte es. Er wußte es vorher!« jammerte Mr. Jones in hohlem Ton. »Er hat es von Anfang an gewußt!«

Fest an die Wand gedrückt, beobachtete er Heyst nicht mehr. Er machte den Eindruck eines Mannes, der in einen gähnenden Abgrund geblickt hat.

›Wenn ich ihn umbringen will, ist dies der richtige Moment‹, dachte Heyst, aber er rührte sich nicht.

Im nächsten Augenblick warf Mr. Jones den Kopf empor und funkelte in teuflischem Zorn.

»Ich habe gute Lust, Sie niederzuschießen, Sie weiberhöriger Eremit, Sie Mann im Mond, der nicht leben kann ohne – nein, nicht Sie werde ich niederschießen. Es ist der andere Schürzenjäger – der Wortverdreher, der schleichende, minderwertige, verliebte Kater! Und er hat sich rasiert – vor meiner Nase rasiert. Ich werde ihn niederknallen!«

›Er ist verrückt geworden‹, dachte Heyst, von dem plötzlichen Wutausbruch des Gespensts erschreckt.

Er fühlte sich mehr in Gefahr, dem Tode näher als je, seit er das Zimmer betreten hatte. Ein wahnsinniger Bandit ist eine tödliche Kombination. Er wußte nicht, konnte nicht wissen, daß Mr. Jones gewitzt genug war, um das Ende seiner Herrschaft über die Gedanken und Gefühle seines ausgezeichneten Sekretärs vorauszusehen; das unausweichliche Ende von Ricardos treuer Ergebenheit. Eine Frau war dazwischengetreten, eine Frau, ein Mädchen, das offenbar die Macht besaß, bei den Männern jene widerwärtige Tollheit zu erregen. Schon in zwei Fällen hatte sich ihre Macht erwiesen – bei dem garstigen Kneipenbesitzer und bei diesem Mann mit dem Schnurrbart, auf den Mr. Jones, die todbringende rechte Hand in der Tasche verkrampft, mehr angewidert als zornig blickte. Das eigentliche Ziel der Expedition hatte er in dem plötzlich übermächtigen Gefühl der Unsicherheit ganz aus den Augen verloren. Und damit erwachte Mr. Jones' ganze Brutalität; aber sie richtete sich nicht gegen den Mann mit dem Schnurrbart. Und so kam es, daß Heyst, der wirklich den Eindruck hatte, sein Leben sei keine zwei Minuten mehr wert, sich nicht mit lässig affektierter Unverschämtheit, sondern mit fieberhafter Entschlossenheit angesprochen hörte.

»Also! Machen wir einen Waffenstillstand!« sagte Mr. Jones.

Heysts Herz war zu beklommen, als daß er hätte lächeln können.

»Habe ich denn gegen Sie Krieg geführt?« fragte er matt. »Wie können Sie erwarten, daß ich Ihren Worten irgendeine Bedeutung beimesse?« fuhr er fort. »Sie erscheinen mir als ein kranker, von allen guten Geistern verlassener Bandit. Wir sprechen nicht dieselbe Sprache. Wenn ich Ihnen erzählen wollte, weshalb ich hier bin und zu Ihnen spreche, würden Sie mir nicht glauben, weil Sie mich nicht verstünden. Das tue ich nicht aus Liebe zum Leben, von dem ich mich vor langer Zeit getrennt habe – vielleicht nicht entschieden genug; aber wenn Sie an Ihr eigenes Leben denken, dann wiederhole ich Ihnen, daß es von mir nie etwas zu fürchten hatte. Ich bin unbewaffnet.«

Mr. Jones biß sich auf die Unterlippe. Erst ganz zum Schluß blickte er Heyst an.

»Unbewaffnet, wie?« Dann brach er heftig los: »Ich sage Ihnen, ein Gentleman ist der gemeinen Masse nicht gewachsen. Und doch muß er sich ihrer bedienen. Unbewaffnet, wie? Und ich glaube auch, jene Person ist von der gemeinsten Sorte. Sie haben sie wohl kaum aus einem Salon herausgeholt. Obwohl sie im Grunde alle gleich sind, was das betrifft. Unbewaffnet! Es ist ein Jammer. Ich bin in viel größerer Gefahr, als Sie es sind oder waren – oder ich müßte mich sehr irren. Aber nein – ich kenne meinen Mann!«

Er verzichtete auf seine geistesabwesende Haltung und brach in schrille Ausrufe aus. Für Heysts Empfinden waren sie noch wahnwitziger als alles, was vorhergegangen war.

»Auf der Fährte! Auf der Spur!« schrie er und vergaß sich soweit, daß er einen wütenden Tanz mitten im Zimmer vollführte.

Heyst sah zu, fasziniert von diesem Knochengestell in einem farbenfrohen Hausmantel, das sich wie eine groteske Puppe an unsichtbaren Drähten zuckend bewegte. Plötzlich beruhigte er sich.

»Ich hätte Lunte riechen müssen! Ich habe immer gewußt, daß hier die Gefahr lag.« Er nahm plötzlich einen vertraulichen Ton an, wobei er seinen Grabesblick auf Heyst richtete. »Und doch habe ich mich von diesem Burschen übertölpeln lassen wie der erstbeste Narr. Stets war ich auf der Hut vor solch garstigen Einflüssen, aber da bin ich nun richtig in der Falle. Er hat sich rasiert, direkt vor meinen Augen – und ich ahnte nichts!«

Das schrille Lachen, das dem leiseren Ton der Vertraulichkeit folgte, klang so entschieden wahnsinnig, daß Heyst, wie von

einer Feder geschnellt, aufsprang. Mr. Jones trat zwei Schritte zurück, ließ sich aber keine Beunruhigung anmerken.
»So klar wie die Sonne!« meinte er bekümmert und schwieg.
Hinter ihm flammte es fahl im Türrahmen, und Lärm, wie von einem Seegefecht irgendwo in der Ferne am Horizont, erfüllte die atemlose Pause. Mr. Jones neigte den Kopf auf die Schulter. Seine Stimmung hatte sich völlig gewandelt.
»Was sagen Sie nun, Sie waffenloser Mann? Sollen wir hingehen und sehen, was meinen vertrauten Martin so lange zurückhält? Er bat mich, Sie in ein freundschaftliches Gespräch zu verwickeln, bis er die Fährte weiter untersucht habe. Ha, ha, ha!«
»Zweifellos durchstöbert er jetzt mein Haus«, sagte Heyst.
Er war verdutzt. Ihm kam das alles wie ein unbegreiflicher Traum vor oder vielleicht wie ein Witz aus einer anderen Welt, den dieses Gespenst in einem prächtigen Hausmantel sich ausgedacht hatte.
Mr. Jones blickte ihn mit einem entsetzlichen, ausgesprochen höhnischen Kadaverlächeln an und wies auf die Tür. Heyst ging als erster hinaus. Seine Gefühle waren derart verworren, daß es ihm gleich war, ob er früher oder später in den Rücken geschossen würde.
»Wie drückend die Luft ist!« hörte er Mr. Jones' Stimme neben sich. »Dieses dumme Gewitter geht mir auf die Nerven. Ich wünschte mir Regen herbei, obwohl es nicht angenehm wäre, naß zu werden. Andererseits hat dieser entnervende Donner den Vorteil, das Geräusch unserer Annäherung zu übertönen. Der Blitz ist nicht so günstig. Ah, Ihr Haus ist hell erleuchtet! Mein schlauer Martin ist an Ihren Kerzenvorrat gegangen. Er hält sich an kein Zeremoniell, außerdem ist er wenig liebenswert, man kann ihm nicht trauen undsoweiter.«
»Ich habe die Kerzen brennen lassen«, sagte Heyst, »um ihm die Mühe zu ersparen.«

»Sie waren wirklich überzeugt, daß er in Ihr Haus gehen würde?« fragte Mr. Jones mit echtem Interesse.

»Ich war entschieden dieser Meinung. Ich glaube, er ist jetzt noch da.«

»Und Sie haben nichts dagegen?«

»Nein!«

»Nein?« Mr. Jones blieb verwundert stehen. »Sie sind ein ungewöhnlicher Mann«, sagte er mißtrauisch und ging weiter, Seite an Seite mit Heyst.

In dessen Brust breitete sich eine tiefe Stille aus, die völlige Lähmung ungenutzter Möglichkeiten. In diesem Augenblick hätte er Mr. Jones über die Schulter und zu Boden werfen und sich selbst durch ein paar Sprünge aus dem sicheren Zielbereich des Revolvers bringen können; aber er dachte nicht einmal daran. Sein Wille schien buchstäblich abgestorben. Er bewegte sich automatisch, den Kopf gesenkt, wie gefangen und in der bösen Gewalt eines maskierten Skeletts aus dem Grabe. Mr. Jones gab die Richtung an. Sie nahmen einen weiten Umweg. Das Echo des fernen Donners machte ihre Schritte unhörbar.

»Übrigens«, sagte Mr. Jones, als könne er seine Neugier nicht bezwingen, »sind Sie nicht besorgt wegen jenem – puh! – jenem anziehenden Geschöpf, dem Sie das Vergnügen unseres Besuches verdanken?«

»Ich habe sie in Sicherheit gebracht«, sagte Heyst. »Da – da habe ich vorgesorgt.«

Mr. Jones legte eine Hand auf seinen Arm.

»So? Sehen Sie nur! War das etwa Ihre Absicht?«

Heyst hob den Kopf. In dem Flammen der Blitze breitete sich die Öde des gerodeten Bodens zu seiner Linken aus und versank in Nacht, zusammen mit den täuschenden Formen fernerer Dinge, die blaß und unirdisch wirkten. Aber in dem leuchtenden Rechteck der Tür erblickte er das Mädchen – die Frau, die er noch einmal hatte sehen wollen – wie auf einem Thron, die Hände auf den Armlehnen des Sessels. Sie war ganz in Schwarz; ihr Gesicht war weiß, ihr Kopf träumerisch auf die Brust geneigt. Er sah sie nur bis zu den Knien. Er sah sie – dort in dem Zimmer, lebendig in düsterer Wirklichkeit. Es war kein Vexierbild. Sie war nicht im Walde – sondern dort! Sie saß da in dem Sessel, anscheinend kraftlos und doch ohne Furcht, leicht vornüber geneigt.

»Können Sie ihre Macht begreifen?« flüsterte Mr. Jones mit heißem Atem an seinem Ohr. »Kann es ein widerwärtigeres Schauspiel geben? Das genügt, um diese Erde verabscheuenswert zu machen. Anscheinend hat sie zu ihresgleichen gefunden. Kommen Sie näher. Wenn ich Sie am Ende doch noch erschießen muß, dann sterben Sie wenigstens kuriert.«

Heyst gehorchte dem Druck des Revolverlaufs zwischen seinen Schultern. Er spürte ihn deutlich, aber er spürte nicht mehr den Boden unter den Füßen. Sie fanden die Stufen, ohne daß er sich bewußt war hinaufzusteigen – langsam, eine nach der anderen. Zweifel durchdrang ihn – Zweifel einer neuen Art, formlos, ungeheuerlich. Er schien sich ganz über ihn zu breiten, seine Glieder bis in seine Eingeweide zu durchdringen. Er blieb plötzlich stehen mit dem Gedanken, daß er, der das durchlebte, nichts mehr im Leben zu suchen hätte – oder vielleicht schon nicht mehr am Leben wäre.

Alles – der Bungalow, der Wald, die Lichtung – bebte unaufhörlich; die Erde, der Himmel selbst, zitterte die ganze Zeit, und das einzige Unbewegliche in dem erzitternden Universum war das Innere des erleuchteten Zimmers und die Frau in Schwarz, die im Licht der acht Kerzenflammen dort saß. Sie warfen um sie einen unerträglichen Glanz, der seinen Augen weh tat, buchstäblich sein Gehirn mit der Ausstrahlung infernalischer Hitze traf. Es verging einige Zeit, bis seine geblendeten Augen Ricardo erkannten, der in kurzem Abstand auf dem

Boden saß, den Rücken am Türrahmen, aber nur zum Teil; die eine Seite seines emporgewandten Gesichts offenbarte, wie abwesend, weltvergessen, verzückt er in ihre Betrachtung versunken war.

Der Griff von Mr. Jones' harter Hand zog Heyst ein wenig zurück. In dem Rollen des Donners, der anschwoll und nachließ, flüsterte er in sein Ohr ein sarkastisches »Natürlich!«

Eine gewaltige Scham befiel Heyst – die Scham der Schuld, absurd und wahnwitzig. Mr. Jones zog ihn weiter zurück in das Dunkel der Veranda.

»Die Sache ist ernst«, fuhr er fort, sein gespenstisches Gift in Heysts Ohr träufelnd. »Ich mußte schon oft die Augen vor seinen kleinen Seitensprüngen verschließen; aber diesmal ist es ernst. Er hat seine Seelengefährtin gefunden. Schlammige Seelen, gemein und durchtrieben! Und schlammige Leiber – der Schlamm aus der Gosse! Ich sage Ihnen, mit diesem gemeinen Pöbel können wir es nicht aufnehmen. Sogar ich wäre beinahe in die Falle gegangen. Er bat mich, Sie festzuhalten, bis er mir ein Signal gäbe. Jetzt brauche ich nicht mehr Sie zu erschießen, sondern ihn. Nach dem hier möchte ich ihn keine fünf Minuten mehr um mich haben.«

Er schüttelte Heysts Arm ein wenig.

»Hätten Sie nicht zufällig diese Person erwähnt, dann wären wir beide vor Tagesanbruch tot gewesen. Er hätte Sie erdolcht, wenn Sie von mir die Stufen herabgekommen wären, und dann hätte er mich angesprungen und mir dasselbe Messer zwischen die Rippen gestoßen. Darin ist er hemmungslos. Je niedriger die Abkunft, desto größer die Unbedenklichkeit dieser primitiven Seelen!«

Er zog vorsichtig keuchend den Atem ein und fügte in erregtem Flüsterton hinzu: »Ich kann geradezu sehen, was in ihm vorgeht; ich war nahe daran, ihm in seine listige Falle zu gehen.«

Er streckte den Kopf vor, um seitlich ins Zimmer zu lugen. Auch Heyst tat einen Schritt vorwärts unter dem sanften Druck jener schlanken Hand, die seinen Arm mit knochigem Griff umfaßt hielt.

»Sehen Sie nur!« plapperte das Skelett des wahnsinnigen Banditen leise an seinem Ohr in gespenstischer Komplizenschaft. »Sehen Sie nur den schlichten Acis, der die Sandale der Nymphe küßt, unterwegs zu ihren Lippen, ganz selbstvergessen, während schon der drohende Pfiff von Polyphem in der Nähe ertönt – wenn er ihn nur hören könnte! Ducken Sie sich, etwas tiefer bitte!«

XII

Als Ricardo schnell wie auf Flügeln zu Heysts Bungalow zurückkehrte, fand er Lena auf ihn wartend vor. Sie war in Schwarz, und damit erfaßte ihn anstelle seines frohlockenden Aufschwungs eine geduldige, zitternde Ehrfurcht vor ihrem bleichen Gesicht, vor der Unbeweglichkeit ihrer ruhevollen Pose, die ihm einen um so größeren Eindruck machte, als er die Kraft ihrer Glieder und den unbezähmbaren Mut, der sie beseelte, kennengelernt hatte. Sie war nach Heysts Weggang hervorgekommen und hatte sich unter das Porträt gesetzt, in Erwartung des Mannes, der Gewalttat und Tod bedeutete. Noch als sie den Vorhang hob, quälte sie ihr Ungehorsam gegenüber dem Geliebten, gemildert indessen durch ein Gefühl, das sie schon kannte – ein sanftes Fluten durchdringender Süße. Sie gehorchte nicht automatisch einer plötzlichen Eingebung; sie stand unter andersartigen, überaus wirksamen Einflüssen. Sie war nicht von ihrem Willen getrieben, sondern von einer Macht, die außerhalb ihrer selbst lag und wertvoller war. Sie sah nur ihr Ziel, den Tod zu entwaffnen – den blindwütigen, unverantwortlichen Tod, der den Mann umschlich, dem sie gehörte; Tod verkörpert in dem Messer, das bereit war zuzustoßen. Ganz gewiß war es eine Sünde gewesen, sich ihm in die Arme zu werfen. Mit jener Erleuchtung, die zu Zeiten von obenher im Guten oder Bösen uns Durchschnittsmenschen zuteil wird, spürte sie, daß er sie nur aus heftiger Neugier und aufrichtigem Mitgefühl erwählt hatte – was beides nicht von Dauer ist. Sie kannte ihn nicht. Wenn er von ihr ginge und verschwände, würde sie ihm keinen Vorwurf machen, keinen

Groll hegen; denn sie wäre für immer geprägt von etwas sehr Seltenem und Kostbarem – seinen Umarmungen, die sie sich durch ihre kühne Rettung seines Lebens zu eigen machen würde.

Alles, woran sie dachte – der Kern ihrer Ängste, die sie heiß bedrängten oder kalt erschauern ließen –, war die Frage, wie sie an jenes Messer käme, Zeichen und Symbol des zustoßenden Todes. Sie zitterte vor Ungeduld, das fürchterliche Ding zu packen, das sie einmal und unvergeßlich erblickt hatte, und ihre Hände zuckten.

Das instinktive Vorstrecken dieser Hände ließ Ricardo zwischen der Tür und ihrem Sessel innehalten mit dem bereitwilligen Gehorsam eines unterworfenen Mannes, der seine Zeit abwarten kann. Ihr Erfolg verwirrte sie. Sie hörte sich seine leidenschaftlich hervorgestoßenen, fürchterlichen Schmeichelreden und noch entsetzlicheren Liebesbeteuerungen an. Sie brachte es sogar fertig, seinem unaufrichtigen, unsteten, vor Begierde wild funkelnden Blick zu begegnen.

»Nein!« sagte er gerade, nach einem wüsten Wortschwall, in dem die ungereimtesten Phrasen der Liebe sich mit einschmeichelnden Bitten mischten. »Genug davon! Mißtrauen Sie mir nicht. Ich spreche jetzt ganz nüchtern. Fühlen Sie, wie ruhig mein Herz schlägt. Heute am Tage, als Sie, Sie, Sie mir vor Augen schwebten, dachte ich wohl zehnmal, mein Herz würde mir eine Rippe brechen oder mir aus dem Halse hüpfen. Im Warten auf diesen Abend, auf eben diese Minute, hat es sich ausgetobt und ist todmüde geworden. Und jetzt kann es nicht mehr. Fühlen Sie, wie ruhig es ist!«

Er tat einen Schritt vorwärts, aber sie erhob gebieterisch ihre klare Stimme:

»Nicht näher!«

Er stand mit einem Lächeln dümmlicher Verehrung auf den Lippen und mit dem entzückten Gehorsam eines Mannes, der sie jeden Augenblick mit seinen Händen greifen und zu Boden schleudern konnte.

»Ah! Wenn ich Sie heute morgen an der Kehle gepackt und meinen Willen gehabt hätte, hätte ich nie erfahren, was Sie sind. Und jetzt weiß ich es. Sie sind ein Wunder! Und das bin ich auch, auf meine Art. Ich habe Mumm und ich habe auch Verstand. Wir wären schon oft verloren gewesen, ohne mich. Ich plane – ich fädle alles ein – für meinen Gentleman. Gentleman – pah! Ich habe ihn satt. Und Sie haben Ihren satt, wie? Du, du!«

Er zitterte am ganzen Leibe; er umschmeichelte sie mit einer Kette von Kosenamen, obszönen und zärtlichen, und dann fragte er plötzlich:

»Weshalb redest du nicht?«

»Es ist an mir zuzuhören«, sagte sie und sandte ihm ein unbegreifliches Lächeln, mit errötenden Wangen und mit Lippen kalt wie Eis.

»Aber du wirst mir doch antworten?«

»Ja«, sagte sie, und ihre Augen weiteten sich wie in plötzlichem Interesse.

»Wo ist die Beute? Weißt du es?«

»Nein! Noch nicht.«

»Aber irgendwo ist ein Schatz versteckt, um den es sich lohnt?«

»Ja, ich glaube schon. Aber wer weiß?« fügte sie nach einer Pause hinzu.

»Und wer fragt noch danach?« erwiderte er hastig. »Ich habe genug von der Kriecherei. Du bist mein Schatz. Ich habe dich hier aufgestöbert, wo ein Gentleman dich begraben hatte und verrotten ließ zu seiner fluchwürdigen Lust!«

Er sah sich nach einer Sitzgelegenheit um; dann wandte er sich mit bekümmertem Blick und einem schwachen Lächeln ihr wieder zu.

»Ich bin hundemüde«, sagte er und setzte sich auf den Fußboden. »Das fing schon heute morgen an, als ich herkam und mit dir redete – so müde bin ich, als hätte ich mein Herzblut auf diese Dielen vergossen für dich, deine Füße darin zu baden.«

Völlig ungerührt nickte sie ihm gedankenvoll zu. Nach Frauenart richteten sich all ihre Kräfte auf das heiß Begehrte – auf das Messer, während der Mann zu ihren Füßen weiter unsinniges Zeug schwatzte, einschmeichelnd und wild, nahezu verrückt vor Erregung. Aber auch er hielt an seinem Ziel fest. »Für dich! Für dich werfe ich alles fort. Geld, Leben – alle Leben außer meinem eigenen! Was du brauchst ist ein Mann, ein Meister, der es zuläßt, daß du den Absatz deines Schuhs auf seinen Nacken setzt; nicht dieser Duckmäuser, der in einem Jahr von dir genug haben wird – und du von ihm. Und dann was? Du bist nicht eine, die stillsitzen kann; ich auch nicht. Ich lebe für mich, und du sollst für dich leben, das auch – aber nicht für einen schwedischen Baron. Die ziehen nur Nutzen aus Leuten, wie du und ich es sind. Ein Gentleman ist besser als ein Dienstherr, aber eine gleiche Partnerschaft gegen alle diese Heuchler, das ist das Richtige für dich und mich. Wir werden zusammen durch die Welt gehen, du und ich, beide frei und beide treu. Du bist kein Vogel für den Käfig. Wir werden zusammen herumstreifen, denn wir gehören zu denen, die kein Heim haben. Wir sind die geborenen Landstreicher!«

Sie hörte ihm mit äußerster Aufmerksamkeit zu, als könne irgendein unerwartetes Wort ihr einen Weg öffnen, zu jenem Dolch zu gelangen, jenem fürchterlichen Messer – den leibhaftigen Mord entwaffnen, der da zu ihren Füßen um Liebe bettelte. Wieder nickte sie ihm gedankenvoll zu und ließ seine gelben Augen, die ergeben an ihrem Gesicht hingen, aufleuchten. Als er sich dichter heranschob, schrak sie nicht zurück. Das mußte sein. Alles mußte sein, wenn es nur das Messer in ihre Reichweite brächte. Er sprach jetzt noch vertraulicher.

»Wir haben uns getroffen, und ihre Zeit ist gekommen«, begann er, zu ihren Augen emporblickend. »Mit der Partnerschaft zwischen mir und meinem Gentleman muß es zu Ende sein. Es ist kein Raum für ihn, wo wir beide sind. Klar, er würde mich wie einen Hund erschießen! Keine Sorge. Mit dem hier bringe ich das noch heute nacht in Ordnung!«

Er klopfte an sein untergeschlagenes Bein unterhalb des Knies und war überrascht, ja geschmeichelt, als ihr Gesicht sich aufhellte, sich ihm eifrig zuneigte, erwartungsvoll, mit mädchenhaft geöffneten Lippen, die auffallend rot wirkten und unter dem raschergehenden Atem zitterten.

»Du Wunder, du Mysterium, du eines Mannes Glück und Freude – eine unter einer Million! Nein, die Einzige auf der Welt! Du hast in mir deinen Mann gefunden«, flüsterte er vibrierend. »Hör zu! Die haben jetzt ihr letztes Gespräch miteinander; denn ich werde auch mit deinem Gentleman fertig, bis Mitternacht!«

Ohne die geringste Unsicherheit sagte sie, sobald die Beklemmung ihrer Brust geschwunden war und die Worte herauskonnten, ganz leise:

»Ich würde mich nicht zu sehr beeilen – was ihn betrifft.«

Die Pause, der Ton, alles hatte den Klang eines wohlüberlegten Ratschlags.

»Gut, ein schlaues Mädchen!« Er lachte leise auf eine seltsam katzenhafte Art, die sich in dem Beben seiner Schultern und dem Funkeln seiner schrägen Augen enthüllte. »Du denkst immer noch an das viele Geld. Du wirst eine gute Partnerin abgeben, bestimmt! Und was für ein Lockvögelchen erst! Verdammich!«

Er war einen Moment ganz hingerissen, aber sein Gesicht verfinsterte sich rasch.

»Nein! Keine Gnadenfrist. Was glaubst du, was man ist – eine Vogelscheuche? Nur Hut und Kleider und kein Gefühl, kein

Inneres, kein Gehirn, um sich etwas auszudenken? Nein!« fuhr er heftig fort. »Nie in seinem Leben kommt er wieder in dieses Zimmer – nie mehr!«

Ein Schweigen trat ein. Er war umwölkt von dem Sturm seiner Eifersucht und sah sie nicht einmal an. Sie setzte sich auf, und langsam, allmählich, beugte sie sich tiefer und tiefer über ihn, als sei sie bereit, ihm in die Arme zu fallen. Da erst hob er den Kopf und tat damit unwillkürlich diesem Herunterbeugen Einhalt.

»Hör einmal, du, die einen Mann mit den bloßen Händen bekämpfen kann, könntest du – wie? –, brächtest du es fertig, einen mit einem Ding wie meinem Messer zu erstechen?«

Sie riß die Augen weit auf und warf ihm ein wildes Lächeln zu. »Wie kann ich das sagen?« flüsterte sie bezaubernd. »Wollen Sie mich einen Blick darauf tun lassen?«

Ohne die Augen von ihrem Gesicht zu wenden, zog er das Messer aus seiner Scheide – kurz und breit, eine doppelt geschliffene Klinge mit einem beinernen Handgriff – und erst dann sah er selbst darauf nieder.

»Ein guter Freund«, sagte er einfach. »Nimm es und fühl nur, wie es in der Hand liegt«, schlug er vor.

In dem Augenblick, als sie sich vorbeugte, um es von ihm zu empfangen, blitzte ein Feuer in ihren geheimnisvollen Augen auf – ein roter Schein in dem weißen Nebel, der die Motive und Wünsche ihrer Seele umhüllte. Sie hatte es getan! Der wirkliche Stachel des Todes war in ihren Händen; das Gift der Schlange abgezapft, sicher in ihrem Besitz – und der Kopf des Reptils so gut wie unter ihrem Fuß. Ricardo, auf den Fußbodenmatten ausgestreckt, kroch näher und näher an den Sessel, in dem sie saß.

Alle ihre Gedanken waren tätig und überlegten, wie sie diese Waffe in Besitz halten könnte, die jede Gefahr und Drohung auf der toderfüllten Erde in sich gezogen zu haben schien. Sie

sagte mit einem leisen Lachen, dessen Triumph ihm entging: »Ich dachte nicht, daß Sie mir dieses Ding je anvertrauen würden.«
»Warum nicht?«
»Aus Furcht, ich könnte plötzlich damit zustoßen.«
»Warum denn? Wegen heute morgen? O nein! Dazu fehlt es dir an Bosheit. Du hast mir verziehen. Hast mich gerettet. Also hast du mich auch ein bißchen gern. Und schließlich, wozu sollte es gut sein?«
»Nein, zu nichts«, gab sie zu.
In ihrem Herzen fühlte sie deutlich, daß sie nicht wissen würde, wie das zu tun sei; wenn es zu einem Kampf käme, würde sie den Dolch fallenlassen und mit ihren Händen kämpfen müssen.
»Hör zu. Wenn wir gemeinsam durch die Welt gehen, sollst du mich stets deinen Mann nennen. Verstehst du?«
»Ja«, sagte sie und machte sich auf den Kampf gefaßt, in welcher Form er auch kommen würde.
Das Messer lag in ihrem Schoß. Sie ließ es in die Falten ihres Kleides gleiten und legte ihre Unterarme mit geschlossenen Händen auf ihre Knie, die sie verzweifelt zusammenpreßte. So war das fürchterliche Ding endlich aus der Welt. Sie fühlte, wie ihr überall der Schweiß ausbrach.
»Ich werde dich nicht verstecken, wie dieser nichtsnutzige, pedantische, hochmütige Gentleman. Du wirst mein Stolz sein und mein Kamerad. Ist das nicht besser, als auf einer Insel zu verkommen, nur zum Vergnügen eines Gentleman, bis er dich hinauswirft?«
»Ich will alles sein, was Sie wollen«, sagte sie.
In seinem berauschten Zustand kroch er mit jedem ihrer Worte und mit jeder Bewegung, die sie machte, näher.
»Gib deinen Fuß«, bettelte er, schüchtern murmelnd, doch im vollen Bewußtsein seiner Macht.

Alles! Alles, nur um den Mörder niederzuhalten, waffenlos, bis die Kraft in ihre Glieder zurückgekehrt wäre und sie sich entschließen könnte, was zu tun sei. Die Leichtigkeit des Erfolges hatte ihren Mut wanken gemacht. Sie streckte ihren Fuß unter dem Saum ihres Rockes ein wenig vor, und er warf sich gierig darauf. Sie nahm ihn nicht einmal wahr. Sie hatte an den Wald gedacht, in den sie hatte laufen sollen. Ja, der Wald – das war der Ort, wohin sie die schreckliche Beute tragen müßte, den Stachel des besiegten Todes. Ricardo preßte ihren Knöchel und drückt ein ums andere Mal seine Lippen auf den Fuß, wobei er Worte keuchte, die wie Schluchzen klangen, kleine Geräusche von sich gab, die Not und Verzweiflung auszudrücken schienen. Ohne daß beide es hörten, rollte in der Ferne der Donner mit zornig modulierender, schrecklicher Stimme, während die Welt draußen, unaufhörlich erbebend, die Totenstille des Zimmers mit dem gerahmten Profil von Heysts Vater rings umgab.

Plötzlich fühlte sich Ricardo von dem Fuß, den er gestreichelt hatte, zurückgestoßen – weggeschleudert durch einen Fußtritt von solcher Heftigkeit genau in seine Kehle, daß es ihn zurückschwingen ließ und in eine aufrechte kniende Position brachte. Er erkannte die Gefahr in den steinernen Augen des Mädchens, und gerade als er auf die Füße sprang, hörte er scharf, von der drohenden Stimme des Gewitters abgesetzt, den kurzen Knall eines Schusses, der ihn wie ein starker Schlag halb betäubte. Er wandte seinen feuerroten Kopf und sah Heyst in der Türöffnung stehen. Der Gedanke, der Kerl werde sich wehren, blitzte ihm durch den Kopf. Für den Bruchteil einer Sekunde suchten seine verstörten Augen nach seiner Waffe auf dem Fußboden. Vergebens.

»Erstich du ihn«, rief er dem Mädchen heiser zu und stürzte Hals über Kopf zur hinteren Tür.

Während er so dem Selbsterhaltungstrieb gehorchte, sagte ihm seine Vernunft, daß er wohl nicht lebend das Freie gewinnen könnte. Indessen flog die Tür mit einem Krach auf, als er sich dagegen warf, und er schlug sie hinter sich sogleich wieder zu. Da stand er, die Schulter gegen die Tür gelehnt, die Hände um den Türgriff geklammert, betäubt und verlassen in der Nacht voller Erschauern und geflüsterter Drohungen, und versuchte, sich zusammenzuraffen. Er fragte sich, ob er mehr als einen Schuß abbekommen habe. Seine Schulter war feucht von dem Blut, das von seinem Kopf tröpfelte. Indem er über seinem Ohr nachfühlte, vergewisserte er sich, daß es nur ein Kratzer war, aber der Schock der Überraschung hatte ihn in jenem Augenblick übermannt.

Was zum Teufel fiel dem Herrn ein, daß er den Kerl so frei herumlaufen ließ? Oder – war der Chef vielleicht schon tot?

Die Stille drinnen beunruhigte ihn. Zurückzugehen, davon konnte keine Rede sein.

»Aber sie wird schon wissen, wie sie sich helfen kann«, murmelte er.

Sie hatte sein Messer. Sie war nun die Todbringende, während er entwaffnet war und im Augenblick nichts taugte. Er stahl sich von der Tür, taumelte davon, während es warm seinen Hals hinabrann. Er wollte sehen, was aus seinem Herrn geworden war, und sich selbst mit einer Feuerwaffe aus dem Arsenal in den Koffern versorgen.

XIII

Nachdem Mr. Jones seinen Schuß über Heysts Schulter gefeuert hatte, hielt er es für ratsam, sich aus dem Staube zu machen. Gespenstisch wie er war, verschwand er geräuschlos von der Veranda. Heyst taumelte in das Zimmer und blickte umher. Alle Gegenstände darin – die Bücher, das schimmernde alte Silber, das ihm von früh auf vertraut war, ja das Porträt an der Wand – alles schien schattenhaft, ohne Substanz, die tauben Komplicen eines erschreckenden Traumgespinsts, das in dem illusorischen Effekt des Erwachens endet und es einem unmöglich macht, die Augen wieder zu schließen. Mit Angst zwang er sich, auf das Mädchen zu blicken. Sie saß immer noch in dem Sessel, tief über ihre Knie gebeugt, ihr Gesicht in den Händen verborgen. Heyst mußte plötzlich an Wang denken. Wie klar war das alles – und wie komisch! Äußerst komisch. Sie richtete sich ein wenig auf, lehnte sich zurück, nahm ihre Hände vom Gesicht und preßte sie an ihre Brust, als sei sie bis ins Herz bewegt, ihn vor sich zu sehen, wie er da mit einer finsteren erschreckten Neugier auf sie niederblickte. Sie hätte ihm leid getan, wenn nicht der triumphierende Ausdruck ihres Gesichts ihm einen Schock versetzt hätte, der seine Gefühle aus dem Gleichgewicht brachte. Sie sprach mit einem Ton wilder Freude:

»Ich wußte, du würdest rechtzeitig zurückkommen! Du bist jetzt in Sicherheit. Ich habe es getan! Ich hätte nie, nie hätte ich es –«, ihre Stimme erstarb, während ihre Augen ihn anstrahlten, als bräche die Sonne durch einen Nebelschleier – »ihm wieder ausgeliefert. Oh, Liebster!«

Er beugte ernst den Kopf und sagte in seinem höflichen Heystschen Ton:
»Zweifellos hast du aus Instinkt gehandelt. Die Frauen haben ihre eigenen Waffen. Ich war ein waffenloser Mann, ich bin mein ganzes Leben ohne Waffen gewesen, wie ich jetzt sehe. Du magst dich rühmen in deiner Kraft und deinem tiefen Wissen, aber ich möchte sagen, daß auch die andere Haltung, die der Scham, ihren Reiz hatte. Denn du bist voller Reiz!«
Der Triumph verschwand von ihrem Gesicht.
»Du darfst dich jetzt nicht über mich lustig machen. Ich kenne keine Scham. Ich danke Gott mit meinem ganzen sündigen Herzen, daß ich es vollbringen konnte – daß er dich mir auf diese Weise gab – oh, Liebster – endlich gehörst du ganz mir!«
Er starrte wie ein Wahnsinniger. Schüchtern versuchte sie, sich zu entschuldigen, daß sie seinen Anweisungen zu ihrer Sicherheit nicht gehorcht habe. Jede Modulation ihrer bezaubernden Stimme schnitt ihm tief in die Brust, so daß er in schierem Schmerz kaum die Worte verstehen konnte. Er kehrte ihr den Rücken; aber ein plötzliches Abfallen, ein ungewöhnliches Ersterben ihrer Stimme ließ ihn herumfahren. Ihr blasses Haupt sank auf ihren weißen Hals, wie eine welke Blume auf ihrem Stengel bei einem bösen Windstoß abknickt. Er schöpfte Atem, sah sie aus der Nähe an und schien etwas Furchtbares in ihren Augen zu lesen. In dem Moment, als ihre Lider, wie von einer unsichtbaren höheren Macht gelenkt, herabfielen, hob er sie aus dem Sessel und trug sie auf seinen Armen hinüber in das andere Zimmer, ohne auf ein überraschendes metallisches Klirren auf dem Boden zu achten. Die Schlaffheit ihres Körpers erschreckte ihn. Er legte sie auf das Bett, rannte wieder hinaus, ergriff einen vierarmigen Kerzenleuchter vom Tisch und lief zurück, wobei er mit einem wütenden Ruck den Vorhang herunterriß, der ihm im Wege war; doch nachdem er

den Kerzenleuchter auf den Tisch neben dem Bett gestellt hatte, verharrte er unentschlossen. Es schien hier nichts mehr für ihn zu tun. Das Kinn in die Hand gestützt, blickte er schmerzhaft gespannt auf ihr stilles Gesicht.

»Ist sie mit diesem Ding hier erstochen worden?« fragte Davidson, den er plötzlich neben sich stehen sah und der ihm Ricardos Dolch hinhielt. Heyst äußerte kein Wort des Erkennens oder der Überraschung. Er warf Davidson nur einen stummen, unsagbar traurigen Blick zu; dann, wie von einer plötzlichen Wut ergriffen, riß er vorne das Kleid des Mädchens auf. Sie blieb fühllos unter seinen Händen, und Heyst gab ein Stöhnen von sich, das Davidson innerlich erschütterte – die schwere Klage eines Mannes, der unter einem Keulenschlag im Dunkeln zusammenbricht.

Sie standen Seite an Seite und blickten voll Trauer auf das kleine schwarze Loch von Mr. Jones' Kugel unter der schwellenden Brust, die von einer blendenden und nunmehr geheiligten Weiße war. Sie hob und senkte sich ein wenig – so wenig, daß nur die Augen des Geliebten die schwachen Regungen des Lebens erkennen konnten. Heyst, ruhig und kaum noch er selbst, bewegte sich geräuschlos, legte ein nasses Tuch auf die unscheinbare Wunde, fast ohne jede Blutspur, die den Reiz, die Faszination dieses sterbenden Fleisches hätte stören können.

Ihre Lider flatterten. Sie blickte schläfrig umher, zufrieden, wie ermüdet von den Anstrengungen ihres schrecklichen Sieges, der ihr den wirklichen Stachel des Todes im Dienste der Liebe eingetragen hatte. Aber ihre Augen wurden hellwach, als sie Ricardos Dolch erblickten, das Beutestück des besiegten Todes, das Davidson noch unbewußt in der Hand hielt.

»Geben Sie es mir!« sagte sie. »Er gehört mir.«

Davidson legte das Symbol ihres Sieges in ihre schwachen Hände, die sie ihm mit der unschuldigen Geste eines Kindes, das nach einem Spielzeug greift, entgegenstreckte.

»Für dich«, stöhnte sie und wandte ihre Augen zu Heyst. »Töte keinen damit.«
»Nein«, sagte Heyst; er nahm den Dolch und legte ihn sanft auf ihre Brust, während ihre Hände kraftlos herabfielen.
Das schwache Lächeln auf ihren eingefallenen Lippen verschwand, ihr Kopf sank tief in das Kissen und nahm die bleiche Majestät und Unbeweglichkeit des Marmors an. Aber über ihre Züge, die in ihrer veränderten Schönheit für immer zu erstarren schienen, ging ein leichtes und schmerzliches Zucken. Mit einer überraschenden Kraft fragte sie laut:
»Was ist mit mir geschehen?«
»Du bist von einem Schuß getroffen, Liebste«, sagte Heyst mit fester Stimme, während Davidson sich bei der Frage abgewandt hatte, die Stirn an den Bettpfosten gelehnt.
»Ein Schuß? Ich dachte mir doch, daß mich irgend etwas getroffen hatte.«
Das Donnerrollen über Samburan hatte endlich aufgehört, und die Materie erbebte nicht mehr unter den hervorkommenden Sternen. Der Geist des Mädchens, das unter ihnen verging, klammerte sich an den Triumph, an die Wirklichkeit seines Sieges über den Tod.
»Nie mehr«, murmelte sie. »Es gibt nichts mehr! Oh, mein Liebster«, rief sie schwach, »ich habe dich gerettet! Warum nimmst du mich nicht in deine Arme und trägst mich fort aus dieser Einsamkeit?«
Heyst beugte sich über sie, verfluchte seine träge Seele, die selbst in diesem Moment in ihrem infernalischen Mißtrauen allem Leben gegenüber den wahren Aufschrei der Liebe von seinen Lippen zurückhielt. Er wagte nicht, sie zu berühren, und sie hatte nicht mehr die Kraft, ihre Arme um seinen Hals zu schlingen.
»Wer sonst hätte das für dich tun können?« flüsterte sie strahlend.

»Niemand in der Welt«, antwortete er in einem Murmeln ehrlicher Verzweiflung.
Sie versuchte, sich aufzurichten, konnte aber nur ihren Kopf ein wenig heben. Mit einer erschreckten und zarten Bewegung schob Heyst rasch seinen Arm unter ihren Nacken. Sie fühlte sich mit einemmal von einem unerträglichen Gewicht befreit und war es zufrieden, ihm die unendliche Müdigkeit ihres gewaltigen Vollbringens mitzuteilen. In hoher Freude sah sie sich auf dem Bett ausgestreckt, in einem schwarzen Kleid und in tiefem Frieden; während er, mit einem gütigen Lächeln über sie gebeugt, bereit war, sie in seinen festen Armen emporzuheben und in das Heiligtum seines innersten Herzens zu nehmen – für immer! Der Rausch der Verzückung überflutete sie ganz und brach sich in einem Lächeln unschuldigen mädchenhaften Glücks Bahn; und mit diesem überirdischen Strahlen auf ihren Lippen tat sie ihren letzten Atemzug, suchte siegesgewiß seinen Blick in der Umschattung des Todes.

XIV

»Ja, Exzellenz«, sagte Davidson in seinem verbindlichen Ton, »bei dieser Geschichte hat es mehr Tote gegeben – mehr Weiße, meine ich –, als in manchen Schlachten des letzten Eingeborenenkrieges gefallen sind.«
Davidson sprach mit einer Exzellenz, weil das, was man in den Unterhaltungen ›das Geheimnis von Samburan‹ nannte, so sensationell auf dem Archipel gewirkt hatte, daß man selbst in den höchsten Kreisen begierig war, etwas aus erster Hand zu erfahren. Davidson war zu einer Audienz bestellt worden, zu einem hohen Beamten, der sich auf seiner Rundreise befand.
»Sie haben den verstorbenen Baron Heyst gut gekannt?«
»In Wahrheit kann niemand hier unten sich rühmen, ihn gut gekannt zu haben«, sagte Davidson. »Er war ein komischer Kauz. Ich glaube, er wußte nicht einmal selbst, wie merkwürdig er war. Aber jedermann wußte, daß ich auf freundschaftliche Art ein Auge auf ihn hatte. Und so kam es auch, daß mir die Warnung zuging, die mich mitten auf meiner Fahrt kehrtmachen und nach Samburan zurückkehren ließ, wo ich zu meinem großen Bedauern zu spät eintraf.« Ohne sich in Einzelheiten zu verlieren, erklärte Davidson der aufmerksamen Exzellenz, wie eine Frau, die Frau eines gewissen Hoteliers namens Schomberg, zwei kartenspielende Halunken belauscht hatte, die ihren Mann über die genaue Lage der Insel ausfragten. Sie schnappte nur ein paar Worte auf, die sich auf den benachbarten Vulkan bezogen, aber sie genügten, um ihren Argwohn zu erregen – »den sie«, fuhr Davidson fort, »mir mitteilte, Euer Exzellenz. Und er war nur zu sehr begründet!«

»Das war aber sehr schlau von ihr«, bemerkte der hohe Herr.
»Sie ist viel schlauer, als die Leute es sich vorstellen können«, sagte Davidson.
Aber er versagte es sich, der Exzellenz den wirklichen Grund mitzuteilen, der Mrs. Schombergs Verstandeskräfte so geschärft hatte. Das arme Wesen war in tödlicher Angst vor dem Mädchen, das womöglich zurückgebracht werden und wieder in Reichweite ihres verblendeten Mannes gelangen könnte. Davidson sagte nur, daß ihre Aufregung ihn beeindruckt habe; aber er gestand, daß er bei der Rückfahrt doch seine Zweifel gehabt hätte, ob irgend etwas daran sei.
»Ich dampfte in einen jener gräßlichen Gewitterstürme, die sich um den Vulkan zusammenballen, und hatte einige Schwierigkeiten, die Insel anzusteuern«, erzählte Davidson. »Ich mußte mich ganz langsam in die Diamantenbucht hineintasten. Ich glaube nicht, daß irgend jemand, selbst wenn er nach mir ausgeschaut hätte, meinen Anker hätte niedergehen hören.«
Er gab zu, daß er unverzüglich hätte an Land gehen sollen; aber alles war vollkommen dunkel und absolut ruhig. Er schämte sich seiner Impulsivität. Wie dumm hätte es ausgesehen, einen Mann mitten in der Nacht aufzuwecken, nur um ihn zu fragen, wie es ihm gehe! Und dann, da das Mädchen dort war, fürchtete er, Heyst würde seinen Besuch als einen unverantwortlichen Einbruch betrachten.
Das erste Anzeichen, daß dort nicht alles in Ordnung sei, kam von einem großen weißen Boot, das mit der Leiche eines stark behaarten Mannes umhertrieb und an den Bug seines Dampfers stieß. Da allerdings hatte er keinen Augenblick mehr gezögert, an Land zu gehen – natürlich allein, aus Gründen der Diskretion.
»Ich kam gerade zur Zeit, das arme Mädchen sterben zu sehen, wie ich Euer Exzellenz schon berichtet habe«, fuhr Davidson fort. »Nicht zu sagen, was ich danach mit ihm durchgemacht

habe. Er redete auf mich ein. Sein Vater war anscheinend ein Phantast und hat ihm als Junge den Kopf verdreht. Er war eben ein komischer Kauz. Praktisch waren seine letzten Worte, als wir auf die Veranda hinaustraten:
›Ach, Davidson, wehe dem Mann, dessen Herz nicht in der Jugend gelernt hat zu hoffen, zu lieben – und dem Leben zu vertrauen!‹
Als wir noch da standen, gerade ehe ich ihn verließ, denn er sagte, er wolle mit seiner Toten eine Weile allein bleiben, hörten wir eine schnarrende Stimme in der Nähe der Uferböschung rufen:
›Sind Sie es, Chef?‹
›Ja, ich bin's.‹
›O je! Ich dachte schon, der Kerl hätte Sie umgelegt. Er hat sich gewehrt und hätte mich beinahe geschnappt. Seitdem husche ich umher und suche nach Ihnen.‹
›Nun, da bin ich‹, kreischte plötzlich die andere Stimme, und dann hallte ein Schuß.
›Diesmal hat er ihn nicht verfehlt‹, sagte Heyst bitter zu mir und ging ins Haus zurück.
Ich ging wieder an Bord, worauf er bestanden hatte. Ich wollte mich ihm nicht aufdrängen in seinem Leid. Später, gegen fünf Uhr morgens, kam einer meiner Leute gerannt und rief, an Land sei ein Feuer ausgebrochen. Ich ging sogleich wieder hinüber. Der größte Bungalow stand in hellen Flammen. Die Hitze trieb uns zurück. Die anderen beiden Häuser fingen eins nach dem anderen Feuer wie Zunder. Bis zum Nachmittag war nicht daran zu denken, über den Landesteg hinaus vorzudringen.«
Davidson seufzte bekümmert.
»Ich nehme also an, Sie sind sicher, daß Baron Heyst tot ist?«
»Ja – er ist Asche, Euer Exzellenz«, sagte Davidson, etwas weinerlich; »er und das Mädchen zusammen. Ich vermute, er konnte seine Gedanken vor ihrem toten Körper nicht mehr

ertragen – und Feuer läutert alles. Jener Chinese, von dem ich Euer Exzellenz erzählt habe, half mir am nächsten Tag bei der Suche, als die Balken sich etwas abgekühlt hatten. Wir fanden genug, um ganz sicher zu sein. Der Chinese ist nicht schlecht. Er sagte mir, er sei Heyst und dem Mädchen durch den Wald gefolgt, aus Mitgefühl und teilweise aus Neugier. Er beobachtete das Haus, bis er Heyst nach dem Abendessen hinausgehen und Ricardo allein zurückkommen sah. Während er sich dort versteckt hielt, fiel ihm ein, daß es besser sei, das Boot in See zu stoßen aus Angst, daß diese Halunken um die Insel führen und das Dorf vom Wasser aus mit ihren Revolvern und Flinten beschießen könnten. Er war der Meinung, daß diese Teufel zu allem fähig wären. Also ging er leise zur Mole hinaus; und als er in das Boot stieg, um es loszumachen, war jener behaarte Mann, der anscheinend dort schlummerte, brummend aufgesprungen, und Wang hatte ihn totgeschossen. Dann schob er das Boot, soweit er konnte, hinaus und ging davon.« Es entstand eine Pause. Jetzt fuhr Davidson auf seine ruhige Art fort:

»Möge sich der Himmel um das kümmern, was entsühnt ist. Der Wind und der Regen werden sich der Asche annehmen. Den Leichnam jenes Gesellen, Sekretärs, oder wie dieser unsaubere Schurke sich nannte, ließ ich, wo er lag, in der Sonne bleichen und verrotten. Sein Herr hatte ihn sauber ins Herz getroffen. Dann, offenbar, ging dieser Jones hinunter auf die Mole, um nach dem Boot und dem behaarten Manne zu sehen. Ich nehme an, er stolperte ins Wasser – aus Zufall oder vielleicht nicht aus Zufall. Das Boot und der Mann waren fort, und der Halunke sah sich ganz allein. Sein Spiel war aus und er in der Falle. Wer weiß? Das Wasser ist dort sehr klar, und ich konnte ihn auf dem Grund zwischen zwei Pfeilern liegen sehen, wie ein Häufchen Knochen in einem blauseidenen Sack, aus dem nur der Kopf und die Füße hervorragten. Wang war sehr erfreut, als wir ihn entdeckten. Damit sei die Sicherheit wiederhergestellt, sagte er und ging sogleich über den Berg, um sein Alfuroweib zurück in die Hütte zu holen.«

Davidson zog sein Taschentuch und wischte sich den Schweiß von der Stirn.

»Und dann, Euer Exzellenz, ging ich fort. Es gab dort nichts mehr zu tun.«

»Allerdings«, pflichtete die Exzellenz ihm bei.

Davidson schien die Sache gedankenvoll in seinem Herzen zu bewegen und murmelte dann bekümmert:

»Nichts!«

Oktober 1912 – Mai 1914.

BEMERKUNG DES AUTORS

Indem ich darangehe, diese Bemerkung zu »SIEG« zu schreiben, bin ich mir vor allem anderen der faktischen Nähe des Buches bewußt, seiner Nähe zu mir persönlich, zu der verklungenen Stimmung, in der es geschrieben wurde, und zu den gemischten Gefühlen, die mir bei seinem ersten Erscheinen fast genau ein Jahr nach Beginn des Großen Krieges die Kritiken bereiteten.

Geschrieben war es schon 1914, lange bevor die Ermordung eines österreichischen Erzherzogs den ersten Warnton anschlug in einer Welt, die bereits voller Zweifel und Ängste war.

Die Tatsache, daß das Buch in den Vereinigten Staaten im Frühjahr veröffentlicht worden war, machte es schwierig, sein Erscheinen in England noch länger hinauszuzögern. Es kam im dreizehnten Monat des Krieges heraus, und mein Gewissen war beunruhigt von der fürchterlichen Verfehltheit, der chaotischen Wirklichkeit dieses kleine, erfundene Drama entgegenzuhalten, das zwar sicherlich auch tragisch ist, aber doch mehr grausam als tragisch und mehr erhebend als grausam. Es schien mir entsetzlich vermessen anzunehmen, in einer Gemeinschaft, die beim Donner der großen Geschütze und beim Hall mutiger, von der Wahrheit eines unüberwindlichen Glaubens kündender Worte nicht umhin konnte, das Messer an der Kehle zu fühlen, könnte es noch Augen geben, die diese Seiten läsen.

Der unwandelbare geschichtliche Mensch ist wunderbar anpassungsfähig sowohl durch seine Kraft im Erdulden wie durch seine Fähigkeit, über den Dingen zu stehen. Offenbar verhält

es sich so, daß das Schauspiel seines Schicksals zu groß für seine Ängste und zu mysteriös für sein Verstehen ist. Würde die Trompete des Jüngsten Gerichts plötzlich an einem Werktag ertönen, dann würde wohl der Musiker an seinem Klavier im Spielen der Beethoven-Sonate fortfahren und der Schuster auf seinem Schemel bis zuletzt weiterflicken in unbeirrtem Vertrauen zur Haltbarkeit des Leders. Und das wäre ganz in der Ordnung. Denn wie sollten wir uns durch die Töne eines rächenden Engels verwirren lassen, die zu mächtig für unsere Ohren sind und an Schrecklichkeit unsere Furcht übersteigen? So kommt es, daß wir ganz plötzlich von dem Blitzstrahl des Zorns getroffen werden. Der Leser wird weiterlesen, wenn ihm das Buch gefällt, und der Kritiker wird weiterkritisieren mit jener Fähigkeit zur Distanz, die vielleicht aus einem Gefühl unendlicher Winzigkeit kommt und doch die einzige Eigenschaft ist, die die Menschen den unsterblichen Göttern ähnlich zu machen scheint.
Erst wenn die Katastrophe der naturgegebenen Dunkelheit unseres Schicksals gleichkommt, muß auch der beste Vertreter des Menschengeschlechts seinen Gleichmut verlieren. Ganz offenbar verliert Heyst, der Mann allumfassender Überlegenheit, erst bei der Ankunft des edelmännischen Mr. Jones, des graddenkenden Ricardo und des hündisch ergebenen Pedro jene sublime Haltung gegenüber dem unheilbaren Weltübel, die man Stoizismus nennt. Das ist alles eine Frage der Proportionen. Für diesen Fall hätte es ein Heilmittel geben müssen. Aber es gibt kein Heilmittel. Hinter diesem winzigen Beispiel von Lebenszufällen erblickt Heyst die blinde Macht des Schicksals. Zudem hatte Heyst in seiner überfeinerten Zurückhaltung die Übung verloren, richtig aufzutreten. Ich meine nicht den Mut zu sich selbst, weder moralisch noch physisch, sondern nur die Technik, den Trick, die geistige Bereitschaft und den Griff, die ohne Reflexion kommen und den Mann befähigen,

sich im Leben hervorzutun, in der Kunst, im Kriminellen, in der Tugend und, um auch davon zu sprechen, sogar in der Liebe. Denken ist der große Feind der Vollkommenheit. Die Angewohnheit ›tiefen Nachdenkens‹ ist – ich muß es schon sagen – die verderblichste, die der zivilisierte Mensch hervorgebracht hat.

Doch ich möchte auch nicht entfernt in den Verdacht geraten, mich über Axel Heyst lustigzumachen. Ich habe ihn immer gern gemocht. An das Wesen aus Fleisch und Blut, das hinter der unendlich vertrauteren Gestalt des Buches steht, erinnere ich mich als an einen einigermaßen geheimnisvollen Schweden. Ob er obendrein Baron war, dessen bin ich nicht so sicher. Er selbst erhob nie einen Anspruch auf diesen Rang. Seine Gleichgültigkeit war zu groß, um einem irgendeinen Anspruch, gewichtig oder unbedeutend, aufzudrängen. Ich will nicht erzählen, wo ich ihn getroffen habe, denn ich fürchte, meinen Lesern einen falschen Eindruck zu geben, weil nämlich ein deutliches Mißverhältnis zwischen einem Manne und seiner Umgebung sich oft als sehr irreführend erweist. Wir wurden für einige Zeit gute Freunde, und ich möchte ihn nicht unangenehmen Verdächtigungen aussetzen, obwohl ich persönlich überzeugt bin, daß er über Verdächtigungen erhaben gewesen wäre, wie er auch über alle anderen widrigen Umstände des Lebens erhaben war. Er war natürlich nicht der ganze Heyst; nur der physische und moralische Grundriß meines Heyst, der sich von einer kurzen Bekanntschaft herleitete. Deren kurze Dauer war gewiß nicht mein Fehler, denn er hatte mich bestrickt durch die bloße Annehmlichkeit seiner Zurückhaltung, die er in diesem Falle, so muß ich glauben, bis zum Exzeß getrieben hat. Er wich aus seinen Zimmern, ohne eine Spur zu hinterlassen. Ich fragte mich, wohin er gegangen sei – aber jetzt weiß ich's. Er schwand nur aus meinem Gesichtskreis, um in dieses Abenteuer zu geraten, das unvermeidlich auf ihn wartete in einer Welt, die er nach wie vor als einen mißgünstigen Schatten mitten im Sonnenschein betrachtete. Oft im Lauf der Jahre rief ihn ein gefühlsmäßiger Ausspruch, der besondere Sinn eines zufällig aufgeschnappten Satzes mir wieder vor Augen, so daß ich ihm viele Worte in den Mund gelegt habe, die ich von den Lippen anderer gehört habe und die aus der weniger vollkommenen, weniger ergreifenden Gemütsverfassung anderer kamen.

Die gleiche Beobachtung paßt *mutatis mutandis* auf Mr. Jones, der sich auf eine sehr viel geringfügigere Beziehung gründet. Mr. Jones (oder wie immer er hieß) entfernte sich nicht allmählich von mir. Er kehrte mir den Rücken und ging aus dem Zimmer. Das war in einem kleinen Hotel auf der westindischen Insel St. Thomas (im Jahre 1875), wo wir ihn an einem heißen Nachmittag auf drei Stühlen ausgestreckt vorfanden, ganz allein in dem lauten Gesumm der Fliegen, das durch seine unbewegliche, kadaverartige Haltung eine äußerst grausige Bedeutung bekam. Unser Eindringen muß ihm mißfallen haben, denn er erhob sich von den Stühlen und ging brüsk hinaus, wobei mir seine unheimlich dünnen Schienbeine unvergeßlich blieben. Einer der Männer neben mir sagte, der Bursche sei der elendeste Glücksspieler, der ihm je begegnet sei. Ich sagte: »Ein berufsmäßiger Gauner?« und erhielt zur Antwort: »Ein fürchterlicher Kerl; aber ich muß sagen, daß er bis zu einem gewissen Punkt fair spielt...« Ich frage mich nur, bis zu welchem Punkt. Ich habe ihn nie wiedergesehen, weil er, glaube ich, stracks einen Postdampfer bestieg, der binnen einer Stunde zu anderen Häfen seiner Route in Richtung Aspinall auslief. Mr. Jones' charakteristische Unverschämtheit gehört zu einem anderen Mann von ganz anderem Typus. Über die Entstehungsursache seiner Mentalität will ich nichts sagen, denn ich möchte nichts Abträgliches preisgeben.

So ergab es sich denn auch, daß in genau dem gleichen Jahr

Ricardo – der leibhaftige Ricardo – mit mir als Passagier auf einem äußerst kleinen und äußerst schmutzigen Schoner bei einer viertägigen Überfahrt zwischen zwei Häfen im Golf von Mexiko war, deren Namen unwichtig sind. Die meiste Zeit lag er auf dem Achterdeck sozusagen zu meinen Füßen und redete, indem er sich von Zeit zu Zeit mit dem Ellbogen aufstützte, von sich und redete immer weiter, nicht eigentlich an mich gewandt oder auch nur mir zugewandt (er blickte nicht einmal auf, sondern hielt seine Augen fest auf das Deck geheftet); es war eher, als halte er in leisem Ton mit seinem vertrauten Dämon Zwiesprache. Hin und wieder warf er mir einen Blick zu und brachte ein sonderbares Sträuben der Haare seines steifen kleinen Schnurrbarts zuwege. Seine Augen waren grün, und noch jede Katze bis heute erinnert mich genau an den Umriß seines Gesichts. Wozu er reiste oder welcher Beschäftigung er im Leben nachging, hat er mir nie anvertraut. Allerdings war der einzige Passagier an Bord jenes Schoners, der offen über seine Tätigkeit und Ziele hätte reden können, ein reichlich tabakschnupfender und in der Unterhaltung amüsanter Pater, der Superior eines Klosters, der von einem sehr jungen Laienbruder mit besonders wilder Miene begleitet wurde. Dann hatten wir noch, bettlägerig in der dunklen, unbeschreiblichen Kajüte, einen alten spanischen Edelmann, dem sehr viel Gepäck gehörte und der, wie Ricardo mir versicherte, wirklich sehr krank war. Ricardo schien entweder ein Bediener oder ein Vertrauter dieses bejahrten und distinguiert aussehenden Kranken zu sein, der bei Beginn der Überfahrt sich lange in murmelndem Ton mit dem Pater besprach und von da an nur noch schwach stöhnte, Zigaretten rauchte und dann und wann mit schmerzerfüllter Stimme nach Martin rief. Dann ging dieser, der Ricardo des Buches, wohl hinunter in jenes garstige und ungesunde Loch, hielt sich dort geheimnisvoll auf und fuhr, nachdem er wieder an Deck gekommen war, mit

einem Gesicht, aus dem sich nichts entnehmen ließ, fort, zu meiner Erbauung seine moralischen Lebensgrundsätze auszubreiten, die er mit besonderen, schlagenden Beispielen gräßlichster Art illustrierte. Wollte er mir Angst einjagen? Oder mich verführen? Oder mich in Erstaunen versetzen? Oder meine Bewunderung erregen? Es gelang ihm aber nur, ein ungläubiges Lächeln bei mir hervorzurufen. Verglichen mit anderen Halunken war er alles andere als langweilig. Im übrigen war ich damals viel zu unschuldig, um seine Lebensanschauung ernstzunehmen. Ständig horchte er in der Art eines ergebenen Diener mit einem Ohr zur Kajüte hin, aber ich hatte den Eindruck, daß er sich auf die eine oder andere Art dem Kranken zu irgendeinem eigensüchtigen Zweck aufgedrängt hatte. Daher wird es den Leser nicht verwundern zu hören, wie mir eines Morgens der Padrone des Schoners völlig unbewegt mitteilte, daß der »reiche Mann« da unten tot sei: er war in der Nacht gestorben. Ich erinnere mich nicht, je von dem jämmerlichen Ende eines völlig Fremden so berührt gewesen zu sein. Ich sah durch die Deckluke hinab, und da war der ergebene Martin geschäftig dabei, rindlederne Koffer zu verschnüren, Eigentum des Verstorbenen, dessen weißer Bart und Hakennase das einzige waren, das ich in der dunklen Tiefe einer entsetzlich stickigen Koje ausmachen konnte.
Da im Lauf des Nachmittags eine Flaute eintrat und die ganze Nacht und während der Gluthitze des Tages anhielt, mußte der verstorbene »reiche Mann« bei Sonnenuntergang über Bord gelassen werden, obwohl wir tatsächlich schon in Sicht der flachen verseuchten mangrovenbewachsenen Küste unseres Bestimmungsortes waren. Der ausgezeichnete Pater Superior bemerkte zu mir mit einer Miene unendlichen Mitgefühls: »Der Ärmste hinterläßt eine junge Tochter.« Wer sich um sie kümmern sollte, weiß ich nicht, aber ich sah, gerade bevor ich selber von Bord ging, wie der treuergebene Martin mit großer

Gewissenhaftigkeit die Koffer an Land schaffte. Vielleicht wäre ich den Spuren dieses so ungemein aufrichtigen Mannes eine Weile gefolgt, aber ich hatte eigene sehr dringliche Geschäfte wahrzunehmen, bei deren Abwicklung ich noch in ein Erdbeben geriet, und so hatte ich keine Zeit für Ricardo übrig. Dennoch habe ich ihn, wie der Leser weiß, nicht vergessen.

Meine Berührung mit dem treuen Pedro war viel kürzer und meine Beobachtung seiner Person weniger gründlich, aber ungleich beängstigender. Es endete damit, daß ich es plötzlich für geraten hielt, ihm aus dem Weg zu gehen. Es war in einem elenden Schuppen aus Holz und Matten, der an einem Fußpfad stand. Als ich dort eintrat, nur um eine Flasche Limonade zu kaufen, erregte, ich weiß bis heute nicht was, seinen fürchterlichen Zorn. Das zeigte sich schon zwei Minuten, nachdem ich ihn zuerst erblickt hatte, und obwohl ich natürlich äußerst überrascht war, blieb ich keinen Augenblick, um das zu ergründen. Ich nahm den nächsten Ausweg – durch die Wand hindurch. Diese bestialische Erscheinung und ein gewisser riesiger Nigger, auf den ich ein paar Monate später in Haiti stieß, haben mir bis an mein Lebensende den Begriff von blinder, unvernünftiger Wut eingeprägt, deren das menschliche Tier fähig ist. Von dem Nigger pflegte ich noch Jahre danach zu träumen. Von Pedro nie. Der Eindruck war weniger lebhaft. Ich hatte mich zu schnell von ihm weggemacht.

Es schien mir nur zu natürlich, daß diese drei in einem Winkel meiner Erinnerung Begrabenen plötzlich wieder ans Licht treten würden, so natürlich, daß ich ihre Existenz nicht weiter rechtfertigen will. Sie waren einfach da, sie mußten heraus; und das ist eine hinlängliche Rechtfertigung für einen Geschichtenerzähler, der sich diesem Metier ganz unvorbereitet, ohne viel Nachdenken und ohne irgendeine moralische Absicht verschrieben hat, es sei denn die, die im ganzen Plan dieser sinnlichen Welt angelegt ist.

Da diese Bemerkung sich hauptsächlich mit persönlichen Berührungen und den Ursprüngen der Personen der Geschichte befaßt, muß ich auch von Lena sprechen, denn wenn ich sie ausließe, sähe das nach Geringschätzung aus, und nichts läge meinen Gedanken ferner, als einen Schatten auf Lena zu werfen. Wenn ich von allen in das »Geheimnis von Samburan« verwickelten Personen am längsten mit Heyst (oder mit dem, den ich so nenne) zusammen war, so habe ich sie, die ich Lena nenne, am längsten und mit der gespanntesten Aufmerksamkeit betrachtet. Diese Aufmerksamkeit entsprang dem Müßiggang, für den ich von Natur ein gewisses Talent habe. Eines Abends geriet ich in ein Café, nicht in den Tropen, sondern in einer Stadt Südfrankreichs. Es war erfüllt von Tabaksqualm, von Stimmengesumm, dem Klappern der Dominosteine und den Klängen greller Musik. Die Kapelle war eher kleiner als die in Schombergs Hotel, sie hatte mehr den Anstrich eines Familienunternehmens als einer engagierten Truppe und schien, wie ich gestehen muß, sehr viel achtbarer als Zangiacomos musikalisches Gewerbe. Sie war auch weniger anspruchsvoll, sozusagen mehr häuslich und familiär, insofern nämlich ein Orchestermitglied in den Pausen, wenn alle das Podium verlassen hatten, zwischen den Marmortischen umherging und die Gaben von Sous und Francs in einem zerbeulten Zinnbehälter einsammelte, der in der Form an eine Sauciere erinnerte. Es war ein Mädchen. Sie war so wenig bei der Sache, daß mir heute ihre Haltung der Heystschen Erhabenheit über alle geistigen Entwürdigungen, denen die Intelligenz eines Menschen auf seinem Lebensweg ausgesetzt ist, gleichzukommen oder sie gar zu übertreffen scheint. Schweigend, mit großen Augen, ging sie von Tisch zu Tisch wie eine Schlafwandlerin und ohne ein anderes Geräusch als das leichte Münzenklappern, das Aufmerksamkeit erregen sollte. Das Seefahrerkapitel meines Lebens war längst abgeschlossen, aber man tut nicht so leicht die charakteristischen Merkmale einer halben Lebenszeit von sich ab, und so geschah es in einer Art Landurlaubsstimmung, daß ich ein Fünf-Francs-Stück in die Sauciere fallen ließ, woraufhin die Schlafwandlerin den Kopf wandte, mich groß ansah und in einem keineswegs dankbaren, sondern lediglich überraschten Ton »Merci, Monsieur« sagte. Ich muß wirklich sehr viel Zeit gehabt haben, da ich mir die Mühe nahm, auf eine solche Kleinigkeit zu achten wie die, daß ihre Stimme besonders reizend klang, und als die Musiker ihre Plätze wieder einnahmen, rückte ich mich ein wenig zurecht, damit diese Musikerin nicht vor meinen Augen von dem kleinen bärtigen Anführer der Kapelle verdeckt würde, der durchaus ihr Vater hätte sein können, dessen wahre Mission im Leben aber darin bestand, ein Modell für den Zangiacomo von ›Sieg‹ abzugeben. Da ich nun den Blick frei hatte (müßig, wie ich war), sah ich natürlich während des ganzen zweiten Teils des Programms auf das Mädchen. Die über die Violine geneigte Form ihres dunklen Kopfes faszinierte mich, und in dem weißen Kleid, die braunen Hände im Schoß, bot sie in den Ruhepausen zwischen den Nummern des unendlich langen Programms das Inbild verträumter Unschuld. Die reife, mißlaunige Frau am Klavier hätte ihre Mutter sein können, obwohl zwischen ihnen nicht die geringste Ähnlichkeit bestand. Das einzige in ihrer persönlichen Beziehung, dessen ich ganz sicher bin, ist jenes grausame Zwicken in den Oberarm. Das habe ich ganz genau gesehen! Da war kein Irrtum möglich. Ich war viel zu faul gestimmt, um mir eine solche barbarische Mutwilligkeit einzubilden. Es mag im Scherz gewesen sein, aber das Mädchen sprang auf, als wäre es von einer Wespe gestochen. Es mag wirklich im Scherz gewesen sein. Doch sah ich deutlich, wie die arme »verträumte Unschuld« sanft die schmerzende Stelle rieb, während sie mit den anderen Musikern durch den Mittelgang kam, zwischen den Marmortischen hindurch, im blauen Tabakdunst, im Lärm der Stimmen und Klappern der Dominosteine. Ich glaube, die Leute verließen am nächsten Tag die Stadt. Vielleicht waren sie aber auch nur in das andere große Café auf der anderen Seite der Place de la Comédie übergewechselt. Sehr wohl möglich. Ich ging nicht hinüber um nachzusehen. In meiner völligen Nichtstuerlaune hatte ich das Mädchen mit einem besonderen Zauber umgeben, und den wollte ich nicht durch irgendeine überflüssige Handlung zerstören. Die Empfänglichkeit meines trägen Zustandes ließ den Eindruck so sehr haften, daß ich, als der Augenblick ihrer Begegnung mit Heyst kam, spürte, sie würde heroisch jeder Anforderung einer gefährlichen und unsicheren Zukunft gewachsen sein. Ich war davon so überzeugt, daß ich sie mit Heyst ziehen ließ, ich will nicht sagen, ohne Bangigkeit, aber ganz gewiß ohne böse Vorahnungen. Und was hätte ich im Hinblick auf ihr sieghaftes Ende mehr tun können für ihre Rechtfertigung und ihr Glück?

1920 J. C.

In einem Exemplar der Erstausgabe dieses Werkes findet sich folgende Eintragung von Conrads Hand:

Gegen Ende des Jahres 1911 kam mir die erste Idee zu diesem Roman. Ihn niederzuschreiben, brauchte ich nahezu neunzehn Monate reiner Arbeitszeit. Niemals wurde er wirklich beiseitegelegt, wie es mit einigen anderen meiner Romane geschah. Die längste Unterbrechung war nach dem sechsten Kapitel des dritten Teils: fast zehn Wochen, im Herbst 1913. Die Korrektur der Reinschrift nahm nahezu sechs Wochen in Anspruch, und eine für den Fortsetzungsabdruck in Munsey's Magazine vorgesehene Kopie ging in der letzten Juliwoche des Jahres 1914 von London nach New York ab.